Always be happy!
Park soojung

전하와 나

박수정 장편소설

초판 1쇄 인쇄일 | 2017년 11월 15일
초판 1쇄 발행일 | 2017년 11월 23일

지은이 | 박수정
펴낸이 | 박성면
펴낸곳 | (주)동아

출판등록 | 제406-2007-000071호
주소 | 경기도 파주시 문발로 115, 세종출판벤처타운 201-A호
전화 | (031)8071-5201
팩스 | (031)8071-5204
E-mail | bear6370@hanmail.net

정가 | 14,800원

ISBN 979-11-5511-938-9 (04810)
979-11-5511-937-2 (Set)

전하와 나

박수정 장편소설

1

동아

1. 위험한 가정부 면접 · 7

2. 쫓아내려는 자와 버티려는 자 · 59

3. 개구리 갔다, 울지 말거라. · 96

4. 개똥이와 심남이 · 128

5. 전하는 아수라 백작 · 178

6. 필사의 내기 · 205

7. 많이 컸구나 · 233

8. 10년 만의 외출 · 266

9. 이제야 깨닫는 마음 · 290

10. 첫 키스 · 329

11. 미소의 술버릇 · 355

12. 이화원에서 단둘이 (1) · 388

13. 이화원에서 단둘이 (2) · 423

14. 악몽의 첫 데이트 · 458

15. 신데렐라 언니가 구박을 받았더래요 · 489

16. 황태자의 음모 · 524

17. 황후의 회갑연 · 562

18. 없었던 일로 하자 · 591

※ 본문 안에서 「 」는 영어로 진행되는 대화입니다.

1. 위험한 가정부 면접

“다음, 5번 들어오세요.”

안에서 들려온 목소리에 미소의 왼쪽에 앉아 있던 여자가 움찔하며 몸을 일으켰다. 이제 바로 다음이 내 차례구나. 미소의 심장이 바쁘게 뛰기 시작했다.

화려한 무늬와 금박, 촛대 모양의 조명으로 장식된 웅장한 느낌의 벽 아래 죽 놓여 있는 의자들에는 아직도 미소까지 포함해서 세 명의 지원자가 남아 있었다. 앞에 벌써 다섯 명이나 지나갔는데도.

무슨 대기업 면접이라도 되는 것 같지만 어이없게도 입주 가정부를 뽑는 자리였다.

[입주 가정부 구함. 아이 잘 다루는 분 우대. 숙식 제공. 보수 월

300만 원
자격 요건 : 30세 이하 여성]

인터넷 구인 광고 사이트에서 발견한 짧은 광고 글이었다. 전화번호도 없이 주소만 달랑 쓰여 있는 글이었지만, 조건에 혹해서 무작정 찾아왔는데 이렇게 경쟁이 치열할 줄이야.

'이렇게 큰 저택인데 좀 여러 명 뽑아 줬으면 좋겠다.'

이화원이라는 이름의 이 저택은 미소가 머리털 나고 본 중에 가장 큰 집이었다. 이걸 집이라고 부를 수 있는지부터가 의문이기는 하지만.

정문에서 본관까지 걸어오는 데 무려 20분이나 걸렸고, 심지어 오는 중에 정원에서 길까지 잃을 뻔했다. 내부는 또 얼마나 고급인지, 바닥에 깔린 빨간 양탄자를 신발 신고 밟을 생각을 미처 못 해서 하마터면 현관에서 운동화 벗고 들어올 뻔했다. 다행히 다른 지원자가 구두 신은 채로 들어가는 걸 미리 본 덕분에 창피는 면했지만.

요리사 복장을 한 사람이 은쟁반을 들고 복도를 지나가질 않나, 가정부 같아 보이는 사람이 멀쩡한 장난감을 상자째로 내다 버리고 있지를 않나, 하여튼 이래저래 사람 기죽이는 곳이었다.

'이건희 집도 이렇진 않겠다. 황궁은 이 정도 되려나?'

미소가 속으로 이 생각 저 생각 하고 있는데, 얼핏 옆 사람이 들고 있는 이력서에 쓰인 글씨가 눈에 들어왔다.

[2016년 2월 : 황립 마립간 대학교 가정관리학과 졸업]

미소의 눈이 커졌다. 아니, 아무리 취업난이 심각하기로서니 황립

대씩이나 졸업한 인재까지 가정부 면접을 보러 왔단 말이야?

'큰일 났네.'

고등학교 졸업이 최종 학력인 미소는 괜히 초조해졌다.

'에이, 입주 가정부 뽑는데 학력이 무슨 소용이야. 밥이랑 빨래 잘 하고 애 잘 보면 됐지.'

온 대한 제국을 몽땅 털어 봐도 자신만큼 가사를 잘 돌보고 아이 잘 다루는 30세 이하 여성이 존재하기는 힘들었다.

'있다고 해도 자기 집에서 아이 키우고 살림하고 있지, 여기 왔겠어?'

그렇게 생각하면서도 절로 마음이 불안해지는 것은 어쩔 수 없었다. 왜냐하면 이 입주 가정부 자리가 미소에게는 무척이나 절실했으니까.

미소는 며칠 전 무작정 집을 나왔다. 그나마 어젯밤까지는 모텔에서 잤지만 이제 가진 돈도 똑 떨어졌다. 당장 오늘 밤 묵을 곳조차 없다.

'그러니까 무조건 여기 취직해야 돼!'

미소가 주먹을 꽉 쥐는데 이윽고 문이 열리더니 아까 들어갔던 5번 지원자가 밖으로 나왔다. 그리고 잠시 후 안에서 목소리가 들려왔다.

"다음, 6번."

미소는 자리에서 일어났다. 그리고 옷 안쪽에 걸고 있는 펜던트를 한번 어루만져 보고는, 심호흡을 하고 안으로 들어갔다.

"안녕하십니까, 윤미소라고 합니다!"

허리를 숙여 인사하자 책상 앞에 앉아 있던 사람이 눈짓으로 의자를 가리켰다.

"이리 와서 앉아요."

상대는 60대 초반 정도 되어 보이는 초로의 부인이었다. 단정하게 틀어 올린 희끗한 머리에 화장기 없이도 희고 매끈한 피부가 무척 고왔지만, 온화한 기운이라고는 전혀 없이 딱딱하기만 한 표정에 입매가 무척 완고해 보이는 것이 사람을 절로 긴장하게 만들었다.

"나는 이화원의 안살림을 맡고 있는 사람입니다. 사람들은 정 여사라고 부르지요."

짧게 자신을 소개한 정 여사가 돋보기안경 너머로 미소의 이력서를 쓱 훑어보더니 말했다.

"그럼 자기소개부터 해 보도록 해요. 성장 과정 위주로."

입주 가정부 뽑는데 무슨 성장 과정씩이나? 조금 당황했지만 미소는 곧 마음을 가다듬고 침착하게 입을 열었다.

"저는 올해 스물한 살이고, 부모님은 어려서 돌아가셨고요……."

* * *

그로부터 사흘 전.

"다녀왔습니다."

아르바이트를 마치고 평소보다 조금 늦게 돌아왔더니 집 안이 온통 조용했다. 다들 어디 갔는지 식구들 모습이 하나도 보이지 않았다. 식구들 저녁은 어쩌라고 이제야 기어들어 오느냐고 불호령이 떨어질 줄 알았는데.

"나 기다리다 외식하러들 갔나?"

가슴이 철렁했다. 너 때문에 나가서 밥 먹느라 헛돈 썼다고 이따 한바탕 싫은 소리 듣겠구나! 어쩔 줄 모르고 있던 미소의 눈에 문득 거실 테이블 위에 놓인 쪽지가 들어왔다.

[제주도로 다 같이 2박 3일 가족 여행 간다. 화분에 물 주는 거 잊지 말 것.]

미소의 얼굴이 확 밝아졌다. 세상에, 2박 3일 동안이나 자유라니!

"만세!"

미소는 춤추듯 거실을 팔짝팔짝 뛰어다녔다.

방 세 개짜리 집에 새엄마에다 첫째 언니 부부에 세 아이, 거기다 아직 미혼인 둘째 언니와 툭하면 데려오는 남자 친구까지 늘 북적북적하는 바람에 늘 어깨도 제대로 못 펴고 지내는 미소였다. 심지어 그 식구들 식사 준비며 빨래까지 제 손으로 다 해야 됐으니 오죽할까.

그런 가운데 무려 사흘이나 휴가가 생긴 것이다. 금세 하늘에라도 오를 것 같았다. 자기만 빼고 다 같이 가족 여행을 갔다고 섭섭할 건 하나도 없었다. 새엄마나 언니들이나, 애초에 피 한 방울 섞이지 않은 사람들에게 기대 따위는 이미 내려놓은 지 오래였다. 오히려 자기들끼리 간 게 너무 고마워서 눈물이 날 지경이었다. 따라가 봤자 어차피 보모에 식모 취급일 텐데.

털썩! 미소는 소파에 뛰어들어 세상에서 제일 편한 자세로 드러누웠다.

"가만있자, 뭘 볼까?"

리모컨을 집어 드는데 가슴이 다 콩닥거렸다. 이 집에서 TV 채널을 선택할 권한 따위는 미소에게 주어져 있지 않았으니까.

–드디어 엑소가 컴백을 했습니다! 이번 콘셉트는…….

연예가 소식이 한창 나오다가 갑자기 화면이 바뀌면서 아나운서가 속보를 전하기 시작했다.

–황태자 전하께서 오늘 오후 5시, 해외 순방길에 오르셨습니다. 황제 폐하와 황후 폐하께서는 친히 공항까지 나가시어 황태자 전하를 배웅하시고…….

"뭐야, 별로 대단한 소식도 아닌데 뭐가 속보래."

오랜만에 재미있는 것 좀 보려고 했더니, 하고 미소는 입술을 삐죽거렸다.

"황태자라는 사람이 말이야, 나라 일에나 신경 쓰지 툭하면 해외 순방 나간다고 자리 비우고."

감히 입 밖에 내서 황태자 흉을 보다니, 이것도 혼자 있을 때나 누릴 수 있는 자유였다. 황제가 모든 권력을 쥐고 있는 대한 제국에서, 황실 모욕죄는 자칫 잡혀가서 실형을 살 수도 있는 대역죄니까.

"……옛날 황태자 전하는 안 저랬는데."

원래 있던 황태자는 10년 전에 이런저런 사건을 일으킨 끝에 폐서인되었고, 지금의 황태자는 그 동생 되는 사람이었다.

"저렇게 하루가 멀다 하고 나돌아 다니니 그게 대체 돈이 다 얼마……."

하고 혼잣말을 하다가 미소는 문득 떠오르는 생각에 입을 다물었다. 잠깐만, 그러고 보니까 무슨 돈으로 여행을 간 거지?

"이번 달도 적자라 죽겠네, 정말. 미소 너 진짜 돈 없어?"

며칠 전만 해도 분명히 새엄마가 그렇게 말했었다.

"너 알바 하잖아, 하다못해 생활비라도 내놔야 할 거 아냐!"

하지만 미소는 없다고 끝까지 딱 잡아뗐다.

"죄송해요, 엄마. 친구한테 빌린 게 있어서 그거 갚느라 돈이 하나도 없어요."

집안 청소며 빨래, 식사 준비에다 조카들까지 혼자 다 돌보면서 바보처럼 돈까지 뺏기고 싶지 않았다. 게다가 아르바이트로 버는 돈은 나중에 대학에 가게 되면 등록금으로 쓰려고 꼬박꼬박 저금해 두는 터였다. 애초에 식모 취급을 받으면서도 안 나가고 여태 이 집에서 끈질기게 버티고 있는 이유가 그거였다. 대학 갈 돈 모을 때까지만 눈 딱 감고 참자. 최소한 여기 있으면 방값, 밥값은 안 드니까.

"하여튼 집에 쌀이 똑 떨어지는 한이 있어도 제 뒷주머니만 차느라 바쁘지, 여우 같은 년."

새엄마는 하얗게 눈을 흘기면서도 더 이상 추궁하지는 않았다. 미소가 집이라도 나가 버리면 당장 곤란해진다는 걸 알고 있을 테니까. 새엄마나, 새엄마를 꼭 닮은 언니들이나 집안 살림에 취미도 재능도 없기는 마찬가지였다.

어쨌든, 바로 며칠 전에 생활비 타령을 해 놓고 갑자기 무슨 돈으로 여행을 갔지?

'설마.'

문득 떠오르는 생각에 가슴이 철렁했다. 미소는 튕기듯 일어나 제 방으로 한달음에 달려갔다.

설마, 아닐 거야. 설마. 미소는 떨리는 손으로 옷장을 열어 서랍 깊숙이 쌓여 있는 겨울옷 더미 맨 아래에 손을 쑥 집어넣어 더듬어 보았다. 분명히 여기에 있어야 하는데…….

얼굴이 점점 하얗게 질려 갔다. 없었다. 있어야 할 것이. 옷을 죄다 끄집어내고 옷장을 완전히 뒤집다시피 해서 찾아보아도 끝내 보이지 않았다.

미소는 떨면서 새엄마에게 전화를 했다.

"어, 엄마. 저예요."

—어 그래, 미소야! 무슨 일이니?

바닷바람과 함께 돌아오는 목소리가 평소에 없이 부드러워서 불안감은 더욱 커졌다.

"죄송한데요. 혹시 제 방 옷장 서랍에 있던 통장이랑 카드 못 보셨어요?"

—아 참, 그거? 엄마가 여행비 결제하느라 좀 빌려 썼어.

역시나. 미소는 눈앞이 캄캄해지는 것을 느꼈다.

—나중에 이자 붙여 갚을 테니까 걱정 말고 집 잘 보고 있어. 갈 때 한라봉 사 갈게.

"엄마. 그거 저 대학 갈 때 쓰려고 모아 둔 돈이에요."

미소는 전화통에 매달리다시피 했다.

"제발, 제발 돌려주세요. 이렇게 빌게요."

돌려줄 리 없다는 걸 뻔히 알면서도 애원하지 않을 수 없었다. 세상에 그 돈이 어떤 돈인데. 겨울에 입술이 부르트다 못해 피가 나도 삼천 원짜리 립밤 하나를 집었다 놨다 집었다 놨다가를 반복하다 결국 못 사고 아끼고 아껴서 모은 돈인데!

—글쎄 때 되면 갚는다니까 애가 끈질기게 왜 이럴까?

"그때가 언젠데요. 네?"

—아, 정 급하면 경찰에 신고를 하든지 하지, 왜 전화질이야?

결국 새엄마가 빽 하고 소리를 질렀다.

—민희 넷째 가졌대서 모처럼 태교 여행 온 건데 축하는 못 해 줄망정 기분 잡치게!

미소는 또다시 충격을 받았다. 큰언니가 또 아이를 가졌다고?

—가서 얘기해, 끊어!

새엄마는 확 쏘아붙이더니 전화를 뚝 끊고 말았다.

"……."

끊긴 전화를 붙들고, 미소는 한참 동안이나 멍하니 그 자리에 서 있었다. 마치 악몽 한가운데 들어와 있는 것 같은 기분이었다.

고등학교 졸업 직후부터 1년 넘게 악착같이 모았던 돈이 한순간에 사라졌다. 게다가 막내 조카가 올해 네 살이 돼서 어린이집에 가게 되어 이제 한숨 좀 돌리나 했더니 세상에나 아이를 또 가졌단다. 이번에도 결국 키우는 건 또 내 몫이 될 게 뻔한데!

'더는 안 되겠어.'

미소는 깨달았다. 이대로는 영영 벗어날 수가 없다. 자칫하면 평생 이 집에 묶여서, 무급 식모에 보모 노릇까지 하다가 인생 마감하고 말 것이다.

다음 순간, 미소는 도로 방으로 뛰어 들어가서 낡은 여행 가방을 꺼내 무작정 짐을 챙기기 시작했다.

* * *

"그럼 애를 벌써 셋이나 키웠다는 얘기군요?"

미소의 이야기를 듣고 난 정 여사가 물었다.

“네. 조카들이지만 셋 다 제 손으로 키운 거나 다름없습니다.”

정작 낳은 인간들은 기저귀 한 번 갈아 주는 법도 잘 없었다. 밤새 깨서 보채는 아이를 데리고 자는 것도 미소의 몫이었다. 중학교 때부터 지금까지, 그렇게 여태 셋을 연달아 키웠다.

“그러면 아이는 잘 돌보겠군요. 집안일도 혼자서 다 해 왔다니 가사도 문제없을 테고.”

정 여사는 고개를 끄덕이더니 혼잣말처럼 덧붙였다.

“……어린 나이에 무척 고생이 많았군요.”

미소는 조금 놀라 눈을 들어 상대를 쳐다보았다. 설마 위로해 주는 건가? 하지만 정 여사는 냉정하고 침착한 표정 그대로 미소의 이력서를 다시 들여다보더니 갑자기 이마를 찌푸렸다.

“잠깐, 그런데 최종 학력이 고등학교 졸업이네요? 대학생 아니었나요?”

미소는 당황해서 대답했다.

“제가 사정상 대학을 못 갔는데요. 그게 무슨 문제라도…….”

“구인 광고 제대로 안 읽어 보고 왔나요?”

“네?”

미소가 당황하자 정 여사가 책상 위에 놓인 모니터를 이쪽으로 돌려 광고를 보여 주었다.

“자, 여기 맨 아래.”

미소는 깜짝 놀랐다. 정말로 맨 아랫줄에 쓰여 있지 않은가!

[자격 요건 : 30세 이하 여성
4년제 대학 졸업자, 혹은 재학생(휴학생 가능)]

이제 보니 프린트하는 과정에서 맨 아랫줄이 그만 잘려 나가고 만 모양이었다. 조건에만 정신이 팔려서 그만 광고 내용을 꼼꼼히 확인하지 못했던 탓이었다.

“제가 미처 그 부분을 못 본 것 같습니다. 그래도 여기까지 왔는데 어떻게 안 될까요?”

미소는 사정하듯 말했다.

“저 정말 잘할 수 있어요. 가정부가 꼭 학력이 필요한 일은 아니잖아요, 네?”

하지만 정 여사는 딱 잘라 말했다.

“이화원에서 일하는 사람 중에 대학을 나오지 않은 사람은 한 명도 없습니다. 집사나 가정부, 요리사, 운전기사는 물론이고 정원사도 마찬가지예요.”

농담을 하나 싶어서 유심히 쳐다봤지만 정 여사는 어디까지나 진지한 얼굴을 하고 있었다.

“앞에 면접 본 사람들도 대부분 황립대 졸업자예요. 그중 두 명은 석사 학위 소지자고.”

미소는 할 말을 잃었다. 아무리 학력 주의 사회라지만 입주 가정부 일에까지!

“이 댁에는 어린 아가씨와 도련님이 계십니다. 가정부라고 해서 단순히 빨래나 청소 같은 가사만 맡아 보는 게 아니라 그분들의 시중도 들어야 하니까 최소한의 교양은 필수예요.”

울고 싶었지만 완고한 태도로 미루어 보아 더 졸라 봤자 소용없을 것 같았다. 자격 요건을 제대로 보지 않고 온 건 결국 이쪽의 잘못이고.

“그럼 실례가 많았습니다.”

“김 집사님에게서 차비를 받아 가도록 해요.”

어쩔 수 없이 자리에서 일어나는 미소에게, 정 여사는 그렇게 말하고 미련 없이 시선을 돌렸다. 어깨가 축 처진 채로 미소가 방을 나오는데, 어디선가 갑자기 어린아이 울음소리가 들려왔다.

“으아아아앙! 어디 가떠어!”

“도련님, 울지 마세요. 네?”

달래는 소리도 들려왔다. 뭔가 싶어서 가 보니 어린 남자아이가 서럽게 울고 있고, 여러 사람들이 둘러싸고 달래는 데 여념이 없었다. 그중에는 아까 미소의 옆에 있던 입주 가정부 지원자 둘도 있었다. 지원자들은 이때야말로 자신을 어필할 기회라 생각했는지 누구보다 열심이었다.

“아이 착해라. 까꿍!”

미소는 그만 어이가 없어졌다. 보아하니 애가 한 네 살쯤은 된 것 같은데, 한두 살도 아니고 까꿍이 웬 말인가.

“내 오초넌! 오초넌 어디 갔어!”

“아, 오천 원이요? 오천 원이 갖고 싶으셔서 우셨쪄요?”

한 지원자가 만 원짜리 지폐를 꺼내서 내밀었지만 어린 도련님은 울면서 도로 내팽개쳤다.

“이거 말고오오! 내 오초너어언!”

“도련님, 이게 만 원이라고, 오천 원보다 훨씬 좋은 거거든요.”

미소는 당황했다. 애가 지금 오천 원을 달라는 게 아니잖아? 처음 듣는 순간 미소는 저 아이가 뭘 찾는지 바로 알아들었다. 왜냐하면 올해 네 살인 막내 조카도 그걸 딱 저렇게 부르거든. 하지만 선불리

나서기가 망설여졌다. 이 뻔한 걸 다들 못 알아듣고 있으니까 설마하니 그걸까, 싶어서였다.

미소가 망설이는 가운데 아이의 통곡 소리는 점점 더 커져만 갔다.

"내 오초넌! 오초넌 찾아 달란 말이야!"

나이 든 가정부들이 안절부절못했다.

"도련님, 고정하세요. 네?"

"자칫 몸 상하십니다."

무슨 애한테 말을 저런 식으로 해?

아무래도 가만히 있으면 안 되겠다 싶어서, 미소는 가정부 중 하나를 붙들고 물었다.

"죄송한데요, 이 댁에 분리수거 통이 어디 있나요?"

"이 와중에 무슨 소리예요?"

돌아온 반응은 날카로웠다. 어쩔 수 없이 미소는 아까 가정부가 분리수거물을 한 아름 들고 사라졌던 방향으로 가 보았다. 다행히 주방에 달린 쪽문 바로 바깥에서 분리수거 통을 발견했다. 생각했던 물건은 '플라스틱'이라고 쓰인 통 안에 상자째로 얌전히 들어 있었다.

미소는 그것을 가지고 얼른 돌아가서 쪼그려 앉아 아이와 눈높이를 맞추고 물었다.

"혹시 이거 찾니?"

방금까지 눈물이 가득했던 아이의 까만 눈동자가 별안간 반짝 빛났다.

"내 오초넌!"

아이는 반갑게 외치면서 장난감 상자를 와락 끌어안았다.

그럴 줄 알았지, 하고 미소는 속으로 웃었다. 아까 가정부가 이 장난감을 상자째 내다 버리는 것을 보고, 멀쩡한 걸 왜 버리나, 갖다가 우리 막내 주면 좋아할 텐데, 하는 생각을 했었던 것이다. 뭐 가출한 마당이니 참 쓸데없는 생각이긴 하지만.

"이게 뭐예요?"

놀라서 묻는 다른 사람들에게, 미소는 멋쩍게 대답했다.

"바다 탐험대 옥토넛이에요."

아이들이 좋아하는 유아용 애니메이션의 제목이었다.

울기도 잘하지만, 그러다 또 금세 웃기도 잘하는 게 아이들이다. 장난감을 돌려받은 아이는 언제 울었냐는 듯이 신이 났다.

"우이 오초넌 노이 하자!"

"좋아, 이모가 바나클 대장 할게. 우리 친구는 콰지 할까?"

북극곰 인형을 제 손에 들고, 고양이 인형을 건네주며 말하자 아이는 금세 빠져들었다.

"고애상어가 나타나쯥니다 대장!"

"옥토넛, 전원 옥토 해치로!"

한참 그렇게 소꿉장난하듯 놀다가 마지막에는 신나게 마무리 노래까지 불렀다.

"오늘도 임무 완수! 옥토넛 탐험대, 다음 임무까지 쉬어!"

노래를 다 부르고 나서야 미소는 문득 주위가 어느덧 싹 조용해져 있는 것을 깨달았다. 그제야 아, 너무 눈치 없이 설쳐 댔나 싶어서 얼른 입을 다물고 몸을 일으키는데, 사람들 사이에 아까까지 자리에 없었던 사람 하나가 끼어 있었다.

별생각 없이 올려다보았다가 미소는 순간적으로 심장이 멈출 것 같은 느낌을 받았다.

상대는 무척 수려한 얼굴을 한 30대 초반 정도의 남자였다. 보기 좋게 뻗어 있는 짙은 눈썹 아래의 검은 눈동자. 붓끝으로 한 번에 그려 낸 듯이 유려한 콧날. 완벽한 모양으로 다물려 있는 입술. 자칫 연예인쯤으로 착각하게 만들 수도 있을 정도의 미모였지만, 이 남자가 결코 그렇게 가벼운 인물이 아니라는 것을 한눈에 알 수 있게 만드는 것은 바로 그에게서 풍기는 분위기였다.

보통의 젊은 남자로서는 절대 흉내조차 낼 수 없는, 오로지 지배자로 타고난 자만이 지닐 수 있는 압도적인 분위기. 딱히 무서운 표정을 하고 있다든가 혹은 노려보고 있는 것도 아닌데 저도 모르게 어깨가 움츠러드는 느낌이 들었다.

하지만 미소가 놀란 것은 상대의 미모나 범상치 않은 분위기 때문이 아니었다. 바로 아는 얼굴이었기 때문이었다.

'전하……?'

몇 번이나 눈을 깜빡이고 다시 봐도 남자는 틀림없는 황태자, 아니 전 황태자 전하였다. 원래 이름은 이유(李裕), 황자 시절의 봉호는 명친왕(明親王). 10년 전에 폐서인된 후 황실에서 엄하게 언급을 금지하는 바람에 어떤 언론에서도 소식을 보도하지 않아서, 미소 같은 일반인들은 그가 죽었는지 살았는지조차 알 수 없었다. 그래서 외국으로 떠나셨네, 지병으로 일찍 돌아가셨네 하고 소문만 무성했었는데. 바로 그 전 황태자 전하가 지금 눈앞에 서 계신 게 아닌가!

물론 놀란 것은 미소뿐만이 아니었다.

"전하!"

입주 가정부 지원자들 중 한 사람이 그렇게 부르며 황급히 허리를 푹 숙이자, 전 황태자는 조용히 눈살을 찌푸렸다.

"사람을 잘못 본 것 같은데."

차분한 말씨는 은은한 냉기를 품고 있었다. 하지만 말을 꺼낸 사람은 심지어 눈치조차 없었다.

"하, 하지만 틀림없는 황태자 이유 전하가 아니십니까!"

"나는 황태자도, 이유라는 사람도 아니다."

목소리가 조금 더 날카로워졌다.

"내 이름은 이의윤이고, 황실과는 아무 상관도 없는 사람이다. 아무에게나 함부로 그런 호칭을 쓰는 것은 황실 모욕죄에 속한다는 것을 모르는가?"

서슬 푸른 말에 그제야 지원자는 찔끔하며 입을 다물었다.

"……앞으로 황실 모욕죄 처벌이 한층 강화될 예정이라고 하던데, 조심하는 게 좋을 것이다."

충고하듯 말하고 나서 의윤이라는 남자는 고용인들을 향해 물었다.

"무슨 일인가?"

언제 안에서 나왔는지, 정 여사가 나서서 공손히 고개 숙여 대답했다.

"집안일 돌보는 이들 중에 결원이 생겨 새 사람을 구하고 있던 참입니다, 주인님."

의윤이 잘생긴 이마를 살짝 찌푸리는 순간, 마침 아이가 양팔을 벌리며 반갑게 불렀다.

"아빠!"

의윤은 아이를 힐끗 쳐다보더니 안아 주는 대신에 손을 뻗어 짧게 머리를 쓰다듬는 시늉만 하고는 금세 손을 거뒀다.

"너무 소란스럽지 않게 주의하도록."

"예, 주인님."

의윤이 돌아서는 순간 아이가 시무룩한 얼굴을 하는 것을, 미소는 보았다.

물론 본인이 부정한다고 해서 전하가 전하가 아니게 되는 것은 아니다. 그러니까 결국 이 저택은, 폐서인되신 전 황태자 전하께서 사시는 곳이었던 것이다. 어쩐지, 집이 너무 좋더라니!

알고 나니까 이제야 이해가 가는 점이 여럿 있었다. 일단 기껏해야 너덧 살짜리 아이한테 말끝마다 도련님, 도련님 하면서 깍듯하게 경어를 쓰는 것도 그렇고. 이 집에서 일하는 사람들은 집사부터 가정부, 요리사, 운전기사, 하다못해 정원사까지 다 대학 졸업자라는 것도 그렇고.

정 여사와 나이 든 가정부들의 말투로 미루어 보아 이들은 원래 황궁에서 일하던 궁녀들인 것 같았다. 그러면 다른 고용인들도 황궁에서 일했던 사람들일 가능성이 높은데, 그럼 당연히 모두들 대학을 나왔겠지. 그야 공무원이니까.

우는 도련님을 달래는 데 성공했으니 혹시나 다시 면접 볼 기회를 주지 않을까, 하고 속으로 은근히 기대했지만 역시나 그런 드라마 같은 일은 벌어지지 않았다.

"수고 많았어요. 자, 이건 차비."

그렇게 말하며 미소에게 봉투를 건네준 것은 젊은 남자였다.

"김 집사님에게서 차비를 받아 가도록 해요."

이 사람이 아까 정 여사가 얘기했던 그 김 집사인가 보았다. 집사라고 해서 막연히 늙은 할아버지를 상상했는데 겨우 서른이나 될까 말까 해 보였다.

게다가 이 김 집사님은 대단한 미남이기까지 했다. 부드러워 보이는 갈색 머리에 같은 색깔의 눈동자, 선이 고운 얼굴이 꼭 순정 만화에서 그대로 빠져나온 것 같았다. 눈을 가늘게 뜨면서 입가에 살짝 웃음을 띠고 쳐다볼 때는 그야말로 심장이 멎을 것 같은 기분이었다. 아니, 이 오빠는 왜 자꾸 사람을 그렇게 곁눈질로 쳐다보면서 웃지?

"그리고 여기에 사인 좀."

봉투를 건네준 후, 김 집사는 웬 서류를 내밀었다. 뭔가 하고 보니 '비밀 유지 각서'라고 쓰여 있었다.

"무슨 내용인데요?"

"쉽게 말해 여기서 있었던 일에 대해서는 나가서 입 벙긋하지 말라는 내용이죠."

"하면요?"

"알거지 된 후 감옥행."

김 집사는 그 잘생긴 얼굴로 해맑게 웃었다. 날은 따뜻한 봄날인데, 갑자기 오한이 나서 미소는 몸을 부르르 떨었다.

미소가 사인을 마치고 나자 김 집사가 물었다.

"참, 아까 도련님하고 같이 만화 영화 주제가를 집이 떠나가라고 불렀다면서요? 그것도 주인님 보시는 앞에서."

아니 애하고 놀다가 노래 좀 불렀기로서니 그게 뭐 대단히 신기한 일이라고.

"집 안 떠나갔거든요?"

미소의 대꾸에 김 집사가 못 참겠다는 듯이 풋, 하고 웃음을 터뜨렸다.

"안타깝네, 미소 씨랑 같이 일하면 엄청 재밌을 거 같은데."

남은 심란해 죽겠는데 웃는 게 얄미워서 미소는 부루퉁하게 말했다.

"그럼 좀 뽑아 주시든가요?"

"그러고 싶지만 나는 내명부 일, 아니 집안일에는 간섭할 수가 없게 돼 있어서요."

김 집사가 어깨를 으쓱했다.

"아쉽게 됐네요. 조심해서 가요."

그러더니 문득 생각난 듯이 물었다.

"아, 버스 정류장까지 태워다 줄까요?"

하마터면 냉큼 네, 하고 대답할 뻔했다. 글쎄 아까 저택 정문에서 본관까지 걸어오는 데 무려 20분이나 걸렸다니까? 게다가 버스 정류장에서 저택까지도 또 그 정도가 걸렸다. 그 길을 다시 돌아갈 생각을 하니 눈앞이 캄캄했다. 하지만 취직도 못 하고 돌아가는 마당에 태워다 달라기에는 또 자존심이 상했다.

"괜찮아요, 혼자 갈 수 있어요."

결국 혼자 터덜터덜 건물을 나와 정문을 향해 걸어가던 미소는 문득 아까 본 전 황태자 전하의 얼굴을 떠올렸다.

'얼굴은 그대로신데…….'

어언 10년 만에 보는 셈인데도 그다지 나이가 들어 보이거나 변한 것 같지는 않았다. 그런데 이상하게도 완전히 다른 사람을 보는 것 같은 느낌이 들었다. 어째서일까, 미소는 잠시 생각하다 이유를 깨달았다. 아까 본 전하의 얼굴에서는, 그 당시의 반짝거림이 완전히 사라지고 없었던 것이다.

황태자 시절의 이유 전하께서는 황실의 아이돌 같은 존재였다. 아니, 아이돌 같은 존재가 아니라 진짜 아이돌이었다. 그 당시에 여학생들 상대로 인기투표를 하면 압도적으로 1위가 황태자 전하고 2위가 동방신기였으니까. 부록으로 딸린 황태자 전하 포스터 때문에 줄 서서 잡지를 사던, 그런 시절이었다.

수려한 외모, 명석한 두뇌, 따뜻하고 자상한 성품. 성군의 재목이라고들 했다. 한때는 온 국민이 황태자 전하를 마음 깊이 사랑했었다. 물론 미소 역시. 당시 뉴스나 신문에서 보던 황태자 전하는 늘 햇살같이 환하게 웃고 계셨다.

그런데 아까 본 남자는…….

"내 이름은 이의윤이고, 황실과는 아무 상관도 없는 사람이다."

미처 몰랐다. 전하께서 그렇게 싸늘한 표정으로, 차갑게 말할 수도 있는 사람이었다는 것을. 심지어 안아 달라 팔 벌리는 자기 아이도 외면하는, 그런 사람일 줄은.

분명 황태자 시절의 이유 전하는 그렇지 않으셨다. 울고 있는 어린아이에게 먼저 다가가서 위로하며 손 내밀어 주는, 그런 사람이었는데. 어쩌다 저렇게까지 변해 버린 걸까……. 생각에 푹 빠진 채 걷다가 미소는 하마터면 정원 바닥에 깔린 돌멩이에 걸려 넘어질 뻔했다.

'정신 차리자.'

미소는 잡생각을 떨쳐 버리듯 고개를 힘껏 저었다. 당장 오늘 밤 잘 곳조차 없는 주제에 딴생각을 하고 있을 때가 아니다.

다행히 아직 점심때니까, 한두 군데 정도는 더 면접을 볼 수 있겠지. 그렇게 생각하며 미소는 걸음을 재촉해 이화원을 나섰다.

* * *

사람이 죽으라는 법은 없나 보다. 점심도 굶고 열심히 면접을 보러 다닌 보람이 있어서, 오후쯤에 미소는 다행히도 작은 호텔에 취직이 되었다. 업무는 객실 청소 담당. 비록 월급은 많지 않았지만, 호텔 지하층에 고용인들을 위한 기숙사가 마련되어 있어서 숙식을 제공해 준다고 했다.

"오늘은 푹 쉬고 내일 아침부터 일하도록 해요."

미소를 채용해 준 사람 좋게 생긴 팀장님은 그렇게 말하고 저녁까지 먹여 주었다.

사람이 배가 부르면 긍정적이 되는 모양이다. 아침부터 쫄쫄 굶은 속을 든든하게 채우고 나서 작은 방에 가서 눕자 마음이 훨씬 편안해졌다.

'여기서 일하면 생활비 안 드니까 돈 많이 모을 수 있겠다!'

앞날이 온통 장밋빛으로 보이기 시작했다. 팀장님은 친절해 보이고, 밥도 맛있고, 돈 생겨도 눈치 보면서 숨기지 않아도 되고. 왜 진작 집을 나오지 않았을까, 하고 후회될 정도였다.

'오늘은 일찍 자고, 내일부터 열심히 하자.'

미소는 기도하듯 목에 걸고 있는 펜던트를 어루만져 보고 눈을 감았다. 순간 낮에 본 전하의 얼굴이 머릿속에 스쳐 갔지만 그것도 잠시, 곧 기절하듯 잠에 빠져들고 말았다.

그렇게 얼마나 잤을까. 미소는 문득 눈을 떴다. 머리맡에 놓아둔 휴대폰이 미친 듯이 울리고 있었다.

"누구야……."

시계를 보니 벌써 밤 10시가 넘은 시간이었다. 새엄마를 비롯한 온 가족의 전화번호는 미리 다 수신 차단을 걸어 두었는데, 들여다보니 역시나 처음 보는 번호였다.

전화를 받자마자 저편에서 상대가 외쳤다.

-미소 씨? 지금 어디 있어요?

남자 목소리여서 미소는 순간적으로 당황했다. 뭐야, 누군데 다짜고짜 나더러 미소 씨래.

"저기, 누구세요?"

-김 집사입니다, 이화원의.

그제야 미소는 깜짝 놀라 튕기듯 몸을 일으켰다.

"김 집사님? 이 시간에 웬일이세요?"

-길게 말할 시간 없고, 지금 어디냐고 물었어요.

목소리가 하도 다급하게 들려서 미소는 엉겁결에 있는 곳을 대고 말았다.

"예? 여기 수원에 있는 비즈니스맨 호텔인데요."

-거기 꼼짝 말고 있어요. 지금 갈 테니까.

"여보세요? 김 집사님? 김 집사님!"

놀란 미소가 외쳐 부르는데, 이미 전화는 뚝 끊겨 버린 후였다.

이게 무슨 난리야? 순식간에 잠이 확 달아나고 말았다. 뭐지? 왜 온다는 거지? 미소는 안절부절못했다. 분명 자신은 자격 미달이었다. 그래서 면접도 제대로 못 보고 쫓겨났는데 왜 갑자기 야밤에 이리로 온다는 걸까.

'혹시 저택에서 뭐가 없어졌나?'

자라 보고 놀란 가슴 솥뚜껑 보고 놀란다고, 미소는 그만 가슴이 덜컥 내려앉았다. 새엄마나 언니들이나, 집에 뭐만 안 보인다 치면 으레 미소부터 의심하곤 했으니까. 어쩐지 집 안 곳곳에 조각품이니 도자기니 비싸 보이는 것들이 여기저기 널려 있는 게 영 위험해 보이더라니!

'어떡하지? 혹시 나 누명 쓰고 감방 가는 거 아냐?'

어쩔 줄 모르고 있는데, 전화를 끊은 지 정확히 한 시간 만에 김 집사가 방문을 박차고 나타났다.

"어떻게 벌써 오셨어요?"

미소는 기겁을 했다. 여기서 이화원이면 족히 두 시간은 넘게 걸릴 거리인데! 하지만 김 집사는 대답 대신 재촉부터 했다.

"일어나요. 갑시다."

"무슨 일인데요, 네?"

"도련님께서 잠도 안 자고 지금 두 시간째 울고 계십니다. 아니, 이제 세 시간이겠군. 돌아가면 네 시간째겠고."

"네? 아니 왜 우는데요?"

"당장 옥토넛 이모를 데려오랍니다."

미소의 팔을 잡아끌며, 김 집사는 비장하게 말했다.

"그러니까 입 다물고 따라와요."

이화원에 있는 다른 사람들은 다 황궁 출신인지 몰라도 이 사람만은 절대 아닐 거다, 라고 미소는 진심으로 생각했다. 분명히 이 사람은 전직 F1 선수였을 거다!

차에 대해서는 전혀 모르는 미소가 보아도 무척 비싸고 좋아 보이는 차긴 했다. 그래도 그렇지 이렇게까지 밟는 건 너무하지 않은가.

시속 180까지 쭉쭉 올라가는 속도계를 보고, 미소는 비명을 질렀다.

"제발 좀 천천히 가요오오오!"

하지만 김 집사는 들은 체도 않고 계속해서 액셀러레이터를 밟아 댔다.

차는 수원에서 출발한 지 한 시간 만에 이화원에 도착했다. 말이 한 시간이지 그사이에 생사의 기로를 수십 번 넘나든 미소에게 있어서는 1년은 족히 흐른 것 같았다. 도저히 묻지 않고는 견딜 수가 없었다.

"김 집사님, 도대체 원래 직업이 뭐였어요?"

"아, 내가 말 안 했나?"

김 집사가 미소의 안전벨트를 풀어 주며 대꾸했다.

"나는 그거 묻는 사람이 세상에서 제일 싫어요."

미소는 후들거리는 다리로 김 집사를 따라 집 안으로 향했다. 이윽고 잘 꾸며진 아이 방에 들어서자 아이가 환성을 질렀다.

"와아, 오초넌 이모다!"

눈이 퉁퉁 부은 아이가 달려와서 미소에게 와락 안겼다.

"보고 시퍼떠요 이모!"

그래 봤자 낮에 아주 잠깐 놀아 줬을 뿐인데 아이는 반가워서 어쩔 줄을 몰라 했다. 어린아이가 얼마나 울었는지 목소리가 갈라져 있어서 미소는 가슴이 뭉클해졌다. 방 안을 둘러보니 낮에 보았던 정 여사와 아이의 보모인 듯한 나이 지긋한 여자, 그리고 문제의 전 황태자 전하까지 다 모여 있었다. 모두들 무척이나 지친 표정인 것이, 아이가 꽤나 고집을 부렸던 모양이다.

'엄마는요?'

미소도 그렇게 물을 정도로 눈치가 없지는 않았다. 딱 보면 알 수 있다. 이 어린 도련님한테는 엄마가 없다. 애처로운 마음에 미소는 아이를 꼭 안고 머리를 쓰다듬어 주었다.

"이모도 우리 지호 보고 싶어서 얼른 달려왔어."

오는 길에 김 집사가 미리 아이의 이름을 가르쳐 주었었다. 도련님이라고 부르면 된다고도. 하지만 이 집 사람들이야 어떤지 몰라도, 바로 며칠 전까지 딱 요만한 아이를 돌보던 미소는 도저히 네 살배기한테 대고 도련님 소리가 나오지 않았다.

"지호, 이제 이모랑 옥토넛 놀이 할까?"

"응!"

지호가 쪼르르 달려가서 장난감 상자를 가져왔다.

"나은 콰지 하고, 이모은 페이소 하고!"

아이와 놀아 주는 거야 워낙 많이 해 오던 일이니까 어려울 게 없다. 하지만 다른 사람들이 주위에서 멀뚱멀뚱 쳐다보고 있는 게 무척 신경이 쓰였다.

"페이소! 대왕 오징어가 다리을 다쳐떠!"

"그래? 얼른 출동해서 치료해 줘야겠다. 가자, 콰지!"

놀아 주는 도중에도 계속 시선이 느껴져서 견딜 수가 없었다. 뭐 구경거리 났나, 쳐다보고 있지 말고 좀 나가든지!

곁눈질로 슬쩍 쳐다보니 아니나 다를까, 집주인인 전 황태자가 눈썹을 한껏 찌푸린 채로 내려다보고 있어서 미소는 그만 기분이 팍 상하고 말았다. 아니 왜 내가 무슨 못 할 짓이라도 하고 있는 것처럼 쳐다보고 난리래?

문득 낮에 김 집사가 했던 말이 떠올랐다.

"참, 아까 도련님하고 같이 만화 영화 주제가를 집이 떠나가라고 불렀다면서요? 그것도 주인님 보시는 앞에서."

그렇다는 건 이 집에서는 이렇게 노는 법이 없었다는 뜻인데. 미소는 퍼뜩 깨달았다. 낮에 처음 만나서 잠깐 놀아 준 게 전부인 자신을, 지호가 몇 시간이나 울고불고하면서 찾았던 이유를. 이 어린아이한테는 여태 그렇게 놀아 주는 사람이 아무도 없었던 거다!

참다못해 미소는 놀이를 중단하고 보모에게 물었다.

"저기, 죄송한데요. 대체 멀쩡한 애 장난감은 왜 갖다 버리셨던 거예요?"

보모는 대답 대신에 곁에 서 있는 전 황태자, 의윤의 눈치를 보았다. 굳이 말로 하지 않아도 누구의 지시였는지 알 수 있어서 미소는 더욱더 기가 막혔다.

"왜 그러셨어요?"

당돌하게 묻자 의윤은 조금 당황한 얼굴을 하면서도 대답했다.

"지호가 요즘 유치한 장난감 놀이에만 너무 빠져 있는 것 같아서 그리하였다."

비록 폐위되었다고는 하지만 상대는 한때 지엄하신 황태자셨다. 감히 말대답을 해서는 안 된다는 것을 뻔히 알면서도 도저히 묻지 않고는 견딜 수가 없었다.

"그럼 유치하지 않은 놀이는 뭐가 있는데요?"

"얼마든지 있지 않으냐. 독서라든가, 아니면 산책이라든가."

어이가 없어서 미소는 의윤을 빤히 쳐다보았다. 네 살배기한테 독서에 산책이라니, 지금 제정신으로 하는 소린가? 어린아이는 노는 게 일인데. 장난감 가지고 이렇게 역할 놀이 하고, 신나게 노래도 부르고 그러면서 크는 건데 아빠라는 사람이 그걸 못 하게 하다니!

아이가 불쌍한 마음에 절로 화가 치밀었다. 이런 사람인 줄도 모르고 나는 여태……!

문득 미소는 중·고등학교 시절을 떠올렸다.

"폐서인된 이유 전하 말이야. 지금쯤 어디서 뭐 하고 살고 있을까?"

"이혼도 했겠다, 이젠 황태자도 아니겠다. 신나게 이 여자 저 여자 만나고 다니겠지 뭐."

친구들이 폐서인된 황태자를 흉볼 때마다 미소 혼자서 열심히 그를 감쌌었다.

"우리 전하 그런 사람 아니거든?"

"아니긴 뭐가 아니야. 애 딸린 이혼녀랑 결혼해 가지고 황실 이미지에 실컷 먹칠해 놓고, 겨우 두 달 만에 이혼해서 또 방탕하게 살다가 결국 폐서인까지 당한 인간인데."

"그러게. 아무리 빠수니라도 그렇지 쉴드를 칠 걸 쳐라, 윤미소."

"너네 지금 말 다 했냐?"

그렇게 해서 싸움이 벌어진 적도 여러 번이었다. 남들이 뭐라고 그를 욕하든 미소는 굳게 믿었다. 전하는 절대 그런 사람이 아닐 거라고, 뭔가 이유가 있었을 거라고.

'그런데 이게 뭐야.'

미소의 속이 부글부글 끓어오르고 있는 것도 모르고, 지호는 계속 놀자고 재촉해 댔다.

"바나클 대장! 큰일 나뜹니다!"

그렇게 외치는 아이에게, 미소는 이윽고 생긋 웃으며 고개를 저어 보였다.

“아냐, 이모는 페이소잖아. 우리 바나클 대장은 다른 사람한테 하라고 하자.”

“으응? 누구?”

미소는 대답 대신에 바나클 인형을 집어서 구경꾼들 중 한 사람의 눈앞에 쑥 내밀었다.

“자요.”

상대는 물론 의윤이었다.

“……?”

미처 사태 파악이 안 된 듯, 멍하니 쳐다보는 의윤의 손목을 잡아서 강제로 인형을 쥐여 주며 미소는 생긋 웃었다.

“뭐 하세요, 바나클 대장? 빨리 옥토 경보를 울리셔야죠!”

이윽고 전하의 눈이 커다래졌다.

“나더러…… 뭘 하라고……?”

한참 후에야 의윤은 마치 한 대 세게 얻어맞은 사람 같은 얼굴로 물었다. 그 표정으로 미소는 알 수 있었다. 역시나 이 사람은 아이와 이렇게 놀아 줘 본 적이 없다는 사실을.

“바나클 대장이요. 모르세요? 완전 귀여운데.”

이미 얼굴에 철판을 깐 미소는 생글거리며 태연하게 대꾸했다.

“노래 가르쳐 드릴까요? 자, 따라 해 보세요. 바다에 사는 대왕 오징어~!”

물론 의윤은 따라 하지 않았다. 대신에 곁에서 보모가 말리듯 미소의 팔을 잡아당겼다.

“무례하게 이 무슨 짓인가요?”

하지만 미소는 들은 체도 하지 않고 계속 의윤을 똑바로 쳐다보았다.

"왜요, 아빠니까 노래도 부르고 같이 놀아 주셔야죠. 이젠 황태자 전하도 아닌데, 체면 차리실 것도 없잖아요?"

삽시간에 방 안 공기의 온도가 뚝 떨어지는 것 같은 느낌이 들었다. 굳이 주위를 둘러보지 않아도 알 수 있었다. 방 안에 있는 모든 사람들이 자신을 눈이 튀어나올 것 같은 표정으로 쳐다보고 있는 것을.

"안 그런가요? 전 황태자 전하, 현 일반인님."

의윤은 미소를 똑바로 쏘아보았다. 검은 눈동자에서 새파랗게 불이 일었다. 이를 악무느라 턱이 잔뜩 굳어져 있는 것이 보였다. 머리 위에서 모락모락 연기가 나는 것 같은 착각이 드는 것이, 마치 폭발하기 직전의 화산을 보는 것 같다.

'너무 막 나갔나?'

뒤늦게 그런 생각이 들었지만 이미 뱉어 버린 말을 주워 담을 수도 없었다. 에라, 모르겠다. 목을 칠 거면 치라지, 내가 없는 말을 한 것도 아니고!

미소는 눈 하나 깜빡하지 않고 정면으로 의윤을 마주 노려보았다.

'저년을 끌어내서 매우 쳐라!'

당장이라도 그렇게 외칠 것 같은 분위기였는데, 의윤은 아무 말도 없이 한참 그렇게 미소를 쏘아보기만 했다. 그리고 어느 순간, 갑자기 등을 확 돌려 발소리를 쿵쿵 울리며 방을 나가 버렸다. 김 집사가 얼른 그 뒤를 따랐다.

우와, 기 한번 엄청나네! 긴장이 탁 풀린 미소는 하마터면 바닥에 주저앉을 뻔했다. 심장이 터져 나올 것 같은 기세로 팔딱거렸다. 내가 방금 무슨 짓을 한 거야?

“자, 도련님. 이제 이 닦으러 가실까요?”

보모가 아이를 안고 자리를 뜨자 방에는 이제 오로지 정 여사와 미소만이 남았다.

“……죄송합니다.”

미소는 떨리는 목소리로 입을 열었다.

“실례가 많았습니다. 그럼 이만 가 보겠습니다.”

고개를 숙여 인사하고 돌아서서 나가는데 다리가 다 후들거렸다.

‘네 이년, 감히 전하께 건방진 소리를 하고도 그냥 갈 수 있을 줄 알았느냐!’

금방이라도 서릿발 같은 고함 소리가 뒷덜미를 잡을 것만 같아서.

아니나 다를까. 몇 걸음도 채 가지 못해 등 뒤에서 목소리가 들렸다.

“잠깐만.”

순식간에 간이 콩알만 해졌다. 쭈뼛쭈뼛 돌아보는 미소를 향해, 정 여사가 말했다.

“혹시 이 댁에서 일해 보지 않겠어요?”

“예?”

미소는 제 귀를 의심했다. 일자리를 주겠다고? 저년을 끌어내서 매우 쳐라, 가 아니라?

어안이 벙벙해서 멍하니 쳐다보고 있었더니 망설이는 건 줄 알았나 보다.

“주인님 옆방을 쓰게 해 주죠. 이 댁 아가씨께서 쓰시는 방과 같은 방입니다.”

그렇게 말하더니 정 여사는 대답도 기다리지 않고 먼저 방을 나섰다. 미소는 황급히 정 여사의 뒤를 따랐다. 정 여사는 2층으로 올라가서 여기저기 그림들이 걸려 있는 긴 복도를 지나더니 이윽고 어떤 방문 앞에 섰다.

문을 연 순간, 서양 중세 귀족들이나 썼을 법한 아름다운 방이 눈앞에 나타났다. 붉은 벽에 걸린 렘브란트의 그림을 쳐다보며 미소는 숨을 멈췄다. 나한테 이 방을 쓰게 해 주겠다고?

눈도 깜빡이지 못하고 있는데 정 여사는 한술 더 떴다. 안으로 걸어 들어가더니, 방에 딸린 욕실의 문을 열어 보여 주는 것이었다.

“자. 이건 개인 욕실이에요.”

온통 붉은 색조로 꾸며진 앤티크한 분위기의 방과 달리, 욕실은 모던하고 밝은 느낌이었다. 은은한 파스텔 톤의 벽에는 현대 화가의 수채화가 걸려 있고, 차를 마시며 쉴 수 있게 간단한 테이블과 의자도 놓여 있었다. 게다가 벽 한 면은 온통 젖빛 유리창으로 만들어져 있어서, 한가운데 놓인 스파 욕조만 아니면 욕실이라기보다 마치 아담한 카페 같은 분위기가 났다.

미소는 문득 며칠 전까지 쓰던 제 방을 떠올렸다. 말이 제 방이지, 온 집안 식구들이 잡동사니를 처박아 두는 바람에 창고나 다름없었다. 미소가 쓸 수 있는 넓이는 겨우겨우 몸을 눕힐 정도밖에 되지 않았다. 벽은 온통 조카들이 붙여 놓은 각종 스티커와 가나다라가 쓰인 한글 공부용 포스터로 점령되어 있고, 어린아이들이 있는 집이다 보니 방문마다 잠금장치를 다 빼 놓아서 사생활 보호라고는 전혀 되지 않고.

평생 그런 방에서 살아온 미소에게, 이 방과 욕실은 그야말로 꿈속에서나 볼 법한 풍경이었다. 월급보다도 눈앞에 있는 이쪽이 더 끌릴 지경이었다.

넋을 놓고 방을 둘러보고 있자 정 여사가 재촉하듯 말했다.

“자, 어떻게 하겠어요?”

마치 ‘어때, 거절 못 하겠지?’ 하는 듯한 말투였지만 미소는 쉬이 대답할 수가 없었다. 얹혀살려면 네 밥값은 하라는 계모 밑에서 초등학교 때부터 밥하고 빨래하며 자라 온 미소였다. 세상에 공짜가 없다는 것쯤은 몸서리쳐지게 잘 알고 있었다. 조건이 너무 좋다 보니까 오히려 얼씨구나 하고 덥석 물기가 겁이 났다.

미소가 한참 머뭇거리고 있자 정 여사는 이윽고 타협안을 제시했다.

“오늘은 늦었으니 일단 여기서 자고, 내일 하루 동안 생각해 보고 결정해도 좋아요. 그쪽 호텔에는 우리가 대신 연락해서 하루만 기다려 달라고 해 줄 테니까.”

귀가 솔깃했다. 단 하룻밤이라도 좋으니까, 이런 방에서 자 볼 수만 있다면…….

“정말 그렇게 해도 돼요?”

결국 미소는 넘어가고 말았다.

* * *

“뭐?”

셔츠의 단추를 꿰다 말고 의윤은 놀라서 처선의 얼굴을 쳐다보았다.

"정 여사님께서 그 아이에게 일해 보지 않겠느냐고 제안하셨답니다."

옷장에서 겉옷을 골라 의윤의 어깨에 걸쳐 주며, 처선이 같은 말을 되풀이했다.

"어제 나한테 막말을 하는 걸 보고도 그랬단 말이더냐?"

비서 겸 집사인 처선이 어깨를 으쓱했다.

"글쎄요. 하여튼 저는 팩트만 전해 드렸습니다."

이럴 수가! 의윤은 한동안 말을 잃었다. 정 여사는 그를 어릴 때부터 키워 준 유모이자 보모상궁이었다. 의윤이 궁을 나올 때도 따라 나와서 계속 저택의 안살림을 맡아 주고 있으니, 사실상 낳아 준 친어머니인 황후보다도 더 가까운 사이라고도 할 수 있다. 그런 정 여사가 어째서?

황자로 태어나 황태자가 되었고, 폐서인된 후에도 계속해서 황궁에서 나온 궁인들과 함께 생활해 온 의윤이었다. 사실 호칭만 '전하'에서 '주인님'으로 바뀌었을 뿐, 주위에서 받는 대접은 크게 변한 것이 없었다. 밖에 나가질 않으니 일반인들과 접할 일도 없었으니까.

"안 그런가요? 전 황태자 전하, 현 일반인님."

감히 자신을 향해 고개를 똑바로 들고 그렇게 또박또박 말하는 사람을 만난 것은, 단연코 태어나서 처음이었다. 그것도 심지어 저보다 열 살은 족히 어려 보이는 여자가! 어찌나 어이가 없고 분한지 간밤에는 밤잠도 설쳤다. 아무리 내가 폐서인되었기로서니 이런 수모를 당하다니.

사실 애초에 정 여사가 자신에게 말도 없이 외부인을 채용하려고 했던 것부터가 별로 마음에 들지 않았다. 이화원에서 일하는 사람들은 죄다 황궁에서 나온 궁인 출신들이었다. 정 여사나 처선처럼 출궁할 때 따라 나온 사람들도 있지만 그 후에 들어온 사람도 여럿이었다. 이화원에 결원이 생기면 황후께서 궁인 중에서 골라서 보내 주곤 하셨던 것이다.

어머니는 그런 식으로 의윤이 생활하는 데 불편이 없도록 늘 돕고 계셨고, 아버지인 황제도 그런 부분에는 눈을 감아 주고 계셨다. 그러니 사람이 필요하면 늘 하듯이 황궁에 요청하면 될 것을, 어째서 신분조차 보장되지 않은 민간인들을 이화원까지 불러들여 면접을 봤단 말인가.

시끄럽고 어수선한 것이 딱 질색인 의윤이다. 못마땅했지만, 그래도 별말을 하지 않았던 것은 집안 살림이야 정 여사에게 전권을 맡겨 둔 터였으므로 굳이 간섭하고 싶지 않아서였다. 그런데 그 아이한테 채용 제의까지 할 줄이야! 왠지 배신감까지 느껴졌다.

"그래, 폐서인된 나한테 막말한 것쯤이야 별일도 아니라 이거지?"

심술이 나서 내뱉듯 말하자 처선이 달래듯 말했다.

"정 여사님도 뭔가 생각이 있으시겠지요."

"생각은 무슨 생각?"

"고정하시고 얼른 식사하러 가시지요. 저는 빨리 나가 봐야 합니다."

"너는 이른 아침부터 또 어디를 가는데?"

"나가서 좀 사 올 게 있어서요."

"그러니까 뭐?"

처선이 대답 대신에 윙크를 날렸다.

"비밀입니다."

"너 언제부터 나한테 비밀 같은 거 품었느냐?"

여기저기 배신자 속출이다. 의윤이 노려보았지만 처선은 끝내 대답하지 않고 꽁무니를 뺐다.

"그럼 저는 이만 다녀오겠습니다."

처선이 방을 나가자 참고 있던 한숨이 절로 흘러나왔다.

"왜요, 아빠니까 노래도 부르고 같이 놀아 주셔야죠."

자꾸만 어제 미소가 했던 말이 떠올라서 울화가 치밀었다.

'누구는 지호를 사랑하지 않는 줄 아는가.'

애써 멀리하려고 노력해도, 언제나 자신을 보면 지치지도 않고 '아빠!' 하고 외쳐 부르며 좋아라고 쪼르르 달려오는 아이였다. 그런 아이를 어떻게 사랑하지 않을 수 있을까. 표현할 수 없는 마음이 스스로도 늘 답답했기에, 그래서 더욱더 억울하고 화가 났다.

"이젠 황태자 전하도 아닌데, 체면 차리실 것도 없잖아요."

누가 체면 따위 차리려고 이런단 말인가. 마음 같아서는 자신도 지호와 많이 놀아 주고, 안아 주고, 사랑해 주고 싶었다. 하지만 그 아이는……. 생각에 잠겨 의윤은 방을 나왔다. 마음이 영 답답해서 산책이라도 나갈 셈이었다.

눈을 뜨자 제일 먼저 보인 것은 높다란 천장에 매달려 있는 샹들리에였다. 그다음은 빨간 벽지와 단풍나무 목재로 장식된 고풍스러운 느낌의 벽. 다시 반대쪽으로 시선을 돌리자 촛대 모양의 장식이 거울 양쪽에 달린, 대리석으로 만들어진 우아한 화장대가 보였다. 그다음은 붉은 벨벳으로 씌워진 소파와, 역시 단풍나무로 만들어진 앤티크한 느낌의 미니 테이블.

'어제 일이 꿈은 아니었구나.'

새하얀 시트가 깔린, 킹사이즈보다도 더 커 보이는 침대에 누워 눈을 깜빡이며 미소는 천천히 졸음을 쫓았다. 서서히 정신이 맑아져 오는데도 변함없이 방의 풍경이 아름다운 것이, 어제 일이 꿈은 아니었구나 하는 생각이 들었다.

"낚였네, 윤미소. 완전 낚였어."

기분 좋게 바스락거리는 새하얀 깃털 이불에 폭 파묻혀, 미소는 중얼거렸다.

차라리 어젯밤에 그냥 딱 잘라 거절하고 취직한 호텔로 돌아갈걸. 어제는 그 호텔의 좁은 방도 감지덕지라고 생각했는데, 이 아름다운 방에서 하룻밤 자고 나니까 도저히 거기로 돌아갈 마음이 들지 않는 것이었다. 당장 내일 지구가 멸망하는 한이 있어도 이 방에서 한번 살아 보고 싶었다.

"잠깐. 언제 시간이 이렇게 된 거야?"

벌써 아침 9시를 가리키고 있는 시계를 보고, 미소는 놀라서 벌떡 일어났다. 변명을 좀 하자면, 원래 이렇게 게으른 타입은 아니었다. 평소에는 늘 아침 6시면 일어나서 아침밥을 하곤 했었으니까. 단지 어제는 하루 동안 너무 많은 일들을 겪는 바람에 무척 지쳐 있었던 게 문제였다. 게다가 깃털 이불이 깔린 새 침대가 너무 푹신하기도 했고.

'일찍 일어나서 아침 식사 준비 도왔어야 했나?'

미소가 어쩔 줄 몰라 하고 있는데, 마침 노크 소리가 들렸다.

"아직 자고 있나요?"

"아, 아니요, 일어났어요!"

미소는 얼른 침대에서 뛰어내렸다. 바닥에 깔린 페르시아풍 양탄자 위를 맨발로 다다다 달려가 문을 열자 정 여사가 서 있었다.

"그래, 간밤엔 푹 쉬었나요?"

"죄송합니다. 그만 늦잠을 자 버려서……."

"됐어요. 아직은 정식으로 일하기로 한 것도 아니니까."

정 여사가 고개를 젓고는 말했다.

"우선 오늘은 저택을 둘러보면서 천천히 생각해 보고, 그 후에 대답해도 좋아요."

"고맙습니다, 여사님."

"김 집사님께 안내를 부탁드려 놓을 테니까 먼저 씻고 나오도록 하세요."

정 여사가 방을 나가자마자 미소는 욕실로 향했다. 스파 욕조에 따뜻한 물을 받아서 몸을 담그니 여기가 천국인가, 싶었다. 마치 공주님이라도 된 듯한 기분이었다.

"미소 씨, 안에 있어요?"

문득 문 너머에서 김 집사의 목소리가 들려와서 미소는 화들짝 놀라 얼른 대답했다.

"네, 씻는 중이에요!"

"갈아입을 옷 없죠?"

미소는 흠칫 놀랐다. 그러고 보니 그러네? 짐 가방은 호텔에 그대로 놔두고 온 채였다.

또다시 김 집사의 목소리가 들려왔다.

"욕실 문 앞에 새 옷 놔둘 테니까 그걸 입으면 돼요."

"옷이요?"

"이 댁에서 일할 때 입을 작업복입니다. 미리 주는 거니까 꼭 오케이 해요."

미소는 안도의 한숨을 쉬었다. 하마터면 어제 하루 종일 입었던 옷을 또 입을 뻔했네, 찝찝하게.

"고맙습니다!"

"별말씀을. 그럼 씻고 나와요, 나가서 기다릴 테니까."

멀어지는 목소리에서 웃음기가 느껴졌지만 미소는 그냥 그러려니 하고 넘겼다. 워낙 웃음이 많은 사람 같아 보였으니까. 하지만 이유가 있었다는 걸, 잠시 후에 목욕을 마치고 나와서야 알게 되었다.

욕실 문 앞에 곱게 놓여 있는 '작업복'을 발견하고 미소는 깜짝 놀랐다.

"이, 이걸 입고 일을 하라고?"

가슴 부분이 하얀 레이스로 된 검정 원피스와 페티코트(속치마), 레이스 달린 헤드 드레스에 새하얀 에이프런, 발등에 스트랩이 달린 검정 메리제인 슈즈까지 완전히 만화에 나오는 메이드 복장 그대로가 아닌가! 원래 이 댁 가정부들은 이게 유니폼인가, 하고 생각했지만 그게 아니라는 걸 곧 깨달았다. 어제 본 다른 가정부들은 다들 멀쩡했으니까.

"근데 왜 나한테만 이거 입으래?"

어쨌든 미소는 주섬주섬 옷을 입었다. 새 옷을 공짜로 줬는데 입고 봐야지 그럼. 옷을 다 입고 방 한구석에 놓인 전신 거울에 제 모습을 비춰 보는 순간, 미소의 입이 딱 벌어졌다.

"와, 예쁘다!"

미소는 눈이 휘둥그레져서 제 모습을 들여다보았다.

스물한 살, 한창 꾸미기 좋아할 나이. 하지만 미소는 여태 예쁜 옷은커녕 새 옷조차도 입어 본 적이 없었다. 교복부터 시작해서 심지어 속옷까지 늘 언니들이 입던 것을 물려 입었으니까.

그나마 교복을 입을 때가 나았지, 졸업하고 나니까 정말로 곤란해졌다. 새엄마가 옷 따위를 사 줄 리 없고, 그렇다고 살 돈은 없고. 아르바이트로 버는 돈은 대학 가려고 저축하기 바빠서 옷 따위에 쓸 여유가 없었다. 결국 청바지 두 벌에 운동화, 그리고 몇 개 안 되는 티셔츠를 돌려 입으면서 버텨 왔다.

그런 미소에게 지금 이 옷은 아버지가 돌아가신 후 처음으로 가져 보는 새 옷이었다. 특히나 원피스 같은 건 어릴 때 입어 본 후로 처음이다. 다행히 옷 자체의 소재가 고급이어서인지, 코스프레 복장같이 과장된 느낌보다는 귀엽고 단정한 느낌이 나서 크게 민망하지는 않았다.

"얼, 윤미소. 완전 귀여운데?"

미소는 거울 앞에서 요리조리 제 모습을 비춰 보았다. 정말 오랜만에 예쁜 옷을 입으니 기분이 확 좋아졌다.

김 집사님한테 고맙다고 인사해야겠다. 그렇게 생각하고 미소는 내친김에 새 양말에 구두까지 싹 갈아 신고 방을 나섰다. 반짝거리는 새 메리제인 슈즈가 마룻바닥 위에서 춤을 추듯 가볍게 움직였다.

"가만있자, 근데 씻고 나오라더니 어디 가셨지?"

정 여사가 말했었다. 오늘 김 집사님이 저택 여기저기를 안내해 주실 거라고. 미소는 집 안 여기저기를 기웃거리며 김 집사를 찾아다녔다.

"……어?"

문득 복도 반대편에서 누군가가 우뚝 선 채로 이쪽을 쳐다보고 있는 것이 눈에 들어왔다. 상대가 누군지를 깨달은 순간, 미소도 흠칫 놀라 걸음을 멈췄다.

의윤은 무척 불쾌하다는 듯이 물었다.

"뭐냐, 그 해괴한 복장은."

해괴한 복장이라니! 기껏 들떴던 기분이 확 상했다. 어쩜 저렇게 말씀을 예쁘게도 하실까. 하지만 미소는 내색하지 않고 공손히 아뢰었다.

"해괴한 복장이 아니라 메이드복입니다, 전하."

어제 막말을 한 게 미안해서, 제 딴에는 일부러 더 예의를 갖춰 말한 거였다. 하지만 웬걸, 의윤의 수려한 얼굴에는 금세 불쾌한 기운이 어렸다.

"나는 전하가 아니라고 말하지 않았던가?"

헉, 그랬지. 미소는 얼른 사과했다.

"아 참! 죄송합니다, 전하."

"뭐라고?"

"앗, 실수입니다, 전하!"

"어허!"

결국 의윤의 짙은 눈썹이 확 치켜 올라가고 말았다. 미소는 당황해서 손을 내저었다.

"정말 일부러 그런 거 아닙니다! 앞으로 주의하겠습니다, 전하!"

말하자마자 헙, 하고 입을 다물어 버렸지만 이미 때는 늦었다. 의윤은 완전히 화가 난 얼굴로 미소를 쏘아보았다. 그림 같은 이마에 쓰여 있었다.

'뭐 이런 게 다 있는가?'

전하 완전히 스팀 받으셨네! 미소는 어쩔 줄을 몰랐다. 어제와는 달리 오늘은 정말 고의가 아니었는데!

눈빛으로 사람을 꿰뚫을 수 있다면 벌써 몸에 구멍이 나고도 남았을 것 같다. 의윤은 한참 미소를 노려보다 이윽고 바람을 일으키며 휙 지나쳐 가 버렸다. 저만치 멀어지는 의윤의 뒷모습을 쳐다보던 미소의 어깨에서 이윽고 힘이 쭉 빠져나갔다.

"……또 화나게 만들어 버렸네."

사실 어제 말을 그렇게 해 놓고, 마음이 편치 못해서 늦게까지 잠을 이루지 못했었다. 그렇게까지 말하는 게 아니었는데.

어린아이를 아이답게 놀지 못하게 하는 건 여전히 찬성할 수 없다. 하지만 그 아이는 황족은 아니라 해도 어쨌거나 귀한 집 도련님 아닌가. 그러니 보통 아이들과는 교육 방법이 다를 수도 있지. 하물며 대놓고 이젠 황태자도 아니지 않느냐는 식으로 말한 건, 확실히 자신이 비겁했다. 그런 식으로 상대의 약점을 공격하는 게 아니었는데.

미소는 깊이 반성했다. 기억 속의 다정하고 자상한 전하의 모습과는 너무 달라서 실망한 나머지 홧김에 막말이 나와 버렸던 것 같다. 사실 자신이 생각하는 전하와, 실제의 전하가 꼭 같은 사람이어야 한다는 법도 없는데.

비록 어제는 그렇게 말해 버리긴 했지만, 사실 의윤은 오래전부터 미소의 왕자님이었다.

떠올리면 가슴이 설렜던 왕자님.

힘들 때마다 마음의 의지가 되어 주었던, 나의 왕자님.

계모에게 야단을 맞고 집 밖으로 쫓겨나기라도 하는 날에는, 으레 미소는 목에 건 펜던트를 만지작거리며 이유 전하를 떠올렸다. 부드러운 목소리를, 또 다정한 눈동자를. 그러면 거짓말처럼 또 하루, 견뎌 낼 힘이 생기곤 했다. 아주 오랫동안 미소의 마음속에서 의윤은 고맙고도 소중한 사람이었다. 비록 의윤은 미소 따위는 기억조차 못 하겠지만.

다시 한 번 얼굴을 보고 꼭 제대로 사과하고 싶었다. 어제는 너무 주제넘게 굴어서 죄송했다고. 어쩌면 예쁜 방에서 하룻밤 자 보고 싶었다는 건 핑계고, 사실은 의윤을 다시 한 번 만나고 싶어서 저택에 남았던 건지도 몰랐다.

그런데 결국 또 저렇게 화나게 만들어 버리고 말다니.

"……하여튼 나도 참."

옷 안에 걸고 있는 펜던트를 어루만지며 미소는 긴 한숨을 내쉬었다.

"와, 진짜 잘 어울리는데요?"

밖에서 기다리고 있던 김 집사는 미소를 보자마자 눈을 크게 떴다.

"그쵸?"

"엄청 귀여워요!"

김 집사가 엄지손가락을 척 내밀었다. 우쭐하면서도 미소는 한편으로 입술을 삐죽거렸다. 거봐, 예쁘다는데 전하만 그러셔.

미소는 김 집사의 안내를 받아 저택을 둘러보기 시작했다. 어제 낮에 처음 봤을 때도 대단하다고 생각은 했지만, 그때는 면접 볼 생각에만 골똘해서 경치고 건물이고 눈에 잘 들어오지 않았다.

이렇게 다시 보니 새삼 감탄하지 않을 수 없었다. 일단 규모 자체가 어마어마했다. 단순히 넓은 정원이 있고 큰 건물이 있다, 라는 수준이 아니다. 거대한 놀이공원 빰치는 크기로, 저택 부지 안에 숲도 있고 다리가 놓인 커다란 개울도 있고 심지어 폭포에 연못까지 있었다.

본관 앞의 넓은 서양식 정원은 잡초 하나 없이 잘 관리되고 있었다. 꽃밭마다 구획이 나누어져 있고 잔디밭도 오각형이나 바둑판 모양으로 완벽하게 다듬어져 있어서 정원사의 노고가 짐작이 갔다. 정원 곳곳에서 작은 분수와 대리석으로 만든 조각상이 보이고, 키 작은 꽃들이 옹기종기 피어 있는 꽃밭 사이사이에 난 좁은 길에는 하얀 조약돌이 쭉 깔려 있었다.

정원 가운데에 웅장하게 들어앉아 있는 본관은 전체가 흰 돌로 지어진 서양식 2층 건물이었다. 본관 중앙 현관의 아치 모양을 한 문 앞에 서 있는 네 개의 하얀 돌기둥, 역시 아치 모양으로 달린 창문들, 그리고 각기 크기와 높이가 다른 세 개의 돔 모양 지붕에서 뾰족 솟아 있는 첨탑들은 정통 르네상스풍이었다.

1층 복도의 벽은 반쯤 유리창으로 되어 있어 화사하고 아기자기한 온실 같은 분위기를 주기도 했지만, 건물 뒤쪽으로 돌아가면 10여 개의 기둥들이 세워진 넓은 발코니가 있어서 마치 그리스 신전처럼 보였다.

"우리나라에도 이런 저택이 있었는지 몰랐어요."

미소가 감탄하자 김 집사가 웃으며 물었다.

"이 저택 이름이 왜 이화원인지 혹시 알겠어요?"

"음, 이화는 배꽃이라는 뜻이잖아요. 어디 배나무라도 있어요?"

같은 이름을 가진 대학교가 생각이 나서 아는 척을 해 봤는데, 아쉽게도 오답이었다.

"비슷하지만 배나무 이(梨) 자가 아니라 오얏 이(李) 자를 씁니다. 자두꽃이라는 뜻이죠."

"아!"

미소는 그제야 황실의 상징이 자두꽃이었음을 떠올렸다.

"원래 이 저택은 일제 강점기에 친일파 귀족이 지은 거예요. 해방 후 황실에서 몰수하고 나서, 선황께서 후원에 벚나무를 몽땅 뽑아 버리고 대신 자두나무를 심으라고 명하셨지요."

김 집사가 손으로 건물 뒤편을 가리키며 웃었다.

"자두꽃이 피기 시작하면 무척 예쁘답니다."

미소는 괜히 얼굴이 빨개져서 시선을 다른 곳으로 돌렸다. 이 오빠 참 볼수록 잘생겼다. 어쩌면 전직이 F1 선수가 아니라 연예인이었던 거 아냐? 원래 뭐 하던 사람인지 참 궁금한데 그거 묻는 사람이 세상에서 제일 싫다니 차마 물을 수도 없었다.

"참, 근데 김 집사님은 이름이 뭐예요?"

"처선이라고 합니다. 김처선."

미소의 눈이 커졌다. 잠깐만, 김처선이면……?

"아, 저 알았어요! 김 집사님 원래 직업! 내관 맞죠? 그쵸?"

처선이 놀란 듯이 쳐다보았다.

"어떻게 알았어요?"

"김처선이면 조선 시대 환관 중에 제일 유명한 사람 이름이잖아요. 딱 알죠."

"역사 공부 열심히 했나 봐요?"

"그냥 그런 데 관심이 좀 있어 가지고요."

처선이 한숨을 푹 내쉬었다.

"아, 웬만하면 안 들키고 싶었는데."

"에이, 뭐 어때요. 요즘 내관은 옛날 조선 시대처럼 ……하지도 않잖아요."

지금도 물론 황궁에 궁녀도 있고 내관도 있다. 하지만 궁녀들은 옛날처럼 미혼을 강요당하지 않았고, 내관들 역시 거세된 남성들이 아니었다. 그러다 보니 궁녀와 내관이 사랑에 빠져 결혼에 골인하는 일도 있을 정도였다.

"그래도 내관이라고 하면 다들 일단 시선부터 아래로 가는 게 싫어서."

처선의 농담에 미소는 그만 웃어 버리고 말았다.

"근데 미소 씨는 왜 여기 면접 보러 온 거죠? 스물한 살이면 입주 가정부 할 나인 아닌데."

"제가 좀 사연이 구구절절하거든요."

미소는 한바탕 제 사연을 늘어놓았다. 성장 과정부터 시작해서, 힘들게 모은 돈을 계모에게 홀랑 빼앗기고 가출을 결심한 얘기까지.

"저런, 천벌 받을 사람들이네!"

김 집사는 자기 일처럼 안타까워하며 들어 주었다. 그래서인지, 어느새 정신을 차려 보니 묻지도 않은 이야기까지 신이 나서 늘어놓고 있었다.

"저는요, 돈 열심히 벌어서 나중에 꼭 외국에 유학 갈 거예요."

"왜? 한국에도 좋은 대학 많잖아요."

"그렇긴 한데, 우리나라에서는 제대로 하기 힘든 공부거든요."

"뭔데요? 패션? 아니면 베이커리?"

"그냥, 그런 게 있어요."

미소는 일단 이쯤에서 입을 다물기로 했다. 처선은 좋은 사람인 것 같지만, 아무래도 이 집은 황실이랑 엮여 있으니 입조심을 하는 게 좋겠다.

"그래서, 일단 여기서 일은 할 거예요?"

"……잘 모르겠어요."

솔직하게 대답하자 처선이 불쑥 말했다.

"나는 미소 씨가 여기서 일해 줬으면 참 좋겠는데."

"네?"

"그냥, 여기 생활은 참 재미가 없거든요. 늘 보던 사람만 보고, 늘 얘기하던 사람하고만 얘기해야 되고."

처선이 저만치서 정원수를 다듬고 있는 정원사를 가리켰다.

"심지어 입 무거운 사람이어야 한다고 황궁에서 늘 나이 든 분들만 보내 줘서, 여태 내가 여기서 막내 신세란 말이죠. 나도 이제 서른인데."

어쩐지 고용인들이 모두들 나이 지긋한 분들이더라니 이유가 있었구나.

"사실은 그래서 이번에 결원이 생겼을 때, 내가 정 여사님한테 제발 좀 밖에서 뽑자고 말한 겁니다. 황궁에서 보내 주는 꼰대들 지겨워 죽겠으니까 나이 좀 어린 사람으로."

처선이 혀를 쏙 내미는 바람에 미소는 배꼽을 잡았다.

"정 여사님 성격에 어림도 없다고 하실 줄 알았는데 의외로 선선히 들어주신 걸 보면 정 여사님도 뭔가 생각이 있으셨나 봅니다."

"그런 거 같아요."

미소는 작게 한숨을 쉬었다. 그게 뭔지 모르겠지만, 뭐가 있긴 한 거 같다. 그래서 자꾸만 겁이 났다. 집주인인 의윤에게 일찌감치 미운털이 박혀 버린 것도 걱정되고, 또 가정부치고 조건이 너무 좋은 것도 수상하고.

미소의 얼굴에 걱정이 어리는 것을 느낀 것일까. 이윽고 처선은 미소를 향해 웃어 보였다.

"뭐, 나야 미소 씨랑 같이 일하고 싶지만, 결정은 미소 씨 마음 편한 대로 해요. 부담 가지지 말고."

* * *

이것저것 신경 써 준 처선에게는 미안하지만, 하루 종일 고민한 끝에 내린 결론은 아무래도 거절하는 게 좋겠다는 것이었다. 어제만 해도 절박했지만 지금은 벌써 호텔에 일자리를 구해 놓은 상태기도 했고, 이렇게 사연 복잡한 곳에서 일하고 싶지 않았다. 월급도 좋고 예쁜 방도 좋지만, 사람은 그저 마음 편한 게 최고 아닌가.

무엇보다 집주인인 의윤에게 이미 찍혀 버린 것이 마음에 걸렸다. 그는 미소가 오랫동안 마음속에 품어 왔던 그 왕자님과는 전혀 다른 사람이었다. 자신이 몰랐을 뿐 원래가 그런 사람이었던 건지, 아니면 세월이 지나면서 변한 건지 모르겠지만. 변해 버린 왕자님의 모습을 가까이서 계속 보고 싶지 않았다.

"저어, 모처럼 제안해 주셨는데 죄송합니다만……."

미소가 어렵게 입을 떼자마자 정 여사가 말을 가로챘다.

"아까 김 집사님께 듣자니까, 외국 유학을 가고 싶어 한다던데?"

그 얘기가 갑자기 왜 나오지. 의아해하면서도 미소는 대답했다.

"당장은 아니고, 일해서 돈 좀 모아서 가려고요."

"그래, 붙을 자신은 있고요?"

정곡을 찔린 미소는 조금 찔끔했다. 사실 국내도 아니고 외국 대학을 갈 생각을 하니 막막한 것은 사실이었다.

"열심히 하면 어떻게든 되겠죠 뭐."

조금 시무룩하게 대답하자 정 여사가 말했다.

"여기서 일해 주면 나중에 유학 갈 때 황후 폐하께 부탁드려 추천서를 써 줄 수 있어요."

미소는 제 귀를 의심했다. 황후 폐하라고?

"대한 제국 황후 폐하의 추천이라면, 웬만한 명문 대학들도 프리패스일 겁니다."

가슴이 마구 두근거리기 시작했다. 어느 대학이든 원하는 곳에 갈 수 있다는 거잖아? 하지만 이어지는 말에 찬물을 끼얹힌 듯이 정신이 확 들었다.

"단, 조건이 있습니다."

그럼 그렇지. 일개 가정부한테 황후 폐하 추천서라니 가당키나 한 소린가. 자격증 하나 없는, 고졸 학력이 전부인 스물한 살짜리 여자애인 자신에게 이렇게 파격적인 조건을 제시하면서까지 고용하려고 하고 있다. 분명히 가정부로서의 일 외에 뭔가 자신에게 바라는 점이 있는 것이다.

미소는 고개를 똑바로 들어 정 여사를 쳐다보았다.

"제가 정확히 뭘 해야 되나요?"

당돌한 말에 오히려 정 여사는 흡족한 얼굴을 했다.

"단도직입적으로 말하도록 하죠."

그 뒤에 이어진 것은, 상상의 범위를 훌쩍 벗어난 말이었다.

"주인님을 이 저택에서 쫓아내 주면 됩니다."

"……예?"

미소는 순간적으로 당황해서 정 여사를 쳐다보았다. 설마 말로만 듣던 역적모의가 바로 이건가?

"지난 10년 동안, 주인님께서는 단 한 차례도 이 저택을 벗어나 본 적이 없으십니다."

이번에야말로 미소는 진짜로 깜짝 놀라고 말았다.

"10년 동안 단 한 번도 안 나가셨다고요?"

"그래요."

"아니, 아플 때 병원에는 가실 거 아녜요?"

"안 가십니다. 의사에게 왕진을 오게 하지."

"그래도 사람이 살다 보면 필요한 것도 생기고, 볼일도 생기고, 그렇지 않나요?"

"그런 일들은 모두 김 집사님이 맡아서 처리하시니까요."

맙소사, 말로만 듣던 은둔형 외톨이가 여기 있었네! 미소는 입을 다물지 못했다.

"주인님께서는 올해 겨우 서른셋이십니다."

알아요, 하고 미소는 마음속으로 대꾸했다. 내가 전하 나이를 모를 리가 있나, 어릴 때부터 몇 살 차인지 얼마나 많이 세어 봤는데. 몇 번을 따져 봐도 단 한 살도 안 줄어들어서 얼마나 속상했는데.

"그런데 이대로 있다가는 자칫 이 저택에 틀어박힌 채로 늙어 돌아가실 것 같아서……."

정 여사가 땅이 꺼져라 한숨을 쉬었다. 늘 딱딱하고 차갑게만 보였던 표정이, 그 순간만은 마치 골칫덩이 아들을 걱정하는 자애로운 어머니의 얼굴처럼 보였다.

어쨌든 사정은 알겠다. 하지만 여전히 이해할 수 없는 부분이 남아 있었다.

"그런데요. 왜 제가 그걸 할 수 있다고 생각하신 거예요?"

10년 동안 다른 사람들이 전하를 밖으로 나가게 하려고 얼마나 애를 썼을지, 듣지 않아도 알 것 같았다. 그런데도 여태 못 했던 일을, 왜 하필 내게 맡기려는 걸까.

"글쎄요."

정 여사는 조금 생각하는 얼굴을 하더니 대답했다.

"미소 씨는 우리하고는 다른 것 같아서."

"어디가요?"

"어제 보니까 주인님한테 눈 똑바로 뜨면서 또박또박 따지고 드는 게 아주 대단하더군요."

정 여사의 완고한 입가에 희미한 미소가 떠올랐다.

"나는 주인님이 젖먹이 아기일 때부터 모셔 왔지만 그렇게 화난 모습을 뵙기는 처음이었어요."

미소는 그만 머쓱해졌다.

"죄송해요. 어제는 제가 그만 버릇없이……."

"아니, 상관없어요."

정 여사가 창문 너머를 가리켰다.

"수단 방법 가리지 말고, 무조건 주인님이 저 문 밖으로 나가시게만 해 주면 됩니다."

저만치 멀리에 깨알만 하게 이 집의 육중한 정문이 보였다.

"그러기 위해서라면 어제 했던 것처럼, 하고 싶은 대로 얼마든지 자유롭게 말하고 행동해도 좋아요. 그 누구의 눈치도 보지 말고, 절대 주눅도 들지 말고."

미소는 잠시 생각에 잠겼다. 황후 폐하의 추천서. 넓고 아름다운 공주님 방. 파격적인 월급. 하지만 그 무엇보다도…….

"……괜찮으냐?"

오래된 기억 속에서 희미한 목소리 한 자락을 떠올린 순간, 미소는 마음을 결정했다.

"뒷일은 책임져 주시는 거죠?"

마지막으로 확인하듯 묻자 정 여사가 고개를 끄덕였다.

"물론, 내가 보장합니다."

확답을 하고 정 여사는 다시 물었다.

"그래서. 할 건가요, 말 건가요?"

미소는 심호흡을 하고 대답했다.

"……하겠습니다!"

워낙 넓은 저택이었다. 낮에 한 일이라고는 저택을 한 바퀴 돌아본 게 다인데, 돌아와 보니 어느새 주방에서는 저녁 식사 준비를 시작하고 있었다.

"이 감자 제가 깎을게요. 뭐에 쓸 거예요? 채를 칠까요?"

얼른 팔을 걷어붙이며 도우려고 했는데 그만 쫓겨나고 말았다.

"아유, 됐으니까 놔둬."

"거치적거리는데 좀 비켜 줄래?"

주방 담당들의 차가운 반응에 미소는 그만 머쓱해지고 말았다.

"저어, 저는 무슨 일을 하면 좋을까요?"

정 여사에게 가서 묻자 이런 대답이 나왔다.

"미소 씨에게는 주인님과 아가씨 방이 있는 2층 청소를 맡기도록 하겠어요. 그 외에는 낮에 도련님하고 한두 시간쯤 놀아 준다거나 하면 돼요. 보모가 따로 있으니 그 이상은 필요 없고."

"그 외는요?"

"자유롭게 하면 돼요. 외출을 하든지, 아니면 방에서 쉬든지."

결국 미소는 터덜터덜 자기 방으로 돌아오고 말았다.

"……일이 너무 없어도 문제구나."

침대에 털썩 누워서, 미소는 중얼거렸다.

집에 있을 때는 하루 24시간이 어떻게 지나갔는지 모를 정도로 바빴다. 청소하랴 빨래하랴 삼시 세끼 차려 내랴, 조카들 등하원시키랴, 그사이에 틈틈이 아르바이트에 밤에는 영어 공부까지 했으니까. 그런데 하루아침에 이렇게 일이 없어지다시피 하니까 편하기는커녕 오히려 안절부절못하게 되는 거였다.

"주인님을 쫓아내 주면 돼요. 이 저택 바깥으로."

미소는 제가 맡은 진짜 일에 대해 고민하기 시작했다.

"무슨 수로 집 밖으로 나가게 만드나……."

유리창으로 노을빛이 새어 들어오는 방 안에, 긴 한숨이 맴돌았다.

2. 쫓아내려는 자와 버티려는 자

저녁 식사는 고용인들끼리 따로 모여서 하게 되어 있다고 했다.

가정부 셋에 주방 담당 둘, 보모와 운전사, 정원사까지 주방에 있는 큰 식탁에 모두들 모여 앉았을 때 미소는 벌떡 일어나서 꾸벅 인사를 했다.

"안녕하세요, 오늘부터 함께 일하게 된 윤미소입니다. 잘 부탁드립니다!"

하지만 다들 별 대꾸도 없이 그저 숟가락을 들어 식사를 시작할 뿐이었다. 민망한 나머지 얼굴이 빨개지는데, 미소의 아버지뻘 되어 보이는 정원사 아저씨가 그나마 허허거리며 대답을 해 주었다.

"그래, 반가워요. 앞으로 열심히 해 봐."

숟가락을 들려다가 미소는 흠칫했다. 잠깐, 그러고 보니까 아직 다 안 모인 거 아닌가?

"정 여사님이랑 김 집사님은요?"

"그분들은 가족분들과 함께 식당에서 식사하니 그쪽이 신경 쓸 거 없어."

가정부 중 한 사람이 차갑게 대꾸했다. 생각해 보면 이들도 황궁에서 나온 궁녀 출신일 터였다. 사실 공무원 중에서도 황궁에서 근무하는 공무원은 최고 엘리트였다. 사법 고시, 행정 고시 뺨치게 어려운 게 황궁 공무원 시험이라고 들었다.

'그래서 나랑은 다들 상종도 하기 싫은 걸까.'

가뜩이나 편치 않았던 마음이 한층 더 무거워졌다. 과연 이런 집에서 버틸 수 있을까, 내가.

역시 부잣집이어서일까, 식탁은 고용인들끼리 먹는 건데도 꽤나 잘 차려져 있는 편이었다. 생선에 갈비찜까지 놓여 있었다. 김이 모락모락 나는 갈비찜을 보자 군침이 절로 나왔지만 눈치가 보여서 차마 젓가락질을 할 엄두가 나지 않았다.

밥상 앞에서 눈치를 보는 것은 오랜 버릇이었다. 맛있는 반찬에 손을 댔다가는 당장 계모한테 손등을 찰싹 얻어맞곤 했으니까. 그래서 기껏 제 손으로 고기반찬을 해 놓고도 한 점 제대로 먹어 보지도 못할 때가 많았다. 하물며 지금은 모두들 자신을 환영하지 않는 분위기가 역력한데, 눈치 없이 갈비찜에 손을 댈 용기가 나지 않았다.

한참 군침만 삼키다가 겨우 시금치나물로 젓가락을 가져가는데, 갑자기 정원사 아저씨가 커다란 갈비찜 덩어리를 집어서 미소의 밥그릇 위에 놓아 주었다.

"어이구, 이거 갈비찜 참 맛있게 잘됐네. 미소 양도 좀 먹어 보지?"

깜짝 놀라 쳐다보자 정원사 아저씨가 미소를 지으며 고개를 끄덕였다.

"많이 먹어. 먹어야 일을 하지."

이 집에도 좋은 사람은 있구나. 괜히 눈물이 핑 돌아서, 미소는 일부러 활짝 웃으며 대답했다.

"고맙습니다!"

열심히 해 봐야지. 그런 생각이 들었다.

역시나 정원사 아저씨를 제외하고는 식사 내내 말 한번 걸어 주는 사람도 없었다. 투명 인간 취급에도 불구하고 미소는 꿋꿋이 밥을 먹었다. 든든히 먹고 힘내서 버텨 볼 작정이었다. 그 지옥 같은 집에서도 버텨 냈는데 이쯤이야.

"아유, 됐으니까 귀찮게 하지 말고 나가!"

식사를 마치고 설거지를 도우려고 했지만 역시 차갑게 거절당하고 말았다. 어쩔 수 없이 미소가 주방을 나오려는데, 문득 교복 입은 여중생이 불쑥 들어왔다.

"어머나, 연재 아가씨. 주방엔 무슨 일이세요?"

주방 담당의 말에 미소는 깨달았다. 아, 이 여자애가 바로 그 아가씨구나.

'엄마 닮아서 그런가, 예쁘긴 엄청 예쁘구나.'

10년 전에 황태자는 황실과 전 국민의 반대를 무릅쓰고 애가 딸린 연상의 이혼녀와 결혼을 전격 감행했다. 문제의 이혼녀가 뛰어난 미인이어서 사람들이 더 욕했던 기억이 난다. 반반한 얼굴로 전하를 홀려서 신세 망친 구미호라며. 당시 그 여자에게는 전남편과의 사이에서 얻은 어린 딸이 있었다고 했는데, 바로 이 여자애가 그 아이인 것 같았다.
'그런데 얘는 왜 여태 전하랑 살고 있는 거지?'
분명 그 여자와는 두 달 만에 초고속 이혼한 걸로 알고 있는데…….
'아니 잠깐. 그러면 대체 지호 엄마는 누구지?'
네 살배기 지호에게는 엄마가 없다. 이 댁 안주인 노릇은 정 여사가 하고 있다.
'뭐지? 설마 그새 또 다른 여자랑 결혼했다가 애만 낳고 이혼하신 건가?'
미소가 속으로 이 생각 저 생각 하고 있는데, 여자아이가 입을 열었다.
"나 내일부터 도시락 싸 줘."
제 엄마뻘보다도 나이가 많은 상대를 향해 명령하듯 말하는 투가 무척이나 자연스러웠다.
"도시락이요? 아니 급식은 어쩌시고요?"
"맛없어서 못 먹겠어. 그러니까 그냥 도시락 싸 줘."
"네. 그럼 내일 아침부터 준비해 놓을게요."
미소는 조금 이상하다고 생각했다. 우리 때는 친구들 때문에라도 급식 먹었는데. 교실에 혼자 남아서 도시락 먹으면 외롭지 않나?
"안녕하세요, 아가씨."
어쨌든 일단 미소는 인사부터 하고 보았다.
"오늘부터 가정부로 일하게 된 윤미소라고 합니다. 잘 부탁드립니다."
기껏 살갑게 웃으며 존댓말까지 썼는데, 정작 아가씨는 미소를 곁눈질로 힐끗 쳐다보더니 대꾸 한마디 없이 찬바람을 일으키며 도로 주방을 나갔다. 뒤에 남은 미소는 당황해서 잠시 멍해졌다. 아니 도대체 이 집은 애부터 어른, 고용인부터 고용주까지 하나같이 왜들 이러는 거야? 이쯤 되자 은근히 오기가 치밀었다.

'대체 뭐가 그렇게 잘났다고들 이래? 사람 위에 사람 없고, 사람 아래 사람 없다는데!'

황실은 있다고 해도 어쨌든 옛날처럼 양반 상놈 따로 있는 시대도 아니고, 이 무슨 싸가지 없는 짓들이란 말인가?

"하고 싶은 대로 얼마든지 자유롭게 말하고 행동해도 좋아요."

미소는 주먹을 꽉 쥐었다.

"그 누구의 눈치도 보지 말고, 절대 주눅도 들지 말고."

그래, 돈까지 주면서 그렇게 하라는데 까짓것 성질대로 해 주지 뭐. 하다못해 전하 눈치도 보지 말라는데 내가 왜? 미소는 마음을 결정하고 얼른 주방을 나갔다.

"거기 너, 잠깐 서 봐."

연재는 돌아보지 않았다. 아마 자기를 부르는 거라고는 미처 생각하지 못한 것 같았다.

"야! 너 잠깐 서 보라니까?"

목청을 돋우어 다시 부르자 그제야 연재가 흠칫 걸음을 멈추고 돌아보았다. 그리고 주위를 두리번거리더니 자신을 가리키며 설마, 하는 표정으로 말했다.

"……나?"

"그래 너. 이리 좀 와 봐."

이리 와, 하듯 검지를 까딱거리자 아가씨의 눈이 커다래졌다. 이윽고 연재가 미소를 향해 머뭇머뭇 다가왔다.

"지금 설마 나한테 말하는 거야?"

기가 차다는 듯이 말하는 연재에게, 미소는 허리에 손을 척 얹고 대꾸했다.

"그럼 여기 너 말고 또 누가 있어?"

순간 연재의 눈이 튀어나올 듯이 커다래졌다.

"너 몇 살이니?"

내려다보며 묻자 연재는 당황한 얼굴을 하면서도 반항하듯 대꾸했다.

"여, 열다섯 살이다, 왜?"

"이게 어디서 반말이야, 콱."

한쪽 발을 쾅, 하고 구르자 연재가 움찔했다.

"어른이 먼저 인사를 하거든 네 안녕하세요, 하고 대답을 해야지. 쥐방울만 한 게 어디서 버릇없이. 학교에서 그렇게 가르치디? 응?"

입에서 나오는 대로 다다다 퍼부어 대자 아가씨는 정신이 나간 듯 멍한 표정이 되고 말았다. 역시나 여태 살면서 이런 말을 들어 본 적이 없는 것 같았다. 하기야 친딸은 아니라도 어쨌든 전하 따님이신데 다들 아가씨, 아가씨 하면서 떠받들기만 했겠지.

"어떻게 나한테 감히……!"

곧 울음을 터뜨릴 것 같은 표정으로 누가 없나 주위를 두리번거리는 걸 보니 애는 애다.

"어이구, 누구한테 이르시게요? 누가 중딩 아니랄까 봐 유치하긴."

미소는 팔짱을 끼고 코웃음을 쳤다.

"일러라 일러라 일본 놈. 대머리 까진 일본 놈."

한술 더 떠 놀려 대기까지 하자 연재의 얼굴이 새빨갛게 달아올랐다.

"너……!"

말로 해서는 안 되겠군. 미소는 기어이 꿀밤을 날리고 말았다.

"말 예쁘게 하지 못해?"

꿀밤을 맞고 정신이 반쯤 가출한 아가씨에게, 미소는 협박하듯 말했다.

"자, 다시 불러 봐. 언. 니."

"어, 어……."

"어허. 똑바로 못 불러?"

원래 주먹은 가깝고 법은 먼 법이다. 결국 연재는 눈물을 쏟을 것 같은 표정으로 굴복하고 말았다.

"……언니."

진작 그럴 것이지.

"잘했어. 앞으로는 꼬박꼬박 언니라고 불러라. 알겠냐?"

미소는 씨익 웃으며 연재의 머리를 쓱쓱 쓰다듬어 주었다. 그리고 돌아서기 전에, 마지막으로 덧붙였다.

"존댓말 쓰는 거 잊지 말고!"

* * *

"그러니까 식구들 여행 간 사이에 가출을 하셨다?"

파마머리에 빨건 립스틱을 진하게 바른 여자가 헛웃음을 쳤다. 바로 오늘 아침에 여행에서 돌아온 미소의 계모였다.

"그래, 뭐 없어진 물건 없나 다 체크들 해 봤어?"

"그거 하나 안 보이데, 엄마 패물 상자에 들어 있던 아버지 반지."

언니들이 대답했다. 계모가 미소의 아버지와 재혼할 때 데려온, 즉 미소와는 피 한 방울 섞이지 않은 언니들이었다.

"뭐야? 그년이 그걸 빼 갔다고?"

계모의 살모사같이 가느다란 눈초리가 한껏 치켜 올라갔다.

"이래서 머리 검은 짐승은 거두는 게 아니라고 했는데, 내가 무슨 영화를 보겠다고 그걸 여태껏 거둬서 결국 이 꼴을 보는지."

놀랍게도 이들은 한없이 진심이었다. 미소의 아버지가 돌아가신 후 응당 고아원에 갖다 맡겨야 할 것을, 여태 집에 있게 해 주었으니 크나큰 은혜로 알아야 한다는 논리였다. 물론 이 집이 원래 미소의 아버지가 남긴 재산이라는 사실이나, 여태 미소가 식모에 보모 노릇까지 해 준 은공 따위는 고려하지도 않았다.

"그나저나 당장 오늘부터 우리 막내 등하원은 누가 시키지?"

큰언니의 걱정에 작은언니도 덩달아 울상을 했다.

"그러게, 빨래랑 청소는 또 누가 하고. 엄만 밥물 맞출 줄도 모르잖아?"

누군가가 봤으면 어이없어했을 것이다. 자기들이 하면 될 것을! 하지만 제 손으로 뭔가를 하면 곧 하늘이 무너지는 줄 알고 있는 이들로서는 당장 생존에 직결되는 문제였다.

"어떡하지, 엄마?"

딸들이 아우성을 치자 이윽고 계모가 결심한 듯이 말했다.

"어쩌긴 어째, 도로 잡아 와야지. 여태껏 먹이고 입히고 키워 준 은공도 모르고, 여우 같은 년."

"어떻게 잡아 올 건데?"

"제까짓 게 갈 데라곤 뻔하지. 기껏해야 친구 집밖에 더 있겠어?"

계모가 자신 있게 대답하고는 휴대폰을 꺼내 어딘가로 전화를 걸었다.

"여보세요, 민식이니? 응 그래, 나 미소 엄만데……."

* * *

다음 날 아침, 의윤은 거의 파김치가 되어 있었다. 임진년 때 난리는 어젯밤의 생난리에 비하면 난리도 아니었을 거다!

"아빠아아아아!"

어제저녁에 딸아이 연재가 갑자기 울면서 의윤의 방문을 박차고 들어왔던 것이다.

"왜 그러느냐? 무슨 일이야?"

놀라서 물어도 연재는 얼마나 서러웠는지 껙껙거리느라 제대로 대답을 하지 못했다.

"글쎄 무슨 일이냐니까. 말을 해야 알 것이 아니냐?"

한참을 달래고 나서야 연재는 겨우 얘기를 했다.

"그 이상한 가정부 옷 같은 거 입은 여자가 나 막 괴롭혀. 주먹으로 막 때리고!"

의윤은 깜짝 놀랐다. 아니, 나한테 시비 걸더니 이번엔 연재한테도 그랬다고?

"그 여자 미친 거 같아. 빨리 쫓아내 줘, 응?"

연재는 울면서 졸랐다.

"어른한테 그렇게 말하면 못쓰느니라."

그렇게 타이르면서도 딸아이가 우는 걸 보자 역시 마음이 좋지 않았다. 게다가 가뜩이나 그 여자가 마음에 안 들기도 했고.
"잘 이야기해서 내보내도록 할 테니 울지 말거라."
그렇게 달래 놓고 의윤은 정 여사에게로 갔다.
"보모, 내 웬만하면 집안일에는 간섭하고 싶지 않았는데……."
그런데 웬걸. 운을 떼자마자 정 여사가 딱 잘라 말하는 것이 아닌가.
"그럼 간섭하지 마시지요."
"뭐라?"
의윤은 깜짝 놀라서 정 여사를 쳐다보았다. 황태자 시절은 물론이고, 지금도 자신에게는 늘 충직하고 깍듯한 보모가 어째서?
"사람을 쓰고 말고는 어디까지나 이 집의 안살림을 맡은 제 권한입니다. 부디 월권은 삼가 주셨으면 합니다."
역시 보모상궁, 의윤이 뭐라고 말도 꺼내기 전에 용건을 눈치채고 있었다.
"아니, 아무리 그래도 연재한테 손찌검을 했다지 않는가?"
"맞을 만했으니 맞았겠지요. 사실 가끔은 저도 제 자식이었으면 한 대 쥐어박았겠다 싶을 때가 있습니다."
갈수록 태산이었다. 깐깐하고 완고한 보모상궁은 절대 뜻을 굽힐 의사가 없어 보였다.
"허어!"
결국 의윤은 본전도 못 찾고 그냥 돌아 나오고 말았다.
그 여자를 쫓아내는 데 실패했다는 말에 연재는 아까보다 더 크게 울음을 터뜨렸고, 그래서 달래느라 또 한바탕 난리가 났다.
이래저래 끔찍한 밤이었다. 의윤은 몸을 부르르 떨었다.

'……대체 뭐지.'

뭔데 갑자기 나타나서 여기저기 막말이란 말인가. 그 이상한 옷은 또 뭐고! 아침부터 그 여자 생각에 머리가 복잡스러웠다. 에라, 잠이나 더 자야지 싶어서 이불을 뒤집어쓰고 도로 드러누웠는데 갑자기 활기찬 목소리와 함께 방문이 벌컥 열렸다.

"좋은 아침입니다, 전하!"

의윤은 하마터면 깜짝 놀라 침대에서 굴러떨어질 뻔했다.

"뭐, 뭐냐!"

"청소차 찾아뵈었습니다, 전하."

생글거리며 들어오는 것은 물론 그 여자아이, 미소였다. 어제와 같은 옷을 입은.

"또 그놈의 전하!"

"아차!"

미소는 깜짝 놀란 표정을 하더니 금세 의윤을 향해 배시시 웃어 보였다.

"죄송하지만 제가 원체 말버릇이 돼 놔서 잘 안 고쳐집니다. 그냥 적응하시지요, 전하."

"뭐가 어째?"

의윤은 기가 찼다. 콧구멍이 두 개인데 숨이 잘 안 쉬어진다!

"청소는 됐으니까 썩 나가거라. 나는 간밤에 잠을 설쳐 좀 더 자야겠다."

"잠시면 되니까 협조하시지요, 전하."

그러더니 미소는 막무가내로 청소기를 끌고 들어와서 돌리기 시작했다. 위이이이잉! 의윤은 참다못해 벌떡 일어나서 미소의 손에서 청소기를 빼앗아 확 꺼 버렸다.

"왜놈들이 독립투사 고문할 적에 어찌하였는지 아느냐?"

"백성이 무지몽매하여 잘 모르겠습니다마는."

"잠 안 재우는 걸로 하였다. 네가 왜놈과 다를 바가 무엇이냐?"

"헐. 해가 이렇게 중천에 떴는데 또 주무신다고요?"

미소가 어이없다는 듯이 의윤을 쳐다보았다. 그러더니 갑자기 아, 하는 표정을 하고는 다음 순간 의미심장하게 씨익 웃어 보이는 것이 아닌가!

"아, 전하 밤늦게까지 뭐 하셨나 보다. 그쵸?"

의윤은 펄쩍 뛰었다.

"무, 무엄하다! 무슨 헛소리냐?"

"뭐 하셨을까. 혹시 좋은 거 보셨어요?"

해죽거리며 방 여기저기를 두리번거리던 미소가 갑자기 어머, 하면서 눈을 크게 떴다. 왜 저러지? 깜짝 놀라 뒤를 돌아본 의윤은 마음 속으로 아뿔싸, 하고 외쳤다. 침대 머리맡에 간밤에 보던 책이 펼쳐진 채로 그냥 놓여 있었던 것이다. 그것도 하필이면 실오라기 하나 걸치지 않은 여성의 나체가 그려진 페이지가! 황급히 앞을 막아섰지만 이미 늦었다.

"헐, 나 그냥 해 본 소리였는데 진짜로 보셨네."

미소는 의윤의 등 뒤를 곁눈질로 힐끔거리며 혼잣말처럼 중얼거렸다.

"무슨 생각을 하는 게냐? 저것이 그런 책이 아니라……!"

"괜찮습니다, 전하. 다 이해합니다. 전하도 사람이신데."

"어허, 글쎄 그런 책이 아니래도!"

“그럼 뭔데요? 제가 좀 봐도 됩니까?”

의윤은 말문이 막히고 말았다. 정말 그런 책이 아닌 건 사실인데, 차마 보라고는 못 하겠다. 집안사람들한테는 비밀이었으니까!

“그것이 저어, 그러니까…….”

의윤이 우물쭈물하고 있자 미소는 또다시 의미심장하게 배시시 웃으며 윙크를 날렸다.

“염려 놓으십시오, 전하. 제가 비밀은 꼭 지켜 드리겠습니다.”

찌익, 입에 지퍼 채우는 시늉까지 해 보이고 나서 미소는 다시 청소기를 집어 들었다.

“걸리적거리는데 좀 비켜 주시겠습니까?”

“뭐가 어째?”

말버릇 봐라! 의윤이 도끼눈을 뜨자 미소가 움찔했다. 그러더니 목을 흠, 흠, 가다듬고는 목소리를 길게 뽑았다.

“즈언하아아아아. 대애단히 걸리적거리시옵니드아아아아. 토옹초옥하여 주시옵소서어어어.”

위이이이잉! 기세 좋게 돌아가기 시작하는 청소기 소리와 함께, 미소가 청소를 시작했다.

“신데렐라는 어려서 부모님을 잃고요. 계모와 언니들에게…… 아 참! 나 이 노래 딱 싫어하지?”

노래를 부르다 혼잣말을 했다가 아주 난리가 났다. 춤추듯 경쾌하게 청소기를 미는 미소의 뒷모습을 쳐다보며, 의윤은 고뇌했다.

도대체 저런 해괴한 것이 어디서 굴러들어 왔을까?

얘기를 듣자하니 폐서인과 동시에 저택에 강제 유폐되었다든가 하는 사정도 아닌 것 같은데.
'그럼 도대체 집 밖으로 왜 안 나가시는 걸까?'
고민 끝에 미소는 결론을 내렸다. 그야 집이 너무 편해서 그런 거지 뭐! 아니 물론 나름대로 생각이야 있으시겠지만 어쨌거나 집에 있기가 불편해 봐라, 밖으로 안 나가고 배기나. 실제로 미소의 경우에는 어떻게든 핑계를 만들어서라도 밖에 나가지 못해 안달을 했었다. 집에 있으면 새엄마에 언니들에 애들 등쌀까지 아주 미쳐 버릴 것 같았으니까.
집에 계시기 불편하게 만들어 버리면 어떻게든 나가고 싶어지겠지! 그렇게 생각하고, 미소는 즉각 계획을 실행했다. 바로 전하를 들기름에 멸치 볶듯 들들 볶기 시작한 것이었다.

아침 댓바람부터 미소가 청소한다고 정신을 쏙 빼 놓는 바람에 결국 아침잠도 설치고 말았다. 밤에도 연재가 울고불고해서 제대로 못 잤는데!
이래 봬도 어린 시절부터 오랜 황태자 교육을 받아 온 덕분에 단정한 몸가짐과 규칙적인 생활이 뼛속까지 몸에 배어 있는 의윤이었다. 체면에 드러누워 낮잠을 잘 수도 없고, 오전 내내 정신이 몽롱했다. 견디다 못해 점심때도 안 되어 테라스로 나가 앉자 처선이 눈치 빠르게 커피를 대령하였다.
"어째 오늘은 티타임이 평소보다 많이 이르십니다?"
"말도 마라. 여태 잠이 안 깨서 죽을 지경이다."
의윤이 몸을 부르르 떨었다.
"복장도 사뭇 해괴한 것이, 대체 저런 물건이 어디서 굴러들어

왔는지!"

"왜요, 귀엽잖습니까."

의윤은 정색을 하고 처선을 쳐다보았다.

"너 뭐 잘못 먹었느냐?"

"그 아이, 이제 겨우 스물한 살이랍니다. 좀 귀엽게 봐 주시지요."

그야 나이 차이를 고려하면 귀엽게 보일 수도 있겠다. 하지만 초장부터 미소에게 막말을 들은 의윤으로서는 미소가 곱게 보일 리 없었다. 게다가 처선이 계속해서 대놓고 제 앞에서 미소를 편드는 것도 마음에 안 들었다. 언제는 나한테만 충성하겠다더니 이놈이?

"시끄럽다. 물러가거라."

손을 내저어 처선을 물리치고 나서 의윤은 커피 잔을 들었다.

때는 바야흐로 4월 초. 꽃샘추위도 가시고, 본격적으로 봄을 맞이하기 시작한 정원은 무척이나 아름다웠다. 테라스에 앉아 봄내음이 가득한 정원을 바라보며 커피를 마시자 끈질겼던 졸음이 이제야 서서히 가시는 것이 느껴졌다. 미소의 행패에 거칠어졌던 마음 역시 어느덧 평온하게 가라앉아 갔다.

아름다운 이화원. 의윤은 자신만의 이 작은 세상을 마음 깊이 사랑했다. 지난 10년 동안 그랬듯이, 앞으로도 평생 이 안에서만 살아도 별로 나쁘지 않을 것 같다는 생각이 들었다. 비록 정 여사나 처선은 이런 자신을 걱정해서 어떻게든 밖으로 나가게 하려고 늘 안달복달을 했지만 의윤은 전혀 그럴 마음이 없었다. 나가지 않아도 생활에 전혀 불편함이 없고, 또 내 사람들도 다 곁에 있는데 아쉬울 게 무엇이란 말인가. 어차피 바깥 세상에 좋은 것이라고는 하나도 없는데.

한때 황태자로서 온 세상 사람의 사랑을 받았던 몸이다. 그만큼 세상이 등을 돌렸을 때는 얼마나 비정해지는 것인지도 잘 알고 있었다. 의윤은 지금의 조용하고 평온한 생활에 만족하고 있었다. 그러므로 이 평화를 깰 생각이 손톱만치도 없었다. 지금까지 그랬듯, 물론 앞으로도.

'음, 향기롭군.'

의윤이 지그시 눈을 감고 느긋한 마음으로 커피 향기를 음미하는 그 순간.

퍽!

불시에 물컹한 무언가가 묵직하게 날아와서 의윤의 머리를 강타했다. 동시에 뭔가가 터지는 감촉과 함께 촥, 하고 머리부터 발끝까지 축축하게 젖는 느낌이 났다. 그것이 물풍선이라는 것을 깨달은 것은 얻어맞고도 몇 초 지나서의 일이었다.

"……!"

아프지는 않았지만 너무 놀란 나머지 의윤은 그 자리에 앉은 채로 굳어져 버렸다.

"어머나 전하, 괜찮으십니까?"

어디선가 나타난 미소가 눈을 둥그렇게 뜨고 외쳤다.

"죄송합니다, 지호 도련님이랑 놀다가 제가 그만 조준을 잘못 하는 바람에!"

말과는 달리 표정에는 미안한 빛이라고는 없어서 더욱더 기가 찼다. 지금 나한테…… 일부러 물벼락을 끼얹었어?

"아하하하, 아빠 좀 봐!"

물총을 손에 든 지호가 흠뻑 젖어 버린 의윤을 보고 철없이 팔짝팔짝 뛰며 좋아했다. 머리에서 물을 뚝뚝 떨어뜨리며, 의윤은 이를 악물고 미소를 노려보았다.

"네 진정 정신이 나간 게로구나."

도저히 믿을 수가 없었다. 아무리 자신이 폐위된 황태자라 해도 엄연히 이 집의 주인이 아닌가. 가정부 주제에 도대체 뭘 믿고 이렇게 간 큰 짓을 벌인단 말인가.

"죽을죄를 지었습니다, 전하. 정말로 일부러 그런 게 아닙니다!"

미소가 과장되게 울먹이기 시작했다. 누구 보라고 저런 되도 않는 연기를 하나, 했더니 자신이 아니라 지호였다.

"어떡하지 지호야? 아빠가 많이 화나셨나 봐."

방금까지 신이 나서 팔짝팔짝 뛰던 아이는, 제가 좋아하는 이모가 울먹이자 금세 감정 이입을 해서 함께 울먹이기 시작했다.

"아빠 잘못해떠요. 다시은 안 그러게뜹니다."

커다란 눈에 금세 눈물이 그렁그렁해졌다.

"이모을 용서해 주세요."

연기인 걸 뻔히 알면서도 도저히 더는 화를 낼 수가 없었다. 여기서 더 화를 냈다가는 자칫 이쪽이 불한당이 되어 버릴 분위기다. 의윤은 한껏 굳은 얼굴로 지호를 향해 억지웃음을 지어 보였다.

"괜찮다. 화나지 않았느니라."

"지짜?"

"그래. 그러니까 이모하고 저만치 가서 놀도록 해라."

"네 아빠!"

"너무 시끄럽게 뛰어놀지 않도록 주의하거라. 몸가짐을 경박하게 하면 못쓰느니라."

지호는 언제 울었냐는 듯이 신이 나서 활짝 웃으며 미소에게 손을 뻗었다.

"이모, 놀자!"

"그래."

지호의 손을 잡고 저만치 다다다 뛰어가며, 미소가 외쳤다.

"전하 그럼 이따가 또 뵙겠습니다아아!"

발랄한 목소리가 마치 사이코 연쇄 살인마의 살인 예고처럼 들려서, 의윤은 저도 모르게 몸을 부르르 떨었다.

"김 집사님, 저 윤미소인데요. 안에 계세요?"

노크를 하고 가만히 부르자 처선이 빙긋 웃으며 문을 열어 주었다.

"무엇을 도와 드릴까요, 아가씨?"

미소는 그만 얼굴이 빨개지고 말았다. 일반인이 했다간 자칫 한없이 어색하고 느끼할 수도 있는 대사인데, 처선의 경우에는 실제로 직업이 집사인 데다 늘 단정하게 슈트까지 차려입고 있다 보니 그렇게 어울릴 수가 없었다.

늘 웃는 얼굴에 친절한 이 오빠가, 미소는 무척 좋았다. 제 얼굴만 보면 얼굴을 찡그리는 전하보다도 훨씬 더. 아 물론 전하는 그럴 만하기는 했지만.

"죄송한데 혹시 댁에 블루투스 스피커 같은 거 없을까요? 휴대폰이랑 연결해서 쓰는 거요."

"뭐에 쓰려고요?"

"노래 좀 듣고 싶어서요."

처선이 미소를 지었다.

"음, 미소 씨 옆방이 바로 주인님 방인 건 알죠?"

혹시 조용히 하라는 얘긴가, 싶어서 미소는 슬쩍 처선의 눈치를 보았다. 속셈이 들켰나?

"어쨌든 잠깐만 기다려요."

잠시 후 처선이 뭔가를 한 아름 안고 나오는 바람에 미소는 깜짝 놀랐다.

"그게 다 뭐예요?"

"노트북이랑 스피커. 이왕 들을 거, 제대로 들어야죠."

그렇게 말하며 처선은 미소의 품에 노트북과 스피커를 안겨 주었다.

"노트북은 안 쓰는 거니까 혹시 필요하면 미소 씨 가져도 괜찮아요."

"정말요? 그래도 돼요?"

미소는 눈이 둥그레졌다. 스피커 빌리러 왔다가 이게 무슨 뜻밖의 횡재인가!

"이 스피커는 이래 봬도 출력이 엄청 좋아서, 층간 소음 보복용으로도 쓰는 거예요."

처선이 의미심장한 미소와 함께 윙크를 했다.

"그럼, 음악 감상 잘해요."

처선의 방에서 나오며 미소는 생각했다. 어쩌면 정 여사님과 김 집사님은 같은 생각을 하고 있는 게 아닐까. 두 사람이 사전에 모의를 했는지까지는 모르겠지만, 최소한 암묵적으로는 동의하고 있는 게 틀림없었다. 그렇다면 뭐 있나. 마음 푹 놓고 막 가는 거지!

"오랜만에 스트레스 해소 좀 해 볼까?"

더없이 편안한 마음으로, 미소는 노트북에 스피커를 연결하고 동영상 사이트에 접속했다.

저녁 식사 후 자기 방에서 조용히 독서를 하고 있던 의윤의 귀에, 문득 정체불명의 해괴한 음악 소리 한 자락이 날아와 꽂혔다.

—위 아래 위 위 아래 위 아래 위 위 아래

의윤은 기겁을 했다. 중 염불하는 소리도 아니고 이게 뭐야? 뉴스 외에는 TV를 보지 않고, 이따금씩 클래식 음악을 듣는 것 외에는 음악도 즐기지 않는 의윤이었다. 그런 그에게 있어 지금 들려오는 소리는 음악이 아니라 소음에 불과했다.

그러고 보니 얼마 전에 연재가 학교에서 무슨 공연인가를 한다면서 거실 TV 앞에서 이런 걸 틀어 놓고 춤추고 있던 기억이 났다. 딸이 또 그 연습을 하나 보다 싶어서 웬만하면 참으려 했다. 하지만 한 곡이 끝나면 또 다음 곡이 나오고, 또 다음 곡이 나오고. 끝도 없는 게 아닌가.

—친구를 만나느라 샤샤샤!

의윤은 참다못해 옆방인 딸 연재의 방으로 가서 노크를 했다.

"연재야. 이러다 집 무너지겠구나. 조금만 조용히 하자."

점잖게 타이르자 방문 밖으로 얼굴을 내민 연재가 눈을 깜빡거렸다.

"무슨 소리야 아빠? 나 숙제하고 있었는데."

"음?"

그러고 보니 음악 소리가 들려오는 방향이 이쪽 방이 아니라 반대쪽이다. 그러면……. 맙소사, 또 그 아이인가! 의윤은 눈을 감고 관자

놀이에 손을 가져갔다. 아, 두통이야.

"어? 누가 노래를 이렇게 시끄럽게 듣지?"

복도에서 들려오는 소리에 연재도 눈을 둥그렇게 떴다.

"누군 누구겠느냐."

"헐, 그 미친 여자?"

평소 같으면 말버릇이 왜 그러냐고 주의를 주었을 것이다. 하지만 이번만은 의윤도 별로 말리고 싶지 않았다. 아니, 오히려 부추기고 싶을 정도다.

"나하고 무슨 원수를 졌는지 하루 종일 쫓아다니면서 시끄럽게 구는데 아주 사람이 피가 말라 죽을 지경이구나."

내친김에 의윤은 연재를 붙들고 하소연을 시작했다.

"저 여자가 아빠를 괴롭힌다고?"

"괴롭히다마다. 낮에는 물풍선까지 맞았다!"

"물풍선?"

연재가 열 받은 얼굴을 했다. 원래 제 엄마를 닮아서 성격이 화끈한 데가 있는 아이였다. 무엇보다 연재는 늘 무조건적으로 의윤의 편이기도 했다. 심지어 상대가 친엄마라 해도.

"아니 지가 뭔데 우리 아빠까지 건드려? 내가 오늘 결판을 내고 만다!"

연재는 씩씩거리면서 방에서 뛰쳐나왔다. 그러고는 발소리를 쿵쿵 울리며 의윤의 방을 지나 미소의 방문을 전투적으로 쾅쾅 두들겼다.

"저기! 이봐! 완전 시끄럽거든?"

문득 옛날 일이 떠올라 의윤은 그만 눈시울이 뜨거워졌다.

"괜찮아 아빠, 울지 마. 내가 지켜 줄게!"

고사리 같은 손으로 자신의 등을 토닥여 주던 그때, 연재는 겨우 다섯 살이었다.

"음악 소리가 너무 커서 안 들리나 봐. 잠깐 들어갔다 올게."

의윤은 뒤에서 소리 없이 주먹을 쥐어 응원했다. 우리 딸 파이팅!

방문을 열고 안으로 들어간 지 채 5분이나 되었을까. 다시 문이 열리더니 눈이 휘둥그레진 연재가 걸어 나왔다.

"뭐라고 하더냐? 응?"

의윤이 황급히 묻자 연재가 얼빠진 얼굴로 중얼거렸다.

"대체 뭐지 저 여자?"

"왜 그러느냐?"

"완전 춤신춤왕이야!"

의윤은 그만 어이를 상실하고 말았다.

"정체가 뭐지? 어느 기획사 연습생 출신인가?"

심지어 감탄하는 빛까지! 도저히 더는 참을 수가 없었다. 의윤은 이를 악물고 방 안으로 성큼성큼 걸어 들어갔다. 그러고는 일단 노트북부터 확 닫아서 노랫소리를 차단해 버리고, 미소의 손목을 확 잡았다.

"얘기 좀 하자."

"전하?"

당황하는 미소를 옆방, 그러니까 자기 방으로 끌고 간 의윤은, 문을 쾅 닫자마자 미소를 문에 확 밀어붙이고 다그쳤다.

"자객이냐?"

"네?"

의윤은 이를 악물고 빠르게 말했다.

"누구의 사주를 받았는지 몰라도 죽이려거든 곱게 죽여라. 사람을 화병 들게 만들어서 서서히 말려 죽이는 건 너무 잔인하지 않으냐?"

"어머나 누가 들으면 오해하겠습니다, 전하."

미소는 눈을 동그랗게 뜨고 순진한 표정으로 대꾸했다. 이것이 어디서 오리발을! 의윤은 울화가 치밀었지만 꾹 참고 협상을 시도했다.

"이러지 말고 차라리 말을 해라. 대체 나한테 원하는 게 뭐냐?"

원하는 게 뭐든지 간에 그냥 들어줘 버리고 치우고 싶었다. 이렇게는 단 하루도 더 못 살겠다!

"정말요?"

순간적으로 미소의 눈이 반짝, 하고 빛나는 것을 의윤은 놓치지 않았다. 역시 목적이 있었군.

"그럼 조오기 정문 밖으로 딱! 한 걸음만 나가 주시면 되는데."

창밖을 가리키며 하는 말에 의윤은 그만 허를 찔리고 말았다.

"뭐?"

"그러면 더 이상 귀찮게 안 할게요. 네?"

미소가 눈웃음을 쳤다. 아, 그거였나. 그제야 의윤은 미소가 이러는 이유를 눈치챘다.

"보모가 너더러 날 집 밖으로 내보내라고 하더냐?"

미소가 대답 대신에 시선을 돌리며 딴청을 피웠다.

"그래, 날 내쫓으면 네게 뭘 주겠다고 하더냐? 돈이냐?"

"그것이……."

대답을 못 하는 걸 보니 그렇다는 뜻이렷다. 스물한 살밖에 안 된 것이 벌써부터 돈에 눈이 멀어 이런 짓을 하다니. 의윤은 비웃듯 한쪽 입술을 끌어 올렸다.
"그 돈, 내가 대신 주마. 얼마면 되겠느냐?"
"그런 거 아니거든요?"
그제야 미소가 발끈하며 항변했다.
"됐고요, 그냥 저 대문 밖으로 딱! 한 번만 나갔다 들어와 주세요. 그러면 저도 입 딱! 다물고 곱게 나가 드릴게요."
"안됐지만 그건 못 한다."
"아, 왜요오! 그러면 전하도 조용히 사시고 저도 임무 완수고, 누이 좋고 매부 좋고 아네요?"
"내 너 같은 누이를 둔 바 없느니라."
의윤은 코웃음을 치고는 말했다.
"어쨌든 나는 하늘이 두 쪽 나도 이 집 밖으로는 한 발짝도 안 나갈 터이니, 헛고생은 일찌감치 그만두는 게 좋을 것이다."
잠시 의윤을 흘겨보던 미소가, 이윽고 길게 한숨을 쉬었다.
"죄송하지만 저도 절대 물러날 수가 없는 입장이거든요."
"어디 마음대로 해 보아라. 나라고 당하고만 있지는 않을 터이니."
의윤은 어깨를 펴고 선언했다.
"이 집 주인은 나다. 굴러들어 온 돌이 박힌 돌을 빼는 법은 없느니라."
미소가 욱하는 얼굴을 했다.
"두고 보세요. 반드시 전하를 이 댁에서 나가시게 만들겠습니다!"
"그 전에 내가 널 먼저 쫓아내고 말 것이다!"
두 사람의 이글거리는 눈빛이 허공에서 불꽃을 내며 격렬하게 부딪쳤다.

* * *

이른 아침, 아직 잠에서 덜 깬 눈을 비비며 주방으로 출근한 주방 담당들은 깜짝 놀랐다. 싱크대부터 냉장고, 가스레인지까지 눈이 부시게 반짝반짝 광이 나고 있지 않은가! 음식물 쓰레기도 깔끔하게 처리가 되어 있고, 심지어 아침 반찬에 들어갈 감자와 양파까지 다 껍질을 벗기고 손질을 마쳐서 바구니에 예쁘게 담겨 있었다.

"이게 무슨 일이래?"

"그러게, 우렁각시라도 왔다 갔나?"

어안이 벙벙해서 서로 얼굴만 쳐다보고 있는데, 등 뒤에서 발랄한 목소리가 들려왔다.

"좋은 아침입니다, 선배님들!"

깜짝 놀라 돌아보니 미소가 활짝 웃으며 쟁반을 들고 서 있었다.

"커피 한 잔씩들 하시겠어요?"

주방 담당들은 떨떠름한 얼굴로 미소가 내미는 커피 잔을 받아 들었다.

"아니 뭐 이런 걸 다 해 놨어."

"그러게, 우리 일인데 이럴 필요 없다니까."

미소가 눈웃음을 치며 생글거렸다.

"에이, 제가 이 댁에서 제일 막내고 또 신참인데 당연히 해야죠. 힘들고 귀찮은 일 있으시면 뭐든지 저한테 시켜만 주세요!"

사실 이들을 포함한 고용인들 대부분이 미소에게 별로 호감을 품고 있지 않았다. 그도 그럴 것이, 지금은 잠시 파견 근무를 나와 있는 셈이지만 원래가 이들은 공무원 중에서도 엘리트로 꼽히는 황궁 공무원이었다. 주방 담당들도 원래 황궁에서는 수라간 궁녀들이었는데, 황궁 공무원 시험에 패스해야 하는 것은 기본이고 영양사 자격증에다 신분까지 죄다 보장이 되어야 겨우 할 수 있는 일이 수라간 일이었다. 자부심이 하늘을 찌르는 것은 물론이었다.

그런데 특별한 자격은커녕 대학 졸업조차 못 한 미소가 갑자기 들어와서 함께 일하게 됐으니 심기가 편할 리 없었다. 즉 낙하산 보는 심정이랄까. 게다가 정 여사가 미리 고용인들을 모아 놓고 단단히 주의를 준 탓도 있었다.

"저 아이가 무슨 행동을 하든 절대 간섭하지 말도록 해요."

이 댁 안주인이나 마찬가지인 보모상궁의 분부시니 따르기는 따르는데, 한참 어린 신참이 무슨 짓을 하든 간섭하지 말라니 은근히 배알이 뒤틀리지 않을 수 없었다. 심지어 제가 뭔데 가정부 주제에 연재 아가씨랑 똑같은 방을 쓴단 말인가! 그래서 모두들 짠 듯이 미소에게 차갑게 대하고 있었던 것인데.

"어떻게, 입에는 맞으세요? 제가 선배님들 취향을 아직 잘 몰라서 그냥 아메리카노로 했는데요."

정작 애가 생글생글 웃어 가면서 싹싹하게 구는 게…….

"이대로도 괜찮네 뭐."

"난 설탕만 살짝 넣었으면 더 좋았을 것 같아."

여전히 떨떠름한 반응에도 불구하고 미소는 활짝 웃었다.

"잘 기억해 뒀다가 내일 아침부터는 그렇게 준비하겠습니다!"

제 말에 대꾸해 준 것만도 무척 기쁘다는 듯이.

"그럼 저는 올라가 볼게요, 선배님들. 시키실 일이 있으시면 언제든 불러 주세요!"

꾸벅, 허리를 숙여 인사를 하고 돌아서서 주방을 나가는 미소의 뒷모습을 쳐다보다가, 주방 담당들도 그만 참았던 웃음을 피식 흘리고 말았다.

"……별 신기한 애를 다 보겠네."

계모와 언니들 밑에서 더부살이하듯 살면서 눈치만 늘어난 미소였다. 이 집 고용인들이 자신을 별로 반기지 않는다는 거야 처음부터 눈치챘다. 비록 정 여사와 김 집사가 제 편이라 해도, 결국 이들의 눈 밖에 나면 앞으로 이 집에서 지내기 힘들다는 것도 뻔히 알고 있었다. 피로 이어진 가족이 아닌 이상, 어디서든 제가 있을 자리를 만들려면 그만큼 눈치껏 노력해야 한다. 그게 미소가 자라면서 터득한 바였다.

그래서 미소는 새벽 4시에 일어나서 우렁각시처럼 집안사람들의 일을 도왔다. 그것도 사람들이 보통 하기 귀찮아할 법한 일만 골라서 했다. 음식물 쓰레기를 치우고, 분리수거를 하고, 걸레와 행주를 뽀얗게 빨아 놓고, 청소기 먼지 통까지 비워서 깨끗이 싹 닦아 놓고.

겉으로는 탐탁지 않아 하면서도, 결국 자기 일이 줄어드는 걸 싫어하는 사람은 없었다.

"됐다니까 뭘 이런 것까지."

"어쨌든 잘 마실게."

못 이긴 척 모닝커피를 받아 드는 표정들이, 어제의 차가웠던 그것과는 사뭇 달라서 미소는 가슴을 쓸어내렸다. 어쨌든 여기서도 열심히 하면 천덕꾸러기 신세는 면하겠구나.

"으아, 졸려 죽겠네."

꼭두새벽부터 너무 무리했나 보다. 아침 식사 후 뒷정리까지 돕고 나자 벌써부터 졸음이 밀려와 죽을 지경이었지만, 미소는 억지로 제 뺨을 꼬집어 가며 잠을 쫓았다. 진짜 업무는 지금부터니까!

"두고 보세요. 반드시 전하를 이 댁에서 나가시게 만들겠습니다!"

"그 전에 내가 널 먼저 쫓아내고 말 것이다!"

어젯밤에 전하에게 선전 포고를 당했다. 즉 이제는 쫓아내느냐, 쫓겨나느냐의 싸움이었다. 물론 미소는 질 생각이 추호도 없었다. 기껏 얻은 일자리도 버리고 왔는데 이제 여기서 나가면 또 어디로 가란 말인가. 게다가 황후 폐하의 추천서가 걸려 있는데!

'가만있자, 오늘부터 전하도 나를 들들 볶으시겠지?'

미소는 미리 마음의 각오를 다졌다. 아마도 단순 무식한 일들을 엄청나게 시켜 대서 지치게 만들려고 할 가능성이 높지 않을까. 예를 들면 온 집 안 커튼을 다 걷어다 빨라든가, 아니면 은그릇을 반짝반짝 닦아 놓으라든가.

사실 의윤이 무슨 일을 시키든 간에 '저는 못 하겠사옵니다 즈언하' 하고 나자빠지면 그만이었다. 뭐든 네 멋대로 해도 좋다고, 이미 정 여사에게서 약속을 받아 냈으니까.

하지만 미소는 비겁해지고 싶지 않았다. 이왕 하는 승부라면 피하지 않고 정면으로 맞서고 싶었다. 장장 10년 동안이나 집 안에 틀어박혔던 사람의 고집을 꺾으려면 최소한 이쪽도 그 정도 각오는 보여야 하지 않겠는가. 그러니까 의윤이 어떤 힘든 일을 시키든지 간에, 보란 듯이 해낼 생각이었다.

'두고 보세요, 전하. 저는 지지 않을 테니까요!'

옷 속에 걸고 있는 펜던트를 어루만지며, 미소는 다시 한 번 결의를 다졌다.

남들은 황태자라고 하면 놀고먹겠네, 부럽네, 하면서 무슨 다이아몬드 수저쯤으로 생각하는 모양이지만 천만의 말씀. 알고 보면 어릴 때부터 교육을 굉장히 혹독하게 받는 극한 직업에 속했다. 그야 제왕이 될 사람이니까.

'군림하되 통치하지 않는' 영국이나 일본 같은 입헌 군주제 국가와는 달리, 대한 제국은 아직도 엄연한 전제 군주제 국가였다. 즉 오로지 황제 한 사람에게 나라의 존망이 달려 있으니, 황태자에 대한 교육도 철저하지 않을 수 없었다.

의윤 역시 채 초등학교도 가기 전부터 외국어, 한자, 역사, 군사학, 제왕학, 예법에 이르기까지 두루 교육을 받았다. 그리고 군사학에서 배운 바에 의하면, 공격이 최선의 방어라 하였다! 의윤은 아침 식사를 마치자마자 거실 소파에 앉아 미소를 호출했다.

"부르셨습니까, 전하?"

오늘도 어김없이 메이드복 차림의 미소가 나타났다. 참 몇 번을 봐도 적응 안 되는 차림이군, 하고 생각하면서 의윤은 보고 있던 신문을 접어 내려놓았다.

"그래, 조반은 들었느냐?"

의윤은 한껏 너그러운 미소를 지으며 미소를 맞이했다.

"예, 전하. 덕분에 맛있게 먹었습니다."

미소가 생긋, 마주 웃었다. 속사정을 모르는 사람이 보면 꽤나 훈훈한 사이처럼 보이겠지만, 물론 상대의 속셈을 서로 뻔히 알고 있는 상황에서 오가는 미소란 마치 늑대와 승냥이의 그것과 다를 바가 없었다. 겉으로는 웃고 있으면서 속으로는 어떻게 하면 상대를 이 집에서 쫓아낼까, 머리 굴리는 소리가 치열했다.

"그건 그렇고, 내 너한테 좀 시킬 일이 있어 불렀느니라."

"분부만 하십시오, 전하."

"2층 복도 끝에 있는 방에 가면 내 공부에 필요한 자료와 책들이 좀 있다. 언제 한번 날 잡아 정리해야지, 하고 벼르기만 하고 손이 잘 안 갔는데, 네가 이참에 대신 좀 보기 좋게 정리해 주겠느냐?"

일부러 부려 먹으려는 속셈을 뻔히 눈치챘을 텐데도, 미소는 역시 강적답게 조금도 당황하지 않았다. 심지어 활짝 웃으며 대답했다.

"물론입니다 전하. 맡겨만 주십시오!"

어디 이따가도 웃을 수 있나 보자. 그렇게 생각하며 의윤도 웃어 보였다.

"그럼 잘 부탁한다."

방에 들어선 순간 미소는 입을 딱 벌리고 말았다. 이게 자료가 '좀' 있는 거야?

프린트한 문서에 책에 논문들에 고서까지, 온갖 종류의 자료들이 방 안을 완전히 점령하고 있었다. 그리고 그 모든 자료의 테마는 단 한 가지였다. 조선의 역사.

예상했던 것보다 훨씬 고차원적인 일인 걸 보면, 아마도 내가 절대 못 할 줄 알고 시키신 모양인데. 미소는 피식, 하고 코끝으로 웃었다.

"흥, 하라면 못 할 줄 알고?"

미소는 당장에 작업을 시작했다. 워낙 관심을 갖고 있는 분야였기에 일 자체는 무척 흥미로웠지만, 문제는 양이 이만저만이 아니었다. 점심도 거르고 꼬박 매달렸는데도 끝이 보이지 않았다. 게다가 단순 노동이 아니라 정신을 굉장히 집중해서 해야 하는 일이었기에 쓰러질 것같이 피곤했다. 오늘은 가뜩이나 새벽 4시부터 일어나서 일했으니까.

'으으, 딱 30분만 잤으면 좋겠다.'

그렇게 생각하며 커피라도 마시려고 비틀비틀 복도로 나오는데, 마침 낮잠을 자고 일어난 지호가 미소를 발견하고 쪼르르 달려왔다.

"이모오오! 우이 나가서 놀자!"

어쩔 수 없이 미소는 지호에게 끌려 정원으로 나갔다.

"개구이 잡아 줘어, 잡아 줘어, 응?"

연못가에서 청개구리를 발견한 지호가 졸랐지만, 미소는 펄쩍 뛰고 손을 내저었다.

"미안해, 지호야. 다른 건 다 해 줘도 개구리는 안 돼."

"왜에?"

"이모가 세상에서 제일 싫어하는 게 개구리거든!"

하기야 요즘 세상에 맨손으로 개구리를 잡을 수 있는 여자가 더 드물겠지만, 미소는 보통 여자들보다도 더 질색을 했다. 그 미끈미끈하고 차가운 감촉! 상상만 해도 온몸에 소름이 끼쳤다.

"그러니까 우리 다른 거 하고 놀자. 잡기 놀이 어때?"

"와아, 잡기 놀이!"

다행히도 착한 아이는 더 이상 조르지 않고 금세 좋다고 팔짝팔짝 뛰었다.

그때, 문득 의윤이 뒷짐을 지고 다가오는 것이 보였다. 산책 중인 모양이었다.

"너무 크게 소리 지르고 뛰어다니면 못쓴다. 늘 진중해야 하느니라."

"네, 아빠."

지호에게 타이르는 것을 듣고 미소는 기가 막혔다. 아니 네 살짜리 애가 진중한 게 뭔지나 안단 말이야? 그러고 보니 툭하면 지호한테만 저렇게 꼬치꼬치 간섭하시는 이유를 모르겠다. 어린애한테 저러지 말고 다 큰 따님 버르장머리나 어떻게 좀 해 보시지, 오히려 딸한테는 오냐오냐하는 눈치고.

슬그머니 부아가 나서, 미소는 일부러 더 큰 소리로 외쳤다.

"지호야, 이모 잡아 봐라!"

고개를 저으며 혀를 차는 전하를 향해 메롱, 하고 혀를 살짝 내밀어 보이고 미소는 뒤돌아서 뛰었다.

지호랑 한바탕 뛰어놀아 주고 나서 저녁을 먹고 나자 정말 곧 쓰러질 것 같았지만 미소는 꾹 참고 뒷정리와 설거지까지 도왔다. 파김치가 된 몸을 이끌고 방에 올라가서도 바로 잘 수는 없었다. 소음 공격 시간이니까!

도저히 어제처럼 신나게 춤을 출 기운은 없고, 미소는 겨우 음악만 틀어 놓고 침대에 누워 있었다. 웬만하면 틀어 놓고 그냥 자고 싶었는데, 스피커 성능이 어찌나 좋은지 쿵쿵거리면서 온 방이 다 울리는 게 도저히 이쪽도 잘 수가 없었다.

"그러니까 고집 그만 부리시고 빨리 항복하세요, 전하."

미소는 혼잣말로 중얼거렸다.

"그럼 서로 편하고 좋잖아요."

그렇게 한 시간 정도 강제 음악 감상 시간을 보내고 나서야 미소는 겨우 음악을 껐다. 방이 조용해지자마자 하루 종일 참고 참았던 졸음이 확 몰려왔다. 일어나서 씻어야지, 하다못해 옷이라도 갈아입고 자야지…… 하고 생각했지만 도저히 몸이 말을 듣지 않았다. 결국 미소는 그대로 침대에 쓰러져 기절하듯 잠들고 말았다.

그렇게 얼마나 잤을까. 문득 미소는 목덜미에 차갑고 축축한 무언가가 묵직하게 툭 떨어지는 것을 느꼈다.

'이게 뭐지……?'

비몽사몽간에 그렇게 생각하는데, 이어서 그 차갑고 축축한 것이 꾸물거리며 움직이는 감촉이 느껴졌다.

'살아 있어?'

그 순간 잠이 확 달아났다. 차마 소리도 못 지르고 황급히 목덜미 쪽을 털어 내는데, 손은 허공을 스쳤다. 이미 '그것'은 팔딱 뛰어서 자리를 피한 후였으니까.

뒤이어 바로 귓가에서 끔찍한 소리가 들려왔다.

—꿱꿱꿱꿱.

그 순간, 미소는 튕기듯 침대에서 벌떡 일어나며 비명을 질렀다.

"꺄아아아악!"

오늘도 한 시간 동안이나 끔찍한 유행가 테러를 당했지만 의윤은 꾹 참았다. 그리고 이제나저제나 하고 초조하게 기다렸다. 옆방에서 들려올 반응을.

드디어 음악이 멈춘 지 30분쯤 후의 일이었다.

"꺄아아아악!"

별안간 끔찍한 비명 소리가 초저녁의 고요를 찢고 울려 퍼졌다. 예상했던 것보다도 훨씬 격렬한 반응에 의윤은 덩달아 놀라서 복도로 뛰쳐나갔다. 그리고 마침 제 방문을 박차고 뛰쳐나오던 미소와 딱 마주쳤다.

"엄마야!"

미소는 의윤을 보자마자, 아니 얼굴을 보기도 전에 다짜고짜 와락 품에 안겨 들었다. 오히려 더 놀란 것은 의윤이었다.

"무, 무슨 짓이냐! 놓아라! 나는 네 모친이 아니니라!"

의윤이 펄쩍 뛰고 얼른 떼어 놓으려고 했지만, 미소는 결사적으로 의윤의 품에 파고들었다. 계속해서 비명을 지르면서.

"엄마! 저거, 저거 좀! 꺄악!"

"글쎄 나는 네 모친이 아니래도?"

의윤은 당황해서 어쩔 줄을 몰랐다. 하룻밤 사랑도 예사로 하는 세상에 무슨 소리냐고 하겠지만 의윤은 어린 시절부터 철저히 전통식 예법을 배우고 자라 온, 말하자면 선비나 마찬가지였다. 엄연히 남녀가 유별한데, 멀쩡히 다 큰 처녀가 이렇게 품에 막 안겨 들다니!

품에 안긴 몸에서 전해져 오는 뭉클하고도 부드러운 감촉.

아찔하게 코끝을 간질이는, 달콤하고도 아련한 향기.

의윤은 저도 모르게 얼굴이 화끈 달아오르는 것을 느꼈다. 맙소사!

"망측하다. 누가 보기라도 하면 어쩌려고 이러느냐?"

아무리 힘껏 뿌리쳐도 미소는 끄떡도 하지 않고 매달렸다. 완전히 정신이 나가 버린 상태인 것 같았다.

"아니 좀 떨어지래도……!"

안 되겠다. 미소의 어깨를 붙잡고 강제로 떼어 놓으려던 의윤은 문득 멈칫했다. 작은 어깨가 심하게 떨리고 있었다. 손아귀에서 스르르 힘이 빠져나갔다.

"싫어, 무서워."

미소는 울고 있었다. 의윤의 가슴에 얼굴을 묻은 채, 정신없이 계속해서 중얼거리면서.

"제발 그만하라고 해 줘. 엄마, 엄마……."

그 순간 의윤은 세게 한 대 얻어맞은 것 같은 기분이 들었다. 대체 나는 무슨 짓을……!

울고 있는 미소를 떼어 내는 대신에 의윤은 가만히 미소를 마주 안았다. 그리고 흐느낌에 들썩이는 등을 서투르게 어루만지며 위로하기 시작했다.

"개구리 갔다. 이제 괜찮으니까, 울지 말거라."

신기한 일이었다. 그토록 얄밉기만 했는데, 그래서 괴롭혀 주고 싶었는데. 정작 제 품 안에서 서럽게 울고 있는 걸 보니 가슴 한구석이 찌르르해져 왔다. 겁에 질려 정신없이 매달려 오자 슬그머니 엉뚱한 마음이 일어났다. 그러니까, 지켜 주고 싶은 마음 같은 것이.

그러고 보니 이 아이, 나이가 아직 어리다 하였지. 어느덧 의윤은 미소의 등을 토닥이며 위로하고 있었다. 그 개구리 집어넣은 장본인이 자신이라는 것도 까맣게 잊은 채.

"쉿, 괜찮다. 이제 괜찮다지 않느냐."

이 아이가 우는 게 싫다. 울지 말았으면 좋겠다. 오로지 그런 일념에 서투르게 달래기를 얼마나 했을까. 갑자기 가슴팍에 거센 충격이 느껴지더니, 동시에 몸이 뒤로 기우뚱했다.

"……!"

미소가 온 힘을 다해 그의 가슴께를 팍 밀쳐 낸 것이었다. 그 서슬에 의윤이 휘청하며 뒤로 잠시 물러난 사이, 미소는 저만치 마구 뛰어가 버렸다. 그의 얼굴조차 쳐다보지 않은 채로.

복도 모퉁이를 돌아서 의윤의 모습이 보이지 않게 되자마자 미소는 벽에 기대서 가쁜 숨을 골랐다.

"하아, 하아……."

심장이 어찌나 거세게 뛰는지, 금방이라도 튀어나올 것만 같았다. 물론 개구리에도 기절할 듯이 놀랐지만, 정작 그보다 더 놀라게 만든 것은 의윤의 태도였다.

"개구리 갔다. 이제 괜찮으니까, 울지 말거라."

그 순간, 미소는 이 저택에 온 후 처음으로 실감했다. 이 사람이 바로 어릴 때부터 동경해 왔던 그녀의 왕자님, 이유 전하라는 것을.

그 왕자님이 지금 이 순간 자신을 안고 있었다. 그것도 다정하게 등을 어루만져 주면서!

수백 번도 더 꿈꾸었던 왕자님의 품은, 상상했던 것보다도 훨씬 더 넓고 따뜻했다. 강한 팔, 단단한 가슴. 마음먹고 온 체중을 다 실어 기댄대도 꿈쩍도 하지 않을 것같이 강건한 몸.

그래서일까. 품에 안겨 있자 기절할 것 같던 공포도 어느새 서서히 엷어지고, 대신에 달콤한 떨림이 조금씩 온몸에 퍼지기 시작했다.

하지만 꿈결 같은 느낌도 잠시.

"쉿, 괜찮다. 이제 괜찮다니까."

머리칼 사이로 느껴지는 따스한 숨결에 순간적으로 심장이 비명을 질렀다. 두근!

'이러다간 들키겠어!'

그래서 순간적으로 당황한 나머지 의윤을 확 밀쳐 내 버리고 그대로 도망치고 말았던 것이다.

언제는 쫓아내겠다고 으르렁대더니 갑자기 왜 이렇게 다정하단 말인가. 달아오른 뺨에 손을 갖다 대며, 미소는 떨리는 목소리로 중얼거렸다.

"……가, 갑자기 왜 이러는 거야, 당황스럽게."

3. 개구리 갔다, 울지 말거라.

"글자 그대로 오리지널 신데렐라 팔자랍니다."

"신데렐라?"

"예. 어려서 부모님을 잃고 계모와 언니들에게 구박을 받았다지 뭡니까."

처선이 깊은 한숨을 내쉬었다.

"아버지 돌아가시고 나서는 대놓고 식모 취급 당했답니다. 그것도 모자라서 중학교 때부터 언니가 낳은 애를 하나도 아니고 둘도 아니고 무려 셋! 씩이나 키웠고요."

의윤은 그제야 납득했다. 어쩐지 결혼도 안 한 젊은 처자가 지호하고 무척 잘 놀아 주더라니, 그런 사연이 있었구나. 사실 지금껏 미소의 이름과 나이 외에는 아무것도 몰랐던 의윤이었다. 그야 들을 기회도, 생각도 전혀 없었으니까.

"그런데 그 집에서는 어째서 나왔다더냐?"

"대학 가겠다고 악착같이 모은 돈을 계모한테 홀라당 다 털리고, 설상가상으로 큰언니가 글쎄 넷째를 또 가졌다지 뭡니까."

"허어, 요즘 세상에 애국자로구나."

"이게 무슨 애국잡니까, 무양심이죠! 키워 주는 사람 따로 있다고 막 낳는 거 아닙니까?"

처선이 발끈했다.

"어쨌든 그래서?"

"그래서 이제는 도저히 안 되겠다 싶어서 도망치듯 가출해서 나왔답니다. 세상에 어쩌면 그렇게 가엾은 아이가 다 있는지."

처선이 품에서 손수건을 꺼내 눈물을 찍어 내는 시늉을 했다.

"그런데 주인님께서는 그 가엾은 아이 침대에다가!"

"됐다. 알았으니 그만하여라."

의윤이 제지했지만 처선은 그만하기는커녕 더욱더 목청을 높였다.

"세상에나 네상에나 개구리를!"

아니 아무리 내가 잘못을 했기로서니, 그래도 주인한테 대고 너무하는 거 아닌가. 참다못해 의윤도 마주 목소리를 높였다.

"청개구리였다! 요렇게, 엄지손톱만큼 작은!"

손가락까지 눈앞에 들이밀며 항변했지만 씨알도 먹히지 않았다.

"청개구리는 그럼 뭐 개구리가 아니란 말입니까? 예? 개구리가 세상에서 제일 무섭다는 사람한테!"

처선이 마구 퍼부어 댔다.

"도대체가 초딩이십니까? 침대에 개구리를 집어넣게?"

"너 요즘 은근히 말이 점점 건방져진다?"

그러나 처선은 물러나지 않았다. 평소에는 이러는 법이 잘 없는데, 아무래도 단단히 부아가 난 모양이었다.

"덜덜 떨면서 제 방에 와서는 '김 집사님, 개구리 좀 잡아 주세요', 하는데 제 마음이 얼마나 찢어졌는지나 아십니까?"

의윤은 그만 입을 다물었다. 미소가 지호한테 하는 말을 주워듣고 반쯤 장난삼아, 또 반쯤 복수삼아 한 짓이었다. 커다란 개구리도 아니고, 기껏해야 엄지손톱만 한 청개구리 한 마리 가지고 이렇게 혼백이 나갈 정도로 무서워할 줄 누가 알았단 말인가.

"불쌍하기도 하지. 집에서도 모질게 구박을 받다가, 이제 팔자 좀 펴나 했더니 여기서 또……!"

처선이 또다시 손수건으로 청승맞게 눈가를 찍어 냈다. 저것이 나 보라고 일부러! 의윤은 버럭 역정을 냈다.

"그래, 내가 개구리 넣었다! 그래서 나더러 어쩌란 말이냐?"

처선이 언제 우는 시늉을 했느냐는 듯이 손수건을 치우고 딱 잘라 대답했다.

"사과하십시오."

"내가 왜?"

의윤이 펄쩍 뛰었다.

"그 아이가 나를 괴롭혀서 내 집에서 쫓아내려고 드는데, 이 정도는 정당방위 아니냐!"

"그것도 다 주인님을 위해서 그러는 거 아닙니까."

"대체 너는 누구 편이냐?"

의윤이 노려보자 처선이 그제야 한숨을 지었다.

"잘 아시면서 그러십니까."

"그러면 왜 자꾸 그 애 편만 드는 것이냐?"

"편을 드는 게 아니잖습니까. 그저 미안하다 한마디만 하시라는 말씀입니다."

하지만 의윤은 딱 잘라 거절했다.

"내가 그 아이에게? 어림도 없다."

어릴 적부터 의윤은 부모 외의 누군가에게 사과해 본 적이 거의 없었다. 만일 사과를 했다가 들키기라도 하면 아버지인 황제에게 눈물이 쏙 빠지도록 혼이 났다.

"제왕은 무치(無恥)라 하였다. 아무에게나 함부로 고개를 숙이는 자가 어찌 황제가 되겠느냐!"

황제의 권력은 절대적이어야 한다는 것이 아버지의 신념이었다. 틀렸다. 황제든 황태자든, 누군가에게 잘못을 했으면 사과하는 것이 옳다. 그렇게 생각은 하면서도, 역시 어릴 때부터 몸에 밴 습관을 고치는 것이 쉽지는 않았다.

고개를 외로 꼬고 있는 의윤을 향해 처선이 조용히 말했다.

"주인님께서는 그분과는 다르시지 않습니까."

그분. 황제를 지칭할 때, 처선은 늘 두려움과 경계심을 담아 그렇게 불렀다.

"다르다고 생각했기 때문에 제 평생을 주인님께 바치기로 맹세했던 것입니다."

"……."

"또한 저는 지금도 그렇게 믿고 있습니다."

처선은 그 이상 말하지 않고 등을 돌려 방을 물러 나갔다.

"후우……."

앉아 있던 의자에 뒤로 깊이 머리를 기대는 의윤의 입에서, 깊은 한숨이 새어 나왔다.

잠시 후 의윤도 아침 식사를 하러 방을 나왔다. 그러다 그만 복도에서 정통으로 미소를 마주쳐 버리고 말았다.

"안녕히 주무셨습니까, 전하."

먼저 인사를 건네 오면서도, 미소는 자신의 얼굴조차 쳐다보지 않았다.

'화가 많이 난 모양이군.'

이거 낭패라고 생각하며, 의윤은 일단 부드럽게 마주 인사를 건네 보았다.

"그래. 너도 잘 잤느냐?"

"네."

짧은 대답이 돌아왔다. 여전히 미소는 엉뚱한 복도 벽에 시선을 고정한 채였다. 아무래도 안 되겠다. 어쨌든 처선이 말대로 사과는 해야 할 모양이구나. 그렇게 생각은 했지만 차마 말이 안 나와서 의윤이 망설이고 있는데, 미소가 불쑥 말했다.

"어제는 죄송했습니다, 전하. 제가 너무 놀라는 바람에 그만……."

"음?"

의윤은 당황해서 미소의 얼굴을 쳐다보았다. 왜 제가 사과를 하는 거지?

"그리고…… 달래 주셔서 고맙습니다."

미소는 다시금 조그맣게 중얼거렸다.

"전하 아니셨으면 어제 너무 무서워서 잠도 못 잤을 거예요."

그제야 의윤은 사태를 파악했다. 아, 내가 한 짓인 줄 모르는구나. 어제 갑자기 확 밀쳐 내고 뛰어가 버리길래 당연히 알고 있는 줄 알았는데. 의윤은 속으로 쾌재를 불렀다. 다행이다, 사과 안 해도 되겠구나!

"별일 아니니라. 놀란 이를 위로하는 거야 당연한 일 아니겠느냐."

부드럽게 말하자 미소는 그만 울 것 같은 표정이 되었다.

"저는 전하를 그토록 괴롭혀 드렸는데……!"

후회가 짙게 묻어나는 목소리에 의윤은 무척이나 흐뭇해졌다. 암, 그렇지. 이렇게 마음 넓은 내게 그토록 패악을 부렸으니 미안하기도 하겠지. 옳지, 더 미안해하거라. 의윤은 부추기듯 한층 더 자상한 목소리를 꾸며 냈다.

"원래 개구리란 놈이 이맘때쯤 되면 짝을 찾아 방정맞게 이리저리 뛰어다니며 울어 대느니라. 아마도 창문이 열려 있어서 그리로 들어온 것 같은데, 앞으로는 꼭 닫고 다니도록 하여라."

"잠깐만요."

더욱더 감동할 줄 알았는데, 미소의 표정이 갑자기 굳어졌다.

"……근데 제가 언제 개구리라고 말했어요?"

"음?"

"말 안 한 거 같은데."

당황하는 의윤을, 미소가 의혹의 눈초리로 쳐다보았다.

"그러고 보니까 처음부터 개구리 갔다, 괜찮다고 하셨죠. 어떻게 알고 말씀하신 거예요?"

의윤은 펄쩍 뛰었다.

"허어, 지금 날 의심하는 게냐? 내, 내가 왜 네 방에 개구리를 갖다 넣는단 말이냐?"

나름대로 필사적으로 오리발을 내민 건데, 안타깝게도 의윤은 연기에는 전혀 소질이 없었다.

"개구리 넣으셨냐고는 말 안 했는데."

결국 확인 사살을 해 준 꼴이 되고 말았다.

"그러니까, 결국 전하 짓이셨던 거네요?"

이를 꽉 악물고, 미소는 으르렁거리듯 낮게 말했다. 노려보는 눈빛이 어찌나 살벌한지 의윤은 저도 모르게 뒷걸음질을 쳤다.

"……난 그런 줄도 모르고."

눈물까지 어린 눈동자로 한참 의윤을 흘겨보더니, 미소는 이윽고 발소리를 쿵쿵 울리며 의윤의 곁을 지나쳐 가 버렸다.

"글쎄 정말이라니까요?"

아침 식사 자리에서 미소가 목청을 높였지만 아무도 믿어 주지 않았다.

"에이, 말도 안 돼."

"우리가 주인님 어린 시절부터 지켜본 사람들이거든. 글쎄 그러실 분이 아니래도."

"그분이 어릴 적부터 예의범절의 아이콘이셨다고."

미소는 딱 억울해 죽을 지경이었다.

"진짜라니까요? 진짜로 전하가 제 침대에 청개구리 잡아다 넣으셨다고요!"

하지만 고용인들의 의윤에 대한 믿음은 그야말로 바위처럼 굳건했다.

“그럴 리가 없다니까. 김 집사님이 그러셨다면 또 모를까.”

“예나 지금이나 얼마나 의젓하고 반듯하신 분인데, 개구리라니?”

미소에게 제일 잘해 주는 정원사 아저씨마저도 너털웃음을 웃으며 고개를 저었다.

“개구리가 어쩌다 방에 잘못 기어들어 갔겠지. 거 미소 양 많이 놀랐겠구먼.”

결국 미소만 실없는 아이가 되고 말았다. 전하 무서운 사람. 무슨 놈의 이미지 메이킹을 이렇게 잘해 두셨단 말인가! 억울하기도 억울하고, 무엇보다 속이 상해 죽을 지경이었다.

사실 어젯밤에 의윤의 목소리가 자꾸만 떠오르는 바람에 미소는 잠까지 설쳤다.

“개구리 갔다. 이제 괜찮으니까, 울지 말거라.”

생각하지 말자, 생각하지 말자. 아무리 노력해도 목소리가 머릿속에서 계속해서 반복 재생되는 바람에 미칠 뻔했다. 심장은 계속 두근거리고, 얼굴은 자꾸만 달아오르고. 그러니 잠을 잘 수가 있나!

의윤에게 달래 주셔서 고맙다고 인사한 건 진심이었다. 사실 그다지 좋은 사이도 아닌데, 운다고 달래 줄 만한 의리도 없는데. 외면하거나 뿌리치지 않고 그렇게 위로해 준 게 너무나 고마웠다. 그런데 세상에나 맙소사, 그게 본인 짓이었다니! 머리끝부터 찬물을 확 끼얹힌 듯한 기분이었다.

‘결국 찔려서 달래 준 거였어?’

그것도 모르고 설레는 마음에 잠까지 설쳤던 자신이 너무 바보 같고 창피해서, 그만 쥐구멍에라도 숨고 싶어졌다. 부끄러움이 조금 가시자 이번에는 분노가 치밀어 오르기 시작했다.

'그렇게까지 날 쫓아내고 싶으시다?'

말이 서로 쫓아내는 거지, 사실 미소 쪽은 그저 단순히 의윤을 집 밖으로 외출하게 만들려는 것뿐이었다. 하지만 의윤은 글자 그대로 미소를 이 집에서 쫓아내려는 것 아닌가. 여기서 나가면 당장 오갈 데조차 없는 자신을. 물론 의윤이 그런 제 사정을 알 리 없다는 걸 뻔히 알면서도 서럽기는 매한가지였다.

시끄럽게 굴고 괴롭힌 것은 사실이지만 미소는 조금도 미안하지 않았다. 어디까지나 전하를 위한 일이라고 생각했으니까. 사실 이 집에서 일하기로 한 이유도 결국은 의윤 때문이었다. 높은 월급도 좋고 예쁜 방도 좋고 황후 폐하 추천서도 다 좋지만, 무엇보다 전하께 도움이 될까 싶어서. 10년 동안이나 집에만 틀어박혀 계신다니까, 어떻게든 나가게 해 드리고 싶어서.

그랬는데 돌아오는 게 개구리 테러라니! 이제 생각해 보니 어제 지호에게 개구리가 세상에서 제일 싫다는 얘기를 하는 걸 들은 게 틀림없었다. 그때 의윤이 근처에 있었으니까.

생각할수록 기가 막혔다. 초딩도 아니고, 심지어 한때 황태자셨던 분이 그런 짓을! 가뜩이나 속상한데 말해도 아무도 안 믿어 주는 바람에 더 속이 터졌다.

"잘 먹었습니다."

아침밥도 먹는 둥 마는 둥 하고 주방을 나가다가 미소는 복도에서 정 여사를 딱 마주쳤다.

"어젯밤에 위층에서 무슨 소리가 들리는 것 같던데, 뭐였나요?"

또 그거야. 미소는 그만 입이 부루퉁하게 나오고 말았다.

"저 말 안 할래요. 어차피 말씀드려도 안 믿으실걸요, 뭐."

"속는 셈 치고 어디 말해 보지요, 왜."

에라, 믿거나 말거나. 미소는 일러바치듯 울분을 토해 냈다.

"전하가요, 글쎄 저 쫓아내시려고 제 침대에 청개구리 잡아다 넣으셨어요!"

보나마나 말도 안 되는 소리, 하고 엄한 표정을 할 줄 알았는데 놀랍게도 듣자마자 정 여사는 풋, 하고 웃었다.

"어? 믿으시는 거예요?"

미소는 놀라서 정 여사를 쳐다보았다.

"주인님이라면 그럴 수도 있겠다 싶군요."

"와, 저 지금 완전 감동이에요! 세상에 아무도 안 믿어 주는 거 있죠? 전하가 그럴 분이 아니라면서!"

"내가 젖 먹여 키운 분인데 성격을 모를 리 있나."

잠시 미소 짓던 정 여사가, 이윽고 평소의 엄숙한 표정으로 돌아가 물었다.

"그래, 어떻게 일은 잘되어 가나요?"

"아 참. 죄송해요, 전하한테 제 목적을 들켜 버렸어요."

미소는 정 여사의 눈치를 보았다.

"그런데 전하는 절대 문밖으로 한 발짝도 나갈 생각 없으시대요. 오히려 저를 이 댁에서 쫓아내시겠다고 호언장담을 하시더라고요."

"뭐, 하루아침에 될 일이 아닌 줄이야 알고 있었으니까."

다행히도 정 여사는 별로 실망한 기색이 없어 보였다.

"근데요. 전하는 대체 왜 밖에 안 나가시는 거예요?"

"그건……."

뭐라고 말을 꺼내려던 정 여사가 갑자기 입을 다물었다. 왜 그러나 싶어서 돌아보니 의윤이 이쪽을 향해 다가오고 있었다.

"그럼."

정 여사는 의윤에게 살짝 고개를 숙여 인사를 하고는 저만치 가버렸다. 꼴도 보기 싫다. 미소도 덩달아 의윤을 향해 까딱, 고개를 숙였다.

"그럼 실례하겠습니다."

찬바람을 쌩 일으키며 곁을 지나가려는데, 등 뒤에서 목소리가 들렸다.

"잠깐만."

음? 돌아보자 의윤이 왠지 어색한 얼굴을 하고 있었다.

"어제는……."

시선을 다른 곳으로 돌리며 머뭇머뭇 말을 꺼내는 것이, 왠지 촉이 왔다. 설마 사과를 하시려는 건가……? 놀람과 동시에 가슴이 두근거리기 시작했다. 방금까지도 그토록 화가 나 있던 마음이, 생각만으로도 벌써부터 봄눈처럼 스르르 녹아내리기 시작했다. 어쩔 수 없다. 다시 말하지만 눈앞에 있는 이 사람은, 사실 그녀의 왕자님이었으니까!

"어제는 내가……."

하지만 정작 의윤은 좀처럼 말을 잇지 못했다.

"전하가 뭐 말씀이십니까?"

참다못해 미소가 재촉하자 그제야 의윤은 흠, 하고 헛기침을 하고는 말했다.

"그러니까 어제는 내가……."

그 순간, 어디선가 들려온 목소리가 의윤의 말을 끊어 놓았다.

"아빠!"

갑자기 나타난 연재가 두 사람 사이에 끼어들었다.

"이 여자 완전 강적이야. 아주 따끔하게 야단쳐 줘, 아빠!"

그러더니 의윤의 등 뒤에 숨어서는 미소를 향해 보란 듯이 혀를 쏙 내미는 게 아닌가.

"흥! 이제 우리 아빠한테 죽었다!"

당황하는 미소를 향해, 갑자기 의윤이 불쑥 말했다.

"어, 어제 내가 시킨 일은 제대로 해 놓았느냐?"

다그치듯 엄한 목소리였다.

"예?"

"내가 자료 정리하라고 시키지 않았느냐. 설마 여태 다 안 된 것이냐?"

미소는 기가 막혔다. 도대체가 그 많은 걸 하루 만에 다 하라니 말이나 되나!

'결국 또 괴롭히려는 거였어?'

기대를 했던 내가 바보지. 녹아내리려던 마음이 급속도로 도로 얼어붙었다.

"걱정 붙들어 매십시오, 전하."

미소는 이를 악물고 싸늘하게 대답했다.

"오늘 안으로 다 끝내 놓겠습니다."

"내가 자료 정리하라고 시키지 않았느냐. 설마 여태 다 안 된 것이냐?"

의윤의 억지소리에 미소는 결심했다. 내가 밥을 굶고 잠을 못 자는 한이 있어도 오늘 이거 다 끝내고 만다! 그렇게 독한 각오로 골방에 틀어박혀 작업을 시작했는데, 문득 노크 소리가 들렸다.

"미소 씨, 안에 있어요?"

문을 열자 차가 담긴 쟁반을 든 처선이 서 있었다.

"어젯밤에 개구리 때문에 많이 놀랐던 것 같아서 와 봤어요. 지금은 좀 괜찮아요?"

누구와는 다르게 다정한 목소리에 미소는 그만 왈칵 눈물이 날 뻔했다. 그래, 이게 정상이지!

"덕분에요. 걱정해 주셔서 고맙습니다."

산더미같이 쌓여 있는 책과 자료들을 잠시 미뤄 놓고 티타임을 가졌다. 고운 빛깔의 홍차를 잔에 따르며 처선이 물었다.

"그런데 혹시 아까 아침에 주인님께서 뭐라고 안 하시던가요?"

"하시던데요."

미소는 입술을 삐죽거렸다.

"뭐라고?"

"자료 정리시킨 건 어찌 됐느냐, 아직도 다 못 했느냐고 들들 볶으시던데요?"

이때다 싶어 미소는 신나게 일러바쳤다.

"아니 집사님도 좀 보세요, 책에 자료에 논문에 산더미같이 쌓여 있는 거! 세상에 이걸 어제 시켜 놓고 어떻게 오늘 다 했냐고 물어보실 수가 있어요? 정말 너무하지 않아요?"

처선이 한숨을 푹 내쉬며 중얼거렸다.

"……하여튼 주인님도."

옳지, 내 편 들어 주는구나. 미소는 슬쩍 처선의 눈치를 보며 물었다.

"그래서 말인데요. 혹시 전하께서 되게 싫어하시는 거 없어요?"
"싫어하는 거?"
"네. 아니면 무서워하시는 거라든가요. 제가 개구리 무서워하는 것처럼 말이에요."
"음, 내가 미소 씨 좋아하는 건 사실이지만."
처선이 웃었다.
"아무리 그래도 난 주인님 비서인데, 그런 거 알려 주면 안 될 것 같지 않아요?"
"그건 그렇…… 죠?"
미소는 조금 시무룩해졌다. 하지만 처선의 말은 거기서 끝이 아니었다.
"싫어하는 거나 무서운 거 말고, 엄청 좋아하는 건 말해 줄 수 있는데."
"좋아하는 거요?"
"이건 나 빼고 다른 사람들은 모르는 비밀인데, 미소 씨한테만 특별히 말해 줄게요."
침을 꿀꺽 삼키는 미소의 귓가에, 처선이 입술을 가져가서 속삭였다.
"……케이크라면 사족을 못 쓰십니다."
미소는 눈을 깜빡였다.
"아니, 그게 왜 비밀이에요? 케이크 좋아하는 게 뭐 죄라고."
"이만저만 좋아하시는 게 아니거든요. 한 번에 조각 케이크 대여섯 개씩 흡입하십니다."
"헐, 그건 좀 중증이시네요!"

"게다가 워낙 체면을 중시하시는 분이셔서. 사람들한테 케이크 좋아한다는 걸 들키고 싶어 하지 않으십니다. 그래서 가끔 몰래몰래 나한테 사 오라고 심부름시키고 그러시죠."

미소는 행복한 얼굴로 케이크를 먹는 의윤을 상상해 보았다. 음, 그러고 보니 좀 이미지상 안 어울리긴 하네?

"요즘 들어 이래저래 정신이 없으신지 심부름시키신 지도 꽤 됐어요. 그러니 아마 지금쯤은 케이크 보면 눈 돌아가실 겁니다."

"아……!"

그제야 미소는 처선이 이 이야기를 해 준 이유를 깨달았다.

"김 집사님, 그거 아세요? 제가 완전 사랑하는 거요!"

"좋네요, 사랑 고백 받으니까. 그럼 이왕 사랑하게 된 거, 더 사랑하게 만들어 볼까요?"

처선이 햇살같이 웃으며 일어섰다.

"갑시다. 주인님이 제일 좋아하시는 케이크집으로 모시죠."

웬일인지 모처럼 집 안이 쥐죽은 듯 고요했다. 지호와 함께 시끄럽게 뛰어노는 소리도, 온 집 안이 떠나가라 동요를 부르는 소리도, 귀청이 터질 것 같은 유행가 소리도 들리지 않았다.

옳거니, 일을 해야겠구나, 하고 의윤은 생각했다. 며칠 동안 미소 때문에 일에는 손조차 대지 못하고 있었던 것이다. 그도 그럴 것이, 그가 하고 있는 일은 집안사람들에게는 철저하게 비밀이었다. 심지어 처선에게조차도.

지금까지는 숨기는 데 별문제가 없었다. 자신이 방에 틀어박혀 뭔가를 하고 있을 때는 아무도 방해하지 말라고 미리 일러두었고, 누구도 감히 그 지시를 어기는 사람이 없었기 때문에. 그런데 미소가 온 이후로 그게 위태로워졌다. 시끄럽게 구는 것은 둘째 치고, 청소를 핑계로 툭하면 방을 박차고 들어오곤 하니 어디 불안해서 작업을 할 수가 있나!

어쨌든 웬일로 미소가 조용한 김에 의윤은 그간 미뤄 둔 작업에 돌입했다. 그런데 이게 무슨 조화인가. 정작 일에 집중이 하나도 되지 않는 게 아닌가! 어느새 의윤은 일은 까맣게 잊고 멍하니 아침에 있었던 일을 떠올리고 있었다.

"그러니까 어제는 내가……."

어제는 내가 너무하였다. 두 번 다시 안 할 테니 마음 풀거라. 그렇게 말할 생각이었다. 하필이면 그 순간에, 딸아이 연재가 불쑥 나타나지만 않았더라도!

"이 여자 완전 강적이야. 아주 따끔하게 야단쳐 줘, 아빠!"

연재가 그렇게 부추기는데 그 앞에서 차마 사과를 할 엄두가 나지 않았다. 그래서 저도 모르게 엉뚱한 말을 해 버렸다.

"어, 어제 내가 시킨 일은 제대로 하였느냐?"

그 말에 미소는 진짜로 싸늘한 표정이 되고 말았다.

"걱정 붙들어 매십시오, 전하. 오늘 안으로 다 끝내 놓겠습니다."

사실 일을 시킨 의윤도 뻔히 알고 있었다. 도저히 하루 이틀 안에 끝낼 수 있는 양의 일이 아니라는 걸. 아니, 애초에 미소 같은 보통 사람에게는 불가능에 가까운 작업이었다. 그 많은 전문 자료를 제대로 분류하고 정리해 놓으려면 최소한 대학에서 전공한 실력 정도는 되어야 할 텐데.

그런데 그걸 빨리 해 놓으라고 닦달을 한 셈이니……

'더 화나게 만들어 버렸으니 이를 어찌한다.'

그렇게 생각하다 말고 의윤은 흠칫 놀랐다.

'아니, 어쩌긴 뭘 어째, 화를 내면 내는 것이지!'

말이야 바른말이지 고용주는 이쪽 아닌가. 즉 어디까지나 갑을 관계다. 그런데 대체 왜 자신이 이렇게 안절부절못하고 눈치를 보고 있단 말인가! 의윤은 애써 마음을 가다듬었다. 난데없이 나타나서 자신의 평온한 생활을 망쳐 놓은 것은 저쪽 아닌가. 그러니까 이 정도는 정당방위다.

"내가 신경을 쓸 필요가 없지. 암, 그렇고말고."

억지로 생각을 떨쳐 버리고, 의윤은 다시 일을 시작했다. 하지만 얼마 가지 못해서 저도 모르게 또다시 떠올리고 있었다. 하얗게 질려 있던 얼굴을, 눈물이 가득한 커다란 눈동자를.

"제발 그만하라고 해 줘. 엄마, 엄마……."

정신없이 흐느끼던 목소리를.

아무래도 단순히 개구리가 무서워 그러는 게 아니었던 것 같은데. 그럼 대체 뭐였을까.

"참 여러 가지로 복잡스럽게 만드는구나."

의윤은 땅이 꺼져라 한숨을 내쉬고는 일을 집어치우고 방을 나왔다. 차라리 빨리 사과를 하고 말아야지 이래서는 골치 아파 못 견디겠다.

마침 복도를 지나가던 가정부를 붙잡고 물었다.

"혹시 그, 저어…… 그이 못 보았느냐?"

미소 못 보았느냐, 하고 직접 이름을 부르기가 민망해서 대충 어물거렸더니 야속하게도 한 번에 찰떡같이 알아들어 주지를 않았다.

"예? 누구 말씀이십니까?"

"왜 있지 않으냐. 그 시끄럽고 어수선한 아이."

"아, 미소 말씀이시라면 아까 김 집사님과 함께 외출하는 것 같았습니다."

"둘이서 말이냐? 어디를 간다더냐?"

"송구하오나 그것까지는……."

허어! 의윤은 그만 허탕을 치고 돌아서고 말았다. 어쩐지 웬일로 집 안이 조용하다 했더니만.

"하여튼 개똥도 약에 쓰려면 없다더니, 딱 그 꼴이로구나."

어째서일까. 모처럼 조용해진 집 안이, 왠지 텅 빈 것처럼 허전하게 느껴졌다.

* * *

처선이 미소를 데려간 곳은 백화점에 입점해 있는 비싼 케이크 전문점이었다.

"와, 비싸긴 진짜 비싸네요!"

유리 진열장 안의 예쁜 케이크들의 가격표를 들여다보며 미소는 눈이 휘둥그레졌다. 무슨 케이크 하나에 5, 6만 원씩 하고, 조각 케이크도 만 원에 육박하는 것들이 수두룩했던 것이다.

"이거랑 이거, 두 개만 주세요."

심사숙고 끝에 개중 저렴한 것 두 개를 가리키자 처선이 물었다.

"왜요, 미소 씨 케이크 별로 안 좋아해요?"

"아뇨, 돈이 얼마 없어서요."

아직 첫 월급 받으려면 멀었고, 가진 돈은 얼마 되지 않았다.

"아무도 미소 씨한테 돈 내라고 안 했는데. 걱정 말고 마음껏 사요."

"에이, 남의 돈이라고 어떻게 막 쓰고 그래요."

처선이 한숨을 푹 쉬고는 점원에게 말했다.

"이거, 종류별로 하나씩 다 부탁합니다."

"괜찮아요! 저 어차피 다 못 먹어요!"

화들짝 놀라서 말리려 했지만 이미 점원들이 달라붙어 상자에 케이크를 담기 시작한 후였다. 결국 케이크 가게를 나오는 미소의 손에는 커다란 상자가 두 개나 들려 있었다.

"왜, 먹을 생각 하니까 신나요?"

배시시 웃으며 걷는 미소를 보고, 처선이 놀리듯이 물었다.

"네. 돈 많이 쓰시게 해서 죄송하긴 한데 좋긴 좋네요."

미소는 조금 멋쩍게 대답했다.

"사실은 저도 케이크 되게 좋아하는데, 별로 먹을 기회가 없었거든요. 제 생일엔 물론 아무도 안 사 줬고, 조카들이나 언니들 생일날에도 식구가 많다 보니까 제 차례까진 안 왔고요."

"저런."

처선이 마음 아픈 얼굴을 했다.

"제 막내 조카가 지호랑 동갑인데요. 한번은 누구 생일날 저 혼자 주방에서 설거지하고 있는데 '이모 아 해', 하면서 자기 케이크를 포크로 떠다가 입에 넣어 주더라고요."

네 살배기 어린아이 눈에도 혼자 생일 파티에 끼지 못하고 주방에서 일하고 있는 자신이 안돼 보였던 것이다. 어린아이 눈에도 뻔히 보이는 것을, 정작 어른들은 왜 보지도, 보려 하지도 않았던 걸까. 워낙 그런 취급 받은 지가 오래돼서 서러운 줄도 몰랐었는데, 그때는 왜 그렇게 눈물이 나던지. 돌아서서 계속 설거지를 하면서 소리 없이 얼마나 울었는지 모른다.

그때가 생각나서 미소는 콧등이 시큰해졌다.

"그러고 보니 우리 막내 보고 싶네요. 잘 지내고 있나 모르겠네."

제 손으로 키우다시피 한 아이가 왜 보고 싶지 않겠는가. 큰조카와 둘째 조카는 크면서 제 할머니와 엄마가 미소에게 하는 짓을 그대로 보고 배워 따라 하는 바람에 예쁜 구석도 없어졌지만, 아직 어린 막내는 이모를 엄마보다 더 좋아하는 아이였다.

"아, 얼른 먹고 싶다. 우리 빨리 집에 가요!"

눈물을 참느라 일부러 명랑하게 웃으며 재촉하는 미소를, 처선이 말없이 지그시 바라보았다.

오후의 티타임을 즐기기 위해 테라스로 나온 의윤은 흠칫 놀라 걸음을 멈췄다. 언제 집에 돌아왔는지, 테이블에 미소가 혼자 앉아서 차를 마시고 있지 않은가! 내심 반가웠지만 뭐라고 말을 걸어야 할지가 애매했다. 미소야, 하고 이름을 부르기도 민망하고.

"어흠."

대신에 헛기침을 하자 그제야 미소가 이쪽을 보고는 흠칫 놀랐다.

"어머나, 전하. 실례했습니다."

얼른 자리에서 일어나는 미소를, 의윤은 짐짓 만류했다.

"아니다. 나도 마침 차를 마시려던 참이니 괜찮다면 함께하자꾸나."

다행히도 미소는 거절하지 않고 순순히 도로 자리에 앉았다. 눈치를 보아하니 아침에 본 것만큼 열 받은 표정은 아니어서, 의윤은 조금 안심했다.

"그, 어제는 내가……."

마음을 단단히 먹고 이번에야말로 별렀던 말을 꺼내려다 의윤은 문득 말을 멈췄다. 테이블 위에 놓여 있는 쟁반이 그제야 눈에 들어왔기 때문이다.

코코아 가루가 포슬포슬 곱게 내려앉은 티라미수. 초콜릿을 듬뿍 바른 부쉬 드 노엘. 생딸기가 사뿐히 얹힌 쇼트케이크. 모카 크림이 꽉꽉 들어찬 에클레어까지 각종 케이크와 디저트들이 은쟁반 위에 곱게 놓여 있지 않은가!

"이, 이게 다 무엇이냐?"

"아 이거요? 아까 김 집사님이랑 뭐 좀 사러 나갔다가 마침 케이크 가게가 있길래요."

미소가 작은 티스푼으로 티라미수를 살짝 떠서 냠, 하고 입 속에 집어넣으며 대답했다.

"이 집 케이크, 어쩜 달지도 않고 너무 맛있는 거 있죠?"

모를 리 있나, 내가 이 집 단골 어언 10년인데!

"정말 맛있는데. 전하는 이런 거 안 드시겠죠?"

미소가 안타깝다는 듯이 말했다.

"아니, 나도……."

의윤이 군침을 꿀꺽 삼키며 말하는데, 미소는 들은 체 만 체 제 할 말만 계속했다.

"하긴 전하같이 의젓하고 반듯하신 분이 이런 군것질을 하실 리가 없죠."

원래도 드러내 놓고 좋아하지는 않았지만, 면전에 대놓고 이런 소리를 들으니 차마 사실은 나 케이크 좋아한다고 말할 수가 없어졌다.

그래도 케이크는 꼭 하나 얻어먹고 싶고. 의윤은 어물거렸다.

“아니, 꼭 그런 건 아닌데…….”

“아니면 설마 전하, 케이크 좋아하시는 거예요?”

미소가 눈을 휘둥그렇게 뜨고 물었다. 세상에 이런 일이! 하는 듯한 표정으로. 의윤은 저도 모르게 펄쩍 뛰며 두 손을 내저었다.

“아, 아니다! 애도 아니고, 그럴 리가 있겠느냐!”

미소가 그럴 줄 알았다는 듯이 고개를 끄덕였다.

“그럼 그렇죠. 전하같이 점잖으신 분이 케이크를 좋아하실 리가 없죠. 그쵸?”

“그, 그렇지.”

“그럼 전하, 커피 드세요. 저는 좀 먹겠습니다.”

그렇게 말하고 미소는 본격적으로 먹방을 시작했다. 포크로 쇼트케이크를 딸기와 아울러 한 조각 크게 잘라 입에 쏙 넣자마자 눈이 스르르 감긴다.

“으음……!”

곧이어 묘한 신음 같은 것과 함께 두 주먹을 꼬옥 쥐더니 몸을 파르르 떤다. 작은 입술이 오물오물거리더니 하얀 목이 꿀꺽, 하고 움직였다. 미소의 입술에 묻은 하얀 생크림을, 의윤은 눈도 깜빡이지 않고 뚫어져라 쳐다보았다. 온몸의 피가 아우성쳤다. 딱 한입만 먹고 싶다. 하다못해 저 크림이라도 핥아 먹고 싶다!

‘나도 하나만 다오.’

끝내 그 말 한마디를 못 하고, 쓰디쓴 커피만 들이켜는 의윤이었다.

* * *

'오실 때가 됐는데……?'

미소는 이불을 뒤집어쓰고 참을성 있게 기다리고 있었다.

낮에 미소가 케이크를 먹는 걸 쳐다보는 의윤의 눈은 그야말로 이글이글 불타고 있었다. 일부러 더 맛있게 먹는 척 연기는 했지만, 솔직히 말해서 먹다 체할 뻔했다.

물론 아무리 미소라도 그 많은 케이크를 다 먹을 수는 없었다.

"그, 남은 것들은 버리려느냐?"

의윤은 쟁반에 남은 케이크들을 뚫어져라 쳐다보며 물었다.

"아, 이거요? 제 방에 놔뒀다가 내일 또 먹으려고요."

"주방에 두지 그러느냐. 냉장고에 안 넣으면 자칫 상할 텐데."

흥, 주방에 두면 쏙 빼다 드시려고?

미소는 일부러 눈초리가 휘어지게 웃으며 대꾸했다.

"괜찮습니다, 전하. 제 방에도 미니 냉장고 있거든요."

미소가 쟁반을 들고 일어설 때까지도 의윤은 남은 케이크들에서 끝내 눈을 떼지 못했다.

다음의 일은 뻔히 예상할 수 있었다. 전하는 당장 김 집사를 불러서 케이크 심부름을 시키실 것이고, 하지만 생각처럼 되지 않을 것이었다. 왜냐하면 김 집사님은 의문의 몸살로 오늘 하루 종일 몸져누워 있을 예정이었으니까!

미소는 확신할 수 있었다. 분명히 오늘 밤, 제 방에 케이크 도둑이 들 것이다.

'현장을 딱 잡으면 발뺌은 못 하실 테지?'

현장을 잡아서 증거 샷을 남긴 다음, 그걸 빌미로 협상, 아니 협박을 할 생각이었다.

'순순히 집 밖으로 나가시지요, 전하. 그렇지 않으면 사진을 이 댁 분들 모두한테 뿌리고, 전하께서 야밤에 처녀 방에 숨어들 정도로 케이크를 좋아하신다고 소문을 내겠습니다!'

언제든 사진을 찍을 수 있게 휴대폰을 손에 꽉 쥔 채로, 미소는 두근대며 기다렸다. 그리고 밤 12시가 넘은 시각. 드디어 끼이익, 하고 어둠 속에서 희미하게 문 열리는 소리가 들려왔다.

'옳지, 올 것이 왔구나!'

심장이 미친 듯이 쿵쾅거렸다.

"오케이, 딱 걸리셨……!"

벌떡 일어나서 불부터 켜고 외치던 미소는 깜짝 놀라 눈을 크게 떴다.

"어?"

문가에 서 있는 것은 의윤이 아니라 베개를 꼭 껴안은 지호였다.

"지호야! 이모 방엔 웬일로 왔어?"

놀라서 묻자 지호가 울먹였다.

"무더운 개무이 나타나서 우앙 해떠!"

아, 괴물이 나오는 꿈을 꿨구나. 미소는 얼른 달려가서 지호를 꼭 안아 주었다.

"괜찮아, 지호야. 괴물 갔어. 이제 없어."

아이는 그제야 소리를 내어 으앙, 하고 울었다. 진짜로 우는 게 아니라 제 편을 들어 주는 사람이 생기니까 어리광을 부리는 거였다. 그러게 아직 어린아이를 밤에 혼자 재우니까 이렇지! 지호를 안아 달래며 미소는 속으로 울화통을 터뜨렸다. 엄마가 없으면 보모라도 좀 같이 자 주지, 도대체 이 집은 무슨 어린애를 이렇게 키운단 말인가.

잠시 후, 지호는 울음을 그치고 훌쩍이며 물었다.

“이모당 가치 자면 안 돼?”

“그래, 오늘은 이모랑 같이 코 자자!”

놀란 아이를 기쁘게 해 주고 싶어졌다. 뭐가 없을까, 하고 생각하다 미소는 냉장고에 있는 케이크들을 떠올렸다.

“지호야, 이모가 맛있는 거 줄까?”

얼른 냉장고를 열어 케이크들을 꺼내자 지호의 눈이 기쁨에 반짝였다.

“우와아!”

하지만 곧이어 시무룩한 표정이 되었다.

“참, 나 치카 했지…….”

얼마나 철저하게 교육을 받았으면 어린애가 케이크 앞에서 이런 소리를 할까. 미소는 또다시 마음이 찡하니 아파졌다.

“괜찮아, 괜찮아. 먹고 물 마시면 돼.”

하루 정도 이 안 닦는다고 큰일이 나지는 않는다. 지금은 단거라도 먹여서 놀란 마음을 진정시켜 주는 게 급선무라고 미소는 생각했다.

“어때, 맛있니?”

“응!”

입술에 크림을 묻혀 가며 정신없이 케이크를 먹는 지호를 보고, 미소는 혼자 웃었다.

“지호는 아빠 닮았구나.”

그러고 보면 얼굴도 닮은 게, 전하 아드님은 맞는 거 같은데. 대체 엄마는 누구라는 거지……? 미소는 또다시 궁금증에 빠졌다. 그렇다고 아이한테 엄마 어딨냐고 물을 수도 없고.

지호는 조각 케이크 하나를 거뜬히 다 먹어 치웠다. 미소는 지호의 입가를 닦아 주고 입가심을 시킨 후에 침대에 눕혔다.

"자, 그럼 이제 코 잘까?"

너무 어두우면 아이가 무서워할까 봐 머리맡의 스탠드 조명을 살짝 켜 놓은 채로, 미소는 지호를 품에 꼭 안고 이야기를 시작했다.

"옛날 옛날 어느 나라에, 눈부시게 아름다운 공주님이 살고 있었어요……."

한밤중, 의윤은 침대에서 벌떡 몸을 일으켜 중얼거렸다.

"……이거야 도저히 못살겠구나."

낮에 미소가 먹던 케이크들이 꿈속에서까지 날아다녔던 것이다. 물론 당장 처선을 불러 심부름을 시키려 했지만, 공교롭게도 처선은 대낮부터 몸져누워 있었다.

"죄송합니다, 주인님. 제가 갑자기 몸살이 나서 손가락 하나 꼼짝을 못 하겠습니다."

아니, 방금 전에 미소랑 같이 외출만 잘해 놓고서는 갑자기 웬 몸살? 그제야 의윤은 깨달았다. 아, 짜고 치는 고스톱이구나! 미소가 제 앞에서 케이크 먹방을 찍은 것도 다 치밀한 계획하에 한 짓이었던 것이다. 이유는? 그야 개구리의 복수겠지!

의윤은 이를 갈았다. 미소에게 사과하려던 마음도 천리만리 날아갔다. 차라리 내 침대에 뱀을 넣든가 하지, 다른 것도 아니고 치사하게 먹는 걸로 보복을 해? 처선에게도 어마어마한 배신감이 느껴졌다. 이젠 아주 한통속이 되었구나!

어쨌든 의윤은 난감해졌다. 당장 케이크는 먹고 싶어 죽겠는데 처선에게 부탁할 수도 없고, 그렇다고 자신이 스스로 나가서 사 올 수도 없고. 생각다 못해 연재에게 부탁했다. 처선을 빼면, 자신이 케이크에 사족을 못 쓴다는 걸 아는 사람은 오로지 딸 연재뿐이었다.

"오케이, 내일 저녁까지만 기다려, 아빠. 학교 갔다 오는 길에 기사님한테 부탁해서 케이크 사 올게."

다행히 연재는 흔쾌히 그렇게 말해 줬지만, 지금 당장이 문제였다. 각종 케이크를 원 없이 먹는 꿈을 꾸고 나니 도저히 더는 참을 수가 없었던 것이다. 안 되겠다. 저녁은커녕 아침까지도 못 기다리겠다. 어떻게든 지금 당장 한입이라도 먹지 못하면 죽을 것 같다!

본능 앞에서는 이성이고 체면이고 뭐고 없었다. 의윤은 홀린 듯이 방을 빠져나와 살금살금 옆방으로 향했다. 소리가 나지 않게 아주 살짝 문을 열고, 방 안으로 들어섰다. 방 안은 전체적으로 어두웠으나, 침대가 놓여 있는 쪽은 스탠드 불빛으로 어슴푸레했다.

'가만있자, 냉장고가 아마 저쪽에 있었지?'

시간이 시간이니만큼 당연히 자고 있으려니, 생각하고 살금살금 발소리를 죽여 냉장고 쪽으로 향하는데, 갑자기 절박한 목소리가 들리는 바람에 의윤은 하마터면 심장이 멈출 뻔했다.

"아저씨, 제발 부탁이에요, 살려 주세요!"

'뭐지? 강도인가?'

하지만 곧이어 언제 그랬냐는 듯이, 도란도란 이야기하는 미소의 목소리가 들려왔다.

"다행히 사냥꾼은 백설공주를 살려 주었지만, 백설공주는 갈 곳이 없어지고 말았지."

뭐야, 동화책 이야기 중이었잖아. 의윤은 어둠 속에서 가슴을 쓸어내렸다.

'가만. 근데 누구 들으라고 하는 얘기지?'

그렇게 생각하는 동안에도 이야기는 계속해서 들려왔다.

"일곱 난장이는 아주 마음씨가 착해서 백설공주를 자기들 집에 있게 허락해 주었어. 대신에 백설공주는 무척 열심히 일했단다."

"무슨 일?"

의윤은 어둠 속에서 눈을 둥그렇게 떴다. 지호 목소리잖아?

"음, 빨래도 하고, 밥도 하고, 청소도 하고."

"콘쥬님인데?"

"공주님이라도 자기 집이 없으면 열심히 일해야 하는 거야."

"왜에?"

"그래야 쫓겨나지 않거든."

미소의 말 뒤에 살짝 한숨이 붙었다.

"이모오, 나 졸려."

"그래. 그럼 나머지는 다음에 또 이야기하고, 오늘은 이제 코 잘까?"

"응. 그언데 개무이 또 오면 어떠케?"

"걱정 마. 이모랑 꼭 안고 자면 괴물 못 와. 혹시 오면 이놈! 하고 혼내서 쫓아내 줄게."

쪽, 하고 가볍게 뽀뽀하는 소리가 났다. 의윤은 조용해질 때까지 어둠 속에서 가만히 기다렸다. 그리고 한참 후, 색색거리는 규칙적인 숨소리가 방 안을 채운 후에야 살금살금 가까이 다가가 보았다.

침대 위에 지호가 잠들어 있었다. 미소의 품에 꼭 안긴 채로.

"……."

사이좋게 잠든 평화로운 얼굴을 넋을 잃고 바라보는 사이, 의윤은 그만 당초의 목적도 까맣게 잊고 말았다.

* * *

"그 아이는 평소 어떻게 지내고 있는가?"

의윤이 단 한마디 그렇게 묻자마자, 정 여사는 기다렸다는 듯이 말을 쏟아 내기 시작했다.

"새벽 4, 5시면 일어나서는 주방부터 시작해서 온 집 안 허드렛일을 다 해 놓고, 고용인들 모닝커피까지 싹 준비합니다. 그러고도 종일 틈만 나면 제가 할 일이 없나 집 안 여기저기 기웃거리고, 저녁 설거지까지 나서서 하고 나서야 제 방으로 올라간다 합니다."

원래 보모상궁이 말이 많은 사람이 아니라는 걸 아는 의윤은 내심 놀랐다.

"누가 그리하라 시킨 것은 아니고?"

"시키기는커녕 다들 그러지 말라고 말리는데도 막무가내라 합니다. 계모 밑에서 눈칫밥을 얼마나 먹고 자랐는지, 이 집에 붙어 있으려면 그렇게 해야 한다고 생각하는 모양입니다."

정 여사가 한숨을 지으며 혼잣말처럼 중얼거렸다.

"어린애한테 대체 무슨 짓을 한 것인지, 독한 인사들 같으니."

의윤은 간밤에 미소가 했던 말을 떠올렸다.

"공주님이라도 자기 집이 없으면 열심히 일해야 하는 거야. 그래야 쫓겨나지 않거든."

그 말 뒤에 붙었던 한숨도.

"그 전에 내가 널 먼저 쫓아내고 말 것이다!"

미소에게 제 입으로 그렇게 외쳤던 게 생각나서, 의윤은 그만 머리를 감싸 쥐고 싶어졌다.

"잘 알았네."

의윤은 고개를 끄덕이고 일어섰다. 그리고 방을 나가기 전에, 생각난 듯이 등을 돌려 말했다.

"아, 그리고 보모."

"예, 주인님."

"걱정해 주는 마음은 충분히 알겠으나 나는 지금의 생활을 바꿀 생각이 전혀 없네."

의윤은 조용히 말했다.

"그러니 소용없는 일에 너무 애쓰지 말게나."

정 여사가 안경 너머로 의윤을 지그시 바라보았다.

"……소용이 있는지, 없는지는 두고 보아야 알겠지요."

아침 일찍, 지호는 보모가 깨기 전에 살금살금 제 방으로 돌아갔다.

"비밀이야, 쉿! 아라찌?"

조그만 손가락을 입술에 갖다 대며 몇 번이나 말하는 바람에 미소는 다시 한 번 가슴이 무너졌다. 무서운 꿈을 꿔서 이모한테 좀 와서 잤기로서니 그게 뭐 그렇게 혼날 일이라고.

'아무래도 전하께 한 번은 이야기를 해야 할 것 같은데……'

지난번처럼 싸우자는 식으로 말고, 좋게 이야기를 해 보고 싶었다. 아직 어린아이인데 너무 교육 방침이 엄한 것 같다, 조금만 부드럽게 해 주셨으면 좋겠다고. 하지만 미소는 곧이어 한숨을 푹 쉬었다. 얘기는 무슨, 나 쫓아내겠다고 벼르고 계신 분한테.

냉장고를 열어 보니 케이크는 모두 멀쩡히 그대로 있었다.

"이상하다, 밤새 꼭 오실 줄 알았는데……."

혹시 계략인 걸 눈치채신 건가? 미소는 고개를 갸웃거렸다.

어쨌든 오늘은 지호 때문에 새벽에 일찍 일어나지 못해서 집안일도 전혀 돕지 못했다. 미소는 얼른 세수를 하고 옷을 갈아입고 방을 나섰다. 그리고 방을 나오자마자 의윤과 정통으로 마주쳤다. 보아하니 복도를 지나가던 도중이 아니라 마치 문 앞에서 기다리고 있었던 것 같은 눈치였다.

'왜지?'

아 참, 일! 미소는 얼른 변명을 입에 담았다.

"죄송합니다, 전하. 분부하신 일은 반드시 오늘 내로……."

그때, 의윤에게 말을 가로막혔다.

"미안하다."

미소는 제 귀를 의심했다.

"……네?"

"네 방에 개구리 넣어서 놀라게 만들어 미안했다. 내 잘못이니라."

이분이 또 무슨 꿍꿍이속이신가, 싶어 얼굴을 빤히 쳐다보았지만 의윤의 표정은 어디까지나 진지하기만 했다.

"괴롭히고 싶어 그랬던 건 아니다. 반쯤 장난기로 한 짓이었는데 그렇게까지 놀랄 줄은 몰랐다. 내 두 번 다시 아니 할 테니 용서하여라."

부드러운 말투에 미소의 가슴이 두방망이질 치기 시작했다.

"아, 네……."

얼굴이 달아오르며 절로 몸이 비비 꼬였다.

"무리한 일을 시킨 것도 미안하다. 그리 급한 일은 아니니 시간이 나거든 틈틈이 하면 된다. 정 못 하겠으면 그만두어도 무방하다."

그렇게 말하고, 의윤은 돌아섰다.

'뭐, 뭐야. 갑자기 또 왜 저러시는 거야……?'

저만치 멀어지는 의윤의 뒷모습을, 미소는 혼란스러운 눈으로 바라보았다.

4. 개똥이와 심남이

이화원의 거대한 정문 앞에, 빨간 경차 한 대가 멈추고 안에서 여자 세 명이 내렸다. 바로 미소의 새엄마와 언니들이었다.

"진짜로 개가 여기 있는 게 맞아?"

굳게 닫혀 있는 철제 문 틈새를 기웃거리며, 큰언니 민희가 영 미심쩍다는 듯이 말했다.

"아 글쎄 진짜라니까? 분명히 어제 미소 개가 탄 차가 이 집 안으로 들어가는 거 내 눈으로 똑똑히 봤다고."

펄쩍 뛴 것은 둘째 언니 설희였다.

"내가 저 고물 차로 포르쉐 따라가느라고 얼마나 죽을 뻔했는데!"

설희는 철문 틈새를 뚫어져라 노려보며 말했다.

"분명히 이 집에 있어."

설희가 웬 잘생긴 남자와 함께 있는 미소를 우연히 목격한 것은 어제, 백화점 지하 케이크 매장에서였다. 백화점에서부터 몰래 뒤를 밟아서 이화원까지 따라갔던 것이었다. 미소의 소재를 확인하고 나서 헐레벌떡 집으로 달려가 사실을 고했으나 억울하게도 큰언니는 물론 엄마도 좀처럼 믿으려 하지 않았다.

"사람 잘못 본 것 아냐? 그 꾀죄죄한 애가 포르쉐씩이나 타는 남자를 물었을 리가."

"그러게, 그리고 걔가 지금 한가하게 낮에 백화점에 케이크 사러 다닐 처지나 되니? 어디 숙식 제공되는 공장에나 들어가서 일하고 있겠지."

"아, 정말이라고! 옷도 딱 그거 입고 있었다니까. 왜 미소 걔가 맨날 입던 거 있잖아, 나 중학교 때 입던 촌빨 날리는 셔츠."

결국은 확인을 하겠답시고 셋이 함께 득달같이 달려오긴 했는데……. 사람 키보다도 훨씬 높은 거대한 철제 정문부터가 사람 기 제대로 죽이는 집이었다. 초인종을 누를 용기도 좀처럼 나지 않을 정도였다.

"설희 네가 초인종 눌러 봐."

"싫어, 언니가 해!"

한참을 서로 미루며 옥신각신하는 딸들을 바라보다, 계모가 한심하다는 듯이 말했다.

"여기까지 와서 그냥들 갈 참이야? 멱살을 잡아끌고라도 무조건 끌고 돌아가야지."

집은 난장판이 된 지 오래였다. 미소가 집을 나간 이후 한 번도 제대로 청소를 한 적이 없었으니까. 요리도 문제지만 설거지가 산더미

같이 쌓여 있는데 아무도 하려는 사람이 없어서, 요 며칠은 계속 중국집에 시켜 먹고 있는 형편이었다. 그릇이 없으니까. 집 안에 여자 셋에 남자 하나, 어른이 도합 넷이나 있는데 하나같이 목을 빼고 미소 잡아 오기만 기다리고 있는 것이었다.

"맞아. 짜장면도 하루 이틀이지 물려 죽겠어."

"그러게. 나 아기 낳으면 산후조리해 줄 사람도 필요하고."

세 여자는 용기를 냈다. 그리고 결국 대표로 계모가 초인종을 눌렀다.

–누구시죠?

잠시 후 인터폰에서 목소리가 흘러나왔다. 계모가 흠흠, 목을 가다듬고는 간드러진 목소리로 우아한 말투를 꾸며 냈다.

"저어, 잠시만 실례하겠습니다. 혹시 이 댁에 윤미소라는 사람이 살고 있지 않나, 하고요."

잠시 후, 같은 질문이 흘러나왔다.

–누구시냐고 물었습니다만?

"아 예, 저로 말씀드릴 것 같으면 윤미소 모친 되는 사람입니다."

그러나 안에서는 더 이상 대답이 돌아오지 않았다.

"여보세요, 여보세요?"

"뭐지?"

"그러게, 뭘까?"

세 여자가 안절부절못하고 있는데, 이윽고 대문이 열리더니 멋진 차 한 대가 안에서 미끄러지듯 천천히 나왔다.

"맞아, 저 차야, 저 차!"

둘째 언니 설희가 호들갑을 떠는 가운데, 이윽고 운전석에서 사람이 내렸다. 커다란 키에 눈부시게 잘생긴 얼굴, 늘씬한 몸을 감싸고 있는 클래식한 디자인의 블랙 슈트. 마치 드라마 촬영장에서 방금 빠져나온 배우 같은 분위기의 남자였다.

"……!"

세 여자는 잠시 여기 온 목적도 잊어버린 채 입을 헤벌리고 남자를 바라보았다. 이윽고 남자가 빙긋 웃으며 입을 열었다.

"저는 이 댁 집사 일을 맡고 있는 사람입니다. 무엇을 도와 드릴까요?"

어디를 봐도 재벌 2세 포스인데, 집사라고? 세 여자는 잠시 당황했다. 그나마 제일 먼저 정신을 차린 계모가 대답했다.

"아, 저어, 저희 막내딸이 얼마 전에 집을 나갔는데, 혹시 이 댁에 있지 않나 싶어서요."

"왜 그런 생각을 하셨죠?"

남자가 이상하다는 듯이 고개를 갸웃거렸다.

"제가 봤거든요!"

설희가 끼어들어 외쳤다.

"어제 백화점 지하 케이크 매장에서 그쪽이 미소랑 같이 케이크 사는 거 다 봤거든요?"

남자는 잠시 흠칫했다. 하지만 금세 다시 미소를 짓고 말했다.

"사람을 잘못 보신 것 같네요. 보시다시피 제가 굉장히 흔하게 생긴 얼굴이라."

"그 차 타고 가는 것도 봤어요!"

"요즘 외제 차도 하도 흔해서."

"분명히 이 집으로 들어가는 것도 제가 봤다니까요?"

"사실 이런 집도 흔하거든요. 이 근처에만도 비슷한 집이 열 개는 있을 겁니다."

남자는 끝까지 태연한 얼굴로 말도 안 되는 소리를 하며 시치미를 뗐다.

"어쨌든 댁의 막내 따님이 누군지 몰라도 이 댁엔 없으니 그렇게 알고 돌아가시죠."

얘기 끝났다는 듯이 도로 차에 타려는 남자의 팔을, 미소의 계모가 붙들고 늘어졌다.

"아유, 그러지 마시고!"

계모가 울상을 짓고 사정했다.

"보아하니 아직 총각이라 자식 가진 부모 심정을 몰라 그러는 모양인데, 이쪽 사정도 생각 좀 해 줘요. 금이야 옥이야 키운 막내딸이 집을 나가서 소식이 없는데 내 심정이 오죽하겠수?"

계모가 눈가를 훔쳤다.

"우리 미소랑 아는 사인가 본데, 이 집에 안 살더라도 제발 어디 있는지라도 좀 알려 줘요."

그제야 남자가 안타까운 표정을 했다.

"저런, 정말 마음고생이 크시겠네요."

"그렇다니까요. 이것이 어딜 가서 밥이라도 제대로 얻어먹고 있나, 아주 밤에도 잠이 안 올 지경이라니까."

"저도 도와 드리고 싶은데, 요즘 세상이 하도 험해 놔서요."

그때까지 시종일관 부드러웠던 남자의 표정이 얼음처럼 싹 차가워졌다.

"막내딸이 집을 나가서 걱정된 나머지 찾아 헤매는 엄마인지, 아니면 식모 겸 보모로 알뜰히 부려 먹던 의붓딸이 없어져서 곤란해진 악독한 계모인지 제가 어떻게 알겠습니까."

순간 계모는 꿀 먹은 벙어리가 되었다.

"아니 저기, 말씀이 너무 심한 거 아닌가요?"

대신에 큰언니 민희가 대들었지만, 남자는 눈 하나 깜짝하지 않고 응수했다.

"그나마 사람대접해 드릴 때 곱게 돌아가시죠."

"이렇게는 못 가지. 나는 죽어도 우리 딸 데리고 돌아갈 테니까, 그렇게 알아요!"

계모가 씩씩거리며 팔을 걷어붙이고 열려 있는 정문을 향해 쿵쾅쿵쾅, 육중한 걸음을 옮겼다. 두 딸들도 그 뒤를 따랐다. 그러나 정문을 통과하기 직전에 등 뒤에서 살벌한 목소리가 들려왔다.

"그 문 안으로 한 발짝이라도 들어서면 주거 침입죄로 경찰에 신고하겠습니다."

세 여자가 움찔하며 돌아서는 순간, 갑자기 눈앞에 새하얀 눈보라 같은 것이 날아왔다. 촥! 얼굴과 온몸을 강타하는 수천수만 개의 새하얀 알갱이. 바로 왕소금이었다.

"……!"

머리끝부터 소금 벼락을 맞은 세 여자는 차마 비명도 지르지 못하고 질린 눈으로 남자를 쳐다보았다. 소금을 끼얹고 나서 빈 양동이를 다시 차에 실은 남자가, 우아한 동작으로 손바닥을 털었다.

"두 번 다시 찾아올 생각 하지 말아요."

남자가 싸늘하게 내뱉었다.

"다음번에는 이보다 훨씬 더 심한 꼴을 당하게 될 테니까."

* * *

'사과라는 거, 의외로 어렵지 않은데?'

의윤은 그렇게 생각하며 하루 종일 흐뭇해하고 있었다. 누군가에게 자신의 잘못에 대해 이렇게 솔직하게 사과해 본 것이 과연 언제 적 일이던가. 스스로가 대견스러울 지경이었다.

'이제 사과했으니까 처선이 녀석도 더는 뭐라고 못 하겠지?'

어젯밤에 지호를 꼭 껴안고 자던 미소의 모습을 떠올리자 마음이 한없이 너그러워졌다.

'그래, 나야 어쩔 수 없이 엄격하게 한다 해도 하나쯤은 저런 사람이 있어도 나쁘지 않지.'

물론 보모가 따로 있지만 나이도 많고, 미혼이라 아이를 키워 본 적도 없고, 아무래도 궁인 출신이라 지호를 깍듯하게만 대했지 따뜻하게 품어 주는 부분은 자신이 봐도 부족해 보였다.

그래서일까. 미소에게 은근히 고마운 마음이 들었다. 앞으로는 미소가 시끄럽게 굴고 괴롭혀도 그러려니, 하고 넘길 수 있을 것 같았다. 그 중 염불하는 것 같은 괴이한 유행가들도 매일같이 들으니까 은근히 엉덩이가 들썩거리는 게, 제법 괜찮은 것 같다는 생각까지 들 정도였다.

그런데 웬걸. 정작 이날 저녁에는 옆방에서 노랫소리가 들려오지 않았다. 이제나저제나 하고 기다렸지만 쥐 죽은 듯이 조용하기만 했다.

'무슨 일이지?'

의윤은 안절부절못했다. 그렇다고 옆방에 찾아가서 오늘은 왜 시끄럽게 노래 안 듣느냐, 하고 물을 수도 없고. 결국 그날 저녁은 그대로 조용히 지나가고 밤이 찾아왔다. 그리고 문득 정적을 깬 것은 별안간 들려온 비명 소리였다.

"싫어!"

가물가물 잠이 들려던 의윤은 화들짝 놀라 침대에서 벌떡 몸을 일으켰다. 분명 미소의 방 쪽에서 들려온 소리였다.

'뭐지? 이번엔 개구리 안 넣었는데!'

그렇게 생각하며 의윤은 황급히 달려 나갔다.

"게 안에 있느냐? 나다, 문 좀 열거라."

다급히 노크를 하며 불러 봤지만 대답은 돌아오지 않았다. 에라 모르겠다, 하고 의윤은 문을 열고 방 안으로 들어갔다.

"싫어요, 안 갈래요."

미소의 울음 섞인 목소리가 들려왔다.

"제발 저 그냥 여기 있게 해 주세요. 집에 가기 싫어요……!"

"여태 먹이고 입히고 키워 준 은혜도 모르고, 이 배은망덕한 년이!"

새엄마가 악귀 같은 표정으로 외쳤다.

"너 같은 게 이런 좋은 집에서 산다는 게 말이나 돼?"

"분수를 알아야지, 건방진 게."

언니들도 옆에서 함께 눈을 부라리고 비아냥거렸다.

"싫어요, 안 갈래요."

머리채를 붙잡혔다. 그다음은 멱살을, 또 그다음으로는 아끼고 아끼는 메이드복의 옷자락을.

미소는 울면서 끌려가지 않으려 버텼다.

"제발 저 그냥 여기 있게 해 주세요. 집에 가기 싫어요……!"

머리카락이 한 움큼 뽑혀져 나가고, 옷자락이 찢어져 나갔다. 몸부림쳐 보았지만 세 사람의 힘을 당해 낼 수는 없었다. 결국 미소가 질질 끌려 나가기 시작한 그 순간, 어디선가 희미하게 목소리가 들려왔다.

"눈을 뜨거라."

하지만 여섯 개나 되는 손에 붙들려 끌려가느라 미소는 정신을 차릴 수가 없었다.

"글쎄 눈을 뜨래도!"

이번에는 더 큰 소리와 함께 몸이 세차게 흔들렸다. 그 순간 미소는 튕겨 나가듯 꿈에서 끌려 나왔다.

"하아, 하아……!"

가쁜 숨을 몰아쉬며 눈을 뜨자, 어슴푸레한 빛 속에서 누군가가 그녀를 내려다보며 물었다.

"괜찮으냐?"

의윤의 얼굴을 본 순간, 미칠 듯한 안도감이 미소를 휩쌌다.

"전하……!"

미소는 의윤의 목에 매달리며 울음을 터뜨렸다. 그런 미소를, 의윤이 팔을 둘러 꽉 안아 주었다.

참 이상하다고 미소는 생각했다. 사실 평소에 별로 다정하게 대해 주시는 분도 아닌데. 오히려 그 반대인데. 지난번 개구리 사건 때도 느꼈지만, 이상하게도 이 사람의 품에만 안겨 있으면 아무리 놀랐던 마음도 거짓말처럼 잔잔하게 가라앉는 것이었다. 그 어떤 무서운 일이 닥쳐오더라도, 설사 세상이 다 멸망하는 한이 있더라도 이 넓은 품 안에만 있으면 안전할 것 같은, 그런 기분.

미소의 울음이 잦아든 것을 알아챈 것일까. 한참 동안 그녀를 말없이 안고 있어 주던 의윤이, 불쑥 중얼거렸다.

"……참으로 겁도 없구나."

의윤의 가슴에 얼굴을 기댄 채, 미소는 훌쩍이며 되물었다.

"네?"

"말만 한 처녀가 이렇게 외간남자 품에 덥석덥석 안겨 들다니."

울어서 빨개진 눈으로 의아하게 올려다보자 갑자기 의윤이 미소의 얼굴에 제 얼굴을 가까이 했다.

"지금은 밤이고, 여기는 침대 위고."

평소보다 한층 낮은 목소리가, 뭔가를 암시하듯 의미심장하게 귓가에 울렸다.

"네가 소리쳐도 아무도 오지 않을 것 아니냐."

그제야 말뜻을 알아차린 미소는 화들짝 의윤의 품에서 떨어져 나와서 침대에 앉은 채로 뒷걸음질을 쳤다.

"……!"

침대 헤드에 등을 바싹 기대고, 여차하면 후려치려고 베개를 끌어당기며 잔뜩 경계의 눈초리로 쳐다보는데, 의윤이 언제 그랬냐는 듯이 시치미를 뚝 떼고 점잖은 표정으로 말했다.

"농이다. 나도 엄연히 취향이라는 게 있느니라."

"전하!"

미소가 소리를 빽 지르자 의윤이 빙긋 웃었다.

"그리 꽥꽥대니 이제야 좀 너 같구나."

"꽥꽥이라뇨? 제가 무슨 오리예요?"

"차라리 오리면 좋겠구나, 잡아나 먹게."

결국 미소도 피식 웃고 말았다.

잠시 침묵이 흐른 후, 미소가 조심스레 물었다.

"그런데 전하. 제가 가위눌리는 거 어떻게 알고 와 주신 거예요?"

"어찌나 소리를 고래고래 지르는지, 자다가 놀라서 깼다."

"……죄송해요."

미소가 베개를 끌어안고 조그맣게 중얼거렸다.

"그래, 무슨 꿈을 꾸었길래 그토록 두려워하였느냐?"

"그게……."

미소는 조금 망설이다 낮의 일을 이야기했다.

"네 모친과 언니들이 여기 왔었다고?"

의윤도 이야기를 듣고는 놀란 얼굴을 했다.

"네. 어제 백화점에서 절 보고 여기 있는 걸 알아낸 모양이에요. 죽어도 저 데리고 돌아가겠다고 막무가내로 문 안까지 들어오려고 하는 걸, 김 집사님이 경찰 부른다고 해서 겨우 쫓아냈대요."

"저런."

"김 집사님은 저 위로해 주시느라고 다시 못 올 거라고, 걱정 말라고 하셨지만 전 알아요. 그 사람들, 절대 포기 안 할 거예요."

겨우 진정되었던 몸이 조금씩 다시 떨려 오기 시작했다.

"제가 여기 있는 거 아는 이상, 무슨 수를 써서든 도로 집으로 끌고 가고 말 거라고요."

사실 지금껏 가출해 본 적이 없는 것도 아니었다. 특히 학창 시절에는 너무 힘들어서 몇 번이나 뛰쳐나온 적이 있었다. 어디든 집보다는 나을 것 같아서. 찜질방에서 자기도 하고 친한 친구 집에서 지내기도 했지만, 그때마다 귀신같이 찾아온 계모에게 도로 붙들려 가고 말았다.

"차라리 고아원으로 보내 달라고 울면서 빌어도 소용없었어요."

미소는 고개를 푹 숙였다.

"경찰이나 선생님 앞에서는 우리 귀한 막내딸 찾아 주셔서 고맙다면서 절 껴안고 울고……. 그래서 아무도 도와주지 않았어요."

남들 앞에서는 툭하면 가출하는 골칫덩이 딸 때문에 속을 태우는 좋은 엄마 노릇을 하며 눈물을 짜냈었다. 그리고 집에 돌아가자마자 돌변해서 우악스레 미소의 머리채를 잡곤 했다.

"이년이, 아주 사람 망신을 시키려고 작정을 해서는!"

그럴 때는 으레 흠씬 두들겨 맞았었다. 옆에서 언니들은 말리기는커녕 부추겼고.

"더 때려 줘, 엄마!"

"그래야 두 번 다시 기어 나갈 생각을 못 하지."

툭. 이불 위에 굵은 눈물방울이 떨어졌다.

"이번에는 데려가지 못하게 하겠다."

조용한 목소리가 들려와서 미소는 그제야 고개를 들었다. 눈물로 흐려진 시야 속에서 의윤이 자신을 똑바로 바라보고 있었다.

"그들은 절대 너를 데려가지 못할 것이다. 내가 그리하겠다."

미소는 침을 꿀꺽 삼켰다.

"하지만, 전하는 절 반드시 이 댁에서 쫓아내시겠다고……."

"취소한다."

의윤의 짧은 말 한마디가 미소에게는 바위처럼 무겁게 느껴졌다.

"비록 지금은 이리 되었으나, 나는 태어날 때부터 황제가 되기 위해 가르침을 받고 자란 사람이다. 평생토록 지키지 못할 약속은 해 본 적이 없고, 한 약속은 모두 지켰다."

그의 목소리는 진지하고도 확고했다.

"네게 약속한다. 네가 원하지 않는 한, 그 누구도 너를 이 집에서 데려가지 못한다."

"전하……."

"그러니 너는 아무 걱정 하지 않아도 좋다."

그렇게 말하는 의윤의 얼굴에, 문득 아주 오래전에 보았던 그의 얼굴이 겹쳤다. 가장 빛나던 시절의 그녀의 왕자님의 모습이.

미소는 깨달았다. 무엇이 이분을 지금처럼 변하게 만들었는지 몰라도, 속까지 변하게 만들지는 못하였구나. 다정하고 선하신 속마음은, 내가 좋아했던 이유 전하 그대로시구나.

왠지 눈물이 났다. 아까와는 다른 의미로. 미소는 활짝 웃으며 눈물을 닦아 냈다.

"고맙습니다, 전하!"

저도 모르게 잠옷 위로 펜던트를 만지작거리고 있었던 모양이다. 의윤이 문득 미소의 목을 가리키며 물었다.

"그런데 대체 그 목걸이는 무엇인데 잘 때까지도 걸고 자는 것이냐?"

다행히도 펜던트 자체는 옷 속에 숨어 있어서 밖으로 보이지 않았다.

"아, 이거요? 그냥 별거 아니에요."

미소는 웃으며 넘기려 했지만 의윤은 왠지 그냥 넘어가 주지 않았다. 괜히 다른 곳을 쳐다보면서 묻는 것이었다.

"뭐, 남자 친구가 준 선물이라든가, 그런 것이냐?"

"음, 남자 친구는 아니고……."

미소는 배시시 웃었다.

"혹시 전하, 심남이라고 아세요?"

"심남이? 요즘 세상에 별 촌스러운 이름도 다 있구나. 어느 집 머슴이라도 되느냐?"

왠지 못마땅한 듯한 말투에 미소는 하마터면 웃음을 터뜨릴 뻔했다.

"전하 모르시는구나. 되게 유명한 사람인데."

"뭐, 연예인이라도 되느냐?"

"그런 건 아니고요. 하여튼 제 심남이가 준 거예요. 아주 오래된 심남이."

그렇게 말하고, 미소는 침대에서 몸을 일으켰다.

"자, 그럼 전하, 늦었으니 이만 방으로 돌아가서 침수 드시옵소서. 저도 이만 자겠습니다."

"글쎄 심남이가 누구냐니까?"

끝까지 뒤를 돌아보며 묻는 의윤의 등을 떠밀어 방에서 내보내고, 미소는 생긋 웃었다.

"비밀이에요!"

* * *

다음 날 아침.

가족들끼리 모인 식사 자리에서, 연재는 아빠가 평소와는 달리 왠지 안절부절못하고 있는 것을 눈치챘다.

"아빠 왜 그래? 무슨 일 있어?"

그제야 의윤은 흠, 흠, 하고 헛기침을 하더니 연재의 귓가에 대고 물었다.

"너 혹시 말이다. ……심남이라는 자가 누군지 아느냐?"

연재는 눈을 깜빡였다.

"심남이?"

"그래, 듣자 하니 아주 유명한 자라던데."

"글쎄, 내가 아는 심남이는 사람 이름은 아니고, 관심 있는 남자를 줄여서 심남이라고 해."

"뭐?"

순간 의윤의 표정이 약간 굳어졌다.

"그럼 서로 관심 있는 사이다, 뭐 그런 뜻이냐?"

"아니, 그건 썸남이라고 또 따로 있어. 심남이는 쉽게 말하자면 짝사랑남 비슷한 거."

"허어!"

"근데 그건 갑자기 왜 물어, 아빠?"

"아, 아무것도 아니니라. 어서 밥 먹고 학교 가거라. 지각하겠다."

딴청을 피우는 의윤의 표정을, 연재가 이상하다는 듯이 쳐다보았다.

어제와는 달리 무척이나 기분이 상쾌했다.

"내가 원하지 않는 한, 그 누구도 너를 이 집에서 데려가지 못한다."

어젯밤, 의윤이 그렇게 말해 준 것만으로도 미소는 마음이 날아갈

듯 가벼워지는 것을 느꼈다.

생각해 보면 지금은 황태자가 아니니 딱히 무슨 권력을 가진 것도 아닌데. 그런데도 불구하고 왠지 믿음이 갔다.

"평생토록 지키지 못할 약속은 해 본 적이 없고, 한 약속은 모두 지켰다."

목소리만 떠올려도 마음이 절로 편안해졌다.

'이제 전하 그만 괴롭혀 드려야지.'

미소는 그렇게 생각했다. 사실 전하 입장에서 보면, 자신은 시끄럽고 귀찮게 구는 존재일 뿐일 터다. 그러니 만약에 계모에게 끌려가면 오히려 춤을 추고 싶을 노릇이실 텐데. 그럼에도 불구하고 못 데려가게 하겠다고 약속까지 해 주시고, 얼마나 좋은 분이신가?

'그래도 밖에는 나가시는 게 좋을 텐데…….'

이제는 황후 폐하 추천서 따위는 안중에도 없었다. 무엇보다도 아직 젊으신 전하의 인생을 위해서, 반드시 그를 집 밖으로 내보내고 말겠다고 미소는 새롭게 결심을 다졌다. 물론 지금까지처럼 괴롭혀서 쫓아내는 방법 말고, 다른 식으로.

'좋게 말씀드려서 설득해 보아야지.'

일단 전하의 신뢰를 얻는 게 중요하겠다고 미소는 생각했다. 그럼 뭔가 전하의 마음에 들 만한 일을 해야 할 텐데, 뭐가 있을까…….

'아 맞다, 자료 정리!'

미소는 무릎을 쳤다. 물론 의윤은 애초에 미소가 그 일을 못 해낼 줄 알고 시켰던 거겠지만, 그가 모르는 것이 한 가지 있었다. 사실 돌아가신 미소의 아버지는 역사학자였다는 것!

학자로서는 무척이나 뛰어났지만 정리 정돈에는 전혀 재능이 없는 분이셨다. 그래서 어린 시절부터 아버지 서재에서 자료 정리를 돕곤 했었고, 돌아가신 후에도 아버지가 남긴 책들을 손수 관리해 왔기 때문에 이런 일에는 익숙했다.

'싹 정리해 놓으면 전하께서도 기뻐하시겠지?'

두근거리는 마음으로 미소는 자료 방으로 가서 하다 말았던 작업을 재개했다. 그리고 오래지 않아 책 더미 사이에서 오래된 책 한 권을 발견했다. 저자의 이름을 보는 순간 가슴이 마구 두근거렸다.

'아빠 책이잖아?'

지금은 판매 금지를 당해서 시중에서는 찾아볼 수 없는 책이었다. 자세히 살펴보니 미소의 아버지가 쓴 책뿐만 아니라, 다른 학자들이 쓴 책이나 논문들 중에서도 지금은 구할 수 없는 자료들이 수두룩했다.

'그런데 전하는 대체 이런 책들을 왜 가지고 계신 거지?'

미소는 고개를 갸웃거렸다. 처음에는 그냥 역사에 관심이 많으신가 보다, 했는데 이쯤 되니 도저히 단순한 취미 수준으로 보기는 힘들었다. 특히나 정부에서 판매 금지를 내린 몇몇 책들 같은 경우에는, 일반인 같으면 자칫 갖고 있다는 것만 들켜도 경찰서에 불려 가서 조사당할 수 있었다. 이 정도로 많으면 심지어 징역살이도 가능할지 모른다.

뭐, 어쨌든 그거야 걸렸을 때 얘기고, 지금은 눈앞에 보물 더미가 있는 거나 마찬가지였다. 미소는 어느새 자료 정리라는 당초의 목적은 까맣게 잊고, 정신없이 자료들 사이에서 귀한 책들을 하나둘씩 건져 내기 시작했다.

"맙소사, 이 책 절판인데!"

"세상에, 이 책은 어떻게 구한 거지?"

어찌나 열중했는지 시간 가는 것도 잊을 정도였다. 한참 책에 정신이 팔려 있던 미소는, 처선의 노크 소리에 겨우 정신을 차렸다.

"미소 씨. 잠깐 나랑 밖에 좀 나갔다 올래요?"

"어디요?"

"연재 아가씨가 도시락을 놓고 가셨다고, 주방 담당이 좀 갖다 주라고 부탁을 하네요."

처선이 곤란한 듯이 손에 든 보온 도시락을 흔들어 보였다.

"하루만 좀 매점에서 빵 사 먹으라고 하면 안 돼요?"

"그러고 싶은데 주방 담당 입장에서는 또 아가씨 굶기게 되면 자기 책임이니까요."

"이 여자 완전 강적이야. 아주 따끔하게 야단쳐 줘, 아빠!"

의윤의 등 뒤에 숨어서 혀를 내밀며 그렇게 부추기던 연재가 떠올라서, 미소는 입술을 삐죽거렸다.

"그게 왜 자기 책임이래요? 놔두고 간 애 책임이지."

뭐가 예쁘다고 내가 걔 도시락을 갖다 주러 학교까지 가야 돼?

"죄송하지만 보시다시피 제가 지금은 좀 바쁘거든요."

산더미처럼 쌓여 있는 자료 더미를 가리키며 거절했지만 처선은 끈질겼다.

"그러지 말고 좀 부탁해요. 여학교라서 내가 들어가긴 좀 곤란해서."

"왜요, 다들 김 집사님 보면 좋아할 텐데?"

미소는 고개를 갸웃거렸다. 자신이 학교 다닐 때도 여학교였는데, 그때는 학교에 젊은 남자만 나타나면 '남자다!' 하면서 다들 좋아했었는데.

"그래서 곤란하다니까요. 나 때문에 수업이 아예 마비가 돼 버리니까."

미소는 그만 웃어 버렸다. 그건 그렇겠다.

"갑시다. 나하고 드라이브한다고 생각하고. 응?"

처선이 눈웃음까지 치는 바람에 더는 버틸 수가 없었다.

"에이, 까짓거 그러죠 뭐!"

의윤은 혼자 중얼거리며 방 안을 서성거리고 있었다.

"심남이라, 심남이……."

아침에 연재에게서 심남이의 정체에 대해 듣고 난 후부터 의윤은 왠지 모르게 심기가 불편했다. 이유는 모르겠지만 어쩐지 굉장히 마음에 안 든다!

'얌전한 고양이 부뚜막에 먼저 올라간다더니.'

내가 스물한 살 적에는 여자 만날 꿈도 못 꿨거늘, 하고 생각하자 괜히 매우 분했다.

물론 이성에 관심이 없었던 건 아니다. 그야 남잔데. 하지만 신분도 신분이거니와, 이유 전하께 여자가 생겼다가는 당장에 죽고 말겠다는 여성 팬들이 사대문 밖까지 줄을 섰는데 어찌 가벼이 여자를 가까이할 수 있었겠는가!

"제 심남이가 준 거예요. 아주 오래된 심남이."

한쪽 눈을 찡긋하며 말하던 미소가 생각나서, 한층 더 못마땅해졌다. 그렇다는 것은 곧 오래도록 짝사랑해 온 남자라는 뜻인데…….

'대체 어떤 자일꼬?'

미소가 올해 스물한 살이니까, 그 심남이란 자도 동갑이거나 한두 살 어리거나 기껏해야 몇 살 많은 수준일 텐데. 도대체 어떻게 생겼고, 뭘 하는 자일까. 궁금해서 몸살이 날 지경이었다.

'잠깐. 내가 이걸 왜 궁금해하고 있지?'

의윤은 퍼뜩 놀랐다. 일개 입주 가정부 따위가 누구를 짝사랑하건 말건 그게 자신과 무슨 상관이 있다고 신경을 쓰고 있단 말인가! 스스로 당황했던 의윤은 곧 그럴듯한 이유를 생각해 냈다.

'원할 때까지 여기 있게 해 주겠다고 약조하였으니 그 애도 이제는 한 식구나 다름없지 않은가. 집주인으로서 고용인의 생활을 두루 살피는 것이야 당연한 의무지. 암, 그렇고말고.'

그렇게 생각하니 마음이 편안해졌다. 그 '고용인의 생활을 두루 살피는 것'에 사생활까지 포함시키는 것이 과연 옳은가 하는 의문이 잠시 들긴 했으나, 그 부분은 너그럽게 눈감고 넘어가기로 했다. 이제 의윤은 마음 놓고 궁금해하기 시작했다.

'학교 선배인가? 아니면 교회 오빠? 혹은 좋아하는 연예인?'

물론 혼자 백번을 생각해도 답이 나올 리 없고, 기분만 점점 더 안 좋아졌다. 설상가상으로 평소에는 그토록 시끄럽게 굴면서 계속 주위를 맴돌던 여자가, 오늘따라 어쩐 일인지 코빼기도 보이지 않았다. 어젯밤엔 달래 주셔서 감사했습니다, 하고 인사라도 하러 오지 않을까 은근히 기대했는데.

알고 보니 또 처선과 함께 외출을 했다는 것이 아닌가!

"연재 아가씨께서 도시락을 놓고 가셔서, 갖다 준다고 김 집사님과 함께 나갔습니다."

주방 담당의 설명을 듣고도 좀처럼 심술이 가라앉지 않았다. 아니 처선이도 처선이지, 도시락을 갖다 주려면 혼자 가면 될 일이지 왜 꼭 미소를 데리고 나간단 말인가!

"하여튼 개똥도 약에 쓰려면 없다더니, 찾을 때마다 개똥이로구나."

덩그러니 집에 남은 의윤은 그만 부루퉁해지고 말았다.

* * *

"2학년 3반입니다. 나는 여기서 기다릴 테니까, 들어갔다 와요."

처선은 교문 밖에서 기다리고, 미소 혼자서 도시락 통을 들고 학교 안으로 들어갔다.

"가만있자. 2학년 3반, 2학년 3반이 어딜까……."

그렇게 중얼거리며 주위 건물들을 두리번거리는데, 허무할 정도로 일이 쉽게 풀렸다. 운동장 한쪽에서 체육복 입은 여학생들 몇몇이 소형 오디오를 갖다 놓고 노래에 맞춰 춤을 추고 있었는데, 그 속에 연재의 얼굴이 딱 보였던 것이다.

"뭐지? 체육 수업인가?"

가까이 가 보니까 열심히들은 하고 있는데 진도가 거의 안 나가고 있었다. 딱 보니까 진단명이 나왔다.

'쯧쯧, 몸치들이구먼.'

보아하니 하나같이 고만고만한 수준들이었다. 그 가운데서도 한 사람이 눈에 띄게 못했는데, 문제는 그게 바로 연재라는 거였다. 미소가 등 뒤에서 혀를 차며 지켜보는 가운데, 한 아이가 춤을 멈추더니 음악을 껐다.

"야 이연재, 너 때문에 다른 애들까지 자꾸 틀리잖아!"

다른 아이들도 기다렸다는 듯이 연재를 몰아붙이기 시작했다.

"맞아, 어쩜 해도 해도 늘지를 않냐?"

"공연 얼마 남지도 않았는데 이게 뭐야. 민폐 쩌네 진짜."

미소는 조금 어이가 없어졌다. 아니, 우리 아가씨가 제일 못하는 건 사실인데 너희도 몸치인 건 마찬가지거든? 집에서는 또박또박 말대꾸만 잘하더니, 연재는 기가 죽었는지 아무 말도 못 하고 있었다.

"아, 왜 하필이면 얘가 껴 가지고 짜증 나게."

"연습이라도 좀 해 오든가 지가 진짜 공주인 줄 아나."

"그러게. 언제까지 지네 아빠가 황태자인 줄 아나 봐."

"어차피 친아빠도 아닌 주제에."

연재의 얼굴이 새빨갛게 달아오르는 것이 눈에 들어왔다.

"아 됐고, 넌 빠져."

기어이 여자아이 하나가 연재의 어깨를 세게 밀쳤다. 그러고는 넘어질 듯 휘청거리는 연재를 본 척도 않고 음악을 켰다. 다시 신나는 노래와 함께 춤이 시작되었지만, 오래는 가지 못했다.

"……춤도 더럽게들 못 추네."

누군가가 중간에 불쑥 끼어들어서 음악을 확 꺼 버렸기 때문에.

"누구세요?"

아이들의 눈이 동그래졌다. 물론 끼어든 사람은 미소였다.

"설마하니 그 실력으로 무대에 서겠다는 건 아니겠고. 뭐 혹시 어디 어린이집 아기들 앞에서 공연하니?"

노골적으로 한심하다는 듯이 묻자 아이들은 금세 욱하는 표정이 되었다. 그야 어디서 갑자기 나타난 여자한테 다짜고짜 디스를 당하고 기분이 좋을 리가 있나.

"겁내 어이없네."

"무슨 상관?"

아이들은 즉시 도끼눈을 뜨고 대들었다.

"보고 있자니 영 못 봐 주겠어서. 나이도 어린 애들이 왜 그렇게 뻣뻣하니?"

"참 나, 그럼 해 보시든가!"

기다렸던 바다. 미소는 씨익 웃고는 턱짓을 했다.

"음악."

개중 한 아이가 어디 한번 보자, 하는 표정으로 오디오를 켰다.

—이러지도 못하는데! 저러지도 못하네!

음악이 흘러나오는 동시에, 미소는 걸 그룹 멤버로 빙의했다.

"헐……!"

보고 있던 아이들의 눈이 점점 튀어나올 듯이 커다래졌다.

—이런 내 맘 모르고 너무해! 너무해!

입을 딱 벌리고 쳐다보는 아이들을 향해 미소는 상큼하게 윙크까지 날려 보였다. 이윽고 노래가 끝났을 때 아이들은 박수 치는 것조차 잊고 있었다. 그리고 잠시 후 충격이 가시자 미소를 둘러싸고 저마다 열렬하게 외치기 시작했다.

"언니 대체 누구세요?"

"어느 기획사 연습생이에요?"

"저희 춤 좀 가르쳐 주시면 안 돼요?"

방금까지 반말을 하면서 도끼눈을 뜨더니 금세 언니, 언니 하는 걸 보면 애들은 애들이다.

"글쎄, 어떻게 할까……."

잠시 고민하는 척을 하다, 미소는 정색을 하고 딱 잘라 말했다.

"싫어."

"아 왜요오!"

아이들이 발을 동동 굴렀다.

"너희 말하는 싸가지가 마음에 안 들어서."

일침을 날리고, 미소는 운동장 벤치 위에 올려 두었던 도시락 가방을 연재에게 건넸다.

"자. 잊고 간 거."

연재가 얼떨떨한 표정으로 도시락 가방을 받아 들었다.

"그럼 난 이만 간다!"

얼빠진 표정으로 쳐다보는 아이들을 향해, 미소는 등 뒤로 여유롭게 손을 흔들어 보였다.

도시락 배달을 마치고 돌아가는 길에, 미소는 처선에게 슬쩍 부탁해 보았다.

"김 집사님. 바쁘지 않으시면 잠깐 케이크 가게 들렀다 가면 안 돼요? 전에 거기요."

"음, 그거야 어렵지 않은데. 그저께 샀던 것들 아직 남아 있지 않아요?"

미소는 겸연쩍게 대답했다.

"이번엔 전하 사다 드리려고요. 먹다 남은 거 드리긴 그렇잖아요."

처선이 눈을 둥그렇게 떴다.

"이런. 이틀 전만 해도 복수혈전 찍고 싶어 하더니, 갑자기 무슨 바람이 불었죠?"

"그냥 제가 전하께 신세 진 게 좀 있거든요."

미소는 배시시 웃었다.

케이크 가게에 가서 가장 맛있어 보이는 걸로 심혈을 기울여 세 개를 골랐다. 이번에는 돈도 미소가 냈다.

"신세는 제가 진 거니까요, 이건 제가 살게요."

처선도 이번에는 말리지 않고, 웃으며 미소를 바라보았다.

'전하께서 무척 좋아하시겠지?'

설레는 마음으로 미소는 처선과 함께 이화원으로 돌아왔다. 집 안으로 들어서자 마침 의윤은 1층 거실 소파에 앉아 신문을 보고 있었다.

"다녀왔습니다, 전하!"

활기차게 외치며 케이크 상자를 들고 쪼르르 다가가는데, 의윤이 신문에서 눈도 떼지 않은 채 말했다.

"개똥이 왔느냐."

"네?"

웬 개똥이? 주위를 둘러보자 의윤이 그제야 눈을 들어 미소를 바라보며 말했다.

"너 말이다, 너. 개똥이."

"저어, 전하. 제 이름은 미소입니다만."

의윤이 피식, 한쪽 입꼬리를 끌어 올렸다.

"개똥도 약에 쓰려면 없다는데, 찾을 때마다 없으니 미소보다 개똥이가 어울리지 않겠느냐? 그러니 앞으로 너는 개똥이다."

미소는 도저히 영문을 알 수가 없었다. 어젯밤에만 해도 그토록 다정하셨던 분이, 왜 이렇게 갑자기 심술을 부리신단 말인가.

이윽고 의윤이 신문을 접어 탁자 위에 탁, 하고 올려놓고는 몸을 일으켰다. 그러고는 미소를 향해 성큼성큼 다가와서 뒷짐을 지고 엄한 목소리로 말했다.

"앞으로 외출이 필요할 때는 반드시 집주인인 내게 허락을 구한 후에 나가도록."

당황해서 바라보는 미소를 똑바로 마주 쳐다보며, 의윤이 눈썹을 치켜떴다.

"알겠느냐, 개똥아?"

* * *

"……그 귀여운 꼬마가 이렇게 예쁜 아가씨가 되다니."

대한 제국 황태자의 정복을 멋지게 갖춰 입은, 눈부시게 아름다운 젊은 남자가 미소를 향해 빙긋 웃었다.

"이유 전하……."

미소는 그만 얼굴이 새빨개지고 말았다.

"미소 네가 어른이 되기를 무척 기다려 왔단다."

부드러운 목소리와 함께 입술이 다가왔다. 미소는 설레는 마음으로 스르르 눈을 감았다. 눈부신 빛 속에서 바야흐로 두 사람의 입술이 맞닿으려는 순간.

"개똥아아아!"

갑자기 어디선가 청천벽력같이 들려온 목소리가 산통을 깨 놓았다.

미소는 눈을 번쩍 떴다. 쾅쾅쾅, 요란하게 문을 두드리는 소리와 함께 의윤이 다급하게 부르는 목소리가 들려왔다.

"개똥아! 빨리 일어나 보아라, 개똥아!"

혹시 무슨 일이라도 생겼나, 싶어서 가슴이 철렁 내려앉았다.

'설마 또 엄마랑 언니들이?'

놀란 미소는 벌떡 몸을 일으켜 얼른 달려가 문을 열었다.

"무슨 일이라도 생겼어요? 네?"

하지만 의윤은 언제 그렇게 다급하게 불렀냐는 듯이 시치미를 뚝 떼고 점잖게 말했다.

"내려가서 아침 신문 좀 가져오너라."

"예?"

"아침 신문 좀 가지고 오라고 했느니라."

미소는 어이가 없어서 의윤을 쳐다보았다.

"그러니까 지금, 겨우 잔심부름시키시려고 이 난리를 치고 사람을 깨워 놓으신 거예요?"

모처럼 꼭두새벽에 안 일어나고 그대로 꿀잠 자고 있었는데! 절로 눈초리가 뾰족해졌다.

"아, 오는 길에 모닝커피도 한 잔."

하지만 의윤은 아무렇지도 않다는 듯이 빙긋 웃어 보이고는 돌아섰다.

"그럼 부탁한다, 개똥아."

"여기 신문하고 커피 가져왔습니다, 전하."

은쟁반을 책상 위에 올려놓자 의윤이 고개를 까딱했다.

"고맙다, 개똥아."

또 그놈의 개똥이! 어제 처음 그렇게 불렸을 때는 그저 장난이려니, 했는데 자꾸만 반복되자 미소도 점점 짜증이 났다.

"저기요, 전하. 자꾸 그렇게 부르시는 것 좀……."

"참, 연재가 학교에서 실습 시간에 만들었다고 가져온 건데. 너도 한 조각 먹어 보려느냐?"

의윤이 말을 가로채며 책상 위에 놓인 상자를 가리켰다. 상자 안에는 제법 맛있게 생긴 수제 초콜릿들이 들어 있었다. 미소는 그만 항의하던 것도 깜빡하고 침을 꿀꺽 삼켰다. 맛있겠다! 의윤이 케이크에 약하다면 미소는 단것 종류에 두루 약했다. 그야 별로 얻어먹고 자라지를 못했으니까.

의윤이 초콜릿을 하나 집어 내밀었다.

"옜다, 먹어라."

"감사합니다, 전하."

두 손을 내밀어 공손히 받으려는데, 갑자기 의윤이 손을 멈췄다.

"아 참! 너한테는 심남이가 있었지?"

그러더니 갑자기 자기 입 속에 쏙 집어넣는 것이 아닌가!

"전하 지금 뭐 하시는 거예요?"

황당해서 묻자 의윤이 보란 듯이 초콜릿을 우물거리며 대꾸했다.

"연재가 그러는데 초콜릿은 아무한테나 받는 거 아니라고 하더구나. 그러니 정 먹고 싶거든 가서 그 심남이한테 사 달라고 해라."

미소는 도저히 이해할 수가 없었다. 분명 그저께 밤에만 해도 이러지 않으셨는데. 가위에 눌려 무서워하니까 안아서 위로해 주고, 이번에는 계모가 데려가게 두지 않겠다고 약속해 주셨는데. 갑자기 어제부터 왜 이렇게 심술이시란 말인가!

"도대체 저한테 왜 이러시는 거예요?"

이를 악물고 묻자 의윤이 전혀 모르겠다는 표정으로 되물었다.

"내가 뭘 어쨌다고 그러느냐?"

"어제부터 자꾸 저한테 개똥아, 개똥아 그러면서 심술부리시잖아욧!"

"개똥이가 어디가 어때서?"

시치미를 뚝 떼는 것이 더욱더 미소를 열 받게 만들었다.

"길 가는 여자 백을 붙잡고 물어보세요! 개똥이라고 부르면 누가 좋아하나!"

"그렇게 싫으면 그리 안 부르겠다. 미안하다, 개똥아."

"전하?"

"앗, 내 그만 실수를 하였다. 다시는 아니 하마, 개똥아."

미소는 의윤을 뚫어져라 노려보았다.

"……지금 일부러 그러시는 거죠?"

"입에 착착 붙는 걸 어찌하겠느냐?"

의윤이 심술궂은 미소를 흘리며 강조하듯 말했다.

"개. 똥. 아."

미소는 그만 씩씩거리며 의윤의 방을 나와 버리고 말았다.

"아니 대체 또 왜 저러시는 거야?"

화가 나고 억울한 나머지 그만 눈물이 날 것 같았다. 잘해 줬다가, 심술궂게 굴었다가. 또 언제 그랬냐는 듯이 다정하게 대해 줬다가는 또 돌변하고. 도대체 어느 장단에 맞춰 춤을 춰야 할지 알 수가 없지 않은가.

"개구리 갔다. 이제 괜찮다."

"내가 자료 정리하라고 시키지 않았느냐. 설마 여태 다 안 된 것이냐?"

"그들은 절대 너를 데려가지 못할 것이다. 내가 그리하겠다."

"입에 착착 붙는 걸 어찌하겠느냐, 개. 똥. 아."

이게 다 같은 사람 대사라니! 아수라 백작도 이렇진 않겠다. 속이 부글부글 끓었다.

'난 이럴 줄도 모르고 드시라고 케이크까지 사 왔는데!'

혼자 속으로 화를 삭이고 있는데, 문득 노크 소리가 들렸다.

"누구세요?"

대답이 없었다. 혹시나 전하가 사과하러 오셨나, 하는 생각에 얼른 문을 열었는데, 서 있는 것은 다름 아닌 연재였다. 난 또 누구라고! 실망한 나머지 목소리가 절로 뾰족해졌다.

"넌 왜 여태 학교 안 가고 있는데?"

연재가 대꾸했다.

"오늘 토요일이거든?"

아, 그런가. 입주 가정부 일이라는 게 요일 개념이 잘 없다 보니 주말도 잊고 있었다.

"그래서 제 방에는 웬일이세요, 아가씨?"

한참 우물쭈물거리더니, 연재는 불쑥 말했다.

"……나 춤 가르쳐 줘."

미소는 피식 웃었다.

"아직 정신을 덜 차렸네."

그러고는 보란 듯이 눈앞에서 문을 쾅 닫아 버렸다. 잠시 후, 또다시 노크 소리가 들렸다. 미소는 한숨을 쉬고 다시 문을 열었다. 팔짱을 끼고 쳐다보는 미소를 향해, 아가씨는 기어들어 가듯 조그만 목소리로 중얼거렸다.

"춤 가르쳐 주세요. ……언니."

"진작 그럴 것이지."

미소는 피식 웃고 문을 활짝 열었다.

"자, 들어와!"

연재가 머뭇거리며 방에 들어왔다. 미소는 연재가 친구들과 함께 학교에서 춤출 때 나왔던 음악을 켜자마자 스파르타식 교육을 시작했다.

"봐 봐, 너는 발이 틀렸잖아. 자 봐, 이렇게. '이미 난 다 컸다고 생각하는데!'"

"이렇게요?"

"아니, 아니, 이렇게!"

남자들은 한바탕 주먹다짐을 하고 나면 가까워진다고 한다. 미소와 연재의 경우에도 그와 비슷한 것 같았다. 이 경우에는 주먹다짐이 아니라 춤이긴 했지만. 한 시간 넘게 한바탕 같이 춤을 추고 나자 어느새 어색함도 많이 엷어져 있었다.

"근데 언니는 왜 이렇게 춤을 잘 춰요?"

연재가 건네주는 물을 마시고 길게 한숨을 내쉰 후, 미소는 중얼거렸다.

"스트레스 해소할 거라고는 이거밖에 없었거든."

애 돌보랴, 집안일하랴, 공부하랴, 스트레스는 남의 몇 배로 쌓이는데 풀 길이 없었다. 다른 친구들처럼 소소하게 뭘 산다든가 맛있는 걸 먹으러 갈 수도 없고, 하다못해 동전 노래방조차도 자주 갈 수 있는 사정이 아니었다.

"그러니까 할 수 있는 게 뭐 있겠어. 식구들 없을 때마다 노래 틀어 놓고 혼자 춤췄지 뭐.”

그러다 보니 어느새 춤이 취미이자 특기가 돼 버렸다. 별로 써먹을 데는 없었지만.

“와, 언니 새엄마 대박 못돼 처먹었네요.”

미소의 이야기를 다 들은 연재가 순진하게 물었다.

“근데 새엄마가 용돈 안 주면 알바라도 하지 그랬어요?”

“그럴 시간도 없었거든, 나는. 집에 가서도 할 일이 엄청 많았으니까.”

“무슨 일이요?”

“애 보고, 밥하고, 빨래하고. 뭐 그런 것들?”

“언제부터요?”

“초등학교 때부터.”

연재는 도저히 믿기 힘들다는 표정이었다.

“세상엔 그렇게 사는 아이들도 있어.”

말할까 말까. 조금 망설이다, 미소는 덧붙였다.

“……그러니까 너도 친구들이랑 사이 안 좋다고 너무 속상해하지 말고, 힘내.”

연재는 조금 놀란 얼굴로 미소를 쳐다보았다.

급식 안 먹고 따로 도시락 싸 달라고 할 때부터 어느 정도 눈치는 채고 있었는데, 학교 갔을 때 보니까 역시나 그랬다. 분명히 연재는 친구들과 문제가 있었다. 저 나이 때는 친구가 세상의 전부나 마찬가지다. 말은 안 해도 속으로 얼마나 힘들어하고 있을까, 짐작이 갔다.

하지만 그때 굳이 나서서 훈계를 하거나 편을 들지 않은 것은, 함부로 끼어들었다가는 자칫 역효과가 날 수 있다는 걸 잘 알고 있어서였다. 그야 미소도 고등학교 졸업한 지 이제 겨우 2년도 안 되었으니까.

"언닌 학교 다닐 때 친구 많았죠?"

"음, 다 잘 지내는 편이긴 했는데 친한 친구는 별로 없었어. 같이 놀 시간이 없었거든."

"혹시 제 얘기 아빠한테 할 거예요?"

연재는 걱정스러운 얼굴로 물었다.

"아빠가 들으면 엄청 속상해할 건데."

"얘기 안 할 거야. 학교 다닐 때 다들 그런 일은 한 번씩 겪는데 뭐. 가능하면 너 스스로 이겨 내 보고, 그래도 정 못 견디겠으면 얘기해. 그럼 내가 어떻게든 도와줄 테니까."

언제든 기댈 구석이 있다는 것만은 알게 해 주고 싶었다. 정말 너무너무 힘들 때, 마지막으로 의지할 수 있는 곳이 있다는 걸. 왜냐하면 단지 그 생각만으로도 사람은 견뎌 낼 수 있는 힘이 생기는 법이니까. 그걸 미소에게 가르쳐 주었던 사람이 바로 이유 전하였다.

연재는 한참 물끄러미 미소의 얼굴을 쳐다보다가, 불쑥 물었다.

"내일도 춤, 가르쳐 줄 수 있어요?"

미소는 어깨를 으쓱하고 씨익 웃었다.

"너 하는 거 봐서!"

연재가 방을 나가고, 미소는 계속 꺼 놓은 채였던 휴대폰을 오랜만에 켜서 전화를 걸었다. 연재와 이야기하다 보니 생각나는 사람이 있었던 것이다.

—윤미소, 이 못돼 처먹은 계집애야!

통화가 연결되자마자 다짜고짜 저편에서 벼락같은 고함 소리가 들려왔다.

—집은 나갔다고 하지, 전화는 계속 꺼져 있지! 죽은 줄 알았잖아!
이럴 줄 알았지. 미리 휴대폰에서 귀를 한참 떼어 놓고 있던 미소는, 민식이 좀 진정된 후에야 사과를 했다.
"미안해. 좀 자리 잡히면 연락하려다가 그만 늦어졌어."
—그래도 죽었는지 살았는지는 보고를 했어야지! 어디 술집에라도 팔려 갔을까 봐 얼마나 걱정을 했는데!
민식이 씩씩거렸다.
"근데 나 집 나간 거 어떻게 알았어? 새엄마가 너한테 전화했었어?"
—우리 집까지 찾아왔었거든?
"그럴 줄 알았지."
미소는 한숨을 쉬었다. 그래서 일부러 집 나와서 민식이네 집으로 안 가고 모텔로 간 거였다. 계모가 찾아올 게 뻔하니까.
지금 통화하는 친구의 이름은 김민식. 초·중·고등학교까지 함께 나온, 미소의 가장 친한 친구였다. 누가 봐도 남자 이름이었지만 사실은 빼어나게 예쁜 데다 무려 음대에서 피아노를 전공하고 있는 멀쩡한 아가씨였다.
"진짜 미안해. 나 어딨는지 알면 새엄마가 너 계속 괴롭힐까 봐 그런 거야."
—됐고, 너랑은 절교니까 그렇게 아셔.
민식은 좀처럼 화를 풀지 않았다. 연락이 안 되는 동안 무척 걱정을 한 것 같았다.
"에이, 그러지 말고. 만식아아. 응? 만식아아아."
학창 시절 별명까지 불러 가며 애교를 부려도 통하지 않았다.

“대신 내가 만나서 맛있는 거 사 줄게. 응? 영화도 보여 줄게.”

—가출까지 한 게 무슨 돈이 있어서?

“네가 몰라서 그러는데, 나 진짜 돈 많이 버는 데 취직했거든.”

민식의 목소리가 급 심각해졌다.

—뭐야. 미소 너, 진짜 이상한 데 취업한 거야?

“그런 거 아냐.”

—그럼 뭔데!

“전화로 말하긴 길고, 만나서 이야기해 줄게. 너 내일 시간 돼? 나 일요일은 쉬는데.”

약속을 잡고 나서 전화를 끊으며 미소는 풋, 하고 혼자 웃었다.

‘내가 어디서 일하는지 민식이가 알면 얼마나 놀랄까!’

사실 민식은 미소 못지않은 이유 전하의 열혈 팬이었다. 이혼 사건으로 전하의 이미지가 땅으로 추락했을 때, 온 학교의 팬들이 죄다 탈덕하는데도 끝까지 전하에 대한 믿음을 저버리지 않은 사람은 미소 외에는 오로지 민식 하나뿐이었다. 사실은 그 일을 계기로 둘이 친해져서 현재까지 우정을 이어 가고 있는 것이었다.

“가만있자, 밥이랑 영화 쏘려면 돈이 필요한데…….”

문제는 아직 첫 월급 전이라 빈털터리 신세라는 점이다. 미소는 생각 끝에 처선의 방을 찾았다.

“김 집사니이이임.”

일부러 말끝을 길게 뽑자 처선이 빙그레 웃으며 대답했다.

“부탁이 뭔가요, 아가씨?”

이 오빠는 참 눈치 하난 빨라서 좋다. 미소는 배시시 웃으며 용건을 꺼냈다.

"저기요오, 제가 내일 오랜만에 친구를 좀 만나러 나가려고 하는데요오."

"그런데?"

"친구가 저한테 화가 많이 나서 제가 맛있는 거 사 주고 영화 보여주기로 했거든요."

미소는 애처로운 강아지 같은 눈빛을 하고 처선을 바라보았다.

"돈 쪼만 빌려주시면 안 될까요? 월급날 꼭 갚을게요!"

정 여사에게 가불을 부탁할까 했지만 아무래도 말 꺼내기가 어려워서, 그나마 편한 처선에게 부탁하러 온 것이었다.

"그거야 어렵지 않죠."

생각대로 처선은 웃으며 고개를 끄덕여 주었다.

"그런데 무슨 친구?"

"민식이라고, 저랑 완전 베프인 애가 있어요."

"오, 미소 씨 제법인데요? 남사친도 다 있고!"

처선이 놀리는 바람에 미소는 웃으며 손을 내저었다.

"에이, 제가 남사친이 어딨어요? 중·고등학교 다 여학교 나왔는데."

"어? 그럼 설마 민식이가 여자라고?"

"네. 걔 태어나기 전에, 점쟁이가 걔네 부모님한테 남자 이름으로 지어야 오래 산다고 해서 그렇게 지었대요."

"그렇구나. 그런데 그 민식 양하고는 내일 몇 시 약속이죠?"

"왜요?"

"내가 약속 장소까지 태워다 줄까 해서."

세상에. 미소는 감동해서 하마터면 눈물이 날 뻔했다.

"그런데요. 김 집사님은 저한테 왜 이렇게 잘해 주세요?"

"음…… 미소 씨를 보고 있으면 누가 생각나서?"

"저랑 닮은 사람이라도 있어요?"

"아니, 얼굴이 닮진 않았는데. 나이가 같아서 그런지 가끔씩 비슷해 보이기도 하네요."

그렇게 말하는 처선의 얼굴에 문득 쓸쓸한 표정이 어렸다.

"그게 누군데요?"

하지만 다음 순간, 처선은 언제 그랬냐는 듯이 환하게 웃으며 말을 돌렸다.

"참, 그래서 얼마가 필요하다고 했죠?"

"개똥아, 개똥아!"

목청을 돋워 미소를 불렀지만 정작 나타난 것은 처선이었다.

"아니 개똥이를 불렀는데 왜 네가 오느냐?"

"섭섭합니다, 주인님. 요즘은 온통 미소 씨만 찾으시고."

서운하다는 듯이 쳐다보는 눈빛에 의윤은 헛기침을 하며 말을 돌렸다.

"어흠. 그래서 개똥이는 어디 있느냐? 시킬 일이 있어 그러느니라."

물론 뻥이었다. 개똥아, 개똥아, 하고 부르면서 놀려 주려고 그러지.

"미소 씨는 외출했습니다. 그러니 저한테 시키시지요."

"뭐, 외출?"

의윤은 펄쩍 뛰었다. 분명 외출할 때는 내게 허락을 받으라 하였는데!

"뭘 하러 나간다더냐?"

"일요일이라 나가서 밥 먹고 영화 보고 들어온다고 합니다."

설마 심남이? 의윤의 심장이 쿵 하는 소리를 냈다.
"제일 친한 친구라고 하던데요."
친구라니 그나마 다행이다. 속으로 안도의 한숨을 내쉬며 도로 책을 집어 드는 의윤의 귀에, 처선이 혼잣말처럼 중얼거리는 소리가 꽂혔다.
"이름이 민식이라던가……?"
민식이! 의윤은 책을 떨어뜨렸다.

* * *

"뭐? 미소 네가 이유 전하 댁에서 일한다고?"
민식의 눈이 왕방울만 해졌다.
"쉿, 목소리 좀 낮춰!"
미소는 얼른 입술에 손가락을 가져가며 주위를 둘러보았다. 다행히 주말이라 그런지 카페 안이 떠들썩해서, 아무도 들은 사람은 없는 것 같았다.
"이거 진짜 비밀이란 말이야. 너 믿고 말해 준 거니까 아무한테도 말하면 안 돼."
민식이라면 절대로 전하에게 해가 될 일을 할 리 없다. 그렇게 믿고 말해 준 거였는데, 역시나 민식은 좀처럼 믿으려 들지 않았다.
"말도 안 돼. 혹시 개꿈 꾼 거 아니고?"
"너 그럴 줄 알고 내가 인증샷 찍어 왔거든?"
미소는 휴대폰을 들이밀었다. 휴대폰 속에는 몰래 찍은 의윤의 사진이 들어 있었다. 거실에서 신문을 보고 있는 모습이었다.

"헐, 진짜네!"

민식이 미소의 휴대폰을 빼앗아 들었다. 그리고 화면을 뚫고 들어갈 기세로 사진을 들여다보더니 기어이 눈물을 글썽이기 시작했다.

"맙소사, 살아 계시긴 했구나!"

"나도 처음에 보고 깜짝 놀랐어."

"우리 전하, 어쩜 옛날 그대로실까. 더 잘생겨지신 것 같아."

사진을 들여다보며 울먹이던 민식이, 잠시 후 손등으로 눈물을 쓱 훔치더니 본격적으로 질문 공세를 퍼붓기 시작했다.

"지금 어디 살고 계신다고?"

"저기 좀 외떨어진 곳에 엄청 커다란 저택 있어. 황실 재산이래."

"진짜? 멀쩡히 국내에 계셨는데 왜 사람들이 여태 몰랐지?"

미소가 한숨을 내쉬었다.

"10년째 집 밖으로 한 발짝도 안 나오셨단다."

"헐, 왜?"

"그거야 내가 알겠니. 뭔가 생각이 있으시겠지."

"혹시 전하가 미소 너 못 알아보셔?"

"어떻게 알아보니? 나 그때 겨우 열 살이었는데."

"그것도 그러네. 근데 오랜만에 보니까 어때? 지금도 그렇게 다정하셔?"

다정은 개뿔이나, 완전 아수라 백작이야! 미소는 목구멍까지 치밀어 오르는 말을 꿀꺽 삼켰다. 전하의 오랜 팬인 민식을 실망시키고 싶지 않았으니까.

"뭐랄까…… 생각했던 거랑은 좀 다르시다고 해야 되나."

개똥아, 개똥아, 하고 부르던 의윤의 목소리가 떠올라서 미소는 한숨을 푹 쉬었다.

"미소야."

갑자기 민식이 테이블 위로 손을 뻗어서 미소의 손을 꼭 잡았다. 왠지 무척 간절한 눈빛에 왠지 미소는 불길한 느낌을 받았다. 아니나 다를까, 민식의 입에서는 터무니없는 말이 흘러나왔다.

"나 한 번만 전하 계신 데 놀러 가게 해 주면 안 될까?"

"너 미쳤니?"

미소는 펄쩍 뛰었다.

"거기 아무나 가는 데 아니야. 나 첨에 면접 보러 갔을 때도 비밀 유지 각서 썼었거든?"

"나도 쓰면 되잖아. 비밀 지킬 테니까 전하께 부탁 좀 해 줘, 응?"

"절대 안 들어주실걸."

무엇보다도 집주인인 의윤은 외부인이 이화원에 들어오는 것을 딱 질색했다. 그런데 퍽이나 놀러 오게 해 주겠다.

"한 번만, 응? 말이라도 한번 해 줄 수 있잖아."

"안 돼 진짜. 그렇지 않아도 나 지금 전하한테 완전 찍혀 있단 말이야."

하지만 민식은 끈질겼다.

"미소 너도 알잖아, 나 딱 한 번만 전하 실제로 보고 싶어. 응?"

어찌나 간절하게 부탁을 하는지 결국 미소는 끝까지 거절할 수가 없었다.

"……한번 말은 해 볼게."

의윤은 하루 종일 안절부절못하고 있었다. 일도 손에 잡히지 않고,

책을 보아도 머리에 들어오지 않았다. 남녀 간에 영화 보고 밥 먹는 사이를 과연 친구라고 할 수 있는가! 철저히 유교에 기반한 교육을 받고 자란 의윤의 기준에서 그건 엄연히 데이트였다. 게다가 처선의 설명으로는 꽤나 오래된 친구라는데, 그렇다면…….

'그자가 바로 그 오래되었다는 심남이가 아닌가?'

왠지 그럴 것 같은 느낌이 강하게 들었다.

사실 미소가 만나는 남자가 짝사랑남이든 친구든 의윤이 참견할 바가 아니었다. 물론 만나서 영화를 보든 호텔을 가든 그 역시 상관할 바가 아니다. 하지만 의윤은 거기까지 생각하지 못했다. 왜 자신이 이렇게 안절부절못하고 있는지조차 몰랐다. 그냥 까닭조차 모르면서 무작정 심기가 무척이나 불편했다. 미소가 집에 없는 상황 자체가 마음에 안 들었다. 심지어 다른 남자를 만나러 나가다니 그건 더 마음에 안 든다.

이제나 돌아올까, 저제나 돌아올까. 시곗바늘이 조금씩 움직일수록 의윤의 기분은 점점 더 최악으로 치닫고 있었다.

민식과 헤어져 집에 돌아온 미소는 2층으로 올라갔다가 깜짝 놀랐다. 제 방문 앞에 집주인이 팔짱을 낀 채로 버티고 서 있지 않은가! 왠지 모르지만 얼굴만 봐도 굉장히 저기압이라는 게 팍팍 느껴져 왔다.

'나 없는 동안 무슨 일이라도 있으셨나?'

그렇게 생각하며 미소는 다가가서 조심스럽게 말을 걸었다.

"다녀왔습니다, 전하."

미소의 목소리는 무척이나 상냥했다. 왜냐하면 아쉬운 소리를 해야 하니까! 하지만 미소의 얼굴을 보는 순간, 의윤은 그야말로 폭발하기 직전의 표정이 되었다.

"분명히 말했을 텐데. 외출할 때는 반드시 집주인인 나의 허락을 받으라고."

살벌한 목소리에 미소는 움찔했다. 아 참, 그랬지!

"죄송합니다, 전하. 다음부터 주의하겠습니다."

사실 근무일도 아니고, 정해진 휴일에 외출을 하는데 왜 일일이 허락을 받아야 하는지 알 수 없었지만 일단은 집주인의 기분을 거스르고 싶지 않았다. 다시 말하지만, 아쉬운 소리 해야 되니까! 하지만 사과를 했는데도 의윤은 질책을 멈추지 않았다.

"젊은 처자가 이리 밤늦게까지 돌아다니고, 어찌 그렇게 겁도 없단 말이냐?"

"밤늦게라뇨. 이제 겨우 9시밖에 안 됐는데……."

"해가 졌으면 밤인 것이지!"

왜 또 이렇게 억지를 부리신대. 이쯤 되자 미소도 화가 나기 시작했다.

"저기요, 전하. 대체 뭐가 문제예요? 친구랑 영화 좀 보고 온 게 그렇게 잘못인가요?"

"아, 친구랑 영화도 보느냐? 잘하면 손도 잡겠구나!"

비꼬는 듯한 말투에 미소는 어이가 없었다.

"손이야 천만 년도 전에 잡았죠."

"뭐?"

"그럼 친구끼리 손을 왜 못 잡아요? 평소에는 팔짱도 끼고 다니는데."

의윤의 얼굴이 싸늘하게 굳어졌다. 하지만 미소는 그가 민식을 남자로 착각하고 있는 줄은 꿈에도 모르고 있었다. 그야 처선이 의윤에게 무슨 이야기를 했는지 몰랐으니까. 덕분에 사태는 점점 최악으로 치달았다.

"네가 그렇게 경솔한 아이인 줄은 미처 몰랐구나."

"제가 왜 전하께 그런 소리를 들어야 하는데요?"

"행실을 그리하니 경솔하다 할밖에!"

이유도 모른 채 계속 비난을 당하니 미소도 점점 더 화가 났다. 미소는 허리에 손을 얹고 의윤을 노려보았다.

"전하 혹시 아수라 백작이라고 아세요? 만화에 나오는 건데, 얼굴 반쪽은 남자고 반은 여자고 뭐 그런 이중인격 캐릭터요."

"내가 그런 걸 알 것 같아서 하는 소리냐?"

"전하가 딱 그거 같으셔서요. 언제는 간도 빼 줄 듯이 굴었다가, 또 언제는 갑자기 심술부렸다가. 그거 완전 성격 파탄 아니에요?"

"뭐라? 성격 파탄?"

의윤의 안색이 변했다. 하지만 미소도 지지 않았다.

"네, 오랜만에 영화 보고 싶어서 친구랑 좀 보고 왔어요! 그게 뭐가 문제냐고요!"

소리를 빽 지르자 결국 의윤도 덩달아 소리를 질렀다.

"그렇게 영화가 보고 싶었으면 나한테 말을 해도 되지 않았느냔 말이다!"

이 양반이 뭐라시는 거야. 미소는 눈을 깜빡거렸다.

"전하한테 말씀드려서 뭐 어쩌라고요?"

순간 의윤의 표정이 흔들렸다. 자기 입에서 튀어나온 말에 스스로 당황한 모양이었다.

"아니, 저어, 나한테 말하면, 그러니까…… 처선이랑 같이 보내 줄 수도 있고, 뭐……."

더듬거리는 의윤의 말을, 미소는 딱 잘랐다.

"네. 다음번에 영화 보러 갈 땐 꼭 김 집사님이랑 갈게요. 그러면 됐죠?"

의윤이 뭐라고 대꾸하기도 전에, 미소는 제 방문을 열고 들어가서 문을 탕 닫아 버렸다.

"피곤해서 이만 쉬겠습니다!"

* * *

"그러니까 죄인이 시킨 짓이란 말인가?"

내관을 향해 그렇게 되물은 젊은 남자는 바로 대한 제국의 황태자, 이요(李堯)였다. 폐서인된 황태자, 이유의 5분 늦게 태어난 쌍둥이 동생.

그러나 그는 쌍둥이 형을 형님이라고도 부르지 않고 있었다.

죄인. 그것이 그가 하나뿐인 형을 부르는 이름이었다.

"예, 황태자 전하. 그 책들을 사 간 것이 바로 김처선이라 합니다."

내관이 대답했다.

현 황제의 지시로 판매가 금지되어 있는 역사책들을, 헌책방을 돌며 은밀히 사 모으는 자가 있다는 정보가 있었다. 죄목으로만 따지면 그렇게까지 중범죄는 아니었지만, 이 정보가 황태자 선까지 올라온 이유가 있었다. 그자가 바로 폐위된 황태자를 모시고 있는 전 내관이라는 점이 문제였다.

요는 생각에 잠긴 얼굴로 중얼거렸다.

"그럼 틀림없겠구나. 대체 왜 그런 짓을……?"

형이 뭔가를 꾸미고 있는 것이 아닐까. 가슴속에 어두운 그림자가 스쳤다.

형님 전하인 이유가 폐서인되고 그 대신 자신이 황태자가 된 지 어언 10년. 하지만 그는 아직도 완전히 불안감을 떨쳐 버리지 못하고 있었다. 언젠가는 형이 돌아와서 자신의 자리를 도로 빼앗아 갈지도 모른다는 불안감.

그는 결코 국민들에게 이유만큼 사랑받지 못했다. 친왕(親王)[1]이었던 시절에도, 그리고 황태자가 된 지금도. 그것이 요의 평생 의문이자 숙제였다.

'대체 어째서?'

외모라면 이기지도 지지도 않을 터였다. 일란성 쌍둥이인 만큼, 많이 닮은 외모였으니까. 이미지 관리도 이만하면 완벽하게 하고 있다고 자신할 수 있다. 그야 언론이 황실 손아귀에 있으니까. 하지만 무슨 짓을 해도, 국민들은 형에게 보냈던 환호의 반만큼도 그에게 환호하지 않았다. 해묵은 질투와 열등감, 그리고 불안감이 요의 가슴속에서 꿈틀거렸다.

"어떻게 할까요, 전하?"

내관이 요의 안색을 살폈다. 황태자는 생각 끝에 말했다.

"……덮쳐서 증거를 잡아야지. 확실한 증거가 나오면 이번에는 어머니도 반대하시지 못할 것이다."

---

1) 황태자를 제외한 남성 황족을 부르는 칭호

사실 이유가 처음 폐서인되었을 당시부터 아예 멀리 외국으로 추방해 버리고 싶었다. 아버지인 황제의 뜻도 그와 같았다. 하지만 황후가 결사반대하는 통에 추방까지는 못 했던 것이다.

"미리 눈치채고 증거를 감추지 못하도록, 갑자기 들이닥쳐야 한다."

요의 당부에 내관이 공손히 고개를 숙였다.

"예, 전하."

* * *

그다음 날부터 민식은 전화로 미소를 들들 볶아 대기 시작했다.

―전하한테 부탁해 봤어?

차마 어제 전하랑 대판 싸웠다고 말은 못 하고, 미소는 한숨을 푹 내쉬었다.

"저기, 민식아. 내가 생각해 봤는데, 아무래도 힘들 것 같아."

―아 왜! 어제는 말은 해 봐 준다며?

"아니 그러니깐 그게 내가 말한다고 될 거 같지가 않다니깐. 난 일개 가정부고……."

하지만 민식은 막무가내였다.

―됐고, 어쨌든 약속한 거니깐 지켜. 안 그러면 미소 너 다신 안 볼 줄 알아.

"글쎄 지금 말할 분위기가 아니……."

―그럼 끊는다!

"민식아, 민식아?"

일방적으로 끊겨 버린 전화기를 들고, 미소는 한숨을 푹 쉬었다.

어떻게든 말은 꺼내 봐야겠는데…….

정원을 산책하던 의윤은 저만치서 미소가 제 몸집 반이나 되는 커다란 바구니를 낑낑대며 힘겹게 들고 오는 것을 보았다. 저런, 집 안에 남자들도 여럿 있는데 왜 연약한 처자에게 저런 걸 시킨단 말인가? 얼른 달려가려다가 말고 의윤은 흠칫했다.

'아니, 손도 잡고 팔짱도 끼고 다니는 심남이가 있는데 내가 왜?'

괜히 심술이 나서 망설이고 있는데, 이윽고 미소가 이쪽을 향해 고개를 돌렸다.

"으아 무거워, 저 이것 좀 들어 주세요!"

옳지, 날 부르는구나! 방금까지 속으로 심술을 부렸던 것도 잊고 의윤이 얼른 달려가려고 하는 순간, 엉뚱하게도 등 뒤에서 대답이 들렸다.

"어, 그래!"

정원사가 달려가더니 얼른 미소의 손에서 바구니를 받아 들었다.

"이게 다 뭐야, 미소 양?"

"지호 이불들이에요. 볕 좋을 때 좀 내다 말리려고요."

의윤은 기가 찼다. 아니 방금 분명히 나랑 눈 마주쳤지 않은가. 그런데 왜 정작 부르는 건 정원사란 말인가? 내가 저 정도도 못 들 것 같아서? 내가 나이 많은 정원사만큼도 힘이 없을까 봐? 아니면 죽어도 나한테는 부탁하기 싫어서?

속이 부글부글 끓었다. 하여튼 나한테는 절대 기대려고 하지 않는구나, 너는. 영화를 보고 싶으면 다른 사람을 부르고, 무거운 게 있어도 다른 사람한테 들어 달라고 하고! 입술을 꾹 다물고 바람을 일으키며 곁을 스쳐 지나가려는데, 문득 미소가 불렀다.

"전하."

"뭐냐."

걸음을 멈추고 쳐다보지도 않은 채 대꾸하자, 미소가 조심스럽게 말을 꺼냈다.

"저어, 제가 부탁이 하나 있는데요……."

부탁? 나한테? 반가운 나머지 의윤의 귀가 쫑긋 섰다.

"어디 말해 보아라."

속마음을 들키지 않으려 일부러 퉁명스럽게 대답하자 미소는 한참 망설였다.

"저어, 그게……."

"글쎄 뭔지 말을 해 보래도."

재촉을 받고서야 미소는 겨우 입을 열었다.

"어제 만난 제 친구가요. 한 번만 이화원에 놀러 오고 싶다고 그러는데요오……."

기어들어 가는 목소리. 의윤은 제 귀를 의심했다.

"뭐라고?"

그러니까 설마, 어제 같이 영화 본 그자를 내 집에 놀러 오게 하고 싶다? 잘못 들었나 했는데 정말 그것이었다.

"네. 비밀은 꼭 지키겠다고, 그러니까 제발 한 번만 전하께 부탁 좀 드려 달라고 해서……."

의윤은 너무나 어이가 없어서 화도 내지 못했다. 허탈한 웃음이 입술 사이로 피식피식 새어 나왔다.

'내 눈에 흙이 들어가기 전에는 어림도 없다.'

정색을 하고 딱 잘라 말하려는 순간, 미소가 간절한 눈으로 매달리듯 말했다.

"제발요, 전하. 네? 민식이가 옛날부터 완전 전하 광팬이란 말이에요."

"뭐?"

의윤은 기겁을 했다. 아니 그야 내가 좀 인기 폭발이기는 했지만 사내 녀석까지!

"걔가 초등학교 때부터 황태자비가 꿈이었던 애예요. 전하 폐위되신 후에도 엄청 전하 편들고 그랬거든요. 그러니까 여기 왔던 일에 대해서는 나가서 입도 벙긋 안 할 거예요."

"황태자…… 비?"

잠깐만, 나는 남자를 좋아하는 취미가 없는데. 그제야 의윤은 뭔가 이상하다는 것을 깨달았다.

"설마 그 민식이라는 친구가…… 여자더냐?"

미소가 이상하다는 듯이 눈을 깜빡였다.

"네. 제가 말씀 안 드렸나요?"

"안 했다만."

"아 맞다, 김 집사님한테만 말했구나."

혼잣말처럼 중얼거리더니, 미소는 다시 애원하기 시작했다.

"하여튼 전하, 한 번만요. 딱 차 한 잔만 같이 마셔 주시면 돼요. 그러면 제가 정말이지 평생 은혜 잊지 않을게요. 네? 네?"

미소는 두 손을 모으고 비는 시늉까지 했다.

민식이가 여자였다. 민식이가 여자였어! 의윤은 갑자기 크게 소리 내어 웃고 싶어졌다.

"그래, 언제가 좋겠느냐?"

의윤은 세상에서 가장 너그러운 미소를 짓고 부드러운 목소리로 대답했다.

"내 팬이라는데 그쯤이야 못 들어주겠느냐. 일간 초대해서 식사라도 같이하도록 하자."

미소의 얼굴이 확 밝아졌다.

"나는 언제든 괜찮으니, 개똥이 네가 그 민식이라는 처자와 약속을 잡도록 해라."

"고맙습니다, 전하! 정말 고맙습니다!"

몇 번이나 허리를 깊이 숙여 인사하는 미소를 뒤로하고, 의윤은 뒷짐을 지고 천천히 다시 정원을 거닐기 시작했다.

"하하하하하!"

저만치 걸어가면서 큰 소리로 웃음을 터뜨리는 의윤의 뒷모습을 쳐다보며, 이윽고 미소가 질린 표정을 하고 고개를 절레절레 저었다.

"……하여튼 진짜 아수라 백작이라니까."

5. 전하는 아수라 백작

“민식아! 너 옷차림이……?”

정문까지 마중 나간 미소는 정원으로 들어서는 민식의 모습을 보고 깜짝 놀랐다. 며칠 전만 해도 분명 고등학교 때나 다름없이 청바지에 스니커즈, 머리 질끈 묶고 화장기 없는 얼굴로 만났었는데. 오늘은 레이스가 달린 원피스에 예쁜 구두를 신고 화장까지 하고 있지 않은가!

“그러는 너의 그 복장은 대체 뭐지?”

민식 역시 메이드복을 입은 미소를 향해 손가락질을 했다.

“설마 너 전하 꼬시려고 일부러 평소에 집에서 그런 거 입고 있는 거야?”

“뭐, 뭐래? 이건 그러니까, 작업복 같은 거야! 난 이 댁 가정부잖아.”

미소는 황급히 손을 내저었다. 이윽고 민식이 미소의 눈앞에서 요리조리 홈 쇼핑 모델 포즈를 취해 보였다.

"신경 좀 써 봤는데. 어때, 괜찮아?"

"응, 되게 예쁘다. 근데 너 왜 이렇게 꾸미고 온 거야?"

민식이 갑자기 비장한 표정을 했다.

"사실은 내가 오늘 큰 그림 그리고 왔다, 미소야. 너 어릴 때부터 내 꿈이 뭐였는지 알지?"

"그야 황태자비…… 응?"

말하다 말고 미소는 눈을 둥그렇게 떴다.

"너 지금 농담하는 거지?"

민식이 주먹을 불끈 쥐고 대답했다.

"완전 진심이거든? 전하 10년 전에 이혼하시고 혼자시잖아. 이제 슬슬 재혼 생각하실 때도 됐지."

미소는 크게 당황했다. 아니 얘가 뭐라는 거야?

"저쪽으로 가면 되지?"

의욕에 찬 표정으로 저만치 멀리 보이는 본관 건물을 향해 걷기 시작하는 민식의 뒤를, 미소는 황급히 따랐다.

"미, 민식아. 너 설마 전하가 몇 살이신지 잊어버린 건 아니지?"

"잊어버릴 리가 있나. 우리 맨날 띠동갑도 동갑이라면서 서로 파이팅 해 주지 않았냐?"

그건 그때고!

"내가 널 위해 말해 주는데, 사실 전하가 우리가 생각했던 그런 분이 아니야. 성격이 되게 특이하시단 말이야. 뭐랄까……."

미소는 자신이 생각할 수 있는 가장 극단적인 단어를 고르려 애썼다.

"아수라 백작? 지킬 박사와 하이드 씨? 조울증? 양극성 장애? 뭐 그런 거."

하지만 민식은 대수롭지 않게 대꾸했다.

"반전 매력 터지고 좋은데?"

"반전 매력은 무슨, 글쎄 사람이 시시각각 변덕을 부린다니까?"

"됐어. 내가 좋다는데 뭔 상관."

미소는 왠지 모르게 다급해졌다.

"사실은 전하가 이혼 경력만 있는 게 아니야. 애도 둘이나 딸렸거든? 그것도 중2 하나, 네 살짜리 하나."

"뭐?"

이 이야기에는 민식도 놀란 듯, 걸음을 멈췄다.

"아니 결혼하자마자 두 달 만에 이혼해 놓고 무슨 애가 둘이나 있어?"

"하나는 그 전 황태자비가 전남편이랑 낳았던 딸. 걔를 여태 전하가 키우고 계셔."

"피도 안 섞인 아이를 대체 왜 떠맡았는데?"

"그거야 나도 모르지."

"그럼 네 살짜리 애는 또 누군데?"

"그게 미스터리야!"

미소는 강조하듯 검지를 들어 보였다.

"전하는 분명히 10년 동안 이 집 밖으로는 단 한 발짝도 안 나가셨다고 했거든? 근데 똑 닮은 네 살짜리 아들이 있단 말이야. 엄마는 누군지, 어디 있는지도 알 수가 없고."

"대체 뭐지?"

"그러니까 말하잖아, 미스터리라고!"

미소는 침을 꿀꺽 삼키고 타이르듯 말했다.

"어쨌든 사연이 무지하게 복잡한 집이야. 그러니까 민식아, 괜한 생각 말고……."

"뭐 누가 낳은 애면 어때? 현재 스코어 솔로면 되는 거지."

하지만 민식은 단숨에 미소의 말을 자르더니 한술 더 떠서 저만치 본관 건물을 바라보며 혼잣말까지 했다.

"우리 전하께서 그간 혼자 애 둘을 키우시느라 얼마나 고생이 많으셨을까. 걱정 마세요 전하, 앞으로 제가 언니처럼, 누나처럼 잘 키워드릴게요!"

"그러지 말고 잘 생각해 봐, 민식아. 네가 지금 연애할 나이지 결혼 생각할 나이가 아니잖아. 그리고……."

어떻게든 설득하려 애쓰는 미소를, 갑자기 민식이 수상한 눈으로 쳐다보았다.

"설마 미소 너도 전하랑 잘해 볼 생각 있는 거야? 그런 거면 난 포기하고."

미소는 글자 그대로 펄쩍 뛰었다.

"어머 얘는! 무슨! 말도 안 되는 소리를! 미쳤냐?"

"그럼 아니야?"

"절대 아니거든?"

미소는 숫제 고함을 지르다시피 했다. 민식이 어깨를 으쓱하고는 미소의 손을 두 손으로 꼭 잡았다.

"그럼 나 전하랑 잘되게 도와주라, 미소야. 그럼 나도 너 우리 과에서 제일 잘생긴 선배 소개시켜 줄게. 오케이?"

"어? 어……."

미소는 그만 엉겁결에 고개를 끄덕이고 말았다.

"이화원에 오신 걸 환영합니다."

현관 앞에 나와서 기다리던 처선이 다가오는 두 아가씨를 보고 빙긋 웃으며 인사를 건넸다.

"저는 이 댁의 집사 겸 주인님 비서를 맡고 있는 김처선이라고 합니다."

민식은 대답하는 것도 잊고 입을 반쯤 벌린 채 처선의 얼굴을 멍하니 쳐다보았다.

"김민식 양이라고 했죠? 말씀은 미소 씨한테 많이 들었습니다. 자, 일단 여기 사인부터 하시고."

처선이 내미는 비밀 유지 각서에 사인하면서도 민식은 처선에게서 시선을 떼지 못했다.

"주인님께서 기다리고 계십니다. 이쪽으로 오시지요."

조금 떨어져서 처선의 뒤를 따라가며, 민식이 미소의 귀에 대고 소곤거렸다.

"저 오빠 여자 친구 있어?"

"잘 모르겠는데. 물어본 적이 없어서."

"헐, 저런 미남을 봤으면 그것부터 체크해야지 넌 여태 뭐 했니?"

생각해 보니 스스로도 좀 신기하기는 했다. 그러고 보니 처선에게 애인이 있는지 한 번도 궁금해해 본 적이 없지 않은가. 궁금해할 만도 했는데.

"근데 민식이 넌 전하랑 잘해 보겠다면서 김 집사님 여친 있는지는 또 왜 묻는데?"

"나는 전하랑 잘되고, 너는 저 오빠랑 잘돼서 커플 데이트 하면 좋잖아?"

미소가 어이없는 눈으로 민식을 쳐다보는데, 갑자기 민식이 걸음을 멈추고 중얼거렸다.

"전하."

시선은 저만치에 고정되어 있었다. 고개를 돌리자 복도 저편에 서서 이쪽을 바라보고 있는 의윤의 모습이 보였다.

"전하……!"

민식은 결국 두 손으로 얼굴을 감싸고 울음을 터뜨리고 말았다. 의윤이 다가와 가만히 민식의 어깨에 손을 얹었다. 무척이나 부드러운 목소리로, 의윤은 말했다.

"잘 왔느니라."

테라스에 놓인 테이블에 미리 다과가 마련되어 있었다. 의윤과 미소, 민식까지 셋이 함께 앉아서 차를 마셨다.

"아직 저녁은 이르고 해서 일단 가볍게 다과를 준비하라 일렀다. 이따 저녁까지 먹고 천천히 가도록 하거라."

의윤의 말에 민식이 눈을 반짝였다.

"정말 그래도 돼요?"

"그럼. 어릴 적부터 내 팬이라는데 그쯤 못 해 주겠느냐?"

싱긋 웃는 의윤의 얼굴을 민식이 홀린 듯이 바라보았다. 미소는 왠지 마음이 싱숭생숭했다. 뭐지, 이 쓸데없이 훈훈한 분위기는?

"그런데 네 이름은 어찌 민식이라 지었느냐? 영락없이 사내인 줄 알았구나."

"아, 저희 엄마가요, 저 가졌을 때 점을 보셨는데……."

불편한 미소의 속마음도 모르고 의윤과 민식은 둘이서 대화를 나누느라 여념이 없었다.

"허어, 그래? 그래도 너와는 퍽 어울리지 않는 이름이구나."

"그럼 어떤 이름이 어울릴 것 같은데요?"

"글쎄다. 수지라든가, 아니면 연아라든가?"

"어머나, 전하도 참!"

민식이 얼굴을 붉히며 좋아했다. 곁에서 듣고 있던 미소는 어이가 없었다. 아니, 나더러는 미소라는 멀쩡한 이름 놔두고 개똥아, 개똥아 하더니 민식이한테는 뭐 수지가 어떻고 연아가 어때?

"그동안 전하 걱정을 얼마나 했는지 몰라요."

"걱정시켜서 미안하구나. 나는 이곳에서 잘 지내고 있었느니라."

둘이 어찌나 죽이 잘 맞는지 대화에 끼어들 여지가 없었다. 가운데서 미소는 마치 꿔다 논 보릿자루가 된 기분이었다.

"근데 전하, 이 과자는 뭐예요?"

민식의 물음에 의윤이 자상하게 설명해 주었다.

"매화나무에 참새가 앉은 것 같은 모양이라 하여 매화나무 매, 참새 작 자를 써서 매작과라 하느니라."

미소는 점점 더 심사가 뒤틀려 갔다. 나한테는 맨날 개똥아, 이거 해라, 개똥아, 저거 해라, 하고 구박만 하더니 갑자기 저 자상하기 그지없는 태도는 다 뭔데?

"주방에서 직접 만든 것인데, 입에 맞느냐?"

"네, 되게 맛있어요."

갑자기 의윤이 미소를 불렀다.

"개똥아, 주방에 가서 매작과 좀 더 내오거라."

"네?"

"가서 매작과 좀 더 가져오래도?"

빨리 가지 않고 뭐 하느냐, 하고 재촉하듯 의윤이 쳐다보았다. 순간 미소는 속에서 뜨거운 무언가가 울컥 치미는 것을 느꼈다.

"……다녀오겠습니다."

괜히 눈물이 날 것 같아서 미소는 얼른 일어나서 주방으로 향했다. 그저 가정부에게 가정부 일을 시킨 것뿐인데, 왜 이렇게 울고 싶어질 정도로 서러운지 몰랐다.

미소가 저만치 가는 것을 확인하고 난 후, 의윤은 아까부터 별렀던 질문을 던졌다.

"그런데 민식아. 혹시 너 개똥이, 아니 미소의 심남이가 누군지 아느냐?"

이거 물어보려고 일부러 심부름 보냈지! 아니, 더 정확히 말하자면 애초에 이걸 물어보기 위해서 민식을 놀러 오도록 허락한 거였다.

"심남이요? 혹시 관심남 말씀하시는 거예요?"

"그래. 꽤 오래된 심남이라던데. 너도 오래된 친구라니까 알지 않느냐?"

"글쎄요, 제가 아는 한 그런 사람은 없었던 거 같은데……."

"잘 생각해 보아라. 분명 누군가가 있을 것이다."

민식이 고개를 저었다.

"있었으면 제가 알았을 텐데, 그런 거 없었어요. 저희 중·고등학교 다 여학교 나왔는걸요 뭐."

"잘 생각해 보래도. 선생님이라든가, 교회 오빠라든가."
"저희 남자 선생님들 다 배 나온 아저씨들이었고, 미소 교회 안 다녔는데요."
"하다못해 오래 좋아한 연예인이라도 없느냐?"
의윤은 애가 탔다. 배우든 가수든 간에, 미소가 그렇게 오랫동안 짝사랑한 남자가 대체 어떤 자인지 죽을 만큼 궁금했다. 도대체 무슨 매력이 있는 놈이길래!
"미소는 연예인한테도 관심 없었어요. 맨날 저랑 같이 전하 덕질만 했는데요 뭐."
의윤은 제 귀를 의심했다.
"지금 덕질이라 하였느냐?"
"네. 팬질이요."
"누가?"
"미소가요."
"누구를?"
"그러니까, 전하를요."
민식이 의윤의 가슴께를 손가락질했다.
"혹시 모르셨어요? 미소 초등학교 때부터 전하 짱팬이었는데."
의윤의 눈이 커졌다.

미소가 주방에서 매작과를 가지고 돌아오자 의윤은 여전히 민식과 이야기를 나누느라 여념이 없었다.
"봄이니까 엠티 시즌이잖아요. 저 지난주에도 엠티 갔다 왔는데……."
의윤은 왠지 아까보다도 기분이 훨씬 더 좋아 보였다. 미소가 이 집에 온 이후로 그가 이토록 즐거워하는 모습은 처음 볼 정도였다. 말끝마다 웃음이 떠나지를 않았다.

"아, 그래? 요즘 대학생들은 퍽 재미있게 사는구나, 하하하."

반대로 미소는 계속 기분이 울적했다. 스스로도 모를 일이었다. 분명 민식을 한 번만 놀러 오게 해 달라고 부탁한 건 자신인데. 전하가 제 가장 친한 친구에게 이렇게 잘해 주시는데, 그러니까 오히려 고맙게 생각해야 하는데 왜 정작 자신은 하나도 즐겁지가 않은지.

누가 툭 치면 바로 울어 버릴 것 같은, 그런 기분으로 미소는 계속해서 의윤과 민식의 곁에 덩그러니 앉아 있었다.

"참. 후원에 자두꽃이 예쁘게 피었는데, 좀 구경해 보겠느냐?"

"어머, 정말요?"

"그래. 마침 날도 좋은데 함께 걸으면서 계속 이야기하도록 하자."

의윤이 자리에서 일어났다. 그리고 곁눈질로 미소를 힐끗 보더니 이렇게 말했다.

"아, 개똥이 너는 굳이 따라올 것 없다."

굳어 버린 미소에게는 눈길조차 주지 않고, 의윤은 민식을 향해 다정하게 말했다.

"자, 가자꾸나."

저만치 나란히 멀어지는 두 사람의 뒷모습을, 미소는 멍하니 바라보았다.

"미소 걔가 초등학교 때 전하 팬픽도 썼던 애예요."

"팬픽이 뭐냐?"

"있어요, 전하가 주인공인 연애 소설 비슷한 거."

"허어, 그럼 여주인공은?"

"당연히 쓰는 사람 본인이죠. 그거 아직도 제 컴퓨터에 있을 텐데, 아마."

"그래? 그럼 나도 좀 보여 줄 수 있느냐?"

"이따 집에 가서 찾아보고 있으면 보내 드릴게요."

후원을 거닐며, 의윤은 계속해서 민식과 이야기를 나눴다. 물론 화제는 온통 미소에 대한 것들이었다.

"나 때문에 친구들과 싸웠다고?"

"네. 미소가 원래 그런 애가 아닌데, 그때는 완전 쌈닭이었어요. 그래서 나중에는 아무도 미소 앞에서 감히 전하 험담을 못 했어요. 맞을까 봐 쫄아서요."

"하하하!"

의윤의 웃음소리가 봄바람을 타고 멀리까지 퍼져 나갔다.

"그래, 내가 그렇게 천하에 소문난 난봉꾼에 파락호라는데도 마음이 안 변했단 말이냐?"

"미소는 전하를 믿었어요. 사실 저도 그때는 언론에서 하도 매일매일 난리 치니까 잠깐 흔들리기도 했었는데요. 미소는 한순간도 전하를 의심하지 않았어요. 전하가 절대 그러실 리 없다고, 뭔가 분명 그럴 만한 사정이 있었을 거라고 하면서요."

민식이 생긋 웃었다.

"그래서 저도 믿었죠 뭐. 미소 걔가 틀린 말 하는 애가 아니거든요."

의윤은 가슴이 뭉클해져 오는 것을 느꼈다. 세상이 모두 자신을 손가락질할 때에도, 믿어 준 사람이 있었구나. 그게 바로 그 아이였구나.

"믿어 주어 고맙구나."

진심으로 말하자 민식이 배시시 웃었다.

"그렇게 고마우시면 제 부탁 하나만 들어주시면 안 돼요?"

"부탁이라?"

"김 집사님이라는 오빠한테 제 얘기 좀 잘 해 주세요."

의윤은 의아한 눈으로 민식을 바라보았다.

"왜, 처선이한테 관심이라도 있느냐?"

"사실은 저한테도 오래된 심남이가 있는데요."

민식이 윙크를 날렸다.

"근데 보아하니 그 심남이는 이미 다른 여자한테 마음이 있는 거 같아서요!"

* * *

다음 날 아침부터 미소는 무척이나 기분이 울적했다.

"그럼 전하, 저는 이만 가 보겠습니다."

"아니 왜, 저녁 먹고 가지 않고."

"그러고 싶은데 제가 내일까지 제출해야 될 과제가 있어서요."

어제 의윤은 가겠다고 일어나는 민식을 못내 아쉬워했다.

"그래, 그럼 또 놀러 오너라. 자주 와야 한다."

몇 번이나 그렇게 당부를 하더니, 처선을 시켜서 집까지 데려다주라고 하기까지 했다!

'대체 둘이 어제 무슨 얘기를 그렇게 한 거야?'

나중에는 아예 따라오지도 말라고 하는 바람에 무슨 얘기를 하는

지도 못 들었다. 의윤이 커다랗게 웃는 소리가 저 멀리까지 들려왔던 걸 보면 무척이나 즐거웠던 모양인데.

'나한테는 툭하면 구박하시면서.'

생각할수록 속이 상했다. 처음에 미소가 전하라고 불렀다고 얼마나 화를 내셨던가? 그런데 민식이는 처음부터 대놓고 전하, 전하 하고 부르는데도 한마디도 안 하시고!

"그럼. 어릴 적부터 내 팬이라는데 그쯤 못 해 주겠느냐?"

자상하기 그지없던 의윤의 표정을 떠올리자 속이 부글부글 끓었다. 이럴 줄 알았으면 나도 팬이었다고 말을 할 걸 그랬나, 하는 생각도 들었지만 미소는 얼른 고개를 저었다.

'아냐. 안 하길 잘했어. 말했으면 괜히 약점만 더 잡혔을 거야.'

알았다 해도 왠지 민식이에게 하듯 자신에게도 자상하게 대해 주지는 않을 것 같았다. 미소는 저도 모르게 한숨을 푹 쉬었다. 뭐, 민식이가 예쁘긴 하지. 원래 학교 다닐 때도 예쁘기로 전교에서 유명한 친구긴 했다. 그런데 어제는 마음먹고 꾸몄으니 오죽하겠는가. 오랜 친구인 미소조차 깜짝 놀랄 정도였다.

이러다 진짜로 민식이랑 전하랑 잘되는 거 아냐? 그렇게 생각하다 미소는 문득 불안해하고 있는 자신을 깨닫고 깜짝 놀랐다. 둘이 잘되거나 말거나 나랑 무슨 상관인데?

하지만 금세 그럴듯한 이유를 생각해 냈다.

'당연히 상관이 있지. 민식이는 내 베프인데! 애가 둘이나 딸린 띠동갑 이혼남이랑 얽힌다는데 걱정이 안 될 수가 있어?'

어떻게든 말려야 할 텐데, 대체 어제 이야기가 어떻게 진행이 됐는지 알 수가 있어야지. 안절부절못하던 미소는 결국 민식에게 전화를 걸어 보았다.

—어, 미소야! 아침부터 웬일이야?

"응, 어제 잘 들어갔나 해서."

—잘 들어왔지. 와, 김 집사 오빠 차 진짜 좋더라.

"참. 근데 있잖아, 민식아. 어제 전하랑 둘이서 무슨 얘기를 그렇게 오래 했어?"

—그냥 이런저런 얘기.

"그러니까 이런저런 얘기 뭐?"

—보니까 전하 외로우신 거 같더라.

"그게 무슨 뜻이야?"

—연애하고 싶으신 거 같다고. 누가 조금만 잘해 주면 확 넘어올 거 같은 분위기랄까?

미소의 심장이 쿵 하고 내려앉았다. 불안감은 틀리지 않았다. 내 친구 민식이가, 전하랑……. 다정하게 서로를 보고 웃음 짓는 의윤과 민식의 모습이 떠오르자 눈앞이 캄캄해졌다.

—아, 남자는 딱 이럴 때 공략을 해야 되는데.

"……."

—아무래도 가까이 있는 사람이 유리하겠지?

"……."

—윤미소, 듣고 있냐?

멍하니 딴생각을 하고 있던 미소는 민식이 부르는 바람에 겨우 정신을 차렸다.

"어, 민식아. 나 누가 불러서 좀 가 봐야 돼. 나중에 얘기하자!"

통화 종료를 누르는 미소의 손가락이 미세하게 떨렸다.

한편 전화 저쪽에서는 민식이 휴대폰을 들여다보며 고개를 갸웃거리고 있었다.

"이렇게까지 말해 줬는데, 얘가 설마 못 알아들었나?"

거울 앞에 서서 면도를 하던 의윤은 혼자 씨익, 미소를 지었다.

'그러니까 그 심남이가, 바로 나였단 말이지.'

민식은 몇 번이나 장담했다.

"걔가 태어나서 여태껏 좋아한 남자라고는 전하밖에 없어요. 다른 남자가 있었으면 글쎄 제가 몰랐을 리가 없다니까요?"

목소리만 떠올려도 광대가 절로 승천했다.

'나를 그토록 오랫동안 사모해 왔으면서도 숨기고 있었던 것은, 필경 수줍어서 그랬으렷다.'

의윤은 흡족한 표정으로 거울을 들여다보며 천천히 고개를 끄덕였다. 거울에 비친 제 얼굴이 오늘따라 무척이나 잘생겨 보여서 한층 더 기분이 좋아졌다.

"가만있자. 그럼 그 목걸이는 뭐지?"

의윤은 문득 면도기를 움직이던 손을 멈추고 고개를 갸웃거렸다. 분명히 심남이가 줬다고 그랬는데? 가서 물어봐야겠다는 생각에 의윤은 서둘러 세수를 하고 옷을 갈아입은 후 방을 나섰다.

"개똥아, 개똥이 어디 있느냐?"

목소리를 높여 부르며 집 안 여기저기를 돌아다니며 찾다가 마침 지나가던 가정부를 붙들고 물었다.

"개똥이 못 보았느냐?"

"미소 말씀이시라면 아침부터 열심히 유리창 닦고 있는 중입니다."

나이 지긋한 가정부가 안타까운 얼굴로 한숨을 쉬었다.

“세상에 어쩜 그렇게 부지런한 아이가 있는지, 하여튼 시키지도 않은 일 찾아서 하는 데는 도가 텄습니다. 아무리 그러지 말라 타일러도 막무가내이니 주인님께서 좀 말려 주십시오.”

의윤은 가정부가 가리킨 쪽으로 급히 걸음을 옮겼다. 복도에 높은 의자를 갖다 놓고 그 위에 올라서서 유리창을 닦고 있는 미소의 모습이 저만치에 보였다.

의윤은 걸음을 멈추고 미소를 바라보았다.

“…….”

부지런히 움직이는 가느다란 팔.

열중해서 일하느라 약간 발그레하게 물든 뺨.

유리창을 향해 호오, 하고 볼을 부풀려 입김을 부는 표정.

팔이 아픈지 잠시 일을 멈추고 살짝 찡그리는 표정에서, 의윤은 문득 눈살을 찌푸린 얼굴마저도 어여뻤다는 서시를 떠올렸다. 평소에는 해괴하다고만 생각했던 메이드복도 그렇게 귀여워 보일 수가 없었다.

‘저 아이가 저렇게 예뻤던가.’

그렇게 잠시 넋을 잃고 바라보고 있는데, 문득 고개를 돌린 미소와 시선이 마주쳤다. 의윤과 눈이 마주친 순간, 미소는 갑자기 얼굴이 굳어지며 눈을 홱 돌려 버렸다.

‘허어, 수줍음을 타는 모양이군.’

그렇게 생각한 의윤은 만면에 미소를 띠고 다가갔다.

“아침부터 퍽 부지런을 떠는구나. 좀 쉬어 가며 하도록 해라.”

의자 아래에서 올려다보며 부드럽게 말을 걸었으나 왠지 미소는 의윤을 쳐다보려고도 하지 않았다.

"괜찮습니다."

돌아온 목소리는 싸늘했지만 의윤은 역시 개의치 않았다. 아니, 오히려 한층 더 흐뭇해졌다. 좋으면서 괜히 부끄러워 저러는 게지. 의윤은 웃으며 미소를 향해 두 팔을 뻗었다.

"그러지 말고 이리 내려오너라. 나가서 차나 함께하자꾸나."

미소가 흠칫하며 물었다.

"전하 지금 뭐 하시는 거예요?"

뭐 하긴, 팬 서비스 중이지. 의윤은 눈초리가 휘어져라 웃으며 대답했다.

"내가 내려 주마."

"됐거든요?"

미소가 질색을 하면서 뒤로 물러섰다.

"어허, 사양할 필요 없다. 이리 오너라."

"됐다니까요!"

의윤이 팔을 벌린 채로 한 걸음 다가가자 미소가 그의 팔을 피해 한 걸음 더 물러섰다. 문제는 그곳이 의자 위였다는 것! 무게 중심이 한쪽으로 쏠리자 의자가 크게 기우뚱했다. 그 바람에 순간적으로 균형을 잃은 미소가 비명을 질렀다.

"꺄악!"

두 팔을 휘젓다가 결국 이쪽을 향해 넘어지는 미소를, 의윤이 엉겁결에 받아 안았다.

"어이쿠!"

정신을 차려 보자 둘이 함께 복도에 쓰러져 있었다. 그것도 미소가 의윤의 몸 위에 떡하니 올라탄 자세로!

"저, 전하!"

"말로 하도록 하거라."

놀란 토끼처럼 커다래진 눈동자를 올려다보며, 의윤은 빙긋 웃었다.

"아무리 좋아도 그렇지, 사람을 다짜고짜 이렇게 덮치면 쓰겠느냐?"

놀리듯 말하자 미소의 얼굴이 화악 붉어졌다. 불타는 고구마가 된 얼굴로, 미소는 불에라도 덴 듯이 벌떡 몸을 일으켰다. 그리고 뒤도 안 돌아보고 복도를 다다다 뛰어서 도망쳤다.

"하하하하!"

저만치 멀어지는 미소의 뒷모습을 보며, 의윤은 혼자 웃음을 터뜨렸다.

이제 지쳤어, 하고 미소는 생각했다. 변덕스러운 거야 진작 알고 있었지만 이건 해도 해도 너무하지 않은가. 어제만 해도 민식이랑 얘기하느라 자신에게는 눈길 한 번 안 주더니 오늘은 또 갑자기 돌변해서 언제 그랬냐는 듯이!

'날 갖고 노시는 거야.'

그냥 단순히 변덕이 심한 거라고 보기도 힘들었다. 이건 아무래도 일부러 갖고 노는 게 틀림없다는 생각이 들었다.

미소는 마음을 다졌다.

'저분은 그 이유 전하가 아니야.'

그 다정하셨던 이유 전하라면 사람의 마음을 갖고 이렇게 장난을 칠 리 없지 않은가. 저분은 내가 좋아했던 그분과는 다른 사람이다.

그러니까 앞으로 아무것도 기대하지 말자고 미소는 결심했다. 잠깐 다정하게 해 준다고 혹하지도 말고, 차갑게 군다고 속상해하지도 말자고.

그러면서도 마음 한편에서는 어느덧 아까의 일을 떠올리고 있는 자신이 있었다.

"아무리 좋아도 그렇지, 사람을 다짜고짜 이렇게 덮치면 쓰겠느냐?"

자신을 올려다보며 장난스럽게 빙긋 웃던 얼굴이 떠올라 저도 모르게 심장의 박동이 빨라졌다. 미소는 황급히 생각을 떨쳐 버리듯 고개를 저었다.

'두고 봐. 앞으로 나도 상대 안 할 거야!'

하지만 생각처럼 쉽지 않았다. 어째서인지 오늘 의윤은 하루 종일 미소의 곁을 맴돌았던 것이다.

"무겁겠구나. 내가 좀 들어 주랴?"

"시장하지 않느냐? 간식이라도 좀 먹고 하거라."

미소가 가는 곳마다 졸졸 따라다니면서 끈질기게 말을 걸어오는 것이 아닌가! 물론 이미 단단히 결심한 바가 있는 미소는 그때마다 단호하게 거절했다.

하지만 의윤은 전혀 아랑곳하지 않고 계속 따라다니는 것이었다.

"저기, 죄송하지만 지금 굉장히 귀찮게 구시는 거 혹시 아세요?"

참다못해 대놓고 면박을 주었다. 그런데 웬걸, 면전에서 귀찮다는 말을 들어 놓고도 의윤은 화조차 내지 않았다.

"아, 그러하냐."

"네, 그러니까 좀 저리 가 주시겠어요?"

"그렇구나. 개똥이 너는 내가 무척이나 귀찮구나."

심지어 그렇게 되뇌며 혼자 빙글빙글 웃는데, 누가 들으면 칭찬이라도 한 줄 알 지경이었다.

'이분이 실성을 하셨나?'

결국 미소는 폭발하고 말았다.

"대체 저한테 왜 이러시는데요?"

의윤을 한껏 노려보며, 미소는 소리를 빽 질렀다. 여차하면 집주인이고 전하고 간에 한판 붙을 생각이었는데, 뜻밖에도 돌아온 것은 더없이 부드러운 목소리였다.

"그렇게 애써 감출 필요 없다. 네 마음 다 알고 있느니라."

"예?"

"민식이에게 다 들었다. 오랫동안 나를 사모해 왔다면서?"

순간 미소는 얼굴에서 핏기가 싹 가시는 것을 느꼈다. 맙소사, 민식이 얘가!

"그 오래된 심남이라는 자가 바로 내가 아니더냐?"

의윤이 얼굴 가득 너그러운 웃음을 띠고는 미소를 향해 팔을 활짝 벌렸다.

"자, 이리 오너라. 내 팬 서비스로 한번 안아 주마."

미소는 뒷걸음질 쳤다.

"뭐, 뭔가 잘못 아신 거 같은데요."

"부끄러워할 것 없다. 내 한때 팬클럽 인원수가 동방신기보다 많았느니라."

"제, 제가 전하 팬이었던 건 사실이지만 이미 탈덕했거든요?"

"허어, 그래? 언제?"

계속해서 가까이 다가오는 의윤을 피해 뒷걸음질을 치면서, 미소는 외치다시피 말했다.

"이 집에서 일하고 난 이후로요!"

그제야 의윤의 얼굴에서 웃음기가 걷혔다.

"저, 저는 전하가 이런 분인 줄 모르고 어린 마음에 철없이 좋아한 거라고요."

걸음을 멈추고 바라보는 의윤을 향해, 미소는 정신없이 지껄였다.

"제가 좋아했던 전하는 이렇게 변덕이 죽 끓듯이 하는 분도 아니셨고요, 저한테 개똥아, 개똥아 하고 부르면서 구박하는 분도 아니셨어요."

"뭐라……?"

"하, 하여튼 지금은 하나도 안 좋아하거든요. 완전 질색이라고요!"

당황한 나머지 입에서 아무 말이나 마구 흘러나왔다.

"그러니까 민식이가 했던 말은 다 잊어버려 주세요!"

굳어진 의윤의 얼굴에 대고 마지막으로 그렇게 외치자마자 미소는 등을 돌려 마구 도망쳤다.

그렇지 않으면 새빨개진 얼굴을 들킬 것만 같아서.

"하아……."

의윤은 밤늦게까지 잠을 이루지 못하고 한숨을 내쉬었다. 낮에 보았던 미소의 얼굴이 머릿속에서 떠나지 않았다.

"저는 전하가 이런 분인 줄 모르고 어린 마음에 철없이 좋아한 거라고요."

생각할수록 속이 상했다. 내가 뭐 어때서?

'그럼 대체 그 아이는 내가 어떤 사람인 줄 알고 좋아했다는 것인가?'

고민하다 퍼뜩 떠오른 것이 있었다. 의윤은 벌떡 몸을 일으켜서 컴퓨터를 켰다. 생각대로 민식이 보내 준 메일이 도착해 있었다.

"그러니까 이 안에, 네 이상형인 내가 있으렷다."

그렇게 중얼거리고, 의윤은 첨부 파일을 열어 읽기 시작했다.

미소가 초등학교 때 썼다는 문제의 대작, '내 남친은 전국 서열 2위'의 줄거리를 간단히 요약하면 이러했다.

어려서 부모님을 여의고 계모와 언니들에게 구박을 받으면서도 꿋꿋하게 살아가던 여고생 '나'. 어느 날 전학을 가게 되는데, 새 학교에 등교한 첫날 실수로 눈부시게 잘생긴 남학생과 복도에서 부딪쳐서 그만 상대와 입술 박치기를 하고 만다!

[미, 미안해! ㅠoㅠ]

[쿡, 넌 앞으로 학교생활 지대로 꼬인 줄 알아 --^]

그때부터 이유라는 이름의 전교 짱은 사사건건 '나'를 괴롭히기 시작하는데…….

"괴롭히는 남자가 이상형이란 말인가? 그것 참 해괴한 취향이로다."

의윤은 혼잣말을 하며 고개를 갸웃거렸다. 전혀 납득은 안 갔지만 계속해서 뒤를 읽어 나갔다. 대체 미소가 꿈꾸는 이상형이 뭔지 궁금해 죽을 지경이었으니까.

"하, 하여튼 지금은 하나도 안 좋아하거든요. 완전 질색이거든요?"

미소의 그 말이 의윤에게는 나름 충격이었다. 어째서인지 스스로도 잘 모르겠지만 미소가 자신을 싫어하는 게 싫었다. 이왕이면 계속 좋아해 줬으면 좋겠다.

어쨌든, 그렇게 괴롭힘만 당하던 '나'에게 반전 사건이 벌어진다.

바로 이유가 '나'의 목에 걸고 있는 목걸이를 보게 되고, 그걸로 과거의 인연을 떠올리게 된 것!

[이거, 내 거잖아. 그럼 혹시 네가 그때 그……?]

[이제야 알아본 거야? 이 바부팅아! ㅠㅇㅠ]

한참 흥미진진하게 읽어 내려가던 의윤은 당황하고 말았다. 글이 거기서 뚝 끊겨 있질 않은가? 아무래도 쓰다 귀찮아서 중간에 때려치운 모양인데, 하기야 초딩이 뭐 쓰면 얼마나 길게 썼겠는가.

어쨌든 글의 내용을 보아하니 목걸이를 준 게 자신이 맞기는 한 모양인데, 머리를 싸매고 고민해 보았지만 떠오르는 게 없었다.

'내가 주었다? 언제? 어디서? 어떻게? 왜?'

일단 미소를 만난 사실 자체가 기억에 없는데, 그 부분은 뭐 그럴 수도 있다는 생각이 들었다. 어린 시절부터 황태자로 살면서 얼마나 수많은 사람을 만나 왔던가? 하루에 악수만 수백 수천 명씩 한 적도 수두룩한데, 그중에 어린 미소가 있었을 수도 있는 일이었다. 그러다 한두 마디 말을 나누었을 수도 있고.

하지만 목걸이를 주었다니, 아무리 생각해도 그런 적은 없었다. 자신이 걸고 다니던 목걸이를 누구한테 준 적도 없고, 물론 일부러 사서 선물한 적도 없다.

'하필이면 저기서 끊길 게 무엇이란 말인가.'

궁금해서 죽을 것 같다! 의윤은 안절부절못하기 시작했다.

* * *

"아이고, 또 시키지도 않은 일을!"

커다란 빨래 바구니를 낑낑대며 들고 나가는 미소를 보고, 나이 지긋한 가정부가 눈을 흘겼다.

"글쎄 왜 아침부터 온 집 안 커튼을 다 걷어다 빨고 혼자 부지런을 떠느냔 말이야. 누가 너한테 그런 거 하랬어?"

면박을 주는 것 같아 보이지만 안타까워서 하는 소리가 뻔했다. 그걸 알기 때문에 미소는 오히려 기뻤다. 가족이라는 이름 아래 남보다도 못하게 굴었던 사람들보다, 오히려 생판 남인 이 집 사람들이 훨씬 더 가족답게 대해 주고 있었다.

"사실은 제가 심란할 때 빨래하는 게 취미거든요."

"왜, 미소 뭐 안 좋은 일이라도 있어?"

금세 걱정스러운 눈빛이 되는 것조차도 고마워서 미소는 활짝 웃어 보였다.

"별거 아네요. 걱정 마세요!"

가정부를 안심시키고 나서 미소는 뒤꼍으로 가 빨래를 널기 시작했다.

"민식이에게 다 들었다. 오랫동안 나를 사모해 왔다면서?"

생각만 해도 얼굴이 마구 화끈거렸다. 미리 민식이의 입단속을 해두지 않은 것을 후회하고 또 후회했지만 이미 늦은 일이었다.

'괜찮아. 부끄러울 거 없어. 이제 안 좋아한다고 확실하게 말했는데 뭐.'

커튼을 하나하나 빨랫줄에 널면서 미소는 속으로 중얼거렸다.

'내가 좋아했던 건 이유 전하. 저분은 성격 이상하신 집주인. 그렇게 정리했음 된 거야.'

역시 심란할 때는 빨래가 최고다. 눈부신 햇빛 아래, 봄바람에 살랑살랑 나부끼는 새하얀 커튼을 보고 있자 마음이 평온하게 조금씩 가라앉았다.

하지만 그것도 잠시.

"개똥아."

갑자기 널어 놓은 커튼 사이로 누군가가 얼굴을 불쑥 들이미는 바람에 미소는 놀라서 비명을 질렀다.

"엄마야!"

하지만 의윤은 미소가 놀라거나 말거나 아랑곳없다는 듯이 다짜고짜 물었다.

"대체 내가 그 목걸이를 너한테 언제 주었느냐?"

"무, 무슨 말씀이십니까?"

"네가 걸고 있는 그 목걸이 말이다. 내가 준 것 아니냐."

미소는 애써 놀란 마음을 가라앉히고 차갑게 대꾸했다.

"이건 제 심남이가 준 거지 전하가 주신 게 아니거든요?"

"그러니까 네 심남이가 나 아니냐."

"과도한 자백은 흉하십니다, 전하."

그렇게 말하고 미소는 의윤을 무시하고 계속 빨래를 널기 시작했다. 하지만 의윤은 빨랫줄 너머로 끈질기게 따라오며 계속해서 캐물었다.

"대체 내가 언제, 어디서, 어떻게 만나서 주었다는 게냐?"
"궁금하시면 맞혀 보시든가요."
"글쎄 생각이 안 나니까 묻는 것 아니냐."
의윤이 살살 꾀듯 말했다.
"어차피 내가 준 거라면 그게 언제든 생각이 나게 돼 있으니 시간 낭비하지 말고 그냥 네 입으로 이실직고하도록 해라."
"흥, 절대 기억 못 하실걸요?"
미소는 코웃음을 쳤지만 의윤은 호언장담을 했다.
"시간문제다. 이래 봬도 내 어린 시절부터 기억력 하나는 좋기로 유명했느니라."
순간 미소는 문득 머릿속에 한 줄기 아이디어가 전광석화같이 스치고 지나가는 것을 느꼈다.
'잠깐. 이거 기회 아냐?'
미소는 빨래를 널던 손을 멈추고 빨랫줄 너머 의윤의 눈을 정면으로 바라보았다.
"전하, 그럼 저하고 내기하시겠습니까?"
"내기?"
"만약에 전하께서 제게 이것을 언제 어디서 어떻게 주셨는지 사흘 안에 기억해 내시면, 제가 전하의 소원을 한 가지 들어 드리겠습니다."
"소원이라? 네가 말이냐?"
"예. 물론 너무 터무니없는 것은 안 되겠고, 제 능력으로 할 수 있는 거라면 뭐든지 들어 드리겠습니다."
"뭐든지라……."

의윤의 얼굴에 솔깃한 표정이 스치는 것을 미소는 보았다.

"만약에 내가 사흘 내로 기억해 내지 못하면?"

미소는 눈짓으로 건물 뒤편, 그러니까 정문이 있는 방향을 가리켰다.

"저 밖으로 나가 주시는 거죠."

순간 의윤의 얼굴이 굳어졌다. 그건 안 된다, 하는 말이 나오기 전에 미소는 선수를 쳤다.

"왜요, 설마 자신 없으세요? 기억력 하나는 좋기로 유명하셨다면서."

일부러 자존심을 건드리자 결국 의윤은 넘어왔다.

"좋다. 그리하도록 하겠다."

"정말이시죠? 나중에 딴소리 않으시는 거죠?"

"물론이다. 대신에 너 역시 지거든 한 입으로 두말은 하지 말아야 할 것이다."

"무지개 반사이옵니다!"

봄바람에 살랑거리는 하얀 천 사이로, 불꽃을 튀기며 두 사람의 눈빛이 마주쳤다.

6. 필사의 내기

ㅡ그래, 이화원에는 별고 없는가.

"예, 황후 폐하."

정 여사는 두 손으로 전화기를 붙들고 공손하게 대답했다.

ㅡ유는 여전히 그리 지내고 있고?

"그것이, 요즈음은 퍽 즐겁게 지내시는 중입니다."

정 여사의 눈이 가늘어졌다.

ㅡ그래? 혹시 무슨 좋은 일이라도 있는가?

"집에 개똥이라고, 강아지가 한 마리 들어왔는데 그 강아지를 퍽 귀여워하십니다."

웃음을 물고 말했지만 잠시 반색을 했던 황후는 금세 실망한 모양이었다.

—난 또 뭐라고. 정 상궁도 사람 참, 싱겁기는.

"죄송합니다, 황후 폐하."

—제발이지 이제는 좀 밖에도 나가고 했으면 좋겠네만.

전화기 저편에서 황후의 깊은 한숨 소리가 들려왔다.

—내가 많은 걸 바라는 것도 아니지 않은가. 그저 아직 젊은 나이니 그리 폐인처럼 집에만 틀어박혀 있지 말고 나가서 사업이든 여행이든 공부든 뭐든 좀 하고, 새 여자도 만나서 제 인생을 찾으라는 것인데…….

"너무 걱정 마십시오, 황후 폐하."

정 여사가 위로하듯 말했다.

"주인님께서도 그저 허송세월만 하시는 것이 아니고, 무슨 일인가 하고 계십니다."

—그게 뭐란 말인가?

"저희에겐 일절 말씀을 않으셔서 모르겠습니다만, 뭔가 생각이 있으신 것만은 분명합니다."

—그래, 정말 그렇다면 반가운 일이네만…….

"제가 보기에는 이래저래 조만간 변화가 있을 것입니다."

정 여사의 장담에 그제야 황후는 조금 안심한 모양이었다.

—자네가 이렇게 유의 곁에 있어 주니 내 그나마 마음이 놓이는구먼. 고맙네, 정 상궁.

황후의 목소리가 조금씩 젖어 들었다. 그녀에게 있어 폐서인된 큰아들 유는 아픈 손가락이었다.

—젖어미도 어미 아니겠는가. 그저 이 못난 어미 대신에 우리 유를 잘 부탁하네.

“걱정 마십시오, 황후 폐하. 제 목숨이 다하는 날까지 주인님 곁을 지킬 것입니다.”

전화를 끊고 나서, 정 여사는 작게 한숨을 내쉬었다. 그러고 보니 미소에게 주었던 임무는 어떻게 되어 가고 있는 것일까. 생각난 김에 정 여사는 미소의 방으로 향했다.

의윤은 두뇌 풀가동을 시전하고 있었다. 혹시 황실 어린이 합창단에서 활동했던 아이인가? 아니면 봉사 활동을 갔을 때 만났다든가? 하지만 아무리 생각해도 기억나는 게 없었다. 그러니까 여태 살면서 누구한테 목걸이를 선물한 기억 자체가 없다니까!

‘괜히 내기를 한다고 했나.’

슬슬 후회가 되기 시작했다. 물론 집 밖으로 나갈 생각은 손톱만치도 없으니 반드시 이겨야겠는데……. 미소와 약속한 기한은 사흘이었다. 그 안에 기억해 내지 못하면, 나가야 될 판이다.

하루 종일 고민한 끝에 의윤은 결론에 도달했다. 도저히 안 되겠다. 아무래도 목걸이 실물을 봐야지 답이 나오겠다! 하지만 그것도 역시 쉽지 않았다. 일단 무엇보다, 미소가 늘 입고 다니는 메이드복은 하필 목깃이 목 주변을 단단히 감싸고 있는 디자인이라 평소에는 목걸이 끈조차 보이지 않았다. 그나마 지난번에 끈이라도 본 것은 잠옷을 입고 있었을 때였고.

‘아무래도 잘 때를 노리는 수밖에 없겠군.’

의윤은 결심했다. 좀 야비한 방법이긴 하지만, 강제로 집 밖으로 나가게 되는 것보다야 낫지 않은가!

그날 밤, 의윤은 집안사람들 모두가 잠든 틈을 노려 조심스럽게 옆방으로 향했다. 미소의 방에는 지난번처럼 희미하게 스탠드 불빛이 밝혀져 있었다. 쥐 죽은 듯 조용한 가운데 숨소리만 가늘게 들려오는 것을 보니 깊이 잠든 것 같았다. 의윤은 발소리를 죽여 살금살금 침대가로 다가갔다. 역시나 미소는 세상모르고 잠들어 있었다.

'그래, 푹 자고 있거라.'

의윤은 침을 꿀꺽 삼키고 미소의 목덜미를 향해 손을 뻗었다. 조심스럽게 옷깃 안으로 살짝 손끝을 넣어 펜던트를 밖으로 꺼내려는 순간. 갑자기 손목을 턱 잡히는 바람에 의윤은 하마터면 놀라서 고함을 지를 뻔했다.

"지금 뭐 하시는 겁니까, 전하?"

자고 있는 줄만 알았던 미소가 그의 눈을 똑바로 올려다보고 있는 것이 아닌가!

"이제 보니까 완전 반칙왕이시네."

"자, 자는 거 아니었느냐?"

"아무래도 이러실 것 같아서 기다리고 있었습니다."

의윤의 손목을 내동댕이치고, 미소가 몸을 일으켜 앉으며 중얼거렸다.

똑똑. 노크 소리가 난 것은 그때였다.

"미소 양, 자나요?"

동시에 들려온 것은 정 여사의 목소리였다. 두 사람은 동시에 놀라서 굳어졌다.

"숨으세요!"

그나마 미소가 행동이 빨랐다. 얼어붙은 의윤에게 얼른 이불을 뒤집어씌우고, 미소는 얼른 문가를 향해 달려갔다.

"저, 정 여사님. 이 밤중에 웬일이세요?"

"할 얘기가 좀 있어서. 잠깐 괜찮은가요?"

"네, 들어오세요."

의윤은 이불 속에서 최대한 몸을 웅크리고 숨을 죽이고 있었다. 이 야심한 밤에 미소의 침대에 있는 걸 깐깐하고 완고한 보모에게 들켰다가는? 등골에 식은땀이 흘렀다.

"그래, 주인님을 밖으로 내보내는 일은 어떻게 좀 진척이 있나요?"

"어쩌면 곧 성공할 수도 있을 것 같아요. 전하께서 저랑 내기하신 게 있거든요."

"내기?"

"그런 게 있어요. 지시면 밖에 나가시기로 약속하셨어요."

들으라는 듯이 미소는 일부러 큰 소리로 말했다.

"남아일언 중천금이라는데 설마 약속은 지키시겠죠."

"그래요. 그렇게만 되면 나도 미소 양과 했던 약속은 꼭 지킬 테니, 그 후엔 언제든 떠나도 좋아요."

이불 속에 숨어 있던 의윤은 흠칫 놀랐다.

'떠난다? 이 집을?'

"황후 폐하께서도 주인님 때문에 심려가 크십니다. 그럼 잘 부탁해요."

"네. 최선을 다할게요."

이윽고 정 여사가 방을 나가는지 문이 닫히는 소리가 들렸다. 이어서 미소가 길게 안도의 한숨을 내쉬는 소리도. 이불을 확 걷고, 미소는 허리에 손을 척 얹고 의윤을 내려다보며 말했다.

"이제 방으로 돌아가시죠, 전하."

그러고는 눈을 흘겼다.

“두 번 다시 반칙하지 마세요. 내기해 놓고 치사하게.”

의윤은 완전히 체면을 구기고 말았다. 이왕 체면을 구기고 만 김에, 궁금증이라도 해결해야겠다는 생각이 들었다.

“이렇게 된 거, 잠깐 목걸이 좀 보자.”

손을 뻗자 미소가 기겁을 하며 뒤로 물러났다.

“싫거든요?”

“글쎄 잠깐만 좀 보재도.”

“싫다고요! 꺄악! 사람 살려!”

“잠시만 협조하도록 해라.”

의윤은 미소를 움직이지 못하게 한 팔로 단단히 끌어안고 목덜미로 손을 뻗었다. 미소의 저항도 만만치 않았다. 마구 팔을 버둥거리는 통에 그만 의윤은 팔꿈치로 가슴을 호되게 얻어맞고 말았다.

“윽!”

의윤이 고통의 신음을 흘리며 침대 위에 나동그라졌다.

“괜찮으세요, 전하? 많이 아프세요?”

미소가 당황해서 얼른 다가와 그의 표정을 살폈다. 의윤은 일부러 엄살을 피우며 한껏 얼굴을 찌푸렸다.

“으으, 갈비뼈가 부러진 모양이다.”

“어머, 어떡해. 119 부를게요!”

미소가 어쩔 줄 모르고 있는 틈을 노려 의윤은 번개같이 그녀의 손목을 잡아끌어 침대 위에 쓰러뜨렸다.

“꺄악!”

얼른 몸 위에 올라타서 저항을 봉쇄하고 나자 두 팔을 제압하는 것은 식은 죽 먹기였다.

"정말 이러실 거예요?"

미소가 의윤의 얼굴을 노려보았다.

"대체 네가 누군지 궁금할 뿐이다. 그것만 확인하면 조용히 가마."

의윤이 그렇게 대꾸하는 순간, 갑자기 예고도 없이 문이 벌컥 열렸다.

"참, 미소 양. 말한다는 걸 깜빡했는데……."

그렇게 말하며 들어오던 정 여사가, 침대 위의 광경을 보고 눈이 커다래졌다.

"……!"

미소와 의윤은 그만 동시에 얼어붙고 말았다. 그리고 3초 후, 자석의 극끼리 마주한 것처럼 후다닥 서로에게서 떨어졌다.

"보, 보모. 이건……."

의윤이 더듬거리며 뭐라 말하려 했으나 정 여사는 흠, 하고 목을 가다듬으며 민망한 듯이 시선을 돌렸다.

"실례했습니다. 그럼 저는 방해하지 않을 테니 하던 일 마저들 하시지요."

하던 일이라니! 마저라니! 의윤은 기겁을 해서 황급히 정 여사의 뒤를 따라 복도로 나갔다.

"뭔가 크게 오해를 한 것 같은데, 절대 보모가 생각하는 그런 것이 아닐세!"

정 여사가 걸음을 멈추고 의윤을 빤히 쳐다보며 되물었다.

"제가 무슨 생각을 했다는 말씀이십니까?"

"그, 그것이, 그러니까……."

의윤이 말을 더듬자 정 여사가 다 알겠다는 듯이 천천히 고개를 끄덕였다.

"굳이 변명하지 않으셔도 됩니다. 주인님의 사생활까지 간섭할 생각 없습니다."

"글쎄 오해라니까 그러네!"

"암요. 오해겠지요. 야심한 시각에 침대 위에서 그리하고 계셨지만 제 오해겠지요."

언제나 굳게 다물려 있는 정 여사의 입꼬리 한쪽이 미세하게 들려 올라가 있는 걸 보고 의윤은 미칠 지경이 되었다. 차라리 뭘 좀 했으면 억울하지나 않지! 의윤은 필사적으로 해명하려고 애를 썼다.

"보모도 생각을 좀 해 보게. 세상에나 개똥이랑 나라니, 그게 말이나 되는가?"

"말이 안 될 것은 또 무엇입니까? 둘 다 어엿한 어른인데."

"어른은 무슨, 스물한 살이면 아직 어린애지! 여자로 보이지도 않네."

호오, 하고 정 여사가 안경 너머로 눈을 둥그렇게 떴다.

"진정이십니까?"

"진정이고말고! 게다가 저 아이는 내 취향과는 거리가 멀다 이걸세."

정 여사가 어깨를 으쓱했다.

"저는 요즘 주인님께서 늘 개똥아, 개똥아 하면서 늘 미소 양만 찾으시기에 무척 귀여워하시는 줄로만 알았습니다만."

"그, 그거야……."

의윤은 잠시 말문이 막혔지만 금세 큰소리를 쳤다.

"그거야 저 아이가 보모한테 사주를 받고 날 쫓아내겠답시고 하도 괴롭혀 대기에, 나도 앙갚음을 하려고 부려 먹느라 그리한 것이지!"

"그렇습니까?"

"글쎄 그렇대도. 귀여워한다니, 얼토당토않은 소릴세."

정 여사가 확인하듯 다시 물었다.

"그러니까 주인님께서는 미소 양한테 전혀 관심이 없으시다, 이 말씀이지요?"

"물론! 혹여 세상이 멸망하고 단둘만 남는다면 모를까 그 전에는 어림없네."

호언장담을 하자 그제야 정 여사는 믿겠다는 듯이 고개를 끄덕였다.

"잘 알겠습니다."

의윤은 안도의 한숨을 내쉬었다. 휴, 하마터면 오해받을 뻔했네!

하지만 의윤은 미처 깨닫지 못하고 있었다. 누명을 벗으려는 일념에 그만 너무 심하게 말해 버렸다는 것을. ……그리고 그가 한 말을, 문 안쪽에서 다 듣고 있는 사람이 있었다는 것을.

"하하하하!"

미소의 이야기를 듣고, 처선은 한참 동안이나 웃음을 멈추지 못했다.

"자꾸 그렇게 웃으실 거예요? 전 심각해 죽겠는데."

눈을 흘기자 그제야 처선은 겨우 웃음을 멈췄다. 그리고 눈가에 맺힌 눈물을 닦아 내면서 말했다.

"아, 안타깝네. 그 순간 정 여사님 표정을 내가 봤어야 하는데."

“완전히 오해하신 표정이었어요. 방해하지 않을 테니까 하던 거 계속하라고 하시고는 나가셨다니까요.”

미소는 한숨을 쉬었다.

“전하께서 바로 따라 나가서, 절대 그런 거 아니라고 해명하긴 하셨지만요.”

“뭐라고?”

미소는 우물쭈물거리다 대답했다.

“……저 같은 어린애, 여자로 본 적도 없다고요.”

어젯밤, 의윤이 정 여사에게 호언장담을 하는 것을 미소는 모두 들었던 것이다.

“이런, 말씀이 너무 심하셨네. 미소 씨 상처받았겠어요.”

위로하는 듯한 처선의 말에 미소는 펄쩍 뛰었다.

“제가 상처를 왜 받는데요?”

“그럼 안 받았어요?”

“당연하죠! 어차피 이쪽도 마찬가진데!”

미소는 화풀이를 하듯 목소리를 높였다.

“솔직히 서른세 살이면 제가 보기엔 완전 아저씨거든요? 참 나, 어이가 없어서. 이쪽이야말로 남자로 보이지도 않는데 누가 할 소릴.”

사실은 너무 분한 나머지 간밤에 잠도 설쳤다. 이 자리에 없는 누군가에게 전해졌으면 하는 소원을 담아서, 미소는 열렬히 외쳤다.

“세상 남자 다 얼어 죽고 마지막 한 명 남은 남자가 전하라도 저는 사양이라고요!”

하지만 처선은 쉬이 믿으려 하지 않았다.

"에이, 듣자니까 미소 씨 원래 전하 팬이었다면서?"

"누가 그래요?"

"민식 씨가. 저번에 집에 데려다주는 길에 얘기해 주던데요?"

미소는 속으로 다짐했다. 김민식, 넌 다음번에 만나면 내 손에 최소 사망이다!

"그건 옛날 일이고요. 지금은 절대 아니에요. 저는 전하께서 이런 분일 거라고는 꿈에도 생각을 안 했었다고요."

이런 사람일 줄 알았다면 애초에 좋아하지도 않았을 거다. 무작정 믿고 좋아했던 세월이 아까울 지경이었다.

"저는 빠른 시일 내에 제가 맡은 일을 해낼 거고요. 그리고 약속한 거 받으면 바로 이 댁에서 나갈 거예요."

그 맡은 일이 뭐냐고 처선은 굳이 묻지 않았다. 받기로 한 게 무엇이냐고도.

"미소 씨가 없으면 무척 외로울 것 같은데."

대신에 처선은 그저 언제나처럼 빙긋 웃으며 다정하게 말했다.

"그래도 미소 씨가 꼭 그렇게 하고 싶다면, 응원할게요."

그 순간, 미소는 문득 지난번에 민식과 나눴던 짧은 대화를 떠올렸다.

"저 오빠 여자 친구 있어?"

"잘 모르겠는데. 물어본 적이 없어서."

"헐, 저런 미남을 봤으면 그것부터 체크해야지. 넌 여태 뭐 했니?"

그 말을 듣고서야 깨달았었다. 그러고 보니까 처선에게 여자 친구가 있는지 궁금해해 본 적이 없다는 걸. 즉 자신은 처음부터 이 사람을 남자로 본 적이 없었다는 뜻이다.

미소는 새삼스레 처선의 얼굴을 물끄러미 바라보았다. 이토록 다정하고, 잘생겼고, 또 내 말도 이토록 잘 들어 주는 좋은 사람인데. 충분히 이성으로서 관심을 품을 법도 했는데 왜 그러지 않았을까?

생각해 봤지만 답은 잘 나오지 않았다.

"그렇게만 되면 나도 미소 양과 했던 약속은 꼭 지킬 테니, 그 후엔 언제든 떠나도 좋아요."

어젯밤 정 여사가 했던 말이 계속 떠올라서, 의윤은 마음이 계속 좋지 않았다.

"떠난다……."

뒷마당에서 지호와 놀아 주고 있는 미소를 창밖으로 내다보며, 의윤은 혼잣말을 했다. 분명 정 여사는 자신을 집 밖으로 내보내는 데 성공하면 미소에게 뭔가를 해 주겠다고 약속한 게 틀림없었다. 대체 그게 뭘까. 처음에는 돈이라고 생각했지만 지금은 달랐다. 왠지 미소가 돈 때문에 그런 약속을 했을 것 같지 않았다.

"크아아! 나은 콘뇽에 왕 티야노 짜우쯔다!"

"꺄아악! 살려 주세요!"

살짝 열린 창문 틈새로 지호와 미소가 이리 뛰고 저리 뛰면서 깔깔대는 소리가 들려왔다.

저 아이가 없어지면 이런 떠들썩함도 사라지고 말겠지. 그렇게만 되면 분명 얼마 전까지도 그토록 원했던 고요한 생활을 되찾을 수 있다. 그런데 선뜻 내키지가 않는 것은 어째서일까. 의윤의 마음속이 복잡해졌다.

'정말 내기에서 이기고 나면 떠날 생각인가.'

어제까지만 해도 승부 자체가 중요했다. 집 밖으로 나가고 싶지 않았으니까. 하지만 지금은 내기는 둘째 치고, 그 후의 일이 더 신경이 쓰였다. 만약에 자신이 져서 저 문 밖으로 나가게 된다면, 미소는 목적을 이루는 셈이 된다. 그러면 정 여사에게서 그 '약속한 것'을 얻게 되고, 집에서도 나가 버릴 것이 아닌가.

'제 목적만 이뤄지면 미련 없이 나가 버릴 셈이란 말인가.'

밑도 끝도 없이 화가 났다. 그럼 벌써 저렇게 정을 붙여 버린 지호는 뭐가 되는가. 그토록 잘해 준 처선이는 또 뭐가 되고. 그리고 또, 그리고……. 안 되겠다. 의윤은 방문을 박차고 밖으로 나갔다.

"흠."

가까이 다가가서 헛기침을 하자 지호와 놀던 미소가 흠칫 놀라며 돌아보았다. 의윤의 얼굴을 본 순간, 방금까지 생글거리고 있던 표정이 확 얼어붙는다. 그 표정이 의윤은 왠지 무척 마음에 들지 않았다.

"아빠!"

반갑게 달려오는 지호의 머리를 한 번 쓰다듬어 주고, 의윤은 조금 엄하게 말했다.

"너무 시끄럽게 뛰어놀면 못쓴다 하지 않았느냐."

"네, 아빠."

"낮잠 잘 시간이 벌써 지났다. 이만 들어가서 자도록 하여라."

지호에게는 유난히 늘 규칙적인 생활을 강조하는 의윤이었다.

"자, 가자. 지호야."

근처에 있던 보모가 시무룩해진 아이를 데리고 안으로 들어갔다. 미소와 둘만 남자 의윤은 슬그머니 먼저 입을 열었다.

"어젯밤 일은 신경 쓸 것 없다. 내 보모에게 잘 말해 두었느니라."

"네."

"하마터면 얼토당토않은 오해를 살 뻔했다. 10년은 족히 감수한 기분이구나."

"네."

미소는 의윤의 얼굴을 쳐다보지도 않은 채 계속 짧게 대꾸만 했다. 좀처럼 이어지지 않는 대화에 초조해진 나머지, 의윤은 저도 모르게 쓸데없는 소리를 해 버렸다.

"그러게 네가 그냥 순순히 보여 주었으면 애초에 그런 일이 없었을 것 아니냐?"

그 순간, 미소가 의윤의 얼굴을 똑바로 쳐다보았다. 그제야 의윤은 속으로 아차, 하고 후회했다.

"이틀 남았습니다."

그렇게 말하는 미소의 목소리는 싸늘하기 그지없었다.

"이틀 후까지 기억해 내지 못하시면 약속대로 저 문 밖으로 나가 주셔야겠습니다."

알고 있다. 궁금한 것은 그 뒤의 일이다. 의윤은 참지 못하고 물었다.

"내가 내기에서 져서 집 밖으로 나간다 치자. 그러면 너도 나갈 것이냐?"

"무슨 말씀이신지 모르겠습니다."

"나를 내보내면 보모가 네게 뭔가를 해 주겠다 약조하지 않았느냐. 그걸 얻어 내고 나면 이 집에서 나갈 것이냐를 묻고 있는 것이다."

대답이 돌아오지 않았다. 그렇다는 것인가! 의윤은 초조해지고 말았다.

"그래, 이 집을 나가면 어디로 가려느냐. 설마하니 그 악독한 계모와 언니들이 있는 집으로 돌아간단 말이냐?"

그제야 미소는 그를 빤히 쳐다보며 되물었다.

"제가 어디로 가든 전하와는 상관없는 일 아닙니까?"

"어찌 상관이 없단 말이냐!"

의윤은 저도 모르게 목소리를 높였다.

"네 계모가 널 찾으러 여기까지 왔던 날 밤, 너는 악몽까지 꾸지 않았느냐. 죽어도 그 집으로는 돌아가기 싫다고 울지 않았느냐."

"그랬다 해도 전하가 신경 쓰실 일이 아닙니다."

의윤은 치미는 화를 꾹 참고 타이르듯 조용히 말했다.

"보모와 무슨 약속을 했는지는 모르겠지만, 네가 딱히 갈 데가 없다면 굳이 나갈 필요 없다. 네가 있고 싶을 때까지 얼마든지 이 집에 있어도 좋다고, 내가 이미 약조했지 않으냐."

"그러니까 나가려는 겁니다."

의윤을 똑바로 쳐다보며, 미소는 단호히 말했다.

"……저는 더 이상 여기 있고 싶지 않으니까요."

그 순간, 무언가가 의윤의 안에서 소리 없이 폭발했다.

그래. 너는 그렇게까지 내가 싫단 말인가. 죽도록 부려 먹고 괴롭혀 대는 계모와 언니들 곁이, 내 곁보다는 차라리 낫단 말인가!

"너는 내가 왜 그렇게 싫은 것이냐."

의윤은 이를 악물고 말했다.

"대체 내가 네게 뭘 어찌하였단 말이냐!"

그로서는 도저히 이해할 수가 없었다. 어린 시절부터 자신을 그토록 좋아했다면서, 왜 이제는 이토록 싫어하는 것일까. 내가 뭘 어쨌다고!

미소는 당혹스러운 눈으로 의윤을 바라보았다.

"전하……?"

"너는 내가 이런 사람인 줄 모르고 좋아했다고 했다."

의윤은 자신이 무슨 말을 하고 있는지도 몰랐다. 미처 머리로 생각하기도 전에, 그저 감정이 시키는 대로 외치고 있을 뿐이었다.

"하지만 내가 진짜로 어떤 사람인지 보여 줄 기회조차 주지 않고 있는 건 너 아니냐!"

미소도 더는 참을 수 없다는 듯이 덩달아 목소리를 높였다.

"대체 제가 뭘 어쨌단 말씀이세요?"

"도망가려고 하고 있지 않으냐!"

그렇게 외치는 순간, 누군가가 의윤의 어깨에 손을 얹었다.

"주인님, 잠시 와 보셔야겠습니다."

처선이었다. 하필이면 이럴 때! 의윤은 거들떠보지도 않고 미소에게 시선을 고정한 채로 대꾸했다.

"물러가거라. 지금은 바쁘니 나중에……."

"안 됩니다."

그제야 의윤은 깨달았다. 늘 웃음기 띠고 있던 처선의 목소리가 평소와는 달리 딱딱한 것을. 놀라서 고개를 돌려 쳐다보자 처선이 빠르게 말했다.

"경찰이 왔습니다. 이미 집 안까지 들어와 있습니다. 막아 보려고 했지만 수색 영장까지 가지고 와서 어쩔 수가 없었습니다."

그렇게 말하는 처선의 표정은 이미 절망에 물들어 있었다. 순간 의윤은 등골이 싸늘해지는 것을 느꼈다. 설마……!

황급히 집 안으로 뛰어 들어가자 이미 형사들이 쫙 깔려 있었다. 2층에 있는 의윤의 방을 집중적으로 수색하는 중이었다.

"누가 시킨 짓이냐."

이를 악물고 묻자 그중 우두머리로 보이는 자가 대꾸했다.

"저희는 제보를 받고 수사를 할 뿐입니다. 증거가 발견되지 않으면 아무 일도 없을 테니 조용히 협조하시지요."

폐위된 황태자 앞에서, 상대는 인사는커녕 고개조차 숙이려 하지 않았다. 입가에는 노골적으로 비꼬는 듯한 미소마저 떠올라 있었다.

"이쪽입니다!"

이윽고 책과 자료들이 가득 쌓여 있는 방을 찾아낸 경찰이 소리를 질렀다. 곧이어 모두들 그 방으로 우르르 몰려가 뒤지기 시작했다. 눈을 떠도, 감아도 앞이 캄캄하기는 마찬가지여서 의윤은 차라리 눈을 감아 버렸다.

이제 자신은 끝장이다. 황후의 비호를 받고 있는 이화원에 이렇게 불시에 들이닥쳤다는 것은, 그만큼 자신이 있다는 것이었다. 애초에 다 알고 왔다는 뜻. 물론 그들이 찾는 것은 방 안에 고스란히 있을 터였다. 처선을 통해서 은밀히 사들인, 정부에서 금지한 금서(禁書)들.

분명 자신은 이번에야말로 해외로 추방당하고 말 것이었다. 감은 눈 앞으로, 동생인 황태자 요와 아버지 황제의 얼굴이 스쳐 갔다.

'여기 증거를 발견했습니다!'

의윤은 그 자리에 못 박힌 채로 누군가가 그렇게 외치는 순간만을 기다렸다. 사형 선고를 기다리는 사형수의 심정으로.

하지만 웬일일까. 아무리 기다려도 소리는 들려오지 않고 그 대신 형사들의 얼굴에 조금씩 당혹감이 번지기 시작했다.

"분명 여기 있을 거 같은 분위긴데, 거 참."

"방 다시 찾아봐. 위험한 것들은 자기 방에다 따로 숨겨 놨을지 모르니."

저희들끼리 수군거리는 얘기에 의윤은 오히려 당황했다. 따로 숨겨 놓은 적이 없는데, 분명 저 안에 고스란히 있을 텐데 왜 여태 못 찾는단 말인가.

'네가 미리 치워 놓았느냐?'

눈빛으로 묻자 처선이 살며시 고개를 저었다.

'그럴 틈이 없었습니다.'

처선 역시 당혹스러운 얼굴을 하고 있었다. 이게 대체 어찌 된 일이란 말인가. 그렇게 생각하다, 문득 의윤은 조금 떨어진 곳에서 누군가가 자신을 바라보고 있는 것을 느꼈다.

의윤과 눈이 마주친 순간 미소가 보일 듯 말 듯 희미하게 고개를 끄덕였다. 안심하라는 듯이. 순간 의윤은 깨달음과 함께 숨이 멎을 듯한 느낌을 받았다. 어떻게 네가……?

경찰들은 쉽게 포기하려 하지 않았다. 뒤진 곳을 또 뒤져서라도 어떻게든 노리고 온 것을 찾으려고 발악을 했다.

"어딘가 반드시 있을 거란 말이야. 찾아내!"

우두머리인 듯한 형사가 다른 형사들을 끈질기게 채근했다. 자료가 쌓여 있던 방과 의윤의 방은 아예 쑥대밭이 되었다. 책장과 서랍, 옷장을 다 뒤집어 놓은 것은 물론이고 심지어 침대 매트리스 아래까지 샅샅이 수색을 당했다.

"찾는 물건이 있으면 곱게들 찾을 것이지, 온 방을 다 뒤집어 놓고 이 무슨 짓들이오?"

정 여사가 항의했지만 듣는 사람은 아무도 없었다.

수색은 밤늦게까지 계속되었다. 의윤의 최측근인 정 여사와 처선의 방은 물론이고, 연재와 지호의 방까지도 철저히 뒤졌다.

"아가씬 뭐요? 황궁에서 나온 사람은 아닌 것 같은데?"

미소에게도 질문이 들어왔다.

"전 특채로 뽑힌 가정부예요. 여기서 일한 지 아직 한 달도 안 됐고요."

"혹시 집주인이나 집사가 수상한 책들을 어디 숨긴다든가 하는 거 본 적 없습니까?"

"어머, 제가 그런 걸 봤으면 벌써 경찰에 신고했죠! 포상금이 얼만데."

미소는 눈을 동그랗게 뜨면서 천진하게 대꾸했다. 경찰은 그다지 미소의 말을 믿는 눈치는 아니었지만, 굳이 일한 지 얼마 안 된 가정부의 방까지 뒤지려 하지는 않았다.

밤늦게까지 온 집 안을 다 헤집어 놓고 나서도 아무것도 건지지 못하자 경찰도 결국 포기한 모양이었다. 우두머리 형사는 분한 표정을 감추려 하지도 않고 의윤을 똑바로 노려보았다.

"오늘은 물러갑니다. 조만간 다시 찾아뵙도록 하지요."

다 알고 있다, 그러니 언젠가는 반드시 찾아내고 말겠다는 선전 포고였다. 적대감으로 이글거리는 상대의 눈을 조용히 마주 보며 의윤은 담담하게 대꾸했다.

"나는 하등 거리낄 것이 없으니 언제든 응하겠네."

"가자고!"
경찰들이 우르르 저택을 빠져나갔다.

미소는 살며시 의윤의 방문을 열었다. 방에는 불이 꺼져 있었다. 창문으로 새어 들어오는 달빛에 의윤의 모습이 비쳤다. 경찰들이 아무렇게나 헤집어 놓은 옷과 책 따위로 온통 쑥대밭이 되어 버린 방 한가운데, 의윤은 넋을 잃은 사람처럼 우두커니 앉아 있었다.

"전하, 괜찮으세요……?"

미소는 조심스럽게 다가가서 물었다. 한참 후에야 의윤이 입을 열었다.

"……어디에 두었느냐."

미소는 조그맣게 대답했다.

"제 방 침대 밑이요."

"왜 그리하였느냐?"

왜냐하면, 어릴 때 아빠가 늘 그렇게 하는 걸 보았기 때문에.

정부에서 금지하는 책 목록이 하나하나 늘어날 때마다, 미소의 아버지는 한숨을 지으며 서재에서 그 책을 가져와서 미소의 침대 아래에 두곤 했다. 그러다 나중에는 미소의 아버지 자신이 쓴 책도 침대 아래로 들어가게 되었다.

그런 위험한 책들이 이 집에서는 아무렇지도 않게 당당하게 책장에 꽂혀 있는 게, 미소는 영 불안해서 죽을 지경이었다. 생각하다 못해 그런 책들을 추려 내서 제 방 침대 아래 갖다 두었다. 혹시 나중에 찾으시면 갖다 드리면 되지 뭐, 하면서. 물론 틈날 때마다 자신도 좀 읽고 싶은 마음도 있었다. 워낙 구하기 힘든 책들이었으니까.

즉 이런 일이 있을 거라고 미리 짐작해서가 아니라 그냥 어릴 때부터의 습관 같은 것이었다. 설마 전 황태자 전하의 집에 이런 식으로 조사가 들어올 거라고는 미소도 상상하지 못했다.

이걸 구구절절이 설명하자니 이야기가 너무 길었다. 그래서 미소는 짧게 대답했다.

"그냥, 왠지 그래야 할 것 같아서요."

의윤은 고맙다고도, 잘했다고도 하지 않았다. 그저 고개를 들어 미소를 물끄러미 바라보았을 뿐.

"……."

달빛에 비친 그의 얼굴이 미소의 눈에는 왠지 무척이나 쓸쓸해 보였다. 그 순간 미소는 진심으로 생각했다. 이 남자를 위로해 주고 싶다고. 하지만 동시에 낮에 자신을 향해 고함을 지르던 의윤의 모습이 떠올랐다.

"대체 내가 네게 뭘 어찌하였단 말이냐!"

"내가 진짜로 어떤 사람인지 보여 줄 기회조차 주지 않고 있는 건 너 아니냐!"

그게 무슨 뜻인지, 미소로서는 알 수 없었다. 왜 갑자기 그렇게 화를 내는지도 몰랐다. 단 한 가지 확실한 것은, 그때 의윤은 진심으로 자신에게 화를 내고 있었다는 것뿐.

어떻게 할까. 미소는 잠시 망설이다 입을 열었다.

"전하, 혹시 그거 아세요?"

뭘 말이냐, 하고 되묻듯 의윤이 미소를 쳐다보았다.

"1차 세계 대전 때 말이에요. 크리스마스이브에 독일군이랑 영국군이 전쟁터에서 임시로 휴전하고 서로 친구처럼 지냈다고 하잖아요."

"그래서?"

"오늘이 크리스마스라고 치고, 우리도 오늘 밤만 휴전해요."

의윤의 입술 사이로 가벼운 바람 소리가 새어 나왔다.

"그래, 휴전하고 뭘 하자는 것이냐."

"진실 게임 해요."

미소는 의윤의 눈을 들여다보며 말했다.

"서로 궁금한 거 물어보고, 대답해 주기."

"……."

"오늘 들은 얘기는, 내일 아침이면 잊어버리기로 약속하고요."

곁에서 말동무가 되어 주고 싶었다. 하지만 이렇게라도 하지 않으면, 왠지 이 사람은 자기 속내를 제대로 털어놓지 못할 것 같아서 한 말이었다.

잠시 생각에 잠겨 있더니 결국 의윤은 고개를 끄덕였다.

"좋다, 그럼 내가 먼저 묻도록 하마. ……너는 개구리가 왜 그렇게 무서운 것이냐?"

내 얘기를 하고 싶어서 진실 게임 하자고 한 게 아니었는데. 그렇게 생각하면서도 미소는 솔직하게 대답했다.

"설희라고, 제 작은언니가 있거든요. 어렸을 때 그 언니가 제 옷 속에 개구리를 넣었어요. 죽은 개구리요."

등에 착 달라붙던 그 차갑고 미끌미끌한 감촉이 생생하게 떠올라서 미소는 몸서리를 쳤다.

"울면서 제발 빼 달라고 해도 웃으면서 놀리기만 하고 안 빼 줘서 결국 기절했었어요. 그 후로 개구리라면 만지기는커녕 보는 것도 무섭더라고요."

의윤은 천천히 고개를 끄덕였다.

"……그랬구나."

그저 그뿐이었다. 처선처럼 욕해 주는 것도, 얼마나 무서웠느냐며 적극적으로 위로해 주는 것도 아니었다. 하지만 어째서일까. 그가 자신의 마음에 충분히 공감하고 있다는 것이, 안쓰럽게 생각하고 있다는 것이 전해져 왔다.

"그럼 이번엔 제 차례예요."

의윤이 고개를 끄덕였다. 미소는 침을 꿀꺽 삼키고 물었다.

"전하는 대체 왜 밖에 나가지 않으시는 거예요?"

세상이 싫어져서, 혹은 사람이 무서워서. 그런 대답이 돌아오리라 예상했다.

한때 모든 사람의 사랑을 한 몸에 받던 황태자였다. 하지만 10년 전의 그 결혼 이후로는 모든 것이 바뀌었다. 국민들은 물론, 황실에 대한 보도에는 철저하게 예의를 지키는 언론들마저 당시에는 황태자를 마음껏 비난했다. 그 어떤 연예인도 일찍이 당해 본 적이 없을 정도로 최악의 악의적 보도가 난무했다. 무슨 조화인지 그때는 황실조차도 언론을 전혀 통제하지 않았었다. 언론이 앞장서서 선동하고, 황실마저 눈을 감자 사람들은 마음껏 황태자를 욕했다.

미소가 보기에는 그랬다. 황태자가 그만큼 큰 잘못을 저질렀기 때문이라기보다, 처음으로 신성한 황실의 일원에 대해 마음껏 욕할 수 있는 기회가 생겨서 신이 난 것 같았다. 그동안 자칫 황실 모욕죄로 끌려갈까 봐 차마 입 밖에 내지 못했던 황실에 대한 불만들을, 때는 이때다 하고 황태자를 희생양 삼아 퍼붓는 걸로 보였다.

어찌 됐든 그 사건으로 한때 모든 사람의 사랑을 받던 이유 전하는 바닥까지 추락해서 완전히 너덜너덜해지고 말았다. 그러니 세상이 싫어져서 저택 안에 틀어박히고 싶기도 했겠지, 하고 미소는 짐작하고 있었다.

하지만 돌아온 대답은 전혀 상상 밖의 것이었다.

"한번 나가면 다시는 돌아오기 싫어질까 봐."

달빛이 쏟아지는 창밖으로 시선을 던지며, 의윤은 중얼거리듯 말했다.

"저 바깥에 두고 온 것들에 미련이 생길까 봐. 그래서 다시는 이 안의 생활에 만족할 수 없게 될까 봐."

미소는 숨을 멈췄다.

"……그리하여 내 스스로 맹세를 하였다. 평생토록 저 문 밖으로 나가지 않겠다고."

그제야 미소는 처음으로 깨달았다. 이 사람은 세상에 미련이 없는 게 아니구나. 오히려 그 반대로구나.

자신을 버린 세상이 너무 그리워서, 자신에게서 등을 돌린 사람들을 너무 사랑해서 스스로 저택 안에 자신을 가둬 버린 왕자님. 왠지 미소는 갑자기 소리 내어 엉엉 울고 싶어졌다.

"그럼 다시 내 차례다."

다행히도 눈물을 흘리기 전에 다시 의윤이 입을 열었다.

"나를 집 밖으로 내보내면 보모가 네게 뭘 주겠다고 하더냐?"

순간 미소는 고뇌했다. 조건은 둘째 치고, 정말이지 전하를 위해서였다. 그게 그를 위한 일이라고 생각했으니까. 하지만 말해도 믿어줄 것 같지 않았다. 결국 미소는 진심을 감추고, 표면적인 이유를 입에 담았다.

"외국에 유학 갈 때, 황후 폐하께 부탁해서 추천장을 써 주신다고 하셨어요. 제 꿈이 유학 가는 거거든요."

"어디로 유학을 가서, 무슨 공부를 하려느냐?"

미소는 대답 대신에 조금 장난스럽게 말했다.

"죄송하지만 이번에는 제가 전하께 질문할 차롄데요?"

"아, 그렇구나. 그럼 물어보도록 해라."

미소는 침을 꿀꺽 삼키고 물었다.

"지호 말이에요. 엄마가 누구예요?"

순간 의윤이 당황한 눈으로 미소를 바라보았다.

"전하는 10년 동안 밖에 나간 적도 없으시잖아요. 대체 어디서 어떻게 만난 분이에요?"

물론 궁금하기도 했지만, 단순히 호기심으로 묻는 것만은 아니었다. 분명 의윤은 어린 지호에게만 눈에 띄게 엄격하게 대하고 있었다. 오히려 친딸도 아닌 연재에게는 오냐오냐하면서. 지호를 위해서라도, 그 이유를 알고 싶었다. 이유를 알아야 어떻게든 해 보지 않겠는가.

하지만 의윤은 딱 잘라 말했다.

"그 질문에는 대답할 수 없다. 다른 걸 묻도록 해라."

"진실 게임인데 그런 게 어딨어요?"

미소가 항의했지만 의윤은 무척이나 강경했다.

"내 일이라면 대답할 수 있지만 이건 다른 사람이 끼어 있는 일이라 말할 수가 없다."

"치, 누가 반칙왕 아니랄까 봐."

미소가 입술을 삐죽거렸다.

"그러니까 다른 걸 물으면 되지 않느냐."

의윤의 말에 미소는 어깨를 으쓱했다.

"이제 없어요."

"뭐?"

"궁금한 건 벌써 다 여쭤보았다고요. 그거 외에는 없어요."

"그렇게 나한테 궁금한 게 없단 말이냐?"

의윤은 왠지 조금 욱하는 표정을 했다. 그러더니 다음 순간, 불쑥 물었다.

"왜 그 일에 대해서는 묻지 않는 것이냐."

미소는 무슨 일이요, 하고 되묻지 않았다. 그가 무슨 말을 하는 것인지 너무 잘 알고 있었으니까.

"어째서 내가 모든 이들의 신뢰와 애정을 그토록 무참하게 배반했는지 궁금하지도 않느냐."

처음에는 침착했던 목소리가, 점점 격앙되어 갔다.

"왜 그렇게 방탕하게 굴었는지, 왜 그렇게 난봉을 부렸는지……!"

"전하께도 뭔가 이유가 있으셨을 거라고 생각했어요."

"그러니까 그 이유가 뭔지 궁금하지 않느냔 말이다."

"네, 궁금하지 않아요."

미소는 달빛에 비친 의윤의 얼굴을 정면으로 바라보며 딱 잘라 말했다.

"털어놓고 싶으신 거라면, 그래서 마음이 편해질 것 같으시다면 들어 드릴 수 있어요. 하지만 제게 해명하기 위해서라면 굳이 말씀 안 하셔도 돼요."

그녀의 목소리는 확신에 차 있었다.

"저는 전하를 믿으니까요."

그런 미소의 얼굴을, 의윤은 한참 동안 지그시 바라보았다.

"참으로 종잡을 수가 없구나, 너는."

이윽고 가벼운 한숨과 함께 시선을 돌리며, 의윤은 혼잣말처럼 중얼거렸다.

"제가 뭘요?"

"언제는 내가 이런 사람인 줄 미처 몰랐다고, 딱 질색이라고 펄쩍 뛰더니. 또 지금은 내가 세상에 둘도 없이 괜찮은 사람인 것처럼 믿는다고 말하고 있지 않으냐."

피식, 하고 그는 작게 웃었다.

"도대체가 나를 안다는 것인지, 아니면 모른다는 것인지……."

미소는 솔직해지기로 했다.

"이제는 잘 모르겠어요. 진짜 전하가 어떤 분이신지. 옛날에, 그러니까 이유 전하로만 알고 있었을 때는 무척 좋아했던 게 사실이에요. 전하 덕분에 힘든 나날들을 많이 버텨 오기도 했고요."

목걸이를 옷 위로 어루만지며, 미소는 씁쓸하게 웃었다.

"물론 전하께서는 저를 기억 못 하시겠지만요."

이번에는 왠지 진짜로 울고 싶어졌다.

어둡기만 했던 인생에 한 줄기 빛이 되어 주었던 단 한 번의 만남.

매일매일, 아니 단 1분 1초도 잊어 본 적이 없었던 구원 같았던 순간.

하지만 정작 장본인은 완전히 잊고 있는 것이 아닌가. 어쩌면 그게 너무 서운해서, 기억해 내라고 내기까지 걸어 가며 생떼를 썼는지도 몰랐다.

"이틀이에요."

눈물을 보이고 싶지 않아서, 미소는 애써 웃어 보였다.

"이틀 후까지 기억 못 해내시면, 전하께서 지시는 거예요."

대답 대신에, 의윤은 미소의 얼굴을 물끄러미 바라보았다.

7. 많이 컸구나

경찰이 들이닥친 사건 이후로 이틀이 흘렀다. 정원사 아저씨까지 달라붙어 열심히 정리한 덕분에 쑥대밭이 되었던 집 안은 금세 예전대로 돌아갔지만, 한번 침울해진 집안 분위기는 좀처럼 회복되지 않았다.

매일 저녁 춤을 가르쳐 달라고 미소의 방에 찾아오던 연재도 오지 않았다. 지호마저도 방 안에서 조용히 보모와 책을 읽을 뿐, 나가서 뛰어놀고 싶다고 조르지도 않았다. 어린것이 벌써부터 눈치가 빤해서, 미소는 마음이 아팠다.

의윤 역시 식사 시간 외에는 줄곧 방에만 틀어박혀 있었다. 그 좋아하는 산책도, 티타임도 모두 그만둔 채로.

"개똥아! 개똥이 어디 있느냐!"

툭하면 그렇게 불러 대던 목소리조차 그리울 지경이었다.

"저리 종일 틀어박혀 계시니 걱정입니다."

처선이 땅이 꺼져라 한숨을 내쉬었다.

"미소 씨가 와 준 덕분에 주인님께서도 많이 밝아지셔서, 이제 곧 밖에도 나가시겠구나, 하고 생각했는데. 일이 이렇게 됐으니 기대하기 힘들겠군요."

"아뇨. 나가실 거예요. 그것도 오늘 안으로요."

처선이 놀란 얼굴로 미소를 쳐다보았다.

"말씀드렸던 내기, 오늘이 기한이거든요."

"아……!"

처선의 눈이 커졌다.

"그러니까 걱정 마세요."

이런 식으로라도, 어떻게든 그를 세상에 내보내는 것. 그것이 지금 자신이 의윤을 위해 해 줄 수 있는 유일한 일이라는 생각이 들었다.

"내기의 기한이 오늘까지입니다."

열려 있는 이화원의 거대한 정문 앞에 마주 서서, 미소는 의윤을 똑바로 바라보았다.

"그러니 약속은 지켜 주셔야겠습니다."

문밖으로 나간다는 것이 글자 그대로 단순히 나갔다 들어오는 것을 뜻하는 게 아님을 의윤 역시 잘 알고 있을 터였다. 저 문 밖으로 한 발짝 내딛는 순간 이 저택에서 평생을 보내겠다는 결심을 깨는 셈이 된다. 즉, 세상으로 나가는 것이다.

"그럼 나가시지요, 전하."

하지만 아무리 기다려도 의윤은 걸음을 떼려 하지 않았다. 그저 미소를 물끄러미 바라만 볼 뿐. 기다리다 못해 미소는 재촉했다.

"내키지 않으셔도 약속은 약속입니다. 기억을 못 해내셨으니까……."

"못 해냈다고 말한 적 없다."

의윤이 조용히 말했다. 미소는 흠칫 놀라서 의윤을 바라보았다.

"전하……?"

"오랜만이다."

차분하게 가라앉은 검은 눈동자가, 그리운 빛을 띠고 그녀를 바라보고 있었다.

"……많이도 컸구나."

순간 미소의 심장이 쿵 하고 내려앉았다.

* * *

아버지의 장례식장 앞에서, 어린 미소는 하염없이 울고 있었다. 아빠가 돌아가셔서 슬픈 것도 물론이었지만, 앞으로 살아갈 생각을 하니 눈앞이 캄캄하기도 했다.

툭하면 남들 안 볼 때 미소를 흘겨보거나 몰래 쥐어박곤 하는 새엄마였다. 새엄마의 성품을 꼭 닮은 두 언니도 나을 것이 없었다. 아빠가 입원하고 나서는 더욱더 심해져서, 설거지와 청소 따위는 아예 미소가 도맡다시피 해야 했다. 하도 물을 많이 만져서 열 살짜리 미소의 손은 벌써부터 습진이 생겨 있었다.

이제는 아빠가 돌아가셨으니 구박은 더 심해질 게 틀림없었다. 이제는 누구 눈치 볼 일도 없을 테니까. 아니, 아예 집에서 쫓겨나는 것은 아닐까. 그럼 난 어디로 가야 하지. 앞날에 대한 두려움에, 미소는 울고 또 울었다.

툭, 툭. 아까부터 한두 방울씩 떨어지던 빗방울이 점점 더 굵어졌지만 장례식장 안으로 들어갈 엄두가 나지 않았다. 이미 운다고 계모에게 호되게 꼬집히고 쫓겨났으니까.

"바빠 죽겠는데 일도 안 돕고, 이것이. 울 거면 나가서 울어!"

아빠가 돌아가셨는데 우는 것조차도 마음대로 할 수가 없다. 내리는 비처럼, 미소의 눈에서 굵은 눈물방울이 끊임없이 흘러내렸다.

"나 이제 어떡해, 아빠. 흑……!"

그때였다. 머리 위에 우산이 받쳐진 것은.

"괜찮으냐?"

다정하게 말을 걸어오는 목소리에 미소는 흠칫하며 고개를 들었다. 제 머리 위에 우산을 받쳐 주고 있는 젊은 남자의 얼굴을 보고 놀라서 저도 모르게 울음을 그쳤다.

"어, 황태자다!"

말하자마자 미소는 화들짝 놀라 손을 저으며 제 말을 정정했다. 어린 미소도 황실 모욕죄가 얼마나 큰 죄인지는 알고 있었다.

"잘못했습니다, 전하!"

하지만 황태자는 고개를 저었다.

"아니다. 황태자를 황태자라고 했기로서니 무슨 흉이 되겠느냐."

안심시키듯 그렇게 말하고, 황태자는 미소의 상복을 쳐다보고는 조심스럽게 물었다.

"그래, 집안에 누가 돌아가신 것이냐?"

"저희 아빠요."

장례식장을 가리키며 대답하자 불현듯이 황태자의 표정에 안타까움이 번졌다.

"아, 그러면 네가……."

그게 무슨 뜻인지 미소는 몰랐다. 그저 막막함에 눈물만 쏟아졌다.

"저는 엄마가 없거든요. 근데 이제 아빠까지 돌아가셨어요. 새엄마랑 언니들이 절 엄청 괴롭힐 텐데 저 이제 어떻게 살아야 돼요?"

미소는 또다시 소리 내어 울음을 터뜨리고 말았다.

"엉엉!"

이윽고 황태자가 우산을 든 채로 한쪽 무릎을 꿇었다. 빗물에 옷이 젖는 것도 아랑곳하지 않고, 그는 미소와 눈높이를 맞췄다. 눈물로 가득한 미소의 시야에, 자신을 바라보는 검은 눈동자가 비쳤다.

"자, 받아라."

황태자는 안주머니에서 무언가를 꺼내어 건넸다.

"이게 뭐예요……?"

은으로 만든 작은 동전이었다. 꽤나 오래된 것인지 거뭇하게 변색되어 있었다.

"내 할아버지의 즉위 기념으로 나온 주화란다. 할아버지께 받은 것인데, 이제 너에게 주마."

미소의 작은 손에 동전을 꼭 쥐여 주며, 황태자는 말했다.

"정말 못 견디게 힘들거든 이것을 가지고 황궁으로 날 찾아오도록 해라. 그러면 내 어떻게든 널 도와주마."

황태자는 손을 뻗어 하얀 리본 핀이 꽂힌 미소의 머리를 부드럽게 쓰다듬었다.

"힘내거라. 너는 잘할 수 있을 게다."

"……."

"그리고 정 힘들 때는 내가 있으니, 아무 걱정 말아라."

세상천지 의지할 곳 없던 마음에, 작은 등불 하나가 밝혀진 것 같은 느낌이 들었다.

걱정 말아라. 황태자의 그 짧은 말 한마디가, 수천 마디 위로보다도 훨씬 더 미소의 가슴에 스며들었다.

* * *

"……많이도 컸구나."

그리운 듯이 바라보는 의윤을 향해, 미소는 떨리는 목소리로 물었다.

"정말…… 정말 기억나신 거예요? 나가기 싫어서 괜히 하시는 말씀 아니고요?"

의윤이 고개를 끄덕였다.

"그럼 제가 목에 걸고 있는 게 뭔데요?"

"내 할아버지의 초상이 새겨진 동전."

조용한 목소리에 미소는 숨을 멈췄다.

"……네 아비의 장례식 날, 내가 네게 준 것이 아니냐."

서서히 미소의 가슴이 박동 수를 늘리기 시작했다. 기억하고 계셨어. 잊은 게 아니었어……! 눈을 크게 뜨고 뚫어져라 쳐다보는 미소에게 의윤이 조용히 말했다.

"그 후로도 가끔 생각하곤 했었다. 그 아이는 잘 지내고 있을까, 하고."

눈을 가늘게 뜨고 의윤은 미소를 바라보았다.

"금세 떠올리지 못해 미안하다. 나도 그 후 얼마 안 가서 폐위되고, 이래저래 복잡해지는 바람에 그만 한참 잊고 살았구나."

미소는 떨리는 목소리로 물었다.

"언제부터 알고 계셨던 거예요?"

"이틀 전, 경찰이 왔던 날."

의윤이 대답했다.

"문제가 될 만한 책들만 귀신같이 골라내서 빼돌렸더구나. 꽤나 지식이 있지 않은 다음에는 할 수 있는 일이 아니었다. 대학에서 배운 것도 아닌데 대체 어떻게 그 정도의 지식을 갖고 있을까, 하고 생각해 보다가 네 부모가 어떤 사람일까 하는 데까지 생각이 미쳤다. 그러다 네 아버지 일이 떠올랐느니라."

미소는 놀라고 말았다.

"저희 아빠랑, 아는 사이세요?"

"개인적으로는 모른다. 그저 뛰어난 학자 하나가 황실 정책 때문에 저술한 책들이 모두 금서가 되고, 교수 자리에서도 쫓겨난 후 상심한 끝에 그만 병을 얻어 죽었다는 이야기를 듣고 미안한 마음이 들었을 뿐이다."

의윤이 한숨을 내쉬었다.

"멀리서나마 추모하고 싶어 장례식장에 갔던 것이다. 보는 눈이 있으니 차마 안까지 들어가지는 못했다마는."

여태 미소는 그때 거기에 이유 전하가 나타났던 것이 우연이라고만 생각했었다. 그런데 그게 아니었다. 애초에 제 아버지의 문상을 위해 거기에 왔던 것이다.

"나는 네게 빚이 있다."

문득 의윤이 미소를 향해 고개를 숙였다.

"네 아비는 내 아버지 때문에 죽었다."

"전하 잘못이 아니에요."

황제를 원망하지 않았다면 거짓말이다. 분명 미소의 아버지는 황실의 탄압에 연구도, 저술도, 강의조차도 못 하게 되어 무척이나 마음고생을 했다. 그게 병의 이유가 되었을 거라고 미소도 생각했다.

하지만 황태자는 황제와는 다른 사람일 거라고 믿었다.

울고 있는 어린아이에게 다가와 비를 가려 주던 사람.

내가 도와주겠노라고 손 내밀어 주는 사람.

그녀가 직접 본 이유 전하는, 그런 사람이었으니까.

"그 일에 대해서 전하를 원망한 적 없어요."

진심이었다. 미소는 옷 안에 걸고 있는 동전을 어루만지며 말했다.

"오히려 감사하게 생각해요. 이것 덕분에 여태 버틸 수 있었거든요."

하지만 의윤은 오히려 욱하는 얼굴을 했다.

"그 후 얼마 안 되어 폐위되는 바람에 실제로 도움이 되지는 못했지 않았느냐. 혹여 네가 그걸 가지고 황궁으로 나를 찾아왔다 해도, 나는 거기에 없었다."

그는 스스로에게 화를 내고 있었다. 어린아이에게 약속을 해 놓고 지키지 못했던 무력한 자신에게.

미소는 옅게 웃으며 고개를 저었다.

"그건 중요하지 않아요."

아마도 이 사람은 까맣게 모르는 것 같았다. 인생의 가장 힘든 순간에 그가 걸어 주었던 다정한 말 한마디가, 두고두고 그녀의 인생에 얼마나 힘이 되었는지. 힘들 때 떠올릴 수 있는 사람 하나 마음에 품고 사는 것 자체가, 얼마나 큰 위안이 되는 것인지.

오랜 마음속 연인을 향해, 미소는 진심으로 말했다.

"정말 고맙습니다, 전하."

* * *

"콩대를 태워서 콩을 삶으니 콩이 솥 안에서 운다 하더니, 딱 그 꼴이구나."[2]

늘 온화했던 황후의 목소리가 노여움에 차 있었다.

"아무리 죄인이라 한들 네 친형이다. 어찌 조용히 살게 내버려 두지를 않는단 말이냐!"

"심려를 끼쳐 드려 죄송합니다, 어머니."

보기 드물게 화가 난 어머니의 모습에 황태자 요는 그저 고개만 숙였다.

"오히려 저는 형님을 지켜 드리고자 한 일입니다."

하! 황후가 헛웃음을 쳤다.

"경찰들을 보내서 온 집 안을 다 뒤집어 놓고는, 그게 지키고자 한 일이더냐?"

망할 늙은 여우 년, 하고 요는 속으로 욕설을 내뱉었다. 의윤을 따라 출궁한 보모 정 상궁이 황후에게 고해바친 게 틀림없지 않은가. 속마음을 애써 감추고 요는 화난 어머니를 달랬다.

---

2) 한 형제가 다른 형제를 괴롭히는 것을 뜻하는 옛 시

"경찰에 제보가 들어온 이상 모른 체 그냥 덮고 지나갈 수는 없었습니다. 정식으로 수사가 이루어지기 전에 사람들을 보내 물건들을 압수하고, 형님께 두 번 다시 오해받을 짓은 하지 마시라 조용히 충고를 드리고 무마할 생각이었습니다."

"누군가의 모함이 틀림없다. 증거도 나오지 않았잖느냐!"

"저도 그렇게 생각합니다, 어머니."

물론 속으로는 전혀 그렇게 생각하지 않았다. 불시에 들이닥쳤는데 어떻게 그리했는지는 모르겠지만, 사전에 알고 숨기거나 처리한 것이 틀림없었다.

어쨌든 증거를 잡지 못한 이상 황후에게 질책을 당하는 것은 피할 수 없는 노릇이었다. 요는 거듭 사죄했다.

"두 번 다시 이런 일이 없을 것입니다, 어머니. 심려치 마십시오."

그제야 황후는 마음이 조금 누그러진 모양이었다. 타이르듯, 하소연하듯 황후는 말했다.

"자그마치 10년이다. 10년 동안 집 밖에조차 나오지 않은 채로 저리 근신하고 있는데, 제발 좀 불쌍하게 생각할 수 없느냐."

"저도 애석하게 생각합니다."

이윽고 황후는 자리에서 일어났다. 그리고 방을 나가려다 문득 걸음을 멈추고 작은아들을 돌아보았다.

"여태도 네 형이 너를 그리 불안하게 하는 것이냐."

"어머니……?"

요는 놀라서 황후를 쳐다보았다. 그를 쳐다보는 어머니의 눈동자에 연민의 빛이 어려 있었다.

"그렇다면 한번 깊이 생각을 해 보아라. 왜 유가 그토록 사랑받았는지. 그 아이에게는 있고 너에게는 없는 것이 무엇인지.”

요는 숨을 멈췄다. 어머니는 진작 꿰뚫어 보고 있었던 것이다. 형에 대한 자신의 불안감을, 그리고 오랜 열등감을.

“불안함은 네 형이 아니라 네 자신에게서 오느니라. 그것을 깨달아야 비로소 불안에 시달리지 않게 될 것이다.”

작은아들을 한참 걱정스러운 눈으로 쳐다보다, 황후는 긴 한숨을 남기고 방을 나갔다.

쾅! 혼자가 된 요가 주먹으로 책상을 부서져라 세게 내리쳤다.

‘그 자식에게는 있고 내게는 없는 것이라?’

이를 악물고 부들부들 떨면서 그는 생각했다.

‘어림없는 소리. 나는 나다. 암, 그렇고말고!’

이렇게는 안 되겠다는 생각이 들었다. 유라는 비교 대상이 있는 이상, 10년이 지나든 20년이 지나든 자신은 계속해서 불안감에 시달릴 수밖에 없다.

‘……어떻게든 처리하지 않으면 안 되겠구나.’

이화원에 있는 쌍둥이 형을 향해, 황태자는 한층 더 적개심을 불태웠다.

* * *

철컥. 이화원의 육중한 정문이 둔한 쇳소리와 함께 도로 굳게 닫혔다.

“내기는 네가 졌다. 그러니 밖으로 나가지 않겠다.”

의윤이 선언하듯 말했다.

"미안하게 되었구나, 추천장이 날아가서."

미소는 입술을 비쭉거렸다.

"이번엔 이렇게 됐지만, 어떻게든 전하를 밖에 내보내서 받아 내고 말 테니까 두고 보세요."

"잊어버린 모양이구나."

의윤이 여유롭게 웃었다.

"나는 평생 지키지 못할 약속은 해 본 적이 없고, 한 약속은 모두 지켰다고 하지 않았느냐?"

"그래서요?"

"내 스스로에게 한 약속도 마찬가지라는 뜻이다."

미소도 마주 웃어 보였다.

"죄송하지만 제가 한 집요 하거든요. 전하를 쫓아내기 전에는 이 댁에서 한 발짝도 안 움직일 거예요."

"호오, 안 나가겠다?"

나름대로 선전 포고였는데, 왠지 의윤의 입가에는 미소가 떠올랐다.

"못 나가죠. 추천장 받아서 유학 가야 되는데."

문득 의윤이 생각난 듯이 물었다.

"그래, 대체 유학 가서 무슨 공부를 하려는 것이냐?"

미소는 조금 망설이다 대답했다.

"조선의 역사요."

이제는 말해도 되지 않을까, 하는 생각이 들었다. 일부러 그런 책들을 사 모으신 걸 보면 전하도 뭔가 생각이 있으신 것 같으니까.

"저희 아빠가 하던 거랑 같은 연구를 하고 싶어요."

우리나라에서는 할 수 없는 공부. 외국에 나가야만 제대로 할 수 있는 공부. 그게 바로 조선의 역사였다.

의윤의 아버지인 현재의 황제는 권력욕이 무척 강한 인물이었다. 자신의 권력을 공고히 하고 합리화하기 위해서라면 황제는 뭐든지 했다.

즉위 후 가장 먼저 손댄 것이 역사 부분이었다. 황실의 치부가 조금이라도 드러나는 사건들은 역사책에서 모두 삭제당했고, 그 부분을 다룬 역사서들은 금서가 되었으며, 학교에서도 정해진 부분만을 가르쳤다. 예를 들면 세종 대왕의 업적은 가르쳐도 연산군의 실정은 가르치지 않는 식이었다. 덕분에 조선 왕조의 역사는 반 토막이 나고 말았다.

"……그렇구나."

의윤은 뭔가 깊은 생각에 잠긴 얼굴로 고개를 끄덕였다. 그러더니 갑자기 생각났다는 듯이 불쑥 엉뚱한 소리를 했다.

"참, 내기는 내가 이겼느니라."

누가 아니라나, 갑자기 새삼스럽게 무슨 말씀이시래. 미소는 고개를 갸우뚱했다.

"그런데요?"

"내가 이기면 네가 내 소원을 한 가지 들어주기로 하지 않았더냐?"

아, 그랬지! 미소는 고개를 끄덕였다.

"아, 네. 말씀해 보세요."

하지만 의윤은 소원을 말하는 대신에 재차 다짐을 하려 들었다.

"분명 뭐든지 들어준다 하였다."

"말씀해 보시라니까요. 들어 드릴 수 있는 거라면 해 드릴게요."

하지만 의윤은 대답하지 않았다. 대신에 갑자기 미소를 향해 성큼 다가섰다.

"전하……?"

의아하게 바라보며 부르는 순간, 의윤이 그녀를 향해 불시에 얼굴을 가까이 했다. 언젠가 그의 품에 안겼을 때 느꼈던 은은한 향기가 확 풍겼다. 미소는 깜짝 놀라 숨을 멈췄다. 터져 나갈 듯한 기세로 뛰는 심장을 느끼며, 자연스럽게 눈을 스르르 감았다.

하지만 아무리 기다려도 입술에 닿아 오는 것은 없었다.

"……날 좀 도와줘야겠다."

대신에 속삭이는 소리가 들려오는 바람에, 미소는 흠칫 놀라서 눈을 떴다.

"집안사람들도, 아직 처선이도 모르는 일이다. 그러니 절대 비밀로 해야 하느니라."

의윤이 제 귓가에 대고 소곤거리고 있었다.

'그게 아니었어?'

당황한 나머지 굳어 버린 미소의 얼굴을, 의윤이 의아한 눈으로 쳐다보았다.

"근데 갑자기 눈은 왜 감고 그러느냐?"

순간 미소의 얼굴이 확 붉어졌다. 아니 어차피 둘밖에 없는데 왜 굳이 귓속말을 해 가지고, 사람 착각하게! 얄밉게도 의윤은 미소의 심정 따위는 아랑곳없다는 듯이 제 할 말만 계속하려 들었다.

"어쨌든 그것이 무슨 일이냐 하면……."

"싫어요."

미소는 의윤의 말을 중간에서 딱 잘라 버렸다.

"안 도와 드릴 거예요."

"뭣이?"

의윤이 펄쩍 뛰었다.

"내기에 지면 소원을 들어주겠다 한 것은 개똥이 너 아니냐! 이제 와서 비겁하게 이러기냐?"

"네, 저는 비겁합니다. 그러니까 마음껏 욕하세요."

그렇게 말하고 미소는 휙 돌아섰다. 방금 자신이 한 짓을 스스로도 믿을 수가 없었다.

'아니 착각은 했다 치고 눈은 대체 왜 감아?'

얼굴에서 불이 날 것 같았다.

"정말로 안 들어줄 테냐? 응? 응?"

쾅쾅 발소리를 울리며 본관 건물을 향해 빠르게 걷는 미소의 뒤를, 의윤이 계속 따라오며 끈질기게 말을 붙였다.

"전하 경찰에 끌려가실 뻔한 거 제가 구해 드렸잖아요. 그걸로 퉁친 걸로 해요."

미소는 뒤도 안 돌아보고 계속 걸으며 대꾸했다.

"네 그 목에 걸고 있는 동전이 얼마나 귀한 것인지는 혹시 아느냐?"

"왜요, 줬다 도로 뺏어 가시게요? 치사 빤스."

"그게 아니라, 내가 그만큼 너를 많이 걱정했다 이거 아니냐!"

"흥, 그전엔 알아보지도 못하셔 놓고선."

걸음을 멈추고 흘겨보자 의윤이 억울하다는 듯이 항변했다.

"그거야 알아보는 게 더 이상하지 않느냐! 그때는 그렇게 귀여웠는데 지금은……."

"지금은 뭐요?"

"그러니까……."

"지금은 뭐냐니까요?"

갑자기 의윤이 우물쭈물거리며 시선을 피하는 바람에 미소는 더욱 더 화가 나고 말았다. 아, 옛날엔 귀여웠는데 뭐 지금은 훅 가서 몰라봤다 이거야?

그녀는 의윤을 노려보며 단호하게 선언했다.

"안 도와 드릴 거예요. 그게 뭔지 몰라도, 절대로!"

미소의 이야기를 들은 처선은 매우 안타까워했다.

"저런. 드디어 밖에 나가시게 되는 줄 알고 무척 기대했는데."

"그렇게 돼 버렸네요. 실망시켜 드려서 죄송해요, 김 집사님."

"괜찮아요. 그리 하루아침에 될 일이 아닌 줄은 알고 있었으니까 너무 기죽지 말아요."

처선은 오히려 미소를 위로했다.

"워낙 심지 하나는 굳으신 분입니다. 미소 씨 아직 여기 온 지 한 달도 안 됐는데, 벌써 성공하면 그게 더 이상한 거죠."

"조금만 더 기다려 주세요. 어떻게든 내보내고 말 테니까요!"

미소는 주먹을 꽉 쥐고 말했다. 이제는 오기 비슷한 것이 생겨 버렸다. 전하께서 저 문 밖으로 나가시는 걸 죽어도 내 눈으로 보고 말겠다!

"참, 그런데 김 집사님은 그때 저 못 보셨어요? 장례식장 앞에서요."

문득 생각나서 묻자 처선이 고개를 갸웃거렸다.

"음, 미소 씨가 열 살 때면…… 11년 전이네요. 그때면 나는 아직 미성년자였으니까 전하를 모시기 전 일이지요."

"아, 그때는 아직 전하랑 모르는 사이셨겠구나."

처선이 빙긋 웃었다.

"아니, 사실은 그 전부터 알고 있었습니다. 내가 어른이 되거든 입궁하라고 주인님께서 직접 불러 주셨으니까요."

"정말요?"

"그래서 스무 살이 되자마자 입궁하게 되었지요. 이름도 그때 바꿨던 겁니다."

"아, 본명이 아니었군요?"

그럼 그렇지, 어쩐지 이름이 직업에 너무 잘 들어맞는다 했다.

"원래 내관이 되려면 그렇게 이름까지 바꿔야 하는 거예요?"

"그런 건 아니고. 내가 바꾸고 싶었어요."

"왜요?"

"음, 내 나름대로의 결심 같은 거였다고 할까요. 앞으로의 내 평생을 주인님께 오롯이 바치겠다는 결심. 혹여 내 목숨을 버리는 한이 있더라도 끝까지 한마음으로 주인님을 섬기겠다는 결심."

조용히 뇌까리는 처선의 얼굴에서, 평소의 장난기는 한 자락도 느껴지지 않았다.

내시 김처선은 폭정을 일삼는 연산군에게 목숨을 걸고 간언을 하다 혀와 다리가 잘려 끔찍하게 죽은 충신이었다. 그런 사람의 이름을 따라 일부러 개명까지 할 정도였으면, 그 결심이 얼마만 한 것인지 알 수 있을 것 같았다. 동시에 궁금해졌다. 갓 스무 살의 청년이 그렇게까지 단호한 결의로 황태자에게 충성하기로 한 이유가 뭐였을까.

"전하하고는 어떻게 만나신 거예요?"

"음, 말하자면 너무 길어서. 언젠가 때가 되면 얘기해 줄게요."

그제야 처선은 평소의 얼굴로 돌아가 빙긋 웃었다. 지금은 별로 얘기하고 싶지 않다는 부드러운 거절이었다. 미소도 굳이 캐묻지 않고 화제를 돌렸다.

"정 여사님께 듣자니까 황후 폐하께서 전하를 엄청 걱정하신다고 하던데요."

"그렇지요. 주인님이 폐위되실 때 그분께서 무척 상심하셨습니다. 어떻게든 폐위만은 막아 보려고 애도 쓰셨지만 역부족이었지요. 여태 주인님께 무척 신경을 써 주시고 계십니다."

"그런데 어떻게 경찰이 그렇게 쳐들어와서 집 안을 막 뒤집어 놓을 수가 있어요? 황후 폐하께서 알고 화내시면 어쩌려고."

"주인님의 동생 되시는 분이 사주한 것일 테지요."

처선은 현 황태자인 요를, 황태자 전하라는 호칭 대신에 그렇게 불렀다.

"그분은 10년 전에 주인님이 폐위되실 적부터 해외로 쫓아내고 싶어 하셨지요. 여태도 포기를 못 하신 모양입니다."

미소는 도대체 이해할 수가 없었다.

"아니, 쌍둥이 형이잖아요. 안타깝게 생각은 못 할망정 왜 그러는 건데요?"

"권력이란 원래 그런 거지요."

처선의 말투가 순간적으로 싸늘하게 식었다.

"역사서만 봐도 한가득 아닙니까. 권력 때문에 부모도, 자식도, 형제도 예사로 죽이는 사람들."

미소는 오한을 느꼈다. 처선이 깊이 한숨을 쉬었다.

"하여튼 앞으로가 걱정이군요. 이번 일은 미소 씨 덕분에 다행히 잘 넘겼지만, 이런 식이면 앞으로도 어떻게 꼬투리를 잡으려 들지 모르니까요."

"아니, 집 안에만 틀어박혀 계신 분이 꼬투리 잡힐 게 뭐가 있다고요?"

"실제로 이번에 잡혔잖습니까. 계속 이화원의 동태를 주시하고 있었다는 뜻이죠. 아마 할 수만 있다면 집 안에서 뭘 하는지도 감시하고 싶을 겁니다. 뜻대로 포섭이 안 돼서 그렇게는 못 하겠지만."

처선이 설명했다.

"황후 폐하께서 이화원에 나이 든 사람만 보내시는 이유가 그래서입니다. 황후 폐하 곁에서 오래 일했던, 믿을 수 있는 사람들만 골라서 보내시는 거지요."

폐위된 후까지도 마음 편히 살 수가 없다니. 미소는 문득 안타까워졌다. 피를 나눈 동생, 그것도 쌍둥이인 동생한테까지 이렇게 괴롭힘을 당하는 의윤의 심정이 어떨까.

경찰이 들이닥쳤던 날, 방에 불도 켜지 않은 채 우두커니 앉아 있던 의윤의 모습이 떠올라 마음 한구석이 아릿해졌다.

* * *

다음 날 아침, 미소는 거실에서 청소기를 돌리며 골똘히 생각에 잠겨 있었다.

"날 좀 도와줘야겠다."

어제는 싫다고 딱 잘라 거절해 놓고는, 뒤늦게 신경이 쓰여서 견딜 수가 없었다. 대체 뭘 도와 달라는 말씀이셨을까.

"집안사람들도, 아직 처선이도 모르는 일이다. 절대 비밀로 해야 하느니라."

김 집사님도 모르는 일이라면 진짜 비밀은 비밀인데……. 뭔지 들어나 볼 걸 그랬나? 속으로 살짝 후회하고 있는데, 등 뒤에서 익숙한 헛기침 소리가 들렸다.

"흠, 흠."

의윤이었다. 미소는 청소기를 멈추고 어색하게 인사를 건넸다.

"일어나셨습니까, 전하."

"그래. 어제 했던 얘기 말인데……."

마침 그 얘기부터 꺼내기에 미소는 속으로 반가운 마음이 들었다. 이번에는 뭔지 들어 보고, 도와 드려야지. 그런데 갑자기 의윤은 정색을 하더니 말했다.

"네가 정 안 들어주겠다면 나도 최후의 수단을 동원할 수밖에 없다."

의윤이 더없이 진지한 얼굴로 말하는 바람에 미소는 어이가 없었다. 좋게 말씀하시면 들어 드리려고 했는데, 부탁하는 입장에 다짜고짜 웬 협박?

"개똥이 너의 흑역사를 집안사람들 모두에게 공개하겠느니라."

미소는 코웃음을 쳤다.

"흑역사라니요. 죄송하지만 제가 그런 거 안 키우는 사람입니다, 전하."

정말이지 하늘을 우러러 한 점 거리낄 것이 없었다. 밥하고 애 보느라 사춘기도 정신없이 지나갔고, 남들처럼 시간이 남아돌아서 인터넷에 악플 다는 취미도 없었고, 일진 노릇 한 적도 없으며, 굴욕 사진이나 동영상을 찍은 일도 물론 없다. 하다못해 졸업 사진도 실물보다 더 예쁘게 나왔다고 반 친구들이 모두 부러워했는데 흑역사는 무슨 흑역사?

"허어, 자신 있다 이거냐?"

"당근이옵니다."

의윤의 한쪽 눈썹이 짓궂게 치켜 올라갔다.

"그으래?"

그는 바지 주머니에서 꾸깃꾸깃하게 접은 종이를 꺼내더니 보란 듯이 펼쳐 어흠, 하고 목을 가다듬고는 목청을 돋우어 읽기 시작했다.

"오늘은 드디어 새 학교에 처음 가는 날. 기분이 짱 좋았다."

이건 또 웬 초딩 일기래. 미소는 눈살을 찌푸리고 의윤을 쳐다보았다.

"전하 지금 뭐 하시는 거예요?"

그러거나 말거나 의윤은 아랑곳하지 않고 계속 읽었다.

"복도를 걷다가 앞에서 오는 남자애랑 부딪쳤다. 그때 그놈의 입술이 내 입술에 닿고 말았다! 아 씨 내 첫 키스!"

왠지 기시감 같은 것이 느껴졌다. 이거 어디서 많이 듣던 얘기 같은데……? 알 수 없는 불안감이 스멀스멀 밀려오고 있는데, 갑자기 의윤이 한쪽 윗입술을 끌어 올리며 비웃음과 함께 대사를 날렸다.

"쿡, 넌 앞으로 학교생활 지대로 꼬인 줄 알아."

순간, 아주 오래된 상상 한 자락이 미소의 머릿속에 영화의 한 장면처럼 떠올랐다. 바로 저 얼굴, 저 표정으로, 저 대사를 뱉는 장면

이! 하느님 아버지 맙소사. 미소는 그만 얼음이 되고 말았다.

"이제 기억났느냐?"

의윤이 의기양양한 표정으로 물었다.

"그, 그걸 어떻게 저, 전하께서……?"

더듬거리며 묻자 의윤이 다시 종이를 들여다보며 히죽거렸다.

"제목이 무척이나 감명 깊더구나. '내 남친은 전국 서열 2위'."

미소는 거의 본능적으로 종이를 향해 손을 뻗었다. 당장 저것을 갈기갈기 찢어 버려야 한다!

"어딜!"

하지만 의윤 쪽이 훨씬 빨랐다. 그는 미소의 손이 닿지 않게 종이를 머리 위로 높이 쳐들고 들여다보며 놀리듯 말했다.

"허어, 몇 번을 읽어도 가히 노벨 문학상감이로다."

"이리 주세요!"

미소가 손을 뻗어 종이를 낚아채려 팔짝팔짝 뛰었지만 워낙 키 차이가 있으니 어림도 없었다.

"여태 우리나라에 노벨 문학상이 안 나온 것은 다 개똥이 너를 위해서인 것 같구나."

"내놓으시라니까요!"

"노벨 문학상이 아니면 맨부커상이라도 받아야 마땅하겠다."

"전하!"

새빨개진 얼굴로 미소가 빽 하고 소리를 질렀다. 그제야 의윤은 미소를 내려다보며 씨익 웃었다.

"여차하면 내 이것을 온 집안사람들에게 다 돌릴 수도 있다. 개똥이 네가 나를 너무나 사모한 나머지 이런 것까지 썼다고 말이다."

미소의 등골에 식은땀이 맺혔다.

"제가 잘못했습니다, 전하."

"어디, 이제 약속을 지킬 생각이 좀 들었느냐?"

미소는 무조건 백기를 들고 투항했다.

"예. 뭐든지 말씀만 하십시오."

저게 집안사람들 눈에 띈다면? 생각만 해도 눈앞이 아찔해졌다. 차라리 죽는 게 낫다!

"시키시는 건 뭐든지 할 테니까, 제발 그것만 좀 없애 주세요!"

전하는 분명 자신에게 부탁할 것이 있다고 하셨다. 그게 뭐가 됐든지 닥치고 할 셈이었다. 저것만 세상에서 없애 버릴 수 있다면! 그런데 정작 의윤은 무슨 생각을 했는지 부탁은 않고 대신에 종이를 등 뒤로 감추고는 어깨를 으쓱했다.

"개똥이 너 하는 거 봐서 없애 줄 테니 현명하게 행동하도록 하거라."

굳어진 미소의 얼굴에 대고, 의윤은 더없이 상쾌한 얼굴로 빙긋 웃었다.

현명한 행동이라니, 그게 뭔데! 미소가 어쩔 줄 몰라 하고 있는데 의윤이 갑자기 얼굴을 찌푸리며 여 보란 듯이 어깨를 요리조리 들썩거렸다.

"어깨가 영 뻐근한 것이 아주 죽겠구나."

뭐야, 설마 나더러 안마를 하라고? 기가 막힌 미소가 선뜻 나서지 못하고 우물쭈물거리고 있는데, 마침 처선이 거실을 지나갔다.

"오, 처선아! 너 마침 잘 왔다."

의윤이 반색을 하며 처선에게 손짓을 했다.

"뭐 시키실 일이라도 있으십니까?"

"그런 것이 아니고. 내 너한테 추천할 책이 있느니라."

설마, 하는 순간 의윤이 들으라는 듯이 목청을 돋우어 말했다.

"국내 작가가 쓴 숨은 걸작인데, 스웨덴 한림원에서 알면 당장에 노벨 문학상을 주겠다고 난리 법석을……."

"전하!"

그 순간 미소는 들고 있던 걸레를 팽개치고 번개같이 달려들었다.

"혹시 어깨 아프지 않으세요?"

"아닌 게 아니라 어젯밤에 늦게까지 독서를 하였더니 어깻죽지가 뻐근하구나."

의윤이 시치미를 뚝 떼고 대꾸했다.

"이리 앉으세요. 제가 주물러 드리겠습니다, 전하."

"에이, 아니다. 가정부가 무슨 안마사도 아니고, 어떻게 그런 것까지 시키겠느냐."

미소는 이를 악물고 굳은 얼굴로 애써 미소를 지었다.

"아닙니다, 전하. 제가 꼭 주물러 드리고 싶습니다."

"뭐 네가 정 그러고 싶다면야."

미소는 못 이긴 척 소파에 앉는 의윤의 등 뒤로 돌아갔다. 그리고 두 손으로 자근자근 야무지게 어깨를 주무르기 시작했다.

"아이고, 시원하다."

의윤이 눈을 스르르 감고 기분 좋은 신음 소리를 냈다.

"그래, 거기. 좀 더 세게 해 보거라."

"이렇게요?"

"옳지, 아이고 좋다."

그러는 두 사람을, 처선이 이상하다는 듯한 눈으로 바라보았다.

"이것이 바로 도깨비방망이나 다름없으렷다?"

미소가 쓴 팬픽이 프린트된 종이를 들여다보며, 의윤은 흐뭇하게 중얼거렸다.

"내놓으시라니까요!"

당황해서 어쩔 줄 모르는 미소의 얼굴을 본 순간, 의윤은 원래의 계획을 수정했다. 미소에게 부탁할 일이 있긴 하지만, 그건 별로 급하지 않으니까 일단은 이걸 가지고 실컷 놀려 먹어야겠구나!

얼굴이 새빨개져서 어쩔 줄 몰라 하던 미소의 얼굴이 떠올라서 의윤은 혼자 쿡쿡 웃었다. 뭐랄까, 놀려 먹는 재미가 유난히 좋은 아이다.

"아닙니다, 전하. 제가 꼭 주물러 드리고 싶습니다."

이를 악물고 억지로 웃던 미소의 표정을 생각하자 절로 웃음이 났다. 그 아이는 알고 있을까. 안마가 받고 싶은 것보다도, 사실은 그 표정이 보고 싶어 놀리는 거라는 사실을.

미소가 오기 전까지 의윤의 생활은 늘 평온했다. 그저 끝없이 평온하기만 했다. 전에는 그것이 좋았는데, 이제 와서 돌아보면 신기하게 느껴졌다. 그동안 대체 지루해서 어떻게 살았을까. 이제는 미소가 없는 이화원은 상상조차 할 수 없을 것 같았다. 끊임없이 웃고, 재잘대고, 토라지고, 빽빽거리며 화를 내는 저 아이가 없는 이화원은.

미소만 생각하면 의윤은 왠지 모르게 절로 웃음이 났다. 어쩌면 그래서 미소 앞에서는 자꾸만 유치해지는지도 몰랐다.

"이런 것까지 쓸 정도로 내가 좋았단 말이지."

몇 번이나 되풀이해 읽어서 이제 외울 지경이 된 팬픽을 또다시 들여다보며 의윤은 흐뭇하게 웃었다. 어쨌든 이것이 있는 이상 미소는 부처님 손바닥 안이었다. 이런 신통방통한 물건을 선뜻 보내 준 민식에게 뽀뽀라도 해 주고 싶은 심정이었다.

이번엔 뭘 시킬까, 생각하다 의윤은 미소를 불러 은근슬쩍 운을 뗐다.

"오늘따라 왠지 기분이 영 울적하구나."

역시 미소는 눈치가 빨랐다. 미리 당한 게 있어서인지, 이번에는 금세 찰떡같이 알아듣고 대답하는 것이었다.

"아 예. 제가 무엇을 해 드려야 전하의 기분이 나아지시겠습니까?"

얘기가 빨라서 좋다. 의윤은 씩 웃고는 말했다.

"연재한테 듣자니 네가 춤신인가 춤왕인가 뭐 그렇다던데. 한번 추어 보거라."

"예? 지금요? 여기서요?"

생각대로 미소는 낭패한 표정을 했다.

"왜, 싫으냐?"

"아니, 아무리 그래도 어떻게 갑자기……."

"뭐, 싫으면 그만두고. 처선아, 처선아아!"

팬픽이 프린트된 종이를 휘두르며 처선을 부르자 미소가 기겁을 하며 손을 저었다.

"하겠습니다. 한다고요! 한다니까요?"

진작 그럴 것이지. 의윤이 흡족한 미소를 짓는 가운데, 미소는 한숨을 크게 내쉬고는 탁자 위에 놓인 리모컨을 집어 들었다.

"음악 없이는 못 하니깐 일단 TV 좀 켤게요."

"편한 대로 하거라."

전에 딸인 연재가 춤을 추는 걸 본 적이 있는데, 그냥 어린애 율동하는 수준이었다. 그래서 의윤은 재롱 잔치를 보는 기분으로 소파에 등을 묻고 느긋하게 감상할 준비를 했다.

잠시 이리저리 채널을 조정하던 미소는 한 채널에서 멈췄다. 마침 교복 같은 의상을 입은 예쁜 소녀 가수들의 뮤직비디오가 흘러나오고 있었다.

다음 순간 의윤은 흠칫 놀랐다. 돌아서는 순간, 미소의 표정이 확 변했던 것이다. 방금까지의 난감한 표정이 아닌, 마치 사랑에 폭 빠진 소녀같이 수줍은 표정.

'뭐, 뭐지?'

의윤은 저도 모르게 자세를 고쳐 똑바로 앉았다. 왜 연재가 미소를 춤신춤왕이라고 했는지 알 것 같았다. 춤뿐만 아니라 표정 연기까지 얼마나 완벽한지, 점점 가사가 제게 하는 말로 들리기 시작했다.

–너와 커플링 커플링 손에 끼고서 함께 이 길을 걷고 싶어 난

의윤은 눈 깜빡이는 것조차 잊은 채 멍하니 춤추고 노래하는 미소를 바라보았다. 뒤에 있는 TV 안에서 춤추고 있는 진짜 걸 그룹보다도, 의윤의 눈에는 미소가 훨씬 더 예뻐 보였다. 마치 세상의 온갖 귀엽고 예쁘고 사랑스러운 것은 그녀에게 다 모아 놓은 것 같았다.

–몰래 살짝 다가와 또 키스해 줄래

이윽고 미소가 살짝 눈을 감고 귀엽게 입술을 내미는 순간.

쿠우우웅! 의윤의 심장이 굉음을 냈다. 동시에 얼굴이 확 달아오르는 것이 느껴졌다. 의윤은 당황한 나머지 저도 모르게 리모컨을 들어 TV를 확 끄고 말았다.

"아 왜요오! 한창 삘 받는 중인데."

춤을 멈추고 항의하는 미소의 얼굴조차 쳐다보지 못한 채, 의윤은 대꾸했다.

"그, 그만하면 됐다. 차마 눈 뜨고 못 볼 지경이구나."

떨리는 목소리를 감추느라 괜히 마음에도 없는 말이 튀어나왔다.

"뭐라고요?"

미소가 어이없다는 듯이 목소리를 높였다.

"그럼 이만."

의윤은 얼른 소파에서 일어나서 도망치듯 제 방으로 올라갔다.

"와, 전하 매너 진짜! 시켜 놓고 이러시기예요?"

등 뒤로 미소가 분한 듯이 외치는 목소리가 들려왔지만, 차마 돌아볼 수가 없었다. 방금 제가 상상해 버린 것을, 꼭 들킬 것만 같아서.

—어, 미소야! 잘 지내지?

어이없게도 전화를 받는 민식의 목소리는 발랄하기 그지없었다.

"잘 지내긴 개뿔. 너 때문에 내가 얼마나 개고생하고 있는지나 알아?"

—무슨 고생?

"그 팬픽!"

미소는 전화기에 대고 고함을 질렀다.

"아무리 덕심이 깊기로서니 친구를 팔아? 이 이완용 같은 것아!"

—아, 그거. 난 둘이 잘되라고 보내 드린 거지.

"잘돼? 누구랑 누가?"

—너랑 전하.

어이가 없었다. 언제는 저랑 잘되게 해 달라고 밀어 달라더니!

"내가 전생에 무슨 죄를 지어서 저 아수라 백작이랑 잘돼야 되는데?"

―헐, 미소 너 전하한테 마음 있는 거 아니었어?

"딱 싫거든? 세상에서 제일 싫거든?"

미소는 외쳤다. 물론 백 퍼센트 진심이었다. 웃는 얼굴에 침을 뱉어도 정도가 있지, 어쩜 사람이 그렇게 열심히 춤을 추고 있는데 중간에 확 꺼 버릴 수가 있단 말인가.

"그만하면 됐다. 차마 눈 뜨고 못 볼 지경이구나."

그럴 줄도 모르고 이왕 하는 거 예쁘게, 귀엽게 추느라고 애를 쓴 내가 미쳤지. 창피하고 분한 나머지 울고 싶었다. 하다못해 TV마저도 원망스러웠다. 왜 하필 그때 그런 노래가 나와? 이제 네가 숨 쉬는 것도 싫어, 스치는 것조차 난 싫어, 뭐 그런 노래도 있는데!

그제야 사태를 파악했는지, 민식은 착 엎드려 빌기 시작했다.

―진짜 쏘리. 난 그런 줄도 모르고.

"됐어. 너랑은 절교야, 김민식."

―대신 내가 너 소개팅 해 줄게.

민식은 어떻게든 미소의 화를 풀어 주려고 애썼다.

―우리 과에서 제일 잘생긴 선배랑 해 줄게, 그러니까 화 풀어. 응? 미소야.

"최소한 박보검 급이 아니면 아니 될 것이야!"

―오케이. 접수했어.

한바탕 민식을 붙들고 화풀이를 하고 나자 미소의 화도 조금 누그러졌다.

—근데 미소야.

문득 민식이 조심스럽게 말했다.

—내가 이걸 말을 해야 되나 말아야 되나 엄청 고민했는데, 마침 너한테 전화 온 김에 그냥 할게. 사실은 어제 너희 새엄마한테서 전화가 왔었거든. 막내가 많이 아프대.

미소는 황급히 되물었다.

"뭐, 우리 서준이가? 어디가 아프대? 응? 입원했대?"

—그런 건 아니고 그냥 열감기인 모양인데, 이모 보고 싶다고 널 엄청 찾고 울어서 불쌍해 죽겠대. 너한테 연락해서 잠깐 애 보러 오라고 좀 전해 달라고 몇 번이나 부탁하더라. 괜히 말해서 너 마음만 불편하게 만든 거 아닌지 모르겠는데, 어쨌든 말은 해야 할 것 같아서.

전화를 끊고 나서 미소는 한동안 어쩔 줄을 몰라 하며 방 안을 서성거렸다. 그 집에 다시 발을 들일 생각을 하니 끔찍했다. 새엄마와 언니들의 얼굴을 보기는 죽기보다 싫었다. 하지만 제 손으로 키운 아이가, 아파서 앓는 와중에 자신을 찾는다는데 도저히 모른 체할 수가 없었다.

"이모 아 해!"

제 케이크를 갖다가 입에 넣어 주던 막내 조카를 떠올린 순간, 미소는 저도 모르게 옷을 갈아입기 시작했다.

미소에게 키스하는 상상을 해 버린 자신이, 의윤은 도저히 믿어지지 않았다. 개똥이가 여자로 보이다니! 백번 생각해도 어이가 없었다.

'개똥이가 하도 나를 좋아하니까 나도 모르게 잠시 혹한 것뿐이지 암, 그렇고말고.'

의윤은 그렇게 스스로를 합리화했다. 정작 미소 본인은 절대 아니라고, 지금은 안 좋아한다고 딱 잘라 말했던 사실은 애써 무시하면서.

'그러게 왜 사람을 쳐다보고 그렇게 살랑살랑 웃어 가지고!'

춤추라고 시켜 놓은 건 본인이면서 의윤은 괜히 미소에게 책임 전가를 했다.

'생각하지 말자. 생각하지 말자.'

의윤은 잡생각을 떨쳐 버리듯 마구 고개를 저으며 걸음을 빨리했다. 하지만 아무리 정원을 걷고 또 걸어도 좀처럼 미소의 얼굴이 뇌리를 떠나지 않았다.

"전하."

문득 등 뒤에서 부르는 소리가 들려오는 바람에 의윤은 깜짝 놀라서 펄쩍 뛸 뻔했다. 방금까지 머릿속에서 끈질기게 저를 괴롭히던 여자가 어느새 등 뒤에 서 있지 않은가!

"무, 무슨 일이냐?"

설마 내가 무슨 생각을 하는지 들킨 건 아니겠지? 괜히 찔려서 그만 절로 목소리가 퉁명스러워졌지만, 미소는 아랑곳하지 않고 말했다.

"쉬는 날도 아닌데 죄송하지만 저 좀 밖에 나갔다 와야겠어요. 허락해 주세요."

그러고 보니 미소는 메이드복 대신에 평상복으로 갈아입고 있었다.

"무슨 일이라도 있느냐?"

"제 막내 조카가 많이 아프대요. 집에 좀 다녀와야 할 것 같아요."

의윤은 딱 잘라 말했다.

"안 된다. 네 계모가 널 데려가겠다고 여기까지 찾아왔었는데, 이젠 네 발로 그 집엘 도로 들어가겠단 말이냐?"

"잠깐 조카 얼굴만 보러 가는 거예요. 하룻밤만 자고 올게요."

"바보 같은 소리!"

일부러 심술을 부리려고 하는 소리가 아니라 진심이었다. 계모와 언니들이 미소를 찾으러 집까지 왔던 날, 미소는 악몽을 꾸고 울었다. 얼마나 싫고 무서웠으면 꿈까지 꾸었을까. 의윤은 그런 악독한 사람들 곁으로 미소를 잠시라도 돌려보내고 싶지 않았다. 하물며 아이 셋을 줄줄이 키우느라 어릴 적부터 죽을 고생을 했다면서, 그런 아이가 아프다고 저렇게까지 걱정을 하는 미소가 안타깝다 못해 화가 났다. 하여튼 바보가, 착해 빠져서는!

물론 의윤은 막내 조카가 미소에게 얼마나 애틋한 아이인지, 그 아이가 제 할머니나 엄마와는 다르게 얼마나 착한 아이인지 그런 건 까맣게 모르고 있었다. 그야 미소가 얘기한 적이 없었으니까.

"어쨌든 외출은 허락할 수 없으니 그리 알거라."

더 말할 필요도 없다는 듯이 차갑게 자르자 미소가 주먹을 꽉 쥐었다.

"밖에 나가지도 못하게 하는 건 감금 아닌가요?"

"감금이 아니라 계약 조건이다. 그리 가고 싶거든 일요일에 가거라."

"그때가 되면 애가 벌써 다 낫겠어요!"

"그러게 금세 나을 병인데 꼭 가야 할 이유가 없지 않으냐?"

걱정이 되어서 그러는 것인데 내 마음도 모르고! 의윤도 점점 화가 났다.

"그냥 제가 일 그만둘게요. 그럼 됐죠?"

의윤은 가슴이 철렁해서 미소를 쳐다보았다.

“어차피 전하도 제가 이 집에 있는 거 싫으시잖아요. 저 불쌍해서, 이 집에 계속 있어도 된다고 약속하신 게 있으니까 차마 나가라고 대놓고 말씀 못 하시는 것뿐이잖아요.”

미소의 눈에 눈물이 맺혔다. 목소리가 크게 떨렸다.

“그러니까 알아서 나가라고 자꾸 저 괴롭히시는 거잖아요!”

의윤은 충격을 받았다. 어떻게 그런 생각을 할 수가!

“네, 나가 드릴게요. 그러니까 전처럼 조용히 사세요.”

의윤이 뭐라고 말할 겨를도 없이, 미소는 제 할 말만 하고 돌아섰다. 그리고 몇 걸음 가다가 무슨 생각을 했는지 확 뒤를 돌아보았다.

“혹시 그거 아세요?”

눈물이 가득한 눈으로, 미소는 의윤을 향해 크게 외쳤다.

“저는 세상에서 전하가 제일 싫어요!”

그 순간, 의윤은 가슴에 날카로운 통증을 느꼈다.

8. 10년 만의 외출

대문을 열고 마당 안으로 들어서자마자 제일 먼저 느껴진 것은 코를 찌르는 악취였다. 다음으로 눈에 띈 것은 쓰레기장을 방불케 할 정도로 어지러운 집 안. 빈 컵라면 용기와 생수 페트병 따위가 여기저기 마구 굴러다니는 가운데, 거실에서 블록놀이를 하고 있던 어린 아이가 문이 열리는 소리에 돌아보더니 반색을 하고 외쳤다.

"와, 미소 이모다!"

아이는 금세 블록을 집어 던지고 미소를 향해 달려왔다.

"이모오오!"

미소는 얼른 무릎을 굽혀 조카를 꼭 안아 주었다. 그리고 금세 얼굴을 들여다보며 물었다.

"괜찮아, 서준아? 아픈데 안 누워 있어도 돼?"

"응?"

서준이는 영문을 모르겠다는 듯이 미소를 쳐다보았다. 얼른 이마를 짚어 봤지만 열은 느껴지지 않았다. 표정도 아무렇지 않아 보였다. 설마. 미소의 가슴이 철렁하는 순간 방에서 계모가 나왔다.

"어, 미소 왔니?"

살가운 목소리에 오히려 소름이 끼쳤다.

"어여 들어와. 그래, 밥은 먹었고?"

"거짓말하신 거예요?"

미소는 경계하듯 한 걸음 물러서며 물었다.

"거짓말이라니?"

"서준이가 아프다고 민식이 시켜서 저한테 연락하셨잖아요!"

"아냐, 얘. 거짓말은 무슨. 얘가 어젯밤까지만 해도 열이 펄펄 났는데 아침에 일어나니까 감쪽같이 나았지 뭐니."

계모는 눈 하나 깜짝하지 않고 거짓말을 늘어놓았다.

"우리 막내딸, 남의 집에 가서 일하느라 고생이 많지? 엄마가 얼른 밥해 줄게."

"서준이 잘 있는 거 봤으니까 됐어요. 그만 갈게요."

미소는 신발도 벗지 않은 채 도로 나가려 했다. 다시 이화원으로 갈 셈이었다. 의윤에게는 홧김에 그만두겠다고 소리를 치고 나왔지만, 아직 짐도 모두 거기 그대로 둔 채였다. 어쨌든 그만두는 한이 있더라도 그동안 잘해 주신 분들께는 인사라도 제대로 하고 나오는 게 맞지 않겠는가.

"아휴, 얘! 그러지 말고 모처럼 집에 왔는데 저녁이라도 먹고 하룻밤 자고 가."

하지만 계모가 얼른 미소를 붙들고 늘어졌다.

"너 그렇게 집 나가고 나서 반성 많이 했어. 그동안 너한테 너무했던 것 같다. 엄마가 잘못했어, 응?"

미소는 기가 막혔다. 물론 이 사과가 진심일 거라고는 손톱만치도 생각하지 않았다. 천에 하나 만에 하나 진심이라 해도 받아 줄 생각도 없었다.

'식모가 없어져서 그동안 무척이나 아쉬웠나 보지.'

속이 뻔히 보여서 코웃음이 절로 나왔다. 됐다고 딱 잘라 거절하려는 순간, 서준이가 미소의 옷자락을 붙잡고 울먹였다.

"이모, 또 어디 가아?"

커다란 눈에 눈물이 그렁그렁했다.

"가지 말고 나랑 놀자, 이모. 응? 응?"

미소는 한숨을 내쉬었다. 제 손으로 키운 아이, 엄마보다 자신을 더 좋아하는 아이를 도저히 그냥 뿌리치고 갈 수가 없었다.

"……그럼 딱 하룻밤만이에요."

사람을 강제로 감금을 할 것도 아니고, 하룻밤 자고 가는 것 정도는 괜찮겠지. 그렇게 생각하며 미소는 신발을 벗고 집 안으로 들어섰다.

* * *

"주인님. 혹시 미소 씨 못 보셨습니까?"

처선이 와서 물었다.

"어딜 갔는지 아침부터 통 보이지가 않습니다. 주방에도 없고, 방에도 없고……."

"그 아이라면 그만두었다."

보고 있던 신문에서 눈조차 떼지 않고 의윤은 대꾸했다.

"어제저녁에, 그만두겠다고 제 입으로 말하고 나갔느니라."

"어째서요? 무슨 일이라도 있었습니까?"

"그야 내가 알겠느냐."

관심 없다는 듯이 건성으로 대꾸하자 처선이 기가 막힌다는 듯이 물었다.

"설마 그냥 가게 내버려 두셨단 말씀입니까?"

"제가 싫다고 나가겠다는데 그럼 내버려 두지 어쩌란 말이냐."

"주인님!"

처선이 별안간 목소리를 높이는 바람에 의윤은 깜짝 놀랐다.

"오갈 데라곤 없는 아입니다. 어떻게든 붙잡으셨어야지요!"

처선이 자신을 모시게 된 지 어언 10년. 그 후로 이토록 화가 난 처선의 표정은 처음 보는 것이었다.

"지금 나한테 화를 내는 것이냐?"

처선은 대답 대신에 이를 악물고 돌아섰다.

"어딜 가는 게냐?"

"저라도 찾으러 가야겠습니다!"

처선이 뛰쳐나가고 나자 의윤은 홧김에 신문을 내팽개쳐 버렸다.

"빌어먹을!"

저도 모르게 입에서 험한 말이 튀어나왔다. 누구는 내보내고 싶어서 내보낸 줄 아는가.

"저는 세상에서 전하가 제일 싫어요!"

그렇게까지 말하는데, 어떻게 붙잡으란 말인가!

미소가 그렇게 나가 버리고, 의윤은 간밤에 뜬눈으로 지새우다시피 했다.

"어차피 전하도 제가 이 집에 있는 거 싫으시잖아요. 저 불쌍해서, 이 집에 계속 있어도 된다고 약속하신 게 있으니까 차마 나가라고 대놓고 말씀 못 하시는 것뿐이잖아요. 그러니까 알아서 나가라고 자꾸 저 괴롭히시는 거잖아요!"

미소가 했던 한 마디 한 마디가 의윤에게는 모두 충격이었다.

어쩔 줄 몰라 하는 표정을 보는 게 좋아서 좀 놀려 주고 싶었다. 제 앞에서 당황해서 빨개지는 게 보고 싶어서, 저도 모르게 장난을 쳤을 뿐이다. 그게 그 아이에게는 저를 괴롭히는 걸로 느껴졌단 말인가. 겨우 그렇게밖에 받아들일 수 없었단 말인가.

가슴이 마구 욱신거렸다. 이 아픔이 무엇인지, 의윤은 몰랐다. 어째서 이런 기분이 드는지도 몰랐다. 그저 생전 처음 느껴 보는 감정에 어쩔 줄 몰라 초조해하고 있을 뿐.

* * *

하룻밤만 딱 자고 가려고 했는데 생각처럼 되지 않았다. 울고불고 매달리는 막내 조카도 조카였지만, 도저히 난장판이 된 집 안 꼴을 볼 수가 없었던 것이다. 어른들끼리야 집을 쓰레기장으로 만들든 흉가로 만들든 알 바 아니었지만, 어린 조카들을 생각하니 도저히 보고도 그냥 갈 수가 없었다.

아침 일찍부터 청소를 시작했지만 밀린 설거지를 하고 쓰레기를 분리수거하고 갖다 버리는 데만 꼬박 하루가 다 가 버렸다. 아무래도 다음 날까지는 해야 마무리가 될 것 같았다.

너무 힘들어서 몸은 축축 늘어졌지만, 그래도 한 가지 좋은 점은 있었다. 청소를 하다 보니 어지러운 머릿속도 저절로 정리가 되었던 것이다.

"네 계모가 널 데려가겠다고 여기까지 찾아왔었는데, 이젠 네 발로 그 집엘 도로 들어가겠단 말이냐?"

이제 생각해 보니 의윤도 자신을 걱정해서 가지 말라고 했던 것 같았다. 일부러 심술을 부리려고 그랬던 게 아니라. 그런데 자신은 거기다 대고 그만두겠다고, 전하가 세상에서 제일 싫다고까지 해 버렸다.

'사과해야지.'

어쨌든 짐을 찾으러 가긴 해야 하니까, 가서 의윤에게 사과해야겠다고 미소는 마음먹었다. 혹시나 용서해 주시면 계속 일하게 해 달라고 해야지, 하고도.

비록 한 달도 채 안 되는 시간이었지만, 10년도 넘게 함께 살아온 이 집 사람들보다도 이화원 식구들에게 훨씬 더 정이 들어 버렸다. 처선도, 지호도, 연재도, 정 여사님도, 같이 일하는 분들도. ……그리고 툭하면 개똥아, 개똥아 하면서 괴롭혀 대는 전하마저도. 밖에 나오니까 이제야 알 것 같았다. 이미 이화원이 제 집이 되어 버렸다는 것을.

'용서해 주실까?'

기도하듯, 미소는 목에 걸고 있는 동전을 손에 꼭 쥐었다.

* * *

그날 의윤은 하루 종일 이 사람 저 사람에게 시달렸다.

"주인님, 혹시 미소 못 보셨습니까?"

"미소 양이 안 보이는데, 혹시 어디 있는지 아십니까?"

보는 사람마다 의윤을 붙들고 미소에 대해 묻는 게 아닌가.

"어젯밤에 그만두고 나갔다."

그때마다 같은 대답을 하는 것도 무척 지치는 일이었다. 지호는 이제 옥토넛 이모를 더 이상 볼 수 없다는 말을 듣고 울음을 터뜨리기까지 했다.

"이모오오! 이모 다시 오라고 해애애!"

평소에는 착하고 순하지만 한번 고집을 부리면 대단한 아이다. 두 시간 가까이 떼를 쓰고 우는 바람에 의윤은 보모와 함께 달래느라 거의 녹초가 되고 말았다.

"짐을 그대로 두고 나간 거 보니까 어쨌든 일단 돌아오기는 할 것 같습니다."

아침보다는 훨씬 누그러진 얼굴로, 처선은 말했다.

"돌아오면 눈 딱 감고 붙잡으십시오."

"내 집이 싫다고 제 발로 나간 아이를 내가 왜?"

퉁명스레 대꾸하자 처선이 조용히 말했다.

"주인님을 위해서 말씀드리는 겁니다. 미소 씨가 없어지고 나면 후회하실 게 뻔하니까요."

순간 의윤은 가슴이 철렁했다. 내가 후회할 거라고……?

"말도 안 되는 소리. 내가 아쉬울 게 뭐 있단 말이냐?"

스스로에게 고집을 부리듯, 의윤은 딱 잘라 부정했다. 후회라니. 그 애가 대체 뭐라고 내가 후회씩이나 한단 말인가!

"그렇게 아쉽거든 네가 직접 잡든지 하거라."

처선은 더 이상 말하지 않았다. 그저 안타까운 듯이 의윤을 가만히 바라보다 말없이 물러갔을 뿐이었다.

하지만 의윤의 수난은 거기서 끝나지 않았다. 저녁에 학교에서 돌아온 연재도 의윤의 방으로 달려와서는 다급하게 묻는 것이었다.

"아빠, 미소 언니 못 봤어?"

"그만두고 나갔다."

"뭐? 진짜? 언제?"

"어젯밤에."

"말도 안 돼, 어떻게 나한테 말도 없이!"

연재가 발을 동동 굴렀다.

"아빠가 다시 가서 데려오면 안 돼? 돈 더 많이 주겠다고, 응?"

의윤은 결국 폭발하고 말았다. 왜 이 사람도 저 사람도 다 나를 붙들고 이 난리인가. 마치 내가 쫓아낸 것처럼!

"글쎄 싫다고 제 발로 나간 아이를 나더러 어쩌란 말이냐!"

의윤이 목소리를 높이자 연재는 충격받은 얼굴을 했다. 그야 제 말이라면 늘 오냐오냐하기만 하던 아빠였으니까.

"……아빤 아무것도 모르면서."

연재는 눈물이 가득한 얼굴로 의윤을 노려보았다.

"아빠 내가 학교에서 따 당하는 거 알기나 했어?"

"뭐?"

의윤은 흠칫 놀라 연재를 쳐다보았다.

"내 편 돼 주고 얘기 들어 주는 거 미소 언니밖에 없었단 말이야. 공연하는 날도 언니가 아빠 대신 꽃 사 들고 와 준다고 약속했어."

"나한테는 얘기도 안 하지 않았느냐?"

"아빠는 집 밖에 안 나가니까 어차피 공연 보러도 안 올 거잖아!"

의윤은 가슴이 철렁했다. 나름대로 가깝게 지낸다고 생각했는데 딸에 대해서 이토록이나 모르고 있었다니. 그리고 미소가, 자기 대신에 그 자리를 채워 주고 있었다니.

"아빠 미워!"

결국 연재는 엉엉 울면서 방을 뛰쳐나가고 말았다.

* * *

세상에 이런 엄청난 저택도 다 있구나! 천장에 매달린 거대한 샹들리에를 올려다보며, 소파에 앉은 설희는 입을 다물지 못했다.

"그래, 미소 씨 짐을 가지러 왔다고요?"

남자가 설희의 건너편 의자에 앉으며 물었다. 지난번에 미소와 함께 케이크를 사고 있던 남자. 이 댁 집사라고 자신을 소개했던 남자. 그리고 설희 모녀를 향해 왕소금을 양동이로 끼얹었던, 바로 그 남자였다. 소금 세례를 맞는 대굴욕을 당했는데도 불구하고 왠지 그 후로 설희는 이 남자의 얼굴이 자꾸만 떠올랐다.

"그나마 사람대접해 드릴 때 곱게 돌아가시죠."

태어나서 본 남자 중에 가장 잘생긴 남자기도 했지만, 차갑게 독설을 내뱉는 그 표정이 참을 수 없이 매력적이었다. 세상에 양동이를 든 모습마저도 어쩌면 그렇게 우아할 수가 있을까.

사실 설희는 제 미모에 꽤나 자신이 있는 편이었다. 여태 살아오면서 제게 이렇게까지 막 대한 남자는 결단코 없었다. 나한테 왕소금을 끼얹은 남자는 당신이 처음이야!

"네. 미소가 저한테 꼭 좀 가져다 달라고 부탁을 해서요."

그렇게 대답하고 나서 설희는 일부러 시치미를 뚝 떼고 물었다.

"근데 설마 얘, 그만두겠다고 말씀도 안 드리고 그냥 나온 거예요?"

물론 말 안 했겠지. 내가 지어낸 얘기니까, 하고 설희는 생각했다. 하지만 놀랍게도 남자는 조금 딱딱한 얼굴로 대꾸했다.

"그만두겠다는 말은 들었습니다."

뭐야, 얘 진짜로 그만둘 셈이었어? 설희는 깜짝 놀라며 동시에 속으로 쾌재를 불렀다. 일이 쉽게 풀리는구나!

"그런데 왜 짐은 언니 되시는 분이 가지러 오신 겁니까? 미소 씨가 직접 오지 않고."

"저도 그렇게 말했죠. 미소 너 이러는 거 아니라고, 그래도 그동안 잘해 주신 분들께 직접 인사는 드리고 와야지, 하고요."

설희는 한껏 안타까운 표정으로 말했다.

"근데 아무리 타일러도 막무가내예요. 무슨 일에 마음이 그렇게 상했는지, 이 댁엔 두 번 다시 발도 들여놓기 싫다, 이 댁 분들 얼굴도 보기 싫다는데 전들 어쩌겠어요?"

남자의 표정이 굳어졌다.

"저어, 그래서 말인데요."

설희는 조심스럽게 말을 꺼냈다.

"혹시 미소가 그렇게 그만둬 버리는 바람에 일손이 부족하다든가 하면 제가 대신 일해 드릴 수도 있는데."

"뭐라고요?"

설희는 눈을 살짝 내리깔고 최대한 상냥한 말투로 말했다.

"그러니까, 제 동생의 책임감 없는 행동 때문에 이 댁에 폐를 끼치면 죄송하잖아요. 그러니까 제가 언니로서 대신 그 자리를 메워 드리면 어떨까, 해서……."

이 웅장하고 아름다운 저택에 설희는 이미 홀딱 반해 있었다. 비록 가정부라 해도 이런 집에서 살아 볼 수 있다면 얼마나 좋을까! 사진을 찍어서 SNS에 올려 동네방네 자랑할 생각을 하자 벌써부터 황홀했다.

한편으로는 미소 그 얄미운 계집애가 이런 곳에서 살고 있었다는 사실에 질투가 나서 속이 다 뒤틀릴 지경이었다. 사실은 그래서 미소를 강제로 그만두게 하고 그 자리를 빼앗으려고 왔던 것이다. 얼마나 좋은가. 미소는 집에서 전처럼 살림을 맡아 하고, 자신은 미소 대신 이 댁에서 일하고!

남자는 잠시 설희를 빤히 쳐다보더니 무슨 생각을 했는지 미소를 지었다.

"그럼 전화번호 하나 남겨 주시죠. 혹시 필요하거든 연락하겠습니다."

처음으로 보는 남자의 웃는 얼굴에 설희는 마음마저 흐물흐물 녹아내렸다.

설희가 적어 준 전화번호를 챙기고 남자는 자리에서 일어났다.

"미소 씨 짐은 챙겨서 1층 현관에 갖다 놓았고, 그동안 일한 급료는 여기 있습니다."

하얀 봉투를 내밀고 남자는 턱짓으로 문 쪽을 가리켰다.

"자, 이만 일어나시죠."

"일손 필요하시거든 꼭 연락 주세요."

아쉬운 마음에 설희가 미적거리며 일어나는데, 문득 웬 어린 남자 아이 하나가 응접실에 나타났다.

"지호 도련님."

남자의 정중한 말투에 설희는 눈치 빠르게 아이의 신분을 짐작했다.

'아, 이 집 주인 손자인가 보지?'

이런 대저택에서 집사까지 두고 사는 사람이라면 분명히 나이가 꽤나 많은 회장님 정도 되는 게 틀림없다고 생각했던 것이다.

"어머나, 귀여워라! 어디, 이모한테 와 볼래?"

설희가 함박웃음을 지으며 팔을 벌리자 지호는 경계하는 표정으로 처선의 뒤에 숨었다.

"얘가 주인 어르신 손자분이죠? 미소한테 얘기 들었어요."

"뭐라고요?"

순간 남자가 설희를 빤히 쳐다보았다.

"미소가 이 아이를 엄청 걱정하더라고요. 제가 자기 대신 이 댁에서 일하면서 돌봐 주면 좋을 텐데, 하면서요. 사실 제가 저희 언니 애를 셋이나 키우다시피……."

하지만 남자는 그런 것 따위는 관심 없다는 듯이 다시 확인하듯 물었다.

"미소 씨가 우리 주인 어르신 손자분에 대해서 얘길 하더란 말이죠?"

"그럼요. 손자분이 엄청 귀엽다더니 정말이네요."

속으로 조금 찔렸지만 설희는 시치미를 뚝 떼고 뻔뻔스레 대꾸했다.

"그랬군요. 그럼, 이만 나가 주시죠."

왠지 말투가 무척이나 차갑게 느껴졌다. 어쩔 수 없이 설희는 미소의 가방만 들고 쫓겨나듯 저택을 나올 수밖에 없었다.

의윤은 정원을 거닐고 있었다.

하늘은 맑고, 날은 춥지도 덥지도 않게 딱 알맞고, 주위는 가끔씩 지저귀는 새소리 이외에는 한없이 고요하기만 했다. 맑은 바람에 자두꽃 향기가 은은하게 실려 와 코끝을 간질였다. 완벽하다 싶을 정도로 좋은 날이었다.

그러나 정작 의윤은 가슴 한구석이 텅 빈 것 같은 허전함에 끝없이 시달리고 있었다. 꼭 누군가에게 뭔가를 도둑맞은 것 같은데, 그게 뭔지는 정작 알 수 없는 그런 복잡한 기분.

이 허전함이 어디에서 비롯한 것인지는 의윤도 모르지 않았다. 여기 없는 것은 오로지 미소, 그 아이 하나뿐이었으니까.

의윤이 알 수 없는 부분은 그것이었다. 모든 것이 예전과 변함없는데, 왜 그 아이 하나가 없다고 해서 자신이 이토록 텅 빈 것 같은 기분에 계속 시달려야 하는 것인지.

"저는 세상에서 전하가 제일 싫어요!"

왜 계속 그 아이의 마지막 말이 귓가에서 떠나지를 않는 것인지.

그때마다 왜 가슴이 이렇게 아프도록 저릿해 오는 것인지.

스스로도 알 수 없는 감정에 계속 시달리며, 의윤은 생각에 잠겨 걷고 있었다.

"주인님."

언제 왔는지, 처선이 곁에 다가와서 말을 걸었다.

"방금 미소 씨의 언니가 왔었습니다."

"뭐라고? 그 악독하다는 언니 말이냐?"

의윤은 놀라서 걸음을 멈췄다.

"그래, 여기는 무슨 일로 왔다더냐?"

"미소 씨가 두 번 다시 이 집 사람들 얼굴도 보기 싫다고, 짐을 좀 대신 갖다 달라고 부탁해서 왔다고 합니다. 그래서 짐과 함께 지금까지 일한 만큼 급료를 받아서 돌아갔습니다."

순간 의윤은 또다시 가슴에 날카로운 통증을 느꼈다. 그렇게까지 내 얼굴을 보기가 싫었던 거구나, 너는. 그토록 싫어하는 언니에게 그런 부탁까지 할 정도로.

이대로 끝이란 말인가. 짐을 그대로 남겨 두고 갔으니까 어찌 됐든 한 번은 더 볼 수 있을 줄 알았는데. 그때 그렇게 서로 화내고 헤어진 게 마지막이란 말인가. 다시는 볼 수 없다고 생각하자 갑자기 가슴이 꽉 막혀 오는 것만 같았다.

하지만 처선의 말은 거기서 끝이 아니었다.

"그런데 뭔가 이상합니다."

처선은 심각한 표정으로 말을 이었다.

"분명히 미소 씨가 주인님께 그만두겠다고 말했다 하셨지요?"

"그래, 내게 그렇게 말했느니라."

"그랬다 해도, 미소 씨가 짐을 가져와 달라고 부탁했다는 건 아무래도 거짓말 같습니다. 아까 그 여자가 우연히 지호 도련님을 보더니 주인어른 손자분이시냐고, 미소한테 얘기 많이 들었다고 하더군요."

"뭐? 네가 잘못 들은 것 아니냐?"

"아닙니다. 다시 물어도 분명히 자기는 미소한테 그렇게 들었답니다. 주인어른 손자라고."

"가만. 그럼 애초에 다 그 여자가 지어낸 얘기란 말이냐?"

처선은 확신에 찬 어조로 말했다.

"그런 것 같습니다. 아무리 생각해도 미소 씨가 이런 식으로 인사도 없이 갑자기 그만두고 나갈 사람은 아닙니다. 정말 그만둘 생각이면 최소한 제게라도 말을 했을 겁니다."

"그렇기는 하지."

"그리고 미소 씨는 애초에 힘들게 모은 돈을 계모가 홀랑 훔쳐 가는 바람에 집을 나왔다고 했습니다. 그런데 저 언니라는 여자한테 자기 월급까지 대신 받아다 달라고 했을 리가 없습니다. 중간에 빼돌릴게 뻔한데요."

"그래, 돈은 주었느냐?"

"물론입니다. 사기죄든 횡령죄든 저지르게 놔둬야지요."

고개를 끄덕이고, 처선은 말했다.

"제 생각엔 그렇습니다. 짐을 그대로 두고 나간 걸 보면 미소 씨는 그냥 홧김에 그만두겠다고 했던 거고, 진심은 아니었을 겁니다."

"그럼 왜 돌아오지 않고 있단 말이냐?"

"전화를 해 봐도 휴대폰이 계속 꺼져 있는 걸 보면 혹시 억지로 붙들려 있는 게 아닌가 싶습니다."

의윤은 가슴이 철렁했다.

"그러면 이를 어쩌지?"

"주인님 뜻대로 하십시오."

거기까지 말해 놓고 마지막에 처선은 칼자루를 의윤에게로 돌렸다.

"저는 그저 주인님의 결정을 따를 뿐입니다."

자, 어떻게 하시렵니까. 그렇게 묻듯, 처선은 지그시 의윤을 바라보았다.

그 애만 떠올리면 웃음이 나는 이 감정이, 그 애가 곁에 없다고 이토록 허전한 이 마음이 대체 무엇인지, 거기까지는 아직 잘 모르겠다.

하지만 한 가지 확실한 것이 있었다.

그 아이가 여기 없는 것이 싫다.

곁에 있어 줬으면 좋겠다.

돌아와 줬으면, 좋겠다.

"차를 준비해라."

10년 만에 처음으로 의윤은 처선을 향해 명령했다.

"데리러 간다."

역시 둘도 없는 심복다웠다. 채 명령이 떨어지기도 전에, 처선은 이미 차고를 향해 저만치 뛰어가고 있었으니까.

* * *

어제에 이어 미소는 어제 못다 한 청소를 계속했다. 물건들을 정리하고 청소기를 돌리고 마무리로 걸레질까지 하고 나니 어느새 늦은 오후가 되어 있었다. 막내 조카가 어린이집에서 돌아오기 전에 가야겠다는 생각이 들었다. 몰라보게 말끔해진 집 안을 마지막으로 한번 둘러보고, 미소는 말했다.

"애들 보기 안타까워서 치워 드린 거예요. 앞으론 제발 좀 치우고 사세요. 제가 와서 치워 드리는 것도 이게 끝이니까요."

겉옷을 들고 일어나자 계모가 붙잡았다.

"미소야, 그러지 말고 그냥 집에 있으면 안 되겠니? 앞으로는 엄마가 잘할게."

하지만 미소는 계모의 팔을 단호하게 뿌리쳤다.

"아뇨, 두 번 다시 이 집에 올 일은 없을 거예요. 앞으로 세상에 없는 사람들로 생각할 테니까, 저도 그렇게 생각해 주세요."

더 이상 미소는 계모를 엄마라고 부르고 있지도 않았다. 그동안 이런 사람을 엄마라고 부르며 자라 온 세월이 한스러울 뿐이었다. 그대로 마당으로 나가다 마침 대문으로 들어오던 작은언니 설희와 마주쳤다.

"어머. 미소 너 어디 가니?"

무시하고 그냥 나가려 하자 설희가 다시 말했다.

"왜, 그 집으로 다시 돌아가게?"

비웃음이 역력한 목소리. 설희의 손에 들린 것을 본 미소는 그제야 흠칫해서 걸음을 멈췄다. 바로 이화원에 놔두고 왔던 자신의 낡은 여행 가방이 아닌가!

"그걸 왜 언니가 갖고 있어?"

"내가 가서 너 대신 짐 찾아왔거든."

설희가 의기양양하게 말했다. 미소는 기가 막혔다.

"내 짐을 언니가 왜 대신 찾아오는데?"

"너 어차피 거기 그만둔다고 말하고 나왔다던데 뭘."
"가서 짐 찾아오면서 인사하고 나오려고 했단 말이야!"
"굳이 인사할 필요 없어. 내가 대신 다 하고 왔거든."
"뭐라고 말했어? 뭐라고 말했냐고!"
저도 모르게 미소는 설희의 어깨를 붙들고 흔들며 소리를 질렀다.
"내 동생이 하도 이 댁 사람들한테 데어 가지고 두 번 다시 얼굴도 보기 싫다고 해서 내가 대신 왔다고 했지."
"뭐?"
"월급까지 다 계산해서 받아 왔어. 아직 한 달도 안 됐는데 꽤 많더라?"
새하얗게 질린 미소의 얼굴을 향해, 설희가 실실 웃으며 윙크를 했다.
"카드값 막느라 좀 빌려 썼다. 나중에 갚을게."
미소는 더 이상 말도 나오지 않았다. 짝! 이를 악물고 손을 날리자 설희의 한쪽 뺨이 금세 새빨갛게 물들었다.
"이년이 돌았나?"
설희도 지지 않고 달려들어 미소의 머리채를 잡았다.
"너흰 사람도 아니야. 너희 엄마도, 너도!"
절망과 슬픔에 온통 뒤죽박죽이 된 마음으로, 미소는 외쳤다. 짐을 찾는다는 핑계로 돌아가서 사과하려고 했는데. 세상에서 제일 싫다고 말했던 건 진심이 아니었다고 말하려고 했는데. 계속 이화원에 있고 싶다고, 그러니까 한 번만 용서해 달라고 말할 셈이었는데. 그런데 설희가 가서 멋대로 지껄이고 짐까지 찾아와 버렸다.
'이젠 끝났어.'

지금쯤 이화원 사람들이 자신을 얼마나 배은망덕한 아이로 생각하고 있을까. 김 집사님은 얼마나 실망하셨을까. 또 전하는……!

"이거 놔. 갈 거야!"

미소는 설희를 힘껏 밀쳐 내 버리고 가방을 빼앗아 들었다. 하지만 금세 맨발로 쫓아 나온 계모에게 붙들리고 말았다.

"가긴 어딜 가? 이제 갈 데도 없어졌는데 곱게 집에나 처박혀 있지."

방금까지와는 180도로 달라진 목소리에 소름이 끼쳤다.

"싫어요, 길바닥에서 자는 한이 있어도 이 집엔 더 이상 안 있을 거예요!"

하지만 계모는 놓아주려 하지 않았다. 우악스러운 손으로 으스러져라 미소의 팔을 붙들고 말하는 것이었다.

"이거 놔요!"

"그래. 가 이년아. 대신 키워 준 값은 다 갚고 가!"

"도대체 얼마나 더 갚아야 되는데요!"

미소는 고함을 질렀다.

"어릴 때부터 그렇게 노예처럼 부려 먹었으면 됐지, 도대체 어디까지 할 셈이냐고!"

"이년이?"

기어이 솥뚜껑 같은 손바닥이 미소의 얼굴에 날아왔다. 눈앞에서 번쩍, 불이 나는 동시에 뒤에서 또다시 머리채를 세차게 잡혔다.

"계집애가 오냐오냐하니까 하늘 높은 줄 모르고!"

모녀가 합세해서 사정없이 발길질과 빗자루 세례를 퍼붓기 시작했다. 저항해 보았지만 역부족이었다. 결국 미소는 마당 구석에 쓰러진 채 가해지는 폭력을 그대로 당할 수밖에 없었다.

아픈 것은 몸보다도 오히려 마음이었다.

'다신 그곳으로 돌아갈 수 없어.'

조그맣게 웅크린 채 폭력을 견뎌 내는 미소의 눈에서 하염없이 눈물이 흘렀다. 어째서 이런 순간에 그분의 얼굴이 자꾸만 떠오르는 것일까. 점점 의식이 가물거리기 시작했다.

'전하…….'

속으로 중얼거린 순간, 거짓말같이 구타가 딱 멎었다. 이윽고 한껏 웅크려 있는 미소의 어깨에 누군가가 손을 얹었다. 벌벌 떨면서 고개를 들었다가 미소는 제 눈을 의심했다.

격렬한 분노와 슬픔이 섞인, 복잡한 표정으로 자신을 내려다보고 있는 단정한 얼굴.

"전하……?"

처음으로 든 생각은 아, 내가 잘못 맞아서 머리가 어떻게 됐나 보다, 하는 것이었다. 이화원에 계시는 전하께서 여기 있을 리가 없지 않은가. 평생 밖으로 나오지 않겠다고 스스로에게 굳게 맹세하신 분이, 여기에 계실 리가……. 하지만 전하의 얼굴을 한 사람의 입에서 흘러나온 것은 역시 전하의 목소리였다.

"이제 괜찮다."

그렇게 속삭이고, 의윤은 손을 뻗어 미소를 가볍게 안아 들었다.

"……집에 가자."

분명히 제 눈으로 보고 있는데도 도저히 믿을 수가 없었다.

"전하께서…… 어떻게 여기……?"

터져서 피가 흐르는 미소의 입술을 흘깃 쳐다본 의윤의 눈썹이, 안타까운 듯이 찌푸려졌다.

"말하지 말아라."

미소를 조심스럽게 안아 든 채, 의윤은 허리를 곧게 펴고 앞을 노려보았다. 이글이글 불타는 듯한 시선 끝에는 하얗게 질린 계모와 작은언니가 얼어붙어 있었다.

"사람의 탈을 쓰고 어찌 이런 악독한 짓을 할 수 있단 말이냐."

목소리는 낮고도 조용했다. 그래서 더욱더 말에 깃든 분노가 생생하게 전해졌다. 제왕으로 태어난 자 특유의 위엄이 깃든 말투로 그는 선언했다.

"내 반드시 대가를 치르게 하겠다."

의윤은 미소를 안은 채 등을 돌려 대문을 나섰다. 대문 앞에 세워져 있던 차에 태워지는 동시에, 결국 미소는 힘겹게 붙들고 있던 정신을 놓고 말았다.

* * *

다시 정신을 차렸을 때는 이미 창밖이 온통 어두워져 있었다. 누워 있는 곳은 이화원의 제 방 침대 위. 여기가 어디인지를 깨닫는 동시에 미소는 안도감에 눈시울이 왈칵 뜨거워졌다.

나, 돌아왔구나.

"정신이 드느냐?"

조용한 목소리에 미소는 힘겹게 일어나 앉았다. 조금 움직인 것뿐인데도 온몸이 다 욱신거리고 아팠다. 아스라한 어둠 속에서, 누군가가 침대 머리맡을 지키고 앉아 있었다.

"전하……."

까칠하게 메마른 입술을 움직여 미소는 겨우 목소리를 쥐어짜 냈다.

"저희 집은 어떻게 알고 오신 거예요?"

"네 친구 민식이가 여러모로 신통한 아이다. 처선이에게 제 전화번호를 주었더구나."

피식, 웃음소리가 들렸다. 하지만 스탠드 불빛을 켜고 미소의 얼굴을 들여다보더니 의윤은 금세 안타까운 표정이 되었다.

"늦어서 미안하다. 내가 좀 더 일찍 갔더라면 좋았을 것을."

그 말에 참았던 눈물이 기어이 밖으로 흘러넘치고 말았다. 사과를 해야 할 것은 자신인데, 왜 전하께서.

"왜 그러셨어요?"

미소는 울먹이며 말했다.

"평생토록 지키지 못할 약속은 해 본 적이 없고, 한 약속은 모두 지키셨다고 하셨잖아요. 스스로에게 하신 약속 역시 마찬가지라고 하셔 놓고, 그걸 저 때문에 이렇게 허무하게 깨 버리시면 안 되는 거잖아요."

"허어, 언제는 나더러 한 번만 나가 달라고 사정사정해 놓고 이제 와서 무슨 소리냐?"

웃음기 어린 목소리가 오히려 더 눈물샘을 자극했다.

"제가 뭐라고, 저 때문에 전하께서……!"

소리 없이 울음을 터뜨리는 미소의 어깨를, 의윤이 가만히 토닥였다.

"나는 괜찮다. 울지 말아라."

미소는 하염없이 울었다. 너무 고맙고, 또 너무 미안해서 마음이 찢어질 것만 같았다. 울고 있는 미소를 의윤은 말없이 계속 달래 주고 있었다.

한참 후, 미소의 울음이 거의 잦아들 때쯤 그는 불쑥 밑도 끝도 없는 말을 했다.

"그리고, 네가 틀렸다."

미소는 훌쩍거리며 되물었다.

"뭐가요?"

"아까 나더러 너희 집은 어떻게 알고 왔느냐고 물은 것 말이다."

의아해하는 미소를 향해 의윤이 말했다.

"너희 집은 이곳이다. 두 번 다시 잊지 말도록 해라."

아직도 눈물이 남아 있는 미소의 눈동자를 들여다보며, 의윤은 힘주어 말했다.

"앞으로 여기가 네 집이다. 네가 있을 곳도, 돌아올 곳도 이곳이다."

"정말 그래도 돼요?"

미소는 떨리는 목소리로 물었다.

"저 진짜 계속 여기 있어도 괜찮은 거예요?"

"내 말하지 않았느냐. 지키지 못할 약속은 해 본 적이 없다고."

의윤이 고개를 끄덕였다. 미소는 가슴이 벅차오르는 것을 느꼈다.

드디어 내게도 집이 생겼다. 나를 아껴 주는 가족들이 있는, 눈치 보지 않고 지내도 되는, 진짜 내 집이.

"고맙습니다, 전하."

다시금 울음을 터뜨리는 미소의 머리칼을, 의윤이 손을 뻗어 가만 가만 쓰다듬었다.

“정말 고맙습니다……!”

이번에는 행복한 눈물이었다.

9. 이제야 깨닫는 마음

돌아온 미소를, 모두가 따뜻하게 맞아 주었다.

“이모오오!”

지호는 미소에게 매달려서 한참을 떨어지려고 하지 않았다.

“인사도 없이 그만뒀다고 해서 깜짝 놀랐잖아요.”

연재는 토라진 듯한 표정이었지만, 내심 반가워하고 있다는 걸 모를 미소가 아니었다.

“미안. 다음에 그만둘 때는 꼭 인사하고 그만둘게.”

“진짜요?”

커다래진 눈을 보고 미소는 깔깔 웃어 버렸다.

“난 또 진짜 그만둔 줄 알고 섭섭해서 혼났네.”

“그러게, 미소 없으니까 집이 아주 절간 같은 게, 앞으로 어쩌나 했어."

같이 일하는 사람들도 미소를 둘러싸고 반가워했다.

"아니 근데 미소 얼굴이 왜 그래?"

"세상에 예쁜 얼굴이 엉망이네!"

미소의 얼굴을 보고 사람들이 걱정스럽게 한마디씩 했다. 처음에는 몰랐는데, 하룻밤 지나니 어제 맞은 자리가 멍이 들면서 통통 부어오른 것이었다.

"휴대폰 보고 걷다가 잘못해서 전봇대에 부딪쳐서 그래요."

"그러게 앞을 잘 보고 다녀야지, 쯧쯧."

사정을 모르는 사람들은 그쯤 하고 넘어갔지만, 아침에 미소의 얼굴을 본 처선은 무척 화를 냈다.

"고소합시다."

처선은 금방이라도 미소의 손목을 끌고 뛰쳐나갈 기세였다.

"옷 갈아입고 나와요, 당장 나하고 같이 경찰서로 갑시다."

"아뇨, 됐어요."

미소가 고개를 젓자 처선은 울화통을 터뜨렸다.

"이렇게 당하고도 그냥 참으려고? 미소 씨 뭐 천사병 걸렸어요?"

"아니에요, 저도 고소하고 싶어요."

"그럼 하면 되지 왜? 뻔히 증인도 있는데!"

미소는 조용히 말했다.

"그 증인이 김 집사님하고 전하시잖아요."

순간 처선이 아, 하고 허를 찔린 듯한 표정을 했다.

"경찰이 두 분을 감시하고 있을 게 뻔한데, 괜히 이런 일에 얽혀서 좋을 거 없을 것 같아요."

"미소 씨……."

"어제 그렇게 오셔서 구해 주신 것만도 감사해요. 저 때문에 더 폐 끼치고 싶지 않아요."

자신 때문에 의윤은 스스로와의 약속을 깨고 말았다. 조금이라도 그를 더 귀찮게 만들고 싶지 않았다.

"미처 그 생각을 못 했군요. 하긴 지난번 일 이후로 가뜩이나 이화원 동태에 촉각을 곤두세우고 있을 텐데."

"그러니까요."

잠시 생각하던 처선이 이윽고 사과했다.

"미안해요. 미소 씨 말대로 고소는 안 하는 게 좋을 것 같네요. 자칫하면 괜히 미소 씨까지 감시 대상이 될 수도 있고."

"괜찮아요. 사실은 저도 그 집 사람들이랑 더는 엮이기 싫은걸요."

처선이 고개를 끄덕였다.

"그래도 이렇게 그냥 넘어가기는 영 아쉬우니까 갚아 줄 방법을 차차 생각해 봅시다."

"방법이요? 무슨 방법이 있어요?"

"생각해 놓은 게 있어요. 아직은 비밀."

처선의 눈동자가 순간적으로 위험하게 빛났다.

"참, 작은언니가 제 월급 대신 받아 갔다면서요?"

"그래요. 그것도 미소 씨더러 횡령죄로 고소하라고 일부러 내준 건데, 이럴 줄 알았으면 주지 말걸."

힘이 쭉 빠졌다. 첫 월급날, 무척 기대하고 있었는데. 그런 미소의 표정을 눈치챘는지 처선이 얼른 말했다.

"걱정 말아요. 그건 내가 횡령할 거 뻔히 알면서 일부러 준 거니까,

미소 씨 월급에서 차감하진 않을 거예요."

"정말요? 그래도 돼요?"

"당연하죠. 본인한테 직접 안 준 내 잘못인데."

그제야 미소는 기분이 조금 밝아졌다.

"왜요, 월급 받으면 뭐 하고 싶은 거 있어요?"

미소는 쑥스럽게 웃었다.

"헤헤, 저도 비밀이에요!"

옆방에서 시끄러운 노랫소리가 들려오는 것이, 연재와 미소가 춤 연습을 시작한 모양이었다.

자기 방에서 책을 읽고 있던 의윤은 조용히 미소를 지었다. 이제야 좀 사람 사는 집 같구나. 전에는 그토록 거슬렸던 시끄러운 음악 소리가 이제는 오히려 반갑기까지 했다.

한 시간쯤 후, 조용해지기를 기다려 의윤은 미소의 방으로 갔다.

노크를 하자 미소가 문을 열어 주었다.

"……전하."

왠지 미소는 의윤을 똑바로 쳐다보지 않고 민망한 듯이 고개를 숙였다.

'얼굴이 저 모양이라 보여 주기 싫어 그런 게지.'

미소의 멍들고 부어오른 얼굴을 보자 의윤은 새삼스럽게 속이 상했다.

"처선이에게 듣자니까 고소를 안 하겠다고 했다던데, 괜히 나 때문에 그럴 거 없다. 너 하고 싶은 대로 하거라."

이대로 그냥 넘어가자니 이쪽이 화가 나서 죽을 지경이었다. 이미 집 밖에 나감으로써 오랜 결심을 깬 몸이다. 한 번이 어렵지 두 번 세 번은 어려울 것도 없다. 그러니 필요하다면 직접 경찰서에 나가서 진술이라도 할 생각이었다.

"아니에요. 저도 그 사람들이랑 더 이상 얽히기 싫어요."

하지만 미소는 고개를 저었다.

"제가 고소하면 그쪽에서도 맞고소를 하든지, 아니면 취하해 달라고 찾아와서 귀찮게 하든지 하겠죠. 어떤 식으로도 두 번 다시 엮이고 싶지 않아요. 그러니까 그냥 이대로 인연 끊고 말래요."

미소가 그렇게 말하니 의윤도 더는 어쩔 수 없었다.

"그래. 그러면 네 마음 편한 대로 하거라."

"고맙습니다, 전하."

의윤은 조금 망설이다 말을 꺼냈다.

"그리고…… 나갈 것이냐?"

"네?"

"내가 어제 저 문 밖으로 나갔으니 네 목적은 달성하지 않았느냐. 그러니까 이제 약속대로 추천장을 받아서 유학을 갈 것이냐, 이 말이다."

뒤늦게 그 점이 마음에 걸려서 전전긍긍하다 결국 물으러 온 것이었다. 다행히도 미소는 웃으며 고개를 저었다.

"에이, 돈이 있어야 유학을 가죠. 혹시 장학금 받고 간다 해도 생활비라도 좀 모아 놓고 가야 할 것 같아요."

"그래?"

의윤은 속으로 안도의 한숨을 내쉬었다. 그렇다면 최소한 지금 당장 떠날 일은 없겠구나. 어째서일까, 이제는 미소가 없는 이화원은 상상할 수조차 없었다.

"그리고 저 그렇게 배은망덕한 사람 아니거든요?"

미소는 오히려 조금 서운하다는 듯한 얼굴을 했다.

"전하께서 왜 밖에 나오신 건데요. 저 때문에 그러신 건데, 그걸 이용해서 추천장만 쏙 받아서 내빼고 어떻게 그래요."

의윤은 소리 내어 웃었다.

"허허, 우리 개똥이가 제법 신의를 아는구나?"

칭찬을 한 건데, 웬걸. 미소는 갑자기 표정이 싹 변하더니 고개를 획 돌리고 말았다. 아차, 개똥이라고 부르는 거 싫어했었지?

"네가 잘 몰라서 그러는데, 옛날에는 귀할수록 일부러 천한 이름으로 부르고 그랬느니라. 고종 황제 폐하께서도 어린 시절 아명이 개똥이였다는데 오죽하겠느냐?"

의윤은 허둥지둥 변명했다. 하지만 미소는 단단히 토라졌는지, 어떻게 해도 의윤의 얼굴을 쳐다보려 하지 않았다.

"정 네가 싫다면 앞으로는 그리 부르지 않으마. 그러니 화 풀거라."

"……저 화 안 났어요."

그제야 미소가 조그맣게 중얼거리듯 대답했다.

"그러니까 그냥 전하께서 부르고 싶으신 대로 부르셔도 괜찮아요."

"정말이냐?"

"네."

그렇게 말하면서도 미소는 계속 고개를 외로 꼰 채였다.

"에헤이, 화난 것 같은데?"

"아니라니까요."

"그럼 왜 내 얼굴도 똑바로 쳐다보지 않느냐?"

"보, 보고 있거든요?"

그제야 미소가 의윤을 향해 보란 듯이 고개를 돌렸다. 하지만 여전히 시선은 다른 쪽을 향한 채였다.

"이봐라. 안 보고 있지 않느냐?"

그렇게 말하며, 의윤은 미소의 눈앞에 제 얼굴을 가까이 들이댔다.

"……!"

눈동자가 딱 마주치는 순간 미소가 화들짝 놀라며 얼른 고개를 돌렸다.

"화난 거 맞구먼, 뭘."

갑자기 미소가 앉아 있던 의자에서 벌떡 일어났다.

"저 춤추느라 땀을 흘려 가지고 좀 씻어야겠어요."

그러더니 의윤의 등을 떠밀어 강제로 방에서 쫓아냈다.

"안녕히 가세요, 전하!"

문이 쾅 닫혀 버렸다. 굳게 닫혀 버린 미소의 방문 앞에서, 의윤은 고개를 갸웃거렸다.

"거 참, 개똥이라고 부르는 게 그리 싫을까."

나름대로 애칭 같은 건데 그것도 모르고, 하고 혀를 차는 의윤이었다.

"허허, 우리 개똥이가 제법 신의를 아는구나?"

그 말을 할 때 의윤은, 눈초리가 한껏 가늘어져서는 만면에 웃음기를 가득 띠고 미소를 쳐다보고 있었다. 마치 귀여워 죽겠다는 듯한, 그런 눈빛이었다. 물론 미소의 착각이었는지도 모르겠지만.

어쨌든 표정이 그래서였을까. 전에는 그렇게 듣기 싫었던 개똥이란 말이, 그 순간에는 얼마나 다정하고 달콤하게 들리는지 몰랐다. 그래서 저도 모르게 시선을 확 돌려 버렸다. 차마 얼굴을 똑바로 쳐다볼 수가 없어서.

우리 개똥이. 우리 개똥이. 우리 개똥이.

의윤이 방을 나간 후에도 그 말이 미소의 가슴속에서 반복해서 메아리치고 있었다.

"네가 잘 몰라서 그러는데, 옛날에는 귀할수록 일부러 천한 이름으로 부르고 그랬느니라."

그건 혹시, 전하께도 내가 그렇게 귀하다는 뜻일까……. 멍하니 그렇게 생각하다 미소는 화들짝 놀라 고개를 저었다. 아주 소설을 쓰고 있네! 전하 가지고 소설 쓰는 건 초등학교 때 했던 걸로 족하지 않은가. 그것 가지고도 얼마나 놀림을 당했는데.

"어른은 무슨, 스물한 살이면 아직 어린애지! 여자로 보이지도 않네."

언젠가 의윤이 정 여사에게 딱 잘라 그렇게 말했던 것이 떠올라서 미소는 문득 씁쓸해졌다. 참, 그랬지. 전하께서는 나 같은 거 여자로도 안 보인다고 하셨었지.

순간 갑자기 울고 싶어지는 자신을 깨닫고 미소는 당황했다. 전하의 한마디에 하늘에라도 오를 것같이 설렜다가, 금세 또 울고 싶은 기분이 된다. 그분이 뭐라고 말씀하시든 내 기분이 왜 이렇게 롤러코스터를 타는지 모르겠다.

'혹시 내가, 전하를……?'

하고 생각하다 미소는 화들짝 놀라 고개를 저었다. 그럴 리가 없잖아! 아무리 어릴 때부터 동경했던 분이라고는 하지만, 자신보다 열두 살이나 많은 남자를 좋아할 리가 없지 않은가. 그것도 아들딸 골고루 딸린 이혼남에다, 저렇게 변덕스럽기까지 한 분을!

'어제 날 구하러 와 주셔서, 그래서 잠깐 마음이 흔들린 것뿐이야.'

미소는 애써 그렇게 생각했다.

* * *

일요일, 미소는 연재의 부탁을 받아서 학교에 와 있었다.

"이제 저희 공연 얼마 안 남았거든요. 애들이 언니 딱 한 번만 와서 춤 가르쳐 달래요."

다행히도 아이들은 미소가 가르치는 대로 잘 따라와 주었다. 미소가 옆에 있어서 그런지는 모르겠지만, 연재를 대하는 태도도 지난번만큼 나쁘지는 않아 보여서 미소는 한시름 놓았다.

"너희들 목마르지? 언니가 음료수 쏜다!"

내친김에 미소는 잠깐 쉬는 시간에 연재와 함께 음료수를 사러 나갔다.

"고마워요. 일요일인데 언니 쉬지도 못하고."

돌아오는 길에, 음료수 봉투를 손에 든 연재가 불쑥 말했다.

"에이, 뭐가. 나도 집에 있어 봤자 할 일도 없고 심심해서 온 건데 뭐."

하지만 연재는 고개를 저었다.

"저 걱정돼서 와 준 거잖아요. 애들한테 계속 따 당할까 봐."

생각해 보면 연재도 어린 나이 치고는 꽤나 복잡한 사연의 소유자였다. 부모는 어릴 때 이혼하고, 엄마는 재혼 후에 금세 또 이혼하고,

그 후 무슨 곡절인지 새아빠 손에서 자라야 했고. 그래서일까, 가끔씩 이렇게 사람을 놀라게 할 정도로 어른스러운 데가 있었다.

"어때, 요즘은 애들이랑 잘 지내?"

"네. 언니가 개인 교습 시켜 준 덕분에 저도 많이 나아져서 이제 욕 안 먹어요. 오히려 저한테 춤 가르쳐 달라는 애들도 있고요."

"다행이다."

미소는 진심으로 말했다.

"근데 언니는 이화원에 언제까지 있을 거예요?"

"그건 왜?"

"그냥, 궁금해서요."

연재가 민망한 듯이 시선을 돌리며 우물거렸다. 말하지 않아도 왜 묻는지 알 것 같았다. 별로 해 준 것도 없는데 이 애가 그새 나한테 정을 붙였구나. 고맙고 기뻐서 미소는 가슴이 뭉클해졌다.

"걱정 마. 앞으로 당분간은 있을 거니까."

그제야 연재는 눈에 띄게 안심한 표정을 했다. 키는 미소만큼이나 크고 머리도 길어서 벌써 아가씨 태가 나지만, 속은 아직 어린애구나 하는 생각이 들었다.

연재와 사이좋게 음료수 봉투를 나누어 들고 돌아왔는데, 마침 아이들이 교실 안에서 저희끼리 이야기하는 소리가 새어 나왔다.

"이연재 생각보다 괜찮지 않냐?"

"그러게. 운전사 차 타고 왔다 갔다 하는 거 보고 재수 없을 줄 알았는데 이제 보니깐 착한 거 같아."

힐끗 곁눈질을 하니 연재는 민망한 표정을 하고 있었다. 미소는 풋, 하고 웃었다. 하지만 이어서 들려온 말에 금세 웃음기가 싹 달아났다.

“우리 앞으로 연재 괴롭히지 말자. 그런 아빠랑 사는데 불쌍하잖아.”

“맞아. 나 1학년 때 걔랑 같은 반이었는데, 공개 수업이나 담임 쌤이랑 상담할 때도 걔네 아빠만 안 와서 쫌 불쌍했었어. 맨날 무섭게 생긴 늙은 아줌마가 대신 오고.”

“어떻게 생겼는지 좀 궁금하지 않냐? 엄마 말로는 존잘이었다는데, 인터넷에 사진도 다 내려져서 하나도 없고.”

“나 외국 사이트 검색하다 사진 본 적 있어. 잘생기긴 대박 잘생겼는데, 지금이야 아저씨겠지 뭐. 그리고 잘생겼음 뭐 해? 인성 쓰레기라는데.”

미소의 얼굴에서 핏기가 가셨다. 밖에서 듣고 있는 것도 모르고 아이들은 열심히 떠들었다.

“우리 아빠가 그러는데 폐위될 때 난리도 아니었대. 이혼도 이혼인데 그 후로 스캔들 터진 여자 연예인만 몇 명이라는데?”

“나도 들었는데 사생활 장난 아니게 더러웠다던데.”

“그런 사람이 황제가 될 뻔했다니, 어휴 소름.”

그 순간, 미소는 저도 모르게 교실 문을 박차고 안으로 들어가고 있었다.

“……너희가 뭘 알아.”

미소는 아이들을 노려보며 낮게 말했다.

“너희가 그분을 알기나 해? 얼굴도 모르는 사람에 대해서 뭘 안다고 함부로 떠들어!”

꽉 쥔 주먹이 벌벌 떨렸다.

"미소 언니!"

아이들은 무척 당황한 눈치였다.

"죄송해요. 저흰 그냥 어른들이 그렇게 말씀하시길래……."

"그 사람들도 모르기는 마찬가지잖아! 그분은 절대 그런 사람이 아니란 말이야. 그분은, 그분은……."

목이 메어서, 미소는 말하다 말고 입을 다물었다.

"저 바깥에 두고 온 것들에 미련이 생길까 봐. 그래서 다시는 이 안의 생활에 만족할 수 없게 될까 봐. ……그리하여 내 스스로 맹세를 하였다. 평생토록 저 문 밖으로 나가지 않겠다고."

바보 같다고 생각했다. 여태 이런 말이나 떠들고 있는 세상이 뭐가 그렇게 그립다고, 스스로 자신을 집 안에 가두기까지 해야 했을까, 그 남자는. 의윤이 애처롭고 또 화가 나서, 미소는 금세라도 가슴이 터질 것만 같았다.

문득 정신을 차리고 보니 아이들이 어쩔 줄 몰라 하며 자신을 쳐다보고 있었다.

"죄송해요, 언니. 다신 안 그럴게요."

"울지 마세요, 네?"

자신이 어느새 울고 있었다는 것을 깨달은 순간 온몸에 전율이 흘렀다. 어두운 방에 불이 반짝 켜지듯, 그동안 스스로도 알 수 없었던 감정들이 한순간에 명확해졌다.

왜 그분께서 짓궂게 굴고 놀리시면 그토록 화가 났는지.

그러다가도 다정한 말 한마디 들으면 금세 마음이 스르르 풀렸는지.

키스하려는 걸로 착각했을 때, 왜 눈을 감았었는지.

소리 내어 울고 싶은, 또 한편으로는 크게 웃어 버릴 것 같은 기분으로, 미소는 자신의 마음을 처음으로 똑바로 마주했다.

'아, 내가 그분을…….'

* * *

제 마음을 깨닫고 나자 미소는 조금 허탈해졌다.

'일편단심 민들레가 따로 없네.'

어린 시절부터, 그리고 학창 시절 내내 좋아했던 남자라고는 오직 이유 전하 한 사람뿐이었다. 그런데 어른이 되고 나서도 결국 좋아하게 된 게 또 그 사람이라니.

'결국 난 평생 전하 한 분만 좋아한 거잖아?'

왠지 피식피식 웃음이 나왔다. 취향 한번 대쪽 같구나, 나도 참.

은근히 손해 보는 느낌도 들었다. 내가 왜 나보다 열두 살이나 많은 남자를, 그것도 아들딸 고루 딸린 이혼남을. 하지만 억울해도 이미 좋아하게 된 것은 어쩔 수 없었다.

"있잖아, 내가 전하를 좋아하는 것 같아."

힘들게 고백했는데 민식은 놀라기는커녕 그럴 줄 알았다는 듯이 고개를 끄덕였다.

"그래도 생각보다는 일찍 깨달았네? 한참은 더 삽질할 줄 알았더니."

"뭐야. 넌 알고 있었다는 거야?"

"당연하지. 너 그 김 집사님이라는 오빠한테 여자 친구 있느냐고도 안 물어봤다며?"

"갑자기 김 집사님 얘기는 왜 나와?"

"네가 왜 안 물어봤겠어, 관심이 없으니까 안 물어봤겠지. 왜 그 잘생긴 오빠한테 관심이 없었겠어, 마음이 딴 데 가 있으니까 그랬겠지. 그럼 그 마음이 누구한테 갔겠어? 뻔한 거지."

지극히 논리적인 설명에 미소는 감탄했다. 아, 내가 그래서 그랬던 거구나!

"너 전하가 세상에서 제일 싫다고 펄쩍 뛸 때부터 이럴 줄 알았다."

미소는 해죽해죽 웃는 민식의 눈치를 보았다.

"근데 괜찮아? 너 전하랑 잘해 보고 싶다고 그랬었잖아. 괜히 해본 소리였어?"

"아니, 진짜로 생각이 있긴 있었는데 정작 전하가 마음이 딴 여자한테 가 있으시더라고. 그래서 바로 접었지."

미소는 가슴이 철렁했다.

"전하가 너한테 그런 얘기도 하셨어? 누구래, 그 여자가?"

혹시 지호를 낳아 준 여자분? 불안한 마음에 심장이 마구 뛰기 시작했다.

"윤미소."

"왜 불러?"

"아니, 너라고. 전하 마음이 가 있는 그 여자."

몇 초 후에야 겨우 미소는 민식의 말뜻을 깨달았다. 커다래지는 미소의 눈을 보고 민식이 혀를 찼다.

"하여튼 윤미소, 둔하기는."

"전하가 너한테 직접 그렇게 말씀하신 거야?"

"그건 아니지만, 뭐 꼭 말로 해야만 아니? 개똥아, 개똥아 할 때

눈에서 꿀 떨어지는구먼."
"그럼 아닐 거야. 네가 뭘 잘못 봤겠지."
미소는 조금 망설이다 시무룩하게 말했다.
"전하는 나 같은 어린애, 여자로도 안 보인다고 그러시는 거 내가 들었단 말이야. 세상이 멸망하고 마지막 남은 여자가 나라면 또 모를까 그 전엔 관심 없다고 하셨어."
"강한 부정은 강한 긍정이란다, 친구야."
민식은 확신에 차 있었다.
"분명히 너한테 여자로서 관심 있으셔. 뭐, 전하 본인이 깨닫고 계신지는 모르겠지만."
"말도 안 돼. 전하가 나한테……?"
미소는 그저 얼떨떨하기만 했다.
"그러니까 한번 잘해 봐. 황태자비가 꿈이었던 거, 나 혼자만은 아니었잖아?"
민식이 윙크를 날렸다.
"근데 민식이 넌 나 안 말려?"
"내가 왜 말려?"
"전하 우리보다 열두 살이나 많으시잖아."
"뭐 어때, 비주얼은 20대 뺨치는데. 누가 서른셋으로 보겠니?"
"이혼남이잖아."
"유부남 아니면 됐지 뭐."
"애가 둘인데?"
"하나는 자기 애도 아니라며."
"나머지 하나는 누가 낳았는지도 모른다니까?"

"어쨌든 지금 그 여자는 곁에 없잖아. 골키퍼 없음 된 거지 뭘."

하나하나 대수롭지 않다는 듯한 말투였다. 듣고 있자니 미소까지 덩달아 별문제도 아닌 것 같은 생각이 들기 시작했다.

"전하 좋은 분이신 것 같더라. 그러니까 잘해 봐."

씩 웃고, 민식은 덧붙였다.

"그리고 너 잘되고 나면 나 그 김 집사 오빠랑 잘되게 팍팍 밀어줘야 된다?"

미소는 제 감정에 솔직해지기로 했다. 과연 민식의 말대로 진짜 전하도 자신에게 관심이 있는지는 모르겠지만, 설사 착각이라 해도 그냥 좋아하는데 무슨 문제가 있겠는가. 예전에야 황태자 전하셨지만 지금은 그것도 아닌데.

의윤을 좋아하는 제 마음을 인정하고 나서, 미소는 새롭게 고민하기 시작했다. 뭘 해야 그분과 가까워질 수 있을까. 그러다 문득 떠오른 것이 있었다.

"전하."

가만히 부르자 거실에서 신문을 보고 있던 의윤이 고개를 들었다.

"오 그래, 개똥이 왔느냐."

미소의 얼굴을 보자마자 의윤은 기다렸다는 듯이 장난스러운 표정이 되었다.

"부기가 좀 가라앉으니 이제야 좀 봐 줄 만해졌구나."

"뭐라고요?"

"내 차마 말은 안 했다만, 가뜩이나 못난 얼굴이 퉁퉁 부어서 그간 아주 가관이었느니라."

예전 같았으면 뭐라고요? 하고 씩씩거렸을 것이다. 하지만 민식이 귀띔해 준 것이 있어서인지, 그리 싫게 들리지는 않았다. 오히려 전하께서 저를 이렇게 놀리시는 것이 은근히 설레기까지 했다. 이제 와서 생각해 보면 전하께서 다른 고용인들에게 이러시는 건 한 번도 본 적이 없었다. 다른 사람들 앞에서는 늘 근엄하고 의젓한 모습이었다. 오로지 제 앞에서만 이렇게 짓궂으시지.

"어머, 전하는 뭐 되게 잘생기신 줄 아시나 봐요?"

짐짓 토라진 체하며 농담으로 받아치자 의윤이 눈을 둥그렇게 떴다.

"내 이래 봬도 한창 때는 연예계 관계자들이 땅을 쳤단다? 저런 아까운 재목이 하필이면 황실에서 태어났다고."

"치, 언제 적 얘기를 하셔."

"허어, 내 아직 죽지 않았단다? 만약에 지금 당장이라도 연예계 데뷔를 하면 박보검쯤이야 문제없느니라."

"박보검이 뭐 얼굴만 잘생겨서 잘된 줄 아시나 봐. 연기도 엄청 잘하거든요?"

"흥, 다른 건 몰라도 세자 연기는 내가 더 잘할 수 있을 것이다."

시침 뚝 떼고 근엄하게 하는 말에 미소는 참지 못하고 배꼽을 잡고 웃었다.

"아하하하!"

한참 웃다가 정신을 차려 보니 의윤이 한껏 가늘어진 눈으로 자신을 바라보고 있었다.

"……웃는 얼굴 보니까 좋구나."

부드러운 목소리에 순간 미소의 심장이 쿵, 하고 떨어졌다. 자칫하면 얼굴이 빨개질 것 같아서 미소는 허둥지둥 본론을 꺼냈다.

“저, 저기요. 전하께서 지난번에 제게 부탁하실 게 있다고 하셨잖아요.”

“음?”

“제가 내기에 졌을 때, 뭘 도와 달라고 하시면서 그러셨잖아요. 집안사람들도, 김 집사님도 아직 모르는 일이니 반드시 비밀로 해야 된다고요.”

순간 의윤의 표정에서 장난기가 싹 가셨다. 그는 주위를 둘러보고 목소리를 낮춰 말했다.

“이따 밤에 몰래 내 방으로 오너라. 그때 다시 이야기하자.”

그러더니 언제 그랬냐는 듯이 도로 시침을 떼고 신문을 집어 들고 읽기 시작했다.

대체 뭔데 그러시는 걸까. 궁금했지만 더 물어도 지금은 얘기해 주지 않을 것 같아서, 미소는 일단 물러났다.

* * *

황태자 요는 답답해서 어쩔 줄을 모르고 있었다.

분명 들어온 제보는 신뢰할 만한 것이었다. 그런데 대체 무슨 조화로 증거를 다 없애 놓았단 말인가, 일부러 불시에 들이닥쳤는데!

어쨌든 그 사건으로 심증은 더욱더 굳어졌다. 10년째 저택에 틀어박혀 있는 인간이 일부러 그런 불온한 책들을 사 모은 데는 분명 이유가 있었을 것이다. 뭔가 꾸미고 있는 것이 틀림없는데, 그게 대체 뭘까. 너무 신경이 쓰인 나머지 요 며칠은 밤잠도 설치고 있었다.

아무래도 그게 뭔지 알아내야겠는데 문제는 방법이 없었다. 의윤은 철저히 이화원 안에만 틀어박혀 있으니 어떻게든 집안사람을 포섭해서 감시를 해야 할 텐데, 그의 주변에 있는 자들이 모두 어머니인 황후의 사람들이었던 것이다.

온후하고 덕망이 높은 황후였다. 그 곁에서 오래 일했던 자 치고 황후의 은혜를 입지 않은 사람이 없었다. 섣불리 매수나 협박을 하려 들었다가는 자칫 오히려 황후의 귀에 흘러 들어갈 위험이 있었다.

'어디까지 죄인을 감싸고돌아야 성이 차신단 말인가.'

형의 곁을 죄다 자기 사람들로 채워 넣은 어머니가 원망스럽기까지 했다.

"황태자 전하."

고민하는 요를 보고, 내관이 조심스럽게 말을 꺼냈다.

"어쩌면 죄인이 그 안에서 뭘 하고 있는지 감시할 방법이 있을지도 모르겠습니다."

"방법이라?"

"이화원의 수색을 맡았던 책임자한테서 들었는데, 이화원에 황후 폐하의 사람이 아닌 자가 하나 들어가 있다고 합니다."

"뭣이? 그게 누구라더냐?"

요는 귀가 번쩍 띄어 급히 물었다.

"가정부 중에 스무 살쯤 되어 보이는 젊은 계집아이가 있는데, 일한 지 한 달도 안 되었다고 했다 합니다."

"그러면 아직 죄인에게 그리 충성을 바치고 있지는 않겠구나?"

"그리 사료됩니다, 전하. 자기가 불온한 책을 발견했으면 신고를 했을 거라면서 포상금 운운하더라고 합니다."

"그래?"

어머니의 사람도, 의윤의 사람도 아닌 자가 이화원에 있다.

'가만있자, 이걸 잘 이용하면……?'

요의 가슴이 뛰기 시작했다.

* * *

늦은 밤. 집안 식구들이 모두 잠들기를 기다려 미소는 의윤의 방으로 향했다. 미소를 기다리고 있었는지, 문을 열어 주는 의윤은 아직 잠옷이 아닌 낮에 입고 있던 옷 그대로였다.

"이리 와서 앉거라."

의윤이 가리키는 대로 미소는 의자에 마주 앉았다.

"단도직입적으로 묻겠다."

의윤은 무척이나 진지한 표정을 하고 있었다.

"너는 조선 왕조의 치부는 철저히 은폐하고, 또 학교에서 가르치지도 않는 지금의 역사 정책이 옳다고 생각하느냐?"

미소는 침을 꿀꺽 삼켰다. 어쩐지 밤에 단둘이 이야기하자고 하더니, 이렇게 위험한 얘기를 꺼내려고 그러셨던 거구나. 의윤은 자신을 믿고 묻고 있었다. 그러니 자신도 믿어야 했다.

"옳지 않다고 생각해요."

"그래. 그러니까 차라리 외국에 나가서 공부를 하겠다고 했겠지. 나도 너처럼 생각한다. 특히 네 아버지가 그리된 일 이후로는 더욱 더."

의윤은 조심스럽게 미소의 아버지를 입에 담았다.

"역사라는 것은 아름다운 것은 아름다운 것대로, 또 부끄러운 것은 부끄러운 것대로, 있는 그대로 가르치는 데 의미가 있을 텐데. 반 토막이 난 역사가 늘 안타까웠다."

"……."

"이미 황제 폐하께서 이런 정책을 펴기 시작한 지가 20년이구나. 그러니 지금 젊은 세대는 조선 왕조가 무슨 실정을 했는지에 대해서는 전혀 아는 바가 없는 자들이 대부분이다. 나 역시 금지된 옛날 책들을 일부러 구해다 보고서야 제대로 알았을 정도다."

"그렇죠, 저도 학교에서는 배운 적이 없고 다 아빠한테 배웠거나 책에서 읽었으니까요."

미소의 아빠는 점점 심해져만 가는 상황을 무척 안타까워했다. 틈날 때마다 어린 미소에게 이야기를 들려주곤 했다. 앞으로 학교에서는 못 배울 테니, 지금 배워 두라면서.

"폐위된 후 계속 생각을 했다. 내가 할 수 있는 일이 뭐가 있을까, 하고 말이다."

슬슬 본론이 나오고 있었다. 미소는 침을 꿀꺽 삼켰다.

"그래서요?"

"생각 끝에 결론을 냈다. 책을 내서 사람들에게 이야기로 들려주자고."

"좋은 생각이시지만 그걸 누가 출판해 주겠어요? 한다 해도 내자마자 바로 금지 먹을걸요."

"일단 줄거리를 읽어 보아라."

의윤이 미소에게 프린트된 종이 한 묶음을 건넸다. 첫 장을 훑어보고, 미소는 고개를 갸웃거렸다.

"근데 조선 시대 이야기가 아니네요?"

"좀 더 읽어 보아라."

배경은 가상의 중세 서양 국가. 주인공들도 모두 생소한 외국 이름이었다. 그래서 얼핏 봤을 때는 반지의 제왕 같은 판타지 소설 같았지만, 찬찬히 줄거리를 살펴보자 군데군데 눈에 익은 부분이 하나씩 들어오기 시작했다.

"이 부분은 인조반정 얘기랑 똑같네요."

"아, 이 존이란 사람은 간신 유자광이 모델인가 봐요?"

저도 모르게 외치다시피 말할 때마다 의윤이 고개를 끄덕였다.

"그렇다."

미소는 감탄했다. 이런 방법이 있었구나! 가상의 국가를 내세워서 실은 조선의 역사를 이야기하는 것이었다. 그것도 창작해 낸 스토리 안에 실제 역사를 군데군데 섞는 식으로 매우 교묘하게 만들어 놓았다. 얼핏 봐서는 진짜 판타지 소설인 것처럼.

"이러면 책은 낼 수 있겠네요. 하지만 역시 황실에서 눈치를 채면 위험하지 않을까요?"

"일단 인기를 얻으면 황실에서도 함부로 건드리지는 못할 것이다. 금지시킨다 해도 어쨌든 논란은 되겠지. 그게 내가 바라는 바다."

"하지만, 그렇게 되면 전하께서는……."

미소는 말끝을 흐렸다.

'자칫하면 해외로 추방당하실 수도 있잖아요.'

미소가 차마 입에 담지 못한 말을, 의윤은 짐작한 모양이었다.

"그쯤이야 각오했다."

담담한 얼굴로, 의윤은 말했다.

"나는 나를 믿고 사랑했던 국민들에게 큰 실망을 안겨 주었다. 그러니 그들을 위해 그 정도는 감수해야 하지 않겠느냐."

미소는 가슴이 뭉클해졌다. 이분은 이미 결심하신 것이다. 자신을 여태 쓰레기라 욕하고 있는 그 사람들을 위해서 기꺼이 자신을 희생하기로.

"날 도와주겠느냐?"

"네."

미소는 힘주어 고개를 끄덕였다.

"잘 생각해 보고 대답하거라. 위험한 일이다."

너무 대답이 쉽게 나왔다고 생각했는지, 의윤은 오히려 만류하듯 말했다.

"자칫 일이 잘못되면 나중에 공범 취급을 당할 수도 있다. 그래서 처선이에게조차 말하지 않은 것이다."

그렇게 위험하고도 중요한 일을 내게 도와 달라 손 내밀고 계시는구나. 무섭거나 겁나기는커녕 미소는 무척 기뻤다.

"제가 왜 역사 전공하고 싶다고 생각했는지 아세요?"

의윤이 고개를 저었다.

"전하랑 같은 생각을 했거든요. 외국에 나가서라도 제대로 공부해서, 언젠가 우리나라에 돌아와서 사람들에게 올바른 역사를 전해 주고 싶다고요. 물론 지금의 황제 폐하가 계신 동안에는 안 되겠지만, 나중에라도 기회가 있을지 모르는 거잖아요."

누군가가 들었다가는 반역죄로 잡혀갈 수도 있는 말을, 미소는 거리낌 없이 입에 담았다.

"그러니까 도와 드리고 싶어요. 아니, 함께하고 싶어요."

"좋다. 그럼 함께 작업하도록 하자."

의윤은 고개를 끄덕였다.

"그런데 전하. 줄거리 보니까 되게 재밌을 것 같긴 한데, 요즘 사람들이 책을 참 안 보거든요. 특히 젊은 사람들은 더 그렇고요."

자칫 의윤이 마음 상할까 봐 미소는 눈치를 보며 조심스럽게 말했다.

"그래서 이걸 내셔도 솔직히 얼마나 인기가 있을지는……."

"이걸 내겠다는 게 아니다."

"네? 아까는 낸다고 하셨잖아요?"

미소가 의아하게 묻자 의윤이 책장으로 갔다. 그러고는 책 한 권을 꺼내서 돌아왔다.

"이 책, 기억하느냐?"

의윤이 펼쳐서 내미는 책장을 보고 미소는 얼굴이 확 빨개졌다.

"이, 이건 그때 전하가 밤늦게까지 보셨다던……."

좋은 거! 얼핏 보고 고개를 돌리려는데 의윤이 이번에는 책장을 덮고 책 표지를 보여 주었다.

「완전 쉬운 만화 인체 데생」

"어, 좋은 게 아니었네요?"

"그러게 내가 그때 말하지 않았느냐? 그런 책이 아니라고."

의윤이 짐짓 눈을 흘겼다.

"그런데 전하께서 웬 만화 공부를 다 하세요?"

"아까 네 입으로 요즘 젊은 사람들이 어떻다고 했느냐?"

"책을 잘 안 본다고…… 아!"

그제야 미소는 의윤의 의도를 깨달았다.

"그럼 아까 보여 주신 그 줄거리를 소설이 아니고 만화로 그리시려고요?"

"실은 이미 그리고 있느니라."

의윤이 노트북을 가져와서 작업물을 보여 주기 시작했다. 꽤 열심히 작업한 듯, 분량이 상당했다. 무척 공들인 티가 나는, 하지만 아마추어의 티가 물씬 나는 그림들을 한 장 한 장 넘겨 보면서 미소는 어느덧 가슴이 뭉클해 오는 것을 느꼈다. 그래도 한때는 황태자이셨던 분인데, 몰래 독학까지 해 가면서 이렇게 열심히 만화를 그리셨구나. 여태 자신을 손가락질하고 있는 국민을 위해서.

저도 모르게 미소는 상상하고 있었다. 만약에 전하께서 폐위되시지 않았다면, 그래서 장차 황제가 되실 수 있었다면. 그랬다면 이 나라는 어떤 방향으로 변화했을까.

"와, 근데 전하 그림 되게 잘 그리시네요?"

칭찬을 받은 의윤이 우쭐한 표정을 했다.

"내 이래 봬도 소싯적에는 만화계 관계자들이 땅을 쳤단다? 저런 아까운 인재가 하필이면 황실에서 태어났다고."

"낮에는 연예계라고 들은 거 같은데요, 그 얘기?"

"기분 탓일 게다."

미소는 입을 다물고 만화에 집중하기 시작했다. 첫 독자의 반응을 앞두고 은근히 긴장되는 듯, 의윤은 곁에서 안절부절못하고 미소의 표정을 쳐다보고 있었다. 한참 후, 그려진 분량까지 다 보고 난 미소는 고개를 들었다.

"음, 일단 되게 열심히 그리신 티가 나요. 그런데……."

"그런데?"

의윤이 침을 꿀꺽 삼키며 미소의 말을 받았다.

"노잼이에요."

"노잼이라 함은……?"

"그러니까, 재미가 없다고요."

의윤의 얼굴이 굳어지는 게 눈에 들어왔다.

"팩트 폭행 죄송한데요. 이거는 그냥 정말 소설을 만화로 그대로 옮겨 놓은 것밖에 안 되잖아요. 대사도 너무 길고 어려워요."

미소는 계속해서 날카롭게 지적했다.

"게다가 유머 감각이 전혀 없어요. 보면서 피식조차 안 나왔다고요."

"그 정도냐?"

"네. 전하 평소에 TV 뉴스도 잘 안 보시고 주로 신문 보시잖아요. 인터넷도 잘 안 하시고 영화도 안 보시고. 그래서 그런지 전체적으로 되게 딱딱하게 느껴져요."

의윤의 낯빛이 점점 어두워져 갔다. 솔직한 의견에 무척 실망한 모양이었다.

"그렇구나……."

그가 낙담하는 것을 보니 마음이 좋지 않았다. 미소는 얼른 말했다.

"걱정 마세요, 제가 있잖아요? 같이 다듬어 가면서 처음부터 다시 해요, 우리."

"그래 주겠느냐?"

그제야 의윤은 얼굴이 밝아졌다.

"그래. 그러면 앞으로 매일 밤 이렇게 내 방으로 오도록 하여라. 밤에 만나서 일하자꾸나."

그 말에 미소는 괜히 가슴이 두근거렸다. 물론 알고 있다. 달콤한 밀회 따위가 아니라, 단순히 일 때문에 오라고 하시는 거라는 사실을. 하지만 말 그 자체에 설레는 것은 어쩔 수 없었다. ……왜냐하면, 좋아하니까.

미소가 갑자기 어색해하는 것을 눈치챘는지, 의윤이 괜히 헛기침하며 덧붙였다.

"낮에 몇 시간씩 네가 내 방에서 나오지 않으면 집안사람들이 수상하게 생각할 것 아니냐."

"네. 저도 그렇게 생각합니다."

"그러니까 밤에 만나서 같이 콘티를 짜고, 낮에는 내가 그것대로 그림을 그리는 식으로 진행하면 될 것 같구나."

"네, 전하."

"앞으로 우리 잘해 보자꾸나."

의윤이 내민 손을, 미소는 조심스럽게 손을 뻗어 마주 잡았다. 우리, 라는 말에 또다시 설레는 가슴을 느끼면서.

* * *

다음 날 아침, 정 여사가 미소를 자기 사무실로 불러냈다.

"그래, 추천장은 언제까지 필요한가요?"

"네?"

"주인님께서 미소 씨 덕분에 드디어 밖에 나가게 되셨잖아요. 그러니까 약속대로 황후 폐하께 추천장을 부탁드릴까 해서."

미소는 가슴이 철렁했다. 이건 혹시 받을 거 받아서 얼른 나가 달라는 걸까.

"저어, 저는 아직 이 댁에서 떠날 생각이 없는데요."

미소는 조심스럽게 말했다.

"괜찮으시다면 좀 더 여기 있으면서 전하께서 완전히 세상으로 나가실 수 있게 도와 드리고 싶어요."

게다가 전하의 작업을 돕기 위해서라도 곁에 있어야 했지만, 그 이야기는 물론 뺐다. 둘만의 비밀이니까. 거절당하면 어쩌지, 하고 조마조마했는데 다행히도 정 여사는 빙그레 웃으며 대답했다.

"잘됐네요. 그럼 앞으로도 잘 부탁합니다."

마치 미소가 그렇게 대답할 줄 알았다는 듯이.

야심한 밤, 의윤은 안절부절못하고 있었다. 몇 번이나 거울을 들여다보며 머리도 매만지고, 옷매무시도 가다듬어 보고 했지만 기다리는 노크 소리는 좀처럼 들려오지 않았다.

"……올 때가 지났는데."

보통 밤 10시쯤이면 오는 미소가 오늘은 10시 반이 넘도록 오지 않고 있었다.

'혹시 피곤해서 잠이 들어 버렸나?'

의윤이 내심 낙담하고 있을 때, 문득 노크 소리가 들려왔다. 순간 의윤의 얼굴에 화색이 번졌다.

"어서 오너라."

얼른 달려가서 문을 열어 주자 잠옷 차림의 미소가 방 안으로 쏙 들어왔다.

“늦어서 죄송해요, 전하. 지호가 재워 달라고 조르는 바람에 책 읽어 주고 재우고 오느라 늦었어요. 많이 기다리셨죠?”

“아니다. 나도 일하고 있었느니라.”

방금까지 초조해한 주제에 의윤은 시치미를 뚝 떼고 대꾸했다.

“참, 이것 좀 먹어 보아라.”

의윤이 냉장고에서 꺼내 온 케이크를 보고 미소의 얼굴이 확 밝아졌다.

“와! 이거 그 집 케이크네요?”

“그래, 낮에 처선이 시켜서 사 오라 하였다.”

일부러 맛있는 것들만 골라 남겨 놓았다. 밤에 미소가 오면 주려고. 얼른 포크를 들어 초콜릿 케이크를 한 조각 크게 베어 입에 가져가려던 미소가, 문득 손을 멈추고 의윤을 쳐다보았다.

“참, 전하도 좀 드셔야죠.”

의윤은 얼른 손을 내저었다.

“나는 됐다. 낮에 많이 먹었으니 너나 먹어라.”

워낙 케이크 덕후인 의윤이었다. 낮에 많이 먹은 건 사실이지만, 먹으라면 몇 개든 더 먹을 수 있었다. 하지만 지금은 자신이 먹는 것보다도 미소가 먹는 것을 보는 게 훨씬 더 좋았다. 먹는 것만 봐도 배가 부른 것 같은 느낌이 들었다.

의윤은 도저히 잊을 수가 없었다. 마당 구석에서 다친 짐승처럼 조그맣게 웅크린 채 떨고 있던 미소를. 그 작은 몸 위에 가차 없이 쏟아지던 모진 매질을. 살면서 이런 일 저런 일 많이 겪어 왔지만, 단연코 그 순간만큼 분노해 본 적은 없었다. 지금도 생각하면 울컥울컥해서 자다가도 벌떡 일어날 지경이었다.

"전하……?"

자신을 올려다보던 상처받은 눈빛이 아직도 뇌리에 선명하게 남아 있었다. 의윤은 두 번 다시 미소의 그런 눈빛을 보고 싶지 않았다. 웃는 얼굴이 보고 싶고, 즐거워하는 모습이 보고 싶다. ……바로 지금처럼.

"이것도 먹어라. 너 다 먹어도 된다."

초콜릿 케이크 한 조각을 금세 게 눈 감추듯 먹어 버리고 아쉬운 표정을 하는 미소에게 남은 생크림 케이크마저 권하자, 미소가 슬쩍 눈치를 보았다.

"에이, 제가 다 먹었다가 괜히 나중에 전하 우시는 거 아녜요?"

"아니다. 내가 생크림 케이크를 그다지 좋아하지 않느니라."

거짓말이었다. 의윤이 케이크 중에서도 제일 좋아하는 게 바로 생크림 케이크였다.

"그럼 사양 않겠습니다!"

먹고 싶기는 했나 보다. 미소는 의윤의 말을 듣자마자 얼른 입맛을 다시며 생크림 케이크에 손을 댔다.

"음, 맛있어!"

미소의 눈초리가 행복한 듯이 가늘어졌다.

그런 미소의 모습을, 의윤은 질리지도 않고 흐뭇하게 쳐다보고 있었다.

* * *

둘만의 비밀이 생겨 버렸다. 좋아하는 이유 전하와. 미소의 얼굴에서는 이름처럼 온종일 생글생글 밝은 미소가 가시지 않았다.

보는 사람마다 한마디씩 했다.

"미소 무슨 좋은 일 있어?"

"아뇨, 좋은 일은요. 헤헤."

그렇게 대답하며 배시시 웃는 미소를 보고, 사람들도 덩달아 웃곤 했다. 날은 화창한 봄날이고, 좋아하는 사람과 밤마다 따로 만날 수 있고, 게다가 그 사람이 이 집에서 언제까지나 있어도 좋다고 말해 주었고. 그것만으로도 지금 미소는 충분히 넘치도록 행복했다.

의윤을 좋아하는 마음을 자각하고 나서도 고백하려는 생각 따위는 들지 않았다. 뭐랄까, 어린 시절부터 의윤을 좋아해 왔지만 순수하게 동경의 대상이었지 연애 대상으로는 감히 생각해 본 적이 없어서인지도 몰랐다. 그분은 황태자 전하셨으니까. 연인이 되는 것 따위는 감히 바라지도 않는다. 그냥 곁에서 바라만 보아도 좋다. 함께 이야기만 나누어도 꿈결처럼 즐거웠다.

'이게 바로 성공한 덕후 아니겠어?'

그렇게 생각하며 행복해하고 있던 미소에게 또 한 가지 좋은 일이 생겼다. 바로 기다리고 기다리던 첫 월급날이 온 것이었다.

"자, 한 달 동안 수고 많았어요."

처선이 건네는 두툼한 봉투를 받아서 가슴에 꼭 안고 미소는 한동안 말을 잃고 있었다.

"왜 그래요, 미소 씨?"

"저 태어나서 이렇게 돈 많이 벌어 본 거 처음이에요!"

한 달에 300만 원이라니, 상상할 수조차 없는 거금이었다. 고등학교 졸업 직후부터 틈틈이 아르바이트를 해 가며 꼬박 1년 동안 모은 돈도 채 500만 원이 안 됐었는데.

처선이 빙글거리며 물었다.

"첫 월급 받아서 어디 쓸지는 비밀이라고 했었죠? 언제까지 비밀로 할 거예요? 나 되게 궁금한데."

"음, 이번 주말까지요?"

원래 첫 월급을 받으면 가족들 선물을 사는 거라고 들었다. 특히 부모님께는 내복을 사 드리는 거라고. 하지만 미소에게는 가족도 부모님도 없는 거나 마찬가지니까 대신에 고마운 분들에게 선물을 하고 싶었다. 같이 일하는 분들은 물론이고 정 여사님이나, 처선이나, 전하에게도. 그래서 이번 주말에 나가서 선물을 살 셈이었다.

"그럼 주말 지나고 말해 줘요. 기대할 테니까."

"네!"

웃으면서 처선의 방을 나오는데, 미소를 본 지호가 복도 저만치서 외치며 달려왔다.

"이모오오오오!"

아이는 반갑게 미소의 치맛자락에 매달리며 졸랐다.

"우이 숨바꼭지하자!"

"그럴까?"

문득 떠오르는 생각이 있어서 미소는 얼른 봉투를 메이드복 주머니에 넣었다.

"근데 지호야, 우리 둘이서 하면 재미없잖아. 다른 사람들도 같이 하자고 할까?"

"조아!"

아이가 신이 나서 겅중겅중 뛰었다. 미소는 얼른 방에 있던 처선을 불러냈다.

"김 집사님, 우리 지호랑 같이 숨바꼭질해요!"

"그럴까요?"

처선은 흔쾌히 방에서 나오더니, 금세 일을 키웠다. 온 집안사람들을 다 불러 모으기 시작했던 것이다.

"자, 자, 모두들 하던 일 멈추고 이리 모이세요! 도련님이랑 숨바꼭질 한 판 합시다!"

보모에 가정부, 정원사, 심지어 정 여사까지 하나씩 끌려 나왔다.

"순순히 함께하시지요, 주인님."

거실에서 뉴스를 보고 있던 의윤까지도 반강제로 끼워 넣는 데 성공했다. 기어이 집안사람 모두를 모이게 한 처선이 미소를 향해 찡긋, 윙크를 했다. 그 순간 미소는 깨달았다. 처선이 자신의 의도를 눈치챘다는 것을.

미소가 놀이에 끼워 넣고 싶었던 사람은 사실 의윤이었다. 의윤을 지호와 함께 뛰어놀게 해서, 아이에게 좀 더 자상한 아빠가 되어 주기를 바랐다. 처선은 그런 미소의 속셈을 눈치챈 것이었다. 하지만 순순히 숨바꼭질 따위를 하겠다고 나설 의윤이 아니라는 걸 잘 알기에 일부러 온 집안사람들을 다 불러 모은 모양이었다. 정 여사까지 끼어 있으면 전하도 차마 싫다고는 못 하실 테니까.

"자, 자, 1층에만 숨는 걸로 합시다. 2층으로 올라가거나 바깥으로 나가는 건 반칙."

처선이 간단히 룰을 설명했다.

"제일 끝까지 숨는 데 성공하신 분께는 집사인 제 권한으로 하루 동안의 특별 휴가를 드리겠습니다."

특별 휴가! 모두들 눈이 반짝이기 시작했다. 그중에서도 지호는 신이 나서 어쩔 줄을 모르고 있었다. 이렇게 사람들 모두와, 특히 제 아빠와 함께 노는 것은 처음이었던 것이다.

술래는 지호와 지호의 보모가 함께 맡았다.

"꼭꼭 숨어야, 머이카약 보일라."

아이가 보모와 함께 벽에 붙어서 꼭꼭 숨어라, 하고 노래를 부르는 동안 사람들은 제각기 흩어져서 숨었다. 상품이 걸려 있어서 그런지 모두들 필사적으로 숨을 곳을 찾기 바빴다.

집 안에서 가장 신참인 미소였다. 잠시 어영부영하다 보니 숨을 만한 자리는 이미 다른 사람들이 다 차지한 후였다.

"어머 미소, 여기 내가 찜했으니까 딴 데 숨어!"

"미소 양, 미안하지만 여긴 내 자린데."

몇 번이나 쫓겨난 끝에 미소는 결국 지호 방에 뛰어들었다.

"찾느은다!"

저 멀리 바깥에서 지호의 들뜬 목소리가 들려왔다. 미소는 급한 김에 얼른 옷장 문을 열고 그 안에 몸을 숨겼다. 숨죽여 살짝 문틈으로 밖을 내다보는데, 문득 등 뒤에서 누군가가 어깨에 손을 얹는 바람에 미소는 너무 깜짝 놀라 소리를 질렀다.

"꺄……!"

하지만 입 밖으로 비명이 새어 나가기 직전에 별안간 틀어막혔다.

"쉿, 나다."

동시에 귓가에 속삭임이 들려왔다. 익숙한 목소리. 언젠가 맡아 본 적이 있는 향기. 돌아보지 않아도 등 뒤에 있는 사람이 누구인지 알 수 있었다.

이윽고 의윤이 미소의 입을 막고 있던 손을 뗐다.
“죄, 죄송합니다, 전하. 여기 계신지 모르고…… 저는 다른 데 숨겠습니다.”
떨리는 목소리로 말하고 얼른 나가려는 순간, 팔을 붙들렸다.
“그냥 여기 있거라.”
“하, 하지만……!”
이 좁은 옷장 안에 어떻게 둘이 같이 있자는 말인가. 가만히 있어도 이렇게 몸이 저절로 밀착되는데! 미소는 얼굴이 달아오르는 것을 느꼈다.
“괜찮습니다, 전하. 저는 얼른 나가서 침대 밑에라도…….”
하지만 이번에도 역시 제지당했다.
“쉿, 가만히 있으래도.”
미소가 나가지 못하게 뒤에서 단단히 끌어안고, 의윤이 속삭였다.
“지금 나갔다가 나까지 들키면 어쩌려고 그러느냐?”
살짝 꾸짖는 것 같은 말투가 왠지 달콤하게 들려서, 한층 더 가슴이 떨렸다.
코끝을 간질이는 특유의 향기.
밖에 들릴까 봐 조심하듯 한껏 낮아진 목소리.
귓가에 닿아 오는 따스한 숨결.
어두워서 얼굴이 보이지 않기 때문일까. 오히려 상대의 사소한 점 하나하나까지 평소보다 훨씬 더 선명하게 의식하게 되었다. 얼굴이 마구 화끈거렸다. 심장이 방금 백 미터 달리기를 한 사람처럼 뛰어대는 바람에 손끝까지 파르르 떨렸다.
“어, 언제는 남녀가 유별하다 하셔 놓고선.”

이러다간 자칫 바짝 긴장해 있는 걸 들킬 것 같아서, 미소는 애써 태연한 목소리를 꾸며 냈다. 순간 의윤의 목소리에 웃음기가 섞였다.

"남녀라. 그럼 개똥이 너는 내가 남자로 보인다는 말이냐?"

"예?"

미소는 무척 당황했다. 몸을 조금 돌려 올려다보자 옷장 틈새로 조금씩 새어 들어오는 빛에 의윤의 얼굴이 희미하게 보였다. 눈을 가늘게 뜨고, 전하는 재미있다는 듯이 자신을 바라보고 있었다.

"아이고, 들켜 버렸네!"

"와아, 차자따!"

그새 사람들이 하나둘씩 잡혀 나오고 있는지, 저 멀리 바깥에서 왁자지껄한 웃음소리와 함께 지호가 좋아라고 외치는 소리가 아련하게 들려왔다.

하지만 미소의 귀에는 그런 소리 따윈 들리지도 않았다. 지금 이 순간 들리는 것은, 고막이 터져 나갈 정도로 시끄럽게 고동치는 제 심장 소리뿐.

"……."

미소가 아무 말도 하지 않자 의윤이 재촉했다.

"내가 남자로 보이느냐고 묻고 있지 않느냐."

왠지 그의 목소리에서 더 이상 장난기는 느껴지지 않았다.

"왜 대답하지 않느냐?"

꼭 초조해하고 있는 것처럼도 들렸다.

도저히 거짓말은 할 수가 없었다. 어떻게 남자로 보지 않는다고 말할 수가 있을까. 너무 떨려서 눈조차 제대로 쳐다볼 수가 없는데, 가슴이 너무 뛰어서 숨조차 제대로 못 쉬겠는데. 충동적으로, 미소는 떨면서 입을 열었다.
"저, 저는 전하를……."
거기까지 말했을 때 갑자기 옷장 문이 확 열렸다. 눈부신 빛이 확 쏟아져 들어오는 것과 동시에 지호가 신이 나서 외쳤다.
"와아! 이모당 아빠당 찾아따!"
순간 미소는 제정신으로 확 돌아왔다.
'내가 방금 무슨 소리를 하려고 한 거야?'
하마터면 고백해 버릴 뻔한 자신을 깨닫고, 미소는 하얗게 질렸다.

숨바꼭질이 끝난 후, 의윤은 하루 종일 제 방에 틀어박혀 고민하고 있었다. 작업을 하려고 컴퓨터를 켜고 태블릿 펜을 들었지만 그림이 제대로 그려질 리가 없었다. 머릿속에는 온통 아까 낮에 있었던 일뿐이었으니까.
그 순간, 의윤은 진심으로 궁금했다. 미소가 자신을 남자로 보고 있는지, 아니면 그냥 단순히 옛날에 좋아했던 연예인 같은 존재인지. 이것도 저것도 아니면 그냥 집주인일 뿐인지. 대답을 듣지 못하면 죽을 것 같았다. 그래서 다그치다시피 물었다.
"내가 남자로 보이느냐고 묻고 있지 않느냐."
강하게 밀어붙이자 미소는 결국 입을 열어 대답하려 했다.
"저, 저는 전하를……."
하필이면 그때 술래인 지호에게 들키는 바람에 그 뒤는 듣지 못했지만.
대체 뭐라고 대답하려던 것일까. 남자로 본 적이 없다고? 아니면 남자로 느끼고 있다고? 미소의 대답이 무엇이었는지 궁금해 죽을 지경이었다. 하지만 다시 물을 용기가 없었다. 그리고 물어봐도 이제는 솔직히 대답해 줄 것 같지 않았다.

궁금한 것은 미소가 자신을 어떻게 생각하는가 하는 것 말고도 또 있었다.

'대체 내가 그런 걸 왜 물었을까.'

스스로의 마음조차도 의윤은 이해할 수가 없었다. 왜냐하면, 살면서 지금껏 누구에게도 이런 종류의 감정을 품어 본 적이 없었으니까.

올해로 서른셋. 하지만 의윤은 여태 누군가를 사랑해 본 적이 없었다. 정확히 말하면 여자라는 의미로 사랑해 본 사람은 없었다. 황태자 시절에는 지위의 무게 때문에 섣불리 그럴 엄두가 나지 않았고, 스물셋에 폐위된 뒤 이화원에 틀어박히고 난 후로는 그럴 마음도, 또 그럴 상대도 없었다.

이혼한 전 황태자비는 무척 고맙고 또 소중한 사람이었지만 어디까지나 친구로서의 감정이었다. 물론 그녀 역시 의윤을 남자로서 사랑하지는 않았다. 만약에 그랬더라면 이혼하기 위한 위장 결혼 따위, 애초에 할 생각도 하지 않았을 것이다.

'혹시 내가 그 아이를 연모한단 말인가?'

생각이 거기까지 다다르자 의윤은 가슴이 철렁했다.

그래서 그 아이가 저를 오래전부터 좋아했다는 것을 알았을 때 그토록 즐거웠던 것일까.

그래서 그 아이가 그만두겠다고 이화원을 나갔을 때, 그토록 허전했던 것일까.

그래서 그 아이가 맞고 있는 것을 봤을 때, 마음이 그토록…….

하나하나 제 마음을 깨달아 가며, 의윤은 소리 없이 전율했다.

그저 애처로워서 동정심이 이는 줄로만 알았다. 워낙 밝고 명랑해서, 그래서 곁에 있으면 즐거운 것인 줄만 알았다. 아니, 그렇게 생각하려 애썼다. 하지만 이쯤 되자 도저히 인정하지 않을 수 없었다.

'맙소사.'

서른세 살에 첫사랑을 깨달은 남자가, 손을 떨며 펜을 떨어뜨렸다.

10. 첫 키스

주말, 미소는 모처럼 밖에 나와 있었다. 민식을 만나서 함께 집안 식구들에게 줄 선물을 사기 위해서였다.

먼저 같이 일하는 분들에게 드릴 양말과 핸드크림 같은 것들을 샀다. 정 여사님을 위해서는 예쁜 봄 스카프를, 지호를 위해서는 공룡 장난감을, 김 집사님에게는 멋진 넥타이를, 그리고 연재에게 줄 립스틱도 샀다.

정작 제 것은 하나도 없건만, 스스로 번 돈으로 이렇게 물건을 사는 일 자체가 얼마나 즐거운지 몰랐다. 미소는 좋아서 입을 다물지를 못했다. 쇼핑이란 거, 참 즐거운 거구나.

그런 미소의 옆구리를 민식이 쿡 찔렀다.

"돈도 많이 벌었는데 네 옷도 좀 사라, 얘."

"나? 아냐, 난 괜찮아."

워낙 절약이 몸에 배어 있는 미소였다.

"너 맨날 같은 옷 두세 개 갖고 돌려 입잖아? 그래도 봄인데 예쁜 원피스 한 벌 있음 좋지."

"내가 언제부터 그런 거 입었다고. 메이드복 있으니까 됐어."

끝내 손사래를 치자 민식이 눈을 흘겼다.

"하여튼 너도 참!"

다른 사람들의 선물은 비교적 쉽게 골랐는데, 의윤의 선물만은 도대체 뭐가 좋을지 알 수가 없었다. 결국 의윤의 것만 남겨 두고 밥부터 먹으러 갔다.

"오늘은 내가 쏜다. 많이 먹어!"

당당하게 외치고, 미소는 은근슬쩍 숨바꼭질 사건에 대해 얘기를 꺼냈다.

"있잖아, 민식아. 사실은……."

미소의 얘기를 다 듣고 나더니, 민식은 아쉬운 표정을 했다.

"에이, 아깝다. 딱 고백 타이밍이었는데. 밤에라도 다시 가서 고백하지 그랬어?"

미소가 얼굴이 빨개져서 목소리를 높였다.

"야, 너는 남의 일이라고 그렇게 쉽게!"

"아니 어려울 게 뭐 있어? 좋아하니까 좋아한다고 솔직하게 말하면 되지."

"뒷일은 생각 안 해?"

"무슨 뒷일?"

"괜히 고백했다가 사이만 어색해지면 어떡해!"

민식이 한심하다는 듯이 혀를 찼다.

"자기가 남자로 보이냐고 물으셨다며, 전하께서. 그쯤 하셨으면 너한테 마음 있다고 대놓고 말한 거나 마찬가진데 너도 작작 좀 눈치를 채야 되지 않냐?"

"그, 그냥 궁금해서 물어봤을 수도 있지 뭐."

그냥 물어본 게 아니었으면 좋겠다. 민식의 말대로, 정말 의윤이 자신에게 마음이 있어서 물어봤던 거였으면 좋겠다. 그렇게 생각하면서도 미소는 괜히 뻗대고 있었다. 왜냐하면, 만에 하나 그게 아니면 너무 상처받을 거 같아서. 혹시나 내가 착각한 거라면 너무 부끄러울 것 같아서.

"그걸 궁금해한다는 것 자체가 너한테 관심이 있다는 거 아냐, 멍청아!"

민식이 한숨을 푹 쉬고 말했다.

"됐고, 일단 밥부터 먹자. 그러고 나서 네 옷 사러 가자, 내가 골라줄게."

"갑자기 내 옷은 왜? 이제 전하 선물만 사면 된다니까."

"그냥 좀 닥치고 내 말 들어."

결국 미소는 입을 다물고 민식이 하자는 대로 할 수밖에 없었다.

* * *

제 마음을 자각하는 동시에 의윤은 우울해지고 말았다. 상대는 이제 겨우 스물한 살의 젊은 아가씨가 아닌가.

'창피한 줄 알아야지, 도대체 그 아이가 몇 살이라고 연심을 품는

단 말인가.'

그렇게 자신을 꾸짖어도 보았지만 이미 좋아하게 된 마음은 어떻게 할 수도 없었다. 하지만 미소에 비해 자신은…… 가만히 있어도 한숨이 절로 흘러나올 지경이었다.

"저, 저는 전하를……."

그 뒷말을 듣지 못한 것이 차라리 잘됐다 싶을 정도였다. 보나마나 안 좋은 말일 게 틀림없으니까.

미소같이 반짝반짝 빛나는 젊은 아가씨가 뭐가 아쉬워서 자신을 남자로 보겠는가. 폐위되어 직업도 없는 데다, 이혼남에다, 열두 살이나 연상에다, 애도 둘이나 딸린 자신을. 그렇게 생각하자 의윤은 그만 억울해졌다. 말이 이혼남이고 애가 둘이지, 실상은 그게 아닌데!

전 국민이 자신을 오해했을 때도 슬펐을 뿐 별로 억울하지는 않았다. 그때는 그렇게 오해하게 만들어야만 했으니까. 하지만 겨우 좋아하는 아가씨 하나가 자신을 오해할 거라는 생각을 하자 어찌나 억울한지 울고 싶을 정도였다.

원래 미소가 자신의 오랜 팬이었다는 사실 따위는 별로 위로가 되지 않았다. 그때는 황태자였으니까 좋아했겠지만, 지금은 영락없는 일반인 아닌가. 어쩌다 저렇게 말도 안 되는 상대에게 연심을 품고 말았을까. 스스로가 한심하고 한편으로는 애처롭기도 했다.

'개똥이는 나 같은 사람한테는 관심도 없으렷다.'

미소같이 어리고 예쁜 아가씨라면 어떤 남자를 좋아할까. 그렇게 생각하자 어째선지 제일 먼저 떠오르는 것은 바로 처선이었다.

'가만있자. 그러고 보니 둘이 무척 친해 보였었지?'

처선은 미소를 무척 귀여워했고, 미소 역시 처선을 따르는 게 눈에 보였다. 자신에게는 가끔씩 심술도 부리고 눈도 흘기고 그랬지만, 처선에게 대고 그러는 건 한 번도 본 적이 없는 것 같다.

'그럼 설마 둘이……?'

뒤늦게 의윤은 가슴이 철렁했다. 자신만 모르고 있을 뿐, 둘이 서로 마음이 있는 것은 아닐까.

'아니, 그럴 리 있는가. 내가 괜한 생각을 하고 있는 게지.'

의윤이 제 마음을 애써 다독이는데, 하필이면 그때 처선이 차를 가지고 들어왔다. 늘 하고 다니던 검은 넥타이 대신, 웬일로 산뜻한 파란색 넥타이를 매고 있기에 의윤은 별생각 없이 말했다.

"처음 보는 넥타이로구나."

"아, 이거 말씀이십니까? 미소 씨에게 선물 받았습니다."

처선이 빙글거리며 대꾸하는 순간 의윤은 가슴이 철렁했다.

"뭐 선물 받을 일이라도 있었느냐? 생일은 아직 멀었을 텐데."

일부러 무심한 말투를 꾸며 내 묻자, 처선이 대답했다.

"이번에 첫 월급 받아서 샀다고 주던데요. 혹시 주인님은 못 받으셨습니까?"

의윤은 더욱더 충격을 받았다. 나는 못 받았는데! 당황한 심정이 고스란히 표정에 드러났는지, 처선이 민망한 얼굴을 했다.

"이런. 아마 곧 드릴 셈이겠지요. 아니면 제가 물어볼까요?"

"됐다, 그게 뭐라고. 물러가거라."

의윤은 굴욕을 겨우 감추고 처선을 내보냈다.

'왜 나만 빼놓은 것이지?'

의윤은 고민했다. 그리고 결국 떠올린 이유는 그것이었다.

'아마 줄 기회를 못 찾은 게지.'

사실 숨바꼭질하던 날 제 마음을 깨닫고 나서, 의윤은 미소에게 밤마다 하는 콘티 작업을 며칠만 중단하자고 말해 둔 상태였다.

"그림 작업이 많이 밀렸느니라. 다 소화하고 나면 다시 밤에 만나서 일하도록 하자."

머릿속이 복잡해서 일이 밀린 것도 사실이긴 했지만, 무엇보다 미소를 어떤 얼굴로 봐야 할지 알 수가 없어서 핑계를 댄 것이었다.

'그러니 날 단둘이 만날 수가 없어서 아직 선물을 못 준 것이렷다.'

그렇게 믿고 싶었다. 그렇지 않으면 처선이만 주고 자신은 안 줄 이유가 없지 않은가.

의윤은 참지 못하고 미소의 방으로 향했다.

"전하!"

갑자기 찾아온 의윤을 보고, 미소는 조금 당황한 것 같았다.

"그림 작업은 다 되셨어요?"

"거의 다 되어 가느니라."

그렇게 말하고 의윤은 미소를 빤히 쳐다보았다. 얼른 선물을 내놓아라, 그런 뜻이었다. 하지만 미소는 뭘 꺼내 줄 생각은 않고 괜히 민망한 듯이 시선을 돌렸다.

"저어, 차라도 한 잔 드릴까요?"

"됐다. 방금 마시고 왔다."

됐으니까 선물이나 내놓으란 말이다. 처선이에게 넥타이를 줬으니, 내 것은 최소한 와이셔츠 이상은 되어야 할 것이다!

그러나 미소는 역시 아무리 기다려도 선물을 줄 기색이 없었다. 초조한 나머지 의윤은 대놓고 말했다.

"개똥이 너, 혹시 나한테 뭐 줄 것 없느냐?"
순간 미소가 눈에 띄게 당황했다.
"아, 아뇨. 그런 거 어, 없는데……."
의윤은 가슴이 철렁했다. 그까짓 선물을 받고 못 받고 하는 게 문제가 아니라, 처선의 것은 있고 자신의 것은 없다는 것이 문제였다.
'그럼 정말로 개똥이가, 처선이를……?'
현기증이 일었다. 동요하는 마음을 들키지 않으려고 일부러 의윤은 아무렇지 않게 빙긋 웃었다.
"이런 맹꽁이를 보았나. 네가 줄거리 다시 정리해서 주겠다고 하지 않았느냐?"
"아, 그거요!"
그제야 미소는 안도한 표정을 했다.
"아직 다 안 됐어요. 얼른 해서 갖다 드릴게요, 전하."
의윤은 웃으며 부드럽게 대꾸했다.
"오냐."
하지만 등을 돌리는 것과 동시에, 의윤의 얼굴에서는 언제 그랬냐는 듯이 미소가 싹 가셨다.

"……난 또 들킨 줄 알았네."
의윤이 방을 나가고 나서, 미소는 놀란 가슴을 쓸어내리며 베개 밑에 꼭꼭 감춰 두었던 물건을 조심스럽게 꺼냈다. 수줍은 나머지 차마 며칠째 전해 주지 못하고 있는, 영화 티켓이 든 봉투를.
아까 의윤이 뭐 줄 것 없느냐고 물었을 때, 미소는 하마터면 놀라서 기절할 뻔했다. 그걸 어떻게 아셨지?

그날 미소는 민식에게 끌려가서 반강제로 영화 티켓을 샀던 것이다. 예쁜 봄 원피스, 그리고 화장품도 같이.

"자, 전하께 이걸 선물로 드리면서 말하는 거야."

민식은 미소의 손에 영화 티켓을 쥐여 주며 대사까지 대신 읊어 주었다.

"첫 월급 받았으니까 우리 같이 영화 보러 가요, 제가 팝콘도 쏠게요, 하고!"

하지만 미소는 좀처럼 용기가 나지 않았다. 이건 선물이라기보다 완전히 데이트 신청 아닌가. 떨려서 도저히 말을 꺼낼 수가 없어, 차일피일 미루고 있는 중이었다. 아까는 들킨 줄 알고 엉겁결에 드릴 거 없다고 말해 버렸고.

"어떻게 말을 꺼내지……?"

봉투를 가슴에 끌어안고, 10년째 첫사랑 진행 중인 처녀는 꽃처럼 고운 한숨을 내쉬었다.

처선에게는 선물을 하고, 자신에게는 하지 않았다. 그 사실이 가리키는 바는 명확했다.

좋아하는 마음을 깨닫자마자 실연을 당한 기분이었다.

'차라리 잘된 거지. 그 애가 어디 내게 가당키나 하단 말인가.'

의윤은 속으로 그렇게 자신을 꾸짖었다. 미소라면 얼마든지 훨씬 젊고 앞길이 창창한 남자를 만날 수 있다. 또 그래야 하고. 처선의 인품이야 워낙 잘 아는 터였다. 처선이라면 절대 미소를 울릴 리 없다.

'퍽 어울리는 한 쌍이로구나.'

그렇게 생각하면서도 자꾸만 끝도 없이 쓸쓸해지는 것은 어쩔 수 없었다. 그런 제 마음을, 의윤은 억지로 가다듬었다. 처음부터 품지 말았어야 하는 마음이라고. 두 사람이 어찌 되든 간에 자신이 간섭할 일이 아니라고.

'앞으로 그 아이와는 거리를 두어야겠다.'

그렇게 결심하는 의윤이었다.

* * *

"대박. 언니 진짜 이거 저 주려고 산 거예요?"

미소에게서 립스틱을 받아 들고, 연재는 얼떨떨해했다.

"응. 이번에 첫 월급 탔거든. 너한테 어울릴 거 같아서."

"언니 최고! 우리 아빠는 학생이 무슨 화장이냐고 그래서 맨날 지우고 들어오는데. 요즘 애들 다 화장하고 다닌다고 아무리 말해도 절대 안 통하는 거 있죠?"

미소는 웃었다.

"연재 네가 이해해. 전하가 원래 좀 구식이시잖아."

입술을 비쭉거리다, 연재는 생각났다는 듯이 불쑥 물었다.

"참, 근데 언니는 대체 우리 아빠 어디가 좋아요?"

갑자기 날아온 폭탄에, 미소는 흠칫 놀라 연재를 쳐다보았다. 지금 뭐라고 한 거지?

"우리 아빠 좋아하잖아요. 아니에요?"

"여, 연재야……."

당황한 나머지 이마에 식은땀이 배어났다. 대체 그걸 연재가 어떻게 눈치챈 걸까. 질린 눈으로 바라보자 연재가 어깨를 으쓱했다.

"저번에 언니가 일요일에 저희 춤 가르쳐 주러 학교 왔을 때요. 애들이 우리 아빠 뒤에서 씹고 있는 거 보고 언니가 막 화냈잖아요. 얼굴도 모르는 사람에 대해서 뭘 안다고 함부로 떠드느냐고. 그때 언니 화나서 우는 거 보고 알았어요."

"아……."

미소는 어떻게 말해야 할지 몰랐다. 아무리 새아빠라고 해도, 자기 아빠를 좋아하는 여자를 아이가 대체 어떻게 생각할까. 그것도 그렇게 사이좋은 아빠인데, 게다가 연재는 열다섯 살, 한창 사춘기일 땐데. 미소는 힘들게 입을 열었다.

"미안해, 연재야. 혹시 네가 기분 나쁘다면……."

"그땐 정말 고마웠어요. 나 혼자였으면 애들한테 그렇게 못 따졌을 텐데."

하지만 연재가 말을 가로막았다.

"솔직히 저는 애들이 아빠 욕하는 거 들어도 모른 척할 때가 많았거든요. 애들이 저 따돌릴까 봐 그게 무서워서요. 근데 언니가 우리 아빠 그런 사람 아니라고 딱 잘라 말해 줘서 진짜 사이다였어요."

갑자기 연재가 어깨를 펴고 미소를 똑바로 쳐다보았다.

"난 언니가 우리 아빠 좋아하는 게 좋아요."

"연재야……."

"우리 아빠 엄청 외로운 사람이거든요. 그래서 내가 엄마 안 따라가고 아빠 옆에 있는 거지만, 내가 채워 줄 수 없는 부분도 있는 거잖아요."

그렇게 말하는 연재는 무척 어른스러워 보였다. 오히려 미소 자신보다도 더.

“그러니까 아빠랑 꼭 잘됐으면 좋겠어요.”

진지하게 말한 끝에 연재가 갑자기 혀를 쏙 내밀었다.

“근데 언니, 이거 완전 기네스북감 아니에요? 여섯 살 많은 새엄마!”

제가 말해 놓고도 우스운지 깔깔 웃어 대는 연재 앞에서, 미소는 그만 얼굴이 빨개지고 말았다.

“전하는 나 같은 거, 여자로도 안 보실 텐데 뭐.”

자신 없이 말하자 연재가 눈을 둥그렇게 떴다.

“왜요? 제가 보기엔 가능성 완전 있는데.”

“왜 그렇게 생각하는데?”

“언니가 몰라서 그렇지 그동안 저랑 보모 할머니랑 처선이 삼촌이랑, 아빠 밖에 내보내려고 얼마나 노력했는데요. 그런데도 절대 꼼짝도 안 했었어요, 우리 아빠가. 근데 결국 언니 데리러 가겠다고 밖에 나갔잖아요. 그럼 말 다 한 거 아녜요?”

연재는 자신 있게 말했다.

“걱정 마요. 우리 아빠, 백퍼 언니한테 마음 있으니깐요.”

민식에 이어 연재까지 같은 말을 한다. ……그러면, 용기를 내 봐도 좋지 않을까.

미소의 가슴이 뛰기 시작했다.

“저어, 전하.”

조심스럽게 자신을 부르는 목소리에 고개를 들었다가, 의윤은 깜짝 놀라서 눈을 크게 떴다. 눈앞에 있는 여자가 숨이 멎을 정도로 예뻤기 때문에.

평소보다 훨씬 또렷하고 커다래진 것 같은 눈과 긴 속눈썹.

수줍은 듯이 살짝 발그레해진 뺨.

벚꽃 잎이 내려앉은 듯, 연분홍빛으로 물든 입술.

날씬한 몸을 감싼 하늘하늘한 재질의 핑크 원피스가 의윤의 눈에는 마치 선녀의 날개옷처럼 보였다.

늘 화장 안 한 얼굴에 같은 옷만 입는 모습을 보다가, 이렇게 화장하고 꾸민 모습을 보니 글자 그대로 눈이 부셨다. 평소에도 물론 예쁘고 사랑스럽다고는 생각했지만 이렇게까지 예쁜 줄은 미처 몰랐다. 얼마나 예쁜지, 의윤은 미소를 바라보는 데 정신이 팔려 그녀가 뭐라고 말을 하는 것조차 듣지 못했다.

"전하?"

미소가 그를 불렀을 때에야 의윤은 겨우 제정신으로 돌아왔다.

"아, 미안하다. 뭐라고 했느냐?"

"저어, 제가 오랜만에 영화를 보러 가고 싶다고요."

미소가 수줍은 듯이 말하는 바람에 의윤은 잠시 당황했다. 그런 말을 왜 나에게?

하지만 곧이어 떠오른 것이 있었다.

"그렇게 영화가 보고 싶었으면 나한테 말을 해도 되지 않았느냔 말이다!"

민식이와 영화를 보고 들어온 미소에게, 자신은 그렇게 외쳤었다. 그때는 민식이가 남자인 줄 알았으니까.

"전하한테 말씀드려서 뭐 어쩌라고요?"

"아니, 저어, 나한테 말하면, 그러니까…… 처선이랑 같이 보내 줄 수도 있고, 뭐…….”

“네. 다음번에 영화 보러 갈 땐 꼭 김 집사님이랑 갈게요. 그러면 됐죠?”

그때 했던 대화가 생각나서 의윤의 가슴이 싸늘하게 식었다. 그러니까 지금 말을 꺼낸 이유인즉슨, 처선과 함께 영화를 보러 가고 싶으니 허락해 달라, 그 얘기가 아닌가. 그것도 저렇게 예쁘게 차려입고!

순간 의윤은 격렬한 질투에 휩싸였다.

“알아서 해라.”

스스로도 깜짝 놀랄 정도로 차가운 목소리가 입에서 흘러나왔다.

“네?”

“영화가 보고 싶은데 글쎄 나더러 어쩌란 말이냐? 알아서들 하란 말이다.”

의윤 자신도 무척이나 유치하다고 생각했다. 어른이니까, 할 수 있다면 감정을 숨기고 웃으면서 보내 주고 싶었다. 그래, 일은 하루 쉬어도 좋으니 처선이하고 데이트 잘 다녀오너라, 하면서.

하지만 도저히 감정을 숨길 수가 없었다. 하다못해 그녀가 입은 핑크색 원피스조차도 미웠다. 나 아닌 다른 남자에게 예쁘게 보이려고 입은 옷 따위!

“저, 전하…….”

하얗게 질린 얼굴을 외면하고, 의윤은 자리에서 일어섰다.

‘어째서 나는 안 되는 것이냐. 어째서!’

더 이상 미소와 함께 있다간, 자칫 진심이 튀어나와 버릴 것만 같아서.

* * *

도망치듯 방에 돌아온 미소는 그대로 침대에 쓰러져 하염없이 울었다.

끝났다. 10년 넘게 해 온 짝사랑이, 이렇게 비참하게.

"영화가 보고 싶은데 글쎄 나더러 어쩌란 말이냐?"

의윤의 싸늘한 목소리가 귓가에서 떠나지 않았다. 너무나 부끄럽고 수치스러워서 차라리 이 세상에서 없어지고 싶은 기분이었다. 그렇게 단칼에 거절당할 줄도 모르고, 예쁜 옷으로 갈아입고 한 시간씩이나 화장한 자신이 너무 바보 같고 속이 상해서 눈물이 멈추지 않았다.

민식이 틀렸다. 연재도 틀렸다. 역시나 전하는 자신 따위에게는 관심조차 없으셨다.

'이럴 거면 나한테 왜 그렇게 잘해 줬던 거야.'

부끄러움이 조금 가시자 이번에는 원망스러운 마음이 들기 시작했다.

밤에 악몽을 꾸고 울든 말든, 달려와서 안아 주지 말았어야지.

계모한테 맞아서 죽든 말든, 구하러 오지 말았어야지.

"나는 됐다. 낮에 많이 먹었으니 너나 먹어라."

그렇게 자상한 눈빛으로 바라보며 말하지 말았어야지!

'좋아하게 만들어 놓고 이제 와서 이러면 어떡해.'

미소는 눈이 붓도록 울었다. 이렇게 밉고 또 미운데, 그런데도 여전히 그 남자가 싫어지지 않는 자신이 바보 같아서.

의윤이 방으로 돌아와서 어지러운 마음을 억지로 가라앉히고 있는데, 문득 노크 소리가 들렸다.

"들어오너라."

이윽고 들어오는 것이 처선이어서 의윤은 내심 놀랐다. 벌써 미소와 함께 외출했을 줄 알았는데?

"넌 왜 여태 안 나가고 집에 있느냐?"

"예?"

처선은 영문을 모르겠다는 표정을 하면서도 제 휴대폰을 내밀었다.

"일단 전화 좀 받아 보십시오. 민식 양이 전하와 이야기하고 싶다고 합니다."

민식이가 나한테 전화를? 의윤은 고개를 갸웃거리며 전화를 받았다.

"전화 바꿨느니라."

말하자마자 민식이 숨 가쁘게 물었다.

—여보세요? 전하, 지금 댁에 계신 거예요?

"그렇다만."

—내가 이럴 줄 알았어, 윤미소!

갑자기 민식의 목소리가 커지는 바람에 의윤은 눈살을 살짝 찌푸렸다.

—원래 지금 걔가 심남이랑 영화관으로 출발했어야 되는 시간이거든요? 근데 얘는 계속 전화를 안 받고, 심남이도 여태 집에 있다고 하네요?

"이봐라, 민식아. 좀 알아듣게 이야기를 해 보아라."

민식이 답답하다는 듯이 외쳤다.

—그러니까 윤미소 이 바보 멍청이가 전하한테 데이트 신청을 끝내

못 했다고요!

의윤은 제 귀를 의심했다. 데이트?

"너 지금 뭐라고 하였느냐?"

그제야 민식이 제대로 설명하기 시작했다.

—미소가 첫 월급 받아서 전하랑 영화 보러 가겠다고 잔뜩 별러서 영화 티켓을 사 놨단 말이에요. 예쁘게 입고 간다고 옷도 사고, 화장품도 사고요.

"그게…… 나라고?"

듣고도 도저히 믿을 수가 없어서, 의윤은 다시 물었다.

"네가 뭘 잘못 안 것이 아니냐?"

—잘못 알긴 뭘 잘못 알아요? 윤미소가 평생 좋아한 남자라곤 전하 하나라니까요!

의윤은 가슴이 철렁했다. 어지간히 답답했는지, 민식은 아예 하소연을 하다시피 했다.

—아니, 분명히 오늘 아침에 통화했을 때만 해도 무조건 오늘은 얘기하겠다고 저랑 약속했단 말이에요. 그래 놓고 왜 결국 말을 못 했냐 이거죠. 고구마 천 개 먹은 거 같네 진짜!

아니다. 말을 못 한 게 아니다. 미소는 분명히 말했다.

"저어, 제가 오랜만에 영화를 보러 가고 싶다고요."

멍청한 자신이 알아듣지 못했을 뿐!

"영화가 보고 싶은데 글쎄 나더러 어쩌란 말이냐?"

의윤은 제 혀를 깨물고 싶어졌다. 이런 천하의 어리석은 놈을 보았나. 내가 폐위되기를 다행이지, 하고 그는 진심으로 생각했다. 나같이 둔하고 바보 같은 놈이 대한 제국 황제가 되었다간 자칫 나라 망할 뻔하지 않았는가!

―전하, 전하? 듣고 계세요?

민식의 목소리에 그제야 의윤은 퍼뜩 제정신으로 돌아왔다.

"다음에 이야기하자, 민식아. 내가 지금 좀 급한 일이 생겼느니라."

―예? 급한 일이요?

"내 이 은혜는 잊지 않겠다."

의윤은 일방적으로 전화를 끊고 휴대폰을 처선에게 돌려주자마자 방을 뛰쳐나왔다. 그리고 곧바로 옆방으로 가서 문을 두드렸다.

"안에 있느냐?"

대답은 들려오지 않았다. 좀 더 세게 두드려 보아도 마찬가지였다. 더 이상은 1초도 기다릴 수가 없어서, 의윤은 멋대로 문을 박차고 들어갔다.

"저, 전하!"

미소가 깜짝 놀라며 침대에서 몸을 일으켰다. 아까까지도 갓 피어난 벚꽃처럼 화사하고 예뻤던 얼굴이 그새 눈물 자국으로 엉망이 되어 있었다. 빨갛게 부은 눈을 본 순간 의윤은 더는 참을 수가 없었다.

"전하……?"

당황해서 쳐다보는 미소에게 성큼성큼 다가가, 의윤은 그대로 입을 맞췄다. 여태껏 그를 몇 번이나 괴롭혔던, 분홍빛 입술에.

입술이 닿는 순간 미소가 숨을 멈추는 것이 느껴졌다. 동력이 다한 로봇처럼 그대로 뻣뻣하게 멈춰 버린 미소에게, 의윤은 눈을 꼭 감은 채 키스했다.

처음부터 품지 말았어야 하는 마음이라고.

네 주제를 알라고, 가당치도 아니한 상대라고.

그렇게 애써 억눌렀던 감정이, 입술이 마주 닿는 순간 한꺼번에 폭발하듯 흘러넘쳤다.

아, 내가 정말로 좋아하는구나, 이 여자를.

이미 어찌할 수도 없을 정도로 좋아하고 있었구나.

그동안 자신이 쓸데없는 저항을 하고 있었다는 것을 의윤은 이제야 깨달았다. 이토록 압도적인 감정 앞에서 자신은 한없이 무력하기만 했다. 그러니까, 처음부터 피할 수 있는 게 아니었던 것이다.

스펀지케이크처럼 부드럽고, 티라미수처럼 촉촉하고, 초콜릿 케이크보다도 더 달콤한 입술에 의윤은 정신없이 빠져들었다.

그렇게 얼마나 입 맞추고 있었을까. 미소가 문득 정신을 차린 듯, 소스라치며 의윤의 가슴을 밀어냈다. 어딜 가려고. 의윤은 팔에 힘을 주어 그녀를 꽉 끌어안았다.

"저, 전하……!"

미소가 그의 품에서 벗어나려 바르작거렸지만 그것도 손쉽게 봉쇄해 버렸다. 제 딴에는 꽤나 힘을 쓰고 있는 것 같았지만 어림도 없었다. 있는 힘껏 밀어낸다는 게 겨우 이거란 말인가. 사랑스러운 마음만 한층 더했다.

옴짝달싹도 못 하게 껴안고 정신없이 입을 맞추다가, 결국 숨이 차서 더 이상 견딜 수 없게 되었을 때에야 의윤은 겨우 미소를 놓아주었다.

입술이 떨어지자 미소가 가쁜 숨을 몰아쉬었다.

"저, 저한테 왜 이러시는 거예요."

울어서 빨개진 눈으로, 그녀는 원망스러운 듯이 그를 올려다보았다. 참을 수가 없어서 도로 입술을 머금으려 가까이 다가갔지만 미소가 고개를 뒤로 뺐다.

"이렇게 변덕스럽게 구시는 거, 이제 지쳤어요."

목소리가 떨렸다. 눈가에 도로 맑은 눈물이 고이기 시작하는 것이 보였다.

"그래서, 내가 싫으냐?"

"……자꾸 이러시면 싫어질 거예요."

미소가 입술을 깨물고 말했다. 용납할 수 없다. 의윤은 한마디로 잘라 말했다.

"그대로 있어라."

눈동자가 흔들렸다. 당혹스러운 듯이, 미소는 의윤을 바라보았다.

"싫어하지 말고, 지금 그대로 좋아하고 있으란 말이다."

의윤은 미소의 손을 잡았다. 파르르 떨리는 작은 손을 가만히 제 입술에 가져가 대고, 그는 속삭였다.

"그러기 위해서라면 내 무엇이든 하겠다."

진심이었다. 이 아가씨를 위해서라면 뭐든지 할 수 있을 것 같았다.

"네가 하라는 것은 뭐든 하겠다. 달라는 것도 뭐든 주겠다."

여자에게 푹 빠져 온갖 선물을 갖다 바치는 남자를, 예전에는 바보 같다고 생각했었다. 하지만 지금은 이 여자의 마음 한 조각이라도 얻을 수 있다면 주머니에 남은 동전 한 푼까지도 기꺼이 털어 바칠 수 있을 것 같았다. 이토록 부족한 자신에게 붙들어 두려면 그쯤은 응당 해야 하지 않겠는가.

정말이지 의윤은 미소가 하라면 뭐든지 할 수 있을 것 같았다. 집 밖에 나가라고? 광화문 광장에서 춤이라도 추겠다. 네가 나를 좋아해 주기만 한다면!

"그러면……."

수줍으면서도 또 한편으로는 무척이나 당돌한 아가씨는, 고운 입술을 떨며 중얼거렸다.

"전하의 마음을 주세요."

어째서일까. 그 순간, 의윤은 바보같이 소리 내어 울고 싶어졌다.

"그거라면 벌써 주지 않았느냐."

잡고 있던 미소의 손을 제 가슴으로 가져가, 심장 위에 꾹 눌렀다. 이토록 생생하게 뛰고 있는 심장을 그녀가 잘 느낄 수 있도록.

"자, 네 것이다."

그렇게 속삭이고, 의윤은 다시 한 번 고개를 숙여 미소에게 입을 맞추었다.

마치 꿈을 꾸는 것 같은 기분이었다. 평생에 걸쳐 좋아해 온 남자가 나를 좋아한다니!

지금 이 순간, 미소는 너무 행복해서 사르르 녹아 버릴 것만 같았다. 아까까지 속상해서 울었던 것쯤은 벌써 깨끗이 잊어버렸다. 그저 왕자님의 키스가 영원히 끝나지 않기를, 하고 마음속으로 빌 뿐.

문제는, 그 소원이 진짜로 이루어질 기세라는 거였다. 의윤은 좀처럼 미소를 놓아주려 하지 않았다. 아무리 오래 키스해도 부족하다는 듯이, 잠시 입술을 떼고 숨을 골랐다가도 금세 또다시 키스해 왔다.

오늘 아침까지만 해도, 아니 30분 전까지만 해도 미처 상상조차 하지 못했다. 바로 오늘 첫 키스를 하게 될 줄이야, 그 첫 키스가 이토록 길고, 또 뜨거운 것이 될 줄이야!

첫 키스, 두 번째 키스, 세 번째, 네 번째...... 자칫하면 오늘 안에 백 번째까지 채울 기세였다.

늘 점잖았던, 그렇지 않으면 심술궂기나 했던 남자의 어디에 이런 열정이 숨어 있었을까.

'하긴 독수공방이 워낙 기셨지.'

그렇게 생각하자 미소는 갑자기 무척 부끄러워졌다. 전하는 어른이고, 경험도 많을 텐데 나는......

키스가 서투르다 생각하시면 어쩌지. 아직 어린애구나 생각하시면 어쩌지. 왠지 몸 둘 바를 모르게 되어서, 미소는 의윤을 살짝 밀어냈다.

"이, 이만하면 됐잖아요."

하지만 의윤은 딱 잘라 말했다.

"아니, 한참 부족하다."

아이 참, 전하도. 미소는 시선을 내리깔며 조그맣게 중얼거렸다.

"저, 저는 첫 키스란 말이에요."

나름대로 수줍게 고백한 거였는데, 돌아온 대답은 얼토당토않은 것이었다.

"나도 마찬가지다."

미소는 순간 제 귀를 의심했다. 예?

"지금 뭐라고 하셨어요?"

설마, 농담이시겠지. 불안한 눈으로 빤히 올려다보자 의윤은 그녀의 눈을 마주 바라보며 똑똑히 말했다.

"나도 네가 처음이라 하였다."

얼굴에 장난기라고는 한 점도 없었다.

* * *

'나도 네가 처음이라 하였다.'

그렇게 말할 때, 의윤의 표정은 세상에 둘도 없이 진지해 보였다. 즉 농담을 하는 게 아니라는 뜻이다. 하느님 맙소사!

그래 뭐, 서른세 살에 첫 키스까지는 그럴 수도 있다 치자. 폐위되기 전까지 만인의 연인이셨던 분이지만, 한때 모든 소녀들의 꿈이셨던 분이지만. 그래도 백번 양보해서 그건 그럴 수 있었다 치자고. 그런데 결혼도 했었는데? 아니 애도 있는데?

물론 키스로 애가 생기는 건 아니지만, 그렇지만……. 도대체가 A를 안 했는데 B를 하는 것이 가능하단 말인가! 미소는 머리를 싸맸다. 도저히 풀 수 없는 어려운 수학 문제를 앞에 둔 기분이었다.

그렇다고 대놓고 물어보기도 그렇고. 고민 끝에 미소는 처선을 찾아갔다. 하지만 처선에게라고 말이 쉽게 나오지는 않았다.

'저기 제가 어제 전하랑 처음으로 키스를 했는데요. 전하도 그게 첫 키스라고 하시네요? 결혼까지 하셨던 분이, 도대체 그게 가능한 일인가요? 연재야 친딸이 아니니까 그렇다 치고 그럼 지호는 어떻게 낳은 건가요?'

이 말을 대체 어떤 식으로 꺼내야 옳단 말인가!

"왜 그래요, 미소 씨? 나한테 뭐 할 말 있어요?"

"저어, 그게요, 어……."

좀처럼 본론을 꺼내기 힘들어서 머뭇거리고 있는데, 갑자기 노크도 없이 문이 벌컥 열렸다. 성큼성큼 방으로 들어오는 의윤을 보고 미소는 깜짝 놀랐다.

"전하?"

의윤은 성큼성큼 다가와서 미소와 처선의 사이를 가로막듯 가운데 끼어들었다. 그러더니 의자에 앉아 있는 처선을 내려다보며, 딱 잘라 말했다.

"앞으로 이렇게 개똥이랑 단둘이만 있지 말았으면 좋겠다마는."

"예?"

순간 처선이 당황한 얼굴을 했다. 하지만 무슨 생각을 했는지, 그는 금세 씩 웃었다.

"아하, 주인님 설마 저한테 질투하십니까?"

그러나 의윤 역시 강적이었다. 그는 낯빛 하나 바뀌지 않은 채 대꾸했다.

"그렇다."

못살아! 미소는 얼굴이 확 붉어졌지만 의윤은 어디까지나 당당했다.

"질투가 나서 곧 죽을 지경이니 단둘이만 있지 말고 앞으로는 꼭 나도 끼워 주도록."

그렇게 말하고, 의윤은 용건 끝났다는 듯이 미소의 손을 잡았다.

"전하?"

당황한 미소가 불렀지만 그는 거들떠보지도 않고 미소를 처선의 방에서 데리고 나왔다. 그리고 복도 모퉁이를 돌자마자 미소를 껴안으며 입술을 겹쳐 왔다.

"……!"

깜짝 놀라 가슴을 쾅쾅 두들겼지만 불가항력이었다. 미소를 꼭 껴안고 한참 동안이나 굶주린 듯이 입술을 탐하고 나서야 그는 길게 한숨을 내쉬며 중얼거렸다. 이제야 좀 살겠다는 듯이.

"……이러고 싶어 죽는 줄 알았구나."

아니 뭐, 사실 저도 어젯밤에 자꾸 전하랑 키스한 게 떠올라서 잠이 안 오긴 했지만 지금은 그게 문제가 아니잖아요?

"전하는 김 집사님이 눈치채시면 어떡하려고 그런 말씀을 대놓고 하세요?"

어쩔 줄 모르는 미소와는 달리, 의윤은 한없이 침착했다.

"처선이가 먼저 눈치챘을 것이다. 아마 나보다도, 어쩌면 너보다도."

"정말요?"

"나보다도 나를 잘 아는 녀석이다. 몰랐을 리 없다."

이제 부끄러워서 김 집사님 얼굴을 어떻게 보지? 분명 놀려 대실 텐데! 그만 울상이 되는 미소에게, 의윤이 불쑥 말했다.

"어제 못 본 영화, 다시 보러 가자. 나와 같이 보러 가려고 영화 티켓 사 놓지 않았느냐."

미소는 놀라서 물었다.

"어떻게 아셨어요?"

의윤은 웃지도 않고 대꾸했다.

"내 만일 황제가 되었다면 민식이에게 1급 훈장을 수여했을 게다."

민식이가 또!

"어제는 내가 미안했다."

"대체 왜 그러셨던 거예요?"

"처선이하고 영화를 보러 가겠다고, 나더러 허락해 달라고 하는 줄 알았다."

미소는 어이가 없었다.

"아니, 거기서 김 집사님이 왜 나오는데요?"

"지난번에 네가 그러지 않았느냐. 다음번에는 처선이랑 가겠다고."

"아……!"

그제야 제가 했던 말을 떠올리고 놀라는 미소에게, 의윤이 민망한 듯이 말했다.

"그런 줄 알고 화가 나서 한 말이었느니라. 절대 진심이 아니었다."

"……."

"그러니 다시 보러 가자. 어제 입었던 그 예쁜 옷, 한 번만 더 입어 다오."

그 말에 미소는 조금 심술이 났다. 그러고 보니 어제는 화장도 얼마나 열심히 했었는데, 결국 우느라고 엉망이 되고 말았지.

"몰라요. 안 입을래요."

짐짓 토라진 체하자 의윤이 당황한 얼굴을 했다.

"그러지 말고, 응? 내가 잘못하였다지 않느냐."

미소는 가슴이 찌르르해 오는 것을 느꼈다. 아무리 이미 한 번 밖에 나왔었다 해도, 사람 많은 영화관에 가는 게 그리 쉬울 리 없는데. 10년 만의 영화관 나들이에, 나름대로의 결심이 필요하지 않을 리 없는데.

그런데도 이 사람은 오히려 가자고, 가자고 조르고 있었다.

마치 그녀와 함께라면 어디든 갈 수 있을 것처럼.

그녀를 위해서라면, 그쯤이야 아무것도 아니라는 것처럼.

내심 기쁘면서도 의윤이 어쩔 줄 몰라 하며 사과하는 게 좋아서, 미소는 괜히 좀 더 심통을 부려 보았다.

"됐어요. 버스 지나갔어요."

"한 번만 더 기회를 줄 수 없겠느냐?"

"어제 외출 준비하느라 얼마나 오래 걸렸는지 아세요? 화장하는 데만 한 시간씩이나 걸렸는데."

안 되겠다고 생각했는지, 의윤이 이윽고 한숨을 지었다.

"어제는 무척 예쁘더구나."

솔직한 말투에 어쩔 수 없이 미소의 가슴이 떨렸다.

"그래서 더 질투가 났던 모양이다. 내 잘못했으니 다시 영화 보러 가자꾸나. 응?"

이건 반칙이잖아, 하고 미소는 생각했다. 너무 예뻐서 그랬다는데 더 화를 낼 수도 없지 않은가.

"뭐, 전하 하시는 거 봐서요."

자꾸만 피어오르려는 웃음을 겨우 꾹 참고, 미소는 그렇게 말했다.

11. 미소의 술버릇

그날 밤, 미소는 며칠 만에 의윤의 방으로 향했다. 만화 작업을 위해서였다.

"왔느냐. 어서 들어오너라."

의윤이 기다렸다는 듯이 반갑게 맞이해 주었지만, 미소는 들어와서 방문만 닫고 잠시 문가에 그대로 섰다.

"저어, 전하. 부탁이 있어서요."

"부탁? 무슨?"

"제가 이렇게 밤에 전하를 찾아뵙는 것은 어디까지나 일 때문입니다. 그러니까……."

말끝을 흐렸지만 의윤은 용케도 알아들어 주었다.

"그러니까 허튼짓은 하지 마라?"

미소는 얼굴이 빨개져서 대답했다.

"허튼짓이라기보다는 뭐랄까, 그러다 보면 작업에 집중이 잘 안 될 것 같아서요."

그건 안 된다, 하고 거절당할 줄 알았는데 의외로 의윤은 흔쾌히 고개를 끄덕였다.

"실은 나도 그럴 생각이었다."

너무 쿨하게 대답해서 오히려 좀 민망할 지경이었다.

"아, 그러셨구나. 전 또……."

"왜, 안 하겠다니까 서운하냐?"

갑자기 의윤이 짓궂게 물어 오는 바람에 미소는 펄쩍 뛰었다.

"아, 아니요? 제가 왜요?"

미소가 얼른 시선을 피하며 딱 잡아떼자 의윤이 풋, 하고 웃었다.

"시간은 밤이고, 장소는 또 하필 침실이 아니냐. 그러니 밤에는 어느 정도 분별이 있어야겠다고 나 역시 생각하고 있었느니라."

슬그머니 고마운 마음이 들었다. 전하도 나와 비슷한 생각을 하고 계셨구나.

"하나 뭐, 네가 정 서운하다면야……."

갑자기 의윤이 미소를 향해 허리를 굽혔다. 금방이라도 키스할 기세로 다가오는 입술에, 미소는 얼른 외쳤다.

"아닙니다! 전혀 서운하지 않습니다!"

"하하하."

소리 내어 웃는 의윤에게, 미소는 머뭇거리며 말을 꺼냈다.

"저기요, 전하."

"음?"

"제가 이런 걸 여쭤봐도 좋을지 모르겠지만, 혹시 실례라면 정말 죄송하고요, 어, 그래도 도저히 너무 궁금해서 견딜 수가 없어 가지고요."

갑자기 횡설수설하는 미소를, 의윤이 이상한 눈으로 쳐다보았다.

"뭔데 그러느냐?"

에라 모르겠다. 미소는 눈 딱 감고 물었다.

"도대체 지호는 어떻게 낳으신 거예요?"

의윤은 대답 대신에 눈을 크게 뜨고 미소를 한참 쳐다보았다. 질문이 너무 불친절했나? 미소는 허둥거리며 다시 말했다.

"아, 저기, 그러니까요. 전하는 분명히 제가 처, 첫 키스라고 하셨잖아요. 그러면 지호는 대체 어떻게 생긴 건지 궁금해서요."

갑자기 의윤이 미소를 향해 성큼 다가섰다. 흠칫 놀라는 미소의 턱을 손끝으로 살짝 들어 올리고, 그는 재미있다는 듯이 속삭였다.

"그러니까 지금, 아이가 어떻게 하면 생기는지 궁금하다, 이것이냐?"

순간 미소의 심장이 크게 외쳤다. 두근!

"뭐, 정 궁금하다면 가르쳐 줄 수 있는데."

그 순간 미소는 보았다. 의윤의 시선이 흘깃 침대 쪽에 가서 머무는 것을!

"아, 아닙니다, 전하. 궁금하지 않습니다!"

황급히 두 손을 내저으며 뒷걸음질을 치자 의윤이 의미심장한 미소를 띠고 한 걸음씩 다가왔다.

"제가 그만 실언을 하였습니다. 궁금하지 않다니까요?"

"이리 오너라. 내 몸소 가르쳐 주마."

"정말 괜찮습니다."

"어허, 사양할 것 없느니라."

그러니까 뭘요! 미소는 반쯤 울상이 되어 계속 뒷걸음질을 쳤다. 전하가 싫은 건 아니다. 엄청 좋아하지만, 그렇지만, 아직은 마음의 준비가……! 뒤로 슬슬 물러나다 갑자기 뒤꿈치가 뭔가에 탁 걸렸다.

"엄마야!"

미소는 균형을 잃고 버둥거리다 그만 뒤로 확 넘어지고 말았다. 푹신한 스프링의 감촉이 미소의 몸을 떠받쳤다. 그때를 놓치지 않고 의윤이 덮쳐 왔다.

"어디 그럼, 수업을 시작해 볼까?"

잘생긴 입가에 위험한 미소가 떠올라 있었다. 이제부터 이어질 일을 예상하고 미소가 저도 모르게 눈을 질끈 감은 그 순간, 갑자기 웃음기 품은 목소리가 들려왔다.

"……장난이다."

화들짝 놀라 눈을 떠 보자 의윤이 쿡쿡거리며 웃고 있었다. 재미있어 죽겠다는 듯이.

"글쎄 나도 네가 처음인데, 뭘 알아야 가르치든지 하지 않겠느냐?"

미소는 눈물 어린 눈으로 의윤을 한껏 흘겨보았다.

"아 깜짝 놀랐잖아요!"

이윽고 의윤이 침대가에 앉더니 길게 한숨을 내쉬었다. 그런 그의 얼굴에, 방금까지의 장난기는 이미 씻은 듯이 사라지고 없었다.

"내 이제 와서 네게 무엇을 숨기겠느냐. 사실대로 얘기해 주마."

미소는 몸을 일으켜 그의 곁에 앉았다. 예전에 미소가 지호 엄마에 대해 물었을 때, 의윤은 딱 잘라 말했었다.

"내 일이라면 대답할 수 있지만 이건 다른 사람이 끼어 있는 일이라 말할 수가 없다."

그 일을, 의윤은 지금 이야기하려는 것이다.

말을 꺼내 놓고도 한참 동안 뜸을 들이다 의윤은 겨우 입을 열었다.

"내 막냇동생 선혜 공주를 모시던 나인 중에 나와 친하게 지내던 아이가 있었다. 이름은 수영이라고 했는데, 선혜가 어릴 적부터 나를 유독 따랐던 터라 수영이도 나와 자주 보다 보니 어느새 가까워졌느니라. 쉽게 말해 내게는 여동생이나 진배없는 아이였다."

"그 수영이라는 분이 지호의 엄마라는 거예요?"

의윤이 한숨을 지으며 고개를 끄덕였다.

"내가 폐위되어 궁을 나올 때, 수영이도 무척이나 슬퍼했느니라. 그 후로는 만난 적이 없는데, 몇 년이 지난 어느 날 갑자기 아이를 가진 몸으로 이화원에 불쑥 나타났다."

미소는 침을 꿀꺽 삼켰다. 그렇다면 지호는 의윤의 아이가 아니라는 얘기 아닌가!

"내게 살려 달라고 매달리더구나. 배는 점점 불러 오는데, 더 숨길 수가 없다고 했다. 임신한 사실을 아이 아버지에게 들켰다가는 분명 저는 물론이고 배 속 아이까지 죽임을 당할 거라는 거였다."

오싹했다.

"대체 아이 아버지가 누군데요?"

의윤이 참담한 표정으로 중얼거렸다.

"내 동생, 그러니까 황태자다."

"아……!"

미소의 가슴이 마구 뛰었다. 황태자인 요는 분명 미혼인데, 궁녀와 그런 일이 있었다니!

"내가 생각해도 요의 성정이라면 충분히 그리하고도 남을 것 같았다. 동생같이 여기는 아이가 죽임을 당하는 것도 문제였지만, 그 애가 가진 아이는 내 조카이기도 하지 않으냐. 차마 두고 볼 수가 없었다."

"그래서 어떻게 하셨어요?"

"이화원에 사람이 부족하다고, 그 아이를 보내 달라고 어머니께 부탁해서 그 아이를 데려왔느니라. 그리고 몸을 풀 때까지 이화원에서 지내게 하였다."

"아이를 낳고 나서는요?"

"수영이는 아이를 살리려면 정을 떼어야 한다고 했다. 어미인 제가 아이 곁에 계속 있다가 자칫 누구의 아이라는 것이 들키면 아이 목숨이 위험해진다는 거였다. 결국 한 달 정도 젖을 먹이고 겨우 몸을 추스르자마자 이화원을 떠났다."

"어디로 가셨나요?"

의윤이 어두운 표정으로 고개를 저었다. 모른다는 뜻이었다.

"떠날 때 수영이가 울면서 내게 부탁했다. 제발 아이를 잘 보호해 달라고."

미소의 눈에도 눈물이 어렸다. 젖먹이를 억지로 떼어 놓고 떠나는 엄마의 마음이 어땠을까.

"나는 수영이에게 약속했다. 내 자식처럼 키우겠다고, 그러니 걱정 말라고."

"……그리고 전하는 하신 약속은 반드시 지키시는 분이시죠."

"이화원 앞에 누군가가 갓난아이를 버리고 간 것으로 꾸몄다. 그리고 아이를 정식으로 내 밑으로 입양했다. 물론 황궁에서도 알게 되었지만, 다행히도 의심하지는 않는 것 같더구나. 이미 나는 내 자식이 아닌 연재를 데려다 키우고 있었으니까, 두 번째도 그러려니 했던 모양이지."

미소는 눈물을 훔치고 말했다.

"결국 조카라서 지호가 전하를 닮은 거였네요."

"그래. 게다가 나는 그 애의 아버지와 쌍둥이 형제가 아니냐."

잠시 침묵이 흐른 끝에, 의윤은 다시 말했다.

"지금은 비록 내 아들로 되어 있지만 지호는 어디까지나 황손, 그것도 황태자의 장자다. 즉 당당히 황위 계승권이 있는 아이라는 것이다. 언젠가는 제자리를 찾아 줄 날이 올지 모른다."

"그래서 지호한테 그렇게 엄하게 대하시는 거군요."

의윤이 씁쓸한 표정으로 고개를 끄덕였다.

"비록 선생들을 따로 모시지 못하니 미흡하기는 하겠다마는, 최대한 내가 황태자 시절에 받았던 교육대로 가르치려고 노력하고 있다."

미소는 조심스럽게 말했다.

"무슨 말씀이신지는 알겠지만, 그래도 어린아이인데 너무 엄격하신 것 같아요. 가끔씩 안아 주고 놀아 주실 수는 있잖아요."

하지만 의윤은 고개를 저었다.

"나와 너무 정이 깊이 들면 좋지 않다. 나는 황족의 지위를 상실한 죄인의 몸이 아니냐. 그 아이가 나를 너무 따라서 좋을 것이 없다. 자칫하면 후일 나와의 정 때문에 곤란해질 수도 있다."

의윤의 얼굴에 괴로움이 어렸다.

"그래서 일부러 어릴 때부터 한 번도 제대로 안아 주지 않았던 것이다. 그 어린것이 나를 보고 좋다고 방긋거려도 짐짓 무서운 얼굴을 하고, 아빠, 아빠 하고 부르며 졸졸 따라오면 저리 가라고 마음에도 없는 역정을 내고……."

미소는 그제야 의윤의 마음을 알 것 같았다. 비록 아들은 아니라 해도 어쨌든 최소한 친조카다. 생판 남이 보아도 예쁜 아이를, 그렇게 차갑게 밀어내는 것이 얼마나 괴로웠을까. 그런데도 그는 지호의 장래를 위해서 그렇게 한 거였다. 마음이 찢어지는 것을 꾹 참으며.

"죄송해요, 전하. 저는 그런 줄도 모르고……."

미소는 진심으로 사과했다. 처음 이 집에 왔을 때, 아이와 놀아 주지도, 안아 주지도 않는 의윤을 보고 나쁜 아빠라고만 생각해서 마구 대들었던 자신이 부끄러웠다.

"이렇게 털어놓으니 조금은 후련하구나."

조용히 웃는 의윤에게, 미소는 조심스럽게 말했다.

"저어, 그런데 전하. 언젠가 지호한테 제자리를 찾아 주고 싶은 전하의 마음은 잘 알겠는데요. ……그런데 과연 지호도 그걸 원할까요?"

의윤이 당황한 얼굴을 했다.

"지호 입장에서 생각해 보면 어떨까 싶어서 말이에요. 지호가 좀 더 커서 자기 출생에 대해서 알게 된다고 쳐도, 과연 자기 자리를 찾고 싶어 할까요?"

"그거야 당연히…… 원래 제 것이니까 응당 되찾고 싶어 하지 않겠느냐?"

그렇게 말하면서도 의윤은 별로 자신이 없어 보였다. 아마도 거기에 대해서는 깊이 생각해 본 적이 없는 것 같았다.

"혹시 그렇게 생각하진 않을까요? 굳이 성격 나쁜 친아버지를 되찾고 싶지 않다. 황태자도 황제도 되고 싶지 않으니까, 그냥 키워 준 아빠 곁에서 행복하게 계속 살고 싶다고."

"그럴 리가……."

"물론 저도 지호가 어떻게 생각할지는 몰라요. 하지만, 한 가지는 확실히 알아요."

믿을 수 없다는 듯이 쳐다보는 의윤의 눈을 똑바로 마주 바라보며, 미소는 말했다.

"지호는 아빠를 무척 좋아한다는 거."

한참 후에야 의윤은 떨리는 목소리로 물었다.

"내가 그토록 차갑게 구는데도 말이냐?"

"아마 아는 것 같아요. 아빠가 정말로 자기를 싫어하지는 않는다는 걸 말이에요."

미소는 자신 있게 말했다.

"저도 애를 셋이나 키워 봤잖아요. 아이들은 귀신같이 알거든요. 이 사람이 진짜로 자기를 예뻐하는지, 아닌지 말이에요. 그래서 야단맞고 눈물 뚝뚝 흘리다가도 금세 와서 품에 안기는 거예요. 미워서 야단친 게 아니라는 걸 아니까."

"……."

"지호도 알고 있을 거예요. 아빠가 속으로는 자기를 엄청 예뻐한다는 걸요."

의윤의 얼굴에 복잡한 감정이 스쳤다. 그의 손을 꼭 잡고, 미소는 간절하게 말했다.

"그러니까 전하, 이제 지호를 일부러 멀리하지 마셨으면 좋겠어요.

어쩌면 지호한테는 나중에 황태자가 되고 황제가 되는 것보다도, 지금 아빠가 안아 주고 놀아 주는 게 더 행복한 걸지도 모르잖아요."

의윤은 대답하지 않았다. 그저 깊이 생각에 빠진 얼굴로, 한참을 말없이 앉아 있을 뿐이었다.

* * *

다음 날, 미소는 지호와 함께 복도에서 공룡 놀이를 하고 있었다.

"크아앙! 아기 공룡, 널 잡아먹겠다!"

쿵쾅쿵쾅 발소리를 내며 쫓아가는 미소를 피해, 지호가 쪼르르 도망을 갔다.

"으아아! 무더운 티야노짜우쯔가 쪼차온다!"

"거기 서라, 아기 공룡!"

"사여 주세요!"

신이 나서 꺄꺄 소리를 지르며 뛰어다니던 지호가, 문득 흠칫 놀라며 멈춰 섰다. 갑자기 복도 모퉁이 저편에서 의윤이 나타난 것이었다.

"아빠!"

아이는 언제 그랬냐는 듯이 금세 주눅이 들었다. 아빠는 지호가 이렇게 시끄럽게 뛰어노는 것을 무척 싫어했기 때문이다. 특히나 이렇게 복도에서 뛰는 것은 더욱더.

'늘 몸가짐을 의젓하게 해야 한다고 하지 않았느냐?'

으레 그렇게 야단맞을 줄 알고 고개를 푹 숙이는데, 갑자기 의윤이 손을 뻗어 지호를 끌어당겼다. 지호를 자기 등 뒤에 숨기고, 의윤은 미소를 향해 으르렁거렸다.

"네가 티라노사우루스냐?"

미소는 잠시 흠칫 놀란 얼굴을 했다. 그러나 곧 손가락을 갈고리 모양으로 만들어 공룡 앞발 흉내를 내며 응수했다.

"크으으, 그렇다. 내가 공룡의 왕 티라노사우루스다. 넌 누구냐?"

"나는 아빠 공룡이다."

의윤이 살벌하게 말했다.

"감히 우리 아들을 괴롭히다니, 용서할 수 없다!"

그러더니 그대로 지호를 번쩍 안아 들어 목말을 태웠다.

"티라노, 복수해 주겠다!"

"꺄아아, 아빠 공룡님, 살려 주세요!"

미소가 도망가자 의윤이 뒤를 쫓기 시작했다.

"거기 서라, 티라노!"

집 안에서 한바탕 추격전이 벌어졌다.

"아빠, 빨리! 빨리!"

숨넘어가게 좋아하는 지호를 목에 태운 채, 의윤은 계속해서 미소를 쫓아갔다. 복도를 지나가던 사람들이 그 모습을 보고는 저마다 놀라서 눈을 크게 떴다. 가정부도, 정원사도, 처선도, 그리고 정 여사도. 여태 아무도 의윤이 지호와 저렇게 노는 걸 본 적이 없었던 것이다.

결국 막다른 골목에 다다라서야 미소는 공룡 부자에게 잡히고 말았다.

"항복! 항복!"

"와아아아! 티야노을 잡아따!"

좋아서 어쩔 줄 몰라 하는 지호를, 의윤이 번쩍 안아 올렸다.

"아빠 최고!"

그가 아이의 부드러운 뺨에 가만히 입술을 갖다 댈 때, 미소는 얼핏 본 것 같았다.

전하의 눈동자가 물기에 젖어 반짝, 하고 빛나는 것을.

그날 밤에도 의윤은 어김없이 미소와 만나서 작업을 했다. 낮에 지호와 놀아 준 일에 대해 칭찬해 주지 않을까, 하고 내심 기대했는데 미소는 일이 다 끝날 때까지도 그에 대해서는 한마디도 하지 않았다.

"그럼 전하, 오늘도 수고 많으셨습니다."

노트를 챙겨 미련 없이 일어나는 미소를 보고, 의윤은 서운함마저 느꼈다.

"그래, 고생했느니라."

온 집안사람들이 다 보고 있는데 공룡 흉내를 내며 온 집 안 복도를 뛰어다니다니, 사실 의윤으로서는 크게 용기를 낸 것이었다. 그러니까 하다못해 잘하셨어요 전하, 하면서 볼에 뽀뽀라도 한번 해 주면 좋을 것을.

"안녕히 주무세요, 전하."

야속한 아가씨는 결국 뒤도 한 번 안 돌아보고 방을 나가 버렸다.

하기야 내가 내 자식하고 놀아 준 걸 가지고 무슨 칭찬을 바란단 말인가. 의윤이 혼자 씁쓰레하게 웃는데, 갑자기 다시 노크 소리가 들렸다.

도로 문을 열어 주며 의윤은 입을 열었다.

"뭐라도 잊고……."

갔느냐, 하고 물을 셈이었지만 마지막 세 글자는 영원히 세상으로 나오지 않았다. 왜냐하면, 미소의 입술에 입이 막혀 버렸으니까!

순식간에 입술을 빼앗기고 너무 놀란 나머지, 의윤은 눈도 깜빡이지 못하고 있었다. 이게 꿈인가, 생시인가.

잠시 후, 미소가 입술을 떼고 중얼거렸다.

"일하러 만났을 때는 허튼짓 안 하기로 약속했으니까요."

아, 그랬던 건가. 그래서 굳이 방을 나갔다가 도로 돌아온 것인가.

"저기, 생각해 보니깐 제 입으로 한 번도 말한 적 없는 것 같아서 말씀드리는 건데요."

의윤은 뭘 말이냐, 하고 물을 수조차 없었다. 기습 키스에 이미 뼛속까지 흐물흐물 녹아 버린 상태였기 때문에. 여전히 복도 바닥을 노려본 채, 미소는 빠르게 중얼거렸다.

"제가 전하를, 정말 좋아해요."

그렇게 말하자마자 미소는 황급히 돌아서서 제 방으로 도망가려 했다. 물론 곧바로 의윤에게 붙잡혔지만.

"내가 최근에 배운 유행어가 있는데, 한번 들어 보겠느냐?"

새빨개진 미소를 등 뒤에서 꼭 껴안고, 의윤은 사심을 가득 담아 속삭였다.

"……들어올 땐 마음대로지만, 나갈 때는 아니란다."

위험을 감지한 미소가 품에서 벗어나려고 마구 버둥거렸다.

"저, 전하!"

하지만 의윤은 미소를 옴짝달싹도 못 하게 단단히 껴안았다. 이참에 단단히 일러두어야겠다는 생각이 들었다. 그것도 아주 강하게.

"너는 이렇게 불만 질러 놓고 도망가 버리면 그만이겠지만, 나는 잘 수도 없단 말이다. 그러니까 뒷감당 못 할 짓은 하지 마라. 제발 부탁이다."

헉, 하고 방화범이 숨을 멈추는 것이 느껴졌다. 차라리 뒤에서 껴안고 있는 게 다행이라는 생각이 들었다. 표정을 들키지 않을 수 있으니까.

어제 미소가 대체 지호는 어떻게 해서 생긴 거냐고 물었을 때, 의윤은 그렇게 대답했다.

"뭐, 정 궁금하다면 가르쳐 줄 수 있는데."

장난기도 있었지만 그보다는 어떻게 나오나, 떠보고 싶은 마음이었다.

"아, 아닙니다, 전하. 궁금하지 않습니다!"

미소가 진심으로 기겁을 하는 것을 보고 확실하게 알 수 있었다. 아직 전혀 준비가 돼 있지 않다는 것을. 왜 그렇지 않겠는가, 그녀는 이제 겨우 스물한 살인데. 결국 장난이라고 얼버무려 버렸던 것은, 너무 겁먹게 하고 싶지 않아서.

"나는 지금 당장이라도 너를 내 여인으로 만들고 싶다."

제 품 안에서 굳어져 버린 아가씨의 귓가에, 의윤은 진심을 털어놓았다.

"하지만 그게 내 욕심이라는 것 또한 잘 알고 있다. 그래서 참고 있는 것이다."

의윤은 미소가 진심으로 자신을 원할 때까지 얼마든지 기다릴 생각이었다. 하지만 이런 식으로 겁도 없이 막 불을 지르면 곤란하지! 이참에 제대로 겁을 줄 생각으로, 의윤은 일부러 목소리를 한껏 낮추고 속삭였다.

"그러니까 좀 조심조심 다뤄 주면 좋겠구나. 나한테도 인내심의 한계라는 게 있으니."

좀 알아 다오. 나는 시방 위험한 짐승이란 말이다. 미소를 놓아주기 전에 마지막으로, 의윤은 경고를 날렸다.

"다음에 또 이러면, 그때는 각오가 되어 있는 것으로 받아들이겠다."

* * *

뽀뽀 한 번 했다가 된통 혼이 났다.

"다음에 또 이러면, 그때는 각오가 되어 있는 것으로 받아들이겠다."

어젯밤에 의윤이 했던 말을 떠올리고, 미소는 복도를 걸으며 몸을 부르르 떨었다. 조심해야겠다. 전하는 한번 한다면 하는 분 아니신가. 이제 손도 막 잡지 말아야지, 하고 미소는 생각했다.

겁이 나면서도 한편으로는 은근히 설레기도 했다. ……그분이 나를 여자로 보고 계시다는 뜻이잖아. 어린애가 아니라.

"너는 이렇게 불만 질러 놓고 도망가 버리면 그만이겠지만, 나는 잘 수도 없단 말이다."

미소는 괜히 혼자서 빨개지고 말았다.

"아이 참, 전하도!"

빨개진 얼굴을 두 손으로 감싸고 꺄아, 하는데 불쑥 귓가에서 목소리가 들렸다.

"전하가 뭘 어쩌셨기에?"

"꺄악!"

기겁을 해서 돌아보자 처선이 내려다보며 빙긋 웃고 있었다.

“전하가 뭘 어쩌셨길래 그렇게 혼자 빨개졌다 파래졌다 해요?”
“아, 아무것도 안 하셨어요.”
“아닌데. 뭐 했는데, 표정 보니까.”
“아니라니까요?”
미소가 펄쩍 뛰자 처선이 으름장을 놓았다.
“똑바로 말하지 않으면 지금 당장 온 집안사람들 모두 모아 놓고 말할 겁니다. 안주인 마님한테 인사들 드리시라고.”
결국 미소는 항복하고 말았다.
“말할게요, 말한다고요!”
얼굴이 새빨개진 채로 미소는 더듬더듬 어젯밤 일을 털어놓고 말았다.
“……다음에 또 이러면 그때는 각오가 되어 있는 것으로 받아들이겠다고 하셨어요.”
“하하하하!”
한참 동안이나 배꼽을 잡고 웃던 처선이, 이윽고 눈가에 고인 눈물을 닦고는 말했다.
“겁주셨네, 일부러. 잡아먹기 전에 도망가라고.”
에라 모르겠다. 이왕 말 나온 김에, 미소는 눈 딱 감고 말하기로 했다.
“근데요. 대체 왜 도망가라고 하시는 걸까요? 저도 전하 좋아하는데, 그러니깐 저어…… 전하 뜻대로 하셔도…….”
놀라기야 하겠지만, 결국 싫다고는 안 할 텐데요. 미소가 차마 끝까지 못한 말을, 처선은 찰떡같이 알아들은 것 같았다.
“주인님은 미소 씨가 너무 소중한 겁니다. 서른세 살에 첫사랑 아닙니까. 얼마나 예쁘고 귀하겠어요?"

처선이 다정하게 웃으며 하는 말에 기뻐서 가슴이 설렜다. 내가 그에게 첫사랑이구나. 그가 나의 첫사랑이듯. 하지만 그 다음 말이 거슬렸다.

"게다가 미소 씨는 주인님보다 훨씬 나이도 어리고, 그만큼 앞으로 더 좋은 사람을 만날 기회도 많을 테니까 신중해지실 수밖에 없지요."

미소는 저도 모르게 약간 울컥했다.

"전하가 어디가 어때서 그러세요?"

"내가 아니라, 주인님 본인께서 그리 생각하실 거라는 겁니다."

의윤이 말했었다. 그 자신보다도 더 그를 잘 아는 사람이 처선이라고.

"혹시나 미소 씨의 마음이 떠나거든 당신께서는 어른답게 고이 보내 주어야 한다고 생각하고 계실 겁니다. 그런 분이시니까."

처선의 입을 통해 의윤의 마음을 듣는 것 같아서, 미소는 그만 슬퍼졌다.

"제가 마음이 왜 변해요. 저 평생 좋아한 남자라곤 전하 하나라니까요?"

"그걸 나한테 말해 봤자 소용없고."

처선이 눈을 가늘게 뜨고 웃었다.

"그러니까 미소 씨가 많이 사랑해 주십시오. 그분께서 확신을 가질 수 있게."

의윤은 테라스에 나와 지호를 무릎에 앉히고 함께 책을 읽었다.

"자, 이제 네가 한번 읽어 보겠느냐?"

이제 네 살, 겨우 만 세 돌을 넘겼을 뿐인데 지호는 벌써 한글을 줄줄 읽었다.

"쇠똥구이가 말해뜹미다. 노란 나비야, 내 똥 못 봐니?"

지호의 머리를 가만히 어루만지며, 의윤은 아이에게 들리지 않게 한숨을 내쉬었다.

'제 아비를 닮았으면 영특한 것도 당연하지.'

의윤도 어릴 때부터 영재 소리를 들었지만, 동생인 요도 그 못지않게 명석했다. 아마 그래서 요가 더욱더 형인 자신을 미워했는지 몰랐다. 5분 먼저 태어났다는 이유만으로 황태자 자리를 빼앗겼다고.

물론 그게 전부는 아니었다. 성품 자체가 달랐다. 의윤이 성군이라 불렸던 할아버지를 닮았다면, 요는 독재자인 아버지를 꼭 빼닮았다. 권력욕뿐만 아니라 뿌리 깊은 콤플렉스까지도.

'성품만은 제 아비를 닮지 말아야 할 것인데.'

다행히도 지호에게서 특별히 동생과 닮은 점은 보이지 않았다. 오히려 아직 어린데도 사려가 깊어서, 어른들마저 가끔씩 깜짝 놀랄 때가 있었다.

사람 일이란 한 치 앞을 모르는 것이다. 만에 하나 황태자인 동생이 후사를 남기지 못하고 사고를 당한다든가 하면 다음 황제는 이 아이가 될 수도 있다.

'내 너를 잘 키워 주마.'

의윤은 다시 한 번 다짐했다.

"도련님, 낮잠 잘 시간이에요."

"나 안 졸린데……."

잠시 후 보모가 데리러 왔지만 지호는 따라가지 않고 미적거렸다.

아빠와 떨어지고 싶지 않은 눈치였다. 예전처럼 엄하게 야단치는 대신에 의윤은 지호를 살살 꼬드겼다.

“가서 한숨 코 자고 오너라. 이따가 미소 이모하고 셋이 같이 공룡 놀이 하자.”

아이는 금세 눈을 빛냈다.

“아빠 이따가 노자!”

신이 나서 보모의 손을 잡고 까불거리며 사라지는 지호의 뒷모습을 보며 의윤은 조용히 웃음 지었다. 그래, 나중에야 황태자가 되건 황제가 되건, 결국 소중한 것은 지금 이 순간인 것을. 미소가 아니었으면 끝내 깨닫지 못할 뻔했다.

지호가 사라지고 나자마자 의윤은 미소부터 떠올렸다.

‘그러고 보니 오늘따라 어딜 갔기에 안 보이지?’

생각나자마자 금세 보고 싶어 못 견딜 지경이다. 의윤은 얼른 미소를 찾아 나섰다. 한참 집 안 여기저기를 찾아다닌 끝에 혹시나 싶어 2층에서 창문으로 내려다보자 뒷마당에 있는 미소의 모습이 보였다.

미소는 한창 쓰레기 분리수거 중이었다. 누가 보고 있는 것도 모르고 부지런히 일하는 미소를, 의윤은 잠시 웃으며 내려다보았다.

일하다 말고 미소는 문득 휴대폰을 꺼냈다. 전화가 온 모양이었다.

“여보세요? 민식아!”

반색을 하던 미소가 갑자기 실망한 목소리를 냈다.

“주말에 못 만나? 왜? 아, 엠티……. 어쩔 수 없지 뭐. 잘 갔다 와. 에이, 주중엔 못 나가지. 나도 이게 일인데. 그냥 다음 주말에 보자.”

듣자니 민식과 일요일에 만나기로 약속을 했다 취소된 모양이었다.

“괜찮다니까. 그렇게 미안하면 담에 만날 땐 네가 쏘든가.”

미소는 끝까지 웃으며 활기찬 목소리로 말했다. 하지만 전화를 끊는 순간, 언제 그랬냐는 듯이 얼굴에 쓸쓸한 표정이 어렸다.

"……좋겠다, 대학생들은. 놀러도 다니고."

한숨을 지으며 중얼거리는 미소의 혼잣말이 귓가에 날아와 박히는 순간 의윤은 아차, 싶었다. 내가 미처 헤아리지 못했구나. 생각해 보면 미소는 집에서도 식모살이하듯 살다가 이화원에 와서도 또 가정부가 된 거였다. 왜 아무렇지 않겠는가. 동갑인 친구가 신나게 대학생활을 즐기는 동안, 자신은 이렇게 집안일이나 하고 있는데.

"아, 날씨 참 좋다."

허리를 펴서 파란 하늘을 한번 올려다보고, 미소는 피식 웃더니 다시 일을 시작했다. 그 웃음이 의윤의 눈에는 더욱더 쓰라리게 보였다. 날이 이렇게 좋아서 너는 더 속이 상하겠구나.

문득 의윤은 얼마 전 미소의 손을 잡았던 일을 떠올렸다. 이제 갓 스물을 넘긴 젊은 아가씨답지 않게 거친 손에 내심 놀라고 또 마음이 아팠었다. 미소와 동갑인 막냇동생 선혜 공주의 곱디고운 손과 비교되어서 더 그랬던 것 같다.

의윤은 골똘히 생각하기 시작했다. 내가 뭔가 해 줄 것이 없을까, 하고.

* * *

"주인님께서 무척 고맙다고 전해 달라 하셨습니다."

그렇게 말하는 처선은, 평소에 늘 입는 검은색 슈트 대신에 모처럼 산뜻한 느낌의 캐주얼 차림을 하고 있었다.

"마음 같아서는 민식 씨한테 1급 훈장을 내리고 싶지만, 물론 그럴 처지는 안 되니까 대신에 저더러 맛있는 걸 대접하고 오라고 하시더군요."

"아, 그럼 김 집사 오빠가 훈장 대신이네요?"

역시 예쁘게 꾸미고 나온 민식이 쿡쿡 웃었다. 주문한 식사가 나오기를 기다리는 동안, 민식은 제일 궁금했던 것부터 물었다.

"근데 오빠, 여자 친구 있어요?"

처선이 웃었다.

"민식 씨는 주인님 팬인 줄 알았는데?"

"그렇긴 한데 전하는 벌써 물 건너갔잖아요. 오빠도 완전 제 스타일이신데."

민식이 포크를 내려놓고 처선 쪽을 향해 몸을 기울였다.

"오빤 저 어때요?"

"음, 귀여운 여동생 같다고 할까?"

당돌한 질문만큼이나 돌아오는 대답도 거침이 없었다.

"뭐야. 오빠도 혹시 미소 좋아하세요?"

"그럴 리가."

처선이 말도 안 된다는 듯이 고개를 저었다.

"아홉 살 어린 여자는 여자가 아니라 무조건 동생입니다, 나한테는."

민식이 고개를 갸웃거렸다.

"그럼 뭐 여덟 살 어린 여자는 동생 아니고요?"

"여덟 살 어린 여자는 여자죠. 열 살 어린 여자도 여자고. 하지만 아홉 살 어린 여자는 그냥 동생입니다."

그게 무슨 소리야. 민식은 눈을 깜빡였다.

"아니 왜 하필 아홉 살 차이만 안 되는 건데요?"

"원래 그렇게 정해져 있는 겁니다."

알쏭달쏭한 말을 중얼거리고, 처선은 웃었다.

"아쉽지만 그러니까 미소 씨도, 물론 민식 씨도 나한테는 귀여운 동생. 그러니까 멋있는 오빠 하나 생겼다고 생각해 줘요."

잠시 눈동자를 데굴데굴 굴리던 민식이 이윽고 어깨를 으쓱했다.

"뭐, 어쩔 수 없죠. 그럼 가끔 미소랑 셋이 만나서 밥은 사 주실 수 있죠?"

워낙 쿨한 성격의 민식이었다. 면전에서 거절당했지만 크게 개의치도 않았다.

"물론. 괜찮으면 다음에 다 같이 술이라도 한잔 하죠."

"에이, 술은 안 돼요. 저는 괜찮은데 미소가 쫌."

"미소 씨가 왜?"

무슨 생각을 했는지, 민식이 몸을 부르르 떨었다.

"어휴, 말도 마세요. 걔가 수학여행 때 술 먹은 거 본 적이 있거든요? 난리도 난리도 그런 난리가……."

처선의 눈이 점점 커졌다.

"좋은 정보 줘서 고마워요, 민식 씨. 고맙게 잘 써먹을게요."

이야기를 다 듣고 난 처선이 말했다.

"네? 어디 써먹으시게요?"

"주인님 괴롭히는 데."

얼굴빛 하나 변하지 않고 말하는 처선을, 민식이 의아하게 쳐다보았다.

"아니 전하를 왜 괴롭히고 싶어 하시는데요?"

"음, 이건 민식 씨한테만 말해 주는 건데……."

처선이 민식을 향해 손짓했다. 민식이 귀를 가까이 가져가자, 그는 속삭이듯 말했다.

"……내가 누구 때문에 여태 솔로인데 자기만 연애하는 게 꼴 보기 싫어서."

서, 설마 취향이 그쪽이었어? 눈이 튀어나올 듯한 표정으로 쳐다보는 민식을 보고, 처선은 그저 쿡쿡 웃기만 했다.

* * *

밖에 나갔다가 저녁때 돌아온 처선의 얼굴이 왠지 어두워 보였다.

"민식이는 잘 만나고 오셨어요?"

"그래요."

대답하는 목소리에도 이상하게 힘이 없었다.

"김 집사님, 혹시 무슨 일 있으셨어요?"

"아니, 무슨 일은요."

웃어 보이는 표정이 어딘가 쓸쓸해 보였다. 확실히 뭔가가 있는 것이다. 늘 제게 힘이 되어 주던 처선의 이상한 낌새를, 미소는 도저히 그냥 지나칠 수가 없었다.

"그냥 무슨 일인지 저한테 말씀하시면 안 돼요? 혹시 제가 도움이 될지도 모르잖아요."

그제야 처선은 한숨을 내쉬며 물었다.

"미소 씨, 혹시 나랑 술 한잔 같이 해 줄 수 있어요?"

"……술이요?"

미소는 조금 당황했다. 스물한 해 평생 동안 미소가 술을 먹어 본 것은 딱 한 번이었다. 고등학교 2학년 때, 수학여행 가서. 그 한 번에 대형 사고를 치고 나서 평생 두 번 다시 술은 입에도 대지 않겠다고 스스로에게 굳게 맹세했었다. 하지만 처선이 뭔가 고민이 있는 것 같은데 거기다 대고 안 된다고 딱 잘라 거절할 수가 없었다.

"제가 술을 잘 못해서요. 그냥 옆에서 마시는 시늉만 할게요."

처선은 기다렸다는 듯이 어디선가 와인병과 함께 잔 두 개를 들고 왔다.

"자, 일단 한 잔 하고 얘기합시다."

와인을 한 모금 마셔 본 미소는 속으로 조금 놀랐다. 오, 이거 달콤한 게 생각보다 맛있네?

"나갔다가 무슨 일 있으셨어요?"

처선은 한숨을 짓고는 입을 열었다.

"그냥 괜히 마음이 심란해서. 봄이라 그런지 커플들이 참 많더라고요, 나가니까. 나는 평생 연애도 못 해 보고 이렇게 늙어 죽어야 되나, 하는 생각에 좀 우울해져서."

"그럼 김 집사님도 여자 친구 만드시면 되잖아요?"

"그게 내 마음대로 되는 일인가요."

처선이 쓴웃음을 지었다. 미소는 더더욱 알 수가 없었다.

"김 집사님 인기 되게 많으실 거 같은데. 민식이도 김 집사님한테 관심 있다고 전하한테 막 졸라서 밥 사 주러 갔다 오신 거라면서요."

"민식 씨하고는 그냥 좋은 오빠 동생으로 지내기로 했어요."

"왜요? 민식이가 별로 마음에 안 드세요?"

"나는 아무도 좋아할 수가 없거든요."

"아니 왜요?"

"……내 마음은 벌써 다른 데 있으니까."

뜻밖의 고백에 미소는 깜짝 놀랐다.

"김 집사님, 좋아하는 사람 있으셨어요?"

처선이 땅이 꺼져라 긴 한숨을 내쉬고는 혼잣말처럼 중얼거렸다.

"술에나 취하면 모를까, 맨정신으로는 털어놓기가 쉽지 않네요."

"여기 술 있는데 드시면 되잖아요?"

"내가 또 혼자는 술을 못 먹는 타입이라. 같이 마셔 주는 사람이 있어야 되는데 미소 씨는 술을 잘 못한다면서요. 그러니까 다음에……."

위로해 주고 싶은 건 둘째 치고, 궁금해서 죽을 지경이었다. 결국 미소는 항복하고 말았다.

"제가 같이 마셔 드릴게요! 그러니까 말씀하세요!"

맛이 달콤해서 미소는 느끼지 못하는 모양이었지만, 지금 그녀가 마시고 있는 것은 무려 도수가 20도가 넘어가는 포트와인[3]이었다.

아니나 다를까, 미소는 얼마 못 가서 얼굴이 빨개지기 시작했다.

"어떤 여자분인데요?"

"귀엽고 사랑스럽죠. 미소 씨처럼."

처선은 쓸쓸하게 웃어 보이고는 다시 미소의 잔에 와인을 가득 따랐다.

그리고 미소가 잔을 끝까지 비우도록 재촉했다.

"자, 쭉, 쭉."

---

3) 브랜디를 첨가한 주정 강화 와인. 일반 와인보다 독함.

미소는 잔을 내려놓고 물었다. 혀가 약간 꼬이기 시작한 게 느껴졌다.

"언제, 어디서 만난 분이에요?"

"황궁에 있을 때니까 한참 됐죠."

옳거니, 하고 생각하며 대꾸하고 나서 처선은 물었다.

"내가 누구죠?"

"김 집사님이요."

음, 아직이군, 하고 처선은 생각했다.

"미소 걔가요. 취하면 세상 모든 남자가 다 이유 전하로 보이나 보더라고요."

민식이 말해 준 미소의 술버릇이었다.

"말도 마세요. 나중에는 교장 선생님한테 매달려서 엉엉 울면서 즈언하아아아, 얼마나 고초가 심하시옵니까아아아, 해서 완전 난리가 났었다니까요."

그런데 내가 아직 김 집사님으로 보인다 이거지?

처선은 일부러 세상에서 제일 고독한 남자의 표정으로 한숨을 푹푹 쉬어 가며 계속해서 미소에게 와인을 먹였다. 물론 자신도 함께 먹었지만, 혼자서도 와인 한두 병이야 문제없을 정도로 술이 센 그였다.

"내가 누구죠?"

"김 집사님이요."

"자, 내가 누구?"

"김…… 집사님……?"

그렇게 몇 번을 반복했을까.

갑자기 미소가 처선을 흠칫 놀란 눈으로 바라보더니 중얼거렸다.

"전하……?"

옳지, 올 것이 왔구나! 처선은 속으로 쾌재를 불렀다.

"그래. 이제야 나를 알아보겠느냐?"

일부러 의윤의 말투를 흉내 내자 미소가 눈물을 글썽였다.

"전하……!"

갑자기 미소가 의자에서 일어나더니 처선에게 다짜고짜 와락 안겨 왔다.

"전하, 그동안 얼마나 힘드셨어요!"

온몸으로 거침없이 안겨 드는 미소 때문에 처선은 하마터면 앉아 있던 의자째 뒤로 넘어질 뻔했다.

'어이쿠, 이건 난리가 날 만도 했겠군.'

속으로 그렇게 생각하며, 처선은 은근한 목소리로 부추겼다.

"미소 네가 위로해 주면 좀 마음이 나아질 것도 같다만."

"어떻게요?"

미소가 젖은 눈동자로 처선을 올려다보았다.

"요기, 요기다가 살짝."

처선이 손가락으로 유혹하듯 제 입술을 가리켰다. 고분고분하기도 하지. 미소는 잠시 당황한 표정을 했지만, 결국 살며시 눈을 감더니 처선의 입술에 제 입술을 가져다 대려 했다.

"잠깐!"

하지만 처선은 다가오는 미소의 입술을 손가락으로 살짝 제지했다.

"급한 일이 생각났느니라. 먼저 내 방에 가 있을 테니 잠시 후에 오너라."

"네?"

"와서는…… 알겠지?"

또다시 제 입술을 가리키고, 처선은 당부했다.

"진하게 위로 부탁한다."

오늘따라 미소는 평소보다 조금 늦고 있었다. 미소를 기다리며 의윤은 새삼스럽게 어젯밤 일을 떠올렸다.

그녀가 먼저 키스해 오는 순간, 의윤은 이성이 날아가는 느낌이 뭔지를 깨달았다. 하마터면 그대로 번쩍 안아 들고 침대로 향해 버릴 뻔했던 것이다. 그전에도 키스를 안 했던 건 아니지만 이쪽에서 하는 것과 저쪽에서 먼저 해 오는 것은 느낌이 전혀 달랐다. 마치 '처분대로 하시옵소서, 전하' 하는 걸로 보인단 말이지!

물론 그럴 리 없다는 것을 머리로는 뻔히 알고 있었다. 단순히 키스했을 뿐이지 안아 달라는 뜻이 아니다. 좋아한다고 말했지, 제 여인으로 삼아 달라 하지는 않았다. 아니까 그때는 참았다. 하지만 한 번 더 그런 일이 있으면, 과연 참을 수 있을지 자신이 없었다.

의윤은 어디까지나 어른이고 싶었다. 아직 어리고 서툰 미소를, 결코 가벼이 대하고 싶지 않았다. 그러니까 어제 경고해 두었던 것이다.

"다음에 또 이러면, 그때는 각오가 되어 있는 것으로 받아들이겠다."

그렇게까지 말했으니까 당분간은 그런 짓을 못 하겠지. 그렇게 생각하며 마음을 진정시키고 있는데 똑똑, 노크 소리가 들렸다.

의윤은 얼른 달려가 반갑게 문을 열었다. 미소가 문 앞에 서 있었다.

"어서 들어오너라."

뭔가가 이상하다는 것을 느낀 것은 그 직후였다. 미소는 방 안으로 들어오려고 하지 않고, 가만히 선 채로 물끄러미 의윤을 올려다보았다. 왠지 쳐다보는 눈빛이 평소와는 달랐다. 뭐랄까, 끈적끈적하다고 해야 할까, 게슴츠레하다고 해야 할까.

"왜 그러……!"

'느냐'라는 마지막 두 글자는 역시나 또 영영 사라지고 말았다. …… 미소의 입 속으로.

입술을 빼앗긴 의윤이 숨을 멈췄다. 맙소사, 또야!

도저히 믿을 수가 없었다. 그렇게까지 자극하지 말라고 경고를 해놨는데 겁도 없이 이게 무슨 짓이란 말인가. 아니면 설마 진짜로 각오가 돼 있다 이건가?

의윤이 이 생각 저 생각 하는 동안에도, 미소는 계속해서 의윤에게 키스하고 있었다. 그것도 어제와는 비교도 안 될 정도로 진하게! 왠지 모르게 달콤한 포도 향기가 진하게 나는 입술에 어찔하게 현기증이 일었다. 이러다간 자칫 큰일 나겠다, 싶어서 의윤은 일단 억지로 미소를 떼어 놓았다.

"이러면 나도 못 참는대도 자꾸만 그러는구나. 책임지지 못할 짓은 하지 말란 말이다."

일부러 엄하게 꾸짖으려 했지만 목소리가 떨리는 것까지는 어쩔 수 없었다. 의윤은 고개를 돌려 미소를 조금 외면하고 말했다.

"아니면 뭐 내, 내게 시…… 시집이라도 올 셈이란 말이냐?"

염치없다고 스스로 생각하면서도 저도 모르게 툭 하고 진심이 흘러나왔다.

하지만 미소는 아랑곳없다는 듯이 막무가내로 안겨 들어왔다.

"책임질 거예요."

"뭐?"

의윤은 놀라서 미소를 쳐다보았다.

"제가 전하 책임진다고요. 그러니까 전하 맘대로 하세요."

말하자마자 미소는 또다시 발돋움을 해서 의윤의 입술을 훔쳤다.

그 순간, 의윤의 안에서 무언가가 소리 없이 폭발했다. 이 정도면 참을 만큼 참지 않았는가, 하고 의윤은 생각했다. 공자 맹자가 세트로 살아온다 해도 차마 나를 탓하지는 못할 것이다. 그분들이 이 장면을 봤다면!

마지막 이성이 사라지자 곧 숨이 막힐 것 같은 열정이 그를 지배했다. 의윤은 미소를 번쩍 안아 들고 방 안으로 향했다. 침대로 향하는 동안에도, 또 데려가 눕히는 동안에도 미소는 의윤의 목에 계속해서 매달려 입술을 떼려 하지 않았다.

아직 턱없이 어리다, 그러니 어른인 내가 지켜 주어야 한다, 하고 지금껏 수없이 스스로를 채찍질했건만. 그 모든 노력이 허무하게도, 지금 그의 품 안에 있는 여자는 완벽하게 성숙한 여인의 몸을 하고 있었다. 온몸으로 느껴지는 부드럽고도 탄력 있는 여자의 몸에, 의윤은 절로 숨이 가빠 오는 것을 느꼈다.

사랑스러운 마음, 미칠 듯이 원하는 마음. 그리고 한편으로는 역시나 미안한 마음이 남았다.

"미안하다."

잠시 입술을 떼고, 의윤은 그녀의 귓가에 속삭였다.

"이렇게 부족한 내가, 감히 너를 욕심내서 미안하다."

물기 어린 눈동자가 물끄러미 그를 올려다보았다.

"나를 나쁜 놈이라 욕해도 좋다. 하지만…… 도저히 멈출 수가 없구나."

"전하는 나쁜 사람이 아니에요."

갑자기 미소가 슬픈 듯이 말했다.

"사람들이 다 전하를 욕해도, 저는 전하가 그런 사람이 아니라는 걸 안단 말이에요."

뭔가 이상하다 싶어서 의윤은 고개를 조금 뒤로 빼고 미소를 바라보았다. 자세히 들여다보니 눈이 살짝 풀려 있다. 숨결에서는 은은하게 알코올의 향기가 풍겼다.

의윤은 그제야 깨달았다. 맙소사, 취해서 이러는 거였구나!

"그러니까 전하, 너무 슬퍼하지 마세요."

충격에 얼어붙은 의윤을, 미소가 손을 뻗어 꼭 껴안았다.

"앞으로는 제가 전하를 지켜 드릴게요."

남녀 간의 욕망이라고는 조금도 느껴지지 않는, 순수한 애정과 어여삐 여기는 마음이 넘치는 포옹. 미소는 계속해서 의윤의 등을 조심스럽게 어루만졌다.

힘들어하지 마세요. 당신이 아파하는 게 싫어요.

그런 진심이 아프도록 전해져 왔다.

의윤의 안에서 맹렬하게 불타고 있던 무언가가 서서히 진정되어 갔다. 대신에 부드럽고도 따스한, 하지만 욕망보다도 훨씬 더 강한 감정이 서서히 마음속 깊은 곳에서부터 차올랐다.

미소를 마주 안고, 의윤은 긴 한숨과 함께 중얼거렸다.

"그래. ……나도 너를 지켜 주마."

* * *

머리가 깨질 것 같은 두통과 함께 미소는 눈을 떴다. 눈에 들어온 것은 익숙한 천장과 샹들리에. 아, 내 방이구나, 하고 미소는 생각했다.

'언제 내 방으로 돌아왔지?'

어제 처선의 방에서 같이 술을 마신 것까지는 기억나는데 중간부터가 기억이 나지 않았다. 기억을 더듬어 보려 이맛살을 찌푸리다가, 미소는 문득 이상한 것을 깨달았다. 방이 왠지 이상했던 것이다.

'잠깐만, 의자가 이게 아닌데?'

얼핏 보면 제 방 같지만 뭔가 다르다. 의자도 다르고, 냉장고 위치도 다르고……. 한 박자 늦게 이게 누구의 방인지 깨달은 순간, 미소는 얼어붙었다.

"……!"

황급히 옆을 보자 아니나 다를까. 의윤이 옆에 잠들어 있었다!

하마터면 소리를 지를 뻔한 미소는 허겁지겁 제 입을 틀어막았다.

'전하가 왜 여기? 아니 내가 왜 전하 침대에?'

하지만 필름이 딱 끊겨 있으니 알 도리가 없었다. 일단 튀고 보자고 생각하고, 미소는 침대에서 살며시 몸을 일으켰다. 그리고 의윤이 깨지 않게 조심조심, 발소리를 죽여 방을 나갔다. 아니, 나가려고 했다. 문손잡이를 붙잡는 순간, 뒤에서 끌어안기고 말았지만!

"……어딜 도망가려고."

잔뜩 화가 난, 마치 으르렁거리는 듯한 낮은 목소리가 귓가에 몰아쳤다.

"저, 전하."

미소는 침을 꿀꺽 삼키고 입을 열었다.

"제가 어제 과음을 하는 바람에, 무슨 짓을 했는지는 모르겠지만……."

의윤이 포옹을 풀고는 미소를 기가 차다는 듯이 쳐다보았다.

"사람을 밤새 잠도 못 자게 괴롭혀 놓고, 모르겠지만?"

눈에 새빨갛게 핏발이 서 있는 것이, 거짓말이 아닌 것 같았다.

내가 대체 무슨 짓을! 어쨌거나 일단 납죽 엎드리고 보는 게 상책이다. 미소는 싹싹 빌었다.

"잘못했습니다, 전하. 그저 목숨만 살려 주시옵소서."

하지만 의윤은 코웃음을 쳤다.

"어디 두고 보아라. 조만간 이 복수는 반드시 해 줄 테니."

12. 이화원에서 단둘이 (1)

"글쎄, 난 잘 모르겠는데요."

처선이 어깨를 으쓱했다.

"술 마시면서 얘기하는 도중에 갑자기 미소 씨가 화장실 간다고 나가더니 돌아오지를 않더라고요. 그래서 난 방에 가서 자는 줄 알았지. 왜, 혹시 무슨 일이라도 있었어요?"

미소는 펄쩍 뛰며 손을 내저었다.

"아, 아니에요! 없었어요!"

"뭐, 그럼 됐고. 참, 짐은 다 싸 놨어요?"

처선이 웃더니 화제를 돌렸다.

"네? 무슨 짐이요?"

미소가 되묻자 오히려 처선이 놀란 얼굴을 했다.

"이런, 정 여사님이 말 안 해 주셨어요?"

"그러니까 뭘요?"

"내일 제주도 가는 날이잖아요!"

"네? 제주도요?"

놀란 미소에게, 처선이 설명했다.

"이화원에서 일하는 사람들은 휴가가 따로 없어서, 대신에 한 해 걸러 한 번씩 모두 다 같이 휴가를 갑니다. 올해는 제주도로 3박 4일 다녀오기로 됐고."

"아, 그게 그 얘기였구나!"

미소는 무릎을 쳤다. 그러고 보니 식사할 때 다른 사람들이 제주도가 어쩌고 하면서 신이 나서 얘기하는 걸 들은 적이 있었다. 그냥 자기들끼리 여행 가는 줄 알았지, 그게 미소 자신에게도 해당 사항이 있는 건 줄을 몰랐을 뿐.

"그럼 우리 없는 동안 가족분들은요?"

"연재 아가씨와 지호 도련님도 함께 가시지요. 주인님은 밖에 안 나가시는 분이니 늘 혼자서 이화원에 남아 계셨고."

"올해는 전하도 가실까요?"

"글쎄, 주인님 표는 안 끊은 것 같던데요."

하긴 아직 그렇게까지는 무리겠지. 서운하면서도 미소는 어쩔 수 없이 신이 났다.

"저요, 비행기 처음 타 보는 거예요!"

좋아서 어쩔 줄 모르는 미소를 바라보며, 처선이 웃었다.

"가서 즐겁게 놀고 옵시다."

* * *

이화원의 정문 앞에, 집안사람들이 모두 모였다. 알로하셔츠에 선글라스를 쓴 처선부터 시작해서, 튜브를 옆구리에 낀 지호까지.

"그럼 다녀오겠습니다, 주인님."

배웅을 나온 의윤을 향해, 모처럼 화사한 색깔의 봄옷으로 차려입은 정 여사가 대표로 인사를 건넸다.

"조심해서 잘들 다녀오게."

의윤이 점잖게 고개를 끄덕였다.

3박 4일 동안이나 이 큰 저택에 의윤 혼자 남아 있을 생각을 하니 미소는 마음이 좋지 않았다. 솔직히 같이 가자고 조르고도 싶었지만 그럴 엄두가 나지 않았다.

"어디 두고 보아라. ……조만간 이 복수는 반드시 해 줄 테니."

이미 그렇게 선전 포고를 당한 상태였기 때문에!

"다녀오겠습니다, 주인님."

모두들 의윤을 향해 고개를 숙였다. 미소도 덩달아 인사를 했다. 제발 다녀오면 전하의 화도 좀 가라앉아 있기를 빌면서.

"그럼 다녀오겠습니다, 전하."

하지만 미소가 사람들을 따라 돌아서려는 순간, 의윤의 목소리가 뒷덜미를 잡았다.

"가긴 어딜 가느냐? 개똥이 너는 제외다."

미소는 당황해서 의윤을 바라보았다. 의윤이 당연하다는 듯이 말했다.

"최소한 밥해 줄 사람 하나는 남아 있어야 할 것 아니냐. 아니면 나더러 3박 4일 동안 손수 밥을 해 먹으라는 말이냐?"

듣고 보니까 그것도 그렇긴 한데.

"아니 그래도 전하, 다들 가는데 어떻게 저만……."

비행기 타 보고 싶었는데! 미소가 어쩔 줄 몰라 하고 있는데, 정 여사가 끼어들었다.

"송구합니다, 주인님. 미처 거기까지 생각을 못 했습니다."

고개를 숙여 공손히 말하고 정 여사는 미소에게 일렀다.

"그럼 다녀올 테니 그동안 미소 씨가 주인님 시중, 잘 부탁해요."

"정 여사님!"

"올 때 한라봉 사 올 테니까 너무 서운해 말고."

어디서 들어 본 적 있는 것 같은 대사를 남기자마자 정 여사는 사람들을 이끌고 돌아섰다.

"이모오오! 시여어어! 이모도 가치 갈래애애!"

지호가 떼를 쓰기 시작했지만 금세 연재가 달랑 안아 들었다.

"그럼 언니, 다녀올게요! 우리 갔다 올게 아빠!"

"그래, 잘들 다녀오너라."

미소를 제외한 사람들이 모두 밖으로 나가고 나자 의윤이 손을 뻗어 문 닫힘 버튼을 눌렀다. 천천히 닫혀 가는 대문 사이로, 처선이 뒤를 돌아보며 굳어져 있는 미소를 향해 살짝 손을 흔들었다.

"이모오오오! 미소 이모오오! 으아아앙!"

공항으로 떠나는 차 안에서 지호는 튜브도 팽개친 채 계속 울고불고 떼를 썼다. 보모를 비롯한 사람들이 아무리 달래도 소용이 없었다. 결국은 연재가 안아서 무릎에 앉히고 눈을 똑바로 들여다보며 말했다.
"지호야, 너 엄마 갖고 싶지?"
"엄마?"
그제야 지호는 잠시 울음을 그쳤다.
"그래, 엄마. 너 엄마 보고 싶다고 맨날 그랬었잖아. 엄마 갖고 싶지 않아?"
"……가꼬 시퍼."
"그럼 뚝 해. 너 이렇게 자꾸 미소 이모 데려오라고 떼쓰면 생길 엄마도 안 생겨."
"안 울면 엄마 생겨?"
눈물이 가득한 눈을 깜빡거리며 묻자 연재가 고개를 끄덕였다.
"그래. 그러니까 우리 눈치 있게 행동하자, 지호야."
나이에 비해 무척 영리한 아이였다. 제 누나의 말이 단순히 울음을 그치게 하려고 하는 소리가 아닌 걸 느꼈는지, 금세 눈물을 닦는 것이었다.
"그엄 나 안 울래."
"잘 생각했어!"
연재가 씨익 웃으며 지호를 품에 안고 등을 토닥여 주었다. 따지고 보면 피는 하나도 안 섞인 사이지만, 연재는 한참 터울이 지는 동생 지호를 무척이나 귀여워했다. 물론 지호도 연재를 무척 따랐다.
연재가 지호를 한 방에 뚝 그치게 만드는 것을 보고 사람들은 고개를 갸웃거렸다.
"엄마라니? 무슨 엄마가 생겨?"
"에이, 달래느라 하시는 소리겠지 뭐."

그 와중에 각각 반대쪽 창밖을 내다보며 의미심장한 웃음을 짓고 있는 사람이 둘 있었으니, 바로 정 여사와 처선이었다.

"그런데 말입니다, 연재 아가씨."

연재 뒤에 앉아 있던 처선이 불쑥 앞을 향해 몸을 기울이고 귓가에 속삭였다.

"지호야 그렇다 쳐도 연재 아가씨는 앞으로 호칭에 약간 고민이 되시겠습니다? 새엄마랑 겨우 여섯 살 차인데."

놀리는 듯한 목소리였다.

"삼촌은 걱정 안 하셔도 돼요. 저도 다 생각이 있거든요."

그렇게 대꾸하고 연재는 차창 밖으로 시선을 돌렸다. 말끝에 조그맣게 흘러나온 한숨을, 모처럼의 여행길에 들떠 있는 사람들은 미처 듣지 못했다.

* * *

이화원에 남은 미소는 조금 침울해져 있었다.

'내가 생각이 짧았어. 식사도 식사지만, 전하 혼자 3박 4일 동안이나 혼자 이 넓은 집에 남아 계시려면 무척 쓸쓸하실 텐데. 내가 전하 곁에 남겠다고 먼저 말했어야지, 바보.'

그렇게 생각하면서도 은근히 야속한 것은 어쩔 수 없었다. 하필 밥하라고 남으라고 하실 건 뭐람. 대놓고 식모 취급을 당한 것 같아서 속이 상했다. 물론 가정부가 맞긴 하지만, 그래도 좋아하는 남자에게서 그런 말을 들으니 기분이 좋을 리가 없었다.

그렇지 않아도 요즘 계속해서 날이 너무 좋았다. 민식이도 하루가 멀다 하고 여기저기 엠티니 뭐니 놀러 다니는 걸 보고 은근히 마음이 싱숭생숭했던 참이었다. 아, 내 친구는 저렇게 신나게 청춘을 즐기는데 나는 이렇게 가정부 노릇이나 하고 있구나. 그런데 정작 의윤은 그 마음을 알아주기는커녕 모처럼 생긴 나들이 기회마저 빼앗아 버리고 만 것이다.

"최소한 밥해 줄 사람 하나는 남아 있어야 할 것 아니냐."

생각하면 괜히 눈물이 날 것 같아서, 미소는 저만치 먼 하늘을 올려다보았다. 하늘이 하도 맑고 푸르러서 한층 더 울적해지기만 했다.

"어디 두고 보아라. ……조만간 이 복수는 반드시 해 줄 테니."

혹시 이게 그 복수인가, 하는 생각이 들었다.

'대체 내가 그날 밤에 무슨 짓을 한 거지?'

미소는 새삼스럽게 머리를 싸매고 고민했다. 처선의 방에서 함께 술을 먹었던 것까지는 기억이 나는데, 그 이후가 깨끗이 지워져 버린 것이다. 처선의 말로는 화장실 간다고 나가더니 그 후로 돌아오지 않았다고 하고. 정신을 차려 보니 전하 침대에서 자고 있었고! 옆에는 전하가 잠들어 계셨고!

이럴 줄 알았으면 마시지 말걸, 싶었다. 결국 처선의 이야기는 제대로 듣지도 못했고(혹은 들었지만 잊어버렸고), 괜히 전하만 화나게 만들지 않았는가.

제 술버릇은 미소도 들어서 알고 있었다. 취하면 세상 모든 남자가 다 전하로 보이는 병! 하다못해 대머리 교장 선생님을 붙들고도 즈어어언하아아 하면서 울었다는데, 진짜 당사자를 앞에 두었으니 오죽했겠는가. 대체 내가 그날 밤에 전하께 무슨 짓을 했길래 저렇게 뿔이 나셨을까, 궁금하기도 했지만 차마 무서워서 직접 물어볼 수가 없었다.

어쨌든 미소만 놀러 가지 못하게 붙들어 놓은 게 복수든 아니든 간에, 지금 전하는 자신에 대해 별로 감정이 좋지 않은 게 틀림없었다. 그 증거로, 사람들을 배웅하고 나서 들어온 후 하루 종일 찾지도 않으시지 않는가. 평소에는 핑계를 만들어서라도 툭하면 개똥아, 개똥아, 하고 불러 대시던 분이.

이래저래 속상하고 마음이 어지러웠지만, 그 와중에도 역시나 시간은 가서 어느덧 저녁이 가까워졌다. 별로 밥 생각도 없었지만 의윤까지 굶길 수는 없었다. 슬슬 저녁 준비를 해야겠다고 생각하고 미소는 방에서 나와 아래층으로 내려갔다.

저녁 메뉴를 뭐로 해야 할까, 하고 궁리하며 주방에 들어서다가 미소는 문득 놀라서 걸음을 멈췄다. 누군가가 분주하게 움직이고 있었던 것이다.

"전하……?"

조심스럽게 부르자 의윤이 돌아보았다. 그가 새하얀 앞치마를 두르고 있어서 미소는 한층 더 놀랐다. 뭐지?

"아, 개똥이 왔느냐."

국자를 한 손에 들고, 전 황태자 전하께서는 태연하게 말씀하셨다.

"아직 식사 준비가 덜 되었으니 올라가 쉬고 있거라. 한 시간쯤 있다가 내려오면 되겠구나."

미소는 얼떨떨하기만 했다.

"하지만 이건 제 일이잖아요. 저더러 밥하라고 남으라 하셔 놓고는 왜……?"

"이런 맹꽁이를 보았나."

의윤이 한숨을 쉬었다.

"그러면 사람들 다 보는 앞에서, 너와 단둘이 있고 싶으니 가지 마라, 우리 둘이 오붓하게 지내자꾸나, 하고 말하란 말이냐?"

미소는 그만 얼굴을 붉혔다. 아, 그런 거였구나! 방금까지 서운했던 마음은 어디로 가고, 금세 달콤한 설렘이 가슴 가득 차올랐다. 비행기가 뭐고 제주도가 다 뭐란 말인가. 전하께서 나와 함께 있고 싶어서 그랬다고 말씀해 주시는데!

"어쨌든 올라가 있거라. 금세 준비할 테니."

"에이, 아니에요 전하. 우리 같이 해요, 네?"

미소는 얼른 팔을 걷어붙이고 다가갔다. 같이 음식을 만들면 왠지 신혼부부 분위기도 나고 좋을 것 같아서. 하지만 의윤은 왠지 정색을 하고 미소를 밀어냈다.

"어허, 글쎄 됐다는데도."

허리에 두 손을 척 얹고, 의윤은 선언하듯 말했다.

"앞으로 나흘 동안 너는 손가락 하나 꼼짝할 수 없다."

"예?"

어안이 벙벙해서 묻는 미소를, 의윤은 등을 떠밀어 억지로 주방에서 쫓아냈다.

"자아, 한 시간 후에 오너라!"

한 시간 후 내려와 보자 진짜로 식사 준비가 다 되어 있었다.

늘 고용인들과 함께 밥을 먹던 주방이 아니라, 처음으로 가족들이 식사하는 식당 테이블에 앉자 마치 고급 레스토랑에 온 것 같은 기분이 들었다. 테이블 위의 샹들리에, 은촛대에 켜진 촛불. 게다가 새하얀 식탁보 위에 조르르 놓인 식기들은 접시부터 나이프에 이르기까지 모두 은으로 만들어진 것이었다.

음식들도 무척 예쁘게 플레이팅되어 있었다. 스테이크, 샐러드, 파스타에 직접 과일을 갈아 만든 듯한 에이드까지, 무척 공들여 준비한 티가 나서 미소는 내심 놀랐다.

"전하는 언제 이런 걸 다 배우셨어요?"

"인터넷에만 들어가도 조리법이 널린 세상 아니냐."

의윤은 대수롭지 않다는 듯이 말했지만 미소는 역시나 신기했다.

"어떻게 이런 음식을 만들 생각을 하셨어요? 전하는 한식만 드시면서."

"나야 그렇지만, 개똥이 너 같은 아가씨 입맛엔 이런 음식이 더 맞을 것 아니냐."

"에이, 이런 걸 언제 나가서 사 먹어 봤어야 좋아하고 말고 하죠. 저야 맨날 집에서 밥만 먹었는데요 뭐."

웃으면서 말했는데 의윤은 왠지 마음 아픈 표정을 했다.

"앞으로는 이런 것도 가끔 먹도록 하자. 내 열심히 연습해서 오늘보다 더 맛있게 만들어 주마."

"어머. 사람들 다 보는데 주방 출입하시려고요?"

"이젠 황태자도 아닌데 못 할 것 있느냐. 어차피 부엌일은 여자만 해야 한다는 건 구시대의 폐습이니라."

말투에서부터 구식 냄새가 풀풀 나는 남자가, 무척이나 진지한 표정으로 그런 말을 하는 바람에 미소는 절로 웃음이 났다.

"이제 보니까 전하, 완전 일등 신랑감이시네요?"

"……그럼 빨리 데려가든가."

의윤이 입 속으로 나지막이 중얼거린 말을, 미소는 미처 제대로 듣지 못했다.

"네? 뭐라고 하셨어요?"

되묻자 의윤이 시선을 돌리고 헛기침을 했다.

"아무것도 아니다."

식사가 시작되었다. 보기에는 무척 그럴듯해 보였는데, 역시나 먹어 보니 아무래도 초보가 한 음식이라는 게 티가 났다. 스테이크는 너무 익어서 질겼고, 파스타는 반대로 덜 익어서 심이 딱딱하게 남아 있었다.

하지만 미소는 내색하지 않고 맛있게 먹었다. 아니, 진짜로 눈물 나게 맛있었다. 의윤이 자신을 위해서 만들어 준 음식이 아닌가. 모르긴 몰라도 이 남자는 태어나서 주방에 서는 게 오늘이 처음일 텐데.

의윤은 자기 먹을 생각은 않고, 계속 미소의 식사 시중을 드느라 여념이 없었다. 고기를 대신 썰어 주기도 하고, 접시에 샐러드를 덜어 주고, 빈 잔에 계속 에이드를 채워 주면서.

"그러지 말고 전하도 좀 드세요."

보다 못해 말했지만 의윤은 들은 체도 하지 않았다. 진짜로 미소에게 손가락 하나 까딱하지 못하게 할 심산인 것 같았다.

"나는 배부르니 너 많이 먹어라."

하다못해 물 한 잔 갖다 먹으려던 것조차도 제지당했다.

"앉아 있어라. 내가 갖다 주마."

얼떨떨하기도 하고 약간 불안하기도 했다. 이분이, 혹시 뭔가 꿍꿍이속이라도 있으신 걸까. 참다못해 미소는 물었다.

"갑자기 왜 이렇게 잘해 주시는 거예요?"

"왜, 싫으냐?"

"아뇨. 꼭 공주님이 된 기분 같아서 좋긴 한데, 뭐랄까……."

"그럼 공주가 됐다고 생각하거라."

의윤이 불쑥 말하는 바람에 미소는 깜짝 놀랐다.

"예?"

"앞으로 3박 4일 동안은 네가 공주님이고, 내가 네 시종이란 말이다."

의윤은 무척이나 진지한 표정으로 말했다.

"그러니 나를 시종이라 생각하고 편하게 부리도록 해라."

농담이 아니구나. 잠시 할 말을 잃었던 미소가, 이윽고 조심스레 입을 열었다.

"어, 전하. 아무리 그래도 그건 좀 아닌 것 같아요. 전하는 황태자이셨던 분인데 제가 어떻게 감히 시종 취급을 해요?"

문득 의윤이 툭, 하고 중얼거렸다.

"……지금도 황태자였다면 좋았을 걸 그랬구나."

미소는 가슴이 철렁했다. 자신을 믿던 사람들을 실망시켰다고 안타까워만 했을 뿐, 여태 황태자의 자리 자체에 대한 미련은 한 번도 보인 적이 없던 의윤이었으니까.

"갑자기 왜 그런 말씀을 하세요."

"그렇지 않으냐. 만약에 내가 지금도 황태자라면 네가 얼마나 기분이 좋겠느냐. 나흘 동안이나마 일국의 황태자를 시종으로 부리는 것인데."

아쉬운 듯한 표정으로 의윤은 말했다.

"날도 이리 좋은데, 한창 놀고 싶을 나이에 늘 집안일만 하고 있는 걸 보니까 마음이 좋지 않더구나. 그래서 단 며칠이라도 푹 쉬게 해 주고 싶었다."

미소는 어느덧 눈시울이 뜨거워지는 것을 느꼈다. 의윤은 눈치채고 있었던 것이다. 날이 좋으면 좋을수록 더욱더 서글퍼지는 제 마음을. 모처럼 생긴 예쁜 옷이라고 좋아했던 메이드복조차 가끔은 씁쓸해지는, 그런 마음을.

"미안하다, 내가 황태자였으면 더 좋았을 것을."

그는 진심으로 미안한 표정을 하고 있었다.

"그래도 식구들이 돌아올 때까지, 내 힘껏 네 시중을 들어 주마."

포크를 내려놓고, 미소는 테이블 맞은편에 앉은 의윤의 눈을 똑바로 바라보며 말했다.

"저는 전하가 황태자가 아니셔서 좋아요."

"……."

"전하께는 큰 불행이실 텐데, 너무 이기적이라면 죄송해요. 하지만 저는 정말로 전하가 황태자가 아니어서 기뻐요."

일렁이는 촛불에, 의윤의 표정이 따라서 흔들렸다.

"그랬다면 이렇게 전하를 다시 만나게 되지도 못했을 거잖아요. 설령 만났다 하더라도 저 같은 거 관심도 없으셨을 거고요."

"아니, 내가 그대로 황태자였더라도 너와 나는 어디서든 다시 만났을 것이다."

의심의 여지조차 없다는 듯한 말투였다.

"나는 첫눈에 어른이 된 너에게 끌렸을 것이고."

"에이, 전하가 그걸 어떻게……."

아세요, 하고 웃으며 물으려다 미소는 그만 입을 다물고 말았다.

아, 그러면 전하는, 처음 본 순간부터 나를…….

얼굴이 달아올랐다. 괜히 포크로 죄 없는 스테이크 조각만 쿡쿡 찌르고 있자 의윤이 다시 말했다.

"많이 먹어라."

가슴이 벅차올라서 먹지 않아도 배가 불렀지만, 대답하는 수밖에 없었다. 수줍게, 네, 하고.

식사가 끝나고 설거지라도 같이 하고 싶었지만, 역시나 의윤은 펄쩍 뛰고 미소를 쫓아냈다. 앞으로 나흘 동안 절대 손에 물 한 방울 묻히게 하지 않겠다는 확고한 결심이 엿보였다.

미소도 더 우기지 못하고 주방을 나왔다.

"공주님 노릇도 나쁘지 않은데?"

혼자 피식 웃으면서 미소는 방으로 올라와 씻을 준비를 했다. 평소에는 샤워 정도로 간단히 끝내지만, 오늘은 이왕 공주님 놀이 하는 김이니까, 하면서 욕조에 물을 받고 입욕제도 넣었다. 새하얀 거품이 가득한 욕조에 들어가서 따뜻한 물 안에 몸을 담그자 천국이 따로 없었다.

"아, 좋다!"

절로 행복한 비명이 새어 나왔다. 앞으로 전하와 단둘이서 3박 4일. 뭘 하고 지낼까, 하고 생각하자 가슴이 마구 두근거렸다.

'가만있자. 나더러 공주님이랬으니까, 내가 하자는 건 뭐든지 다 해주시겠지?'

뭘 하자고 해야 잘했다고 동네방네 소문이 날까…… 하고 미소가 골똘히 궁리하는데, 문득 노크 소리가 났다. 똑똑똑.

미소는 기겁을 하고 말았다. 맙소사, 내 방엔 언제 들어오셨대?
"저 씻는 중이에요, 전하! 뭐 급한 일 있으세요?"
돌아온 것은 왠지 퉁명스러운 대답이었다.
"누구 마음대로 목욕을 하는 것이냐."
"예?"
뭐야, 목욕을 하는데 허락까지 받아야 돼? 당황한 미소가 그렇게 생각하는데, 의윤이 문밖에서 다시 말했다.
"말했지 않느냐? 나와 단둘이 있는 동안은 손가락 하나 까딱하지 못하게 하겠다고."
미소는 경악했다.
"아니 그, 그래도 씻겨 주실 필요까지는!"
"그럼 들어가겠다."
문이 살짝 움직였다. 금방이라도 열리려는 기세에, 미소는 질겁을 해서 황급히 외쳤다.
"아 잠깐만요! 타임! 이게 말이나 돼요? 남녀가 유별한데!"
욕실 문 밖에서 의윤이 놀랍다는 듯이 말했다.
"이런. 개똥이 네가 남녀유별을 다 안단 말이냐? 나는 또 모르는 줄 알았구나. 그날 밤에 하도 그러기에."
그러니까 그날 밤에 내가 뭘 어떻게 한 거야? 미소가 머리를 감싸 쥐는데, 또다시 목소리가 들려왔다.
"그럼 봐줬다. 둘 중에 고르도록 해라. 씻겨 주랴, 아니면 입혀 주랴?"
미소의 얼굴에서 핏기가 싹 가셨다. 저기요, 둘 다 곤란합니다마는!

“저, 전하. 제가 잘못했습니다. 두 번 다시 안 그럴 테니…….”

하지만 의윤은 들은 체도 하지 않고 자기 할 말만 했다.

“고르지 않으면 내 마음대로 하겠다. 자, 셋 셀 동안에 결정을 하거라. 하나…….”

미치겠네! 미소는 그 와중에 재빨리 머리를 굴렸다. 그나마 불행 중 다행으로 욕조에는 거품이 가득했다. 그러니까 물속에 꼭꼭 잘 숨어만 있으면……!

“둘…….”

셋, 이 나오기 전에 미소는 다급하게 외쳤다.

“씻겨 주세요!”

잠시 후, 조금 놀랐다는 듯한 목소리가 돌아왔다.

“허어, 이제 보니 우리 개똥이가 무척이나 적극적이로구나?”

“아니거든요?”

“안 물어봤으면 서운해서 어쩔 뻔…….”

“그런 거 아니라고요!”

새빨개진 미소가 고래고래 외쳤다. 이윽고 미소는 거품이 가득한 욕조 안에서 무릎을 껴안고, 몸을 웅크린 채 조그맣게 중얼거렸다.

“……들어오세요.”

문이 열리는 소리가 났다.

“드, 등만 씻겨 주세요. 다른 데 만지기 없기예요.”

떨리는 목소리로, 미소는 조그맣게 중얼거렸다.

저벅, 저벅, 저벅. 발소리가 가까워짐에 따라 미소의 심장도 따라서 쿵, 쿵, 쿵, 하고 뛰었다. 지금부터 벌어질 일이 자연스럽게 머릿속에 펼쳐졌다. 처음에는 등을 씻어 주시다가, 점점 거품 안으로 손이 들어와서는……!

'쉿, 가만히 있거라. 내 깨끗이 씻겨 줄 테니.'

귓가에 속삭이는 특유의 낮은 목소리를 상상하자 금세 심장이 폭발할 것 같아서, 미소는 눈을 질끈 감았다.

이윽고 기척이 가까이에서 느껴졌다. 잔뜩 예민해진 귓가에는, 숨소리마저 커다랗게 들렸다. 젖은 피부에 살며시 느껴지는 은은한 숨결이 짜릿한 몸서리를 불러일으켰다.

이제 곧 전하의 손길이 벗은 등에 부드럽게 닿아 오겠지. 그리고……!

그러나 다음 순간, 전하의 손길이 느껴진 부위는 등이 아니라 엉뚱하게도 이마였다. 그것도 부드럽기는커녕, 거칠기 짝이 없는 손길이!

"아얏!"

불시에 이마에 딱밤을 얻어맞고, 미소는 저도 모르게 비명을 질렀다. 번쩍 눈을 뜨자 의윤의 얼굴이 눈앞에 있었다.

"요 앙큼한 것 같으니."

아픈 이마를 문지르며 황당한 눈으로 올려다보자, 의윤이 심술궂은 표정을 했다.

"왜, 좋다 말았느냐? 나도 그날 밤에 좋다 말았으니 쌤쌤이니라."

무슨 영문인지 몰라 눈만 깜빡거리는데, 의윤이 허리를 도로 폈다.

"씻고 나오너라. 나는 내 방에 있겠다."

그렇게 말하고, 전하께서는 한 점 미련 없이 깔끔하게 돌아섰다.

"어흠."

그제야 미소는 깨달았다. 아, 이게 바로 그 복수였구나!

한순간에 맥이 탁 풀렸다.

"뭐야, 난 또 진짜로……."

은근히 실망하는 자신을 깨닫고, 미소는 머리를 두 손으로 감싸고 말았다.

'잠깐만. 근데 나 지금 왜 실망하는 거야?'

웃을 수도 울 수도 없는 복잡한 기분으로 목욕을 마치고 나서, 미소는 옷을 갈아입고 의윤의 방으로 갔다. 문을 열어 준 의윤이 미소의 덜 마른 머리를 보고는 혀를 찼다.

"머리를 제대로 말려야지. 그러다 감기 걸리겠구나."

그러더니 헤어드라이어를 가져와서는 미소를 앉히고 뒤로 돌아가 섰다.

"자, 가만히 있거라."

곧이어 위잉, 소리와 함께 헤어드라이어에서 바람이 쏟아지기 시작했다. 조심스럽게 머리카락을 어루만지는 손길. 젖은 머리카락 사이사이에 살며시 닿아 오는 따스한 바람.

아, 기분 좋다. 미소는 행복한 고양이처럼 자연스레 스르르 눈을 감았다.

"……있잖아요, 전하. 제가 그날 밤 뭘 어떻게 한 거예요?"

드라이어가 꺼지고 잠시 후 대답이 돌아왔다.

"잔뜩 취해서 내 방에 오더니, 다짜고짜 내게 입 맞추며 안기더구나."

내가 그럴 줄 알았어! 미소는 눈을 꽉 감아 버렸다.

"그러고 나서는요?"

"네가 나를 책임지겠다며, 그러니까 마음대로 해도 좋다 하기에 그대로 너를 안고 침대로 갔다."

"그, 그래서요?"

미소는 침을 꿀꺽 삼켰다. 결과를 아는데도 왠지 긴장이 된다. 설마 별일은 없었겠지? 분명히 아침에 옷은 제대로 챙겨 입고 있었는데.

"솔직히 말해 그 자리에서 그냥 너를 내 여인으로 만들고 싶었다."

얼굴이 확 뜨거워졌다. 그가 등 뒤에 있어서 얼굴이 보이지 않는 것이 다행이라고 미소는 생각했다.

"저어, 그런데 왜…… 그러지 않으신 거예요?"

땅이 꺼질 듯, 깊은 한숨이 들렸다.

"만약에 네가 여자로서 남자인 나를 원하는 것이었다면 결국 참지 못했을 것이다. 그런데 그게 아니라, 그저 나를 위로해 주고 싶은 모양이더구나."

알 것도 같았다. 수학여행 때 자신의 주사를 목격했던 친구들의 증언에 따르면, 자신이 교장 선생님을 붙들고 울며불며 외쳤다고 한다. 전하 괜찮으세요? 많이 힘드시죠? 하고.

"그러니 내가 너를 어떻게 안을 수 있었겠느냐?"

"……죄송해요."

듣고 보니 못 할 짓을 하기는 했네. 미소는 조그맣게 사과했다. 그러나 의윤은 조금 부아가 난 듯이 말했다.

"벌써 죄송하면 어떻게 하느냐? 진짜 죄송한 건 여기부터인데."

"네? 제가 또 뭘 했나요?"

"좋게 타일러 네 방에 데려다주려 했다. 하지만 찰거머리도, 찰거머리도 세상에 그런 찰거머리가 없더구나. 아무리 떼어 내려 해도 막무가내로 내게 딱 달라붙어서는……!"

그날 밤의 일이 떠오르는 것일까. 의윤이 이를 악물고 말하는 것이 느껴졌다.

"덕분에 그날 밤은 뜬눈으로 지새웠다. 여섯 살 이후로 한 번도 외어 본 적이 없는 천자문을, 그날 밤에 하늘 천 따 지부터 시작해서 온 호 잇기 야까지 세 차례를 내리 외었느니라."

필요 이상으로 침착한 목소리에서, 그날 밤의 고뇌가 더욱더 절절하게 느껴졌다. 듣고 있자니 이쪽이 다 안타까울 지경이었다.

"그러게 누가 참으라고 했나, 치."

조그맣게 중얼거린 말을, 의윤은 귀신같이 알아듣고 미소의 앞으로 돌아와서는 얼굴을 빤히 쳐다보며 어이없다는 듯이 물었다.

"뭐라?"

에라, 이미 들려 버린 거 어쩔 수 있나. 미소는 눈 딱 감고 질렀다.

"아시잖아요, 저도 전하 좋아하는 거."

"그래서?"

"그러니까 어, 그렇게까지 참지 않으셨어도 됐다고요. 제, 제가 언제 싫다고 했어요?"

얼굴이 새빨개져서 겨우 말하는데, 갑자기 의윤이 손을 뻗어 미소의 이마를 튕겼다.

"아얏!"

또야! 미소는 살짝 눈물이 고인 눈으로 의윤을 흘겨보았다.

"아 왜 자꾸 때리시는데요?"

"어른 무서운 줄 모르고 겁도 없이 덤벼드니까, 정신 차리라고 때리는 것이다."

"그럼 뭐 저는 어른 아니에요?"

대놓고 어린애 취급 하는데 미소는 욱하고 말았다.

“저도 어른이고, 또 전하 좋아하는데 대체 뭐가 문제예요?”

“만약에 그리 깊은 사이가 되었다가 네 마음이 변하면?”

갑자기 의윤이 미소를 마주 쳐다보며 불쑥 말했다.

“네가 나를 더 이상 좋아하지 않게 되면? 그러면 나는 어쩐단 말이냐?”

“전하!”

미소는 가슴이 철렁했다. 언젠가 처선이 했던 말이 떠올랐다.

“혹시나 미소 씨의 마음이 떠나거든 당신께서는 어른답게 고이 보내 주어야 한다고 생각하고 계실 겁니다. ……그런 분이시니까.”

“대체 왜 그런 생각을 하세요? 제 마음이 왜 변해요!”

눈물이 날 것 같아서 미소는 목소리를 높였다.

“만에 하나 변한다고 쳐도, 전하가 잡아 주시면 되잖아요. 아무 데도 못 간다, 내 곁에 있어라, 하고 붙들어 주시면 되는 거잖아요!”

하지만 의윤은 고개를 저었다.

“나는 원래 너를 욕심내면 안 되는 사람이다.”

안타까움에 목이 메는 미소를, 의윤이 물끄러미 바라보았다.

“보아라. 날이 이토록 좋은데, 나는 네 손을 잡고 사람들 사이를 걸어 줄 수조차도 없다.”

“전하!”

“나 혼자 손가락질당하는 거라면 괜찮다. 각오도 되어 있다. 하지만 너까지는……!”

의윤의 목소리가 순간적으로 떨렸다.

“그러니 혹여 네 마음이 변한다 해도, 내가 어떻게 너를 잡을 수 있겠느냐?"

이제야 미소는 그의 마음을 알 것 같았다. 단순히 나이 차이가 많이 나니까, 아껴 주고 싶어서 참는 것만이 아니었다. 이 사람은, 마음 한구석에서 언제든 자신을 보내 줄 마음의 준비를 하고 있는 것이다.

'저 마음 변하지 않아요. 그런 걱정 하지 않으셔도 돼요.'

어차피 말로 해 봐도 통하지 않을 것 같아서 미소는 그냥 입을 다물어 버렸다. 잠시 후, 의윤이 한숨을 쉬고는 화제를 바꿨다. 방금 대화의 껄끄러운 여운을 날려 버리려는 것처럼.

"그래, 대체 그날 술은 왜 먹었던 것이냐?"

"아, 그게요. 김 집사님이 연애 고민이 있다고 하셔서……."

의윤은 무척 놀란 것 같았다. 마치 그럴 리가 없다는 듯한 투였다.

"연애 고민? 그 녀석이 말이냐?"

"왜요? 김 집사님도 연애 고민 정도는 있을 수 있잖아요."

"처선이 녀석은 여자에 관심이라고는 털끝만치도 없느니라. 그래서 한때는 녀석이……."

의윤이 잠시 우물쭈물거리다 말했다.

"혹시 나를 좋아하는 게 아닐까, 하고 진지하게 고민한 적도 있다."

"예에?"

"그래서 혹시나 정말로 그런 거면 솔직하게 말하라고 했다. 입술에 뽀뽀하는 정도라면 눈 딱 감고 한 번은 허락해 주겠다고, 대신에 깨끗이 잊어 달라고 말했다가……."

"그랬다가요?"

"그만 정강이를 된통 걷어차이고 말았느니라. 나로서는 큰맘 먹고 첫 키스를 주겠다고 한 것이었는데, 괘씸한 녀석."

의윤이 투덜거렸다. 눈앞에 둘이 옥신각신하는 광경이 떠오르는 것 같아서, 미소는 그만 배꼽을 잡았다.

"저한테 그러시더라고요. 좋아하는 여자가 있다고, 그래서 다른 여자를 좋아할 수가 없대요."

"허어, 금시초문이로다. 그래, 그 여자가 대체 누구라더냐?"

"거기까지는 기억이 안 나요. 말씀하셨는지 안 하셨는지도 모르겠어요. 그냥 기억나는 건, 귀엽고 사랑스럽다고 했어요. ……저, 저처럼요."

"개똥이 너처럼?"

"네. 아 참, 그리고 황궁에서 만났다고도 한 것 같아요."

순간 의윤이 미묘한 표정을 했다.

"황궁, 황궁이라……."

뭔가를 골똘히 생각하듯 입 속으로 중얼거리던 의윤이, 이윽고 미소를 똑바로 쳐다보았다.

"어쨌든 개똥이 너는 향후 두 번 다시 술을 먹는 법이 없어야 할 것이다. 특히나 외간남자와는 절대 안 된다. 자칫 내게 했던 것처럼 다른 남자에게도 막 안겨 들면 어쩐단 말이냐?"

듣고 보니 마치 헤픈 여자 취급 같아서 조금 억울했다.

"아니 저어, 제가 아무한테나 그러는 게……."

항변하려다 말고 미소는 입을 다물었다. 술 취하면 세상 남자가 다 전하로 보이는데, 그럼 어차피 결과적으로는 아무한테나 그러는 거 맞잖아?

"알겠습니다, 전하. 두 번 다시 그러지 않겠습니다."

솔직하게 사과하자 의윤이 한숨을 지었다.

"됐다. 그러면 이만 가서 자거라."

이만 나가 보라는 듯이 문 쪽을 힐끔 쳐다보는 의윤에게, 미소가 슬그머니 말을 꺼냈다.

"저어, 전하. 저 다리 아픈데."

"음?"

의윤이 당황한 얼굴로 미소를 쳐다보았다.

"방에 데려다주세요."

순간 의윤의 얼굴에 고뇌가 스치는 것을 미소는 눈치챘다. 그가 무슨 생각을 하는지 뻔히 보였다. 모를 리 있겠는가, 방금도 잘 자라는 키스조차 않은 채 보내려고 하셨는데. 하지만 미소는 이미 마음속으로 결심한 바가 있었다.

"앞으로 나흘 동안은 제가 공주님이고 전하께서 제 시종이라면서요?"

짐짓 토라진 듯이 말하자 의윤이 어쩔 수 없다는 듯이 다가와서 미소를 가볍게 안아 들었다.

"가시지요, 공주마마."

의윤은 그대로 미소를 안은 채 옆방으로 향했다.

"자, 이제 됐느냐?"

문 안에 들어서자마자 내려놓으려 드는 의윤을 올려다보며, 미소가 눈을 흘겼다.

"침대에 눕혀 주셔야죠."

"그것 참 까다로운 공주마마로다."

투덜거리면서도 의윤은 순순히 미소를 안아다 침대까지 옮겨 주었다. 그리고 조심스럽게 미소를 침대 위에 내려놓았다.

"자, 그럼 이만 자거라. 내일 아침에 보자."

의윤은 그렇게 말하고 몸을 일으키려 했지만, 생각처럼은 되지 않았다. 왜냐하면 미소가 그의 목에 두른 팔을 풀려고 하지 않았기 때문에!

"……."

목을 껴안은 채 눈동자를 가만히 들여다보자, 의윤이 시선을 피하며 가만히 한숨을 쉬었다.

"왜, 또 내가 밤새 천자문을 외는 꼴을 보고 싶어 이러느냐?"

미소는 고개를 저었다.

"아뇨."

"그러면?"

"전하의 여자가 되고 싶어요."

커다래지는 눈동자를 올려다보며, 미소는 유혹하듯 속삭였다.

"그러니까, 안아 주세요."

의윤이 눈썹을 찌푸렸다.

"그때는 네가 취했으니 참았지만 멀쩡한 정신으로 이러면 나도 참기 힘들다. 대체 내가 어디까지……."

"참지 않으셔도 돼요. 정말 그러고 싶어요."

미소는 힘주어 말했다. 그런 미소를 잠시 빤히 바라보다, 무슨 생각을 했는지 의윤은 고개를 끄덕였다.

"좋다."

다음 순간, 의윤이 그대로 폭풍처럼 미소의 입술을 덮쳐 오며 속삭였다.

"……내 여인이 되거라."

전에도 여러 번 입술을 맞대었지만, 지금의 이 키스는 전의 그것들과는 전혀 달랐다.

키스 그 자체가 목적이 아닌 키스.

마치 그다음에 이어질 행위를 예고하는 듯한, 그런 키스.

입술이 벌어지고 자연스럽게 꿀이 섞였다. 의윤은 마치 꿀단지라도 탐하듯, 미소의 입 안을 집요하게 맛보았다. 이토록 부드러운 입술에서, 어떻게 이토록 짜릿한 느낌이 날까.

봄날의 아지랑이 같은 달콤한 현기증에, 미소는 그저 눈을 꼭 감은 채 제 힘껏 입맞춤에 응했다. 어떻게 하는 키스가 잘하는 건지 모른다. 그저 서투르게나마 상대가 하는 대로 열심히 흉내를 낼 뿐이었다. 입술을 핥고, 아랫입술을 살짝 자근거리고, 향기로운 숨결을 가슴 깊이 머금으면서.

미소는 의윤이 하는 대로 그냥 몸을 맡기고만 있고 싶지 않았다. 그 혼자만의 일방적인 감정이 아니라는 걸 전해 주고 싶었다.

당신이 나를 좋아하는 만큼 나도 좋아한다고.

당신이 원하는 만큼, 나도 원하고 있다고.

적극적인 반응에 고무된 것일까. 키스는 그리 오래가지 않았다. 잠시 후, 의윤이 미소의 몸 위로 체중을 실어 왔다. 단단하고 강건한 남자의 몸이 제 몸 전체에 직접 맞닿아 오는 느낌에 미소는 흠칫 놀라 몸서리쳤다.

이어서 의윤이 입술을 미소의 목덜미로 미끄러뜨렸다. 생전 처음 느껴 보는 선연한 감각에, 온몸의 세포가 동시에 놀라서 튀어 올랐다.

"아!"

미소는 짧은 비명을 지르며 도망쳤다. 물론 도망쳐 봤자 어차피 그의 품 안이었지만.

"내 여인이 되겠다 하지 않았느냐?"

살짝 꾸짖듯이 속삭이며, 의윤은 도로 그녀의 목덜미에 제 입술을 묻었다.

미소는 처음으로 알았다. 아무리 달콤하고 황홀한 느낌도, 너무 지나치면 울고 싶어진다는 것을. 잠깐만, 아주 잠깐만이라도 멈추고 싶은데. 이렇게 계속 가다가는 정말로 이상해질 것만 같은데.

"잠깐만요, 전하. 네? 잠깐만요."

하지만 잔인한 남자는 단 한 순간도 숨을 돌리게 허락하지 않았다. 오히려 부추기듯 손을 뻗어 옆구리를 부드럽게 쓰다듬기까지 하는 바람에 미소는 한층 더 코너에 몰리고 말았다.

"전하……!"

참다못한 미소가 결국 울먹이기 시작했지만 의윤은 인정사정 봐주지 않았다.

"아까는 그리 큰소리치더니, 호기는 다 어디로 갔느냐?"

보드라운 살갗을 벌주듯 가볍게 깨물며, 의윤이 속삭였다.

"이제는 너무 늦었다."

이윽고 의윤의 손에 잠옷 단추가 하나둘씩 풀려 나갔다. 단추가 하나씩 풀리고 하얀 살갗이 드러날 때마다, 의윤의 입술이 조금씩 아래로 내려갔다. 심장이 터져 나갈 것만 같아서, 미소는 숨도 제대로 못 쉬고 있었다.

봉긋하고 보드라운 피부를 거침없이 탐하던 입술이, 한순간 갑자기 멀어졌다.

"하아……."

그제야 미소는 참았던 긴 한숨을 토해 냈다. 하지만 숨 막히는 긴장감에서 해방된 것도 잠시, 의윤이 나지막이 속삭이는 바람에 미소는 금세 다시 굳어지고 말았다.

"이리 오너라. 내가 벗겨 주마."

당황해서 쳐다보자 의윤이 왜 그러냐는 듯이 한쪽 눈썹을 까딱했다.

"왜, 그대로 입은 채 안아 주랴? 그것도 썩 나쁘지 않다마는, 오늘은 처음이니까 너를 제대로 보고 싶구나."

거침없는 말에 미소의 몸이 덜덜 떨려 오기 시작했다. 일이 이렇게 되니까 이제야 알겠다. 아직 자신은 마음의 준비가 안 됐다는 것을. 하지만 이제 와서 싫다고 뒤로 뺄 수도 없는 노릇이었다.

"부, 불이라도 꺼 주세요."

어쩔 수 없이 떨리는 목소리로 부탁했지만 일언지하에 거절당하고 말았다.

"안 된다."

"창피하단 말이에요, 네?"

울상을 하고 애원했지만 의윤은 단호했다.

"이제 너는 내 여인이 되는 것이 아니냐. 지아비 앞에서 뭐가 부끄럽단 말이냐?"

그렇게 말하고, 의윤은 미소의 손을 끌어다 입 맞추었다.

"이 손도."

그다음에는 입술에.

"이 입술도."

이어서 미소의 눈꺼풀에 입 맞추며, 의윤은 선언하듯 말했다.

"……네 이 눈동자마저도 모두 나의 것인데."

그의 것이 되고 싶다는 마음만은 지금 이 순간에도 진심이었다. 하지만 그거하고, 수줍은 스물한 살 처녀가 좋아하는 남자 앞에서 갑자기 알몸이 되는 거하고는 다르지 않은가!

얼어붙어 있는 미소를 향해, 의윤이 손을 뻗었다.

"자, 그럼 이제 벗자."

의윤이 미소의 잠옷 아랫자락을 두 손으로 꽉 붙잡았다. 그대로 잠옷이 확 벗겨 나가기 직전, 미소는 울 것 같은 심정으로 눈을 질끈 감았다.

'이럴 줄 알았으면 저녁밥 많이 먹지 말걸!'

마지막으로 그렇게 생각하는데, 아무리 기다려도 옷은 벗겨지지 않았다. 대신에 엉뚱한 소리가 들려왔다. 쯧쯧, 하고 혀 차는 소리.

뭐지? 퍼뜩 놀라 눈을 뜨니 의윤이 팔짱을 낀 채 미소를 내려다보고 있었다.

"이리 무서워 벌벌 떨 것을, 그리 무모하게 덤벼들기는."

"전하……?"

의윤이 풋, 하고 웃고는 손을 뻗어 미소의 머리를 장난스럽게 마구 헝클어뜨렸다.

"그만 떨어라. 안 잡아먹을 테니."

순간 맥이 탁 풀렸다. 동시에 왈칵 눈물이 났다.

"괜찮으냐?"

언제 그렇게 무섭게 굴었냐는 듯이, 의윤은 다정하게 미소를 안아주었다. 잠시 후, 의윤이 조심스럽게 미소의 잠옷 단추를 하나씩 잠가 주기 시작했다.

"놀라게 해 미안하다. 이쯤 해 두지 않으면 네가 또 겁도 없이 덤벼 올 것 같아서."

그렇다면 그는 처음부터 눈치채고 있었다는 것이다. 미소가 준비되어 있지 않다는 사실을.

"저, 저는 진심이었단 말이에요!"

미안하고도 민망한 마음을, 미소는 괜히 의윤을 탓하는 것으로 표현했다.

"알고 있다. 네 마음은 충분히 알았으니까, 울지 마라."

아무 잘못도 없는 남자는 화를 내기는커녕, 오냐오냐하며 받아 주기만 했다. 한없는 너그러움에 더욱더 눈물이 났다.

"전하가 괜히 그런 말씀 하시니까 그렇잖아요. 마치 제가 언제 마음 변할지 모른다는 식으로 그러시니까……!"

"불안한 것은 사실이다."

의윤이 한숨을 지었다.

"네가 내 마음에 깊이 들어올수록 행복하면서도, 한편으로는 겁이 나는구나. 너를 놓아주어야 할 때가 왔을 때, 정말로 내가 그렇게 할 수 있을지……."

"그러니까 누가 놓아 달라고 했느냐고요!"

미소는 그만 소리 내어 울음을 터뜨리고 말았다. 마음이 찢어질 것만 같았다. 좋아하면서도 그 마음에 솔직하게 따르지 못하는 남자가 애처롭고도 사랑스러워서. 흐느낌 사이로 미소는 띄엄띄엄 제 마음을 고백했다.

"저는 전하를 좋아해요. 지금껏 평생 좋아한 남자라고는 전하 하나

밖에 없었다고요. 왜 모르시는 거예요……!”

도대체 어떻게 해야 이 사람에게 내 마음이 전해질까.

“전하께 시집갈래요.”

생각보다도 먼저, 말이 불쑥 튀어나왔다.

“전하 평생 혼자 사실 거 아니잖아요. 어차피 언젠가 재혼하실 거, 그냥 저랑 해요.”

정신을 차려 보자 어느새 청혼하고 있는 중이었다. 침대 위에서, 잠옷 바람으로, 펑펑 울면서! 불시에 프러포즈를 받은 남자는 놀란 듯 눈을 커다랗게 뜨고 미소를 쳐다보고 있었다.

“제가 지호 잘 키울게요. 저 아기 셋이나 키워 봐서 자신 있어요.”

한번 터져 나오기 시작한 마음은, 이제 어쩔 수도 없었다.

“연재도 제 동생처럼, 아니 딸처럼, 아니 친구…… 뭐면 어때요, 그냥 무조건 잘 키울게요. 저 새엄마한테 하도 당해 가지고 절대 그런 계모 안 될 자신 있단 말이에요.”

이렇게 열심히 마음을 다해서 청혼하고 있는데 상대는 한마디도 대답이 없다. 여자로 태어나서 프러포즈를 받지는 못할망정, 이런 식으로 하게 될 줄이야.

서러운 나머지 눈물에 눈물이 더 늘었다. 미소는 엉엉 울면서 계속 말했다.

“제가 돈이 없어서 혼수는 못 해 오는데요, 대신 신혼여행 좋은 데로 가자고 안 할게요. 그냥 제주도만 가도 돼요.”

“…….”

“아니, 제주도도 괜찮아요. 저 비행기 안 타도 돼요. 반지도 안 해 주셔도 괜찮아요. 그냥 우리 아빠 결혼반지 대신 끼면 돼요. 그러니까 그냥……!"

의윤이 별안간 팔을 뻗어 세차게 끌어안아 오는 바람에, 그만 미소는 거기서 말문이 막히고 말았다.

"정말로…… 괜찮겠느냐?"

미소의 머리칼에 입술을 묻고, 의윤이 물었다.

"내가 너를 욕심내도 되겠느냔 말이다."

어느덧 그의 목소리도 떨리고 있는 게 느껴져서, 미소는 왈칵 행복해졌다.

"살면서 누군가가, 누구든지 좋으니까 꼭 한 사람만이라도 저를 진심으로 원했으면 좋겠다고 생각했었어요."

계모와 언니들 밑에서 더부살이하듯 살아오면서 괴로울 적도 많았다. 그럴 때마다 성냥팔이 소녀가 하나씩 성냥을 그어 언 손을 녹이듯, 속으로 행복한 상상을 하면서 아픈 마음을 애써 달래곤 했었다.

그게 누구라도 좋으니까 나를 진심으로 사랑해 주는 사람이 있었으면. 둘도 셋도 바라지 않으니까, 세상에 단 한 사람만이라도.

"그게 전하라면 저는 지금 죽어도 좋을 것 같아요."

의윤이 품 안의 미소를 으스러져라 껴안았다.

"죽으면 쓰겠느냐."

미소의 몸을 부둥켜안고 달래듯 등을 두드리며, 의윤은 떨리는 목소리로 말했다.

"우리 오래오래 함께 살자꾸나."

"네, 전하."

"내 평생토록 너를 아껴 주마. 언제까지나 귀하게 여기마."

"그래요, 전하. 그래요……."

의윤의 넓고 따뜻한 품 안에서 미소는 하염없이 울었다.

* * *

5월의 눈부신 하늘 아래, 파란 바다가 끝없이 이어졌다. 아직 물놀이를 하기에는 이른 계절이라 바닷가에는 사람이 드물었지만, 따갑게 내리쬐는 한낮의 태양만은 벌써부터 여름의 기운을 느끼게 했다.

"지호 잡아라아아!"

"으아아! 누나 콘농이 쪼차온다아아!"

지호와 연재가 저만치서 바닷물을 찰방거리며 노는 데 여념이 없는 동안, 나란히 백사장에 누워서 선선한 바닷바람을 즐기고 있는 사람이 둘 있었다. 초로의 여성이 하나, 그리고 젊은 남성이 하나.

모르는 사람이 보면 얼핏 엄마와 아들 사이처럼 보이겠지만, 사실 이들은 서로 어려워하다 못해 깍듯이 존대를 하는 사이였다. 그야 하나는 전직 상궁, 하나는 전직 내관이니까!

"벼락치기로 여행 준비하시느라 고생하셨습니다, 김 집사님."

선글라스를 쓴 정 여사의 말에, 역시 선글라스를 쓴 처선이 빙긋 웃으며 마주 치사를 했다.

"아이디어 내시느라 정 여사님께서 고생하셨지요."

그렇다.

"이화원에서 일하는 사람들은 휴가가 따로 없어서, 대신에 한 해 걸러 한 번씩 모두 다 같이 휴가를 갑니다. 올해는 제주도로 3박 4일 다녀오기로 됐고."

처선이 미소에게 했던 말은 순 뻥이었던 것이다!

다 같이 가는 휴가고 뭐고 애초에 그런 거 없었다. 그냥 의윤과 미소를 단둘이 이화원에 남겨 놓기 위한 핑계였을 뿐. 참고로 제주도로 온 것도 지금 이 바닷가에 있는 네 명뿐이고, 나머지는 각자 가족이 기다리는 자기 고향집으로 떠났다.

"그나저나 제가 할 말을 주인님께서 대신 하시는 바람에 깜짝 놀랐군요."

정 여사가 말했다. 애초부터 출발하기 직전에 미소를 떼 놓고 올 생각이었던 것이다. 남아서 전하의 시중을 들어 드리라는 핑계로. 그런데 웬걸, 그 말을 의윤이 먼저 해 버린 것이 아닌가?

"최소한 밥해 줄 사람 하나는 남아 있어야 할 것 아니냐."

"주인님도 퍽 다급하셨던 게지요."

처선이 씨익 웃고는 물었다.

"그나저나 재혼 소식을 들으시면 황후 폐하께서 무척 기뻐하시겠지요?"

"좋아서 혹 까무러치시지나 않을지 걱정입니다."

그렇게 대꾸하고, 정 여사가 되물었다.

"어떻습니까, 집사님이 보시기에는 지금쯤 진전이 좀 있겠습니까?"

"있어야지요. 우리가 왜 집 떠나와서 이러고 있는데."

무엇을 상상한 것일까. 두 사람의 입가에 동시에 의미심장한 미소가 떠올랐다.

"아 참. 그건 그렇고."

문득 정 여사가 처선을 향해 고개를 돌렸다.

"김 집사님은 언제까지 연애 안 하실 셈입니까? 주인님도 솔로 탈출을 하시는 판에."

다그치는 듯한 말투였다. 뜬금없이 불똥이 이쪽으로 튈 것은 또 뭐람. 처선은 속으로 투덜거리며 반대쪽으로 돌아누웠다.

"바람이 선선하니 잠이 솔솔 오는 게, 저는 낮잠이나 한숨 자야겠습니다."

끼룩끼룩, 저 멀리 갈매기가 구슬피 울었다.

13. 이화원에서 단둘이 (2)

아침에 먼저 눈을 뜬 것은 미소였다. 옆에서 잠들어 있는 의윤의 얼굴을, 미소는 턱을 괴고 한참 동안 바라보았다.

곤히 잠들어 계신 왕자님은 그야말로 아무리 보아도 질리지 않을 정도로 아름다웠다.

감겨 있는 눈꺼풀 위로 그림자를 드리운 긴 속눈썹.

눈부신 아침 햇살 때문인지 살짝 찌푸려진 잘생긴 이마.

하다못해 어젯밤보다 눈에 띄게 짙어진 수염 자국에서조차 남자다운 매력이 풍기는 것 같아서, 미소는 꺅 소리가 절로 새어 나오려는 입을 제 손으로 틀어막고 몸부림쳤다. 이걸 살아생전 내 눈으로 직접 보게 되다니, 하느님 감사합니다!

새삼스레 감격스러웠다. 성공한 덕후란 바로 이런 걸 말하는 게 아니겠는가. 혼자서 그렇게 한참 쇼를 하고 있는데, 별안간 그림 같은 입술이 움직였다.

"그렇게 쳐다봐서 어디 얼굴이 닳겠느냐."

"헉!"

미소는 기겁을 해서 몸을 뒤로 뺐다.

여전히 눈을 감은 채로, 의윤은 입만 움직여 말했다.

"구경 다 했으면 이제 눈 떠도 되는 것이냐?"

"주, 주무시는 거 아니었어요?"

"너보다 내가 먼저 깼느니라."

"그럼 깼다고 말씀을 하시지 않고요!"

"어떻게 하나 두고 보고 있었다. 덮치는가, 안 덮치는가."

"어머머? 더, 덮치다니요?"

제 발이 저린 미소가 오리발을 내밀었다. 사실 뽀뽀하기 직전이었는데!

"네가 안 덮치거든 내가 덮칠밖에."

갑자기 눈을 뜬 의윤이 번개같이 미소를 덮쳐 왔다. 미소는 삽시간에 의윤의 몸 아래 깔리는 신세가 되고 말았다.

"전하?"

놀라서 버둥거리는 미소의 손목을 꽉 잡아 누르고, 의윤이 위에서 내려다보며 말했다.

"예뻐서 못 참겠구나."

금세 새빨개진 미소의 귓가에, 의윤이 속삭였다. 대답도 기다리지 않고 말하자마자 그대로 입술을 겹쳐 오는 바람에, 미소는 깜짝 놀라서 비명을 질렀다.

'꺅!'

비명은 의윤의 입 속으로 사라졌다. 손목을 꽉 잡아 손쉽게 저항을 봉쇄하고, 의윤은 눈을 꼭 감은 채 미소에게 키스했다.

"……."

마치 금방이라도 어떻게 할 것 같았던 말투와는 달리 입맞춤은 무척이나 부드러웠다. 아침 햇살만큼이나 따사롭고, 솜이불만큼이나 포근한 키스. 어느덧 미소는 그의 품 안에서 녹아들고 있었다.

한참 후에야 못내 아쉬운 듯이 살짝 아랫입술에 쪽, 하고 입 맞추고 나서야 겨우 입술을 떼고, 의윤은 미소의 눈동자를 가까이서 들여다보았다.

"하루빨리 데려가야지 안 되겠다."

"어딜요?"

"네가 어젯밤에 울며불며 내게 시집오고 싶다 하지 않았느냐?"

"아니 뭐, 그거야……."

그만 수줍어 눈길을 돌리는 미소의 이마에, 의윤이 제 이마를 대고 속삭였다.

"빨리 데려가서 매일매일 이렇게 같이 자고 같이 일어났으면 좋겠구나. 물론 그때는 이렇게 곱게 재워 주지는 않을 테지만."

의윤은 크게 한숨을 내쉬고 몸을 일으켰다.

"자, 아침부터 또 천자문 외기는 싫으니 여기까지 하자."

미소는 또 빨개지고 말았다.

침대에서 내려와 옷매무새를 고치고, 의윤이 말했다.

"난 이만 내려가서 아침 준비를 하마."

"같이 해요!"

얼른 따라서 일어나려고 했지만 역시나 제지당했다.

"어허, 공주마마께서는 쉬고 계시지요. 소인이 만들어 오겠습니다."

의윤은 미소의 이마에 가볍게 입 맞추고 방을 나갔다.

손 하나 까딱하게 하지 않겠다더니, 의윤은 이번엔 아예 아침 식사를 만들어서 쟁반을 가지고 방으로 올라오기까지 했다. 새하얀 도자기 접시 위에 얹혀 있는 프렌치토스트, 리코타 치즈가 든 샐러드와 유리컵에 담긴 오렌지 주스. 침대에 일어나 앉은 채 차려다 주는 아침을 먹으니 진짜 공주님이 된 기분이었다.

"그래, 오늘은 뭘 하고 싶으냐?"

맛있게 아침을 먹는 미소를 흐뭇하게 바라보며 의윤이 물었다.

딱히 생각나는 게 없어서 미소는 고민했다. 별로 뭔가를 하지 않아도, 그냥 이렇게 둘이 함께 있는 것만으로도 좋은데. 하지만 의윤은 그게 아닌 모양이었다.

"네가 가 보고 싶은 곳이 있거든 함께 가자꾸나. 아직은 사람이 너무 많은 곳은 조금 힘들겠지만, 모자를 눌러쓰고 선글라스를 쓰면 사람들도 잘 알아보지 못할 테니까."

말투에서 어떤 결심 같은 것이 느껴져서 미소는 가슴이 뭉클했다.

"그럼 저, 봄나들이 가고 싶어요."

"나들이? 어디로 말이냐?"

조금 긴장한 듯한 의윤의 눈을 들여다보며, 미소는 씨익 웃었다.

"……이화원이요!"

"와, 날씨 정말 좋다!"

모처럼 메이드복을 벗고 예쁜 옷으로 갈아입은 미소가 팔을 활짝 벌리며 좋아했다. 하지만 한 손에 도시락을 들고 따라오던 의윤은 왠지 안타까운 표정을 감추지 못했다.

"그러지 말고 밖으로 나가도 정말 괜찮다니까 그러는구나."

"바깥 어디요?"

"많이 있지 않으냐. 동물원이라든가, 아니면 놀이공원이라든가."

"전하께서 몰라서 그러시는데요, 요즘처럼 날 좋을 때 그런 데 가면 자칫 놀러 나온 사람들한테 치여 죽는 수가 있어요."

미소는 눈앞에 펼쳐진 아름다운 풍경을 가리키며 말했다.

"보세요. 얼마나 조용하고 아름다워요? 그 사람들이 여기 사진이라도 봤다간 죽기 전에 한 번이라도 와 보고 싶다고 몸살을 할걸요."

안심시키기 위해서 하는 말이 아니라 진심이었다. 이화원은 잘 꾸며진 정원도 물론 아름다웠지만, 본관 뒤에 펼쳐진 후원이 진짜 장관이었다.

온갖 나무들이 심겨진 한적한 숲길과 조용히 흐르는 시냇물.

시냇물 위에 놓인 호젓한 나무다리.

여기저기서 지저귀는 새소리와, 은은하게 바람에 실려 오는 꽃향기.

미소는 눈을 감고 맑은 공기를 가슴 깊이 들이마셨다.

"저는 지금도 가끔 꿈만 같은걸요. 아, 내가 이런 곳에서 살고 있다니!"

그제야 의윤은 새삼스럽게 주위를 둘러보았다.

"이게 그렇게나 대단한 것이란 말이냐?"

"그럼요. 전하께서야 황궁에서 사시다 이화원으로 옮기셨으니 이런 집에 사는 게 익숙하시겠지만, 다른 사람들한테는 꿈도 못 꿀 일이에요. 보통 사람들은 전하 방 크기만 한 집에서 온 가족이 산다고요. 차 한 대 세워 놓을 공간도 부족해서 이웃끼리 싸우고 난리들인걸요."

미소는 손가락으로 저만치 있는 본관을 가리키며 말했다.

"그거 아세요? 전하 욕실에 있는 욕조가 제가 쓰던 방보다 크다고요!"

청소하다 얼마나 놀랐는지 모른다. 무슨 욕조가 대중목욕탕에 있는 탕 크기만큼이나 커서.

"그래. 내 분에 넘치게 호사를 부리며 사는 줄을 잠시 깜빡 잊었구나."

그냥 단순히 놀랐다는 뜻으로 말했을 뿐인데, 의윤은 씁쓸한 얼굴을 했다. 그제야 미소는 실수를 했나 싶어 황급히 말했다.

"아, 아니에요. 어떻게 황족과 일반인이 같을 수가 있겠어요?"

"같은 사람으로 태어났는데 다를 것은 또 무엇이냐. 게다가 지금은 황족도 아닌데, 나 혼자 이런 풍경을 누리며 사는 것이 그저 죄스러울 따름이구나."

의윤의 말에 미소도 조심스럽게 동의했다.

"사실 이렇게 넓고 아름다운데 아깝기는 해요. 지금이야 전하께서 살고 계시지만, 그 전엔 그냥 그대로 비워 두고 있었던 거잖아요. 일반 사람들도 와서 구경할 수 있게 1년에 몇 번씩이라도 공원처럼 개방해 주면 좋았을걸. 이 근처에 애들 데리고 놀러 갈 만한 데가 별로 없거든요."

무슨 생각을 했는지 의윤은 조금 화난 듯한 얼굴이 되었다.

"황실 소유 재산 아니냐. 개방은커녕, 민간인이 발이라도 들여놨다가는 황제 폐하 명령으로 당장에 잡혀갔을 것이다."

미소는 내심 놀랐다. 황제 폐하라 부르는 의윤의 말투에서, 친아버지에 대한 정 따위는 조금도 느껴지지 않았기 때문에.

뭔가 깊은 사연이 있는 것 같았지만 굳이 물을 생각은 들지 않았다. 가만히 눈치를 보고 있는데, 이윽고 의윤이 미소를 보며 조금 웃었다.

"너는 좋은 황태자비가 되었겠구나."

"네?"

"내가 잘 모르는 것들에 대해서 알고 있지 않으냐. 평범한 사람들의 생활이라든가, 혹은 고충이라든가. 그래서인지 미처 내 생각이 미치지 못했던 부분까지도 헤아리는구나."

뜻하지 않은 칭찬에 미소는 몸 둘 바를 몰랐다.

"아마 네가 황태자비가 되었다면 모든 사람들의 사랑을 한 몸에 받았을 텐데, 미안하구나. 내가 황태자가 아니라서."

말끝이 문득 씁쓸해졌다. 하지만 의윤은 언제 그랬냐는 듯이 금세 빙긋 웃었다.

"자, 그럼 봄나들이 나왔으니 어디 나들이를 즐겨 볼까."

그렇게 말하고, 의윤은 미소를 향해 손을 뻗었다.

"가시지요, 공주마마."

아무도 없는 이화원에서 단둘이 즐기는 봄나들이는 황홀할 만큼이나 즐거웠다. 손을 잡고 걸으며 이야기만 나눠도 어찌나 시간이 잘 가는지, 기껏 싸 가지고 나온 도시락도 점심때가 훌쩍 지나고 나서야 겨우 풀었다.

의윤이 한 시간 동안이나 걸려서 싼 김밥을 보고 미소는 배꼽을 잡았다.

"무슨 김밥이 이래요?"

김밥을 싸겠다고 큰소리를 치더니, 김밥용 김도 아닌 참기름 발라 재어 놓은 김에다 흰쌀밥, 거기에 계란 지단과 오이만 조금 썰어 넣은 게 다가 아닌가.

"그냥 조용히 먹어라. 재료도 시간도 없어서 이게 최선이었단 말이다."

그렇게 말하고, 의윤은 손수 김밥 하나를 집어 미소의 입에 넣어 주었다.

"그래, 맛이 어떠냐?"

눈을 감았다가 한참 만에 뜨고, 미소는 엄지손가락을 내밀었다.

"태어나서 먹어 본 김밥 중에 제일 맛있어요!"

소풍을 가든 운동회를 하든, 계모가 미소에게 김밥 따위를 싸 줄 리 없었다. 그렇다고 제 손으로 재료를 사서 만들기도 눈치가 보였다. 결국 늘 맨밥에 반찬이나 싸 가든지, 아니면 친구들이 싸 온 김밥을 얻어먹곤 했다.

그런 미소에게 있어 지금 이 김밥은 생전 처음 누군가가 자신을 위해 만들어 준 거였다. 비록 든 것은 별로 없지만, 그야말로 눈물이 날 정도로 맛있었다.

"전하도 좀 드세요."

"나는 네가 먹는 것만 봐도 배부르구나."

"그러지 말고 드시라니까요. 아, 해 보세요."

전하 드세요, 너 먹어라. 실랑이조차도 봄바람처럼 달콤했다.

사이좋게 김밥을 다 먹고 나서, 의윤은 여기저기 핀 들꽃을 꺾어 꽃다발을 만들어서 미소에게 안겨 주었다. 가지가 휘어지도록 하얀 꽃을 가득히 피워 올린 조팝나무 꽃그늘 아래 미소를 앉히고, 조금 떨어진 곳에서 그녀를 스케치북에 담기 시작했다.

열심히 연필을 움직이는 의윤에게, 미소가 물었다.

"예쁘게 그리고 계신 거죠?"

어딘가 불안한 대답이 돌아왔다.

"생긴 대로 그리고 있느니라."

아니나 다를까, 그림을 다 그리고 나자마자 의윤은 스케치북을 덮어 버렸다. 미소가 보여 달라고 아무리 졸라도 끄떡도 하지 않았다.

"모델한테도 안 보여 주는 법이 어딨어요. 궁금하단 말이에요, 네?"

"정 보고 싶거든 첫날밤에 보여 주마."

결국 끝까지 의윤은 그림을 보여 주지 않았다.

그림까지 다 그리고 나자 어느덧 해가 저물어 가고 있었다. 의윤이 차린 저녁을 먹고, 밤에는 밖에 나와서 후원에 있는 공터에 장작을 쌓아 놓고 모닥불을 피웠다. 미소가 캠프파이어를 하고 싶다고 조른 탓이었다.

"저어, 전하."

모닥불을 바라보며, 미소는 입을 열었다.

"음?"

미소의 어깨에 팔을 얹고 있던 의윤이, 그녀의 얼굴을 들여다보며 다정하게 대답했다.

"전하의 첫 번째 결혼 말이에요. 어떻게 된 건지 알고 싶어요."

순간 의윤의 얼굴이 조금 굳어졌다.

"전하께서는 제가 첫사랑이라고 하셨잖아요. 그러면 왜 사랑하지도 않는 분과 결혼을 하셨던 건지, 또 왜 그렇게 빨리 이혼하셨던 건지 궁금해요."

지금껏 묻지 않았던 것은 굳이 좋지도 않은 과거를 캐물어서 그의 마음을 상하게 할 필요가 없다고 생각해서였다. 게다가 뭔가 이유가 있을 거라고 짐작은 하고 있었으니까. 하지만 이제 결혼을 약속한 사이가 되고 보니 묻지 않을 수 없었다.

"이젠 저도 알아야 할 것 같아서요."

의윤은 미소의 어깨를 안고 있던 팔을 풀더니 시선을 돌려 한참 모닥불만 바라보았다. 고요한 가운데 타닥타닥, 모닥불 타는 소리만이 들렸다.

"……나는 그때 겨우, 스물세 살이었다."

참을성 있게 기다리자 한참 후, 그는 조용히 입을 열었다.

"살고 싶었다. 그저 살고 싶었을 뿐이다."

암살 협박이라도 있었던 걸까. 미소는 조심스럽게 물었다.

"누가 전하를 죽이려고 하기라도 했나요?"

"황제 폐하, 그러니까 내 아버지셨다."

긴 한숨 끝에 돌아온 대답에 미소는 깜짝 놀라서 그를 쳐다보았다.

"네? 황제 폐하께서 대체 왜 전하를?"

"아버지께서는 처음부터 나를 후계자로 원하지 않으셨다. 그러다 내가 스물세 살 되던 해에 드디어 결심을 굳히셨던 것이다. 내 대신에 내 쌍둥이 동생 요를 황태자로 세우기로."

"세상에……!"

"물론 그러려면 내가 먼저 없어져야만 했다."

미소는 몸이 벌벌 떨려 오기 시작하는 것을 느꼈다. 아무리 황실이라도 그렇지, 어떻게 아버지가 자기 아들을 죽이려는 생각을 할 수가 있을까.

"나는 교통사고를 가장하여 죽게 될 예정이었다. 그걸 사전에 알아채고 내게 일러 준 것이 바로 처선이었다."

"그래서요? 그래서 어떻게 하셨어요?"

"그길로 황제 폐하께 찾아가 무작정 매달렸다. 죽고 싶지 않다고, 목숨만 살려 주십사 읍소하였다."

오래된 일을 떠올리는 의윤의 눈동자에 고통이 스쳤다.

"살려만 주시면 스스로 망나니가 되겠다 하였다. 내 행실을 빌미로 폐위시키신다 하여도 누구 한 사람 감히 이의를 품지 않을 만큼, 철저하게 파락호가 되겠다 하였다."

"아……!"

그제야 미소는 알았다. 10년 전, 황태자가 갑자기 타락했던 이유를. 모두가 손가락질했던 그 기행(奇行)이 실은 살기 위한 몸부림이었을 줄이야.

"폐위된 후에는 조용히 살겠다 하였다. 누구의 눈에도 띄지 않고, 찍소리조차 내지 않고. 그런 사람이 있었는지조차 잊을 정도로, 그리 살겠다고 울며 빌었다."

의윤은 이를 악물고 한 단어 한 단어를 씹어뱉듯이 말했다.

"다행히도 폐하께서는 내 애원을 받아들여 주셨다. 그리고 나는 폐하께 약조한 대로 철저하게 타락하기 시작했다. 이혼하기 위한 거짓 결혼을 하고, 유흥에 돈을 물 쓰듯 탕진하고, 이름도 모르는 여자들을 하루걸러 하나씩 갈아 치우는 척하고……."

더 말을 잇지 못하는 의윤의 손을, 미소가 꼭 잡았다. 커다란 손이 부들부들 떨리고 있었다.

"사람들은 내가 황제가 되면 무언가가 달라질 거라 믿었다. 그런데 나는 내 한목숨 지키기 위해서 나를 믿고 사랑했던 모두의 희망을 빼앗고 말았구나."

떨리는 목소리에서 자기혐오가 짙게 묻어났다.

"만약에 전하께서 그때 그대로 돌아가셨어도 사람들은 마찬가지로 절망했을 거예요. 그렇다면 당연히 일단 살고 봐야 했어요. 살아 있는 한 희망은 있는 거니까요."

미소는 제 목에 걸고 있는 펜던트를 가리켰다.

"저도 너무 힘들어서 살고 싶지 않을 때가 많았어요. 하지만 살다 보면 언젠가는 전하를 뵐 수 있을 거라는 희망 하나에 기대서 하루하루 버텼어요."

"……."

"만약에 그때 전하께서 그렇게 허무하게 돌아가셨다면, 저도 버티지 못했을지 몰라요."

의윤의 눈동자에 서서히 눈물이 고이기 시작했다.

"너는 지금 나더러 잘했다는 것이냐?"

북받쳐 오르는 울음을 참느라 심하게 떨리는 목소리로, 그는 물었다.

"그토록 비굴하게라도, 모두를 저버리고라도, 살아남기를 잘했다고 말하는 것이냐."

알 것 같았다. 이 사람이 여태껏 얼마나 누군가에게 그 한마디를 듣고 싶어 했는지.

그렇게라도 살아야 했다고, 살기를 잘했다고.

미소는 팔을 벌려 의윤의 커다란 몸을 꽉 껴안았다. 그리고 떨리는 목소리로, 하지만 더없이 확실하게 말했다.

"살아 주셔서 고맙습니다, 전하."

순간, 의윤이 미소의 품 안으로 무너졌다.

"......!"

미소의 가슴에 얼굴을 묻고, 의윤은 소리 없는 통곡을 토해 내고 있었다.

기세 좋게 타오르던 모닥불도 시간이 갈수록 점점 잦아들었다. 5월이라도 아직 밤공기는 차가웠다. 불기운이 약해지자 서늘한 밤공기가 그대로 느껴져서, 미소는 몸을 떨었다.

"감기 들겠구나."

의윤이 겉옷을 벗어 미소의 어깨에 걸치고 한 팔로 꼭 껴안아 주었다. 따뜻한 품에 안겨 미소는 조심스럽게 물었다.

"저어, 왜 황제 폐하께서는 전하를 후계자로 원하지 않으셨다는 거예요? 전하는 어릴 때부터 총명하고 마음씨도 넓어서 일찌감치 성군의 재목이라고 불렸던 분이시잖아요."

대답 대신에 의윤은 되물었다.

"너는 내 할아버지에 대해 얼마나 알고 있느냐?"

"광명 태황제 폐하 말씀이세요? 음, 성군으로 불릴 정도로 무척 훌륭한 황제셨잖아요. 교과서에도 그렇게 쓰여 있고요."

선황인 태상황은 20년 전에 아들인 지금의 황제에게 스스로 양위[4]하고 황제의 자리에서 물러났다.

"그래. 그래서 아버지께 양위하셨을 때, 길가에 나와서 통곡하는 사람들도 많았다. 너야 겨우 한두 살 때 일이니 기억도 잘 나지 않겠다마는."

"그런데 갑자기 태상황 폐하 얘기는 왜 하시는 거예요?"

"아버지는 할아버지께 무척 열등감이 크셨다."

의윤의 목소리에 깊은 한숨이 어렸다.

"아버지도 즉위 후 나름대로 열심히 하려고 하셨지만, 사람들은 어떻게 해도 할아버지를 그리워했다. 태상황 폐하만 한 성군이 아니 계셨다면서."

"그런데요?"

"나는 할아버지를 닮았다. 용모도, 성품도, 그리고 생각마저도."

"아……!"

미소는 침을 꿀꺽 삼켰다.

"어릴 때부터 할아버지는 당신을 빼닮은 나를 무척 귀애하셨다. 스승들을 물리치고 직접 천자문과 소학을 가르쳐 주시기도 하셨다. 물론 내가 크면 어떤 황제가 되어야 하는가, 하는 데 대한 이야기도 많이 들려주셨고."

"어떤 황제가 되라고 하셨는데요?"

"백성의 존경을 받되, 다스리지는 말라 하셨다."

황제에게 다스리지 말라니, 그게 무슨 소리야. 미소가 고개를 갸웃거리자 의윤이 다시 말했다.

"할아버지는 주권을 백성에게 돌려줄 생각을 하고 계셨다."

"예?"

---

4) 임금의 자리를 물려주는 것

"그러니까, 입헌 군주제로 국가 체제를 바꾸려 하셨다는 것이다."

입헌 군주제라면 일본이나 영국처럼 왕이나 황제가 직접 다스리지 않는 체제를 말한다. 즉 황제는 국가의 상징으로만 남고, 정치 체제는 민주주의를 도입하는 것이다.

미소는 깜짝 놀라서 의윤에게서 떨어져 자세를 바로 하고 앉았다.

"정말이세요?"

"그래. 원래 당신의 재위 기간 내에 꼭 이루고 말겠다 하실 정도로 결심이 굳으셨다."

"그런데 왜 그렇게 하지 않으신 거죠?"

"그건 나도 모르겠다. 갑자기 하루아침에 양위하신 후 어디론가 훌쩍 떠나셨으니."

모닥불을 바라보며 의윤이 조용히 한숨을 지었다.

"살아 계시다면 지금 팔순이 넘으셨다. 지금쯤 어디서 어찌 지내시는지......"

미소는 가슴이 마구 두근거렸다. 가끔 외국의 대통령 선거에 대한 기사라도 날 때면 무척 부럽고 신기했다. 세상에, 국가 지도자를 국민들 손으로 직접 뽑을 수가 있다니. 그런데 지금 의윤의 말에 의하면 대한 제국도 그렇게 될 뻔했다는 것이 아닌가! 무척 신기하고도 안타까웠다.

"황제 폐하께서 그런 태상황 폐하의 뜻을 이어받으셨다면 좋았을 텐데요."

의윤이 고개를 저었다.

"천만에. 아버지께서는 황제의 권력은 절대적이어야 한다고 믿는 분이시다. 황태자인 내가 그런 생각을 갖는 것조차도 경계하셨다."

"아……!"

"나는 어릴 적부터 할아버지께 감화되어 그분과 같은 생각을 품고 있었다. 아버지 대에서야 어쩔 수 없지만, 내가 즉위하거든 꼭 주권을 백성에게 돌려주리라 생각하고 있었다."

이제 알 것 같았다. 미소는 중얼거렸다.

"그게 황제 폐하의 심기를 거슬렀던 거군요."

"그래."

의윤이 고개를 끄덕였다.

"아버지는 내가 그런 뜻을 품고 있는 것을 알고 크게 노하셨다. 조선 황실의 600년 역사가 내 대에서 끝장이 나고 말 것이라며, 어떻게든 생각을 바꾸게 하려 애쓰셨다."

"하지만 전하께서는 생각을 바꾸지 않으셨을 거고요."

"물론이다."

미소는 한숨을 지었다.

"듣고 보니까 무슨 일인지는 알겠지만, 그래도 너무했어요. 생각이 다르다고 해서 어떻게 친아드님을……."

"그게 전부는 아니다."

의윤이 말을 이었다.

"스무 살 되던 해에, 내가 황제 폐하의 뜻을 정면으로 거역한 일이 있었지. 결정적으로 그 일 때문에 폐하께서는 나를 버리고 동생을 황태자로 세우기로 하셨을 것이다."

그는 무슨 일이었는지 자세히는 말하려 하지 않았다. 미소도 굳이 묻지 않았다. 알아야 하는 일이라면 언젠가 알게 될 테니까.

"내가 할아버지를 닮았다면, 요는 아버지를 많이 닮았다. 권력에 대한 욕심이라든가, 냉혹한 성정이라든가, 또…… 깊은 열등감이라든가.”

미소는 가슴이 철렁했다.

“요는 늘 내게 증오심을 품고 있었다. 5분 늦게 태어났다는 이유만으로 내게 황태자 자리를 빼앗겼다고 생각하고 있었으니까.”

“꼭 그런 건 아니지 않나요? 지금 황태자 전하보다는 전하께서 어릴 때부터 여러모로 훨씬 더 뛰어나셨다고 들었는데요.”

“물론 내가 장자이기도 했지만, 이런저런 자질을 고려한 끝의 결과이기도 했다. 하지만 본인은 그렇게 생각하지 않더구나.”

의윤의 입에서 긴 한숨이 흘러나왔다.

“사실 어릴 때는 사이 나쁜 형제는 아니었다. 게다가 요의 마음도 이해했기에, 나는 최대한 잘 지내보려고 애썼지. 하지만 생각처럼 되지 않더구나. 아무리 다가가도 요는 늘 나를 미워하고 경계하였다. 그리고 결국은 나를 죽이고 제가 황태자가 되기로 아버지와 뜻을 함께한 것이었다.”

“그랬군요…….”

친아버지와 친동생에게 살해당할 뻔하고 겨우 목숨은 건졌지만, 이미 온 세상으로부터 손가락질받게 된 신세. 의윤의 처지를 생각하자 새삼스럽게 마음이 아파서 미소는 눈물을 글썽였다.

“괜찮아요, 전하. 다 잊어버리세요. 이젠 제가 전하 곁에 꼭 붙어 있을 테니까요.”

단호한 결심 같은 것이 미소의 마음속에서 솟아올랐다. 다시는 이 남자를 외롭게 만들지 않겠다. 세상 그 누구도 이 남자에게 상처 주지 못하도록, 내가 지키겠다.

“네게는 무척 미안하구나.”

하지만 의윤은 오히려 미소의 등을 어루만지며 말했다.

"너는 무척 꿈이 크지 않으냐. 외국 유학을 가서 역사 공부도 하고 싶어 하고……. 그런데 괜히 나와 혼인을 하자고 해서 내 곁에 묶어 두는 게 아닌가, 하는 생각이 든다."

"왜 그런 생각을 하세요? 전하께 시집가고 싶다고 말한 건 저예요. 강제로 붙들어 두시는 게 아니라고요."

미소는 가슴이 철렁해서 의윤의 품에 단단히 파고들었다.

"전하께서도 승낙하셨으니까 이젠 돌이킬 수 없어요. 이젠 무슨 일이 있어도 저를 떼어 놓지 못하실 거예요."

의윤은 대답하지 않았다. 그저 깊은 한숨과 함께 미소의 등을 부드럽게 어루만질 뿐.

* * *

다음 날 아침, 미소는 제 방 침대에서 혼자 눈을 떴다.

"오늘 밤은 나도 천자문 좀 외지 말고 편히 자고 싶구나."

의윤이 그렇게 말하는 바람에 어젯밤에는 각자 자기 방으로 돌아가서 따로 잤던 것이다.

물론 진짜로 그런 이유라면 이해하지만, 미소는 한편으로 불안했다. 혹시나 의윤이 벌써 결혼 약속을 후회하는 건 아닐까 싶어서.

"괜히 나와 혼인을 하자고 해서 내 곁에 묶어 두는 게 아닌가, 하는 생각이 든다."

씻고 내려가자 이미 의윤이 아침 식사를 준비해 놓고 있었다.

"안녕히 주무셨어요, 전하!"

"기침하셨습니까, 공주마마."

앞치마 차림으로 웃으며 미소를 맞이하는 의윤의 얼굴에는, 다행히도 어젯밤의 어두운 그림자는 남아 있지 않았다. 미소는 속으로 가슴을 쓸어내리며 자리에 앉았다.

"잘 먹겠습니다!"

오늘 아침은 한식이었다. 역시나 초보가 한 음식이다 보니 국이 좀 짜고 밥이 약간 질게 된 정도의 사소한 문제는 있었지만 미소는 불평 않고 맛있게 먹었다. 어느덧 공주님 노릇도 오늘이 마지막이라고 생각하니 조금 아쉽기도 했다.

밥을 먹으며 의윤이 말했다.

"오늘은 함께 외출을 좀 해야겠다."

"네? 아니에요, 저는 정말 집에 있어도 괜찮은데……."

부담을 주고 싶지 않아서 그렇게 말했지만, 의윤은 고개를 저었다.

"사람 많은 데 가려는 게 아니라 네 옷을 좀 살까 한다."

"옷이요?"

"그래. 황태자 시절부터 알고 지냈던 디자이너가 있다. 가게에 연락을 해 두었으니, 좀 이따 그쪽에서 차를 보내올 것이다."

미소는 그만 흥분하고 말았다. 이건 그러니까, 바로 그거 아닌가. 영화 '귀여운 여인' 이후로 모든 로맨스 드라마와 소설의 필수 장면이 되다시피 한, 남자 주인공 앞에서의 패션쇼! 그걸 실제로 해 볼 생각을 하니 심장이 마구 두근거렸다.

사실 얼마 전 월급날 큰맘 먹고 산 원피스 한 벌 외에는 제대로 된 옷이라곤 없다시피 한 미소였다. 메이드복이야 입고 나갈 수가 없으니까. 그런데 백화점도 아니고 디자이너 숍에 가서 쇼핑을 한다고?

사는 건 둘째 치고 그저 구경할 생각만으로도 마음이 춤을 추었다.

"저어, 전하. 디자이너 숍은 저한텐 너무 과분한 것 같은데요……."

그래도 예의상 눈치를 보면서 말하자 의윤이 어깨를 으쓱했다.

"뭐, 정 부담스럽다면 어쩔 수 없구나. 취소하겠다고 전화를 넣어야……."

"아, 아니요! 괜찮아요!"

미소는 저도 모르게 큰 소리로 말해 버리고 말았다. 하다못해 구경이라도 하고 싶은데!

"그러게 마음에도 없는 소리를 하긴."

의윤이 쿡쿡 웃었다.

"걱정 말고 가서 마음껏 고르거라."

잠시 후 디자이너 숍에서 보내 준 차가 이화원에 도착했다. 미리 외출 준비를 마치고 기다리고 있던 미소는 그 차를 타고 의윤과 함께 매장으로 향했다. 무척이나 두근거리는 마음으로.

하지만 30분쯤 후 매장에 당도한 미소는 크게 당황했다.

"저기, 전하, 이건……!"

"왜 그러느냐? 마음껏 고르래도."

멍하니 쇼윈도를 바라보는 미소의 뒤에서, 뒷짐을 진 의윤이 빙긋 웃었다.

"한복이잖아요!"

"한복이 어때서? 아름다운 우리 옷인데."

"아니, 싫은 건 아니지만 아무래도 제가 입긴 좀……."

예쁜 블라우스나 스커트 따위를 고를 생각에 마음이 부풀어 있던 미소는 조금 실망했다.

이윽고 안에서 옥색 저고리에 쪽빛 치마를 날아갈 듯 차려입은 나이 지긋한 여자가 허둥지둥 달려 나와 허리를 숙였다. 이 숍의 주인인 디자이너였다.

"전하, 오랜만에 뵙습니다. 그간 어찌 지내셨는지……!"

감격한 나머지 눈물을 글썽이는 여자를 바라보며, 의윤이 부드럽게 대답했다.

"걱정해 준 덕분에 나야 잘 지냈네. 자네도 별고 없었는가?"

"예, 전하."

디자이너가 옷고름으로 눈가를 훔치고는 의윤과 미소를 매장 안으로 안내했다. 미리 비워 놓았는지, 넓은 매장 안에는 두 사람 외의 다른 손님들의 모습은 보이지 않았다.

"그런데 전하, 설마하니 무슨 황실 행사에라도 참석하시는지요?"

"그럴 리가 있는가."

그렇게 말하고, 의윤은 미소를 가리켰다.

"내가 아니라 이 사람이 입을 옷이 필요해서 왔네. ……나와 혼인할 이일세."

한복 디자이너가 미소를 보고는 깜짝 놀란 얼굴을 했다.

"그러니 예쁜 옷으로 골라 주게나."

"이쪽으로 오십시오."

디자이너는 무척이나 정중하게 미소를 안내했다.

"귀하신 분을 이렇게 모시게 되어 더없는 영광입니다. 마음에 드시는 것이 있는지 편하게 둘러보시지요."

엄마뻘도 더 되어 보이는 분이 극존대를 하는 탓에 미소는 영 불편해졌다.

"말씀 놓으셔도 돼요. 저 이제 겨우 스물한 살인걸요."

하지만 디자이너는 말도 안 된다는 듯이 고개를 저었다.

"당치 않습니다. 전하와 약혼하신 분이면 장래의 황태자비 전하가 아니십니까."

거침없는 발언에 오히려 미소가 더 놀랐다. 아무리 주위에 사람이 없다고는 하지만, 이건 자칫하면 반역죄에도 해당할 수 있는 위험한 말 아닌가.

"황태자비라뇨. 전하도 이젠 보통 사람이신걸요."

"전하께서는 언젠가 원래 자리를 되찾으실 겁니다."

나이 지긋한 디자이너는 단호하게 말했다.

"저는 그리 믿고 있습니다. 또한 드러내 놓고 말하지 못할 뿐, 그리 믿고 기다리고 있는 사람이 저 하나뿐만은 아닐 것입니다."

미소는 놀라서 디자이너의 얼굴을 물끄러미 바라보았다. 모두가 10년 전의 사건 때문에 전하를 손가락질하고 있다고만 생각했는데, 진짜로 그런 사람들이 아직도 남아 있는 것일까.

한복이란 결혼할 때나 입는 옷인 줄 알았는데, 의외로 스물한 살인 자신에게도 어색하지 않을 것 같은 젊은 감각의 한복들도 많이 있었다. 윤기가 자르르 흐르는 고운 천들. 무지개보다도 훨씬 더 다양한 빛깔이 황홀했다.

"한복이란 게 이렇게 예쁜 거였군요."

직원이 머리를 살짝 묶어 주는 동안, 차르르한 본견 치마를 손끝으로 가만가만 어루만지며 미소가 중얼거렸다.

"그럼요. 요즘 젊은 아가씨들은 멋내기용으로도 많이 입는답니다."

고심 끝에 미소가 고른 것은 비교적 현대적인 느낌을 주는 꽃무늬

저고리에 연두색 치마였다.

"어머나, 귀여워라!"

디자이너와 직원이 함께 손뼉을 쳤다.

'전하께서 예쁘다고 하시겠지?'

잔뜩 기대를 하고 나갔는데 웬걸. 정작 의윤은 보더니 고개를 설레설레 저었다.

"너무 개량 한복 같구나. 좀 더 전통적인 느낌이 나는 걸로 입어보거라."

예쁘기만 한데 괜히 그러셔. 칭찬을 기대했던 미소는 조금 부루퉁해지고 말았다. 어쨌든 의윤이 시키는 대로 다른 한복으로 갈아입었다. 이번에는 병아리 같은 노란 저고리에 꽃분홍색 치마였다.

"이건 어떠세요?"

하지만 이번에도 의윤은 역시 마음에 들어 하지 않았다.

"좀 더 차분한 색깔로."

"아니, 그건 너무 갔지 않느냐. 꼭 옛날 나인들이 입던 옷 같구나."

몇 번이나 퇴짜를 놓은 끝에, 당의 한복을 입고 나온 미소를 보고서야 의윤은 겨우 고개를 끄덕였다.

"그거면 되겠다."

하지만 이미 미소는 기분이 확 상해 버린 후였다. 드라마에서는 여자 주인공이 뭘 입고 나와도 남자 주인공이 눈에 하트 뿅뿅 하던데!

"대체 왜 그렇게 까다로우신 건데요?"

미소가 토라지자 그제야 의윤은 아차 하는 얼굴로 사과했다.

"미안하다. 중요한 자리에 입고 나갈 옷이라 신경을 쓰다 보니 그만 너를 서운하게 했구나."

"중요한 자리요?"

"어머니께 너를 인사시킬 생각이다."

미소의 얼굴에서 핏기가 가셨다. 내가 황후 폐하를 만나 뵙는다고? 생각만 해도 금세 몸이 사시나무처럼 떨리기 시작했다.

"우리는 혼인을 약속하지 않았느냐. 그러니 당연히 인사를 드려야지."

"그, 그렇지만……!"

목소리마저 벌벌 떨렸다. 어쩌다 의윤과 사랑하는 사이가 되었다고는 하지만 미소는 어디까지나 멀쩡한 일반인이었다. 황제나 황후 폐하라면 뉴스에서 볼 때조차도 저도 모르게 무릎 꿇고 봤는데, 설마 실제로 알현까지 하게 될 줄이야.

"걱정할 것 없다. 어머니가 너를 보시면 기뻐서 춤을 추실 것이다."

의윤이 미소를 달래듯 어깨에 손을 얹었다.

"실은 어젯밤에 어머니와 통화를 하였다. 네 이야기를 말씀드리니 무척이나 기뻐하시면서, 얼른 너를 만나 보고 싶다고 하셨느니라."

미소는 침을 꿀꺽 삼켰다. 황후 폐하께서 나를?

의윤이 주머니에서 무언가를 꺼냈다. 예쁜 나비 모양의 떨잠이었다. 허리를 굽혀 조심스럽게 미소의 머리카락에 장식을 꽂아 주고, 의윤은 미소의 눈동자를 지그시 들여다보았다.

"응당 내가 먼저 했어야 하는데, 그만 네가 내게 청혼하게 만들어 버렸구나. 그러니 내 지금 다시 하겠다."

그렇게 말하고, 의윤은 목소리를 가다듬었다.

"평생토록 귀히 여기겠다. 너 외의 다른 여인에게는 눈길조차 주지 않겠다. ……그러니 부디 나와 혼인하여 다오."

목소리가 살짝 떨리는 것이 느껴져서 미소는 가슴이 뭉클했다. 이미 그의 여인이 되겠다고 몇 번이나 말했는데도, 이 남자는 여전히 긴장하고 있구나.

나를 이토록 진지한 마음으로 바라보아 주는 사람.

아무것도 아닌 내가, 자신에게 과분하다고 생각해 주는 사람.

이런 사람을 어떻게 사랑하지 않을 수 있을까.

제 머리 위에 사뿐히 올라앉은 나비를 살짝 어루만져 보고, 미소는 활짝 웃었다.

"잘 부탁드립니다, 전하!"

한복을 주문하고 도로 이화원으로 돌아가는 길에, 의윤은 뒷좌석에 앉아 내내 미소의 손을 꼭 잡고 있었다.

"이제 내일이면 가족들이 돌아오겠네요."

미소는 아쉽게 말했다. 의윤과 단둘이 보낸 3박 4일도 어느덧 끝나 가고 있었다.

"돌아오면 모두에게 너와 혼인할 것이라고 이야기할 것이다."

"아, 안 돼요!"

의윤의 말에 미소는 앉은 채로 펄쩍 뛰었다.

"어차피 연재나 처선이는 알고 있지 않으냐. 보모도 어느 정도 눈치채고 있는 것 같고."

"그래도 안 돼요. 절대 안 돼요!"

의윤이 이마를 찌푸렸다.

"어차피 언젠가 알게 될 것인데 왜 숨겨야 한단 말이냐?"

틀린 말은 아니지만 미소는 입장이 달랐다. 이화원 사람들은 의윤을 전하라고 부르지만 않을 뿐, 황태자 시절과 다름없이 깍듯이 받들어 모셨다. 그러니 만약에 미소가 그와 결혼을 약속했다는 사실을 알게 되면...... 그야 물론 황태자비 대접을 하려고 들겠지!

"전하와 약혼하신 분이면 장래의 황태자비 전하가 아니십니까."

아까 한복 의상실에서 디자이너가 공대를 할 때도 불편해서 죽을 뻔했는데, 같이 일하던 분들이 하루아침에 그렇게 대하는 걸 어떻게 견딘단 말인가. 그것도 하나같이 나보다 훨씬 나이 많은 분들인데!

"어쨌든 아직은 안 돼요. 어차피 나중에 밝혀야 할 때가 올 테니까, 그때까지만이라도 제발 그냥 비밀로 해 주세요. 네?"

의윤은 불만스러운 표정을 하면서도 미소가 간곡히 말하자 결국 고개를 끄덕였다.

"네가 정 그렇다면야 어쩔 수 없지."

"고맙습니다, 전하!"

그제야 미소는 가슴을 쓸어내렸다.

"그건 그렇고, 오늘이 마지막 저녁인데. 뭐가 먹고 싶으냐?"

함께 있는 동안 의윤이 양식이니 한식이니 이것저것 열심히 만들어 주어서 딱히 떠오르는 것이 없었다. 잠시 생각한 끝에 미소는 손뼉을 딱 쳤다.

"아, 삼겹살 어때요? 그러고 보니 삼겹살 먹은 지도 오래됐는데. 어제 모닥불 피웠던 데 있잖아요. 거기서 구워 먹으면 진짜 맛있을 것 같은데. 그쵸?"

웬일인지 의윤은 조금 난감한 표정을 했다.

"왜요, 전하는 삼겹살 별로 안 좋아하세요?"

"글쎄 잘 모르겠구나. 먹어 본 적이 없어서."

미소는 허를 찔리고 말았다.

"지금 뭐라고 하셨어요?"

"먹어 본 적이 없다고 했다."

"삼겹살을요? 평생? 한 번도?"

"그렇대도."

미소는 경악했다. 드라마에 나오는 재벌 2세들이 떡볶이나 순대를 처음 먹어 본다고 대사 칠 때 오버한다고 웃어넘겼는데, 그 현실 버전이 여기 있었구나!

"수육이나 동파육으로 먹어 본 적은 있다. 구워 먹은 적이 없다 뿐이지."

"아니 삼겹살은 구워 먹어야 제맛이지 수육이 웬 말이에요?"

"주방에서 해 줘야 먹을 것이 아니냐. 황궁 수라간에서 삼겹살 따위 구워 줄 것 같으냐?"

이윽고 의윤이 한숨을 지었다.

"열 살 때였던가, TV에서 삼겹살 구워 먹는 장면을 보고서 저것 먹고 싶다고 보모를 졸라 소주방에 부탁했다가 황제 폐하께 불려 가서 무척 혼이 났다. 황태자 체면에 그런 천한 음식을 찾다니, 하고 말이다."

"아니 음식에 무슨 귀하고 천하고가 어디 있어요?"

"폐하께선 그리 생각하셨다. 황실은 먹는 음식까지도 일반 사람들과 달라야 한다고 말이다."

미소는 의윤이 진심으로 측은해졌다. 황태자로 자랐으면 뭘 하나, 먹고 싶은 삼겹살 한 번 못 먹어 봤는데.

"저, 기사님."

미소는 앞에서 운전하고 있는 기사에게 말을 걸었다.

"죄송하지만 가까운 마트에 좀 들러 주시겠어요? 살 게 있어서요!"

어제 모닥불을 피웠던 후원의 공터에 다시 한 번 불이 피워졌다. 다른 점이 있다면 오늘은 주위에 돌을 쌓아 놓고 그 위에 불판을 얹었다는 것.

철망으로 된 불판 위에 미소가 긴 삼겹살을 집게로 집어 올려놓자 치익, 하는 소리가 났다.

"이게 그렇게나 맛있단 말이냐? 양념도 전혀 안 했고, 하다못해 소금도 안 뿌렸는데."

"드시고 까무러치지나 마세요."

영 못 미더운 표정의 의윤을 향해 미소는 자신 있게 말했다.

기세 좋게 타오르는 장작불 위에서, 삼겹살은 금세 지글지글 소리를 내며 익어 가기 시작했다. 철망 사이로 기름이 뚝뚝 떨어질 때마다 화르륵 불길이 일어 고기에 향긋한 불 냄새를 더했다.

금세 노릇하게 잘 익은 삼겹살을, 미소가 집게로 집어 가위로 툭툭 큼직하게 잘랐다. 그중 한 점을 집어서 상추 위에 척 얹어 쌈장을 올리고 꼭꼭 감쌌다.

"자. 아, 해 보세요."

의윤의 입 안에 상추쌈을 투척하고 나서, 미소는 나이 서른세 살에 처음으로 구운 삼겹살을 먹어 보는 남자의 반응을 흥미진진하게 바라보았다. 반신반의하는 표정으로 천천히 입을 움직이던 의윤의 눈이 점점 커다래졌다.

"......!"

서서히 얼굴 전체로 놀라움이 번졌다. 말하지 않아도 알 수 있었다. 전하, 컬쳐 쇼크 드셨구나.

고기를 꿀꺽 삼킨 후에야 의윤은 겨우 입을 열었다.

"사기당한 기분이다."

"뭘요?"

"이런 걸 여태 못 먹고 살았다니, 인생 헛살았지 뭐냐?"

하도 진지한 표정으로 말하는 바람에 미소는 그만 웃음을 터뜨리고 말았다.

"역시 삼겹살엔 소주죠. 자, 한잔 드세요."

내친김에 소주도 한 잔 따라서 권했다. 의윤은 작은 종이컵에 든 소주를 홀짝 마셔 버리더니, 이마를 찌푸렸다.

"무척 쓰고 독하구나. 이걸 무슨 맛에 먹는 것이지?"

"싼 맛에 먹는 서민 음식이죠 뭐, 삼겹살이나 소주나. 하긴 삼겹살은 요즘 값이 너무 올라서 진짜 서민들은 그것도 마음 놓고 먹기 쉽지 않지만요."

"그랬느냐?"

"네. 황태자궁 새로 짓는다고 재작년인가부터 부가세 두 배로 올리는 바람에 더 비싸졌어요."

조금 망설이다 미소는 속마음을 입에 담았다.

"솔직히 멀쩡한 황궁을 왜 자꾸 증축하고 그러는 건지 잘 모르겠어요. 그전이라고 황태자 전하 주무실 방 없는 게 아니었을 텐데요."

"……."

"뭐, 세금이야 필요하다면 올려야겠지만 꼭 서민들 먹는 삼겹살이나 소주 같은 품목에까지 그렇게 해야 했나 하는 생각도 들고요. 저 같으면 그런 품목엔 오히려 걷던 세금도 면제해 줄 것 같은데. 그러면 사람들이 삼겹살에 소주 한잔 할 때마다 황제 폐하께 얼마나 감사해하겠어요?"

대답이 없다 했더니, 의윤은 뭔가 깊이 생각에 잠겨 있었다. 아무리 그래도 전하 역시 황족이신데, 듣기 싫은 말을 했나 싶어서 미소는 슬쩍 말을 돌렸다.

"하여튼 삼겹살 비싸요. 집에서도 가끔 먹었는데, 저는 비계 많이 붙어서 식구들이 남긴 거나 한두 점 겨우 얻어먹고 그랬어요. 비싸서 많이 못 샀거든요."

그제야 의윤이 한숨을 지으며 입을 열었다.

"나도 못 먹고 너도 못 먹었는데, 이유는 정반대로구나."

"듣고 보니 그러네요?"

미소는 웃었지만 의윤은 심각한 표정이었다.

"내 두 번 다시는 네게 그런 설움을 당하게 하지 않으마. 네게 모질게 군 이들에게도, 언젠가 고스란히 갚아 줄 것이다."

"네?"

흐뭇하게 듣고 있던 미소는 조금 당황했다.

"그럼 너를 10년 넘게 그토록 학대한 자들을 내가 그냥 보아 넘길 줄 알았느냐? 내 반드시 그들에게 대가를 치르게 하겠다."

뭔가 단단히 결심한 얼굴로, 의윤은 중얼거렸다.

"자, 그런 의미에서 한잔 하거라."

"언제는 술 먹지 말라면서요?"

"그건 외간남자 앞에서지, 내 앞에서야 관계있겠느냐."

의윤이 미소의 잔에 소주를 따라 주며 웃었다.

"오늘은 괜찮으니까 마음 푹 놓고 얼마든지 취하도록 해라. 혹 주사를 부리더라도 내가 다 받아 주마."

자신을 바라보는 자상한 눈빛이 너무 좋아서, 미소는 잔을 한 번에 비워 버렸다. 허락도 받았겠다, 오늘은 실컷 취해 버려야지!

"자, 전하도 한잔 받으세요."

의윤이 내미는 잔에 또다시 미소가 술을 따랐다. 이번에도 아까처럼 가볍게 한입에 톡 털어 넣는 의윤을 보고, 미소는 문득 궁금해졌다.

"전하는 술이 되게 세신가 봐요. 소주 엄청 독한데 꺾어 드시지도 않고. 주량이 얼마나 되세요?"

"글쎄다."

그제야 의윤이 고개를 갸웃거렸다.

"그러고 보니 별로 술을 먹어 본 적이 없어서 잘……."

말하는 도중에 갑자기 손에 들린 종이컵이 툭, 하고 아래로 떨어졌다. 이어서 의윤의 고개가 푹 꺾였다. 그대로 앞으로 푹 고꾸라지는 의윤을, 미소가 기겁을 해서 얼른 받아 안았다.

"전하? 정신 차려 보세요! 전하!"

미소의 안타까운 외침이 조용한 밤공기를 타고 울려 퍼졌다.

* * *

"나 참, 어이가 없어서."

아침에 눈을 뜬 미소는 혼자 피식피식 웃었다. 어젯밤의 일이 떠올라서였다. 나더러 다 받아 줄 테니까 마음껏 취하라더니, 정작 자기가 소주 두 잔에 뻗어?

덕분에 정신을 잃은 의윤을 들쳐 메고 건물까지 옮기느라 아주 죽을 뻔했다. 2층에 있는 그의 방까지는 도저히 옮길 엄두가 안 나서 결국 1층 거실 소파에 눕혀 놓았다. 그만큼 하는 데도 얼마나 힘들었는지 온몸 구석구석이 다 쑤셔 왔다.

어떻게 됐나 궁금해서 잠옷 바람으로 내려가 보니 의윤은 여전히 어젯밤에 눕혀 놓은 그대로 소파에 고이 잠들어 있었다. 미소는 피식 웃고는 주방으로 가서 따뜻한 꿀물을 만들어 가지고 돌아왔다.

"전하, 전하!"

살며시 흔들어 깨우자 의윤이 으음, 하는 신음 소리와 함께 실눈을 떴다.

"……개똥이?"

"예, 개똥이옵니다. 해가 중천에 떴으니 이제 슬슬 일어나시지요."

눈을 흘기며, 미소는 의윤을 부축해 일으켜 앉혔다.

"머리가 깨질 것 같구나."

의윤이 얼굴을 찌푸리며 중얼거렸다.

"누가 보면 소주 두 병은 드신 줄 알겠습니다."

종알거리며 미소는 의윤에게 꿀물이 든 대접을 건넸다. 단숨에 꿀물을 쭉 마시고 나자 의윤은 그제야 좀 정신이 드는 모양이었다. 긴 한숨을 내쉬고 그는 새삼스럽게 미소를 쳐다보았다.

"그래, 혹 간밤에 내가 취해서 무슨 실수나 하지 않았느냐?"

실수는요, 그대로 기절하셨는걸요. 곧이곧대로 말하려다 미소는 얼른 입을 다물었다. 자신이 취해서 실수한 걸 가지고 의윤이 한참 놀려 먹었던 게 기억났던 것이다.

옳지, 이참에 앙갚음을 해야지. 미소는 짐짓 상처받은 표정을 지어 보였다.

“설마 기억이 안 나신단 말씀이십니까?”

“뭐가?”

“정말 잊어버리셨군요. 간밤에 저를 그리 대하셔 놓고, 어떻게 그럴 수가……!”

의윤이 낭패한 얼굴을 했다.

“아, 아니. 이봐라, 개똥아. 아니 미소야.”

“됐습니다. 전하 밉습니다.”

금방이라도 터져 나오려는 웃음을 참으며 팔을 뿌리치자 이윽고 의윤이 한숨을 푹 쉬었다.

“미안하다 ……그러면 다시 하자.”

“예?”

“어젯밤에 있던 일은 기억이 안 나니, 지금 다시 하자는 말이다.”

미소는 당황하고 말았다.

“아, 아닙니다, 전하. 괜찮습니다. 잊어버리셨으면 그만이지, 다시 할 것까지야……!”

“사양할 것 없느니라.”

그렇게 말하고, 의윤은 미소를 번쩍 안아 소파에 눕히고 몸 위에 날쌔게 올라타 버렸다.

“요 깜찍한 것이, 감히 누구를 속이려 들어?”

“까악! 잘못했어요!”

비명을 지르는 미소의 입술을, 의윤이 간단히 제 입술로 막아 버렸다. 말과는 달리 무척이나 부드러운 키스에 미소의 몸에서 어느덧 힘이 빠져나갔다.

가만히 팔을 목에 두르자 의윤이 더욱더 깊이 입 맞추어 왔다. 달콤한 입맞춤에 취한 나머지, 둘 중 누구도 깨닫지 못했다. ……문이 열리고, 사람들이 들어오는 것을.

그리고 깨달았을 때는 이미 늦어 있었다.

툭, 툭, 툭. 미소와 의윤을 발견한 사람들의 손에서 짐 가방이 바닥으로 떨어졌다. 정원사 아저씨, 지호의 보모, 주방 담당들까지 모두들 눈이 하나같이 왕방울만 해져서 바라보고 있었다. 잠옷 바람의 미소가 의윤의 품에 안겨 키스하고 있는 광경을!

잠시 굳어져 있던 미소는, 다음 순간 의윤을 확 밀쳐 내고 도망쳤다. 아니, 도망치려 했다.

"어딜 가는 것이냐?"

의윤이 도망치는 미소의 팔을 꽉 붙잡아 도로 제 품 안으로 끌어당겼다.

"그대로 있거라."

딱 잘라 말하고, 의윤은 그녀를 두 팔로 단단히 껴안은 채 시선을 돌렸다. 여전히 석상처럼 굳어져 있는 고용인들에게로.

"보다시피 이런 사이다. 빠른 시일 내에 혼인할 예정이니 너희들도 그리 알아주기 바란다."

해명이나 변명이 아닌, 일방적인 통보가 역시 한때 황태자였던 사람다웠다. 놀라운 것은 그 말을 들은 사람들의 표정이 점점 평온해져 갔다는 것이다. 한 조각 의문도, 물론 이의도 품지 않는 것 같았다. 마치 주인님이 말씀하시면 우리는 따른다는 듯이.

마침내 가장 먼저 입을 연 것은 바로 정원사 아저씨였다.

"축하드립니다, 주인님."

입이 찢어져라 활짝 웃으며 건네는 인사에, 의윤이 우아하게 고개를 끄덕였다.

“고맙네.”

뒤이어 아저씨는 모자를 벗으며 미소를 향해 정중히 고개를 숙였다.

“앞으로 잘 부탁드립니다, 안주인 마님.”

“예?”

펄쩍 뛰는 미소를 향해, 모두가 일제히 허리를 숙이며 한목소리로 합창을 했다.

“잘 부탁드립니다, 안주인 마님!”

14. 악몽의 첫 데이트

그로부터 며칠이 흘렀다. 미소는 한창 식사 준비로 분주한 주방에 슬쩍 들어갔다.

"어머, 시금치가 많네. 좀 다듬어야겠다."

짐짓 중얼거리며 자연스럽게 시금치에 손을 뻗었지만 아니나 다를까, 채 손끝이 닿기도 전에 제지당하고 말았다.

"안 됩니다, 안주인 마님!"

주방 담당들이 펄쩍 뛰며 결사적으로 막아섰던 것이다.

의윤의 폭탄선언 이후 계속 이 모양이었다. 미소는 어떻게든 일하려고 하고, 고용인들은 못 하게 막고. 청소라도 할라치면 누군가가 귀신같이 나타나서 빗자루를 빼앗아 들고, 빨래를 하려고 해도 세탁기 버튼조차 누르지 못하게 했다. 주방에는 아예 얼씬조차 못 하게 하는 바람에, 이제는 식사도 식당에서 식구들과 함께 하고 있는 형편이었다.

"어서 나가시지요, 안주인 마님."

"자꾸 그렇게 부르지 마세요. 저 아직 결혼 안 했거든요?"

그렇게 항변해 봤지만 조금도 먹혀들지 않았다.

"주인님께서 직접 그리 말씀하신 이상 이미 저희에게는 윗전이십니다."

나이 든 가정부들은 무척이나 완강했다.

여기서 말해 둘 것은, 이러는 그들의 태도에 조금도 아니꼽게 여긴다거나 비아냥거리는 기색은 없다는 것이었다. 상대는 바로 며칠 전까지도 심부름을 시켰던 막내인데도 불구하고! 안주인 마님이라 부르는 것 역시 놀릴 셈이 아니라 진심으로 높여 부르고 있는 거였다.

이들은 의윤이 어렸을 때부터 황궁에서 일해 온 사람들이었다. 호칭만 주인님으로 바뀌었다 뿐이지 속으로는 황태자 시절과 똑같이 받들어 모시고 있었다. 그러니 미소를 예비 황태자비 정도로 생각하는 거야 어떻게 보면 당연한 일이었다.

"그래도 어떻게 사람이 생으로 먹고 놀아요?"

미소는 울상을 하고 말했다. 워낙 집안일하는 게 몸에 배어 있는 미소로서는, 아무 일도 않고 가만히 있자니 그야말로 가시방석이었다. 차라리 일하는 게 훨씬 마음이 편할 것 같았다.

"그럼 음식물 쓰레기라도 갖다 버리게 해 주세요. 네?"

하지만 그것 역시 단칼에 기각당했다.

"귀하신 분께서 쓰레기를 만지시다니, 천부당만부당한 말씀입니다."

"황후 폐하께서 아셨다가는 저희가 경을 치고 말 것입니다."

결국 미소는 또다시 주방에서 쫓겨나고 말았다. 시무룩해져서 방으로 돌아가는데, 문득 등 뒤에서 목소리가 들렸다.

"아니 이게 누구시옵니까?"

미소는 화들짝 놀라 걸음을 멈췄다.

"안주인 마님 아니시옵니까!"

절을 하는 시늉을 하는 처선을, 미소가 울상을 하며 흘겨보았다.

"아 진짜, 집사님까지 그러실 거예요?"

그날, 어찌 된 일인지 처선과 정 여사, 그리고 연재와 지호는 다른 고용인들보다 몇 시간 늦게 이화원에 돌아왔다. 먼저 온 사람들에게서 이야기를 전해 듣자마자 처선은 신이 나서 미소를 놀려 대기 시작했던 것이다. 안주인 마님, 안주인 마님, 하면서!

"됐어요, 저 갈래요."

토라져서 돌아서려는데, 처선에게 팔을 붙들렸다.

"잠깐만. 주인님께서 말씀을 전해 주라 하십니다."

그 와중에도 미소는 귀가 솔깃했다.

"뭐라셨는데요?"

미소의 귓가에, 처선이 얼굴을 가까이 가져가서 속삭였다.

"……오늘 밤에 같이 영화 보러 가자십니다."

어머나, 전하도! 미소의 뺨이 살짝 분홍빛으로 물들었다.

"와, 언니 전혀 눈치 못 챘어요? 진짜?"

연재가 오히려 더 놀랍다는 표정을 했다.

"응. 전혀 몰랐어."

미소는 얼떨떨하기만 했다. 알고 보니 의윤과 자신을 단둘이 이 화원에 남겨 놓기 위해서 모두들 일부러 휴가를 갔다는 것이 아닌가!

"한방에 확 진도 빼게 만들자! 뭐 그런 거였어요. 처선이 삼촌이랑 보모 할머니 두 분 아이디어였대요."

"연재 너도 알고 있었던 거야?"

"당연하죠. 안 그러면 가족 여행 같은 데 왜 따라가요? 아빠도 없는데 따분하게."

"그랬구나……."

뭔가 단단히 속은 것 같은 기분이었다.

"뭐, 핑계 김에 우리는 제주도 가서 잘 놀고 왔고, 다른 분들도 모처럼 고향 가서 푹 쉬다 오셨으니깐 잘된 거죠. ……보니깐 계획도 성공인 것 같고."

연재가 의미심장하게 말하는 바람에 미소는 얼굴이 확 붉어졌다.

"미안해, 연재야. 네 허락도 안 받고 멋대로 결혼 약속해 버려서."

하지만 연재는 오히려 무슨 소리냐는 듯이 눈을 둥그렇게 떴다.

"기억 안 나요? 전 언니랑 아빠가 잘됐으면 좋겠다고 했잖아요."

"그래도……."

"저한텐 신경 쓰지 마세요. 그럴 필요 없어요."

연재는 딱 잘라 말했다. 너무 단호한 말투가 오히려 마음에 걸려서 왜 그러느냐고 물으려 했지만, 이미 연재는 일어서서 옷장으로 향하고 있었다.

"참, 언니 오늘 아빠랑 영화 보러 간댔죠? 내 옷 입고 가요. 옷 빌려줄게요!"

* * *

그날 밤, 의윤과 함께 차에 타고 영화관으로 향하는 미소는 약간 뾰로통해져 있었다.

영화를 보러 가는 건 좋다. 사람이 드문 시간을 노리느라 일부러 늦은 시간으로 정한 것까지도 좋았다. ……그런데 문제는, 왜 첫 데이트를 셋이서 해야 하느냐고!

그런 미소의 마음을 눈치챘는지, 앞에서 운전대를 잡고 있던 처선이 불쑥 말했다.

"너무 그렇게 눈치 주지 마십시오, 안주인 마님. 저라고 남의 데이트에 끼고 싶겠습니까?"

"그렇게 부르지 말라니까요?"

"10년 동안 집 안에만 틀어박혀 있느라 면허 갱신도 못 하신 전하를 탓하십시오."

운전면허 갱신 기간이 한참 지나 버리는 바람에 의윤은 현재 면허 취소 상태였다. 그래서 어쩔 수 없이 처선이 운전해서 나올 수밖에 없었던 것이다. 어쩐지 한복 맞추러 갈 때도 그쪽에서 차를 보내 주더라니!

"내일 당장 따러 갈 테니 걱정 놓아라."

"요즘 면허 시험이 도로 어려워져서 불면허라고 여기저기 난리들인데요. 혹시 시동 거는 방법은 기억나십니까?"

놀리듯 말하는 처선의 뒤통수를, 의윤이 한껏 노려보았다. 미소는 아무래도 의윤이 걱정이 되었다.

"전하, 정말 괜찮으시겠어요? 혹시 사람 많은 데 가는 게 부담스러우시면 지금이라도 돌아가도 전 괜찮아요."

지난번에 나왔을 때와는 상황이 다르다. 그때는 미소를 데리러 계모의 집에 왔던 것뿐이었지만, 이번엔 많은 사람들을 마주치게 되지 않겠는가.

"좀 더 마음의 준비가 되시거든 그때 다시 나와도 돼요."

하지만 의윤은 고개를 저었다.

"괜찮다. 어차피 처음 이화원 밖으로 나섰을 때 이미 내 결심은 갠 터이다. 그러니 언제 겪어도 겪어야 할 일이 아니냐."

처선도 미소를 안심시켰다.

"괜찮을 겁니다. 시간이 늦어서 사람도 별로 많지 않을 거고, 모자 푹 눌러쓰고 계시면 알아보기도 힘들 거고요. 주인님께서 알고 보면 머리발이시거든요."

"이 녀석이?"

티격태격하는 사이에 차는 영화관에 도착했다. 마침 주말이라 그런지 늦은 시간임에도 불구하고 사람이 꽤 있는 편이었다. 처선이 티켓을 사러 간 동안 의윤과 미소는 줄을 서서 팝콘과 콜라를 샀다.

"여기 팝콘 세트 1번 하나 다오."

모자를 푹 눌러쓴 남자의 이상한 말투에 알바생은 황당한 표정을 했다.

"네?"

"아, 죄송해요. 팝콘 세트 1번 주세요."

곁에 있던 미소가 얼른 끼어들어 무마했다. 팝콘과 콜라를 받아 들고 돌아서면서 미소가 타박을 했다.

"전하도 참, 그렇게 말씀하시면 어떡해요? 자, 따라 해 보세요. 1번 세트 주세요!"

의윤은 무척 난감한 얼굴을 하면서도 미소가 시키는 대로 입을 열었다.

"1번 세트 주…… 주…… 줘 보거라."

"하여튼 전하도!"

미소가 눈을 흘기자 의윤이 항변했다.

"평생 그런 식으로 말해 본 적이 없는데 어쩌겠느냐?"

"그러니까 이제라도 배우셔야 할 거 아녜요?"

아옹다옹하고 있는데, 갑자기 누군가가 지나가다 미소와 어깨를 세게 부딪쳤다.

"어머!"

미소는 그만 들고 있던 팝콘 통을 떨어뜨리고 말았다. 40대쯤 되어 보이는 아저씨가 황급히 주저앉아 쏟아진 팝콘을 손으로 쓸어 담았다.

"아이고, 다 쏟아졌네. 이거 미안해서 어떡하……!"

그렇게 말하며 올려다보던 아저씨가, 문득 귀신이라도 본 사람처럼 소스라쳤다. 모자를 푹 눌러쓴 의윤의 얼굴을 제대로 보고 만 것이었다.

아뿔싸, 하고 생각했을 때는 이미 늦었다.

"황태자 전하?"

아저씨의 놀란 목소리에, 주위에 있던 사람들이 일제히 이쪽을 쳐다보았다.

"뭐, 황태자?"

"황태자 전하가 오셨다고? 어디? 어디?"

한순간에 시선이 집중되었다. 하도 순식간에 벌어진 일이라 도망갈 겨를조차 없었다.

"잠깐만, 저건 옛날 황태자잖아?"

"진짜 그 사람 맞아? 그냥 닮은 사람 아니고?"

젊은 사람들이 어릴 때 본 얼굴을 떠올리며 긴가민가하는 동안, 중년 이상의 아저씨 아주머니들은 확신에 차서 저마다 손뼉을 쳤다.

"세상에. 맞네, 맞아! 진짜 폐위된 황태자네!"

"살아 있었던 거야?"

웅성거림이 커지자 금세 다른 사람들까지 모여들기 시작했다. 당황해서 어쩔 줄 모르는 사이에, 결국 둘은 사람들에게 빙 둘러싸이고 말았다. 마치 동물원의 원숭이가 된 것 같은 기분이었다.

"사진 찍어도 되나? 괜히 잡혀가는 거 아냐?"

"뭐 어때, 이제 황족도 아닌데."

노골적으로 비웃는 목소리에 미소는 그제야 울컥했다.

"뭐라고요?"

다음 순간 갑자기 의윤이 급히 겉옷을 벗기 시작했다. 이런 상황에 뭐 하시는 건가, 당황해서 쳐다보는데 별안간 눈앞이 캄캄해졌다. 벗은 옷을 의윤이 미소의 머리 위에 푹 뒤집어씌운 것이었다.

"전하?"

찰칵찰칵, 여기저기서 사진 찍는 소리에 섞여 의윤의 목소리가 들려왔다.

"너는 처선이하고 먼저 집에 가거라."

그제야 미소는 그의 의도를 깨달았다.

"저 혼자 도망가라고요?"

“나는 괜찮으니까 걱정 말고. 뒤따라갈 테니 어서 가거라.”

의윤의 목소리는 별일 아니라는 듯이 차분했지만 미소는 절대 그럴 수 없었다. 말도 안 된다. 이런 상황에 버리고 가라고?

“싫어요!”

미소는 펄쩍 뛰며 옷을 벗어 버리려 했다. 하지만 누군가에게 곧바로 제지당하고 말았다.

“자, 갑시다.”

이번에는 처선의 목소리였다.

“싫다니까요? 이거 놔요!”

저항해 보았지만 역부족이었다. 결국 미소는 의윤의 옷을 푹 뒤집어쓴 채 처선에게 붙들려 끌려 나오다시피 영화관을 나오고 말았다.

“아니 뻔뻔하게 어떻게 얼굴을 들고 다닐 생각을 했대?”

“여자랑 같이 온 거지? 여태 그 버릇 못 고쳤나 보네.”

등 뒤에서 사람들이 내뱉는 성난 소리들이 날아와서 비수처럼 미소의 가슴에 꽂혔다.

미소를 강제로 차에 밀어 넣고, 처선은 이화원을 향해 달리기 시작했다.

“내려 줘요. 빨리 내려 달라니까요?”

처음으로 미소는 처선을 향해 화를 냈다.

“어떻게 전하 혼자 거기 버려두고 도망 나올 수가 있어요?”

미소는 눈물이 가득한 눈으로 처선을 노려보며 소리를 질렀다.

“평생을 전하께 바치겠다면서요! 목숨을 버리는 한이 있어도 한마음으로 섬기겠다고 결심했다면서요!”

"물론입니다."

처선은 미소를 거들떠보지도 않고, 앞만 쳐다보고 운전하며 딱딱하게 대꾸했다. 늘 유쾌하고 다정하기만 했던 처선과는 사뭇 달랐다.

"저는 주인님께서 죽으라시면 죽고, 살라시면 살 것입니다. 그러니 미소 씨를 집으로 데려가라 하시면 그저 데려갈 뿐입니다."

왠지 모를 오한과 함께 미소는 뼈저리게 깨달았다. 이 사람은 정말로 전하가 죽으라면 미련 없이 죽을 수도 있는 사람이구나. 더 소리쳐 봐야 어차피 내려 주지 않는다. 의윤이 자신을 집에 데려가라고 명령한 이상, 처선은 무조건 그 명령을 완수할 것이다. 미소는 입을 다물어 버렸다.

조용한 가운데 차는 계속해서 달렸다. 한참 후, 처선이 불쑥 입을 열었다.

"전에 미소 씨가 나한테 물었었죠? 주인님과 언제, 어떻게 만났었느냐고."

미소는 대꾸하지 않았지만, 처선은 한숨을 쉬고 이야기를 시작했다.

"주인님을 처음 만났을 때 나는 열일곱 살이었어요. 주인님께서는 스무 살이셨고. 물론 그때는 이름을 바꾸기 전이었죠."

곁에 앉은 미소를 힐끗 쳐다보고, 처선은 조용히 자신의 본명을 입에 담았다.

"……서현우. 그게 내 원래 이름입니다."

* * *

나는 어려서부터 할머니 손에 자랐어요.

부모님은 어떻게 됐는지 몰라요. 처음부터 기억조차 없어요. 어릴 때는 몇 번 묻기도 했던 것 같은데, 정작 대답은 기억이 안 나는 걸 보면 할머니도 그렇게 자세히 대답해 주셨던 것 같지는 않아요. 어느 정도 크고 나서는 나도 더 이상 묻지 않았고.

어쨌든 할머니는 날 위해서 무척 열심히 일하셨어요. 없는 살림에 태권도도 보내 주시고, 또 학원에도 보내 주셨죠. 그러니까 말이 할머니지, 내게는 어머니와 아버지를 합친 것만큼이나 소중한 분이셨어요.

넉넉한 살림이라고 하긴 힘들었지만 그렇게 찢어지게 가난하지도 않았어요. 할머니랑 둘이서, 나름대로 행복하게 살았던 것 같아요. ……고등학교 1학년 때, 할머니가 위암으로 쓰러지셨을 때까지는요.

다행히 수술하면 가능성이 있다고 했지만, 문제는 수술비가 무척 많이 드는 거였어요. 물론 그만한 돈이 있을 리가 없었고. 난 어떻게든 할머니를 살리고 싶었어요. 할머니는 내 유일한 가족이었으니까. 어떻게 하면 돈을 마련할 수 있을까, 고민한 끝에 떠오른 게 있었어요.

그 당시 내가 살던 마을에서 좀 떨어진 곳에 황실의 별궁이 있었는데, 황제 폐하께서 가끔 여름휴가 때 와서 머무시는 곳이라고 했어요. 물론 내 눈으로 폐하를 본 적은 없지만. 어쨌든 평소에는 텅 비어 있을 테니까 거기를 털자고 생각했죠. 황실의 별궁이니까 뭔가 반드시 비싼 물건이 있을 거라고 생각했거든요.

결론적으로는 뭐가 있는지 보지도 못했어요. 담을 넘자마자 보안 시스템에 걸려서, 달려온 경찰에게 곧바로 붙잡혔으니까. 그대로 붙들려 가서 결국 재판을 받게 되었는데, 글쎄 검찰이 나를 기소한 죄목이 뭐였는지 알아요? 반역죄였어요. 그러니까 옛말로 하면 역모죄.

알고 보니까 황실의 별궁도 법률상 황궁에 속한다더군요. 그리고 황궁을 무단으로 침범한 자는 당연히 반역죄를 범한 거고.

나는 열일곱 살에 대역죄인이 됐어요. 국선 변호사 말로는 나는 형사 미성년자도 아니라서 반역죄가 인정되면 최소 무기 징역이라더군요. 그것도 감형 없는. 나이가 어리니 사형까지는 안 나올 거다, 하는 게 변호사가 위로라고 하는 소리였어요.

말 그대로 평생을 감옥에서 썩어야 하는 상황이었지만 나는 그런 건 안중에도 없었어요. 그저 할머니를 살리지 못하게 된 것만이 슬프고 분했어요.

그렇게 마지막 재판만 기다리는데, 누가 날 만나러 왔대요. 가 보니까 세상에, 뉴스에서만 보던 황태자 전하가 계신 거예요. 신문에서 내 얘기를 읽었다고 하셨어요.

"미안하구나. 어떻게든 해 보고 싶었는데 쉽지 않을 것 같구나."

깜짝 놀랐어요. 설사 살인을 저질러도 법적으로 죄를 물을 수 없는 게 황족인데, 황태자란 사람이 나한테 고개까지 숙이면서 사과하다니.

"내가 명색이 황태자인데, 너 하나 구할 힘이 없다. 정말 미안하다."

그분은 내 손을 잡고 진심으로 미안해했어요. 그리고 무력한 스스로를 탓하고 계셨어요. 그래서 나는 말했죠.

"저는 괜찮으니까, 제발 우리 할머니를 살려 주세요, 전하."

전하께서는 내 부탁을 들어주셨어요. 수술비도 내 주시고, 수술 후

항암 치료까지 잘 받을 수 있게 배려해 주셨죠. 덕분에 수술은 잘됐고, 나는 그거면 됐다고 생각했어요. 진짜로 재판 결과가 무기 징역이 나오더라도, 아무도 원망하지 않겠다고 결심했어요. 할머니만 살렸으면 된 거니까.

그런데 결국 재판은 받아 보지도 못했어요. 재판 직전에 황제 폐하께서 갑자기 나를 특별 사면해 주셨거든요. 나는 그길로 석방되었고, 한동안 방송이니 신문이니 칭송해 대느라 난리였어요. 소년의 지극한 효심을 가상히 여겨, 대역죄를 사면해 주신 황제 폐하의 은덕이 끝이 없다면서 말이죠.

하지만 나는 그렇게 생각하지 않았어요. 왠지 황제 폐하가 아니라 황태자 전하께서 하신 일일 거라는 생각이 들었거든요.

그리고 역시나 얼마 후, 그분께서 조용히 날 찾아오셨어요.

"나는 너를 위해 위험을 무릅썼다. 그러니 너도 날 위해 목숨을 걸어 줄 수 있겠느냐?"

그렇게 말씀하셨지요.

* * *

"나를 위해 위험을 무릅썼다…… 그때는 그게 무슨 말씀인지 몰랐습니다."

운전대를 잡은 채 이야기하던 처선이, 이윽고 긴 한숨을 내쉬었다.

"당시 나를 구하기 위해서 주인님께서 얼마나 큰 대가를 치르셨는지 알게 된 건, 나중에 성인이 돼서 입궁한 후의 일이었어요. 그걸 알고 나서 이름도 바꿨지요. 내 인생을 주인님께 바치겠다고 굳게 맹세했고요."

"김 집사님……."

미소는 뭐라고 말해야 할지 몰랐다. 늘 쾌활하게 웃고 있던 처선에게 그런 사연이 있었을 줄이야.

"그러니까 내가 주인님 명령에 따랐다고 해서 너무 화내지 말아요."

"……죄송해요."

처선이 미소를 곁눈질로 쳐다보았다.

"너무 걱정 말아요. 주인님도 뭔가 생각이 있으셔서 굳이 거기 남으신 걸 겁니다."

"하지만……."

"믿어도 되는 분입니다. 믿어 드려야 하고요."

결국 미소는 고개를 끄덕일 수밖에 없었다.

"……네."

어느덧 이화원이 가까워져 있었다.

미소가 처선과 함께 이화원에 도착하고 나서 한 시간 정도가 더 지난 후에야 의윤은 겨우 집에 돌아왔다.

"전하!"

옷조차 갈아입지 못한 채 안절부절못하고 기다리고 있던 미소는 의윤을 보자마자 얼른 달려갔다.

"괜찮으세요? 별일 없으셨어요?"

숨넘어가게 묻는 미소를 안심시키듯, 의윤이 빙긋 웃어 보였다.

"우리 개똥이가 무척이나 걱정이 되었나 보구나."

그는 손을 뻗어 미소의 머리를 살짝 어루만지기까지 했다. 하지만 웃는 입가가 굳어져 있는 것이 미소의 눈에는 뻔히 보였다.

"거기서 무슨 일 있으셨던 거죠? 네?"

"일은 무슨. 별일 없었느니라."

그렇게 말하는 의윤의 머리가 젖어 있는 것이 문득 눈에 띄었다. 놀라서 자세히 보니 옷도 푹 젖어 있었다. 검은 옷이라 얼핏 봐서는 눈에 띄지 않았을 뿐.

"머리는 왜 젖으셨어요? 비도 안 왔는데."

손을 뻗자 의윤이 흠칫하며 몸을 뒤로 뺐지만, 이미 손이 닿고 난 후였다. 손끝에 끈적끈적하고 거무스름한 무언가가 묻어났다. 손끝을 코에 가져가자 달콤한 냄새가 확 끼쳤다. ……콜라! 얼굴이 확 굳어지는 미소에게, 의윤이 민망한 듯이 말했다.

"별것 아니다. 다친 데가 있는 것도 아니고."

오히려 달래는 듯한 말투에 순간적으로 미소는 울음이 확 치밀어 올랐다.

"이게 어떻게 별게 아니에요?"

황자로 태어나 황태자로 자라신 분께서, 그 많은 사람들이 보는 가운데서 콜라 세례를 얻어맞았다. 그 얼마나 치욕스러웠을까.

"그냥 차라리 아까 저희랑 같이 집에 오시면 됐잖아요. 왜 거기 계시다가 이런 봉변까지 당하세요? 욕먹을 거 뻔히 알면서!"

하지만 의윤은 고개를 저었다.

"무슨 말을 하든, 나는 들어야만 했다. 그들에게 진 빚이 있으니까."

조용히 뇌까리는 그의 얼굴에서, 미소는 고뇌를 엿보았다.

"사람들은 내가 크면 아버지와는 사뭇 다른 황제가 되리라 믿었다. 외모도 성품도 할아버지를 꼭 닮은 내가, 그분과 같은 성군이 되리라고 기대했다. 그러니 언젠가 내가 황제가 되면, 할아버지의 치세와 같은 평화로운 시대가 다시 올 것이라고 믿는 것 같았다."

"……."

"나는 어릴 적부터 나를 보는 모든 사람들의 눈에서 그런 희망을 읽었다. 그리고 그 희망을 내 손으로 배신했다."

고통에 찬 목소리에 미소의 심장이 소리 없이 내려앉았다.

"그러니 마땅히 욕설쯤은 듣고, 음료수쯤은 맞아 주어야 하지 않겠느냐."

더없이 씁쓸한 미소가 의윤의 입가에 감돌았다.

"다 제 잘못이에요."

미소는 하염없이 눈물을 흘렸다.

"전하를 나가시게 하는 게 아니었어요. 제 욕심이었어요."

왜 이런 일이 벌어질 수도 있다는 걸 미처 생각하지 못했던 것일까. 이럴 줄 알았으면 애초에 밖에 나가시게 하려고 노력조차 하지 않았을 것을!

세상을 너무 만만하게 보고 있었구나, 하는 생각이 이제야 들었다. 어릴 때 의윤을 만난 적이 있었던 자신과 달리, 보통 사람들은 그를 개인적으로 알 기회라곤 전혀 없었는데. 그러니 그가 어떤 사람인지 알 리도 없는데.

왜 자신처럼 다른 사람들도 그를 이해할 거라고 생각했던 건지, 스스로의 어리석음에 화가 났다. 미안하고 안타깝고 또 너무 슬퍼서 미소는 눈물을 멈추지 못했다.

"죄송해요, 전하. 정말 죄송해요."

들썩이는 미소의 어깨를 어루만지며, 의윤이 달랬다.

"울지 마라. 언젠가는 겪어야 할 일이었느니라."

손을 뻗어 미소의 눈물을 제 손으로 손수 훔쳐 주고, 의윤은 미소와 눈높이를 맞췄다.

"나는 10년 동안 그저 도망치고만 있었다."

미소의 눈동자를 가만히 들여다보며 그는 말했다.

"하지만 이제는 그만하기로 했다. ……너 때문에라도."

"저 때문에요?"

의아해하는 미소에게, 의윤은 빙긋 웃어 보였다.

"차차 알게 될 것이다."

그런 그의 얼굴에는 이미 상처받은 기색은 남아 있지 않았다. 오히려 단호한 결심 뒤의 어떤 편안함 같은 것마저 엿보였다.

의윤의 손을 가만히 잡으며 미소는 생각했다. 그게 어떤 결심이든, 그를 따르리라고.

* * *

다음 날, 미소는 처선을 찾아갔다.

"어제는 화내서 죄송했어요, 김 집사님."

"괜찮아요."

빙긋 웃는 처선은, 어느새 평소와 다름없는 그로 돌아가 있었다.

그래서 미소는 조금 마음을 놓고 말을 꺼냈다.

"어제 여쭤보려다 깜빡했는데요. 그래서 할머님은 어떻게 되셨어요?"

처선이 웃었다.

"수술 받고 건강해지셔서 여태 정정하십니다. 지금은 능력 있는 손자 덕분에 실버타운 들어가셔서 남친도 사귀고 즐겁게 지내고 계시죠. 나도 가끔씩 찾아뵙고 있어요."

"아, 다행이다!"

미소의 입에서 진심 어린 안도의 한숨이 흘러나왔다.

"사실은 집사님이 어제 하셨던 얘기의 뒷부분이 궁금해서요. 왜 전하께서 집사님을 구하기 위해 뭔가 큰 대가를 치르셨다고, 그걸 입궁한 후에야 아셨다고 했잖아요."

"아, 그랬죠."

처선이 고개를 끄덕이고 말했다.

"당시 주인님께서는 신문에서 기사를 보신 후 몇 번이나 황제 폐하께 나를 선처해 달라고 간청하셨던 모양이에요. 주인님뿐 아니라 황후 폐하께서도 무척이나 간절히 부탁하셨다는데, 오히려 역정만 사고 말았답니다."

미소는 생각했다. 아, 황후 폐하께서는 좋은 분이신가 보구나.

"그야 황제 폐하는 황실의 권위가 손상되는 걸 세상에서 가장 두려워하는 분이시니, 사정이야 어찌 됐든 반역죄를 저지른 자를 사면해 줄 수는 없으셨겠죠."

처선이 깊은 한숨을 내쉬었다.

"결국 주인님께서 수를 쓰셨어요. 신하들이 모두 모인 앞에서 폐하께 그렇게 말씀하셨다는 겁니다. 설마하니 자비로운 폐하께서 그 어린 소년을 평생 감옥에서 늙어 죽게 내버려 둘 리 없으시겠지요. 폭군이나 할 법한 짓을 자비로운 폐하께서 하실 리 만무하니 그 아이를 이만 사면하라 지시를 내려 보내겠습니다, 하고."

미소는 놀랐다.

"사람들 앞에서 대놓고 말씀하신 거네요? 사면해 주지 않으면 폭군이라고."

"그래서 폐하께서도 어쩔 수 없이 허락을 하셨다 합니다."

처선의 얼굴이 어두워졌다.

"선배 내관들이 그러더군요. 주인님께서 완전히 폐하의 눈 밖에 난 게 그때부터라고."

"아……!"

"황제 폐하께서는 그 일을, 주인님이 당신의 권위에 정면으로 도전한 것으로 받아들이셨다는 것 같았어요. 그리고 언제든 아드님께서 당신의 자리를 빼앗을 수도 있다고 생각하기 시작한 모양이에요. 사실 인기만 따져도 폐하보다는 주인님 쪽이 훨씬 높았으니까."

그제야 미소는 사건의 전말을 완전히 이해했다. 결국 황제는 자신의 권력이 위협당하는 것이 두려웠던 것이다. 그래서 친아들을……!

"그러니까, 결국 주인님께서 이렇게 되신 데는 내 책임도 큰 겁니다. 그때 내 일 때문에 그렇게 무모하게 폐하께 맞서지 않았다면, 폐하도 당신 아드님을 죽이려는 생각까지는 않으셨을지 몰라요. 그렇다면 폐위까지 될 일도 없었겠지요."

이제 미소도 알 것 같았다. 왜 그가 멀쩡한 이름을 김처선이라는 옛 내관의 이름으로 바꿔 가면서까지 의윤에게 무조건적인 충성을 다짐했는지.

"그랬던 거군요……."

알면 알수록 무서운 것들이 끝없이 나온다. 대체 황제 폐하란 어떤 분이실까. TV로만 보았던 황제의 얼굴을 떠올리며, 미소는 저도 모르게 몸서리를 치고 있었다.

* * *

"황태자 전하, 보셔야 할 것이 있습니다."

뛰다시피 황급히 들어오는 내관의 표정이 심상치 않았다.

"왜 이리 호들갑인가?"

눈살을 찌푸리는 요의 눈앞에, 내관이 휴대폰을 내밀었다.

"어제 유튜브에 올라온 영상인데, 벌써 조회 수가 엄청나게 올라가고 있는 중입니다."

영화관 같아 보이는 곳에서 찍힌 동영상이었다.

이윽고 동영상 안의 남자를 알아보고, 요는 숨을 들이켰다. 바로 자신의 형, 유가 아닌가!

-싫다니까요? 이거 놔요!

커다란 옷을 머리부터 푹 뒤집어쓴 여자가 고함을 지르며 몸부림쳤다. 여자의 귓가에 뭐라고 속삭인 후, 유는 여자를 다른 남자의 손에 넘겼다. 피신시키듯 여자를 밖으로 내보내고, 유는 사람들 가운데 홀로 남았다.

사람들이 모자를 푹 눌러쓴 유를 둘러싸고 제각기 수군거렸다.

-저게 그 황태자야? 나 너무 어릴 때 봐서 얼굴 잘 기억 안 나는데.

—맞아, 저 사람이야. 살아는 있었네, 세상에.

그런 가운데, 50대쯤 되어 보이는 중년의 여성이 고래고래 외치기 시작했다.

—황태자라는 사람이 말이야. 국민 혈세로 사치나 하고, 여자나 갈아 치우고 다니고!

여성은 무척이나 흥분해 있었다. 면전에 삿대질조차 서슴지 않았다.

—그러다 폐위까지 된 주제에 어딜 당당하게 낯짝을 쳐들고 돌아다녀? 엉?

목소리가 점점 커졌지만 유는 한마디도 하지 않고 그대로 선 채 여성의 폭언을 가만히 듣고만 있었다.

—입이 있으면 뭐라고 말을 해 보란 말이야!

기어이 여성은 분을 이기지 못하고 손에 들고 있던 콜라를 그대로 유에게 끼얹어 버렸다. 주위에서 놀라움의 비명이 터졌다.

—저 아줌마 저러다 잡혀가는 거 아냐?

—그러게. 아무리 그래도 황태자였던 사람인데 간도 크지.

콜라를 끼얹은 여성 본인조차도 한 박자 늦게 당황한 표정을 했다.

그제야 유는 입을 열었다. 젖은 머리카락 끝에서 검은 물방울을 뚝뚝 떨어뜨리며.

—더 끼얹어도 좋다.

침착한 목소리에, 지켜보던 사람들이 놀란 듯이 숨을 삼켰다.

—얼마든지 더 끼얹고, 얼마든지 더 욕해도 좋다. ……그렇게 해서 마음이 좀 풀린다면.

여성을 지그시 바라보며, 유는 위로하듯 말했다.

－미안하다. 내가 해 줄 수 있는 게 그저 들어 주는 것밖에 없구나.

기어이 여성이 눈물을 글썽이기 시작했다.

－대체 그때 왜 그랬어, 왜. 응?

아까처럼 화를 쏟아붓듯이 고래고래 소리 지르는 게 아니라, 마치 하소연하는 듯한 말투였다.

－실망시켜 미안하다.

－당신한테도 뭔가 이유가 있었을 거 아니야. 응?

－입이 열 개라도 할 말이 없구나.

콜라투성이가 된 유는 계속해서 사과를 되풀이했다. 미안하다, 정말로 미안하다…….

단순히 앵무새처럼 같은 말만 반복하는 것이 아니었다. 진심으로 미안해하고, 가슴 아파하고 있는 것이 느껴졌다. 그래서일까, 어느새 둘러싸고 있던 사람들의 야유도 거짓말처럼 멈춰 있었다.

깊은 슬픔이 어린 눈으로 여성을 바라보며 폐위된 황태자는 말했다.

－내게 주었던 믿음과 사랑을 그런 식으로 무참히 배반해서 정말로 미안하다. 내 하나도 잊지 않고 있다. 앞으로 살면서 어떻게든 갚으마.

기어이 여성은 그 자리에 무너지듯 주저앉으며 울음을 터뜨리고 말았다.

－전하……!

울음을 터뜨리는 여성에게, 유가 다가가 가만히 어깨에 손을 얹었다.

—울지 마라.

동영상은 거기서 끊겨 있었다. 끝까지 보고 난 요는 그 아래쪽으로 시선을 옮겼다. 벌써 수천 개의 리플이 달려 있었다.

[아 보다가 나도 모르게 눈물 났네ㅠㅠ]

[옛날 얼굴 그대로시네요. 10년이나 지났는데 오히려 더 멋있어진 거 같아요.]

[나쁜 사람 같진 않은데 대체 그때는 왜 그런 짓을 했을까?]

[글쎄 계속 미안하다고만 하는데 뭔가 사연이 있긴 해 보임.]

사이사이에 외국인들이 영어로 단 리플도 보였다. 저 사람이 한국의 황태자냐며, 무척 우아하고 멋지다고 감탄하는 내용들이었다. 휴대폰을 쥔 요의 손이 부들부들 떨렸다.

"어떻게 할까요, 전하?"

내관이 눈치를 보며 물었다.

"당장 내리라고 하라."

"그렇지 않아도 이미 사이트에 내려 달라고 연락을 했습니다만, 우리나라 회사가 아니다 보니 말을 들어 먹질 않습니다. 동영상 자체에 문제가 있는 게 아닌 이상 내릴 수가 없다고 합니다. 게시자 본인이 내리면 모를까……."

"그럼 게시자한테 연락해서 내리라고 하면 되지 않나!"

"그쪽에서 협조해 주지 않아서 인적 사항도 알아낼 수가 없었습니다."

"뭐가 어쩌고 저째?"

요는 홧김에 휴대폰을 집어 던져 버렸다. 이제는 온몸이 부들부들 떨리기 시작했다.

"사이트를 차단시켜라."

"예?"

내관이 놀란 듯이 요를 쳐다보았다.

"아예 한국에서는 저 사이트 자체에 접속하지 못하도록 차단시켜 버리란 말이다. 중국은 이미 그렇게 하고 있지 않으냐?"

"하지만 전하, 세계에서 가장 큰 동영상 사이트입니다. 국내 사용자 수도 엄청난데 저걸 갑자기 통째로 차단시켜 버렸다간 반발이……."

"어느 쳐 죽일 놈이 감히 황실이 하는 일에 반발을 해!"

요가 고함을 치며 자리를 박차고 일어났다.

"저걸 보고도 그냥 놔두잔 말이냐?"

바닥에 나뒹굴어 있는 휴대폰을, 요가 떨리는 손가락으로 가리켰다.

"봐라. 벌써부터 무슨 말들을 지껄이고 있는지!"

폐위까지 될 정도로 큰 물의를 일으킨 장본인인데, 저 짧은 동영상 하나에 이미 사람들은 흔들리고 있었다.

어릴 적부터 유는 그랬다. 말 한마디, 행동 하나에 대중을 열광시키는 힘이 있었다. 자신이 아무리 바라고 원해도 도저히 흉내조차 낼 수 없었던, 그 힘. 황태자 요는 지독한 공포가 밀려오는 것을 느꼈다. 이성이 아니라 본능에 가까운 공포였다.

형이 돌아올지도 모른다. 내 자리를 빼앗으러!

"아버지께는 내가 말씀드리겠다. 국내 모든 인터넷 업체에 공문을 보내 당장 조치하라."
"예, 전하."
"그리고 조금이라도 불만을 표하는 자가 있거든 모두 황실 모욕죄를 적용하여 처벌하라."
"분부 받들겠습니다."
황망히 나가려는 내관을, 유가 불러 세웠다.
"잠깐만. 저 영상 속에서 처선이 데리고 나간 여자에 대해서도 알아보아라."
아까 동영상의 첫 부분에서 유는 여자와 함께 있었다. 옷으로 푹 뒤집어씌워서 얼굴은 보이지 않았지만, 대하는 태도로 보아 무척 소중하게 여기는 여자임이 분명했다. 소중하게 여긴다는 것은, 곧 약점이란 뜻. 요는 계속해서 말했다.
"전에 네가 보고하지 않았느냐? 이화원의 고용인들 중에 일한 지 얼마 안 된 젊은 계집아이가 있다고. 한번 그 계집아이를 포섭해서 정보를 캐 보아라. 돈은 얼마가 들어도 좋다."
내관이 대답했다.
"예, 전하. 그리하겠습니다."

* * *

"안 된다."
의윤이 딱 잘라 말했다.
"너무하세요 전하! 민식이랑 벌써 약속했단 말이에요!"
미소가 울상을 하고 발을 동동 굴렀지만 의윤은 단호했다.

"안 된다면 안 된다. 하루 이틀도 아니고, 일주일씩이나."

사연인즉슨 이러했다. 미소의 베프, 민식의 부모님이 결혼 기념으로 일주일 동안 해외여행을 가시기로 했는데 하필 민식은 어릴 때부터 귀신을 무서워해서 죽어도 혼자서 집에 못 지내는 성격이었다.

그래서 민식은 미소에게 일주일간 자기 집에서 같이 지내자고 부탁을 했고, 미소는 오랜만에 친구와 같이 지낼 생각에 신이 나서 냉큼 승낙부터 해 놓고 나서 의윤에게 말을 꺼낸 것인데. 정작 의윤이 절대 안 된다고 펄쩍 뛰는 것이 아닌가!

"아직 결혼하기도 전인데 이렇게 구속하시기예요?"

미소가 흘겨보았지만 의윤은 태연했다.

"약혼자가 아니라 고용주로서 말하는 것이다. 어느 회사에서 일주일씩이나 휴가를 막 준단 말이냐?"

의윤이 심술궂은 얼굴을 했다.

"식 올리기 전까지는 다른 사람들과 똑같이 고용인으로 대해 달라고, 네 입으로 말하지 않았더냐?"

물론 그랬다. 하도 다른 사람들이 안주인 마님, 안주인 마님 하면서 떠받들고 일도 못 하게 하는 바람에 불편해 죽을 것 같아서 의윤에게 졸랐다. 이렇게는 도저히 못 살겠다고. 의윤은 별로 내키는 눈치는 아니었지만 미소가 하도 들들 볶으니 어쩔 수 없이 사람들을 모아 놓고 한마디 했다.

"마님께서 불편하시다 한다. 그러니 결혼하기 전까지는 그전처럼 대하도록 해라."

뉘 명이라고 거역할쏘냐. 사람들은 순순히 의윤의 명령에 따랐고, 어느 정도는 예전처럼 미소를 대하게끔 되었다. 그래서 미소도 한시름 놓게 되었는데 이런 부분에서 발목이 잡힐 줄이야!

"어찌 됐든 절대 안 되니 그리 알도록 해라."

더 협상의 여지도 없다는 듯한 태도여서 미소는 감정에 호소해 보기로 했다.

"전하, 다른 사람도 아니고 민식이잖아요. 전하께서 훈장 주고 싶다고 하셨던 민식이요. 걔 밤에 무서워서 혼자 화장실도 못 가는 애란 말이에요. 어떻게 일주일 동안이나 집에 혼자 있으라고 해요?"

하지만 의윤은 되레 심통을 냈다.

"그럼 나는? 나는 일주일 동안이나 너 없이 지내도 괜찮단 말이냐?"

"전하가 어린애세요?"

"그럼 민식이는 어린애냐?"

"전하!"

"어쨌든 안 된다. 차라리 민식이더러 여기 와서 일주일 동안 지내라고 해라."

"그럼 학교가 너무 멀어지잖아요. 민식이는 학생인데 학교는 가야 할 거 아녜요."

"그것까지 날더러 어쩌란 말이냐? 싫으면 그만두어라."

의윤은 끝까지 완강하게 거절했고, 결국 미소는 울상을 하고 방을 나갔다. 발소리를 쿵쿵 울려 대면서.

"전하 미워요!"

입가에 웃음을 띤 채 곁에서 처음부터 끝까지 지켜보고 있던 처선이, 그제야 한마디 했다.

"그렇게나 떨어지기가 싫으십니까?"

"당연하지. 하루 이틀도 아니고 어떻게 일주일 동안이나 떨어져 있으란 말이냐?"

의윤은 오히려 억울하다는 듯이 처선을 붙들고 하소연했다.

"오히려 내가 서운할 판이다. 나보다 친구가 더 좋다는 거 아니냐? 세상에 일주일 동안이나 나가 있겠다니, 내가 보고 싶지도 않단 말인가?"

단단히 삐친 의윤을 보고 처선이 쿡쿡 웃다가 은근히 말을 꺼냈다.

"그런데 말입니다, 주인님. 그냥 들어주시는 게 어떨까요?"

"뭐냐, 넌 또 저 아이 편을 드는 것이냐?"

의윤이 노려보자 처선이 고개를 저었다.

"그게 아닙니다. 단지 절호의 기회라는 것입니다."

"무슨 기회?"

어리둥절한 표정을 짓는 의윤을 향해, 처선이 설명했다.

"안주인 마님, 아니 미소 씨를 민식 씨 집에 보내 놓고 그동안 임시로 새 가정부를 들이는 것입니다. 이 집에서 꼭 일해 보고 싶다면서 연락처 남겨 놓고 간 사람이 있어서요."

"도대체 무슨 소린지 모르겠구나. 좀 알아듣게 말해라."

눈썹을 찌푸리는 의윤의 귓가에, 처선이 씨익 웃고는 입을 가져갔다.

"……혹시 미소 씨한테 무척 못되게 굴던 둘째 언니, 기억나십니까?"

미소는 한껏 토라져 있었다.

"……순 독재자."

비록 의윤이 제 편이라고는 하지만, 아무래도 이화원은 이래저래 행동에 제약이 있었다. 그래서 오랜만에 민식이랑 둘이 밤늦게까지 TV도 보고, 야식으로 치킨도 시켜 먹고, 거실에 퍼질러져 늦잠도 자면서 일주일 동안 마음껏 놀다 오려고 했는데!

오랜만에 친구와 놀고 싶은 제 마음을 몰라주는 의윤이 야속했다.

"완전 나빴어."

혼자 중얼거리며 화풀이하듯 주방 뒷마당에서 이불 빨래를 힘주어 꾹꾹 밟다가, 그만 비눗물에 발이 미끄러져 몸이 크게 기우뚱했다.

"엄마야!"

하마터면 넘어질 뻔한 순간, 누군가가 미소의 허리를 단단히 붙들어 안았다. ……의윤이었다.

덕분에 겨우 몸을 가누고, 미소는 제 허리에 감긴 의윤의 팔을 풀어내곤 시선을 돌렸다.

"마음이 많이 상했느냐?"

"상하긴요, 저야 이 집에서 일하는 사람인걸요. 분부대로 해야지요."

미소는 의윤의 얼굴도 쳐다보지 않은 채로 대꾸했다.

"나 좀 보거라."

"……."

"글쎄 나 좀 보래도."

그래도 쳐다보지 않자 뒤이어 한숨 소리가 들려왔다.

"미안하다. 내 그만 너와 떨어지기 싫은 생각에 욕심을 부렸구나."

"……."

"일주일 동안 떨어져 있어야 한다는 것보다도, 사실은 네가 아무렇지도 않게 그 말을 꺼내는 게 더 서운했다. 너는 나를 못 보는 게 아무렇지도 않은가, 싶어서."

"……."

"아무래도 내가 너를 너무 좋아하는가 보다."

한숨 섞인 고백에 결국 미소의 마음도 흔들렸다. 그제야 미소는 슬쩍 눈을 들어 의윤을 바라보았다. 시선이 마주치자 그가 눈을 가늘게 뜨고 웃었다.

"처선이에게 데려다주라고 말해 두었으니 잘 다녀오도록 해라. 내가 직접 데려다주고 싶지만, 알다시피 면허가 없어서."

그놈의 면허 참, 하면서 혀를 차는 의윤의 모습이 왠지 무척이나 쓸쓸해 보여서 그제야 미소는 더럭 후회했다. 나도 참, 전하 마음도 모르고 철없이.

이리 오너라, 하듯 의윤이 팔을 벌렸다. 미소는 그 품에 쏙 안겼다.

"전하. 저 그냥 가지 말까요?"

"아니다. 다녀오너라."

"싫으시면 안 갈게요. 민식이는 다른 친구랑 자라고 하죠 뭐."

"괜찮대도."

미소의 등을 토닥이며, 의윤이 웃었다.

"너 없는 동안 할 일도 있고 하니, 마음 편히 다녀오너라."

"할 일이요?"

"아직은 비밀이다. 다녀오거든 말해 주마."

이윽고 미소가 의윤의 품에서 빠져나왔다.

"저도 전하가 많이 보고 싶을 거예요."

수줍게 중얼거리고 입술을 가져가자 의윤이 스르르 눈을 감았다.

서로에게 한껏 취해 있느라 두 사람은 까맣게 몰랐다. 주방의 열린 문 안에서 누군가가 자신들을 지켜보고 있다는 것을.

15. 신데렐라 언니가 구박을 받았더래요

선글라스를 쓴 여자 하나가 커다란 여행 가방을 끌고 이화원의 정문 안으로 들어섰다. 바로 미소의 작은언니, 설희였다. 선글라스를 벗고 넓은 정원을 홀린 듯이 둘러보는 설희에게, 집사가 서류와 함께 펜을 내밀었다.

"먼저 여기 사인부터 해요."

"이게 뭔데요?"

"아, 고용 계약서입니다. 별 내용은 아니고."

설희가 계약서를 들여다보는데, 갑자기 종이 위에 그림자가 졌다. 집사가 설희 쪽으로 한 걸음 성큼 다가서서 제 몸으로 햇볕을 가려준 것이었다. 혼잣말처럼 중얼거리면서.

"설희 씨, 얼굴 타면 안 되니까."

그 순간, 설희의 심장이 외쳤다. 쿵!

설희는 계약서를 읽는 것도 잊고 홀린 듯이 사인하고 말았다. 사인하는 설희를 바라보는 집사의 입가에, 한순간 묘한 미소가 스쳤다.

사실 설희는 그다지 머리가 좋은 편이 아니었다. 허영심이 강하고 욕심도 많아서 꿈은 우아한 상류층 사모님이 되는 것이었지만, 정작 성격이 급하고 생각이 짧은 데다 머리가 나빠서 현실은 서른이 가깝도록 변변한 직업조차 없었다. 물론, 그렇다고 해서 이렇게 말했던 사람 집에 가정부로 올 정도로 바보는 아니었다.

"사람의 탈을 쓰고 어찌 이런 악독한 짓을 할 수 있단 말이냐."

그렇다. 얻어맞고 있는 미소를 데리러 왔을 때, 의윤은 분명 설희와 설희 엄마, 즉 미소의 계모를 향해 그렇게 선언했던 것이다.

"내 반드시 대가를 치르게 하겠다."

그것도 무척이나 열 받은 표정으로.

그럼 설희는 대체 이화원에 왜 일하러 왔냐고? 그때 당시로 돌아가 보자.

* * *

의윤과 처선이 나타나서 미소를 데려간 후, 세 여자는 불안에 떨고 있었다.

"세상에, 그 집이 그러니까 황태자 전하가 사는 집이었다고?"

"황태자 전하는 무슨. 폐위된 지가 언젠데."

"아니 어쨌든! 고소라도 할 기세던데 이걸 어쩌지?"

퇴근하고 돌아온 큰언니의 남편까지 넷이서 머리를 맞대고 생각해 봤지만 뾰족한 수가 없었다. 증인이 멀쩡히 둘이나 있는데 발뺌을 할 수도 없고! 이거 이러다 콩밥 먹는 거 아냐, 하고 불안해서 잠도 못 이루고 전전긍긍하고 있는데 그다음 날, 뜻밖의 손님이 찾아왔다. 바로 그 전날 의윤과 함께 왔던 이화원의 집사였다.

그는 잔뜩 긴장해 있는 설희를 콕 집어 불러내더니 갑자기 사과를 했다.

"설희 씨, 어제는 많이 놀랐죠?"

부드러운 목소리에 설희는 제 귀를 의심했다.

"그래도 걱정 말아요. 고소는 막았으니까. 내가 미소 씨랑 주인님을 잘 설득했어요. 고소해서 좋을 거 없다고, 조용히 넘어가자고."

"정말요?"

"그래요. 그러니까 걱정 안 해도 돼요. 설희 씨도, 어머님도."

설희는 안도의 한숨을 크게 내쉬었다.

"저 근데, 둘이 무슨 사이예요? 미소 그 계집애…… 아니 우리 미소랑, 이유 전하랑요."

집사는 대수롭지 않다는 듯이 말했다.

"뭐, 주인님께서 좀 동생처럼 귀여워하십니다. 아시잖아요, 주인님 막냇동생 선혜 공주님이 미소 씨랑 동갑인 거."

"동생처럼 생각한다고요? 그런 것치고는 되게 화나 보이던데."

"가만 보니까 미소 씨가 아주 불여우더라고요."

집사는 무척이나 못마땅한 표정을 했다.

"나도 처음에는 귀엽게 봤는데, 볼수록 가관이지 뭡니까. 분명히 어릴 때부터 키워 준 은혜가 있을 텐데 그건 쏙 빼놓고 아주 무슨 신데렐라에 나오는 계모와 언니들처럼 얘기를 하더라니까요. 주인님은 홀랑 넘어가셨고, 나도 하마터면 깜빡 속을 뻔했어요."

"걔가 그런다니까요!"

설희는 저도 모르게 목소리를 높였다.

"옛날부터 그랬어요. 언니들이 괴롭힌다는 둥 엄마가 부려 먹는다는 둥 얼마나 헛소리를 하고 다니는지, 아주 동네에서 얼굴을 못 들고 다닐 지경이었다니까요. 여태 키워 준 은공은 모르고. 아니 피 한 방울 안 섞인 걸 평생을 먹여 주고 입혀 주고 재워 줬는데, 응? 그깟 설거지 몇 번 시킨 게 그렇게 큰일이에요? 네?"

"당연히 아니죠."

"어제만 해도 그래요. 늦게 와서 못 보셔서 그렇지, 미소 걔가 먼저 갑자기 달려들어서 절 때린 거라고요. 얼마나 세게 맞았는지, 여기 뺨 여태 부어 있는 거 보이시죠? 네?"

제 뺨을 가리켜 보이며 하소연하자 집사가 마음 아픈 얼굴을 했다.

"막말까지 했단 말이에요. 저희 엄마랑 저랑 둘 다 사람도 아니라고요."

"저런 못된!"

"그래서 엄마랑 저도 화가 나서 몇 대 쥐어박았을 뿐이에요. 그때 두 분이 나타나신 거고요."

설희의 말투는 제법 억울했다. 왜냐면 사실은 사실이었으니까.

"그럼 정당방위였네요."

"그렇다니까요!"

설희는 어느덧 신이 났다. 이토록 제 편을 들어 주는 사람을 처음 만난 것이었다.

"그런데 저기, 집사님은 왜 저를 믿어 주시는 거예요?"

신이 난 와중에도 문득 궁금해졌다. 보통 이런 상황에서 사람들은 미소의 말을 믿기 마련인데, 이 남자는 되게 특이하다.

"글쎄요, 일단은 미소 씨가 여우라는 걸 아니까? 그리고…… 설희 씨한테 반했으니까요."

"어머!"

깜짝 놀란 설희를 향해, 집사는 고백하듯 말했다.

"사실은 설희 씨가 처음 이화원에 미소 씨를 찾으러 왔던 순간부터 마음에 들었어요. 그때는 나도 미소 씨 여우 짓에 깜빡 속아서 그만 소금까지 끼얹어 버렸지만……."

갑자기 집사의 말투가 열기를 띠었다.

"왕소금을 뒤집어쓴 설희 씨의 모습이 내 눈에는 마치 함박눈을 맞은 여신처럼 보였습니다."

되게 특이한 고백이네, 하고 생각하면서도 설희는 기분이 좋았다. 왜냐하면 설희도 그때 소금을 맞아 놓고서도 무척 매력적인 남자라고 계속 생각했었으니까.

"어쨌든 그때는 미안했어요."

"아, 아니에요. 괜찮아요."

잠시 어색한 침묵이 흘렀다. 설희는 답지도 않게 몸을 배배 꼬았다.

"난 이만 가 봐야 해요."

집사는 무척이나 아쉬운 표정을 했다.

"내 이름은 김처선입니다. ……조만간 연락할게요."

살며시 손을 뻗어 설희의 손을 잡았다 놓고, 처선은 돌아갔다. 설희가 첫눈에 홀딱 반했던 그 멋진 차를 타고.

* * *

그런 일이 있은 후로 설희는 이제나저제나 처선에게서 연락이 오기만을 기다리고 있었다. 하지만 한참 동안 감감무소식이어서 전전긍긍하고 있을 무렵, 드디어 연락이 왔던 것이다.

―설희 씨, 혹시 괜찮으면 일주일만 여기 와서 일해 줄래요? 보수는 충분히 줄게요.

데이트 신청이 아니라 엉뚱하게도 일자리 제의였다.

"네? 저더러 거기서 일하라고요?"

―마침 미소 씨가 자리를 비워서 결원이 생겼거든요. 어때요?

설희는 망설였다. 물론 그 멋진 저택을 생각하면 덥석 오케이하고 싶었다. 하지만 지난번에 봤을 때의 집주인의 험악한 표정이 마음에 걸렸다.

망설이는 설희를, 처선이 열심히 꼬드겼다.

―주인님 때문이라면 걱정 말아요. 그때 일은 오해라고 내가 잘 얘기해 두었으니까.

결국 설희를 움직인 것은 처선의 마지막 말이었다.

―뭐, 정 내키지 않는다면 괜찮아요. 사실 일손 부족하다는 건 핑계고, 난 일주일이라도 설희 씨랑 한집에서 지내보고 싶었던 건데.

그 말을 듣고도 더 버틸 수는 없었다.

"할게요, 한다고요!"

설희는 즉각 그렇게 외쳤고, 전화를 끊자마자 짐을 싸서 이화원으로 달려온 것이었다.

"자, 여기요."

내용도 제대로 안 읽고 사인한 서류를 내밀자 처선이 싱긋 웃으며 받아 들었다.

"이화원에 오신 걸 환영합니다."

설희의 등 뒤로, 거대한 정문이 스르르 닫혔다.

* * *

"그러니까, 영화관에서 죄인과 함께 있던 그 여자가 바로 이화원의 신참 가정부라는 것이냐?"

"예, 황태자 전하. 동일 인물인 것 같습니다."

내관이 대답했다.

"이화원 주방에 납품하는 업체 직원을 매수해서 뭔가 캐 보라 하였더니, 주방 뒷마당에서 죄인과 젊은 가정부가 서로 입을 맞추고 있는 것을 보았다는 보고가 들어왔습니다."

"그래……?"

요의 미간에 살며시 주름이 갔다. 하긴 상대가 그 신참 가정부라면 일이 어찌 된 건지 이해가 가기도 한다. 10년 동안 집 안에만 틀어박혀 있던 사람한테 무슨 여자가 생겼나, 싶었는데.

호기심이 일었다. 대체 어떤 여자기에 형이 10년 동안의 칩거를 깨고 영화관 나들이씩이나 하게 만들었는지, 얼굴조차 보이지 않게 꼭꼭 감싸서 피신시켰는지.

"그래, 그 가정부는 어떤 여자라더냐?"

"송구하오나 그것까지는……."

내관이 민망한 듯이 말끝을 흐렸지만 요는 탓하지 않았다.

"되었다. 그만치 알아 온 것도 용하다."

이화원에 출입하는 사람을 매수한 것만도 꽤나 애쓴 결과일 것이었다. 그걸 모를 요가 아니었다. 게다가 어떤 여자이든 사실 그게 무슨 상관인가. 요에게 있어 중요한 건 오로지 단 하나, 형이 그 여자를 소중하게 생각한다는 것뿐이었다.

"가정부라……."

혼잣말처럼 중얼거리는 요의 눈동자에, 문득 교활한 빛이 스쳤다.

* * *

"잠이 안 와?"

뒤척거리는 미소에게, 옆에 누운 민식이 물었다.

"응. 밖에 나오니까 이래저래 생각이 많아지네."

"왜, 너 나간다고 그 댁 아기가 울고불고했어?"

"아냐, 하나도 안 울었어."

연재가 사전에 뭐라고 귀띔을 한 건지, 지호는 놀랄 정도로 순순히 미소를 보내 주었다. 오히려 미소가 서운할 지경이었다.

"나 떼 안 쓰 꺼야. 누나가 떼 안 쓰고 안 우면 엄마 생긴다구 해떠."

"그럼 뭐가 문젠데?"

미소는 조금 망설이다 말을 꺼냈다.

"있잖아. 전하가 무슨 생각이 있으신 것 같아."

"무슨 생각?"

"그게 뭔지 나도 모르니까 문제지."

미소가 한숨을 쉬었다.
"예전에 내가 전하께 여쭤본 적이 있거든? 왜 밖에 나가지 않으시는 거냐고."
"세상이 싫어져서 그렇겠지 뭐. 10년 전에 그렇게 당하셨으니."
"나도 그런 줄 알았어. 그런데 그 반대더라고. 바깥에 두고 온 것들에 미련이 생길까 봐 나가지 않는 거라고 하셨어. 그러면 다시는 지금의 생활에 만족할 수가 없어진다고."
"아……."
민식이의 입에서도 탄식 비슷한 것이 흘러나왔다. 그때의 미소처럼.
"그런데 며칠 전에는 다른 말씀을 하시더라고. 10년 동안 도망치고만 있었는데, 이젠 그만하기로 하셨대. 나 때문에라도."
그렇게 말하고, 미소는 민식을 향해 돌아누웠다.
"민식아. 네가 생각하기엔 그게 무슨 뜻 같니?"
잠시 생각하던 민식이 눈을 둥그렇게 떴다.
"빼앗긴 자기 자리를 다시 찾으시겠다, 뭐 그런 뜻 아니야?"
미소는 침을 꿀꺽 삼켰다. 자신이 짐작했던 것과 일치하는 말이었기 때문에.
"역시 네 생각에도 그렇구나."
민식이 벌떡 일어나서 안절부절못했다.
"아니 근데 대체 뭘 어떻게 하시려는 거지? 까딱하면 뭐 반역죄, 그런 거 아니야? 괜히 미소 너까지 같이 엮이면 어떡해!"
"그럼 같이 죽는 거지 뭐."
따라 일어나서 대꾸하자 민식이 펄쩍 뛰었다.

“야, 윤미소! 너 지금 그걸 말이라고 하냐? 목숨이 왔다 갔다 하는데?”

하지만 미소는 태연했다. 이미 결심한 바가 있었으니까.

“상관없어. 그분이 뭘 하시든 나는 따를 거야.”

“헐. 뭐지, 이 갑작스러운 황태자비 포스는?”

결연한 미소를, 민식이 질린 눈으로 바라보다 한숨을 푹 쉬었다.

“그래. 뭔지 모르지만 부디 잘 풀려서 나도 황태자비 친구 한번 돼보자.”

* * *

한편, 이화원의 설희는 태어나서 가장 힘든 하루를 보내고 있었다.

“여기가 설희 씨가 쓸 방이에요.”

그렇게 말하고 처선이 데려다준 방은 좁아터진 골방이었다. 잡동사니가 막 쌓여 있는 건 둘째 치고, 여기저기 거미줄까지 쳐져 있어서 설희는 기가 막혔다. 세상에 이 아름다운 저택에 이런 방이 다 있었단 말이야?

“저더러 이 방을 쓰라고요?”

“어쩔 수 없잖아요. 다른 방이 없는데.”

“미소가 쓰던 방은요!”

“그 방도 여기보다 나을 거 없어요. 자, 그럼 나는 일이 있어서 이만.”

그렇게만 말하고 처선은 어디론가 사라져 버렸다. 대신에 나타난 것은 자칭 정 여사라는, 안경을 쓴 엄격한 인상의 나이 지긋한 여인이었다.

“뭐 하고 있는 거죠? 왔으면 얼른 옷 갈아입고 일하러 나오지 않고.”

지청구를 듣고 얼떨결에 옷을 갈아입고 나가자 1층 거실에 집안 고용인들이 다 모여 있었다. 그 앞에서 정 여사는 설희를 소개했다.

“앞으로 일주일 동안 임시로 일을 도와줄 윤설희 씨입니다. 모두들 잘 대해 주도록 해요.”

‘잘 대해 주도록 해요’의 ‘잘’이 이상할 정도로 길게 들리는 게 왠지 불안하다 했다. 아니나 다를까. 그 순간부터 밤까지, 설희는 말 그대로 눈코 뜰 새 없이 일해야 했다.

“거기 신참, 여기 좀 닦아.”

“손으로 박박 문질러 닦아야지 뭐 하는 거니? 반짝반짝 광날 때까지 닦아.”

가정부들은 번갈아 가며 설희를 하녀처럼 부려 먹었다. 생각 같아서는 ‘이걸 제가 왜 해요?’ 하고 대들고 싶었지만 마음처럼 되지 않았다. 설희도 성격이 세기로는 둘째가라면 서러울 정도였지만, 말투만 봐도 황궁에서 잔뼈가 굵은 게 틀림없는 이 가정부들에 댈 것은 아니었다. 하나같이 기들이 얼마나 센지 말대꾸는커녕 눈도 똑바로 못 쳐다볼 지경이었다.

“다 했으면 걸레 좀 빨아 와.”

“걸레 빨아 오는 길에 쓰레기통 비워 오고.”

“쓰레기통 비워 오는 김에 분리수거도 부탁해.”

이런 식이니 물 한 모금 마시며 한숨 돌릴 틈조차 없었다. 그뿐인가. 그렇게 뼈가 부서져라 일을 해 놓고, 정작 설희는 저녁밥도 얻어

먹지 못했다.
주방의 커다란 테이블에 고용인들이 하나둘씩 모여 앉기에 설희도 군침을 삼키며 끼어 앉으려는데, 주방 담당 가정부 중 하나가 들으라는 듯이 말했던 것이다.
"어머 내 정신 좀 봐. 깜빡하고 밥을 딱 원래 식구 수대로만 했네?"
당황한 설희에게, 가정부는 아무렇지도 않게 말했다.
"내일 아침엔 신경 쓸게. 요즘 아가씨들은 일부러도 굶는데 뭐. 괜찮지?"
그러더니 설희의 대답도 기다리지 않고 자기들끼리 하하호호거리며 밥을 먹기 시작했다! 얼어붙어 있는 설희를, 개중 제일 인상 좋은 정원사 아저씨가 안됐다는 듯이 쳐다보더니 이렇게 말했다.
"거 사람 세워 놓고 우리만 먹자니 영 미안하구먼."
자상한 말투에 설희는 왈칵 눈물이 날 뻔했다. 하지만 다음 말에 나오려던 눈물이 쏙 들어갔다.
"그러니까 거기 우두커니 서 있지 말고, 밖에 나가서 꽃잎 떨어진 거라도 좀 쓸어."
"네?"
"아, 가만히 놀면 뭐 하나? 일하러 왔으면 뭐라도 해야지."
결국 얼떨결에 설희는 정원으로 나가서 빗자루로 꽃잎을 쓸었다. 하면서도 머릿속에는 이 생각뿐이었다. 여긴 어디? 나는 누구?
분명 자신은 일주일간 좀 특이한 체험을 즐긴다는 정도의 생각으로 왔다. 화려한 저택을 배경으로 SNS에 올릴 사진이나 많이 찍고, 잘생긴 집사님과 썸이나 타면서 돈도 좀 벌고.
그런데 이게 뭐란 말인가. 정작 방은 좁은 골방이고, 집사님은 어디로 내뺐는지 코빼기도 안 보이고, 밥은 굶기고. 조선 시대 하녀도 최소한 밥은 주고 부려 먹었을 텐데!

방에 와서 누웠는데도 잠이 오지 않았다. 허기진 배는 계속 꼬르륵거리고, 평소에 안 했던 일을 한꺼번에 했더니 온몸이 다 쑤시고. 아무리 머리 나쁜 설희라도 이쯤 되자 눈치채지 못할 수가 없었다. 이건 뭔가 잘못돼도 한참 잘못됐다.

당장 여기서 나가야겠어! 결심한 설희는 벌떡 일어나서 옷을 꿰어입고 가방을 끌고 복도로 나갔다. 하지만 밤이라 대부분 불이 꺼져있는 저택 안에서, 밖으로 나가는 길을 찾기가 쉽지 않았다.

"아이 짜증 나. 집도 더럽게 커 가지고, 대체 현관이 어디야?"

신경질을 부리며 현관을 찾아 여기저기를 헤매는데, 뒤에서 불쑥 목소리가 들렸다.

"어딜 가는 게냐?"

"아 깜짝이야!"

설희는 소리를 지르며 뒤를 돌아보았다가 더욱더 놀라 굳어지고 말았다. 잠옷 차림의 집주인이 팔짱을 끼고 서 있었다.

"저, 전하……!"

의윤이 정색을 했다.

"전하라니? 일반인에 불과한 나를 그리 부르는 것은 지엄하신 황제 폐하와 황태자 전하에 대한 모독이자 반역에 해당할 수도 있다는 것을 모르느냐?"

설희는 기겁을 했다. 그냥 전 황태자니까 옛날에 부르던 버릇대로 부른 걸 가지고 무슨 모독에 반역까지!

"그러나저러나 이 야밤에 어디를 가는 것이냐?"

“지, 집에 가려고…….”

“내 알기로는 네 동생이 돌아올 때까지 일하기로 한 걸로 알고 있다마는?”

“도저히 못 해 먹겠어서요.”

에라, 모르겠다. 본인 말마따나 이젠 일반인인데 할 말은 하고 보자! 설희는 눈 딱 감고 대들었다.

“아니 아무리 가정부라도 그렇지 사람을 이렇게 종 부리듯 부려 먹는 경우가 어디 있나요? 저 오늘 저녁도 못 먹고 하루 종일 일했다고요! 하루 종일 걸레 빨고, 마당 쓸고, 싱크대 닦고!”

설희의 목소리가 한순간 울분에 커졌다.

“죄송하지만 제가 이런 잡일이나 할 사람이 아니거든요. 하루 치 일당은 달라고 말씀 안 드릴 테니까, 저는 그럼 이만 실례하겠습니다.”

고개를 까딱 숙여 보이고, 설희는 여행 가방을 끈 채 몸을 빙글 돌렸다. 하지만 채 몇 걸음 가기도 전에 의윤의 목소리가 붙들어 세웠다.

“계약서 내용이 있는데, 그냥 가도 되겠느냐?”

“예?”

“고용 계약서 있지 않느냐, 네가 직접 사인한.”

그제야 설희는 그런 게 있었다는 사실을 떠올렸다.

“그게 어쨌는데요?”

대답 대신에 의윤이 잠옷 주머니에서 접힌 종이를 꺼내 설희의 눈앞에 척 펴 보였다.

“자, 네 눈으로 보아라.”

의윤이 손가락으로 가리키는 문장을, 설희는 소리 내어 읽기 시작했다.

"계약 기간이 종료되기 전에 어느 한쪽이 일방적으로 계약을 파기할 경우, 십억 원의 손해 배상을…… 십억 원이요?"

문장은 도중에 비명이 되어 끝났다.

"세상에 이런 말도 안 되는 계약이 어디 있어요?"

"그 말도 안 되는 계약에 사인한 건 네가 아니냐."

그제야 설희의 얼굴이 하얗게 질렸다.

"그러게 계약서를 똑바로 읽었어야지."

의윤은 종이를 도로 접어 주머니에 넣었다.

"그럼, 일주일 동안 수고하도록."

바람을 일으키며 돌아서는 의윤의 뒷모습을, 얼음이 된 설희가 멍하니 바라보았다.

* * *

육중한 소리와 함께 이화원의 정문이 열리고, 검은 차가 미끄러지듯 안으로 들어섰다. 문 안에서는 고용인들부터 네 살배기 지호까지 집안사람들이 모두 모여 이제나저제나 하고 기다리고 있었다.

이윽고 차가 사람들 앞에 멈췄다. 차 문이 열리고, 운전석에서 내리는 사람을 보고 사람들의 입에서 환호성이 터졌다.

"와아아!"

나갈 때는 처선이 운전해서 갔는데, 돌아올 때는 의윤이 운전해서 온 것이 아닌가!

"아빠 아빠! 면허 땄어? 응?"

흥분해서 묻는 연재에게, 의윤이 의기양양하게 품에서 뭔가를 꺼내 암행어사 마패 내밀듯 척 하고 내밀었다. 바로 반짝거리는 새 운전면허증이었다.

"대단하십니다, 주인님."

"요즘 면허 시험이 많이 어려워졌다던데 한 방에 합격이라니요."

"와! 우이 아빠 면허 따따!"

면허가 뭔지도 모르는 지호까지도 좋아서 덩달아 팔짝팔짝 뛰었다.

"자아, 기념으로 내 오늘 모두에게 한턱 쏘겠다!"

지호를 번쩍 안아 든 의윤이 호기롭게 말했다. 이어서 차에서 내린 처선이 트렁크에서 커다란 비닐 봉투를 차례차례 꺼내기 시작했다.

"저게 뭐야 아빠?"

의윤이 연재를 향해 한쪽 눈을 찡긋해 보였다.

"삼겹살이라고 들어 보았느냐?"

"삼겹살?"

연재가 고개를 갸웃거렸다. 다섯 살 때부터 의윤과 함께 살았던 연재 역시 여태 삼겹살을 TV에서만 보고 들었지 실제로 먹어 본 적이 없었던 것이다.

"그게 맛있어 아빠?"

"한번 먹어 보면 알 게다."

한편 이화원의 고용인들은 신이 났다. 이들도 물론 젊은 시절부터 황궁에서 일했지만 연재와 달리 삼겹살 맛을 잘 알고 있었던 것이다. 단지 전직 황태자인 주인을 모시고 있으니 평소에 먹을 수가 없을 뿐.

잠시 후 이화원의 후원에 있는 공터에서 삼겹살 파티가 벌어졌다. 주위의 만류에도 불구하고 의윤은 직접 팔을 걷어붙이고 고기를 구웠다.

“대체 이게 얼마 만에 먹는 삼겹살이야?”

“그러게, 난 스물다섯에 황궁 들어간 후로 처음인 것 같네.”

평소 같았으면 어찌 감히 주인님과 겸상을 할 수 있겠느냐고 펄쩍 뛰었을 고용인들도 오늘만은 체면 차리지 않고 맛있게 먹었다.

의윤이 노릇하게 구워진 삼겹살 한 점을 집어 손수 연재의 입으로 가져갔다.

“자, 아 해 보아라.”

“안 돼 아빠, 나 너무 맛있어서 벌써 많이 먹었단 말이야. 살찌면 어떡해?”

“너는 너무 말라서 좀 쪄도 상관없느니라.”

의윤의 재촉에 연재가 못 이기는 척 입을 열고 삼겹살을 받아먹었다.

“음, 완전 맛있어!”

입맛을 다시는 딸에게, 의윤이 불쑥 말했다.

“고맙다, 연재야. 아빠 결혼 찬성해 줘서.”

“그게 왜 나한테 고마운데?”

연재는 오히려 눈을 둥그렇게 뜨고 되물었다.

“아빠 나랑 지호만 아니었으면 벌써 다른 여자 만나고도 남았잖아. 혹 덩어리가 붙어서 여태 혼자였는데 내가 미안해야 되는 거 아냐?”

혹 덩어리라니. 의윤은 가슴이 철렁해서 딸을 쳐다보았다. 왜 그런 소리를 하느냐고 물으려는데, 연재는 이미 지호를 향해 고개를 돌리고 있었다.

“지호야, 꼭꼭 씹어 먹어야 돼. 알았지?”

저 멀리서 삼겹살 굽는 냄새가 뒤꼍에서 걸레를 빨고 있던 설희에게까지 미쳤다. 어제 하루 종일 식사를 하지 못하고, 오늘 아침도 누룽지 한술 겨우 얻어먹고 만 속에 고기 냄새가 들어가자 위장이 뒤틀리는 것만 같았다. 제발 딱 한 점만 먹었으면!

하지만 정작 배고픔보다도 더 견디기 힘든 것은 바람결에 실려 오는 사람들의 웃음소리였다. 자기들끼리 즐거운 듯이 하하호호 웃으며 왁자지껄 떠드는 소리. 소외감이라는 게 이렇게나 사람을 비참하게 만든다는 것을 설희는 처음으로 깨달았다. ……정작 자신이 평생토록 누군가에게 같은 짓을 저질러 왔다는 사실에는 전혀 눈뜨지 못하면서.

서러움과 배고픔에 치를 떨면서 걸레를 빠는데 누군가가 설희의 어깨를 가만히 두드렸다.

“설희 씨.”

깜짝 놀라 돌아보니 처선이 서 있었다.

“배고프죠? 이거라도 좀 먹어 봐요.”

처선이 누가 볼까 두렵다는 듯이 주위를 둘러보며 알루미늄 포일에 싸인 무언가를 내밀었다. 그 안에서 나온 삼겹살을 보고 설희는 현기증이 날 것 같았다.

“몰래 갖고 나오느라 몇 점 안 돼서 미안해요. 얼른 먹어요.”

“집사님, 저 미워하시는 거 아니었어요……?”

설희가 눈물을 글썽이며 말하자 처선이 당황한 얼굴을 했다.

"아니, 내가 왜 설희 씨를?"

"저한테 이상한 계약서에 사인하게 만드셨잖아요."

설희는 울먹이며 어젯밤에 있었던 일을 설명했다.

"십억이요? 맙소사! 계약서에 그런 조항이 있었단 말입니까?"

"그럼 집사님은 모르셨던 거예요?"

"당연하죠! 난 그냥 주인님이 만들어 주신 대로 갖다 줬을 뿐인데…… 어쩐지 조항이 이상하게 많다 했더니."

처선이 한숨을 푹 쉬었다.

"이렇게 된 거, 일주일만 견뎌 봐요. 벌써 하루는 지났으니까 엿새만 더 버티면 되잖아요."

"하루도 더 못 버티겠단 말이에요!"

"내가 있잖아요. 날 보고 버텨 봐요, 한번."

처선의 목소리는 너무나도 다정했다.

"집사님……."

"처선 씨라고 불러요."

설희의 손을 꼭 잡고, 처선은 위로하듯 말했다.

"괜히 고생시켜서 미안해요. 이럴 줄 알았으면 절대 설희 씨 부르지 않는 건데."

"집…… 아니, 처선 씨!"

설희는 그만 왈칵 눈물을 쏟고 말았다. 세상에 내 편을 들어 주는 사람이 하나라도 있다는 건 얼마나 고마운 일인가.

"그만 울고 얼른 먹어요. 사람들 보기 전에."

다 식어 빠진 삼겹살을, 설희는 눈물과 함께 씹어 삼켰다. 그야말로 눈물 젖은 삼겹살이었다.

* * *

민식의 집 거실 테이블에 민식과 미소를 포함한 네 명의 아가씨가 둘러앉아 있었다. 민식이네 집이 비었다는 소식을 듣고, 민식과 같은 과 친구들이 놀러 온 것이었다.

"근데 미소 너는 어느 학교 다녀? 전공은?"

악의 없는 질문에 미소는 왠지 조금 민망해졌다.

"난 대학교 안 다녀."

"아, 재수하는구나?"

"아니. 그것도 아니고……. 그냥 대학 안 갔어."

어째서일까. 그게 뭐 잘못한 일도 아닌데, 너무 당연한 듯이 얘기하니까 왠지 저절로 목소리가 기어들어 갔다.

"그럼 뭐 해? 회사 다니는 거야?"

"저어, 나 입주 가정부로 일하고 있어."

"가정부? 집안일하는 가정부 말이야?"

"응. 청소도 하고, 빨래도 하고, 가끔 그 댁 아기랑도 놀아 주고."

"아……."

순간 왠지 분위기가 어색해지는 것을 미소는 느꼈다. 민식의 친구들은 말실수라도 한 것같이 민망해진 표정으로 얼른 화제를 바꿨다.

"참. 요즘 유튜브 접속 안 되지 않냐?"

"어. 우리 집만 그런 줄 알았더니 다 그렇다며? 게시판마다 온통 그 얘기던데."

"그게 있잖아, 정부에서 접속을 차단했다는 소문이 있어."

갑자기 말을 꺼낸 친구가 주위를 쓱 둘러보더니 말소리를 낮췄다.

"왜 폐위되신 이유 전하 동영상 있잖아. 그것 때문에 그렇다던데?"

의윤의 이름이 나오는 바람에 미소는 가슴이 철렁했다.

"근데 그거면 벌써 다른 데도 다 퍼져 가지고 볼 사람들 다 봤을 텐데 유튜브만 막으면 뭐 해?"

"하여튼 난 그렇게 들었어. 선배들이 쉬쉬하면서 얘기하던데."

미소는 참지 못하고 대화에 끼어들었다.

"저기, 미안하지만 무슨 동영상 말하는 건데?"

"어머, 미소 너 못 봤어?"

민식의 친구가 원시인이라도 발견한 사람 같은 표정을 했다.

"폐위되신 이유 전하 있잖아. 그분이 얼마 전에 영화관에 갔다가 찍힌 영상이 있거든. 어떤 아줌마가 막 시비 걸면서 소리 지르고 콜라까지 끼얹고 행패 부리는 건데, 전하는 계속 미안하다, 미안하다고 사과만 하셔."

"아……!"

미소는 떠올렸다. 그날, 뒤늦게 영화관에서 돌아온 의윤이 콜라를 뒤집어쓰고 왔던 것을.

"보고 있는데 되게 속상하더라. 나 눈물 날 뻔했어."

"그러게. 그거 보니까 이유 전하 엄청 좋은 사람 같던데."

"맞아, 나 같으면 경찰 불러도 백번 불렀다."

미소는 흘깃 민식을 쳐다보았다. 미소의 눈치를 보면서 어쩔 줄 몰라 하고 있는 것이, 왜 민식이 동영상에 대해 말하지 않았는지 알 것 같았다. 의윤이 영화관에서 봉변을 당했다는 걸 들으면 미소가 속상해할까 봐 그랬던 모양이다.

민식과 미소의 표정이 변한 것도 모르고, 친구들은 자기들끼리 이야기하느라 여념이 없었다.

"왜 우리 어릴 땐 그분 사생활 더럽다고 엄청 욕먹었었잖아."

"뭔가 오해가 있었던 거 아닐까? 전혀 그렇게 안 보이던데."

"맞아, 그 여자한테 자기 옷 뒤집어씌워서 먼저 내보내고 혼자 욕다 먹는 거 보니까 절대 그럴 사람 같지 않던데."

"나 그거 보고 심쿵했잖아. 애인이겠지?"

"그렇겠지. 나도 별로 연애할 생각 없었는데 그 영상 보고 영업당해서 소개팅 잡았다?"

갑자기 전 황태자 이야기에서 남자 이야기로 화제가 튀었다.

"근데 미소 넌 남친 있어?"

별안간 질문이 날아오는 바람에 미소는 당황했다.

"어? 아, 아니. 없어."

"아닌데, 나 촉 완전 좋은데. 표정 보니까 있는 거 같은데?"

"왜 말 못 하는 거야? 뭐 하는 사람인데?"

남자 이야기가 나오자 아가씨들은 눈을 반짝이기 시작했다.

"아니야. 진짜 없다니까? 정말이야."

미소가 손까지 내저으며 부정했지만 전혀 믿지 않는 것 같았다.

"에이, 이건 있는 분위긴데."

"누군데 말을 못 해? 응? 뭐 연예인이라도 돼? 아이돌과의 비밀연애 같은 거?"

자기들끼리 소설까지 쓰기 시작했다.

"글쎄 그런 거 아니라니까……!"

미소가 진땀을 흘리며 부정하고 있는데, 민식이 갑자기 이상한 소리를 냈다.

"어?"

민식의 시선은 날이 좋아서 활짝 열어 놓은 거실 창문 밖에 꽂혀 있었다. 미소를 포함한 다른 사람들의 시선도 자연스럽게 민식을 따라 창밖을 향했다. 날렵하게 생긴 멋진 스포츠카 한 대가 마당 안으로 들어서고 있었다. 믿을 수 없을 정도로 느려 터진 속도로!

마당으로 진입하는 데 성공한 스포츠카는 이윽고 수상한 움직임을 시작했다. 벌레처럼 뽈뽈거리며 앞으로 갔다, 뒤로 갔다, 또 앞으로 갔다, 뒤로 갔다를 수십 번 반복하는 것이었다.

"저거 지금 뭐 하는 거냐?"

"잘못 들어와서 차 돌리려는 거 아냐?"

"주차하려는 거 아닐까?"

저마다 의견이 엇갈리는 가운데 스포츠카는 수십 번의 전진과 후진을 반복한 끝에 겨우 마당 가운데에 삐딱하게나마 안착했다. 그렇다. 정답은 주차였던 것이다.

"대체 뭐지?"

아가씨들의 호기심 어린 시선이 쏟아지는 가운데, 이윽고 스포츠카의 문이 열렸다. 그것도 옆이 아닌 위쪽으로!

"와, 완전 멋있다!"

멋도 모르고 덩달아 감탄사를 내뱉던 미소의 눈이 문득 튀어나올 듯이 커다래졌다. 운전석에서 내리는 사람을 알아본 것이었다.

"이유 전하?"

모두의 입에서 동시에 놀란 목소리가 흘러나왔다.

잠시 후 초인종이 울리자 집주인인 민식이 얼른 뛰어나가 문을 열었다. 문제는 집에 민식이와 미소 둘뿐만이 아니라는 거였다. 미소도 물론 당황했지만, 민식의 친구들을 본 의윤 역시 당황한 표정을 했다.
"어머나, 전하 오셨어요?"
그때, 민식이 말했다. 마치 친척 오빠라도 대하듯 자연스럽게.
시선은 일제히 민식에게로 향했다.
'너 이유 전하 알아?'
차마 대놓고 묻지는 못하고 텔레파시를 보내듯 눈빛으로 말하고 있는 친구들을 향해, 민식이 어깨를 으쓱해 보였다.
"미안, 얘기 안 해서. 사실은 어릴 때부터 아는 사이야."
'어떻게?'
"내가 어릴 때 황궁 근처에 살았거든. 그러니까 쉽게 말하면 옆집 오빠 같은 거."
미소는 하마터면 안도의 한숨을 쉬어 버릴 뻔했다. 의윤의 표정에서도 긴장이 풀렸다.
"어서 들어오시지 뭐 하고 계세요, 전하?"
방금까지 넷이서 둘러앉아 수다를 떨고 있던 자리에 의윤이 끼어 앉았다. 물론 친구들의 관심은 모두 의윤에게 향했다.
"근데요, 전하라고 불러도 괜찮아요?"
민식이 내온 커피를 한 모금 마시고, 의윤은 빙긋 웃었다.
"민식이야 어릴 때부터 입버릇이 들어서 여태 저러지만, 너희는 안 하는 게 좋겠구나. 자칫 황실 모욕죄의 소지가 있을 수 있으니."
황실 모욕죄! 민식의 친구들은 잠시 주춤하긴 했지만 역시 당돌한 대학생다웠다.
"저희도 어릴 때부터 버릇인데요 뭐. 여기 신고할 사람 없으니깐 괜찮지 않아요?"

"맞아요, 그냥 그렇게 부를게요. 네? 네?"

애교까지 섞어 조르는 바람에 의윤도 웃으며 넘어가는 분위기가 되었다.

"그동안 어디서 뭐 하고 지내셨던 거예요?"

"별궁 말고, 황실 소유의 저택이 따로 있단다. 거기서 책도 읽고 산책도 하면서 지냈느니라."

"저희요, 얼마 전에 전하 영화관 가셨던 거 봤어요. 동영상으로요."

의윤이 조금 당황한 표정을 했다. 눈치로 보아 그 역시 몰랐던 것 같았다.

"그걸 누가 찍어서 올렸다는 것이냐?"

"네. 방송만 안 탔을 뿐이지, 아마 웬만한 사람들은 다 봤을걸요?"

"지금은 올리는 족족 삭제되고, 원래 올라왔던 사이트 접속 자체가 차단되는 바람에 찾기 힘들게 됐지만 벌써 볼 사람들은 다 봤어요."

"그래, 사람들의 반응이 어떠했느냐?"

의윤은 조금 불안한 듯이 물었다.

"아마도 무척들 화를 내었겠지? 내게 소리치며 음료수를 끼얹던 그이처럼."

"아니요, 전혀 아닌데요?"

민식의 친구들이 손을 내저었다.

"반응 엄청 좋았어요. 콜라 뒤집어쓰시고도 그렇게 끝까지 얘기 다 들어 주시는 데 감동했다는 사람도 많았고요."

"반응이 좋으니까 정부에서 동영상 막았다는 소문도 있어요."

"그래……?"

의윤은 뭔가 깊은 생각에 잠긴 얼굴로 고개를 끄덕였다.

"그런데 전하. 있잖아요, 그 여자분 누구예요? 왜 그 동영상 처음에 보면 어떤 여자분이랑 같이 계셨잖아요."

"옷 뒤집어씌워서 내보내신 여자분 말이에요. 여자 친구예요?"

순간 의윤이 미소 쪽을 흘깃 쳐다보는 바람에 미소의 심장이 쿵 하고 떨어졌다.

'말씀하시면 안 돼요!'

미소의 눈빛 메시지가 전해진 것일까. 의윤은 못마땅한 표정을 하면서도 순순히 눈길을 다른 곳으로 돌렸다.

"나와 혼인할 사람이다."

"혼인…… 결혼이요?"

민식의 친구들이 눈을 둥그렇게 떴다.

"어떤 분인데요?"

잠시 생각한 끝에 의윤은 입을 열었다.

"글쎄…… 내게 세상으로 나갈 이유를 만들어 준 사람이라고 할까."

민식의 친구들은 아리송한 표정을 했다. 아마도 그런 대답을 원하고 물은 게 아닌 모양이었다.

"예뻐요?"

다시 날아온 질문에 의윤은 추호의 망설임도 없이 고개를 끄덕였다.

"그야 물론이지."

미소의 얼굴이 조용히 달아올랐다.

"결혼 축하드려요, 전하. 좋으시겠다."

"저희는 남친도 없는데…… 맞다!"

서운한 듯이 중얼거리던 민식의 친구가, 갑자기 좋은 생각이 났다는 듯이 손뼉을 쳤다.

"있잖아. 미소 너 아까 남친 없다고 한 거, 진짜야?"

갑자기 미소에게로 화살이 날아왔다.

"응? 지, 진짜라니까 글쎄."

대답하는 미소의 목소리가 떨렸다. 왠지 어디선가 따가운 시선이 느껴지는 것 같다!

"그럼 우리, 넷이서 같이 미팅할래? 우리 사촌 오빠가 황립 마립간대 다니거든. 자기 친구들이랑 미팅해 준다고 했는데 그쪽이 딱 넷이래."

흘깃 쳐다보자 아니나 다를까 이미 의윤의 표정은 굳어져 있었다. 하지만 민식의 친구들은 눈치도 없이 계속해서 미소를 졸랐다.

"하자, 미소야. 응?"

"아니, 난 좀……."

"에이, 지금 남친 만들어 놔야 여름에 같이 놀러 갈 거 아냐. 응? 응?"

이러지도 못하고 저러지도 못하고 미소가 진땀만 흘리고 있는데, 의윤의 목소리가 불쑥 끼어들었다.

"그 미팅, 나도 좀 끼워 다오."

미소는 제 귀를 의심했다. 민식의 친구들도 어안이 벙벙해서 의윤을 쳐다보았다.

"전하, 지금 뭐라고 하셨어요?"

"나도 그 미팅에 끼워 달라고 했느니라."

의윤은 표정 하나 변하지 않고 대꾸했다.

"내 약혼녀가 미팅을 하는데, 나도 그 자리에 있어야 마땅하지 않겠느냐?"

미소를 똑바로 쳐다보면서!

민식의 친구들의 놀란 눈빛이 의윤과 미소 사이를 오갔다. 난 몰라! 미소는 고개를 푹 숙여 버리고 말았다.

"우린 이만 가자."

의윤이 일어나 다가와서 미소의 팔을 잡아 일으키고, 민식과 얼어붙어 있는 친구들에게 말했다.

"그럼 재미있게들 놀고 있거라. 미소는 이따가 도로 데려다주마."

민식이 생긋 웃으며 윙크를 날렸다.

"걱정 마시고 다녀오세요, 전하!"

잠시 후, 수십 번의 전진과 후진을 반복한 끝에 방향을 돌리는 데 겨우 성공한 스포츠카가 마당을 빠져나갔다. 올 때와 다름없이 느려터진 속도로.

[초보운전]

스포츠카 뒤에 떡하니 궁서체 붓글씨로 붙어 있는 네 글자를, 민식의 친구들이 얼빠진 얼굴로 멍하니 바라보았다.

"전하도 참!"

미소가 울상을 짓고 흘겨보았지만 의윤은 거들떠도 보지 않았다. 핸들을 꽉 붙잡고, 대쪽같이 앞만 노려보며 대꾸하는 것이었다.

"정신 사납게 하지 마라. 면허 딴 지 딱 하루 됐느니라."

"면허 처음 따시는 것도 아니잖아요?"

"원래도 장롱면허였단 말이다."

하기야 황태자가 직접 운전대를 잡을 일이 뭐가 있었겠는가.

"꼭 거기서 그렇게 말씀을 하셔야 했어요? 기껏 민식이가 커버 잘 해 줬는데."

"그럼 나더러 입을 다물고 있으란 말이냐? 가만히 있으면 내 약혼녀가 미팅을 나갈 판인데?"

"전하도 참, 가만히 있으셔도 제가 그런 데 나갈 리가 없잖아요!"

"그러니까 왜 가만히 입 다물고 있어야 하느냐는 것이다. 결혼하는 게 뭐 잘못된 것도 아닌데."

의윤은 어디까지나 당당했다. 미소는 한숨을 푹 쉬었다.

"대체 민식이네 집은 어떻게 알고 오셨어요?"

"처선이가 널 데려다주지 않았느냐. 내비게이션에 주소가 남아 있기에 적어 왔느니라."

"아, 그랬지. 근데 갑자기 왜 오신 건데요?"

"면허 딴 기념으로 네게 드라이브를 시켜 주고 싶었다."

의윤은 조용히 대답했다.

"자라면서 계모가 어디 한번 데려가 주지도 않았을 것 아니냐."

미소는 가슴이 뭉클해졌다. 동시에 아까 심통을 부린 것이 미안해졌다. 전하는 날 생각해서 면허 따자마자 이렇게 와 주셨는데, 나는…….

"가고 싶은 곳이 있으면 말해라. 내 어디든 가 주마."

"좀 멀어도 괜찮아요?"

"물론."

고개를 끄덕이는 의윤에게, 미소는 말했다.

"바다가 보고 싶어요!"

초보 운전이라 고속 도로에는 차마 못 들어가고 국도를 골라 달렸다. 게다가 의윤이 워낙 천천히 달리는 바람에, 바닷가에 도착했을 때는 이미 해 질 무렵이 되어 있었다.

"너무 아름다워요!"

자동차의 보닛에 기댄 채 수평선 너머로 지는 노을을 바라보며, 미소가 감탄의 한숨을 흘렸다. 곁에서 함께 바라보고 있던 의윤이, 불쑥 말했다.

"아까 나더러, 우리가 혼인할 사이라고 말했다고 화를 낸 것 말이다."

"갑자기 그 말씀은 왜요?"

"……혹시 너는 내가 창피한 것이냐?"

미소는 기가 막혀서 의윤을 쳐다보았다.

"그럴 리가 없잖아요. 대체 왜 그런 생각을 하셨어요?"

"나는 난봉을 부린 끝에 폐서인된 자가 아니냐. 게다가 너보다 나이도 훨씬 많으니까, 혹시 그렇지 않을까 하고……."

의윤이 말끝을 흐렸다. 전하께서 속으로 그렇게 생각하고 있었구나. 미소는 마음이 아팠다.

"그런 거 아니에요. 정말 아니에요."

"그럼 왜 그렇게 숨기고 싶어 한 것인데?"

미소는 조금 망설이다 말했다.

"그냥, 저도 좀 제 또래들처럼 평범해지고 싶었나 봐요. 아까 그 애들처럼 말이에요."

의윤이 물끄러미 미소를 바라보았다.

"아까 그 친구들이 처음에 저더러 묻더라고요. 어느 학교 다니냐고, 전공 뭐냐고. 그래서 난 대학교 안 갔다고, 가정부 일 한다고 말하는데 괜히 되게 주눅이 드는 거 있죠."

의윤이 안타까운 얼굴을 했다.

"왜 주눅이 드느냐, 그게 뭐 잘못된 일도 아닌데."

"네, 알아요. 그런데 이상하게 기가 자꾸 죽는 거예요. 그래서 왜 그럴까, 곰곰이 생각해 보고 알았어요. ……제가, 꿈이 없더라고요."

시선을 돌려 석양을 바라보며 미소가 조그맣게 한숨을 지었다.

"원래는 저도 꿈이 있었잖아요. 외국 유학을 가서 조선의 역사를 연구하겠다는 꿈이요. 그런데 지금은 전하와 결혼 약속을 했으니까 그것도 물 건너갔죠."

거기까지 말하고 미소는 얼른 덧붙였다.

"아, 전하랑 결혼하기로 한 걸 후회한다는 뜻은 절대 아니에요! 저는 진심으로 전하가 좋고, 또 이화원이 좋으니까요. 이제 와서 저더러 유학 가라고 떠미셔도 저 안 가요."

"……."

"그냥, 오늘 그 친구들이랑 얘기하다가 깨달았다는 거예요. 아, 내가 지금 꿈이 없구나, 하는 거요."

씁쓸하게 웃는 미소를, 의윤이 조용히 바라보았다.

"사실 이화원에 오기 전에 제 인생 정말 암울했잖아요. 집에서는 대학도 안 보내 주고, 그렇다고 취업도 못 하게 하고. 하지만 그냥 집에서 식모 노릇이나 하면서도 그렇게까지 기가 죽진 않았던 것 같아요. 왜냐면 난 언젠가 유학 가서 역사 공부할 거야, 라는 꿈이 있었으니까요. 그런데 지금은 그 꿈조차 없으니까 자꾸 움츠러드는 거였어요. 대학교 안 간 거나 가정부 일 하는 게 문제가 아니라…… 사람이 목표가 없다는 게, 되게 초라한 거더라고요."

의윤은 한참 동안 말이 없었다.

혹시 내가 전하 때문에 발목 잡혔다고 말하는 걸로 알아들으셨나, 그래서 마음이 상하셨나, 하고 조금씩 불안해질 무렵 이윽고 의윤이 미소의 앞에 마주 섰다.

"네가 하고 싶어 하는 그 공부, 내가 이 나라에서 하게 하여 주마."

미소는 가슴이 철렁했다. 그 말뜻은……!

"전하……!"

"나는 내 자리를 되찾기로 결심했다."

어렴풋이 짐작했던 말. 그러면서도 두려워서 차마 정면으로 묻지 못했던 말이 기어이 의윤의 입에서 흘러나왔다.

"아까 나더러, 평범해지고 싶다 하였느냐?"

미소의 손을 잡아 입술로 가져가며 의윤은 중얼거렸다.

"안됐지만 그리는 안 된다. 언젠가 나는 너를, 황후로 만들 테니까."

미소의 손등에 입술을 댄 채 의윤은 말했다.

"내가 황제가 되는 것보다도, 네가 황후가 되어 백성을 보듬는 모습을 꼭 보고 싶었다."

"전하……."

"나로 하여금 결심하게 만든 것이 바로 너다. 그러니 너 없이는 할 수 없다."

목소리는 마치 애원하는 것 같았다.

"네게 꿈이 없다면, 내가 너의 꿈이 되겠다."

미소의 눈동자를 가까이서 바라보며, 의윤은 물었다.

"그리하여 주겠느냐?"

다른 대답이 있을 수 없었다. 그의 입으로 듣기 전부터, 이미 각오하고 있던 바였으니까.

"예, 전하."

고개를 끄덕이는 미소를, 의윤이 가만히 끌어안았다.

"내 자리를 되찾을 것이다."

미소의 머리칼을 가만히 어루만지며, 그는 스스로에게 다짐하듯 중얼거렸다.

"……사람들을 위해서, 그리고 너를 위해서."

* * *

거꾸로 매달아도 국방부 시계는 간다 하였던가. 온 집안 식구들의 구박을 한 몸에 받느라 1분 1초가 괴로운 시간이었지만, 그 와중에도 시간은 가서 결국 설희는 계약한 대로 일주일을 다 채우는 데 성공했다.

그 일주일 동안, 설희는 처선에게 홀딱 반해 있었다. 구박당하고 쫄쫄 굶을 때 위로해 주고, 소금 친 주먹밥이나마 몰래몰래 갖다 준 게 처선이었으니까.

"고마워요, 처선 씨. 처선 씨 아니었으면 견디지 못했을 거예요."

집에 돌아가기 위해 짐을 챙겨 나온 설희는 진심으로 말했다.

"가끔 연락해도 되죠?"

"물론이죠. 그 전에, 이것부터."

처선이 설희에게 종이 한 장을 건넸다.

"이게 뭐예요? 청구서……?"

마지막에 쓰여 있는 금액을 발견한 설희의 눈동자가 튀어나올 듯이 커졌다.

"처, 천만 원?"

삼겹살 세 점 삼백만 원.

주먹밥 네 개 사백만 원.

단무지 다섯 조각 백만 원 등의 내역이 적혀 있었다.

"이, 이게 대체 무슨……."

너무 충격을 받아서 말도 제대로 못 하는 설희를 향해 처선이 빙긋 웃어 보였다.

"아, 설희 씨가 사인한 계약서에 그 조항도 있었는데 못 봤나 봐요. 이 저택에서 제공되는 식사 외에 다른 음식을 먹었을 때는 비용을 따로 계산한다는 조항."

노골적으로 비웃는 듯한 미소에 설희는 그제야 깨달았다. 이 남자도 한패였어! 단 하나, 제 편이라고 믿었던 사람마저, 아니 그 사람이야말로 자신을 괴롭힌 원흉이었다니. 일주일 동안 했던 모든 고생을 합친 것보다도 더한 충격이 설희를 덮쳤다. 온몸에 돋는 소름을 겨우 참으며 설희는 이를 악물었다.

"고소할 거예요!"

하지만 처선은 조금도 놀라지 않았다.

"얼마든지. 그럼 이쪽에서도 고소 진행하도록 하죠."

"내가 뭘 잘못했는데요?"

"미소 씨 월급 대신 받아 가서 횡령한 거, 두들겨 팼던 거."

흠칫하는 설희에게, 처선이 내뱉듯이 말했다.

"그쪽이 평생 동생한테 했던 짓에 비하면 이건 새 발의 피도 안 돼."

차디찬 얼굴에는 이미 미소 한 점 남아 있지 않았다.

"이 정도로 끝내 주는 걸 고맙게 알도록 하고, 이만 썩 꺼지는 게 좋을 겁니다."

16. 황태자의 음모

이화원에서 집으로 돌아온 설희는 꼬박 사흘간 몸져누웠다. 몸도 몸이었지만, 정신적 충격이 훨씬 더 컸다. 충격이 조금 가시자 이번에는 격렬한 분노가 일어나기 시작했다. 미소 그 망할 계집애는 물론, 이화원 식구들 전체가 죽이고 싶도록 미웠다. 할 수 있다면 이화원에 불이라도 지르고 싶을 정도로!

그런 설희에게 찾아온 뜻밖의 방문자가 있었다.

"최근에 이화원에서 가정부로 일하다가 나온 거, 맞죠?"

검은 양복을 차려입은 정체불명의 남자는 다짜고짜 그렇게 물었다.

"그런데요?"

"윤설희 씨를 만나고 싶어 하는 분이 계십니다."

별로 내키지 않았지만 설희는 남자를 따라갔다. 어딘가 분위기가 나랏일 하는 사람처럼 보였기 때문에 차마 거역할 수가 없었다.

남자를 따라간 곳에는 생각지도 못했던 사람이 설희를 기다리고 있었다.

"어서 오너라."

자상한 미소로 맞이하는 남자를 보고 설희는 제 눈을 의심했다.

"화, 황태자 전하……?"

몇 번이나 눈을 감았다 다시 떠 봐도 눈앞에 있는 사람은 틀림없는 황태자 이요였다. 충격에 빠져 있는 설희에게, 요가 웃으며 손짓했다.

"이리 와서 앉거라."

어느 영이라고 거역할쏘냐. 설희는 쭈뼛거리며 요의 건너편에 앉았다. 황태자는 손수 찻주전자를 들어 설희의 잔에 차를 따랐다.

"옥로라는 차인데, 네 입에 맞을지 모르겠구나."

"가, 감사합니다, 전하."

찻잔을 드는 설희의 손이 수전증 환자처럼 벌벌 떨렸다.

"그래, 이화원에서는 잠시 휴가를 받아 나온 것이냐?"

"예?"

요가 빙그레 웃어 보였다.

"실은 네게 미행을 붙였느니라. 그래서 네가 이화원에서 나오는 걸 보고 집을 알아내서, 사람을 보내 데려오라 한 것이다."

차를 한 모금 마시고 요는 속삭이듯 낮은 목소리로 말했다.

"꼭 한번, 이렇게 직접 만나 보고 싶었다."

설희의 느려 터진 두뇌로는 아무리 생각해도 알 수가 없었다. 대체 내가 뭐라고?

"저어, 황태자 전하. 어, 어쩐 일로 저 같은 평민을 만나 보고 싶어

하셨는지……."

머뭇거리며 말하자 요가 대답했다.

"솔직히 말해서 궁금했다. 내 형이 그토록 깊이 사랑하는 것이 어떤 여인인지."

"예……?"

설희는 크게 당황했다. 형이라면 이화원의 주인, 이유 전하인데. 그분이 나를 사랑한다고? 그게 무슨 말도 안 되는 소리야?

설희의 표정을 본 요가, 그녀를 안심시키듯 부드럽게 말했다.

"탓하거나 벌주려는 것이 아니니 그리 당황할 것 없다. 비록 상대가 죄인이라 한들, 사랑에 빠지는 것이 무슨 죄가 되겠느냐."

"……."

"그 동영상 속의 여자가 누군지 궁금해서 알아보라 시켰더니 이화원의 신참 가정부라 하더구나. 그래서 찾아 데려오라 했을 뿐이니 너무 긴장하지 마라."

그제야 설희는 상황을 이해했다. 황태자는 지금 자신을 미소와 착각하고 있는 것이었다!

'뭐야. 그럼 미소가 이유 전하랑 그렇고 그런 사이였단 말이야?'

설희는 속으로 생각했다. 어쩐지, 집주인이 집사와 짜고 날 그렇게 구박하더라니.

"이렇게 너를 만나 보니 무척 아까운 마음이 드는구나."

설희를 물끄러미 바라보며 요는 안타까운 듯이 말했다.

"너같이 젊고 아름다운 여인이, 하필이면 죄인을 사랑하게 되었다니 말이다."

"저어, 전하……."

설희가 쭈뼛거리며 입을 열었다. 죄송하지만 사실은 그게 제가 아닌데요, 라고 사실대로 말하려는 순간 요가 다시 말했다.

"그래서 말인데. 혹시 나의 여인이 되지 않겠느냐?"

"예?"

"네게는 너무나 갑작스러운 이야기일 줄 안다. 하지만 오랜 시간을 두고 쌓아 가는 감정이 있는가 하면, 첫눈에 바로 느껴지는 감정도 있다고 생각한다."

어안이 벙벙해 있는 설희를 향해, 황태자는 열렬히 말했다.

"아까 네가 처음 이 방에 들어오는 순간 느꼈다. 너와 내가 예사 인연이 아니라는 것을 말이다."

"황태자 전하……."

"내 여인이 되거라."

요가 테이블 너머로 두 손을 뻗어 흠칫 놀라는 설희의 손을 감싸 쥐었다.

"나는 네게 모든 것을 줄 수 있다. 죄인이 줄 수 없는 것들을 말이다."

"전하……."

"원하는 것은 무엇이든 주겠다. 무엇을 원하느냐. 집이냐? 차냐? 아니면 보석이냐?"

열렬한 구애에 설희는 눈앞이 어찔어찔할 지경이었다. 실제로 눈앞에서 보는 황태자는 TV에서 보는 것보다도 훨씬 미남이었다. 게다가 황태자 아닌가. 폐위된 가짜 황태자도 아니고, 진짜배기 황태자! 집이건 차건 원하면 뭐든지 다 주겠다는데, 솔직히 마음 같아서는 지금 당장이라도 고개를 끄덕이고 싶었다.

문제는…… 내가 미소가 아니라는 거지!

아무리 머리 나쁜 설희라도 눈치가 아주 없지는 않았다. 황태자씩이나 되시는 분이, 왜 처음 본 자신에게 반했다면서 이렇게 뜨겁게 구애해 오는지는 뻔했다. 그야 내가 이유 전하의 여자라고 착각하고 있으니까 그렇겠지. 왜 그러는지 거기까지야 잘 모르겠지만, 분명 황태자는 형의 여자를 빼앗고 싶어 하고 있었다.

“저어…….”

설희가 선뜻 대답을 하지 못하자 요는 더욱더 몸이 다는 모양이었다.

“그래, 너도 죄인에게 품은 감정이 있을 테니 쉽지야 않겠지. 하지만 잘 생각해 보아라. 그자의 곁에서 도대체 무슨 미래가 있겠느냐?”

황태자의 목소리가 일순간 증오에 물들었다.

“죄인은 지금처럼 얼굴도 제대로 들지 못한 채 평생토록 살아갈 것이다. 모두의 손가락질을 받으며, 세상에서 완벽히 잊힌 존재로 말이다.”

잔인할 정도로 차가운 눈빛. 말 한 마디 한 마디에 서리서리 묻어나는 한기에 설희는 저도 모르게 몸을 떨었다. 대체 자기 형을 왜 저렇게까지 미워하는 걸까, 싶을 정도였다. 하지만 다음 순간, 황태자는 설희를 힐끗 쳐다보고는 언제 그랬냐는 듯이 도로 부드러운 표정으로 돌아갔다.

“너같이 아름다운 여인까지 그와 같은 신세가 되는 것을 두고 볼 수는 없다. 그러니 내게 와 다오.”

네, 라고 대답할 수 없는 설희는 미칠 것만 같았다. 지금 와서 사람 잘못 보셨다고 말하기에는 황태자가 너무나 아까웠다. 게다가 만약에 사실대로 말했다간 분명 황태자는 미소에게 구애할 것이 틀림없었다. 그러면 미소가 황태자의 애인, 어쩌면 황태자비가 될 수도 있지 않은가!

상상만으로도 설희는 증오에 가까운 격렬한 질투를 느꼈다. 황태자가 구애해도 미소가 거절할 수도 있다는 생각은 전혀 하지도 않았다. 그야 진짜 황태자와 폐위된 황태자 사이에서 후자를 선택하는 바보가 세상에 있을 리 없지 않은가?

이화원에서 일주일 동안 평생토록 당해 보지 못한 설움을 다 겪은 설희였다. 그게 모두 미소가 사주한 일이라고 생각하자 증오심은 그렇지 않아도 극에 달해 있었다. 그런데 미소에게 이 부귀영화가 모두 넘어간다고?

절대로 그렇겐 안 돼! 설희는 이를 악물었다. 하지만 막상 거짓말을 하자니 그것도 쉬운 일이 아니었다. 황태자를 상대로 사기를 쳤다가 걸리기라도 하면 그 죄가 얼마만큼 중할 것인가.

이를 어쩌지. 초조하게 입술을 깨물고 있는데, 문득 머릿속에 한 가지 생각이 스쳐 지나갔다.

'잠깐. 방법이 아주 없는 것도 아니잖아……?'

한참 동안이나 말이 없는 설희를, 황태자는 초조한 눈으로 바라보고 있었다. 아마도 그녀가 의윤과 자신 사이에서 치열하게 갈등하고 있다고 생각하는 것 같았다.

"저어, 황태자 전하."

이윽고 설희가 입을 열자 황태자가 반색을 했다.

"그래, 결심이 섰느냐?"

"혹시 괜찮으시다면…… 생각할 시간을 좀 주실 수 없을까요?"

순간 황태자가 이마를 찌푸렸다. 설희는 간이 콩알만 해졌지만, 용기를 내서 계속해서 말했다.

"오래 기다리시게는 하지 않을게요. 그러니까 며칠만이라도……."

"설마하니 죄인에게 일러바치려는 생각은 아니렷다?"

의심하는 듯한 눈초리에 설희는 펄쩍 뛰었다.

"아, 아닙니다! 황태자 전하를 만났다는 이야기는 아무에게도 하지 않겠습니다. 정말이에요, 맹세할 수 있어요!"

필사적으로 말하자 그제야 황태자는 빙그레 웃으며 고개를 끄덕였다.

"네게도 그리 하루아침에 결정할 만큼 쉬운 문제가 아니기는 하겠지. 그래, 내 기다리도록 하마."

설희는 길게 안도의 한숨을 내쉬었다.

"고맙습니다, 황태자 전하."

"마음이 결정되거든 연락을 하도록 하여라. 아까 너를 이곳으로 데려왔던 사람이 다시 너를 데리러 갈 것이다."

헤어지기 전, 황태자는 마지막으로 설희의 손을 꼭 잡고 말했다.

"네게 비단길만 걷게 하여 주마. 그러니 나를 믿어 다오."

* * *

"네? 설희 언니가 이화원에 왔었다고요?"

일주일 동안 민식이네 집에 있다가 이화원으로 돌아온 미소는, 뒤늦게 의윤에게서 이야기를 듣고 깜짝 놀랐다.

"그래. 나나 집안사람들은 물론이고 연재에 지호까지 아주 잘 부려 먹었느니라."

"지호까지요?"

"알지 않느냐. 녀석하고 공룡 놀이 한 시간 하고 나면 얼마나 녹초가 되는지."

설희가 아이들을 싫어한다는 걸 미소는 뻔히 알고 있었다. 큰언니가 낳은 조카가 셋이나 되는데, 여태껏 놀아 주기는커녕 양치질 한 번 시켜 주는 걸 못 봤을 정도였다. 그런 설희가 지호랑 강제로 놀아 줬을 생각을 하니, 안됐다는 생각마저 들었다.

"어찌나 고생을 했는지, 갈 때 얼핏 보니 아주 볼이 홀쭉해졌더구나."

의윤이 의기양양하게 말했다.

"그래 봤자 네가 자라면서 괴롭힘을 당한 데 비할 것은 못 되겠지만, 어느 정도 분풀이는 대신 하였으니 조금은 마음이 풀렸으면 좋겠구나."

"왜 그러셨어요, 그러지 마시지."

미소의 말에 의윤이 한숨을 푹 쉬었다.

"하여튼 개똥이 너는 착해 빠져 탈이니라. 그렇게 당해 놓고도 왜 갚아 줄 줄을 모르고……."

"아뇨, 그런 걸 하시려면 저 있을 때 하셨어야죠."

"음?"

조금 당황한 눈으로 바라보는 의윤에게, 미소가 안타깝다는 듯한 얼굴을 해 보였다.

"제가 직접 이거 해라, 저거 해라, 하면서 구박을 했어야 되는 건데. 아, 아까워."

"아, 그런 뜻이었느냐?"

"당연하죠. 저 그렇게 천사표 아니거든요? 지금껏 당한 게 얼만데!"

아까워 죽겠다는 듯이 말하고, 미소는 배시시 웃어 보였다.

"……그래도 고맙습니다, 전하. 저 대신 복수해 주셔서."

지금도 가끔씩 계모와 언니들에게 괴롭힘을 당하는 악몽을 꾸곤 하는 미소였다. 온 집안 식구들이 똘똘 뭉쳐 제 원수를 갚아 줬다는데 기쁘지 않을 수 없었다. 그 장면을 제 눈으로 못 본 게 좀 아쉽긴 하지만.

"처선이 아이디어였으니까 녀석에게도 고맙다 하거라. 치명타를 먹인 것도 녀석이고."

"김 집사님이요? 어떻게 하셨길래요?"

"미남계를 썼다고 하더구나."

"미남계요?"

고개를 갸웃거리는 미소를 뒤로하고, 의윤이 컴퓨터를 켰다.

"자, 보아라. 너 없는 동안 작업을 이렇게나 많이 해 놓았다."

"세상에, 많이도 하셨네요!"

그림을 한 장 한 장 넘겨 보던 미소가 감탄했다.

"전에도 말했지만, 만약에 이 일이 잘된다면 그만큼 위험해질 수도 있다."

의윤은 새삼스럽게 일깨워 주듯 말했다.

"이미 시작할 때부터 각오한 바인걸요."

미소의 대답에는 전혀 흔들림이 없었다.

"전하, 며칠 전에 민식이 친구들이 하는 얘기 들으셨죠? 전하 동영상이 퍼져 나가서 사람들이 그걸 보고 무척 감동했다고 말이에요."
"그래."
"그 동영상, 사실은 저도 보았어요."
의윤이 조금 놀란 표정으로 미소를 쳐다보았다.
"그걸 보고 깨달은 게 있어요. 사람들이 전하를 무척 미워하는 것 같지만, 사실 속으로는 저처럼 전하가 그럴 사람이 아니라고 생각하고 있었다는 걸요."
"……."
"그 여자분이 계속 물었잖아요. 그때 대체 왜 그랬냐고, 전하께도 이유가 있을 거 아니냐고요. 그분은 그냥 변명이라도 듣고 싶었던 거예요. 무슨 변명이든 하시면, 언제든 용서할 준비가 되어 있으니까."
의윤의 눈에 아픔이 어렸다.
"그런 일이 있었는데도 여전히 전하를 믿어 드릴 준비가 되어 있는 사람들이에요. 그러니 그 사람들을 위해서 이 정도 위험은 감수해야지요. 전하도, 전하의 사람인 저도요."
"그래."
의윤이 고개를 끄덕이고, 미소의 손을 꼭 마주 잡았다. 가슴이 벅차오르는 순간 마치 분위기를 깨듯 미소의 휴대폰이 울렸다.
"여보세요?"
—미소니?
목소리를 듣는 순간 미소의 얼굴이 싸늘하게 굳어졌다.
—너 나 좀 봐야겠는데.
전화를 걸어온 사람은 다름 아닌 설희였다.

* * *

“미소야! 여기야, 여기.”

반가운 친구라도 본 듯이 맞이하는 설희를, 미소가 노려보았다.

“아직 혼이 덜 났나 봐, 나한테 전화해서 협박하는 걸 보면.”

안 나오면 무척 곤란해질 거라고, 설희가 전화로 말했던 것이다. 하지만 설희는 언제 그랬냐는 듯이 시치미를 뚝 뗐다.

“어머 협박은 무슨. 오랜만에 동생 얼굴 좀 보자는데.”

“집어치우고 용건만 얘기해, 나 바쁘니까.”

미소는 가방을 옆에 내려놓지도 않고 그대로 손에 든 채로 자리에 앉았다.

“왜 보자고 했는데?”

“미소 너한테 부탁이 좀 있어서.”

“뭔데?”

“네 애인이랑 헤어져 줄래?”

말뜻을 이해하는 데까지는 몇 초의 시간이 걸렸다. 설희의 말투가 마치 거기 물컵 좀 줄래? 하는 듯한 말투였기 때문에.

“네 남친 있잖아, 전 황태자였던 죄인. 그 사람이랑 헤어져 줘야겠어.”

어쩐지 태도가 무척 당당하다 했더니, 그건 또 어떻게 알았을까. 무척 귀찮기는 했지만 당황하지는 않았다. 폐위된 황태자와 사랑하는 사이가 된 게 법에 걸리는 문제도 아니지 않은가.

미소는 한숨을 내쉬고 대꾸했다.

“설마 그걸 지금 내가 들을 거라고 생각하고 말하는 거야?”

"당연히 들어야지. 안 그랬다간 자칫 둘이 사이좋게 감옥에 갈 텐데."

갑자기 설희가 테이블에 팔꿈치를 얹더니 턱을 괴었다. 그리고 흥미롭다는 듯이 눈을 반짝이며 말했다.

"있잖아, 너 그 버릇 여태 안 변했더라? ……침대 밑에 위험한 거 숨겨 두는 버릇."

그제야 미소는 가슴이 철렁했다. 설마……!

"혹시나 뭐 있을까 싶어서 봤더니 아니나 다를까, 있더라고."

설희는 미소가 제 침대 밑에 숨겨 둔 의윤의 금서들을 말하고 있었다. 지난번에 경찰이 이화원에 들이닥쳐서 샅샅이 뒤진 끝에 허탕 치고 돌아갔던 바로 그 책들.

"하여튼 너도 참, 네 아빠 딸은 딸이다. 세상에 그게 뭐라고 집 나가면서까지 다 챙겨 나갔대? 그 무거운 걸."

미소는 애써 표정 관리를 했다. 설희는 지금 그 책들이 의윤의 것이라는 사실을 까맣게 모르고 있지 않은가.

"참, 발뺌하거나 증거 없앨 생각은 말고. 벌써 사진이랑 동영상으로 다 찍어 놨으니까."

설희가 테이블 위에 놓아둔 제 핸드폰을 톡톡 두들겨 보였다.

"내가 경찰에 널 신고하면 바로 조사 들어가겠지. 자기 집에서 그런 게 발견됐으니, 네 애인도 아마 입장이 엄청 곤란해질 텐데. 어떻게 생각해?"

미소는 침을 꿀꺽 삼키고 물었다.

"그래서 나더러 어쩌라는 거야?"

"말했잖아, 헤어지면 된다고."

설희가 방글거렸다.

"헤어지고 그 집에서 나오기만 해 주면 돼. 그럼 난 입 딱 다물고 가만히 있을 테니까."

"도로 집에 들어가서 식모살이하라고?"

"아니, 나온 다음에야 어딜 가든 네 맘이지. 그건 터치하지 않을게."

미소는 도대체 알 수가 없었다. 식모 노릇할 사람이 필요한 것도 아니라면 왜 이런단 말인가.

"언닌 대체 왜 내가 그분하고 헤어지길 바라는 건데? 그런다고 언니한테 뭐 생기는 것도 아니잖아."

"글쎄, 그냥 꼴 보기 싫어서 그런다고 할까?"

애매하게 대답하고 나서 설희는 정색을 했다.

"그래서, 할 거야, 말 거야?"

잠시 생각 끝에 미소는 입을 열었다.

"말 들으면 전하는 건드리지 않을 거야?"

"손끝 하나 안 건드릴 테니까 걱정 놓으셔."

"……알았어. 언니 말대로 할게."

순간 설희의 얼굴에 화색이 퍼지는 것을, 미소는 놓치지 않았다.

"정말이지? 헤어지고 그 집에서 나오겠다 이거지?"

"대신 조금만 시간을 줘."

"시간? 무슨 시간?"

설희가 이맛살을 찌푸렸다.

"나도 정리하고 나오려면 시간이 필요하잖아. 헤어지는 데도 그렇고. 며칠이면 돼."

무척 마음에 들지 않는 눈치였지만, 설희는 결국 마지못해 고개를 끄덕였다.

"좋아. 대신에 나올 때까진 괜히 밖에 돌아다니지 말고 그 안에 조용히 있도록 해."

"무슨 소리야?"

"그건 네가 알 거 없고."

내뱉듯이 말한 후, 설희는 핸드백을 집어 들고 자리를 떠났다.

"약속은 지켜야 할 거야. 안 그러면 바로 경찰에 신고해 버릴 테니까."

마지막으로 협박을 남기는 것도 물론 잊지 않고.

미소를 남겨 놓고 카페를 나오자마자 설희는 휴대폰을 꺼내 어디론가 전화를 걸었다.

"황태자 전하께 전해 주세요. 전하의 뜻에 따르기로 결심했다고요."

전화를 끊고 나서, 설희는 주먹을 불끈 쥐고 소리 없이 만세를 불렀다.

'해냈어!'

황태자는 설희를 의윤의 연인이라 착각하고 구애했다. 마음 같아서는 그냥 착각하게 내버려 두고 냉큼 받아들이고 싶었지만, 문제는 사실을 들켰다간 자신은 끝장이라는 것이었다. 그래서 설희는 궁리 끝에 미소를 협박하기로 했다. 미소가 의윤과 조용히 헤어지기만 하면, 들킬 리도 없을 테니까!

어쩌면 내 머리에서 이런 대단한 계획이 나왔을까. 설희는 스스로가 너무나 대견하고 기특해서 곧 까무러칠 것만 같았다. 이제 나는 누가 뭐래도 이 나라 황태자의 여자다! 저절로 어깨가 쫙 펴지고, 콧대가 하늘로 솟았다.

'황태자비가 뭐 별거야?'

설희는 굳게 결심했다. 이렇게 된 거, 내 모든 매력을 동원해서 황태자 전하를 사로잡아야지!

"원하는 것은 무엇이든 주겠다. 무엇을 원하느냐. 집이냐? 차냐? 아니면 보석이냐?"

황태자는 분명 그렇게 말했다. 잘되면 황태자비, 안 돼도 최소한 부귀영화다. 보도블록이 깔린 평범한 길이, 설희의 눈에는 황태자가 약속했던 비단길로 보였다.

"꺄하하하!"

설희는 소리 내어 웃으며 춤추듯 가벼운 걸음으로 길을 걸었다.

* * *

몸져누워 있는 황후의 방에, 황제가 모습을 나타냈다. 쟁반을 들고 물러 나오던 궁녀가 황제를 보고는 얼른 허리를 숙여 예를 차렸다.

"그래, 중전은 어쩌고 있느냐."

"여전히 물 한 모금, 죽 한 숟가락 입에 대지 않으십니다."

역시나 궁녀가 들고 있는 쟁반 위의 미음 그릇에는 손댄 흔적조차 보이지 않았다.

"……독한 인사 같으니."

황제는 혀를 끌끌 차고 황후의 방 안으로 들어섰다.

"황제 폐하께서 오셨습니다."

황후는 등을 돌린 채 침대에 누워 있었다. 황제가 왔다는데도 몸을 일으키기는커녕 돌아눕지도 않은 채 계속해서 끙끙 앓는 소리만 내는 것이었다. 황제가 한숨을 쉬고 말했다.

"이보시오 중전. 죄 없는 아랫것들이 생으로 같이 굶고 있는데, 이제 고집 그만 부리고 수저를 좀 드시는 게 어떻겠소?"

황후가 등을 돌린 채 날카롭게 대꾸했다.

"자식 얼굴도 마음대로 못 보는데 이리 살아 무엇 하겠습니까. 그냥 깨끗이 굶어 죽으렵니다."

"그러게 이화원에 가서 보면 될 것 아니오. 누가 그것까지 막았소이까?"

황제의 말에 황후가 벌떡 몸을 일으키며 외쳤다.

"어미 생일에 자식이 오지 못하도록 막는 법이 어디 있단 말입니까!"

얼마 후면 황후의 60번째 생일, 즉 회갑이었다. 황제는 과거 정조가 어머니인 혜경궁 홍씨의 회갑연을 화성 행궁에서 성대하게 열었던 것을 본떠서, 황후의 회갑연을 그 어느 때의 생일보다도 화려하게 준비했다. 사실 회갑 축하는 핑계고 이 기회에 황실의 위엄을 국민들에게 다시 한 번 과시할 생각이었던 것이다.

문제는 황후가 그 잔치에 첫째 아들인 유를 부르자고 주장하고 나선 것이었다. 이참에 며느릿감도 함께 보고 싶다면서. 황제가 안 된다고 거절하자 지금은 이렇게 단식 투쟁 중이었다.

"생일날 자식이 따라 주는 술 한 잔 받고 싶다는 것이 그리도 큰 욕심입니까!"

"제발 상식적으로 생각을 하시오. 폐서인된 자식을 어찌 황실 행사에 부르잔 말이오?"
황제의 얼굴에 노기가 어렸지만 황후는 조금도 꺾이지 않았다.
"황족이 아니게 되었다 하여 내 자식이 아니게 된 것이 아니지 않습니까!"
"중전!"
"듣기 싫습니다. 폐하께서 끝내 유를 오지 못하게 하신다면, 저도 회갑연에 참석하지 않겠습니다."
황후의 최후통첩에 황제가 눈썹을 치켜 올렸다.
"뭐라? 그러면 저렇게 성대하게 준비한 잔치는 다 어쩌란 말이오!"
"저는 분명히 그리 요란한 잔치는 싫다 말씀드렸습니다. 그런데도 막무가내로 준비하신 것은 폐하 아니십니까?"
평소 현숙하고 순종적인 황후였다. 그러나 자식 문제에만은 물불 가리지 않는 것이 황후이기도 했다. 10년 전, 황태자 유를 폐위할 적에도 황후는 꼬박 일주일을 굶었다. 폐위시켜 놓고도 해외 추방까지 할 수 없었던 것은 오로지 황후 때문이었다.
30년 넘게 부부로서 함께 살아온 황제는 황후의 성격을 잘 알고 있었다. 황후가 이쯤 나올 때는 절대 꺾일 생각이 없다는 것을.
죄인을 잔치 자리에 부를 수도 없고, 그렇다고 회갑연의 주인공을 빠지게 둘 수도 없고.
'이를 어쩐단 말인가?'
황제가 이러지도 저러지도 못하고 곤혹스러워하고 있는데, 문밖에서 목소리가 들렸다.
"황태자 전하께서 오셨습니다."
"들라 하라."

황제가 대꾸하자 문이 열리고 황태자가 들어왔다.

"어머니, 몸은 좀 어떠십니까?"

요가 걱정스러운 듯이 물었지만, 황후는 작은아들조차 꼴 보기 싫다는 듯이 도로 털썩 누워서 등을 돌려 버렸다. 모후가 외면하자 황태자는 이번에는 황제에게 물었다.

"여태 식음을 전폐하고 계신 것입니까?"

"될 일이 아니라는데도 도통 고집을 꺾지 않는구나."

황제가 들으라는 듯이 말했다.

"벌써 꼬박 사흘째입니다. 저러다가 자칫 몸 상하시겠습니다."

"글쎄 본인이 고집을 부리는 걸 난들 어쩌란 말이냐?"

"그래서 말씀입니다만, 아버지."

황태자가 조심스럽게 입을 열었다.

"그냥 형님을 회갑연에 참석하게 하시는 것이 어떠하겠습니까?"

황제가 놀란 얼굴로 황태자를 쳐다보았다. 놀란 것은 황제뿐만이 아니었다. 드러누웠던 황후조차도 놀라서 도로 벌떡 일어났다.

"너 지금 뭐라 했느냐?"

"어머니의 회갑연에 형님을 부르자 말씀드렸습니다. 폐위되었다 하여 혈육의 정까지 끊어진 것이 아니지 않습니까. 어머니께서 얼마나 형님을 보고 싶어 하시겠습니까?"

황태자는 황제를 향해 간곡하게 부탁했다.

"마침 형님께도 약혼녀가 생겼다 하니 함께 불러들여 뵙게 하시지요."

당황한 표정의 황제와는 달리 황후의 눈가에는 감격의 눈물이 고였다.

"요야, 나는 네가 유를 그리 생각하는 줄도 모르고……!"

"비록 평민이 되셨다 하지만 제게도 어디까지나 형님이 아니십니까. 형수님 되실 분도 뵙고 싶습니다."

황태자까지 황후의 편을 들고 나서자 황제도 궁지에 몰렸다.

"……고려해 보도록 하겠소. 그러니 일단 식사부터 좀 하시구려."

내뱉듯이 말하고 황제는 황후의 방을 나왔다. 그 뒤를 황태자가 따랐다.

사람이 없는 복도까지 와서 황제는 우뚝 걸음을 멈췄다.

"너는 대체 무슨 생각을 하고 있는 것이냐?"

낮은 목소리로 날아오는 질책에 황태자가 공손히 고개를 숙였다.

"그렇지 않아도 요상한 동영상이 퍼지는 바람에 여론이 심상치 않은 판국이다. 그런데 이제 공식 행사에까지 불러들여 어쩌겠다는 것이냐?"

노기충천한 황제와는 달리 황태자는 침착했다.

"물론 황족으로서 부르는 것이 아닙니다. 그러니 뒷문으로 조용히 들어오게 하여 말석에 앉혀 두면 괜찮을 것입니다."

"글쎄 왜 그렇게까지 하면서 불러야 하느냔 말이다!"

"어머니의 성정을 아시지 않습니까. 이제 잔치가 며칠 남지도 않았는데, 저러시다 자칫 몸이라도 상하시면 아예 행사를 망치고 맙니다."

"그거야 그렇다마는……."

"잔치 준비에만 수십억 원이 들었습니다. 모든 방송에서 생중계를 할 예정이고 외국 정상들도 여럿 축하하러 오는데, 어머니께서 병색이 완연하시다거나 혹은 아예 참석조차 못 하시면 그 일을 어찌한단 말입니까?"

여기에는 황제도 대꾸할 말이 없었다.

"이쯤에서 타협하시지요. 이번만이다, 두 번은 없다고 다짐을 두시고 말입니다."

"……알았다."

못내 내키지 않는 듯이 내뱉고, 황제는 성큼성큼 가 버렸다.

뒤에 남은 요의 얼굴에 서서히 묘한 미소가 떠올랐다.

물론 어머니가 어쩌고 하는 것은 핑계였다. 사실 요 역시 형이, 아니 형이라고 부르기도 싫은 그자가 황실의 공식 행사에 참석하는 꼴을 보고 싶은 마음은 눈곱만큼도 없었다. 아까 황제가 말했듯, 요즘 여론도 가뜩이나 뒤숭숭한 마당인데.

그럼에도 불구하고 요가 황후의 말에 따르자고 주장한 이유는 한 가지였다. 한 시간 전에, 설희에게서 소식이 왔기 때문에.

"아가씨께서 황태자 전하의 뜻에 따르겠다고 하십니다."

보고를 전해 들은 순간 요는 속으로 쾌재를 불렀다. 형의 여자가 형을 배신하고 내게로 왔다!

어머니는 분명 회갑연에 유를 약혼녀와 함께 불러들이겠다고 말했지만, 유는 결국 혼자 오게 될 것이었다. 왜냐하면 그의 약혼녀는 자신과 함께 잔치에 참석할 테니까!

자신의 팔짱을 끼고 있는 설희를 본 순간, 유의 표정이 어떻게 변할까. 충격받은 형의 표정을 상상하는 것만으로도 요는 온몸에 짜릿한 전류가 흐르는 것을 느꼈다. 몸이 달아서 회갑연을 기다리기 힘들 정도였다. 그 표정을 보기 위해서라면 죄인을 황실의 공식 행사에 불러들이는 불쾌함 정도야 얼마든지 감수할 수 있었다. 암, 할 수 있고말고.

동영상만 봐도 알 수 있었다. 제 형이 얼마나 그 여자를 깊이 아끼고 사랑하는지. 그런 여자가 하루아침에 이별을 선언한 것만도 큰 충격일 텐데, 그러고 나서 자신에게 왔다는 걸 알면 그 상처가 얼마나 클까. 생각만 해도 속이 다 시원했다. 어릴 적부터 가슴속에 쌓이고 쌓여 온 것들이 한 방에 날아가는 느낌이었다.

똑똑히 보아라. 세상 사람 모두가 다, 하다못해 우리를 낳아 준 어머니마저도 네가 낫다고 했지만, 네가 사랑하는 여자는 결국 너를 버리고 나를 선택했다!

요에게 있어 설희는 바로 그런 의미였다.

잠시 복도에 선 채 생각에 잠겨 있던 요가, 이윽고 급히 걸음을 옮기기 시작했다. 지금 당장 설희를 만나러 가기 위해서.

* * *

"오, 개똥아. 어디를 다녀오는 길이냐? 나한텐 말도 없이."

"잠깐 이리 와 보세요, 전하."

기분 좋게 묻는 의윤을 방으로 끌고 들어가서, 미소는 문부터 걸어 잠갔다.

"왜, 무슨 일이라도 있느냐?"

긴장한 얼굴을 하는 의윤에게, 미소는 목소리를 낮춰 말했다.

"설희 언니를 만나고 왔어요."

"아니, 무슨 일로 그 여자를?"

"저더러 전하랑 헤어져서 이화원을 나오라고 협박하던데요."

"뭐?"

의윤의 표정이 굳어졌다.

"이화원에 와 있던 동안 몰래 제 방을 뒤져 봤나 봐요. 제 침대 밑에 숨겨 놓은 전하 책들을 발견했더라고요. 사진이랑 동영상으로 다 찍어 놨다고, 헤어지지 않으면 경찰에 신고하겠대요."

의윤은 한참 동안 말을 잃었다.

"다 내 잘못이다."

한참 후에야 그는 결심한 듯이 입을 열었다.

"하지만 너와 헤어질 순 없다. 차라리 신고를 하라고 해라. 어떻게든 내가 책임질 테니, 너는 아무 걱정 말고……."

비장하게 말하는 의윤을, 미소가 가로막았다.

"근데 그 언니가 머리가 좀 많이 나빠요. ……사실 그 책들이랑 똑같은 게, 언니 침대 밑에도 있거든요."

"음?"

"자기가 발견해 놓고도 그게 전하 책인 줄은 까맣게 모르더라고요. 제가 집에서 갖고 나온 줄 알았나 봐요."

미소가 설명했다.

"제 책, 그러니까 저희 아빠 책들은 그대로 제 침대 밑에 들어 있을 거예요. 근데 제 침대를 지금은 설희 언니가 쓰고 있단 말이에요."

그제야 이해한 의윤이 한순간 반색을 했다. 하지만 그는 곧 걱정스럽다는 듯이 물었다.

"혹시 치워 버리지나 않았겠느냐?"

"지난번에 제가 그 집에 가서 대청소해 줬잖아요. 그때까지도 그대로 있는 거 봤어요."

"그 후에 치웠을 수도 있지 않느냐."

"절대요. 자기 침대 밑에 시체가 있어도 냄새 나기 전엔 모를걸요? 얼마나 게으른데요."

미소는 자신 있게 말했다.

"가만있자. 그러면…… 여차하면 이쪽에서도 마주 신고해 버리면 된다는 것이냐?"

"그 정도가 아니라, 아예 뒤집어씌워 버리면 돼요."

의아한 얼굴을 하는 의윤에게, 미소가 차근차근 설명했다.

"만약에 언니가 경찰에 신고를 하면, 저는 이렇게 진술할 거예요. 언니가 자기 책을 이화원에 몰래 가지고 들어와서 증거랍시고 조작 사진 찍은 거라고요. 언니 침대 밑을 찾아보라고, 그 책들 있을 거라고 말이에요."

"아!"

"그때면 우리 책은 감쪽같이 치워 놓을 거고, 언니 침대 밑에서는 그 책들이 우르르 쏟아져 나올 텐데 경찰이 누구 말을 믿겠어요?"

의윤이 감탄한 얼굴을 했다.

"그래서, 뭐라고 대답했느냐? 꿈도 꾸지 말라고?"

"아뇨, 순순히 헤어지겠다고 했어요. 대신 시간이 필요하니 조금만 기다려 달라고요."

"아니, 어째서?"

"아무래도 이 언니가 무슨 꿍꿍이가 있는 것 같거든요."

미소가 문제라도 내듯, 검지를 펴고 의윤을 쳐다보았다.

"생각해 보세요. 대체 저한테 왜 전하랑 헤어지라고 하는 걸까요? 그런다고 자기한테 떨어지는 게 뭐가 있다고."

"글쎄, 널 도로 데려가서 식모 노릇을 시켜 먹으려는 수작이 아니겠느냐? 전에도 널 데려가겠다고 여기까지 오지 않았느냐."

"저도 그런 줄 알았는데 또 그것도 아니더라고요. 전하랑 헤어지고 이화원에서만 나오면 된다고, 그 다음엔 어딜 가서 뭘 하든 제 마음대로 하래요. 이젠 식모 따윈 관심도 없는 거같이 말하던데요?"

"그건 수상하긴 하구나."

의윤도 덩달아 의혹에 찬 표정이 되었다.

"게다가 저더러, 헤어질 때까지는 밖에 돌아다니지 말고 이화원 안에만 조용히 있으래요."

"그건 또 무슨 뜻이겠느냐?"

"그걸 모르겠는 거죠."

미소가 고개를 저었다.

"어쨌든 이 언니가 무슨 꿍꿍이가 있기는 있는 거예요. 그래서 말인데요, 전하. 아무래도 대체 그게 뭔지 알아야겠어요."

"음?"

"뭔지 알아야 대처를 할 것 아녜요. 그러니까 전하와 헤어진 척하고 며칠만 집에 다녀올게요."

의윤은 펄쩍 뛰었다.

"말도 안 된다! 이번엔 또 무슨 봉변을 당하려고?"

"무슨 짓을 꾸미는지는 알아야 할 거 아녜요. 불안하지도 않으세요?"

하지만 의윤은 딱 잘라 말했다.

"무슨 짓을 꾸미든 말든 그냥 내버려 두란 말이다. 혹여 무슨 일이 있더라도 모두 내가 감당할 테니 너는 그저 가만히 있으면 된다."

"저라고 전하 혼자 감당하시는 걸 보고 싶겠어요?"

미소의 눈에 안타까운 빛이 어렸지만, 의윤은 단호했다.

"내가 그 집구석에 너를 또 보낼 성싶으냐? 두 번은 어림없다."

얼굴에 노기가 어린 것이, 아마도 지난번에 미소가 그 집에 갔다가 얻어맞던 장면을 떠올린 모양이었다. 잔뜩 굳어진 의윤의 어깨에, 미소가 살며시 손을 얹었다.

"저는 전하를 지켜 드리고 싶어요."

"그건 내가 네게 할 말이 아니더냐!"

목소리를 높이는 의윤에게, 미소가 고개를 저었다.

"전하 혼자서만 저를 지켜 주시는 건 싫어요. 저도 제 힘이 닿는 한은 전하를 지켜 드리고 싶어요. 그게 부부라는 거 아닌가요? 우린 결혼할 사이잖아요."

의윤의 어깨를 어루만지며, 미소는 달래듯 말했다.

"금세 다녀올게요. 아무 일 없을 거예요."

"아무리 그래도……."

"고분고분하게만 굴면 새엄마나 언니들도 지난번처럼 때리고 그러지는 않아요. 아무 일 없을 테니까 걱정하지 마세요."

끈질기게 조른 끝에 의윤은 영 내키지 않는 표정을 하면서도 결국 허락했다.

"무슨 일이 있거든 바로 전화해야 한다. 내가 바로 달려갈 테니."

"걱정 마세요."

의윤을 안심시키듯, 미소는 고개를 끄덕여 보였다.

* * *

도대체가 그 자식은 무슨 여자 취향이 이렇단 말인가!

황태자 요는 그렇게 생각하고 있었다.

유에게서 빼앗아 온 여자, 그러니까 설희는 볼수록 걸작이었다. 일단 천박하고, 사치스럽고, 탐욕스럽다. 유를 버리고 온 지 며칠 만에 설희가 쇼핑 따위에 쓴 돈만 수억대에 달했다. 자동차니, 옷이니, 구두니, 가방이니 하는 것들을 끝도 없이 사들이는 것이었다. 그런 주제에 무식하긴 또 얼마나 무식한지, 입을 열 때마다 텅 소리가 나는 것 같았다.

"갈수록 미모가 일취월장하는구나."

비위를 맞추느라 마음에도 없는 칭찬 한마디 했더니, 돌아오는 대답이 이랬다.

"어머 전하, 저 고등학교 때 일까지 조사하신 거예요?"

"뭐?"

"제가 고등학교 때 얼짱이었거든요. 근데 일치얼짱은 뭐예요?"

그렇다고 인간적인 매력이라도 있는가? 그것도 아니었다. 아무리 얌전을 떨고 있어도 기본적으로 성품이 못되고 이기적인 것이 티가 났다. 애초에 부귀영화를 누리게 해 주겠다는 자신의 말에 넘어가서, 저를 그토록 귀하게 여겨 주는 남자도 헌신짝처럼 차 버리고 온 여자가 아닌가.

단 하나, 얼굴만은 그런대로 반반하게 생긴 편이었지만 그것도 어디까지나 일반인의 기준에서지 연예인도 숱하게 만나 본 요에게는 조금도 성에 차지 않았다.

'대체 죄인은 이런 여자의 어디가 좋아서 그토록 애지중지했단 말인가.'

유만 아니었다면 이런 여자와 엮일 일도 없었을 것을! 어찌나 짜증이 나는지, 유에 대한 증오심이 한층 더 심해질 정도였다.

심지어 눈치조차 없는 설희는, 그런 요의 속마음도 까맣게 모르고 애교를 떨었다.

"황태자 전하, 저 예쁜 목걸이 하나 사고 싶은데 괜찮죠? 황후 폐하 회갑연에 입을 드레스에 어울리는 목걸이가 하나도 없어서요."

요의 이마에 주름이 갔다. 이 멍청한 것은 몇 번이나 같은 말을 반복해 줘야 알아먹는단 말인가! 요는 금방이라도 폭발할 것 같은 짜증을 꾹 참으며 애써 미소를 지어 보였다.

"글쎄 말하지 않았느냐. 그날은 파티가 아니라 잔치라고. 드레스가 아니라 한복이 어울리는 자리이니라."

하지만 설희는 도리어 뾰로통한 표정을 했다.

"저같이 서구적인 페이스에는 한복 안 어울린단 말이에요. 대사 부인들이랑 해외 퍼스트레이디들도 많이 오신다면서요. 그분들도 모두 한복을 입을 건 아니잖아요?"

네가 대사 부인이냐, 퍼스트레이디냐! 고함을 치고 싶었지만 요는 꾹 참았다. 도저히 오래 상종하지는 못하겠지만, 최소한 황후의 회갑연까지는 비위를 맞춰 줘야 하지 않겠는가. 괜히 토라져서 잔치고 뭐고 안 가겠다고 나자빠지면 낭패니까.

"그래, 그래. 정 그러면 네 뜻대로 하거라."

그제야 설희는 얼굴이 확 피어서 요의 목에 매달렸다.

"전하. 오늘 밤도 황궁으로 돌아가셔야 하나요?"

노골적으로 가슴을 밀착해 오면서 설희는 요의 귓가에 더운 숨을 확 불어 넣었다.

"같이 있고 싶어요, 네?"

암시하는 바는 명백했지만 요는 모른 척하며 부드럽게 설희를 밀어냈다.

"미안하구나. 황태자라는 것이 그리 쉽게 황궁을 비우지 못하는 법이니라."

물론 거짓말이었다. 벌써 요는 몇 번이나 통금 시간 있는 어린 처녀 행세로 설희를 밀어내고 있는 중이었다. 끌리지도 않지만, 이런 여자와 잠자리를 같이했다간 자칫 후환이 두렵다.

"치이, 또 그 말씀이셔. 전하는 늘 제가 좋다고 하시는데, 입으로만 그러시는 거 같아요."

팩 하고 토라진 표정을 하는 설희를 한 대 때리고 싶은 것을 꾹 참고, 요는 부드럽게 달랬다.

"자, 자. 그러지 말고. 목걸이를 사고 싶다고 하지 않았느냐?"

"사 주실 거예요?"

설희는 금세 탐욕에 눈을 빛냈다.

"물론이지. 내관을 보낼 테니 함께 가서 사도록 해라."

"꺄아! 전하 최고!"

설희가 또다시 요의 품에 와락 안겼다.

"그래, 그래."

입으로는 다정하게 대답하면서, 요의 표정은 더욱더 싸늘하게 식었다.

* * *

"엄마, 저 왔어요."

낡은 여행 가방과 함께 대문으로 들어서는 미소를, 마침 얼굴에 덕지덕지 미용 팩을 붙이고 마루에 나와 앉아 화투패를 떼고 있던 계모가 놀란 눈으로 쳐다보았다.

"아니, 네가 집엔 웬일이냐? 언제는 사람도 아니니 어쨌니 막말을 하고 가더니만?"

"죄송해요. 저 갈 데가 없어서요."

계모가 비꼬든 말든 아랑곳하지 않고 미소는 신발을 벗고 마루로 올라섰다. 집 안에는 계모 외에는 아무도 보이지 않았다.

"애들은요?"

"할머니네 갔다."

"언니들은요?"

"오자마자 뭘 그렇게 물어 대?"

계모는 대꾸 대신에 면박을 주었다.

지난번에 미소가 대청소를 해 주고 간 것이 꿈속의 일이었던 것처럼, 집 안은 도로 온통 쓰레기장이 되어 있었다.

"좀 치울게요, 엄마. 방에 들어가 계세요."

반가워할 줄 알았더니 계모는 코웃음을 쳤다.

"됐으니까 내버려 둬. 어차피 며칠 있으면 좋은 집으로 이사 갈 텐데."

"이사 가요? 어디로요?"

"그건 네가 알 것 없고…… 아이고, 우리 딸 왔구나!"

계모가 말하다 말고 갑자기 반색을 했다. 얼굴에 붙였던 팩이 떨어지는 것도 아랑곳 않고 얼른 슬리퍼를 꿰어 신고 마당으로 달려 나갔다.

"아휴, 무거워 죽겠네."

양손에 쇼핑백을 잔뜩 든 설희가 들어서고 있었다.

"아니 이게 다 뭐니?"

"구두랑 옷이랑 이것저것 좀 샀어. 엄마 것도 하나 있고."

제 엄마에게 쇼핑백을 떠맡기며 설희가 대꾸했다.

"세상에, 내 것도!"

계모의 번들거리는 얼굴에 화색이 돌았다. 하이힐을 벗고 마루로 올라서려던 설희가, 미소를 보고 놀라서 주춤했다.

"뭐야, 미소 너 왜 여기 있어?"

"왜라니, 이화원 그만뒀으니까 왔지."

설희가 얼굴을 찌푸리며 면박을 주었다.

"아니 거기 그만뒀으면 다른 일자리를 찾아보든지 하지, 왜 집으로 오는데?"

"갈 데가 없는데 어떡해. 그럼 나 도로 그 집에 들어갈까?"

설희는 금세 안색이 변해서 펄쩍 뛰었다.

"아, 아냐! 얘는, 누가 그러랬니. 잘 왔어, 잘 왔다고."

미소는 확신했다. 분명 설희는 자신이 의윤의 곁에 돌아가는 것을 무척 경계하고 있었다.

'대체 왜?'

수상한 것은 그뿐만이 아니었다. 설희가 가지고 들어온 쇼핑백에 박혀 있는 로고들은 사치품에 문외한인 미소도 딱 보면 알 수 있을 정도로 유명한 브랜드들뿐이었다. 모르긴 몰라도 수백, 아니 수천만 원어치는 족히 될 것 같았다. 변변한 직업도 없이 가끔씩 아르바이트나 하던 설희가 도대체 무슨 돈이 있어서 저걸 다 샀단 말인가?

'남자가 생겼나?'

로또 맞은 게 아니라면 그것밖에 떠오르지 않았다. 남자가 생긴 게 맞다면 그 남자, 부자도 이만저만 부자가 아닌 것 같았다.

"그래, 새 집으로 이사는 언제 시켜 주신다니?"

"쉿!"

호들갑스럽게 묻는 계모에게, 설희가 눈을 부라렸다.

"좀 기다려 봐. 입 좀 조심하고, 제발!"

"아 참, 그렇지. 내 정신 좀 봐."

제 눈치를 살피며 입을 다무는 두 사람을, 미소는 놓치지 않았다.

한밤중에 화장실에 가려고 방을 나왔던 미소는 문득 계모의 방 앞에서 걸음을 멈췄다.

"뭐? 너도 거기 간다고?"

방 안에서 놀란 듯한 계모의 목소리가 들려왔던 것이다.

"아우, 엄마! 조용히 좀 하라니깐. 미소 깨기라도 하면 어쩌려고!"

이미 깨서 듣고 있지. 미소는 숨을 죽여 귀를 기울였다.

"제발 재 집에 있는 동안에는 말조심 좀 해. 들키면 나 진짜 큰일 난단 말이야."

미소는 이마를 찌푸리며 생각했다.

'대체 나한테 뭘 들키면 안 된다는 거야?'

이번에는 큰언니가 목소리를 한껏 낮추어 말했다.

"근데 황후 폐하 회갑연에 널 오라고 했다는 건, 설희 네가 황태자비가 될 수도 있다는 거야?"

"그런 거겠지 뭐. 그러니까 소개시키려고 하는 거 아니겠어?"

설희의 의기양양한 목소리에 미소의 심장이 두방망이질 쳤다. 회갑연? 황태자비? 도대체 무슨 일이 벌어지고 있는 거야!

"세상에나, 내가 황제 폐하랑 사돈이 된다고!"

계모는 거의 숨이 넘어가고 있었다.

"그러니까 그때까지는 입조심 좀 하란 말이야. 괜히 미소가 알았다간 다 물 건너간다고."

당부하는 설희에게, 큰언니가 다시 물었다.

"근데 설희야. 대체 왜 황태자 전하께서 재한테 관심을 가지는 건데?"

"몰라, 그냥 형의 여자라서 빼앗고 싶은 거 같아. 형한테 적개심이 엄청나거든."

"아니 대체 왜? 막말로 오히려 자기가 형한테서 황태자 자리 빼앗은 셈이잖아."

"그거야 나도 모르지, 알 필요도 없고."

설희가 대답했다.

"어쨌든 내가 미소가 아니라는 것만 황태자 전하한테 들키지 않으면 돼. 그러면 아무 문제도 없을 테니깐."

미소는 비명이 새어 나올 뻔한 입을 가까스로 막았다.

'그럼 황태자 전하께서 나랑 언니를 착각하고 있다는 거야?'

여러모로 미소에게는 충격적이었다. 만난 적도 없는 황태자가 자신을 의윤에게서 빼앗고 싶어 하고 있다는 것도. 중간에서 설희가 자신인 척 거짓말을 하고 있다는 것도!

이제야 설희가 뜬금없이 협박해 온 이유를 알 것 같았다. 황태자에게 거짓말을 들키지 않으려면, 자신과 의윤을 헤어지게 만들어야 했겠지.

어쨌든 착각은 바로잡아 주어야겠다고 미소는 생각했다. 지금쯤 황태자는 자기 형을, 사랑하는 여자에게 버림을 받은 불쌍한 인간쯤으로 오해하고 의기양양해 있지 않겠는가.

물론 그 꼴을 가만히 두고 볼 미소가 아니었다. 그야 설희에게는 안됐지만.

* * *

"어머니께서 회갑연에 나를 부르신다고?"

"그렇습니다."

정 여사가 고개를 끄덕였다.

"이번 회갑연은 황궁이 아니라 온양에 있는 별궁에서 연다 합니다. 그래서 별궁을 대대적으로 수리하고 보수하는 데만 1년여가 걸렸다고 하더군요."

의윤이 눈살을 찌푸렸다.

"그런 행사는 황궁에서 열면 되지, 왜 별궁에서 치러서 쓸데없이 세금을 낭비한단 말인가."

"아마도 정조께서 화성 행궁에서 모후의 회갑연을 성대하게 치렀던 예를 따르는 것 같습니다."

"참 역사에서도 쓸데없는 일만 골라 배우는구나."

한숨을 쉬고 의윤은 다시 물었다.

"그래서, 나더러도 온양 별궁으로 오라고 하시는 것이냐?"

"주인님뿐 아니라 미소 아가씨도 함께 오라 하십니다. 며느릿감을 그날 꼭 만나 보셔야겠다고, 아주 기대가 크십니다."

"그래……?"

어머니가 미소를 빨리 만나 보고 싶다고는 하셨다. 그래서 미리 한복까지 준비시킨 것이 아닌가. 하지만 그게 황제와 황태자는 물론, 내외 귀빈들이 모두 모이는 회갑연 자리일 줄은 미처 몰랐다.

"그나저나 무척 신기한 일이로군. 어머니야 그렇다 치고, 황제 폐하께서 나를 그 자리에 부르는 데 동의하시다니."

"물론 황제 폐하께서는 극구 반대하셨다 합니다. 그런데 황태자 전하께서 나서서 황후 폐하의 편을 드셨답니다."

"뭐?"

의윤은 깜짝 놀랐다. 아버지 못지않게 자신을 미워하고 있는 동생이 대체 어째서?

"황후 폐하께서는 이제야 황태자 전하께서도 혈육의 정을 깨닫는 모양이라고 무척이나 기꺼워하고 계셨습니다마는, 제 생각에는 결코 호의는 아닐 것 같습니다."

황후에게야 큰아들이나 작은아들이나 다 같은 자식이다 보니 황태자에게 다른 속셈이 있으리라고는 미처 생각하지 못하는 모양이었지만, 오로지 의윤의 편인 정 여사는 달랐다.

"그래서 말씀입니다만, 주인님. 가지 않으시는 것은 어떻겠습니까?"

"어머니께서 부르시는데 어찌 거역한단 말인가?"

"몸이 아프다는 핑계라도 대시면 억지로 오라고는 않으실 것입니다."

곁에서 듣고 있던 처선도 정 여사의 말에 동의했다.

"제가 봐도 뭔가 함정이 있는 것 같습니다, 주인님. 가지 마시지요."

최측근 두 사람이 함께 반대하고 나섰다. 의윤이 곤란한 표정을 하는데, 문득 등 뒤에서 목소리가 들려왔다.

"아뇨, 가야 해요."

흠칫 놀라 돌아보니 언제 돌아왔는지 미소가 문가에 서 있었다. 놀라서 쳐다보는 세 사람을 똑바로 바라보며, 미소는 되풀이해서 말했다.

"우리도 가야 해요. 황후 폐하 회갑연에."

이어서 미소는 계모의 집에서 들은 이야기를 해 주었다. 얘기를 들은 세 사람, 즉 의윤과 정 여사, 처선은 경악을 금치 못했다.

"그러니까 그 여자가 황태자 전하께 사기를 쳐서 돈을 뜯어내는 중이다, 이겁니까?"

제 귀로 듣고도 도저히 믿기 힘들다는 표정으로 처선이 되물었다.

"네. 옷이니 가방이니 차니, 벌써 많이 우려냈더라고요. 얘기하는 걸 봐서는 아마 집까지 받아 낼 셈인가 봐요."

"세상에나, 간도 크지!"

이번에는 정 여사가 혀를 내둘렀다.

"원래 무식하면 용감하다고 하잖아요. 그 언니가 좀 그렇거든요."

"그래서, 그 얘기 듣자마자 이화원으로 돌아온 것이냐?"

의윤이 물었다.

"아뇨, 제가 들은 거 눈치챌까 봐 이틀 더 있다가 일자리 새로 구했다고 핑계 대고 나온 거예요. 전하랑은 헤어진 줄 알고 있으니까요."

그렇게 대답하고, 미소는 정 여사를 향해 물었다.

“아까 다 들었어요. 황태자 전하가 황후 폐하 편을 들어서, 전하도 회갑연에 부르자 하셨다죠?”

“그렇습니다.”

정 여사가 대답했다.

“설희 언니도 초대받았다고 했어요. 그러니까 분명히 전하께 모욕을 줄 셈으로 부른 거예요.”

“아……!”

“그러니까 가셔야 해요. 물론 저도 함께요.”

미소는 각오가 된 듯한 표정이었지만, 정 여사와 처선은 그래도 걱정이 되는 모양이었다.

“어차피 굳이 거기 가서 황태자 전하의 착각을 일깨워 드려 봤자 득이 될 건 없지 않겠습니까. 속이야 시원하겠지마는, 괜히 긁어 부스럼이 될까 걱정입니다.”

“저도 정 여사님과 생각이 같습니다. 그렇지 않아도 동영상 건 때문에 황실도 날카로워져 있을 텐데, 차라리 핑계를 대고 불참하시는 게 여러모로 나을 것 같습니다.”

하지만 이번에는 의윤이 고개를 저었다.

“아니, 나는 가겠다.”

“주인님!”

정 여사와 처선이 동시에 목소리를 냈다.

“나는 더 이상 도망치지 않을 작정이다. 맞서 싸울 것이다. 조만간 너희에게도 이야기를 하려 했었는데, 이렇게 하게 되는구나.”

두 사람을 번갈아 바라보며, 의윤은 결심한 듯이 말했다.

"……나는 내 자리를 되찾을 생각이다."

두 사람 다 숨을 멈췄다.

"알다시피 위험천만한 일이다. 내 곁에 있다가 자칫 너희도 함께 역적이 될 수 있다."

경고하듯, 의윤은 한 마디 한 마디를 신중하게 입에 담았다.

"함께하자고는 하지 않으마. 나를 떠나더라도 아무 말 않겠다. ……하지만 나는 이미 결심이 섰으니 말려도 소용은 없을 것이다."

잠시 침묵이 흘렀다.

"주인님도 참, 그러면 그렇다고 진작 말씀을 하시지."

활짝 웃으며 먼저 입을 연 것은 처선이었다.

"제 목숨이야 이미 입궁할 때 주인님께 바쳤는데 이제 와서 새삼 무슨 말씀이십니까?"

정 여사는 반대로 눈물을 글썽였다.

"이날만을 얼마나 기다려 왔는지 모릅니다."

감격에 떨리는 목소리였다.

"어디까지나 정당한 주인님의 자리입니다. 암요, 당연히 되찾으셔야 하고말고요! 그러기 위해서라면 이 늙은 목숨 따위야 백 번이고 천 번이고 기꺼이 버리겠습니다."

상궁과 내관이라는 영광스러운 자리도 선뜻 버리고 자신을 따라 나와 준 사람들. 지금도 자신을 위해서라면 죽음이라도 불사하겠다고 말해 주는 사람들. 그들을 바라보는 의윤의 눈에도 눈물이 어렸다.

"약속하겠다. 그대들을 위해서라도, 내 꼭……."

기어이 목이 메어 말을 잇지 못하는 의윤 대신에 미소가 입을 열었다.

"믿으셔도 돼요."

똑같이 눈물이 그렁한 눈으로, 미소는 정 여사와 처선을 바라보며 웃어 보였다.

"우리 전하, 한번 하신 약속은 지키시는 분이시잖아요!"

17. 황후의 회갑연

황후의 회갑연 당일, 하늘은 높고 날은 맑았다.

온천이 있는 온양에 자리한 황실의 별궁과 그 근처는 수많은 인파로 흘러넘치고 있었다. 오늘의 행사를 취재하기 위해 모여든 각 방송국과 신문사 등 매체의 취재진들. 멀리서나마 황제와 황후의 얼굴을 보기 위해 모여든 일반인들. 행사를 안전하게 진행하기 위해 동원된 경찰들만도 수천에 달했다.

이 수많은 인파 사이로 기다란 황금색 비단이 쫙 깔려 길을 만들고 있었다. 혼잡한 가운데서도 그 누구도 이 비단 위에는 한 발짝조차 들여놓지 않았다.

이 황금색 비단은 이를테면 레드 카펫 대신인데, 대한 제국의 공식 행사 시 황족이나 국빈들만 밟을 수 있는 것이었다. 그래서 대한 제국에서는 '비단길을 걷는다'는 말은 크게 성공하거나 호사를 누린다는 뜻으로 통하고 있었다. 황태자 요가 설희에게 '비단길만 걷게 해주마' 하고 약속한 것도 바로 그런 뜻이었다.

이윽고 각국 대사와 정상들, 그리고 정부 요인들이 탄 차가 하나씩 도착했다.

—리퍼트 주한 미국 대사가 차에서 내리고 있습니다.

—지금 들어서고 있는 것은 카타르 국왕 일행의 차입니다.

오늘은 모든 방송국, 모든 채널이 이 행사를 생중계하고 있는 중이었다. 수많은 사람들의 기다림 끝에, 드디어 수많은 경호 차량을 대동한 검은색 차량이 나타났다. 바로 황제의 전용 차량이었다.

"와아아아!"

길에 늘어선 사람들이 국기를 흔들며 환호를 보냈다. 이윽고 차가 비단길 앞에 멈추고, 황제와 황후가 차례로 차에서 내렸다. 훈장이 주렁주렁 달린 대원수의 군복 차림인 황제와, 황후의 예복인 황원삼을 차려입은 황후가 인파를 향해 마주 섰다.

"황제 폐하 만세!"

"황후 폐하 만세!"

만세를 외치는 사람들을 바라보는 황제의 입가가 미세하게 굳어졌다.

'황제가 왔는데 환영 인파가 겨우 이게 뭐란 말인가?'

그의 아버지, 즉 태상황의 재위 시절에는 이렇지 않았다. 행사에 일부러 사람을 동원하지 않아도 황제가 가는 곳마다 환호하는 백성들이 길을 꽉꽉 메우는 바람에 황제가 탄 차량이 움직이기 힘들 정도였다.

그런데 이게 무엇인가. 분명 관청에서 환영하러 나가라고 독려했을 텐데도, 나온 사람들의 숫자는 선황제 시절에 비하면 영 초라한 것이었다. 일부러 황실의 위엄을 보여 주기 위해 큰돈을 들여 화려한 행사까지 준비했는데!

얼굴이 굳어진 황제와는 달리, 황후는 자상한 미소를 띠고 사람들을 향해 손을 흔들었다.

"와아아아!"

황후가 손을 흔들자 더욱더 커다란 환호가 쏟아지는 것조차도 황제의 심기를 은근히 거슬렀다. 백성들이 황제인 자신이나 황태자보다도 오히려 황후에게 호감을 품고 있다는 것을, 황제는 잘 알고 있었다. 그래서 황후의 의견을 완전히 무시할 수 없는 것이기도 했다.

"이만 들어갑시다."

황제는 퉁명스럽게 황후를 재촉하고 사람들에게서 등을 돌렸다. 황제와 황후가 비단길을 걸어 행사장인 별궁 안으로 들어가고 나자 진행 요원들이 비단길을 걷어 치웠다.

한편 그때쯤 인적이 없는 별궁의 뒷문에 조용히 한 대의 차량이 도착했다. 바로 폐위된 황태자와 그 약혼녀, 그리고 비서가 탄 차였다.

별궁의 너른 마당은 둘로 나뉘어 있었다. 한쪽에는 연회장이 마련되어 있었고, 다른 한쪽에는 높은 단상과 함께 무대가 설치되었다. 국립 국악원의 악사들이 궁중 음악을 연주하고, 황제와 황후가 저 높이 마련된 단상에 나란히 올라가 앉았다.

행사가 본격적으로 시작되기 전, 황태자는 각국 정상과 대사들, 정부 각료들 등 수많은 귀빈들과 인사를 나누느라 여념이 없었다.

"이렇게 어머니의 회갑연에 와 주어 고맙소이다."

"축하드립니다, 황태자 전하."

그 바쁜 와중에 설희는 황태자의 팔을 기어이 잡아끌어 볼멘소리를 했다.

"정말 너무해요. 제가 죄지은 것도 없는데 왜 몰래 뒷문으로 들어와야 되는데요?"

황태자의 팔짱을 끼고 방송국 카메라 세례를 받으며 화려하게 황금 비단을 밟을 꿈에 부풀어 간밤에 잠도 제대로 못 잤는데, 웬걸. 아침에 황태자가 보낸 차량이 데리러 와서는 설희를 별궁의 뒷문으로 안내했던 것이다.

물론 황태자의 입장에서는 어이없는 투정이었다. 정식으로 약혼한 사이도 아니고, 대체 제가 뭐라고 온 국민이 보는 앞에서 나란히 앞문으로 들어오려 했단 말인가!

"어쩌면 저를 이렇게 대접하실 수가 있어요?"

지금이 투정이나 부릴 때인가. 도대체 이 여자는 사리 분별조차 안 된단 말인가? 화가 치밀었지만 요는 꾹 참고 부드럽게 설희를 달랬다.

"아직 부모님께 인사도 정식으로 올리지 못한 사이가 아니냐. 이번만은 네가 좀 참아 다오."

"그럼 오늘 인사드리면 되겠네요?"

황태자는 더욱더 어이가 없었다. 그도 그럴 것이, 설희는 무슨 파티에라도 온 듯이 가슴이 반이나 드러나는 화려한 이브닝드레스를 입고 있었다. 정부 각료들의 부인들은 모두 한복을 입고, 각국 퍼스트레이디, 대사 부인들마저도 예의를 갖춰 예복을 차려입고 온 마당에!

전혀 잔치 분위기와는 어울리지 않는 차림새에, 그렇지 않아도 설희를 보는 사람들마다 놀란 얼굴을 하는 중이었다.

'그 꼴을 하고 황제 폐하와 황후 폐하께 인사를 드리겠다?'

이제는 도대체 이 여자가 제정신이라는 게 있는가 하는 사실조차 의심스러울 지경이었다.

도저히 안 되겠다고 요는 생각했다. 이 여자와는 오늘까지다. 더는 하루도 못 견디겠다. 잠시 후 죄인이 도착하면, 보란 듯이 사이를 과시해 주고 나서 깔끔하게 정리하리라.

어쨌든 그때까지는 일단 비위를 맞춰야 했다. 내 곁에 있는 이 여자를, 죄인이 발견한 순간의 표정을 내 눈으로 볼 때까지는! 금방이라도 폭발할 것 같은 화를 꾹 억누르고, 황태자는 설희의 뺨을 살며시 어루만졌다.

"인사는 다음에 드리도록 하자. 죄인이 보는 앞이면 너도 불편할 것이 아니냐."

"……죄인이요?"

설희가 흠칫 놀란 얼굴을 했다.

"이화원에 있는 자 말이다. 어머니께서 하도 간절히 원하셔서, 오늘 오기로 되어 있느니라."

그 순간 설희의 얼굴에 핏기가 싹 가셨다. 그야 헌신짝처럼 버린 전 애인이 온다니 뒤가 켕길 만도 하지. 요는 그렇게 생각했다.

"긴장할 것 없다. 네 곁에는 내가 있지 않으냐."

설희의 벗은 어깨에 살며시 손을 얹으며 위로의 말을 건네는데, 문득 주위가 술렁였다.

"아니, 저게 누구야?"

"세상에, 여긴 어떻게 온 거지?"

고개를 들어 보니 저만치서 누군가가 들어오고 있었다. 바로 검은 양복 차림의 전 황태자, 이유였다.

갑작스러운 전 황태자의 출현에 사람들은 무척 당황했다. 알아본 사람들은 알아본 사람들대로 인사를 해야 하나 말아야 하나 어쩔 줄 몰랐다. 또 외국 정상이나 대사들처럼, 모르는 사람은 모르는 사람들대로 저게 누군데 분위기가 이런가 싶어 자기들끼리 귓속말을 하느라 여념이 없었다.

사람들이 당황하거나 말거나 아랑곳없다는 듯이, 전 황태자는 당당하고도 침착한 걸음걸이로 연회장 안으로 들어왔다.

요는 설희의 어깨를 안아 제게로 가까이 끌어당겼다. 자아, 이제 나를 보아라! 요의 입가에 승리의 미소가 떠올랐다.

"……."

드디어 요를 발견한 유가 걸음을 멈췄다.

하지만 이게 대체 무슨 일인가. 유의 얼굴에, 요가 기대했던 것과 같은 경악과 패배의 표정은 전혀 나타나지 않았다. 분명 요의 곁에 있는 설희를 보고도!

유는 그저 10년 만에 보는 동생을 향해 정중히 고개를 숙였을 뿐이었다.

"오랜만에 뵙습니다, 황태자 전하."

요는 당황했다. 대체 뭐지? 왜 전혀 놀라지 않는 것이지? 그 순간, 유의 옆에 있던 누군가가 인사를 건네 왔다.

"처음 뵙겠습니다, 황태자 전하."

요는 그제야 유가 혼자가 아님을 알아차렸다. 그의 곁에는 한복을 곱게 차려입고 머리에 나비 장식을 꽂은 젊은 여자가 서 있었다. 옷은 얌전하게 입었으나 유독 눈빛만은 소녀처럼 활기차게 빛나고 있는 여자.

여자를 본 순간, 요의 가슴속에 불길한 것이 스쳐 지나갔다. 무언가가 잘못되었다. 요는 즉시 설희의 어깨를 안았던 팔을 풀고 그녀의 얼굴을 빤히 쳐다보았다.

"화, 황태자 전하……."

새하얗게 질린 설희가 더듬거리는 순간, 요는 자신이 속았다는 사실을 깨달았다. ……이 여자가 아니다!

유가 그토록 사랑하는 여자. 동영상 속의 그 여자는 설희가 아니었다. 바로 지금 유의 곁에 서 있는 저 여자였던 것이다.

"이쪽은 저의 약혼녀입니다, 황태자 전하."

여자를 바라보는 유의 눈빛에서 꿀이 떨어지는 것만 같았다.

"윤미소라고 합니다."

여자는 조금 긴장한 표정으로 요에게 인사를 건네 왔다.

"……."

황태자가 아무 대답도 없자, 유가 다시 물었다.

"죄송하지만 곁에 계신 숙녀분께서는 황태자 전하와 어떤 사이이신지요?"

그렇게 묻는 형의 입꼬리 한쪽이 살짝 올라가 있는 것을, 요는 보았다. 그 순간 요의 안에서 무언가가 굉음을 내며 폭발했다. 대꾸 대신에 요는 몸을 돌려 조금 떨어진 곳에 서 있던 황태자궁 내관을 향해 손짓했다.

"당장 끌어내라."

이를 악물고 으르렁거리듯 말하자 내관은 두 번 묻지도 못하고 명령에 따랐다.

"이만 가시지요, 아가씨."

건전지가 다 된 로봇처럼 뻣뻣하게 굳어져 버린 설희가, 반항할 생각도 못 하고 그대로 내관의 손에 이끌려 연회장을 나갔다.

그 순간, 대고가 세 번 크게 울렸다. 본 행사가 시작될 차례라는 소리였다.

너른 마당에는 수많은 의자들이 놓여 있었다. 황태자 이하 모든 각료와 귀빈들이 진행 요원들의 안내에 따라 각자 자리를 찾아 앉기 시작했다. 맨 앞줄에는 황태자를 비롯하여 각국 정상 부부들이 앉고, 그 뒷줄에는 각국 대사들, 또 그 뒤는 정부 각료들…… 하는 식으로 철저히 의전 서열에 따라 좌석이 준비되어 있었다.

일찌감치 제 자리를 찾아 앉은 사람들은 모두 한 가지에 주목했다. 과연 폐위된 황태자의 좌석이 어디쯤에 있을 것인가, 하는 것이었다. 그러나 끝까지 아무도 전 황태자를 좌석으로 안내하지 않았다. 그를 위해 준비된 자리는 처음부터 없었던 것이다. 노골적인 모욕에 보고 있던 사람들이 다 민망해질 지경이었다.

그러나 정작 전 황태자는 태연했다. 그는 아무렇지도 않은 표정으로, 대동하고 온 약혼녀의 손을 잡고 행사장 맨 뒤쪽으로 걸음을 옮겼다. 그리고 진행 요원들과 함께 단정하게 선 채로 단상 위를 우러러보았다.

다시 대고가 울리자 음악이 멈추고, 동시에 황제가 일어나서 준비된 마이크 앞에 섰다.

날카로운 시선으로 카메라를 힐끗 쳐다보고 황제는 미리 준비된

원고를 읽기 시작했다.

"황후의 예순 번째 생일을 축하하기 위해 이렇게 참석하여 주신 내외 귀빈 여러분과, 친애하는 국민 여러분께 깊은 감사를 드립니다."

그렇게 시작한 연설은 지루하도록 길었다. 그야 황후 생일 축하를 빙자한 황실 선전용 행사니까. 마침 날도 더울 정도로 따뜻해서, 사람들은 더위와 함께 졸음마저 느꼈다. 물론 졸리다고 꾸벅꾸벅 졸 수도 없는 노릇이었다. 황제 폐하께서 말씀하시는데!

"앞으로도 황실의 존엄에 도전하는 모든 행위에 대하여 단호히 대처해 나갈 것임을 이 자리를 빌려 다시금 강조하며, 또한……."

사람들이 억지로 무거운 눈꺼풀과 싸우고 있는데, 졸음을 한 방에 날려 버릴 만한 일이 일어났다. 두 돌쯤 되어 보이는 웬 남자아이가 아장아장 걸어서 어느새 황제가 이야기하고 있는 단상 앞까지 나아간 것이었다!

사람들이 깨달았을 때는 이미 늦어 있었다. 아이는 맨 앞줄에 앉아 있던 황태자에게 다가가, 가슴에 달린 훈장에 손을 뻗었다. 햇빛을 받아 황금빛으로 번쩍거리는 것이 신기했던 것이다.

문제는 하필이면 이때 황태자의 기분이 최악에 달해 있었다는 것이었다. 가뜩이나 설희 일로 머리끝까지 짜증이 나 있던 요는, 갑자기 누가 제 훈장에 손을 뻗자 생각할 겨를도 없이 아이를 확 밀어내 버렸다. 딱히 악의는 없었고 그저 무심결에 살짝 밀친 것뿐이었지만, 아직 어린아이다 보니 그만 풀밭에 벌렁 넘어지고 말았다.

"어이쿠!"

"저런!"

보고 있던 사람들의 입에서 자연스럽게 놀란 소리가 터져 나왔다.

진행 요원들도 어쩔 줄을 몰랐다. 얼른 가서 데리고 나와야 하나? 하지만 황제 폐하 말씀 도중인데!

아이를 밀쳐 버린 황태자 본인조차도 한 박자 늦게 당황해서 어쩔 줄 몰라 하고 있는데, 어디선가 달려 나온 사람이 있었다. 바로 전 황태자였다.

의윤은 주저 없이 아이를 번쩍 품에 안아 들었다.

"자, 아저씨랑 가자."

놀란 아이를 달래며 아이를 데리고 나가는 전 황태자의 모습이, 중계 카메라에 그대로 담겼다.

* * *

아이가 벌렁 뒤로 넘어지는 순간, 생중계를 보고 있던 각 가정에서도 놀란 비명이 터져 나왔다. 마침 모여서 함께 TV를 보고 있던 민식과 친구들도 마찬가지였다.

"뭐야, 황태자면 애를 저렇게 막 밀치고 그래도 돼?"

흥분하는 민식을, 친구가 화들짝 놀라 말렸다.

"야! 누가 들으면 어떡하려고 그래? 너 그러다 잡혀가!"

"아 됐어. 요즘 여기저기 점점 말 많아지는데 다 잡아가라 그래. 다 가둘 데도 없겠구먼."

여론을 억압하는 데도 한계가 있었다. 유튜브 차단 사건 이후로 정부의 독재에 대한 불만이 점점 더 높아지고 있는 상황이었다. 특히 젊은 층에서는 반발심이 한층 더했다.

"어머, 저거 이유 전하 아냐?"

"그러네?"
카메라에 비친 의윤의 모습을 보고 모두들 놀랐다.
"세상에, 애 안는 거 능숙한 것 좀 봐."
"누구랑 완전 비교되네."
"아, 어쩜 저렇게 자상하실까? 미소는 좋겠다."
말조심하라고 민식을 말리던 친구마저 결국은 본심을 내뱉고 말았다.
"지금 황태자 반품하고 이유 전하가 도로 황태자 하셨으면 좋겠다."
그 말을 한 친구는 미처 모르고 있었다. 지금 이 순간, TV를 보고 있는 시청자의 대부분이 내심 같은 생각을 했다는 것을.

* * *

아이는 영국 대사의 아들로 밝혀졌다. 부모가 황제의 말에 집중하느라 한눈을 파는 동안, 심심했던 아이가 자리를 빠져나가 사고를 친 것이었다.
다행히 넘어진 곳이 풀밭 위라 아이는 다친 곳 없이 멀쩡했다. 의윤과 미소가 잘 달래 주어서 크게 놀라지도 않고, 황제의 말씀이 끝날 때까지 방긋방긋 웃으며 잘 놀다가 무사히 제 부모의 품으로 돌아갔다.
「정말 감사합니다, 전하.」
대사의 인사에 의윤은 빙긋 웃으며 영어로 대답했다.
「저는 황족이 아닙니다. 그저 사적으로 어머니의 생신을 축하드리러 왔을 뿐입니다.」

분명히 말했음에도 불구하고 영국 대사 뒤에도 여러 사람들이 의윤에게 다가와 인사를 건넸다. 주로 각국 대사와 그 부인들이었다. 황제의 신하인 정부 대신들이야 의윤을 보고도 못 본 척 투명 인간 취급을 했지만, 대사들은 입장이 다르니 가능한 일이었다.

「아이를 무척 능숙하게 안으시더군요.」

「아직 젊으신 것 같은데, 벌써 아이가 있으신가요?」

특히 대사 부인들이 주로 의윤에게 호감을 표시했다.

「어린 아들이 있습니다. 한국 나이로 네 살이지요.」

자신에게 말을 걸어오는 귀빈들 하나하나에게, 의윤은 미소를 지으며 응대했다. 어릴 적부터 황태자 생활을 해 온 사람답게 무척이나 세련된 매너였다.

그 모양을 멀리서 지켜보던 요는 속이 마구 뒤틀리는 것을 느꼈다. 아까 일은 그저 단순한 실수였다. 물론 타고난 성정이 차가운 요였지만, 죄 없는 어린아이를 다치게 할 정도로 포악하지는 않았다. 그러나 카메라가 실수인지 뭔지를 알 리가 없었다. 그저 자신이 어린애를 밀쳐 넘어뜨렸고, 그 아이를 유가 달려와서 안아 드는 것만 찍혔을 것 아닌가.

'전 국민이 다 보았겠지.'

요는 뒤늦은 후회에 휩싸였다. 처음부터 죄인을 불러들이는 것이 아니었는데!

설희와 연인 사이가 되었다는 것을 과시해서 정신적 충격을 주고, 또 일부러 좌석조차 마련하지 않음으로써 더 심한 모욕을 줄 셈으로 불러들인 것이었다.

그런데 이게 대체 뭔가. 오히려 설희에게 속아 놀아난 것은 자신이었다. 자기 자리가 없어도 유는 조금도 주눅 들지 않았고, 결국 돌발 상황에 국민들 앞에서 자기를 어필할 기회까지 얻었다.

요는 형이 자신에게 모욕을 주기 위해 일부러 카메라 앞에서 쇼를 했다고 굳게 믿었다. 누구에게 보이려고 한 일이 아니라, 넘어진 어린아이를 달려가서 안아 드는 것이 어른으로서 당연한 일이라는 사고 자체를 하지 못하고 있었다.

치미는 분노에 요는 그저 말없이 와인만 연거푸 마셔 댔다.

한편, 외교관들과 그 부인들과 이야기를 나누느라 여념이 없던 의윤에게 슬며시 다가와 말을 거는 사람이 있었다.

"오라버님."

한복을 곱게 차려입은 얌전한 인상의 예쁜 아가씨. 바로 막냇동생인 선혜 공주였다.

"선혜야!"

의윤의 표정이 반가움에 확 밝아졌다. 띠동갑인 여동생을 어릴 적부터 얼마나 귀여워했는지 몰랐다. 체통을 지키라고 아버지인 황제에게 몇 번이나 야단을 맞으면서도 업어 주고, 또 업어 주고 했을 정도였다. 그래서인지 선혜도 작은오빠보다 큰오빠를 훨씬 더 따랐었다.

"한참 못 본 새 많이 예뻐졌구나."

"오라버님도 참!"

공주가 수줍음을 탔다. 10년 만에 오늘 처음 본 황태자와 달리, 선혜나 어머니인 황후는 비공식적으로 가끔씩 만나곤 했지만 그것도 황제의 눈치 때문에 자주 있는 일은 아니었다. 마지막으로 본 지 거의 1년이 다 되어 가고 있었다.

동생의 손을 잡고 한동안 반가워하던 의윤이, 이윽고 정신을 차리고 미소를 소개했다.

"자, 이쪽은 윤미소라고 한다. 나의 약혼녀이니라."

미소는 공주를 향해 공손히 고개를 숙여 인사를 올렸다.

"처음 뵙겠습니다, 공주 전하."

"어머나, 전하라니요. 오라버님과 혼인하실 분이면 제게는 새언니가 되는걸요."

공주는 작은 손을 뻗어서 미소의 손을 꼬옥 잡았다.

"우리 오라버님을 잘 부탁드려요, 네?"

수줍음이 많은 성격 같으면서도 무척 다정하다. 첫눈에 미소는 공주가 마음에 들었다. 미소와 인사를 나눈 후, 공주는 의윤의 곁에 있던 처선에게도 인사를 건넸다.

"저어, 김 내관님도 그동안 평안하셨는지……."

빰이 발그레해져서 묻는 공주와 달리 처선은 무뚝뚝하게 대꾸했다.

"덕분에 잘 지냈습니다."

그러더니 공주의 안부조차 묻지 않고 그대로 입을 다물어 버리는 것이 아닌가.

눈에 띄게 싸늘한 태도에 미소는 이상하다고 생각했다. 온 세상 사람에게 다 친절한 처선이 아닌가. 처음 이화원에 면접을 보러 갔던 날, 생전 처음 보는 자신에게도 웃으며 상냥하게 대해 줬었다. 그런데 왜 저렇게 예쁜 공주님한테 저래?

하지만 더 궁금해할 겨를도 없었다. 황제와 황후가 연회장 한편에 마련된 상석에 나란히 올라가 앉았던 것이다. 이제 연회에 참석한 모든 사람들이 차례로 축하 인사를 올릴 순서였다.

맨 첫 순서는, 바로 큰아들인 의윤이었다. 미소는 의윤의 손에 이끌려 황제와 황후의 앞에 섰다. 어찌나 긴장이 되는지, 입 밖으로 심장이 튀어나올 것 같은 기분이었다.

힐끗 올려다보자 황후는 입가에 미소를 띠고 이쪽을 바라보고 있었다. 자칫하면 불경죄가 될 수 있기에 감히 오래 쳐다보고 있을 수는 없었지만, 얼핏 보아도 자애로운 분이라는 게 느껴졌다. 존귀하신 황후 폐하를 두고 우스운 일일지도 모르지만, 마치 어릴 때 돌아가신 엄마 같은 느낌이 들었다.

하지만 그 옆에 굳은 표정으로 앉아 있는 황제의 얼굴을 본 순간, 미소는 저도 모르게 주먹에 힘이 들어가는 것을 느꼈다.

'저 사람 때문에 우리 아빠가 돌아가셨어!'

황제의 역사 왜곡 정책 때문에 많은 역사학자들이 일자리를 잃었다. 강단에서 물러나야 했던 것은 물론이고 저술도, 연구도 못 하게 되었다. 미소의 아버지 역시, 학자로서 아무것도 못 하게 되자 마음고생을 한 끝에 그만 병을 얻어 돌아가신 것이었다.

그뿐인가. 황제는 미소가 사랑하는 남자도 죽이려 했다. 다행히 목숨은 건졌지만 그 남자는 그 탓에 10년 동안이나 은거하듯 숨어 살았다. 그토록 사랑하는 국민들에게 손가락질을 당하면서.

이래저래 황제에 대한 미소의 감정이 좋을 리 없었다.

'지금은 참아야 돼.'

울컥 치미는 것을 꾹 참으며, 미소는 의윤과 함께 절을 올렸다.

"어머니, 아버지. 그간 무탈하셨습니까."

절을 받고도 고개조차 끄덕하지 않은 채 앉아 있는 황제와는 달리, 황후는 금세 눈물이 글썽해졌다.

"그래, 너도 잘 있었느냐."

"예, 어머니. 걱정해 주신 덕분에 건강히 잘 지냈습니다."

의윤이 애써 밝은 목소리를 지어냈다.

"아까는 앉을 자리도 없이 우두커니 서 있더구나. 미안하다, 이 어미가 못나서 그만……."

말하다 말고 황후는 기어이 목이 메고 말았다.

"아닙니다, 어머니. 불효자가 늘 속을 썩여 드려 면목이 없을 뿐입니다."

의윤이 떨리는 목소리로 위로를 건넸을 때, 갑자기 누군가의 목소리가 끼어들었다.

"그럼 이참에 효도 한번 하시지요, 형님."

의윤은 물론, 주위 사람들도 모두 깜짝 놀라서 목소리의 주인공을 쳐다보았다. 한 손에 와인 잔을 든 황태자가 비웃음을 띠고 형을 바라보고 있었다.

"보이십니까? 형님 일로 어머니께서 늘 노심초사하시느라 머리가 저렇게 희어지셨습니다."

비꼬는 말에도 의윤은 공손히 고개를 숙였다.

"면목 없습니다, 황태자 전하."

"면목 없다, 면목 없다! 입으로만 그리 말씀하지 말고 효도를 하시란 말씀입니다!"

황태자가 갑자기 큰 소리를 냈다. 사람들은 그제야 그의 얼굴이 아까보다 훨씬 붉어져 있는 것을 깨달았다. ……황태자는 취해 있었다.

"요야, 취했구나. 그쯤 해 두거라."

황후가 타이르듯 말했지만 황태자는 아랑곳하지 않았다.

"고사에 이르기를, 초나라 사람 노래자는 나이 칠십에 늙은 부모 앞에서 어린아이처럼 재롱을 부려 기쁘게 해 드렸다 합니다. 형님께서도 한번 본받아 보시지요."

"예?"

의윤도 당황한 얼굴을 했다.

"어머니의 회갑연인데 춤이라도 한번 추어 보시란 말씀입니다."

분위기가 순식간에 싸늘해졌다.

"요야!"

황후가 질책하듯 목소리를 높였지만 황태자는 거들떠보지도 않았다.

"노래자는 나이 칠십에도 했는데 형님은 이제 겨우 서른이 조금 넘지 않으셨습니까. 못 하실 것이 무엇입니까?"

그러더니 제 말에 동조를 요청하듯 주위를 둘러보았다.

"어디, 내 말이 틀렸습니까?"

물론 해외 귀빈들은 통역의 설명을 듣고도 눈살만 찌푸릴 뿐 동조하지 않았지만, 대신들은 입장이 달랐다. 폐위된 황태자와 현재 황태자. 누구의 편을 들어야 할 것인지는 자명했다. 이참에 황태자의 눈에 들고자 하는 사람도 여럿이었다.

"옳으신 말씀입니다."

"한번 보고 싶습니다."

"어디 추어 보시지요. 잔치 분위기도 살릴 겸."

여기저기서 의윤을 향해 모욕적인 말이 쏟아졌다.

"내 그만하라 하였느니!"

황후가 다급히 말리려 들었으나 황제가 제지했다.

"놓아두시오. 나도 한번 보고 싶구려."
"폐하!"
"부모가 돼서 자식의 재롱을 보겠다는데 뭐가 문제요?"
황제까지 거들고 나서자 일이 점점 커졌다.
"얼른 달려가서 음악을 준비하도록 해라. 아주 신나는 걸로 준비해야 한다. 거 왜 요즘 유행하는 노래들 있지 않으냐."
약삭빠르게 진행 요원에게 지시하는 자까지 있었다.
어차피 푸대접을 당할 것이라 각오하고 온 바다. 하지만 내외 귀빈이 모두 자리한 곳에서 이런 굴욕을 당할 줄이야!
난감한 상황에 의윤이 입술을 깨물 때, 문득 옆에서 낭랑한 목소리가 들렸다.
"황후 폐하."
단상 위의 황후를 똑바로 올려다보며, 미소가 말했다.
"허락하신다면, 혹시 제가 대신 춤을 추어도 괜찮겠습니까?"
주위의 공기가 순식간에 싸늘해졌다. 모두들 숨을 죽여 미소를 바라보고 있었다. 황후 역시 놀란 얼굴로 미소를 내려다보았다.
"……그대가 대신 추겠다?"
방금 전에 절은 드렸지만 아직 정식으로 인사조차 드리기 전이었다. 의윤이 미처 제 약혼녀라 소개도 하기 전에 황태자가 끼어들어 시비를 걸어왔으니까.
황후의 물음에 미소가 턱없이 방글거리며 대답했다.
"예, 황후 폐하. 큰아드님께서는 워낙 몸치가 되어 놓으셔서, 춤을 보셔도 그리 즐겁지 않으실 것입니다."
이 상황에 농담까지 섞인 대답이 나오자 모두들 놀란 얼굴을 했다.

황제와 황후가 나란히 있는 앞에서도 조금도 주눅 들지 않는 이 아가씨는 대체 뭔가!

“그러니 제가 부족하나마 춤을 추어 한번 분위기를 띄워 보겠습니다.”

의윤이 만류하듯 팔을 붙잡았지만 미소는 그의 눈을 보고 생긋 웃어 보였다.

“괜찮아요.”

입은 웃고 있지만 눈은 전혀 웃고 있지 않았다. 단호한 결심에 가득 찬 눈동자를 보고, 의윤은 문득 며칠 전 그녀가 했던 말을 떠올렸다.

“전하 혼자서만 저를 지켜 주시는 건 싫어요. 저도 제 힘이 닿는 한은 전하를 지켜 드리고 싶어요.”

말릴 수 없다는 것을 의윤은 알았다. 그는 말없이 고개를 끄덕이고 미소의 팔을 놓았다.

미소는 다시금 황후를 우러러보며 부탁했다.

“허락해 주십시오, 황후 폐하.”

황후는 고개를 끄덕였다.

“그래, 어디 한번 해 보아라.”

사실 황후로서는 마다할 일이 아니었다. 자칫하면 큰아들이 내외 귀빈들과 대신들이 다 보는 앞에서 망신을 당할 판이 아닌가.

“감사합니다, 황후 폐하.”

고개를 숙여 보이고, 미소는 주위를 둘러보았다. 그리고 여자 진행요원 중 한 사람을 향해 손짓했다.

“저기, 죄송하지만 잠깐 저랑 옷 좀 바꿔 입어 주시겠어요?”

* * *

황제의 말씀이 끝나고 나서도 중계는 계속되었다. 악사들이 궁중 음악을 연주하고, 전통 무용 공연이 이어졌다. 많은 예산을 들여 오래도록 준비한 만큼 매우 화려하고 웅장한 공연이었다. 예술적인 부분은 물론이고 전통적 가치로 보아도 매우 뛰어난 공연임에 틀림없었지만, 사실상 대부분의 시청자들에게는 그리 흥미 있는 내용이라고 하기는 힘들었다.

"이럴 거면 그냥 한두 채널에서만 중계하고 나머지는 그냥 정규 방송 하게 해 주지."

"그러게. 연회장 쪽은 보여 주지도 않으면서."

안방의 시청자들 사이에서 불만이 터져 나왔다. 대한 제국의 모든 방송국이란 방송국은 공중파 케이블 할 것 없이 의무적으로 황후의 회갑연을 중계하고 있어서 채널 선택의 여지가 없었던 것이다.

끝도 없이 이어지던 궁중 음악 연주가 한순간 뚝 멈췄다. 그러더니 별안간 경쾌한 전주가 흘러나오기 시작했다. 바로 유명한 걸 그룹의 히트곡이었다.

"이게 뭐야? 방송 사고인가?"

꾸벅꾸벅 졸고 있던 시청자들까지 잠이 확 깨서 놀란 눈으로 TV를 쳐다보는 가운데, 무대 위로 웬 젊은 아가씨 하나가 올라왔다.

"아니 저건 또 누구야?"

시청자들은 어안이 벙벙해하면서도 TV에 시선을 고정했다. 백댄서도 없이, 아가씨는 노래에 맞춰 혼자 춤을 추기 시작했다.

–모두 나를 가지고 매일 가만 안 두죠

시간이 지날수록 지켜보던 사람들의 입이 점점 더 크게 벌어졌다. 정체 모를 이 아가씨는, 그야말로 신이 내린 춤 솜씨의 소유자였다.

화려한 무대 의상 대신 밋밋한 검은 스커트 정장을 입고 있는데.

조명이나 무대 장치는 물론 백댄서 하나 없는데.

걸 그룹처럼 여러 명도 아니고 달랑 혼자뿐인데!

그렇게 귀엽고 예쁘고 또 신나 보일 수가 없었다. 보고 있는 사람들의 엉덩이가 덩달아 들썩거릴 지경이었다.

음악 전문 프로그램같이 화려한 카메라 워킹은커녕 미동조차 않는 보도용 카메라 앞에서, 아가씨는 오로지 춤 솜씨 하나로 온 시청자들의 넋을 확 빼 놓았다.

—우아하게!

귀여운 윙크와 동시에 노래가 끝난 순간, 마침 중계를 지켜보고 있던 연예계 관계자들은 모두 한마음으로 생각했다. 저 미친 무대 장악력의 소유자는 대체 누구란 말인가. 당장 캐스팅해야 하는데! 물론 일반 시청자들 역시 그녀의 정체를 궁금해하기는 마찬가지였다.

"아니 대체 저게 누구야?"

"그러게, 연예인은 아닌 거 같은데?"

하지만 모두의 궁금증은 금세 풀렸다. 무대 아래서 그녀를 향해 두 팔을 뻗는 남자가 카메라에 잡혔던 것이다.

바로 폐위된 황태자, 이유였다.

이유가 방금 춤을 마치고 가쁜 숨을 몰아쉬는 아가씨를 무대에서 가볍게 안아 내리는 순간, 모든 시청자가 보았다. 여자를 바라보는 그의 눈에서 꿀이 뚝뚝 떨어지고 있는 것을.

* * *

미소가 무대에 올라가 춤을 추는 동안, 반대쪽에 있는 연회장 안의 분위기는 매우 기이했다.

황제 이하 대신들은 얼음처럼 차가운 눈으로 무대 위를 바라보고 있고, 반대로 외국 정상들과 대사들은 흥겨워하며 손뼉을 치고 어깨를 들썩였다. 대사 부인들 중에는 노래를 따라 부르는 사람들도 있었다. 또는 자기들끼리 감탄해서 쑥덕거리기도 했다.

「한국 여성들은 일반인도 저렇게 춤을 잘 추는군요.」

「역시 K팝이 세계를 제패하는 데는 이유가 있었네요!」

잠시 후, 도로 한복으로 옷을 갈아입은 미소가 의윤의 팔짱을 끼고 연회장으로 돌아왔다. 언제 그렇게 신나게 춤을 추었느냐는 듯이 다소곳한 몸가짐으로 사뿐사뿐 걸어 들어오는 미소를 향해, 우레와 같은 박수가 쏟아졌다. 자리에 앉아 있던 몇몇 국가의 국왕과 왕비들은 자리에서 일어나서까지 박수를 쳤다.

열렬한 환호에 쑥스러운 미소로 화답하고 미소는 이윽고 도로 황제와 황후 앞에 섰다.

"소개가 늦었습니다."

넘쳐흐르는 자랑스러움과 사랑스러움을 담아, 의윤은 부모를 향해 미소를 소개했다.

"이 아가씨가 바로 저와 혼인할 사람입니다."

미소는 조금 떨리는 목소리로 말했다.

"황제 폐하와 황후 폐하를 뵙습니다. 윤미소라고 합니다."

그러나 황제의 입에서는 엉뚱하게도 질책이 흘러나왔다.

"너는 이 자리가 어떤 자리인지 잘 모르는 모양이로구나."

당황한 미소를 향해, 황제는 보란 듯이 주위를 둘러보고는 말했다.

"보아라. 어디 이 자리가 그런 노래에 그런 춤을 출 자리 같으냐?"

기가 막혔다. 애초에 자신이 선곡을 한 것도 아니지 않은가. 일부러 의윤을 망신 주기 위해 그런 노래를 골라 놓고는 나더러 뭘 어쩌라고? 미소는 공손하게 눈을 내리깔고, 하지만 조금도 주눅 들지 않고 대답했다.

"외람되오나 황후 폐하의 회갑연 자리인 줄 압니다. 그러니 황후 폐하를 즐겁게 해 드리는 게 최선이라 생각하였습니다."

그러고는 황후에게 시선을 돌려 당돌하게 물었다.

"황후 폐하, 즐거우셨는지요?"

모두가 숨을 죽이고 황후를 지켜보았다. 황후는 대답 대신에 자리에서 일어났다. 그리고 천천히 아래로 내려와, 두 팔을 활짝 벌려 미소를 껴안았다.

"즐거웠단다. 암, 너무도 즐거웠고말고!"

황후의 목소리가 감격에 떨리고 있었다.

얼굴도 보기 전부터 이미 어여삐 생각하던 아이였다. 10년 동안이나 집 안에만 틀어박혀 있던 큰아들을 바로 이 아이가 세상으로 끌어내 주었다지 않은가. 그뿐인가. 비록 친자식은 아니라지만 아이가 둘이나 딸린 남자, 그것도 이혼남에게 선뜻 시집와 주겠다고 나선 고마운 처녀가 아닌가.

"천성이 밝고 어지신 분입니다. 주인님의 짝으로 이 이상 가는 분은 없을 것입니다."

낳아 준 자신 못지않게 어미의 마음으로 의윤을 생각하는 정 상궁이, 그토록 입에 침이 마르도록 칭찬을 했으니 더 볼 것도 없었다. 즉 이미 만나기 전부터 황후는 미소를 기꺼이 받아들일 준비가 되어 있었던 것이다.

그런데 직접 만나 보니 전해 들은 것 이상이었다. 보통 사람 같으면 잔뜩 얼어붙어서 한마디조차 못하기 십상일 이 자리에, 하물며 이 아이는 용감하게 나서서 제 약혼자를 구하기까지 했다.

미소가 나서지 않았더라면 가뜩이나 불쌍한 내 아들이 얼마나 큰 망신을 당했을까! 진심으로, 황후는 미소를 향해 큰절이라도 하고 싶은 심정이었다. 물론 그럴 수야 없었기에 껴안는 길을 택했다.

"화, 황후 폐하……."

긴장한 처녀의 등을 부드럽게 토닥거리며, 황후는 말했다.

"어머님이라 부르거라. 며느리도 자식이니라."

미소는 미처 몰랐지만 황후의 이 말에는 깊은 뜻이 숨어 있었다. 너도 이제 내 자식이니까, 너도 내가 지키리라는 뜻.

이윽고 황후는 미소를 안고 있던 팔을 풀었다. 그리고 등을 돌려 황제를 올려다보며 말했다.

"우리 며느릿감이 저와 귀빈 여러분을 이토록 즐겁게 하였습니다. 그러니 상을 내려 주시지요, 폐하."

황제는 알았다. 황후가 이 아이를 건드리지 말라고 자신에게 경고하고 있음을. 설상가상으로 지켜보고 있던 다른 국가 정상들도 한마디씩 거들었다.

「황후 폐하의 말씀이 옳습니다, 황제 폐하.」

「무척 즐거운 구경이었습니다.」

이쯤 되니 미소를 더 탓할 수도 없어졌다.

"……황후 뜻대로 하시오."

결국 황제는 퉁명스레 그렇게 대꾸하고 말았다.

"고맙습니다, 폐하. 그러면 제가 알아서 상을 내리도록 하겠습니다."

황제를 향해 고개를 숙여 보이고, 황후는 미소의 손을 꼭 잡았다.

"그래, 결혼식은 언제 올릴 예정이냐?"

미소 대신에 곁에 있던 의윤이 대답했다.

"아직 정해지지 않았습니다. 먼저 부모님께 인사를 드리고, 허락을 얻은 후에 날짜를 잡고 차근차근 준비할 생각이었습니다."

"내 최대한 가까운 길일을 골라 기별할 터이니 어서 준비를 서두르도록 하여라. 결혼식 준비에 필요한 모든 비용은 황실에서 부담할 것이니 아무 걱정 말고."

순간 황제의 표정이 굳어졌다. 의윤도 사양하고 나섰다.

"아닙니다, 어머니. 이화원에서 조촐하게 치를 것이니 마음 쓰지 않으셔도 됩니다."

"폐하께서 이미 네 처 될 사람에게 상을 내리겠다 말씀하셨으니 마다할 것 없느니라."

무척이나 부드러웠으나, 한편으로 거역하기 힘든 위엄이 깃든 목소리였다.

"부디 우리 유를 잘 부탁한다."

아쉬운 듯이 다시 한 번 미소의 손을 꼭 쥐어 보고, 황후는 도로 자리로 올라가 황제의 곁에 앉았다.

이윽고 의윤과 미소가 물러났다. 이번에는 둘째 아들인 황태자가 축하 인사를 올릴 차례였다.

미소가 무대에 올라가 춤을 추고, 연회장으로 돌아와 황후와 이야기를 나누는 내내 황태자는 한마디도 없이 핏발 선 눈으로 노려보고 있었다. 입 밖으로는 한마디도 내지 않았지만, 주먹을 어찌나 세게 쥐고 있었는지 손톱이 살갗을 파고 들어가 아플 정도였다. 아픈 줄도 몰랐지만.

요는 도저히 믿을 수가 없었다. 자신은 황태자고, 이것은 황실의 공식 행사다. 그러니 분명 이 자리의 주역은 자신이어야 했다. 자신이 귀빈들을 직접 접대하고, 대한 제국의 차기 황제로서 국민들은 물론 외국 정상들에게까지 자신의 위치를 과시했어야 한단 말이다.

그런데 현실은 어떤가? 폐위된 형과 그 약혼녀가 그 모든 스포트라이트를 다 차지해 버렸다. 가장 견딜 수 없는 것은, 그 스포트라이트를 마련해 준 것이 다름 아닌 자신이었다는 점이었다.

유를 이 자리에 부르게 만든 것도 자신.

그로 하여금 전 국민 앞에서 아이를 안는 자상한 모습을 보이게 만든 것도 자신.

그 약혼녀가 무대에서 춤추게 만든 것도 바로 자신!

할 수 있다면 요는 시간이라도 돌리고 싶은 심정이었다. 하루만, 아니 단 몇 시간만이라도 시간을 앞으로 돌릴 수 있다면! 하지만 일은 늦었다. 이미 아무도 그에게는 관심이 없었다. 모두가 이미 자리에서 물러난 유와 그 약혼녀만을 쳐다보고 있는 가운데, 요는 내심 굴욕에 떨며 황제와 황후 앞에 절을 올렸다.

"생신 축하드립니다, 어머니. 부디 만수무강하십시오."

황태자에게 절을 받고도 황후는 대꾸조차 하지 않았다. 작은아들에 대한 배신감이 무척이나 컸던 것이다.

"폐위되었다 하여 혈육의 정까지 끊어진 것이 아니지 않습니까. 어머니께서 얼마나 형님을 보고 싶어 하시겠습니까?"

요가 그렇게 자신을 거들고 나섰을 때 황후는 무척이나 감동했었다. 황제를 설득할 가능성이 커진 것도 기뻤지만, 무엇보다도 작은아들이 형을 위하는 발언을 한 것이 기뻤다. 이제야 형제간의 정에 눈을 뜨나 보다, 싶어서.

사실 먼 훗날의 일을 생각하면 늘 걱정인 황후였다. 지금이야 자신이 큰아들을 돌보고 있지만, 언젠가 자신이 세상을 뜨고 나면 누가 그 역할을 한단 말인가. 아니, 돌봐 주기까지는 바라지도 않는다. 황제와 황태자는 여태 유를 경계하고 있는 눈치인데, 만일 자신이 죽기라도 하면 그 즉시 해외 추방 신세가 될 것이 뻔하지 않은가.

그 생각만 하면 걱정이 되어 밤에도 잠을 못 잘 지경이었는데, 작은아들이 별안간 태도를 바꾼 것이었다.

"비록 평민이 되셨다 하지만 제게도 어디까지나 형님이 아니십니까. 형수님 되실 분도 뵙고 싶습니다."

황후는 말로 표현하기 힘들 정도로 감격했었다.

그런데 실상은 어떠하였는가. 기껏 부른 큰아들은 하다못해 자리조차 마련되어 있지 않아서 맨 뒤에서 진행 요원들과 함께 선 채로 행사를 구경해야 했다. 그뿐인가? 이 많은 귀빈들 앞에서 춤을 추어 보라고 모욕을 당하기까지 했다. 애초부터 이럴 작정으로 제 형을 부르자 한 것이 틀림없었다.

황후는 작은아들에게 엄청난 배신감을 느꼈다. 하늘에 맹세코 두 아들 중 어느 한쪽을 편애한 적은 없지만, 그렇기에 오히려 더 마음이 아팠다.

"……."

끝내 한마디 대꾸조차 없는 어머니 황후 앞에서, 결국 황태자는 얼굴이 시뻘게진 채로 물러날 수밖에 없었다.

"어머니, 회갑을 축하드립니다. 건강하게 오래오래 사셔요."

막내 선혜 공주까지 축하 인사를 드리고 나자 본격적인 잔치가 시작되었다.

「결혼하신다지요? 정말 축하드려요.」

「세상에, 어쩌면 그렇게 춤을 잘 추시나요?」

해외 귀빈들이 유와 그 약혼녀의 곁에 끝없이 모여들었다. 모르는 사람이 보면 저쪽이 황태자라고 착각할 수도 있을 정도였다. 영어가 서툰 미소 때문에 하하하 호호호, 웃음이 끊이지 않았다.

지난 10년 동안 요를 끊임없이 괴롭혀 왔던 불안감이 현실이 되어 눈앞에 나타나 있었다. 그 광경을, 요는 멀찍이 떨어져서 눈을 크게 뜨고 지켜보았다.

10년 전, 유는 없는 사람인 것처럼 살겠다고 아버지인 황제에게 목숨을 구걸하여 살아남았다. 그리고 여태껏 그 말대로 조용히 살아왔다. 집 밖에 나가지 말라고까지 한 적은 없건만, 스스로 저택 안에 틀어박혀 가면서까지.

대체 그런 유가, 왜 갑자기 세상에 나올 생각을 한 것일까.

도대체 무엇이 그로 하여금 그런 용기를 갖게 만든 것일까.

해답은 어렵지 않게 나왔다. ……저 여자. 약혼자를 위해서라면 이 수많은 귀빈들 앞에서 춤추기도 마다하지 않는, 저 여자!

"황태자 전하, 작별 인사 드립니다."

골똘히 생각에 잠겨 있던 황태자는, 문득 말을 걸어오는 목소리에 흠칫 놀라 들고 있던 와인 잔을 떨어뜨릴 뻔했다. 언제 왔는지, 유와 그 약혼녀가 제 곁에 와 있었다.

"어머니께 인사도 드렸으니 이만 돌아가 볼까 합니다. 아무쪼록 건강하십시오."

유가 자신을 향해 정중히 허리를 숙여 인사했다.

"또 뵙겠습니다, 황태자 전하."

곁에 있던 그의 약혼녀도 인사를 건네며 다소곳이 고개를 숙였다. 그러나 다시 고개를 들었을 때, 그녀의 표정은 놀랄 정도로 싸늘했다.

"다음에는 황태자 전하께서 효도하시는 모습도 꼭 보고 싶습니다."

요의 눈을 똑바로 쳐다보며, 형의 약혼녀는 한쪽 입꼬리를 올려 당돌하게 미소 지었다. 마치 황태자인 자신 따위는 하나도 두렵지 않다는 듯이.

"그럼 물러가겠습니다."

다정하게 팔짱을 끼고 돌아서는 두 사람의 뒷모습을 바라보며, 요는 소리 없이 전율했다.

설희를 보았을 때보다 백배는 더 강렬한 감정이 요의 가슴속에서 끓어올랐다. 증오도, 분노도, 불안감마저도 잠시 잊게 만들 정도로 격렬한 이 감정의 정체는 바로 소유욕이었다.

입술을 깨물며 요는 다짐했다. 어떻게든 저 여자를 내가 가져야겠다고.

18. 없었던 일로 하자

황후의 회갑연 후 며칠이 흘렀다. 미소는 본의 아니게 전국구 스타가 되었다.

"애들이 언니 사인 좀 받아다 달라고 완전 난리도 아니에요."

학교에 다녀온 연재는 가방도 안 내려놓은 채로 미소에게 달려와서 종알종알 이야기했다.

"그걸 네 친구들까지 다 봤다고?"

"당연하죠, 그날 TV에서 하루 종일 그거밖에 안 해 줬는데. 그리고 그날 TV 못 본 애들도 여기저기 동영상 퍼지고 움짤 퍼지고 해서 다 봤거든요."

말끝에 연재가 입술을 비쭉거리며 혼잣말처럼 내뱉었다.

"칫, 요즘 세상에 유튜브만 막으면 될 줄 아나. 보려고 마음만 먹으면 얼마든지 보는데.”

이미 유튜브에 접속할 수 없게 된 것이 황실의 조치라는 소문이 다 퍼져 있었던 것이다.

“아빠 동영상도 엄청 돌고 있어요. 팬클럽도 생겼어요!”

“어머 정말?”

“저번에 영화관에서 찍힌 영상 퍼졌을 때부터 분위기 좋아지기 시작했거든요? 나쁜 사람 아닌 거 같은데 왜 폐위까지 됐을까, 하면서요. 그런데 이번에 회갑연에서 넘어진 아기 안아 주는 거 보고 애들 여럿 입덕했어요.”

“하긴 그분이 좀 덕후몰이 할 상이시긴 하지.”

약혼녀는 둘째 치고 무엇보다 전직 이유 전하 덕후로서 미소는 기쁨을 감추지 못했다. 이제야 사람들이 그의 진짜 모습을 알아주기 시작했다는 것이 무척 기뻤다.

“근데 새로 생긴 팬들한테 좀 미안하긴 하네, 이제 곧 유부남 되실 텐데.”

덕후 심정 덕후가 아는 법. 미안해서 한 말이었는데, 연재는 무슨 소리냐는 듯이 눈을 둥그렇게 떴다.

“아녜요, 언니도 지금 완전 호감이에요.”

“왜?”

미소는 의아했다. 우리 때만 해도 덕질 대상한테 여자가 생기면 당장 탈덕하고 말겠다는 애들이 대부분이었는데, 요즘 애들은 좀 다른가?

“그날 회갑연 현장에 있었다는 사람이 인터넷에 익명으로 글 올린 게 있거든요.”

"뭐라고 올렸는데?"

"황태자가 술 취해서 아빠한테 망신 주려고 춤춰 보라고 시켰다고, 그래서 언니가 아빠 대신 추겠다고 자청해서 무대 올라간 거라고요."

그걸 또 인터넷에 올린 사람이 있었구나. 미소는 놀라움을 감추지 못했다.

"어느 비공개 카페 익명 게시판에 올라왔다가 빛의 속도로 삭제된 글이라는데, 그새 캡처돼서 여기저기 다 돌아다니더라고요."

연재가 어깨를 으쓱했다.

"덕분에 언니도 아빠 팬들한테 엄청 호감이에요. 커플 덕질하는 사람들도 많고요."

"그렇구나…… 다행이다."

안도의 한숨을 내쉬고 있는데, 정 여사의 목소리와 함께 노크 소리가 들렸다.

"미소 아가씨, 들어가도 되겠습니까?"

"네, 들어오세요."

정 여사의 뒤를 따라 들어오는 사람을 보고 미소는 놀라서 몸을 일으켰다. 바로 회갑연 때 보았던 선혜 공주가 아닌가.

"선혜 고모!"

연재가 먼저 반가워하며 한달음에 달려갔다.

"어머나, 우리 연재! 한동안 못 봤더니 그새 완전히 아가씨가 되었구나?"

연재를 껴안고 반가워하고 있는 공주에게, 미소는 고개를 숙여 정중히 인사했다.

"오셨습니까, 공주 전하."

"글쎄 그렇게 부르지 마시라니까요. 곧 저의 새언니가 되실 텐데."
공주는 수수께끼를 내듯 미소에게 물었다.
"혹시 제가 왜 왔는지 아시겠어요?"
의아해하는 미소를 향해, 선혜 공주가 활짝 웃었다.
"어머니께서 혼인 날짜를 정해 주셨답니다!"
공주는 빈손으로 온 것이 아니었다. 공주와 함께 1층으로 내려갔다가, 미소는 깜짝 놀랐다.
"아니 이게 다 뭐예요?"
백화점을 통째로 털어 오기라도 한 듯이 수많은 쇼핑백들이 거실 가득 쌓여 있었던 것이다.
"미리 드리는 결혼 예물이에요. 어머니께서 보내셨답니다."
공주가 배시시 웃었다.
"정 상궁이 어머니께 언니가 얼마나 검소하신 분인지 말하다가 그런 얘기가 나왔답니다. 언니께서 아직도 하녀들이 입는 옷을 입고 계시다고요. 그 얘기를 들으시고 어머니께서 말도 안 되는 일이라고 펄쩍 뛰시면서 제게 예물의 일부로 옷을 준비하라 하셨어요."
"세상에……."
"이왕이면 같이 가서 고르게 해 드리고 싶었는데, 정 상궁 말로는 분명 거절하실 분이라 하시기에 그냥 제가 알아서 이것저것 좀 골라 왔답니다. 마침 언니께서 저하고 체형이 비슷해 보이셔서요."
미소의 표정을 살피고, 선혜는 조심스럽게 말했다.
"아무쪼록 마음에 드셨으면 좋겠어요."
미소는 두근거리는 마음으로 쇼핑백을 하나씩 열어 보았다. 안에서 나온 옷들은 종류가 다양했다. 집에서 입을 만한 편안한 옷도 있고,

데이트할 때 입을 만한 사랑스러운 원피스도, 또 공식 석상에 나갈 때 입어도 될 것처럼 우아한 디자인의 옷도 있었다. 신발도 하이힐부터 굽 낮은 샌들까지 여러 가지였다. 하나같이 마음에 쏙 들었지만 미소는 쇼핑백을 열어 볼수록 점점 몸 둘 바를 모르게 되었다.

"왜요, 혹시 마음에 안 드시나요?"

그런 미소를 눈치챘는지, 공주가 불안한 듯이 물었다.

"아뇨. 그런 게 아니라, 너무 염치가 없어서…… 결혼 예물이라면서요. 그럼 저도 해 드려야 되는 건데, 사실 저는 가진 게 없거든요."

주위에 아직 결혼한 친구가 없어 잘은 모르지만, 결혼할 때는 신랑이나 신랑 부모님 쪽에도 뭔가 해 드려야 할 텐데. 문제는 미소는 그런 준비를 해 줄 친정이 없다는 거였다. 물론 돈도 없지만, 있다 쳐도 상대는 황실이 아닌가. 도대체 뭘 어떻게 준비해야 할지 짐작조차 가지 않았다.

"그러니까 마음은 무척 감사하지만 저한테도 그냥 아무것도 안 해 주시는 게 마음이 편할 것 같아요. 제가 어떻게 보답해 드릴 방법이 없어서요."

공주가 눈을 둥그렇게 떴다.

"무슨 말씀이세요?"

미소의 두 손을 끌어다 꼭 잡고, 공주는 열심히 말했다.

"어머니께서 언니는 오라버니께 큰 복이라 하셨어요. 물론 저도 그렇게 생각하고요."

"공주 전하……."

"언니께 친정이 없는 거나 마찬가지라는 이야기도 전해 들었어요. 그래서 직접 결혼 준비를 도와 드리라고 어머니께서 절 보내신 거예요. 그러니 언니께서는 아무 걱정 않으셔도 돼요."

진심 어린 말에 미소는 눈물이 핑 돌았다. 황후 폐하께서 그런 데까지 신경을 써 주고 계셨구나.

"자, 울지 마시고요. 어머니께서 보낸 옷들인데 입어는 보셔야지요?"

선혜 공주는 그렇게 말하고 직접 미소가 옷을 갈아입는 것을 도와주기까지 했다.

"어머나, 정말 예쁘셔요!"

미니스커트를 입은 미소를 보고, 선혜가 좋아하며 박수를 쳤다.

"너무 짧지 않아요?"

"잘 어울리시는걸요. 사실 저는 평생 그런 옷을 입어 보지 못할 처지라, 언니가 입은 거라도 보고 싶었답니다."

말꼬리에 살짝 한숨이 따라붙었다.

하기야 그렇기도 하겠지, 공주니까. 미소는 새삼스럽게 공주를 바라보았다. 공주는 단정한 스타일의 투피스 정장을 입고 진주 목걸이를 하고 있었다. 잘 어울리기는 하지만 솔직히 말해 스물한 살의 아가씨가 입을 만한 옷은 아니었다.

문득 미소는 자신과 동갑인 이 아가씨에게 호기심을 느꼈다. 공주로 사는 삶이라는 건 어떤 것일까, 하고.

"있잖아요, 남자 친구 있어요?"

갑작스러운 질문에 선혜가 당황한 얼굴을 했다.

"아, 아니요. 그런 거 없어요."

"그럼 좋아하는 남자는? 지금 대학생일 거 아녜요. 그러면 좋아하는 선배나 동기나, 뭐 그런 것도 없어요?"

공주는 대답 대신에 얼굴이 새빨개져서 고개를 푹 숙였다. 미소는 본능적으로 눈치챘다. 아, 뭐가 있구나!

"좋아하는 사람 있구나? 그쵸? 그쵸?"

"아, 아니에요."

"에이, 있는 표정인데 뭐. 누구예요? 네?"

미소가 끈질기게 캐물은 끝에, 공주는 사과처럼 새빨개진 얼굴로 겨우 기어들어 가듯 중얼거렸다.

"이, 있긴 있는데…… 그분은 저한테는 관심이 없는 것 같아요."

"에이, 말도 안 돼! 그럴 리가요."

미소는 진심으로 말했다. 이렇게 예쁘고 다정한 공주님을 좋아하지 않는 남자가 세상에 있을 리가 있나? 하지만 공주는 울상이 되었다.

"정말이에요. 그분은 저를 아예 여자로 보지도 않으시는 것 같은걸요."

이쯤 되자 미소도 궁금해졌다.

"아니 대체 그 남자가 누군데요? 어디 뭐, 무슨 나라 왕자님이라도 돼요?"

하지만 공주는 그것만은 좀처럼 말하지 않으려 했다.

"저한테만 말씀해 보세요. 비밀 꼭 지켜 드릴게요. 네? 네?"

입을 꼭 다물고 있는 공주를 살살 꼬드기고 있는데, 외출했던 처선과 의윤이 돌아왔다.

"어, 우리 선혜가 왔구나!"

동생을 보고 금세 반색을 하는 의윤과는 달리, 처선은 그저 고개를 조금 숙여 보였을 뿐이었다.

"공주님 오셨습니까."

그러더니 그 이상 별말도 하지 않고, 자기 방으로 올라가 버렸다.
"그럼 저는 일이 있어서 이만 실례하겠습니다."
뒤도 안 돌아보고 올라가는 처선의 뒷모습을 보며 미소는 이상하다고 생각했다. 평소 같았으면 끼지 말라고 해도 끼어서 한바탕 수다를 떨 텐데, 갑자기 왜 저렇게 데면데면하게 굴지? 아무래도 선혜 공주 때문인 것 같았다. 그러고 보니 회갑연 때도 처선은 공주에게 이상할 정도로 퉁명스럽게 굴었었다.
슬쩍 눈치를 보니 선혜 공주는 입술을 깨물고 있었다. 마치 울음을 터뜨리고 싶은 것을 꾹 참는 사람처럼. 이건 좀 이상한데, 하고 미소가 생각하는데 의윤이 공주에게 말을 걸었다.
"그래, 결혼식 날짜는 언제 잡아 주신다더냐?"
그제야 공주는 화들짝 놀란 듯이 얼른 얼굴에 웃음을 띠었다.
"오라버니도 참, 동생 안부도 묻기 전에. 그게 그렇게나 급하셔요?"
놀리는 듯한 말에도 의윤은 조금도 부끄러운 기색이 없었다.
"당연하지. 이제나저제나 분부만 기다리다 눈 빠지기 직전이었느니라."
선혜가 의윤을 살짝 흘겨보고는 입을 열었다.
"날이 너무 더워지기 전에 하는 게 좋겠다시며, 7월 초하루로 정해 주셨습니다."
"네? 다음 달이요?"
놀란 것은 미소였다. 아니 그러면 채 한 달도 안 남았잖아? 반대로 의윤은 세상에서 가장 흡족한 표정이 되었다.
"역시 어머니께서 내 마음을 아시는구나. 궁에 돌아가거든 이 오라비가 진심으로 감사드린다고 전해 드리도록 해라."

"여부가 있겠사옵니까."

생긋 웃어 보였던 공주가, 무슨 생각을 했는지 슬쩍 의윤의 눈치를 보았다.

"그런데 오라버님. 아무래도 작은 오라버님께서 회갑연 때 일로 상심이 크신 것 같아요."

"황태자 전하께서?"

"네. 그날 이후로 말도 없고, 표정도 늘 굳어 있으셔요. 그러니 당분간 행동을 조심하시는 게 좋을 것 같아요. 혹시나 또 작은 오라버님께 흠이라도 잡히셨다가는……."

선혜는 그 이상 말하지 않고 곤란한 얼굴로 말끝을 흐렸다. 그야, 공주에게는 어쨌든 두 사람 다 오빠이니까 누구 편을 들기도 난감할 것이었다. 그래서 의윤은 여동생에게는 굳이 속내를 털어놓지 않기로 했다. 나는 언젠가 내 자리를 되찾을 것이라고, 그리 결심하였다고.

"그래, 내 그리하도록 하마."

그렇게 대답하고, 고개를 끄덕였을 뿐이었다.

* * *

"어머니께서 제게 결혼 준비를 직접 도우라 명하셨어요. 그러니 결혼식 날까지는 자주 이화원에 들르도록 할게요."

공주는 그렇게 말하고 궁으로 돌아갔다.

의윤으로서는 흡족한 일들뿐이었다. 어머니께 정식으로 결혼 허락도 받았고, 사람들도 점점 자신을 다른 눈으로 보아 주고 있었다.

오늘 낮에 처선과 함께 잠시 외출을 했다가 의윤은 뼈저리게 느꼈다. 자신을 본 사람들의 반응이, 영화관에 나갔을 때와는 사뭇 달라진 것을. 대부분 감히 가까이 다가오지 못하고 멀찍이서 수군거리는 것은 마찬가지였지만, 그때와는 종류가 전혀 달랐다.

"세상에, 이유 전하잖아?"

"대박. 실물이 더 잘생겼다!"

노골적인 조롱의 눈빛 대신에, 대부분 호의와 선망에 찬 눈빛들이 자신을 향했다.

"안녕하십니까, 전하."

용기를 내서 인사를 건네는 사람들도 간혹 있었다.

"동영상을 보고 깨달은 게 있어요. 사람들이 전하를 무척 미워하는 것 같지만, 사실 속으로는 저처럼 전하가 그럴 사람이 아니라고 생각하고 있었다는 걸요."

언젠가 그렇게 말했던 미소의 말이 틀리지 않다고 의윤은 생각했다. 사람들은 TV 카메라에 비친 자신의 모습에서 자기들 나름대로 해답을 찾은 것 같았다. 그의 입으로 어떤 해명조차 듣지 못했는데도.

자신을 믿어 주는 이들에게 보답하고 싶은 마음이 점점 커져 갔다. 의윤은 자신의 안에도 힘에 대한 욕망이 있었다는 것을 새삼 깨달았다.

사람들을 웃게 할 수 있는 힘. 또 행복하게 만들 수 있는 힘.

진심으로 의윤은 그것이 갖고 싶었다.

'하지만 대체 어떻게 해야…….'

내 자리를 되찾겠다고 결심은 했으되 구체적인 방법은 딱히 떠오르는 것이 없었다. 고민하다 밤늦게 겨우 잠들었는데, 새벽녘에 누군가가 의윤을 살며시 흔들어 깨웠다.

"……주인님."

처선이었다.

"무슨 일이냐?"

놀라서 몸을 일으키는 의윤에게, 처선이 손가락을 입술 위에 갖다 대 보였다.

"쉿. 따라오시지요."

간단히 잠옷 위에 옷만 걸치고, 의윤은 영문도 모른 채 처선을 따라나섰다.

"저와 함께 가실 곳이 있습니다."

"이 새벽에 말이냐?"

처선은 그 이상 대답하지 않고 의윤을 차에 태웠다. 의윤은 의아해하면서도 처선을 따라 차에 올라타고 이화원을 나섰다.

밤길을 얼마나 달렸을까. 차는 이윽고 인적이 드문 길가에 있는 한 카페 앞에 멈췄다. 유리창이 깨져 있고 무척 허름한 것을 보아 오래전에 장사를 접은 가게인 것 같은데, 안에는 희미하게 불이 밝혀져 있었다.

"들어가시지요."

처선을 따라 들어간 의윤은, 안에 있는 사람들을 보고 흠칫 놀라 걸음을 멈췄다.

"그대들은……."

정부 대신들 여럿이 앉아 있지 않은가. 불안한 마음에 가슴이 마구 두방망이질을 쳤다.

'황제 폐하의 신하들이 왜 나를? 설마하니 내가 역심을 품었음이 들키기라도 한 것인가?'

"오셨습니까, 황태자 전하."

늙은 대신 한 사람이 의윤을 향해 공손히 머리를 숙이며 말했다.

"그래, 그대들이 이 야밤에 어인 일로 나를……."

애써 태연을 가장해서 대답하다 말고 의윤은 흠칫 놀라 입을 다물었다.

"방금 나더러 뭐라고……?"

눈을 크게 뜨고 쳐다보는 의윤을 향해, 노대신은 다시 한 번 말했다.

"이리 앉으시지요, 황태자 전하."

폐위된 자신을 황태자 전하라 부르고 있다. 이건 무슨 뜻일까.

'설마 나를 떠보는 것인가?'

순식간에 머릿속에서 수십 가지 생각이 교차했다. 의윤은 자리에 앉는 대신에 얼굴을 굳히고 말했다.

"대체 무슨 망발을 하는 것인가. 황태자 전하께서 엄연히 건재하시거늘, 엉뚱한 사람더러 황태자라니?"

서슬 푸른 질책에도 노대신은 주눅 들지 않았다.

"어찌하겠습니까? 소신의 마음속에 황태자 전하는 오로지 이유 전하 한 분뿐이신 것을."

"허어, 갈수록 망발이 더하는구나!"

"그렇다면 저를 반역죄로 경찰에 신고하도록 하시지요."

짐짓 버럭 역정을 내는 의윤에게, 노대신은 뒤에 있는 사람들을 눈짓으로 가리켜 보였다.

"여기 있는 이들 모두가 저와 같은 마음이니, 모두 함께 말입니다."

의윤은 다시 한 번 모인 사람들을 찬찬히 훑어보았다. 하나같이 선황제 시절부터 일해 온 대신들이었다.

20년 전, 선황제가 양위하고 물러난 후 황제는 대부분의 대신들을 자신에게 충성하는 사람들로 채워 넣었다. 그러나 여기 있는 대신들은 그 와중에도 자리를 지키고 살아남아 지금까지 온 사람들이었다. 즉 그만큼 능력이 있고, 또 연륜이 있는 사람들.

어쨌든 모인 사람들의 면면을 보았을 때, 함정에 몰아넣으려는 의도는 아닌 듯한데…… 의윤은 이야기를 들어 보기로 결심했다.

의윤이 먼저 자리에 앉자 다른 대신들도 따라서 앉았다.

"저는 나가서 바깥을 살피고 있겠습니다."

그렇게 말하고 처선이 나가자 대신 중 한 사람이 먼저 입을 열었다.

"황후 폐하 회갑연 때는 미처 인사를 드리지 못하여 죄송했습니다, 전하."

"그야 어쩔 수 있었겠는가. 마음에 두고 있지 않네."

한때는 황태자 전하, 황태자 전하, 하면서 떠받들던 자들이 하나같이 보고도 못 본 체 고개를 돌리는 것을 보고 입맛이 씁쓸하기는 했다. 하지만 그럴 수밖에 없는 입장도 물론 의윤은 이해하고 있었다.

"그래, 그때 일을 사과하기 위해 나를 이 야밤에 불러낸 것은 아닐 테고. 무슨 이야기를 하려는 것인가?"

대답 대신에 도로 질문이 날아왔다.

"전하께서는 혹시 최근에 해외 동영상 사이트가 폐쇄된 사건을 알고 계십니까?"

"알고는 있네."

"어째서 그리 된 것인지도 알고 계시는지요?"

"나 때문이라고 들었네만."

"그렇다면 앞으로 반역죄 적용 대상이 확대될 예정이라는 것도 알고 계십니까?"

그건 처음 듣는 이야기인데. 의윤은 이마를 찌푸렸다.

"어떻게 확대한다는 것인가?"

"정부에서 금지한 내용의 동영상을 인터넷에 올리거나, 혹은 글을 퍼뜨리는 행위에 반역죄를 적용하는 것입니다."

"아니, 동영상을 올렸다고 반역죄를 적용한다고?"

"경우에 따라서지만, 그러합니다."

의윤은 제 귀로 들은 것을 믿을 수가 없었다.

반역죄라는 것은 현재 대한 제국에서 살인죄만큼이나, 아니 그보다도 훨씬 더 중대한 범죄였다. 살인은 죄질에 따라서 형량도 몇 년 정도로 가벼워질 수도 있지만, 반역죄의 형벌은 반드시 둘 중 하나였다. 무기 징역, 아니면 사형.

"말도 안 되는 소리. 폐하께서 그냥 홧김에 해 보신 말씀이 아니냐?"

"그렇지 않습니다. 황명으로 바로 내일 아침부터 시행될 것입니다."

"허어!"

의윤은 당혹감을 감추지 못했다.

"아니, 대신들 중에서는 반대하는 자 하나 없었단 말인가?"

"물론 여럿 있었습니다. 결사반대한 끝에 하나같이 파직을 당하였습니다만."

"파직이라니, 대체 누구누구인가?"

"소신들입니다."

의윤은 놀라서 눈앞의 대신들을 다시금 쳐다보았다.

"그대들이……?"

"예, 전하. 끝까지 막아 내지 못해 송구할 따름입니다."

의윤은 놀라움과 함께 분노를 느꼈다. 아버지가 독재자라는 것이야 진작부터 알고 있는 부분이었다. 하지만 이렇게까지 얼토당토않은 짓을 할 줄이야. 그것도 선황제 시절부터의 충신들을 파직까지 시켜 가면서! 도대체 황제를 이해할 수가 없었다.

"대체 폐하께서는 어째서 이렇게까지 하신단 말이냐."

"불안하신 것입니다."

백발이 성성한 다른 대신 하나가 대답했다.

"황제 폐하께서는 평생토록 불안해하셨지요. 젊어서는 부친이신 태상황께서 그분을 불안하게 하셨고, 또 황제가 되신 이후로는 아드님이신 전하께서 불안하게 하셨습니다."

노대신은 의윤의 눈을 똑바로 바라보며 말했다.

"아시지 않습니까? 전하께서 왜 폐위되신 것인지."

의윤은 침을 꿀꺽 삼켰다.

"그대들도…… 그때 일에 대해서 알고 있단 말인가?"

"정확한 경위야 모르나, 대강 속사정은 짐작을 합니다."

또 다른 대신이 대답했다.

"어린 시절부터 궁녀와 단둘이 같은 공간에 있는 것조차도 꺼려 하실 정도로 몸가짐이 반듯하셨던 전하께서, 하루아침에 갑자기 방탕해지신 데는 뭔가 이유가 있었겠지요."

“언론이란 원래 황실에 대해 감히 나쁜 소리를 하지 못하는 법입니다. 그런데 그때만은 평소처럼 쉬쉬하기는커녕 부풀려 대기까지 했으니, 대체 그게 누가 시킨 일이었겠습니까?”

“전하께서도 어쩔 수 없이 선택하신 길이었겠지요. 아무도 감히 입 밖에 내서 말하지 못할 뿐이지, 그쯤 짐작 못 하는 대신은 없을 것입니다.”

각자 한마디씩 하는 말에 의윤은 울컥했다. 내 입으로 굳이 말하지 않아도 능히 헤아리고 있는 사람들이 있었구나.

“이미 오래전부터 이건 아니라고 생각해 왔습니다. 그런데 갈수록 일은 점점 나빠지고만 있습니다.”

“늦었다고 생각할 때가 그나마 빠른 법입니다. 더는 가만히 있어서는 안 되겠다고 생각하고, 이렇게 뜻을 모으게 되었습니다.”

가슴속에서 뜨겁게 치밀어 오르는 덩어리를 꿀꺽 삼키고, 의윤은 조용히 물었다.

“그래서 그대들은 나더러 뭘 어쩌라는 말인가?”

“저희의 구심점이 되어 주시는 것입니다. 쭉 이화원에 틀어박혀 계시던 전하께서 10년 만에 이렇게 세상에 나오셨을 때는, 어떠한 각오가 있으신 것이 아닙니까? 저희는 분명 그럴 것이리라 믿고 이리 뜻을 모았습니다마는.”

의윤은 차마 대답하지 못했다. 하지만 대답을 듣지 않아도 알겠다는 듯이 노대신은 고개를 끄덕였다.

“거사는 저희가 알아서 할 것입니다. 그러니 황태자 전하께서는 거사가 성공하고 난 후에, 저희가 추대하는 대로 황제의 자리에 올라 주시면 됩니다.”

의윤은 탁자 밑으로 주먹을 꽉 쥐었다. 황제!

물론 자신의 자리를 되찾겠다고 생각하고 있었던 것은 사실이다. 그러나 그 자리라는 것은 어디까지나 황태자이지 황제가 아니었다. 그가 생각했던 것은 언젠가 당시의 억울함을 밝히고 황태자의 자리를 되찾겠다는 정도였다.

그런데 이들이 말하는 것은 그 정도가 아니었다. 아예 황제를 밀어내고 자신을 황제의 자리에 앉히겠다고 하고 있었다. 즉, 진짜배기 역모인 것이다. 등골에 식은땀이 맺혔다. 순식간에 눈앞에 수많은 것들이 스쳐 지나갔다.

처선과 정 여사를 포함한 이화원 식구들의 얼굴.

연재와 지호의 얼굴.

그리고…… 미소의 얼굴.

자칫하면 여러 목숨이 위험해지는 일이었다. 자신은 물론이고, 주변 사람들까지도. 의윤이 한참 동안 말없이 생각에 잠겨 있자 지켜보고 있던 대신들도 조금씩 초조해지는 모양이었다.

"결단을 내리셔야 합니다, 황태자 전하."

"이달에만 황실 모욕죄로 기소된 사람이 몇인 줄 아십니까? 자그마치 이천 명에 달합니다."

이천 명! 의윤은 깜짝 놀랐다. 뉴스에서 그런 수치까지는 보도를 해 주지 않으니 미처 모르고 있었던 것이다.

"전하께서 황후 폐하의 회갑연에 참석하셨던 때의 영상이 자꾸만 여기저기 도는 바람에, 그걸 막겠답시고 닥치는 대로 잡아들인 끝에 저리 늘어난 것입니다."

"그런데 결과는 어떻습니까? 이미 볼 사람 다 보았고, 지금도 찾아

보려면 얼마든지 찾을 수가 있습니다. 힘으로 짓누른다고 민심이 막아지는 것이 아닌 것을요."

"이미 민심은 황태자 전하께로 기울고 있습니다. 일단 황위에 오르시고 나면 모두가 충심으로 따를 것입니다."

하지만 의윤은 쉬이 그러마고 고개를 끄덕일 수가 없었다. 주위 사람들의 안위도 걱정이 되었지만, 한편으로는 꼭 반역이라는 극단적인 방법까지 선택해야만 하는가 하는 고뇌도 들었다. 아무리 그래도 친아버지가 아닌가. 어머니는 중간에서 얼마나 괴로워하실 것인가. 또 여동생은?

결국 의윤은 이렇게밖에 대답할 수가 없었다.

"……내게 생각할 시간을 좀 주게."

대신들은 적이 실망한 눈치였다. 하지만 이 자리에서 결단을 내리라고 강요하지도 않았다. 만에 하나 의윤이 이곳을 나가 경찰로 향하기라도 한다면, 그들은 모조리 죽은 목숨이라는 것을 뻔히 알고 있을 텐데도.

"저희는 황태자 전하께서 국민을 저버리지 않으시리라 믿습니다."

마지막에 들은 말이, 어떤 재촉이나 강요보다도 더욱더 무겁게 어깨를 짓눌렀다.

* * *

며칠 후, 의윤은 미소와 함께 드레스 숍에 있었다. 결혼식 때 입을 웨딩드레스를 고르러 온 것이었다.

"자, 기대하세요!"

직원들이 커튼을 걷자 안에서 웨딩드레스를 입은 미소가 나타났다.

수줍은 듯이 조금 눈을 내리깔고, 두 손에 꽃을 든 채 다소곳이 서 있는 미소의 모습에 의윤은 저도 모르게 자세를 고쳐 앉았다.

늘 발랄하고 귀여운 소녀의 이미지로만 생각했었다. 물론 나이 차도 있고, 메이드복의 영향도 컸으리라. 하지만 지금 눈앞에 있는 미소는 청순하면서도 우아한 신부의 모습이었다. 그러니까, 소녀가 아닌…… 여자.

예비 신부의 아름다운 모습에 의윤은 며칠째 그를 괴롭히고 있던 마음의 짐마저도 한순간 까맣게 잊어버렸다.

“저 어때요, 전하?”

“……나쁘지 않구나.”

괜히 제 얼굴이 빨개질 것 같아서 의윤은 저도 모르게 헛기침을 했다.

결국 열 벌도 넘게 드레스를 입어 본 끝에야 겨우 하나를 고를 수가 있었다. 무얼 입어도 이 이상 예쁠 수 있을까, 싶을 정도로 예쁜데, 또 다른 드레스로 갈아입으면 그 전보다도 더 예뻐 보이는 통에 결정하기가 쉽지 않았던 것이다.

“저요, 이래도 되는 건가 싶어요.”

치수까지 다 재고 나서 집에 돌아가는 길에 미소는 불쑥 말했다.

“전하도 저한테 너무 잘해 주시고, 결혼 준비도 황후 폐하랑 공주 전하께서 다 도와주시고…… 꼭 꿈만 같아요.”

“별로 잘해 준 것도 없는데 그러는구나.”

속상해서 괜히 조금 퉁명스레 말했는데, 미소는 오히려 웃었다.

"요즘은요, 타임머신이 있으면 좋겠는 거 있죠."

"어째서?"

"그러면 제가 되게 힘들었던 시절로 돌아가서 이렇게 말해 줄 텐데 말이에요. 지금은 힘들겠지만 조금만 참고 견디라고, 나중에 네가 그렇게 좋아하는 이유 전하랑 결혼도 하게 되고, 또 그분이 널 엄청 예뻐해 주신다고 말이에요."

그렇게 말하고, 미소는 조그맣게 한숨을 지었다.

"너무 완벽하고 너무 행복해서 가끔은 무섭기도 해요. 이게 다 꿈이면 어떡하지, 이러다 확 잠에서 깨면 어떡하지, 하고요."

가슴이 뭉클해서, 의윤은 한쪽 손을 뻗어 미소의 손을 꼭 잡았다.

"앞으로 더, 더, 더욱더 행복한 일만 있을 것이다."

날씨는 맑았지만 그만큼 더운 날이었다. 햇살에서 벌써부터 초여름의 기운이 느껴졌다. 자동차의 선루프를 살짝 열자 그래도 아직은 시원한 바람이 쏟아져 들어왔다. 시원한 바람을 맞자 복잡했던 머릿속이 비로소 정리되는 느낌이었다. 며칠 동안 끈질기게 자신을 괴롭혀 온 생각이었다.

'그래. 내게는 지켜야 할 것들이 있지 않은가.'

자칫하면 목숨이 달아날 수 있는 위험을 감수하기에는 미소가 너무나 소중했다. 물론 연재도, 지호도, 그리고 곁에 있는 다른 사람들도.

제 목숨 하나뿐이라면 얼마든지 대의를 위해서 버릴 수 있지만 미소는 아니었다. 스물한 살, 이제 겨우 피어나기 시작하는 나이가 아닌가. 어려서 부모를 잃고 평생토록 고생만 하다가 이제 겨우 행복하다는 여자에게 어찌 반역죄라는 날벼락을 안길 수 있을까.

차라리 미소가 황태자비나 황후 자리에 욕심이 있는 여자라면 그 핑계로 위험을 감수해 볼 수도 있을지 모른다. 하지만 미소는 오로지 자신이라는 남자를 사랑할 뿐, 야망이라고는 전혀 없는 여자였다. 자신을 사랑한 죄밖에 없는 그녀를 이토록 위험한 일에 말려들게 할 수는 없다고 의윤은 생각했다.

비겁하다고 해도 어쩔 수 없다. 애초에 자신의 책임도 아니다. 자신은 이제 황태자도, 무엇도 아니니까.

'도저히 반역은 안 되겠다고, 다른 방법을 찾아보자고 말하자.'

의윤은 그렇게 결심했다. 세상 모두를 다 저버리는 한이 있더라도, 이 여자의 행복만은 지켜 주고 싶었다.

"와, 바람 너무 좋다. 우리 노래 들으면서 가요, 전하!"

머리 위로 새어 들어오는 시원한 바람에, 미소가 신나 했다.

의윤은 대답 대신에 웃으며 라디오를 켰다.

—다음 뉴스입니다.

라디오에서 흘러나온 것은 음악이 아니라 딱딱한 아나운서의 목소리였다. 얼른 다른 곳으로 주파수를 돌리려는데, 뒤에 이어지는 말이 귀에 날아와 꽂혔다.

—반역죄 확대 적용 시행 후 첫 사례가 나올 전망입니다.

의윤은 주파수를 돌리려던 손을 멈췄다.

—용의자는 스물한 살의 대학생으로, 불온한 동영상을 여러 곳에 유포한 행위로 인하여 체포되었습니다. 검찰은 용의자를 반역죄로 기소할 예정이라고 밝혔으며…….

곁에서 듣던 미소가 화들짝 놀라며 물었다.

"아니, 뭐라고요? 동영상 좀 올렸다고 반역죄요? 제가 맞게 들은 거예요?"

며칠 전부터 뉴스마다 대대적으로 보도된 사안이었는데 미소는 미처 몰랐던 모양이었다. 요즘 결혼 준비에 정신이 없어서 뉴스를 챙겨 볼 겨를이 없었던 것이다.

"그래, 얼마 전부터 확대 적용되었다고 하더구나."

미소가 분을 참지 못했다.

"세상에, 점점 갈수록 더하네요. 그 불온한 동영상이라는 게 아마 전하 얘기겠죠?"

"그렇겠지."

"그렇게 전하가 무서우면 아예 해외 추방을 해 버리든지 하면 되지, 왜 죄 없는 사람들한테 저러는 거예요?"

그야 어머니께서 결사반대하고 있으니까. 의윤은 속으로 그렇게 중얼거렸다.

"하여튼 잡혀갔다는 저 사람, 불쌍해서 어떡해요. 스물한 살이면 저랑 동갑인데 반역죄라뇨."

미소가 발을 동동 굴렀다.

"어떻게 우리가 도와줄 방법이 없을까요?"

"글쎄……."

의윤은 씁쓸하게 중얼거리고 도망치듯 라디오를 껐다. 이어지는 아나운서의 말을 더 이상 듣고 싶지 않아서였다.

"저희는 황태자 전하께서 국민을 저버리지 않으시리라 믿습니다."

며칠 전, 은밀히 만났던 노대신의 목소리가 귓가에 되살아나는 것 같았다.

* * *

결혼식이 얼마 남지 않았다. 그만큼 이화원에 선혜 공주의 발걸음도 잦아졌다.

반대로 처선은 요즘 들어 부쩍 외출이 많아졌다. 특히나 선혜 공주가 이화원에 오는 날이면, 귀신같이 밖으로 나가 버리곤 했다. 마치 일부러 피하기라도 하는 것처럼.

“저어, 김 내관님…… 아니 김 집사님은 오늘도 어디 가셨나요?”

공주는 미소와 인사를 나누자마자 그것부터 물었다.

“아침부터 나가셨어요. 밖에 일이 좀 있다고 하시면서요.”

“아, 네에…….”

순간 눈에 띄게 시무룩해지는 공주의 표정을, 미소는 보았다. 하지만 공주는 언제 그랬냐는 듯이 금세 밝은 표정으로 돌아가서 말했다.

“참, 어머니께서 새 침구들을 마련해 보내셨어요. 2층에 가져다 놓으라 했으니까 우리 얼른 올라가서 구경해 보아요.”

2층 의윤의 방 한쪽에 황후가 보낸 짐이 한가득 쌓여 있었다. 한눈에 보아도 고급스러운 새 이불과 침대 커버 등을 풀어 보고 미소는 몸 둘 바를 몰랐다.

“이렇게까지 안 해 주셔도 되는데…… 지금 쓰는 것들도 충분히 좋은걸요.”

하지만 공주는 한술 더 떴다.

“이것뿐만이 아니랍니다. 어머니께서 아예 이 방 가구를 새로 다 바꿔 주시겠다고 하셨는걸요?”

"아니에요, 정말 필요 없어요!"

미소는 얼른 손을 내저었다. 어차피 신혼집이라 해 봤자 미소가 옆방, 그러니까 의윤의 방으로 옮기는 것뿐인데 가구까지 다 바꿀 필요가 뭐가 있단 말인가.

"마음은 정말 감사하지만, 정말로 괜찮다고 황후 폐하께 전해 주세요, 네?"

공주가 작게 한숨을 쉬었다.

"어머니께서 많이 마음 아파하고 계셔요. 생각 같아서는 결혼식도 황실의 장자답게 훨씬 더 성대하게 치러 주고 싶은데, 겨우 몇 명만 모아 놓고 이화원 앞마당에서 하게 되었다고요."

"그거야 어쩔 수 없는 일이잖아요."

결혼식은 필연적으로 조촐한 규모가 될 수밖에 없었다. 미소는 고아나 다름없는 신세에다 학창 시절 친구도 몇 없고, 또 의윤은 죄인의 몸이니 하객이 올 리 없었으니까.

"그래도 어머니 마음은 그런 게 아니신가 봐요. 그러니 언니는 해 주시는 대로 그냥 잠자코 계셔요. 그게 어머니 마음을 조금이라도 편하게 해 드리는 길이에요."

공주가 그렇게까지 말하니 미소도 더는 마다할 수가 없었다.

"참, 언니. 그런데 신부 들러리는 정해졌나요?"

"정하고 뭐고도 없어요. 친한 친구라곤 딱 하나뿐이거든요."

만만한 게 민식이밖에 없었다.

"그럼 조만간 그 친구분더러 이화원에 한번 오시라 하셔요. 그분께서 결혼식 때 입으실 옷도 마련해야 하니까 재봉사를 보내서 치수를 재게 할게요."

“민식이가 옷 해 준다는 소리 들으면 엄청 좋아하겠어요!”

미소는 신이 나서 민식에게 전화를 걸어 봤지만 아쉽게도 휴대폰이 꺼져 있었다. 그러고 보니 며칠 전부터 계속 연락이 안 되는 중이었다.

“이상하다, 얘가 무슨 일이 있나……?”

미소가 혼잣말을 하며 고개를 갸웃거리는데, 이불을 손끝으로 어루만지고 있던 공주가 불쑥 말했다.

“언니는 참 좋으시겠어요.”

“네? 뭐가요?”

“들었어요, 원래 오래전부터 오라버니의 팬이셨다고요.”

그 소문이 언제 거기까지! 미소는 조금 얼굴을 붉히고 고개를 끄덕였다.

“네, 어릴 때부터요.”

“어릴 적부터 좋아했던 사람과 사랑을 이루는 기분은 얼마나 행복할까요. 꼭 꿈만 같겠지요?”

공주는 진심으로 부럽다는 표정을 하고 있었다. 더 이상은 도저히 모른 척 그냥 넘어갈 수가 없다. 그렇게 생각한 미소는 다짜고짜 물었다.

“근데 공주님은 김 집사님 언제부터 좋아하셨어요?”

“열한 살 때부터…… 흡!”

자연스럽게 대답하던 공주가 당황해서 얼른 제 입을 막았다.

그러나 때는 이미 늦어 있었다.

“그렇구나. 하긴 김 집사님이 스무 살 때 입궁하셨다고 했었으니까 공주 전하께선 열한 살 때였겠네요.”

"어, 언니……."

공주가 하얗게 질린 얼굴로 미소를 바라보았다.

"그냥 다 털어놓고 말씀하셔도 돼요. 제가 오빠랑 결혼하니까 언니라고 부르시는 것뿐이지, 사실 저랑 나이도 같으시잖아요. 동갑내기 친구라고 생각하시고요. 네?"

새하얗게 질렸던 얼굴이, 이번에는 서서히 분홍빛으로 물들기 시작했다.

공주는 더듬거리며 제 마음을 미소에게 털어놓기 시작했다.

"처음 봤을 때부터…… 좋아했어요."

어릴 적부터 두 쌍둥이 오빠 중에서도 유독 큰오빠를 따랐다고 했다. 그러니 자연히 큰오빠를 곁에서 모시는 처선과도 자주 보게 되었다고. 큰오빠 못지않게 같이 놀아 주고 예뻐해 주는 처선이, 금세 좋아졌다는 것이었다.

"커서 꼭 김 내관님과 결혼해야지, 하고 생각했었어요."

발그레한 얼굴로 공주는 중얼거렸다.

"근데 김 집사님은 금세 황궁에서 나가지 않으셨나요?"

"그랬죠. 김 내관님 입궁하시고 채 1년도 안 되어서 그 일이 있었으니까요."

공주가 말하는 그 일이란, 바로 의윤이 폐서인된 사건이었다.

"그러면 그 후로는 거의 만나지도 못했던 거 아니에요? 김 집사님은 전하를 따라 출궁하셨으니까요."

"고등학교 때까지는 제가 자주 이화원에 오곤 했었어요. 어머니는 아버지 눈치 때문에 걸음하지 못하셨지만, 저까지 오라버님을 뵈러 가는 걸 막지는 않으셨거든요. 그래서 어머니께서 자주 저를 보내서 당신 대신에 이화원 살림을 직접 살피라 하셨지요."
"아, 그러셨군요. 그런데 왜 커서는 자주 안 오셨던 거예요?"
"김 내관님께서…… 저를 꺼려 하셔서요."
공주는 시든 꽃처럼 고개를 숙였다.
"고등학교 3학년 때였을 거예요. 그전부터 김 내관님께서 저를 별로 반가워하지 않으신다는 눈치는 채고 있었는데, 그날은 돌아가는 저를 붙잡고 대놓고 말씀을 하셨어요."
"뭐라고요?"
"공주님께서 자꾸 이화원에 오시는 게 불편하다고……."
공주의 목소리가 조금 떨렸다. 그 일로 얼마나 상처를 많이 받았는지 알 것 같았다.
"그럼 좋아한다고 고백도 못 해 봤겠네요?"
공주가 슬픈 얼굴로 고개를 끄덕였다.
미소는 생각에 잠겼다. 이렇게 예쁜 공주님을, 대체 김 집사님은 왜 불편하다고 했을까. 그것도 자신이 목숨 바쳐 모시는 분이 그토록 귀여워하는 여동생인데.
'신분 차이가 많이 나서?'
공주와 내관이라고 하면, 듣기에 따라서는 얼토당토않은 얘기가 맞기는 하다. 하지만 지금은 조선 시대가 아니지 않은가. 내관이라고 신체 능력에 문제가 있는 것도 아니고, 오히려 고위 공무원이다. 그야 상대가 공주라면 조건이 많이 기울기는 하겠지만, 양반 상놈 따로 있는 시대도 아닌 마당에 꿈도 못 꾸어 볼 이야기는 아닌데.
"저기, 공주 전하. 차라리 솔직하게 고백해 보는 건 어떠세요?"
생각 끝에 말하자 공주가 펄쩍 뛰며 손을 내저었다.

"마, 말도 안 돼요! 김 내관님은 저 같은 것, 여자로도 보지 않으실 텐데요."

"그게 무슨 말씀이세요. 공주님이 어때서요?"

"그러니까 저는, 김 내관님보다 아홉 살이나 어리기도 하고……."

"저는 전하와 띠동갑인걸요?"

한마디로 공주의 말문을 딱 막아 놓고 나서, 미소는 말했다.

"제 생각에는 분명 김 집사님도 공주 전하께 마음이 있는 게 아닐까, 싶어요."

"네……?"

"생각해 보세요. 자꾸 오는 게 불편하다? 불편하다는 건 거꾸로 말하면 그만큼 관심이 있다는 얘기잖아요. 아예 관심이 없으면 오든지 가든지 신경조차 쓰이지 않을 텐데요."

공주의 표정이 흔들렸다. 아마 그렇게 생각해 본 적은 여태 없는 모양이었다.

"만약에 제게 과, 관심이 있다면, 대체 어째서 오지 말라고……?"

"김 집사님도 뭔가 이유가 있으신 거 아닐까요? 공주 전하를 멀리해야 할 이유 같은 거."

"그럴까요?"

또다시 홍조를 띠는 공주의 얼굴을 바라보며, 미소는 힘주어 고개를 끄덕였다.

"네, 저는 그렇게 생각해요. 그러니까 용기 내 보셔도 될 거라고요."

며칠 동안, 의윤은 매일 밤 똑같은 악몽에 시달리고 있었다. 반역죄 확대 적용의 첫 사례가 된 대학생이 사형을 당하고, 그 부모가 자신을 향해 울부짖는 꿈이었다.

"왜 보고도 모른 척하셨습니까!"

"당신이 우리 애를 죽인 거나 마찬가집니다!"

오늘도 마찬가지였다. 식은땀투성이가 되어 잠에서 깨어났는데도, 자식을 잃은 부모의 원통한 울음소리가 귓가에 선했다.

"……."

일어나 앉는 의윤의 어깨가 부들부들 떨리고 있었다.

미소와 가족들을 지켜야 한다고 생각했다. 반역이라는 극단적인 방법 외에도, 뭔가 길이 있지 않을까 생각했다. 그래서 모른 척하려고 했다. 한편으로는 비겁하다고 생각하면서도, 그리하려고 했다.

그런데 얼굴도, 이름도 모르는 그 대학생이 좀처럼 머릿속에서 떠나지를 않았다. 겨우 스물한 살. 사랑하는 미소와, 또 막냇동생 선혜 공주와도 같은 나이가 아닌가. 지금쯤 구치소에 갇혀 두려움에 떨고 있을 그 대학생을 생각하자 도저히 마음이 편할 수가 없었다.

젊은 나이에 무기 징역도 가혹하지만 아마도 결과는 사형일 거라고 의윤은 예상했다. 왜냐하면 말 그대로 첫 사례인 만큼, 시범 케이스가 되어야 할 테니까. 아까운 목숨 하나쯤은 죽어지고 나야 모두가 황제의 굳은 의지를 깨닫지 않겠는가!

도저히 이대로 두고 볼 수만은 없다. 잠시 고민하던 의윤은 떨리는 몸을 억지로 일으켜 처선을 불렀다.

"우선 그 범인이라는 자를 만나 보아야겠으니 방법을 알아보도록 해라."

놀랍게도 처선의 입에서는 이런 대답이 흘러나왔다.

"구치소에 가서 직접 신청하면 한 시간 정도 후에 접견할 수 있다고 합니다. 접견은 1일 1회, 시간은 10분 안팎이고, 준비물은 신분증만 지참하고 가면 되고, 최대 3인까지 동시 접견이 가능하다고 하는군요."

의윤은 깜짝 놀라서 처선을 빤히 쳐다보았다.

"너, 그걸 언제 다……."

"곧 알아보라 하실 것 같아서 미리 조사해 놓고 있었습니다."

의윤은 할 말을 잃었다. 자신보다도 자신을 더 잘 아는 게 처선이긴 했지만, 가끔씩은 무섭다.

"씻고 내려갈 테니 차를 대기시켜라. 아, 미소에게는 비밀로 하고."

"예, 주인님."

대답을 하고 방을 나가려던 처선이 무슨 생각을 했는지 문득 걸음을 멈췄다. 의윤을 돌아보고, 처선은 말했다.

"부디 주인님께서 가망 없는 싸움에 시간 낭비하지 않으셨으면 좋겠습니다."

밑도 끝도 없는 말에 의윤은 되물었다.

"뭐라고?"

"주인님께서 무슨 생각을 하고 계신지 압니다. 아마 이 상황에서 도망가려고 하시는 거겠지요. 괜히 반역 같은 위험한 일에 끼어들어서 주변 사람들까지 위험하게 만들고 싶지 않다는 핑계로."

정곡을 찔린 의윤은 숨 쉬는 것조차도 잊고 처선을 바라보았다.

"하지만 주인님은 도망가실 수 있는 분이 아니십니다. 그럴 수 있었다면, 제가 반역죄로 감옥에 갇혀 있었던 그때 이미 모른 체하셨겠지요."

그런 의윤을 마주 바라보며 처선은 또박또박 말했다.

"결국 주인님은 황제 폐하께 정면으로 맞서면서까지 저를 구하셨습니다. 그런 분이십니다, 주인님께서는."

"……."

"그러니 자꾸 자신과 싸우려 들지 마십시오. 결국 소용없으실 것입니다."

의윤을 향해 고개를 깊이 숙여 보이고, 처선은 방을 나갔다.

* * *

해당 대학생은 수인 번호 703번으로 불리고 있었다. 처선과 함께 접견실에서 초조하게 기다리고 있던 의윤은, 이윽고 유리 벽 저편의 문으로 들어오는 대학생의 얼굴을 보고 깜짝 놀라서 자리에서 벌떡 일어났다.

"아니, 너는……!"

초췌해진 모습에 하마터면 몰라볼 뻔했다. 하지만 연두색 수용복을 입고 들어온 대학생은 분명 미소의 친구 민식이 아닌가!

민식 역시 의윤을 보고 깜짝 놀란 얼굴을 했다.

"전하?"

의윤은 도저히 제 눈을 믿을 수가 없었다. 곁눈질로 흘깃 쳐다보니, 처선은 놀란 기색이라고는 전혀 없이 담담한 표정을 하고 있었다.

"너는 알고 있었던 것이냐?"

목소리를 낮춰 묻자 처선이 고개를 숙였다.

“죄송합니다.”

“왜 미리 말하지 않았느냐!”

처선은 침착하게 대답했다.

“주인님 스스로 결정하실 일이었습니다. 그러므로 민식 씨라는 것을 알게 하여 압박을 드리고 싶지 않았습니다.”

의윤은 주먹을 꽉 쥐었다. 처선이 무슨 생각에서 입을 다물고 있었는지는 알겠지만, 하마터면 미소의 둘도 없는 친구가 사형을 당해도 까맣게 모를 뻔하지 않았는가!

“그래, 대체 이게 어찌 된 일이냐?”

유리 벽 너머를 바라보며 묻자 민식이 눈물을 글썽였다.

“전하께서 나쁜 분이 아니라는 걸 사람들한테 알리고 싶었어요. 그래서 옛날에 전하 팬이었을 때부터 가지고 있던 자료 같은 거랑, 회갑연 중계방송에 나왔던 영상 같은 걸 편집해서 여기저기 올렸어요. 자꾸만 삭제가 되길래 오기가 나서 계속 올렸더니, 그게 점점 퍼져서 결국…….”

민식의 목소리가 크게 떨렸다.

“정말 다른 뜻은 전혀 없었어요. 황실에 반역할 생각, 그런 거 진짜로 없었단 말이에요.”

물론이다. 스물한 살짜리 대학생이 무슨 역심을 품었겠는가. 그저 자신에 대한 순수한 호의로 했던 일이었을 뿐일 텐데 결과가 이거라니. 의윤은 눈을 질끈 감았다.

“전하, 저 정말 이렇게 죽는 거예요? 네?”

울음 섞인 민식의 목소리가 귓가에 울렸다.

“당신이 우리 애를 죽인 거나 마찬가집니다!”

꿈속에서 들었던, 얼굴도 모르는 민식의 부모의 울부짖음도.

"저희는 황태자 전하께서 국민을 저버리지 않으시리라 믿습니다."

마지막으로 늙은 대신의 목소리가 머릿속에 되살아난 순간, 의윤은 눈을 번쩍 떴다.

눈물범벅이 된 민식의 얼굴이 제일 먼저 눈에 들어왔다.

"저 죽기 싫어요. 배낭여행도 가고 싶고, 남자 친구도 만나고 싶단 말이에요. 네? 저는 미소처럼 결혼도 못 해 봤는데……!"

의윤은 손을 뻗어 유리창을 가만히 어루만졌다.

"울지 마라."

그 말밖에는 할 수 있는 것이 없었다. 구치소 접견 시 이루어지는 대화 내용은 모두 녹음되는 것이었으니까.

'두려워하지 말아라. 내가 어떻게든 너를 구해 주마.'

입 밖에 낼 수 없는 그 말 대신에, 의윤은 민식의 눈물을 닦아 주듯 유리창 위를 손끝으로 하염없이 더듬고 또 더듬었다.

* * *

이화원으로 돌아오자 미소가 기다렸다는 듯이 달려와 의윤을 반겼다.

"전하, 얼른 2층으로 올라가 보세요. 황후 폐하께서 아름다운 가구들을 보내 주셨어요!"

빨리요, 네? 하며 미소는 의윤의 팔을 잡아끌었다. 하지만 의윤이 꿈쩍도 하지 않자 그제야 그녀는 의아한 얼굴로 의윤을 쳐다보았다.

"전하, 무슨 일이라도 있으셨어요?"

사랑스러운 신부의 얼굴을 바라보며, 의윤은 힘들게 말을 꺼냈다.
"미안하다."
집으로 돌아오는 내내, 어떻게 꺼내면 좋을까 고민하고 또 고민했던 말을.
"우리 결혼은…… 없었던 일로 하자."

– 2권에 계속